算不出流年

下卷

Jas 著

四川文艺出版社

图书在版编目（CIP）数据

算不出流年/Jas 著. —成都：四川文艺出版社，2016.7
ISBN 978-7-5411-4369-4

Ⅰ.①算… Ⅱ.①J… Ⅲ.①言情小说—中国—当代 Ⅳ.①I247.5

中国版本图书馆CIP数据核字（2016）第141492号

SUAN BU CHU LIU NIAN
算不出流年

Jas 著

责任编辑	李淑云
责任校对	汪 平
封面设计	苏 荼 樱 瑄
封面插画	叶媛媛
版式设计	史小燕
责任印制	唐 茵

出版发行	四川文艺出版社（成都市槐树街2号）
网　　址	www.scwys.com
电　　话	028-86259285（发行部）　028-86259303（编辑部）
传　　真	028-86259306
邮购地址	成都市槐树街2号四川文艺出版社邮购部　610031
排　　版	四川胜翔数码印务设计有限公司
印　　刷	四川华龙印务有限公司
成品尺寸	145 mm×210 mm　1/32
印　　张	21.25　　　　　　　　字　数　480千
版　　次	2016年10月第一版　印　次　2016年10月第一次印刷
书　　号	ISBN 978-7-5411-4369-4
定　　价	49.80元（全二册）

版权所有·侵权必究。如有质量问题，请与出版社联系更换。028-86259301

下卷

【下卷】
目录

001　第 一 章　称名忆旧容
008　第 二 章　音容相对
013　第 三 章　青乡恩仇
020　第 四 章　至亲至近母女
028　第 五 章　师生
034　第 六 章　我是如此幸运
040　第 七 章　她看见他爱上了她
046　第 八 章　分手
052　第 九 章　你是个健康美丽的中国女孩
057　第 十 章　我看到了真正的玫瑰，闻到了真正的香
062　第十一章　《二月初一》的真相
068　第十二章　曾慧永的故事
073　第十三章　遇见你是件美丽的事情
079　第十四章　你的感觉，我的感觉
085　第十五章　谁对谁动了心
093　第十六章　最后的遗嘱 1

100	第 十 七 章	最后的遗嘱2
109	第 十 八 章	少年和少女
116	第 十 九 章	信赖、喜欢、爱
124	第 二 十 章	哈尔滨行
132	第二十一章	这才是颜子真啊
140	第二十二章	她一直是这样的人
144	第二十三章	狰狞世界
149	第二十四章	没人知道我喜欢你,包括我自己
156	第二十五章	爱有天堂
162	第二十六章	她怎么能这么对我
168	第二十七章	姐姐
174	第二十八章	除夕欢宴
179	第二十九章	你的容颜,我的声音
183	第 三 十 章	辅导员邓跃
188	第三十一章	成年人的恋爱
192	第三十二章	温柔的邓安
197	第三十三章	不能爱
202	第三十四章	我想我喜欢盖瑞
208	第三十五章	音希的困惑
216	第三十六章	邓安想糟了
221	第三十七章	谦谦少年
226	第三十八章	医者父母心?
232	第三十九章	理智与情感
239	第 四 十 章	消失的邓安
245	第四十一章	你说no,那就这样吧

251	第四十二章	两小无猜
255	第四十三章	颜子真,你究竟想要做什么?
261	第四十四章	这一次,是我的错
267	第四十五章	身份和才华可以解决的事
273	第四十六章	人生有七苦,非独你一人
279	第四十七章	给你一道选择题
284	第四十八章	网球场上的颜子真
290	第四十九章	我说 yes 你还会留下来吗
296	第 五 十 章	告白
302	第五十一章	曾经盛年华景
308	第五十二章	这五年的邓安,那十年的邓安
314	第五十三章	音希想,不能让所有的一切都随风而逝吗?
321	第五十四章	谢谢你听从你的心
325	第五十五章	六岁的承诺
331	第五十六章	女友如手足,兄弟如衣服
338	第五十七章	决裂
344	第五十八章	一切都只会让自己变得比以前好
349	第五十九章	梦想、坚持、纯粹和初心,需要你自己去捡起来
357	第 六 十 章	并非结局的结局
361	番 外	婚礼

第一章　称名忆旧容

七月流火,颜子真父母约了几个老友去青岛吃海鲜,他们出游一向不要颜子真随行,颜子真其实偷乐,却总要装出老大不情愿的样子。颜海生夫妇心知肚明,卓嘉自笑吟吟望着女儿东看西看上看下看,颜子真被看得心里发毛,恼羞成怒:"妈妈你看够了没有?"卓嘉自笑:"女儿这么七情上面地彩衣娱亲,做妈妈的总要好好地领情对不对?"

颜子真笑嘻嘻:"那么你也配合一下嘛。"把父母一伙送进闸。

转身去买了一杯咖啡,肩膀被人拍了一下:"颜子真?怎么是你来了?"声音里有一点惊喜。

颜子真抬头看到邓安,机场里人来人往俊彦众多,这邓安白色T恤,棕黄长裤,却依然显得衣履风流。她正要开口,邓安笑:"邓跃叫你来的?"

颜子真一头雾水,邓安见她发怔,马上明白过来,笑:"看来是我误会了。"

颜子真却没听明白:"邓跃带队实习呢,我来送我爸妈。你误会什么了?"

邓安微笑："我来接我老爹。"却也不见得脸上有什么失望的神色。

颜子真这才明白过来。

邓安和邓跃的父亲邓丛恩娶妻四任，邓跃的母亲是第三任，因为她似乎一直对丈夫未消恨意，邓跃对父亲便一向不假辞色，在家里母子两人都从不提起他。邓丛恩每隔几年回国一次，邓跃都是淡淡，大约接机这种事也不大当回事。

但是邓安和他父亲感情却极好。

颜子真八卦起来也会想，那可能也是因为邓安本人也是风流人士一枚吧，两人互相理解互为知己。

她对邓跃的做法没有意见，每个人角度不同，经历不同。不过这次既然遇上了，走了好像也不好，便说："我陪你一起接叔叔吧。"

邓安倒笑了，促狭地冲她挤挤眼，颜子真才不怕他揶揄，大大方方地笑笑："你什么时候回来的？"

邓安笑眯眯："前天。话说回来，要是你们及时告诉我即将大婚，手信的级别就可以高很多。"

她只好和他胡调："收两份礼物不是更划算？"

邓安却懒洋洋地说："打铁要趁热，结婚要趁早。谈了那么多年恋爱结个婚还要预约半年，不知道你们怎么想的。"

颜子真白了他一眼："老人家讲究有什么不好的，今年结婚不利嘛。不过也好，酒店都得排半年才有空档。"

你一言我一语时间过得也快，半小时后，出口走来两个人，一男一女。

邓丛恩看上去五十也不到，高大挺拔，两鬓微霜，眉眼英俊得让人眼前一亮，眼角那些皱纹更增三分成熟魅力。颜子真心中哗一声惊叹。

她以前问过邓跃：邓安像谁？你们兄弟一点也不像。现在她知道了，邓安就是年轻时的邓丛恩。

女子年约四十，秀眉朗目，体态轻盈，笑吟吟站在邓丛恩身旁。

邓安与父亲拥抱完毕，再笑着与女子拥抱，唤："周姐。"那女子微笑着和邓丛恩一齐看向颜子真，笑容中颇有喜悦，颜子真下意识转头看一眼邓安。

邓安慢条斯理："爸，周姐，这是颜子真，是邓跃的未婚妻。"转头跟颜子真说，"邓丛恩先生，以及邓丛恩的女友，周玉容小姐。"他朝颜子真眨眨眼。

颜子真笑着招呼："叔叔，周姐，你们好。叫我颜子真就好了。"她的眼睛对上周玉容，周玉容笑吟吟看着她，一双妙目玲珑流转似会说话。

颜子真不禁心中又喝一声彩。

他们把东西放在酒店里便去隔壁"四季锦"吃饭，"四季锦"是非常有名的粤菜馆，邓安早订了座。

邓丛恩行云流水眼也不眨地点完菜，随意地略问了颜子真几个问题，就不再多说什么，只笑谈一些风物笑话，邓安与他勾肩搭背，不似父子倒似兄弟，比和邓跃还来得亲昵。颜子真不禁抿嘴一笑，邓丛恩看到，笑道："想起邓跃？"

颜子真一路看下来，知道邓丛恩和邓安不仅样貌，性情也相像之至，遂从容笑答："是啊。"邓丛恩笑了笑，微微有些出神，过一小会儿便恢复随意，对邓安说："过两天把邓跃一起叫出来吃个饭吧,颜子真,你也来。"颜子真尚未答话,他已经笑着合十做了个请求的表情,衬着十二分英俊成熟的脸,十分可亲。

颜子真不禁愉快地应了声好,转头,看到邓安笑吟吟看着她,便朝他瞪了瞪眼。一转头,却看到周玉容颇觉有趣地看着她和邓安。

周玉容见颜子真看着她,一笑,转头跟邓丛恩说:"我打算明天就回老家去看看,你要是累的话就待在城里吧。"

邓安说:"爸要是累,我陪周姐去好了。"邓丛恩笑道:"那也好,到底老了。对不起,玉容。"

周玉容淡淡一笑:"老家也没什么人了,你去不去还真是没关系。"

邓丛恩安慰地轻拍她的手,周玉容抬眼看他,他微笑,笑容里满是暖意。她便也弯起嘴角,微微笑起来。

赏心悦目。

颜子真看得入神,邓安却伸出右手在她眼前上下晃动,颜子真狠狠地转过头,身边邓安哈哈大笑,对面邓丛恩和周玉容也不禁莞尔。

邓丛恩笑骂:"你当心邓跃打破你头。"

邓安笑:"颜子真顶顶大方可爱,这种小事怎么会记在心上,她转头就忘了。"

颜子真悠悠笑道:"多谢夸奖。"一边身子轻轻一晃,正正撞上正在倒酒的侍者,酒瓶一歪,半瓶红酒全倒在邓安裤裆上,侍者大惊,连连道歉,却让颜子真笑着推走。

邓安又笑又气,瞪着她说不出话来,裤子那偏偏还在滴滴答答地滴水,尴尬得不止一点两点。颜子真朝左边一转头,随即转回头,天真地望着他笑,意示:大方可爱的我这一转头,可就全忘了,发生什么事了刚才?

邓丛恩和周玉容看得清楚明白,忍俊不禁,邓丛恩更是哈哈笑出声来。

喧扰半晌,邓安去隔壁酒店换了父亲的裤子下来,菜也上齐了。

正在吃,颜子真的电话响了,是卓嘉自:"颜子真,我们到了。"颜子真答:"哦,我也在吃晚饭了。"妈妈微笑的声音:"是,我们也在吃,北方海鲜特别鲜美,这时候的青岛竟有这么大的龙虾。"

颜子真最爱吃龙虾,明知妈妈在气她玩,却总是忍不住,冲着话筒温文尔雅地说:"祝贤伉俪晚餐愉快,并祝卓嘉自小姐和颜海生先生以及肚子里的龙虾吉祥安康。"妈妈笑:"你跪安吧。"便挂了电话。

颜子真无可奈何地看着手机,邓安早听邓跃说颜子真有一对与众不同的父母,又坐在邻近,听到对话,当下便笑。

颜子真若无其事地抬头,却看到周玉容的脸上神情透着古怪,那双妙目紧紧盯着她:"颜子真,你妈妈叫卓嘉自?"

颜子真有点错愕,答她:"是啊。"

周玉容重复:"卓越的卓,嘉许的嘉,从容自在的自?"

颜子真好奇:"是呀,周姐你认识我妈妈?"

周玉容仔仔细细地看着颜子真的脸,过后眼神却有些恍惚,轻轻地说:"你是嘉自姐的女儿,那么你……"

她的话被身后一个声音打断:"玉容,好久不见。"那声音有点硬,也有点冷。

一个年约四十许的妇人一身宝灰套装站在那里,脸容与周玉容有三分相像,线条却硬一些,眼角皱纹淡淡。

周玉容打住话题,站起身:"玉音,你来了。"她笑着跟邓丛恩介绍,"丛恩,这是我伯父的女儿玉音,我们打小一块儿玩大的。"

周玉音笑着点头。彼此介绍,到颜子真时,上上下下打量了她一会儿。

席间大家寒暄笑谈,菜一道一道送上来,邓丛恩和周玉容似乎是到处飞惯了,虽略有点疲态,却也精神不错,样样都尝着,颜子真当然也没有拘谨,拣了自己爱吃的,一边听一边吃。只是感觉到周玉音的眼光似乎无处不在,几次不经意抬头却见她根本没朝这边看。

直到邓丛恩和邓安去卫生间,周玉音才淡淡地问:"你母亲叫卓嘉自,外婆是叫庄慧行吧?"她看着颜子真。

颜子真一怔,点了点头,周玉音却转过头去看了看周玉容,仍然用那种淡淡的口气说:"原来你见到卓嘉自的女儿会这样高兴。"

周玉容却似乎不想谈这个话题,笑了笑:"玉音,你住哪里?"

周玉音没有答她,只仰起头,似乎在回想些什么,然后短促地笑了一下:"我忘了你们一向亲近。"她转头看了一眼颜子真,颜子真一怔,那一眼,十分不善。她接着说,"这世界真小。"

周玉容无奈地看着她,轻声说:"玉音,不要再说了,过去的就让它过去吧。"

周玉音看了看她:"玉容,你可没有权利说这话。"

周玉容无言，一时之间席上安静无声。

颜子真停下筷子，探询地看着周玉容。周玉容安慰地拍了拍她的手。

周玉音忽然笑了："看来你什么也不知道。很幸福。很幸福。"那笑容里有着说不出的憎恨，她轻声说，"不知道卓嘉自和庄慧行是不是已经冰释前嫌母女和好了呢？这样的深仇大恨。"话语中的讥讽那么明显。

颜子真一呆，心底里冒出一丝寒意。周玉容想要阻止她，脸上却有掩不去的悲伤。

这时候邓氏父子回来了。

邓丛恩在一边坐下来，笑着说："哟，看上去这斑鱼很好，快趁热吃。玉容，招呼你姐姐啊。"周玉容拍了他一下："你胡说什么，玉音比我小一岁呢。"

周玉音微笑的脸上露出一丝怆然，笑道："没关系，我只是比较符合实际年龄而已。"

邓丛恩微带歉意，笑："对不起，玉音，不过我想一个人的时间用在哪里是看得出来的。是吧玉容？"笑谑的语气，周玉容立刻笑着道："玉音现在是上海一家大公司的副总经理呢，当然比我出息得多。"

大家都笑。

第二章　音容相对

第二天一大早颜子真便接到邓安电话，邓安的声音："未接电话四个。"

颜子真整夜都没有睡好，闻言没好气地问："什么未接电话？"邓安说："大小姐，你昨晚把手机忘在车上啦。"

颜子真想了一下才反应过来，大约是在邓安车上接电话时落下的，马上说："你在哪里？什么时候方便我过来拿。"

邓安说："我送周姐去乡下，待会儿转个弯给你送过来。"

颜子真呆了一呆，周玉音的那句话又浮现耳旁："不知道卓嘉自和庄慧行是不是已经冰释前嫌母女和好了呢？这样的深仇大恨。"颜子真可以肯定，除了家中长辈和自己，没有人知道母亲和外婆之间的冷漠。

她有一种模模糊糊的感觉，她遇到了一个巧合，周玉容和周玉音，应该是知道当年发生的事情的，而周玉音眼中的不善、憎恨、讥讽，在告诉她，那是一个当事人。这一瞬间，似乎自己一直困惑的事情，慢慢地掀开了一角。

那么，自己要不要去探询？她忽然想起自己问过卫音希的话："音希，问你一个问题，如果有一件事，你知道了会对你有很大伤害，不知道却会有很大遗憾，你会怎样选择？"

不，不，不，她的外婆，她的妈妈，不会让她失望，亦不会让她受到伤害。她无比坚信这一点。

那边邓安见她半天没反应，提高了声音："颜子真？颜子真？"

颜子真定了定神，说："好。我下楼等你。"

邓安远远地看到低着头靠在楼下招牌柱前的身影，随意的一件淡绿无袖麻质上衣，白色热裤，很简单，却醒目。把车滑到她面前停下，下了车把手机递给她，笑："真马大哈。"

颜子真谢了他，探头进车窗，对周玉容说："周姐，过几天你有空的话，我想找你，可以吗？"

周玉容深深地看着这张皎白无瑕的脸，却见她粲然一笑，一怔，忍不住也笑了笑："当然没有问题。"却听得车里另一边周玉音淡淡地说："想知道什么，不妨和我们一起去。"不等周玉容有所反应，周玉音直接看向颜子真，嘲笑："看起来被保护得很好，可惜这世界上的事总是纸包不住火的。颜子真，你如果想知道一个真实的往事，建议你不要只听好听的说法。"

颜子真静静地看着她，说："我没有兴趣从你的嘴里知道任何事。"

周玉音目光闪闪，静下来，她看着窗外，天色尚早，路边的青色杨柳五彩鲜花在深蓝的天空背景下轻轻摇曳，烈日尚未当空，微风拂面犹带着些许凉意，她嘲讽地说："你以为我有兴趣和你细说当年？真相只有一个，看你有没有分辨能力而已。"真相，真相。如果没有那些事，这杨柳鲜花湛蓝天空都将可以深深看进眼里和心里。人的眼和心其实并不大，被占了空间，便腾不出太多的空间来容纳其他的了。

借着窗外明亮的光线，颜子真看到她的眼角微微濡湿。也看到她眼中浓重的恨意。

她后退了一步，忽然之间，她想起妈妈的愤怒怨恨，想起外婆的始终不置一词，想起她至亲的两个人相处如冰火，想从亲人的嘴里了解一切已经不可能，而现在，想知道真相的渴望汹涌而至，她断然说："好，我跟你们一起去。"

周玉容焦急："颜子真！"颜子真，你家人不告诉你是为了保护你。她急切地看着颜子真，试图阻止。

可是，颜子真不相信自己家人有谁会伤害别人到这个地步。她想起外婆，恩怨分明，想起妈妈，坚守原则，她们是她见过的最好的女人。

她看着周玉容，眼中有着对她的信任，如果只有周玉音，颜子真不会去，可是有周玉容在，反正她本来就打算去问她。

颜子真有没有后悔过这一刻的决定？在多年以后，她想，这个时候，她自己的世界从此开了一个门，门外的好与恶，真与假，笑和泪，变幻与不测……——呈现在她面前。她不曾后悔。

门里面，仍然是她的世界，美丽温暖的所在。只要自己愿意，幸福和快乐，也不会减少。

车子飞驰，一个多小时后进了山区。继续开下去，就看到了满天满地地挂了穗或青或黄的稻田，和蓬勃绿意的各种田地，连着远处青山隐隐，绿水悠悠，有白毛红嘴的鹅和斑斓的鸭子闲闲地在水上悠游，鸡到处走着跳着，羊零零散散在田埂上吃草，一条两辆车宽的水泥路直通往远处。农人三三两两。

空气碧清，天色澄灰，云絮丝丝扯薄了慢慢飘。摇开了车窗，众人的嘴角都放松下来。

周玉容轻轻叹了口气："二十多年没有回来过了。"她的头抵在窗沿，微微地笑。过了一会儿，周玉音说："我每年清明都会回来扫墓。"

青山绿水间，竹山边矮垄上，四座坟墓并排而立。

颜子真和邓安站得远远的，注视着她们行礼。

太阳已在半空，热力四射，山色青翠错落半围，有白云浮于遥远山顶，山脚到处是青绿竹子，有风过，竹叶飒飒作响，不远处的山腰大多辟了地，据说种的全是西瓜，此时已经瓜瓤沙甜，是美味。

从山上望下去，偌大一片村落，有水泥路直通远处山外。房子都是砖瓦的，可见民生富裕。四人慢慢从山上下来，小瀑布在各处错错落落地响着，泉水漫过脚下的石阶，薄薄一层，洗净石阶不湿鞋袜，身侧有山花错落，落英缤纷。

这里距颜子真居住的城市有近三个小时的车程，她从未来过，只觉清新美丽。

周氏姐妹走在身后，周玉音忽然说："玉容，这里已经没有我们活着的亲人了。"

周玉容黯然，却听周玉音问："颜子真，你知道这是为什么吗？"

她的声音很轻很低，却冰冷而仇恨。

颜子真定定地看着她："我不想听你说。"

周玉音笑起来："你不想听我说。是啊，你有选择，玉容，那么你来说。"

周玉容明显不愿说什么，她低着头，看着脚下既熟悉又陌生的乡景山色，叹了口气："玉音，这些事跟颜子真有什么关系呢？"

周玉音的脸上露出一种不顾一切的表情，声音却轻而淡："那么，我来说？"

这一切都看在邓安眼里。

自从在颜子真楼下开始的暗潮纷涌你来我往，他就看出来旋涡的中心就是颜子真。

在邓安的眼里，颜子真是个比同龄人略微豁达一些、俏皮一些、随和一些的女孩子，只不过这是因为她生活中的一切都太过顺利的缘故，故此有低于这个年龄的天真。有她的风采，就像别的女孩子也有她们自己的风采一样。只是如此。而他一向不是太喜欢这样的女孩。

就像邓跃的母亲有时候忧虑时跟他说的一样，这个女孩子仗着家境好，不肯正常工作，学人家开网店写小说，虽然听说赚得还可以，到底不是长久之计。还有，家境太好太一帆风顺长大的人难免会过于天真不知人间疾苦，到时候吃苦的就是自己儿子了。

他不是完全赞成，却也不认为她过虑。

但是他现在看到她总是微微扬起的嘴角带了些颤抖，忽然有些后悔。

他伸出手，想去握住颜子真的手臂。在这一瞬间，他真想立刻把她带走。他的直觉意识到这中间的风波不是儿戏。

"我记得，那一年，我十三岁。"周玉容阻止了玉音，忽然出声。

第三章　青乡恩仇

那时候，山更青、水更澈、花更好，只是，人却是穷的。把这大多的砖瓦的屋换成泥造的，那便是当年的青乡。不过周家倒是有两幢青砖大屋，我的伯伯，也就是玉音的爹是乡长和书记。

我记得，那一年，我十三岁，父母在外地工作，我寄居在奶奶家里。学校里基本不开课，我跟着一个从前的校长慢慢地读书。伯伯虽然不赞同，但也默许我了。

那一天，我回到家，发现不远处伯伯的家有嘈杂的人声和砸东西的声音，伯娘对伯伯是百依百顺的，伯伯对堂哥堂妹也是百依百顺的，乡里的人向来是怕伯伯的，那么发生了什么事呢？我想跑过去看，奶奶拉住我不许我去。后来玉音过来跟我说，她又有嫂子了，是个城里人，长得很好看。但她的表情很不满，她愤愤地说："她砸了我们家所有的东西，还包括我的陶娃娃！"

我很好奇，她不是已经有嫂子了吗？天黑的时候趁奶奶不留意，还是偷偷跑去看。

我趴在窗缝里看，窗很高，我叠了好多石头垫脚，我看到一个二十出头的漂亮女孩子，一双黑亮狂怒的眼睛，长头发散乱地披着，嘴唇很红，有好多血从嘴唇上流到下巴，她的牙齿还在死命地咬着唇。山里的孩子都长得白，可是我没见过比她更漂亮的雪白脸色。她坐在地上,很粗的绳子把她绑在床脚。

她就那样一声不出地坐在那儿,瞪着眼,似乎眼角都要裂了,整个屋子里东西全砸了,又乱又脏,没有人进来。就她一个人。

我呆呆地看着她,她身上有一种东西,我那时候不知道是什么,但是忽然,我觉得心里很难过。

我什么都不知道,我只知道当时乡里所有人都怕伯伯和堂哥。可是那几天大家都偷偷地在议论,说那女孩子了不起,说,她的哥哥差点把我堂哥打死,被抓起来了,她为了救她哥哥,愿意以身相代。

她被绑了好几天,也饿了好几天,不知道为什么,我每天都会去看她一次,她总是坐在那里不动,慢慢地,眼睛里一点表情也没有了,脸上也没有表情了。我有一次实在忍不住,就拿了个馒头趁人不注意跑进去,递给她。

她瞪着我,距离这样近,我看到她的眼角真的都裂了,想到校长讲过的成语"目眦尽裂",就觉得心里沉沉的,很难过很难过,我伸出手去摸她的眼角,她偏偏头不让我摸,但仍然毫无表情。我只好伸长手,把馒头递到她的嘴边。

她闭着嘴,我想把馒头放在地上,可是她两只手都绑着,是拿不起来吃的,就只好一直伸着手,一只手酸了,就换另一只手。

过了很久很久,她看了我一眼,终于,很轻地摇了摇头。我不知道说什么好,也只是摇头,伸着手。

直到伯娘叹着气把我叫出去,她一直都闭着嘴。

那天晚上,奶奶没有允许我踏出家门,我也就没有去窗缝里偷看她。伯娘来看奶奶,说,堂哥和她圆房了。接下去,就要办喜事了。

我问奶奶,原来那个嫂子呢?为什么不见了。奶奶没好气地说小孩子别管闲事。

然后我听到堂哥跟别人讲,她不听话,没有关系,再把她哥哥抓回来呗,听说她还有个弟弟是不是。所以过了一些日子,她从屋子里走了出来,开始做家务、洗衣服。但是,她从来不说话。我听说,她刚来那天砸了所有的东西,也一直都没出声。可是大家说,她不是哑巴,她说话的声音很好听呢。

我是第一个听到她说话的。我常常和奶奶一起到河里洗衣服,一看到她提着一大篮衣服出门时,就拉了奶奶一起去。我陪在她身边,每次都陪到她洗完,因为她不让我帮她洗。奶奶一般早就洗完,就让我留着,自己先回去。

有一次我看到河底有一块很好看的石子,就想捞起来给她,那么好看,也许她会喜欢,也许她就会笑了。于是我就下到河里,我不知道她一直看着我,所以我在河里一跤滑倒时,她惊呼了一声:"小心!"然后扑下水,把我拎到河滩上,我手里抓着那块石子递给她,她看着我,接了过去,轻声说:"谢谢你。"她的声音,真的很好听。可是我看到她的薄衣服因为水浸湿了贴着身,透出来的全是青青紫紫的伤,有新的,有旧的,很可怕。我知道,是堂哥打的。有一次,堂哥还打了她的头,额头发际里面有一小块整个头发都扯脱了,全是血。

但是她一声都不吭。

她开始和我说话,拉着我的手教我很多校长也不会的东西,有时候,会微微的笑,笑起来的样子真好看。

颜子真呆呆的,她想到小时候抱着妈妈的头,摸着妈妈的头发,发现有一块小小的地方没长头发,就嘻嘻笑:"妈妈这里也长旋吗？妈妈头上有三个旋吗？子真只有两个，爸爸说子真是牛所以有两个牛角旋，妈妈你为什么有三个旋，那是什么呢？"一边摸着自己的头，要找到第三个旋。妈妈抱着她，微笑着摇着她："妈妈是怪物，长三个角的怪物，子真怕不怕？呜……"

颜子真泪如泉涌。

过了两年，她怀孕了。刚知道怀孕的时候，她不再同我玩，一直都是呆呆的，眼睛里又出现了我第一次看到她时的神色，很可怕。那时候我已经十五岁了，我想我也懂事了很多，我有点知道那种东西是什么，所以我一直跟着她。后来有一天，在竹林里，她抱着我，大哭起来。

她来这里，从来没有笑过，从来没有诉过苦，更加从来没有流过眼泪，她一直都是毫无表情的样子，最多只是淡淡的。那天她也没哭多久。

可是堂哥还是一样打她。后来奶奶去同伯伯说，他总算好了点。

到了春天，她生下了一个女儿。

乡里重男轻女，伯伯家尤其厉害，她生下女儿的第二天，就被拉起来干活、洗衣服。那天晚上堂哥喝醉了回来，暴打了她一顿，说她生了个赔钱货，说她整天一张死人脸，打得她浑身都是血。没有人拉他。我在奶奶家听到，拼命跑过去，堂哥已经到另外的房里睡了，她仍然躺在地上，都是血，我和伯娘把她抱上床，她的脸上，却仍然一点表情也没有，好像一点也不痛，看到我，还微微弯了弯嘴角。我看着旁边床上的小婴儿，也已经哭得声嘶力竭。我抱起她，哄着她。

那天，我哭了很久，我哭着问奶奶，为什么她不逃走呢？奶奶说，怎么逃得了，她有家、有母亲、有兄弟姐妹在城里，伯娘的弟弟又是城里当权派的，她能逃到哪里去。我说她哥哥为什么会差点打死堂哥呢？奶奶苦笑了下。

晚上睡觉的时候，奶奶自言自语地说，会有报应啊，会有报应啊。

"后来，过了两个月，我父母来接我，我从此离开了这里。"周玉容抬起头，看着颜子真："再后来，我听说我走后两个月，她也终于逃走了。那时候'文革'已经结束两年多，伯伯一家的权势也越来越小。"她温柔地看着颜子真，"我那时候就想，你一定会被她带走的。我那时真的松了口气。"

周玉音皱了皱眉头，看着周玉容，又转头看向颜子真。

颜子真如雷轰顶。

当周玉容说"她怀孕了"，她心里就开始害怕，却不太知道害怕什么，这句话一说，她只觉得一切都变了颜色。

不不不，不不不，不不不。

不不不不不不不不不。

她忽然愤怒："你胡说什么？你在胡说八道什么？？？我姓颜，我姓颜！"她一掌推开周玉容，往山下狂奔。

邓安跟着冲过去，拦住颜子真跟跄着要摔倒的身子，接着拉住她的手："慢慢走。"

颜子真拼命甩开他，用脚踢他，头发全乱了，满脸是泪。邓安不肯松手，山路滑而陡，万一摔下去，难以设想。颜子真却也不放弃，两人乱成一团，邓安大吼："吃苦的是你妈妈，不是你！！！"

颜子真浑身一震,停下来,仰着头,呆呆地看着他,邓安顿时后悔,只得紧紧拉住她手臂。颜子真却低声说:"我知道。"

那边周玉音本来一直淡淡不以为意地听周玉容说话,这当儿扑哧的一声笑:"不是你自己要跟来了解真相的吗?农村里谁家不打老婆,又不是什么了不起的事,发什么神经。"

周玉容回头喝道:"玉音!你够了!你知道她是谁,还说这些话?!"

周玉音微微一滞,随即冷笑着说:"玉容,你和卓嘉自交情好,那是你的事,我家好歹也是你至亲,你不放在眼里也就算了。可我全家家破人亡,犯不着跟她惺惺作态。她是什么人,我更加管不着。"

颜子真霍地抬起头,厉声说:"我不会有你这一家肮脏的血!"

周玉音的脸色一变,冷笑:"这只怕也由不得你。要不你就学哪吒吧。"这一刻,映着她身后森森绿竹,眼里的怨毒和愤恨直欲噬人一般。

"而且,"她忽然悠闲地说,"你以为,你母亲那边的血,有多么干净么?"

她一个字一个字地说:"我父亲母亲被骗去流氓斗殴场所找我哥无故被捅死,我哥哥被莫须有的罪名判了死刑,我奶奶大病一场离世。这一切,颜子真,全拜你卓家所赐,拜庄慧行所赐!!!"

她的眼中似乎也有血和泪,也有怒火和惨切:"我去找过庄慧行,我带了录音机去。"

她仰头望天,许久,惨然一笑:"我才十几岁,我怎么斗得过她。"

往事照样折磨着她,她的浑身在止不住地颤抖。

颜子真呆呆地看着她,忽然笑起来,尖厉地说:"对,也许他们的死不合法,可是他们之前做的事一定早就死有余辜!这就是你奶奶说的报应吧?我外婆多伟大,终于替我妈报了仇。"她又冷又热,又是悲愤又是痛快,只觉得一切都应该更猛烈些,都应该更直插人心些,应该更痛些。

周玉音怪异地看着她,周玉容急忙喝道:"玉音!停止!不要再说了!你知道她们母女是无辜的!"

周玉音大笑起来,她指着四座坟茔,大笑着说:"无辜?亲爱的姐姐,这里躺着的是我的奶奶爸爸妈妈和哥哥,也是你的奶奶伯父伯母和堂哥。我一夜之间家破人亡,谁来对他们说我是无辜的?我妈妈我奶奶是无辜的?我爸我哥罪不至死?你别忘了,卓嘉自是她妈妈亲自送来的,是她妈妈庄慧行亲自送来用她交换她哥哥的命的!"

颜子真张大眼睛,脑中雷声轰轰,不能置信,周玉音一把推开玉容,对着她笑容诡异:"颜子真,你真是天真,你要笑死我了,哈哈哈哈,你外婆伟大?你外婆替你妈报仇?我告诉你,是你外婆亲自把你妈妈送来的,她说,她不能让儿子死,所以把女儿送来交换。我还记得,卓嘉自来我家的时候,还以为来走亲戚呢,一直到找不到她妈了,到我二哥告诉她她妈和她哥早就走了,她妈把她留下来换她哥的命的,才呆得跟个木瓜似的。哈哈哈。"

她哈哈大笑:"他们卓家要是有骨气,就一人做事一人当,别让自己的妹妹用身体来换自己的命,卓家!多干净的卓家!"

她的笑声如枭啼,凄厉而悲愤地在整座竹林里回荡。

第四章　至亲至近母女

颜子真一边沿着水泥公路走,一边等搭车。直达的班车是上下午各一班,都已经开走了。她在等近距离的车,然后不断地转车回家。

她不能留在这里再多一刻。

心里如同油煎火烧,说不出的痛苦煎熬,说不出的难受伤心。那是她妈妈吃的苦,受的非人的罪,而她只是听了别人简略的叙述,那都过去了,可是颜子真只觉得自己的心似乎痛得要裂了开来。她没有办法想象妈妈当年的样子,受尽屈辱生不如死,那样的折磨和悲苦,那时候妈妈绝望得想死吧?她想到家里的妈妈,总是对着她闲闲调侃、幽默开朗的模样。那才是她的妈妈啊。妈妈,她握紧拳头咬着牙,妈妈啊。

她再也忍不住,泪水争先恐后地流出来,像决了口的河水,流了满脸,只是停不下来。抹了又有,抹了又有。

她不停地走着,流着泪一边走一边一直在发抖,修长的身形微微弯了起来,像一片秋后的落叶簌簌地在盛夏山色里发抖。

邓安默默地把车停到她面前,叫她:"上车。"

她茫然地看着他。

邓安下车,拉着她上了车。

她茫然坐在座位上，躯体不受意识左右，仍然一直在抖。

邓安开了会儿车，看了看她，停下来探身帮她把安全带系好，然后静静地看着窗外，安慰地说："颜子真，那些都是过去的事情，过去很久了。"

是么？颜子真茫然地望着窗外青山绿水，过去了么？自己呢？自己的存在可不就是那个活生生的纽带，连接了过去，把过去带到了现在？忽然间，她痛极的心中涌起空茫茫的悲哀和绝望，深不见底的绝望。

"到了春天，她生下了一个女儿。""我听说我走后两个月，她也终于逃走了。那时候'文革'已经结束两年多，伯伯一家的权势也越来越小。"

像有闪电一道一道刺心裂肺，她意识到自己的绝望是什么，她的生日就在那年春天，这带血的生日再也侥幸不了。我竟然流着这样的血。然后，她又想，多么可耻，妈妈经受这样的一切，可是现在我却在伤心痛恨自己流着这样的血。

她的手握成拳，越握越紧越握越紧，紧到手指节发白，指甲深深地嵌入掌心，感觉不到痛，但嘴角却弯起一个嘲讽的笑，浸在泪水里，说不出的寒冷。

邓安转头看着颜子真的那个笑容，慢慢地说："那更不是你的错。我不觉得你从此就有什么不一样了。"

颜子真不语，只是望着窗外。

邓安说："说得真轻巧是不是？我明白，做起来不轻巧。可是，你看你妈妈不是做到了？她是你的亲生妈妈，不是吗？"

颜子真眼神空茫，嘴角那个笑更加触目。亲生的妈妈，外外婆。外婆，你也是妈妈的亲生妈妈。

邓安启动了车子,说:"你不需要负罪,更没有必要折磨自己来减轻痛苦。"

那一路,两人都没有再言语。邓安沉默地开着车,颜子真沉默地长久地望着窗外。

到了颜子真家,邓安陪她上楼,看着她关上家门,才转身往电梯走。才走一步,颜子真打开门,叫他:"邓安,谢谢你。这些事,请你不要跟任何人提起,任何人。"她认真地看了他一眼。

邓安点点头,再看着她关上门。怔了许久,颜子真这一眼,很冷静,很清楚,那里面,有点东西不见了,却多了一些东西。

颜子真关上门,坐了下来,很久之后她打了个电话给小舅舅。

"小舅舅,"她尽量用轻松的口气问,"你能告诉我外婆和妈妈的事情吗?"

卓嘉在拿着电话一怔,问:"怎么忽然问起这个?"

颜子真说:"没什么,小舅舅你知道的,我一直都想知道发生了什么事情,妈妈……这么不能原谅外婆。"

卓嘉在温和地说:"颜子真,事情都已经过去了,外婆也已经不在了,大家会慢慢忘了这些事的,你别再想了。"

颜子真固执地问:"可是小舅舅,我想知道,是不是,是不是外婆对不起妈妈?"

卓嘉在叹了口气,只好说:"颜子真,别怪你妈妈,小舅舅只能告诉你,是的,这件事是你外婆对不起你妈妈,所以你妈妈才伤心才不能接受。所以颜子真,你要好好疼妈妈,听妈妈的话,知道吗?别再追根究底,让大家把一切都忘了吧。"

颜子真轻轻地嗯了一声,挂了电话。

那个人说的一切，都是真的。妈妈始终不原谅外婆，是妈妈的权利，她被全心信任的母亲出卖，她终生无法原谅，终生无法接受。

颜子真呆坐着，妈妈，对不起。外婆，为什么？因为大舅舅么？

她忽然想起今年正月全家聚会，大舅舅给卓品的那一记耳光，大舅舅发红的眼眶。随即她想起来，自己从小到大受尽全家的宠爱和百依百顺，想起外婆疼爱她超过所有孙辈，想起她得到外婆一半的遗产而大姨舅舅们都视为理所当然的笑容。

所有的不合理都得到了最合理的解释。

而那边，卓嘉在再也没有平静下来。

当年发生的事……他默默地打了个冷战，多少年了，他不敢回忆当年。

那一天，和大哥一起下乡的同学惊惶地跑到家里，说大哥打了村里的恶霸，把那人的手和腿打折了，然后大哥被关了起来，罪名是反党反人民向贫下中农报复。因为知道自己家的成分和海外关系，那个被打的恶霸声称要打死反革命通敌分子。那不是开玩笑。

一家人慌成一团，出嫁的大姐也回来了，母亲脸色煞白，连夜赶到那个遥远的乡村，三天后，母亲回家，带了二姐卓嘉自再度去了那个乡村。然后母亲带着大哥回来，全身是伤和血的大哥连夜被大姐送走到北方一个朋友那里。

他那时候还小，才十几岁，第二天问母亲：二姐呢？二姐为什么没回来？母亲失手跌落了手里的碗，却并没有回答他。

他看着母亲的头发慢慢地白了一片，而二姐，一直没有回来。

后来，他偷偷地跑去了那个遥远的乡村，他远远地看到了二姐，那张带伤的脸，冷漠的眼，他被周家的人赶走，独自躲在山里又惊又怕地过了一夜，深夜里二姐偷偷地找到他，递给他馒头，让他马上离开。

他哭着问二姐怎么了，为什么不回家？二姐没有回答他，只淡淡地看着山下。

那个再艰苦再困苦的情况下也是笑吟吟护着他疼爱他的二姐，那个自小便会学着大人唱儿歌哄他睡觉的小姐姐，换了一个人。他是二姐抱大的，他不会不理二姐。

那几年里，他用尽方法，也只能去看过二姐四五次，每次都不能正大光明地见到她，他见到二姐一身的伤，愤怒地要去理论要去打架，而二姐只淡淡地在愤怒的他身后说："我只有一个身子一条命，救不了两个人。"止住了他的脚步。

他打听到了，原来当年大哥一帮人下乡时，村里来接的人里就有那个恶霸，他看到过二姐。后来大哥出了事，母亲去求情，他灵机一动，就要二姐来换。

他问母亲为什么，母亲也只是淡淡地答他："我只要大家能活着。"

他大声说："可是二姐那叫活着吗？你就不怕她被打死？你就不怕她受不了自杀？"他那样愤怒，那样悲伤，那样恐惧。

母亲看着他，又仿佛没有看见他，她慢慢地走开去，声音却冷静："你二姐不会自杀。我四个孩子中，她最像我。"

卓嘉在知道自己无能为力，所有一切，他都无能为力。他甚至知道自己的愤怒好像都是没有道理的，难道他愿意大哥死吗？

年少的他不能怎么样。他那样悲痛,那样无力,他甚至不能去痛揍一顿那个恶棍。因为他的二姐会被揍得更凶,他会被抓起来让二姐更痛苦。

他也不敢写信告诉北方的大哥,他知道大哥会不顾一切赶回来,那样的后果更加糟糕。已经付出这样的代价,怎么能让它更糟糕。

那样的日子一年一年地过,也就过下来了。

"文革"早已结束了,那个山村还是一片混乱,还是村支书当权,村支书的亲戚还是在城里有权有势。然后终于有一天,他忽然听到二姐逃走了,再然后父亲回国了,大哥回来了。

从北方回来的大哥知道整件事后,痛苦地问母亲:"为什么要拿二妹去换?妈妈?你甚至没有问过二妹就这么把什么都不知道的她送到那种地方?是我闯祸,我宁可自己死。"

母亲答他:"说得确切一点,我骗她去找人说情去接你。我不会让她自己去选择救你或者不救你。"

原来母亲没有给二姐选择的权利,她把茫然无知的二姐直接送到了那个恶霸手里做了奴隶。

卓嘉在看着母亲,心里像被寒风吹过,像那几次在青乡山上的夜里,泪流满面。那时候的二姐,那种被最亲的人背叛的寒冷和绝望,怕是一辈子都没有办法忘记吧?

后来卓嘉在听说那家人几乎都死光了,只觉得真是报应不爽。然后有一天他看到一个少女从自己家冲出来,口口声声怒骂"凶手"。母亲站在书房门口望着她的背影,一脸冷酷。

他依稀认得那少女,他想到从小到大母亲的行事风格和坚忍心性,于是隐隐明白了什么。只是,这对二姐,有用吗?

他们不知道二姐的下落，二姐逃走后几年来一直没有联系他们。直到患了绝症的父亲回国定居，父亲寻找她，一登报，她就回来了。于是他知道，是二姐不肯联系他们，她不愿意回来。她回来，是为了父亲，还有颜子真。

回来后的二姐温和秀美，她对兄弟姐妹一如既往，甚至多了些幽默爽朗。她绝口不提往事。

他多了个姐夫和外甥女，挺拔稳重的颜海生因为当年救了卓嘉自出逃而深受全家尊重喜爱，而那个小小的活泼可爱又趣致的小颜子真得到了所有人一致的宠爱。全家人那样深的歉疚，因为二姐全不理会，便只好全部补偿给小颜子真。他亲眼看到卓品卓超小时候玩耍时不小心摔到小颜子真，大哥拎起他们便暴揍时，那样通红的眼圈。

二姐不提往事，所有的人就把往事深埋心中永不再提。

二十多年过去了，那些记忆原以为可以淡却了，可是卓嘉在现在知道，痛楚依然在。

周玉容在一个月后和邓丛恩离去。邓跃和父亲唯一的会餐并没有带上颜子真，这让邓安松了口气，却颇让邓丛恩失望，而既失望又欣慰的是周玉容。她爱这个孩子，因为这个孩子和她流着一部分相同的血，也因为她一直思念着卓嘉自。但是她也知道，自己带来的真相对她，是一种巨大的伤害，所以，不如再也不见。只是临走前她还是托邓安向颜子真致歉。

颜子真挂上邓安的电话，每个人都会逃避不愉快的事，可是周玉容不是无礼的人。这么些天来，她都不曾去与妈妈重逢，所有人都对不起妈妈，她没有，在她没有能力的时候，仍然给了妈妈力所能及的温暖，然后，为了妈妈的平静，她不再出现。可见得她也明白过去是过去。但是正像颜子真想的一样，颜子真不是过去，颜子真是她的侄女。

每想到这一点，颜子真就如心中挨了一刀。

第五章　师生

邓跃在电脑里做着部分模型试验，一边心中细细琢磨哪些部分需要加以改善。带学生出来实习只不过是个形式，因为是集体在人家制作部门学习，需要有领队统筹沟通而已。

前两天他见大家都极有兴趣地参观询问，到后来也就是跟他上电脑课的几个同学能答得上话了，十来个学生看着工作人员用不同的制作软件以令人眼花缭乱的速度构塑动画世界，不禁啧啧赞叹：原来是这样的啊……

手绘底稿则集中在另一处有人专门处理，像卫音希等没有学电脑软件的就比较长时间待在彼处。

邓跃对他们说：动漫之中，动画是一个重要组成部分，有时候多学一点东西并不一定就让你去做它，而也许是另一种思维的开拓。最起码，你可以扩大眼界和能力，而只作为了解和初步掌握，并花不了太多时间。更何况，也许你会爱上它、发现一个新的美丽世界。

这些话，他是说给像卫音希那样只执着于绘画的一些人听。

卫音希只是默默地听着。

倒是她身边的一个女孩子，听得极为认真，他记得，这是一个电脑班上的学生，和卫音希一起去雾南山露营过的。

到了晚上，同学们都各自出去玩，美术系的学生和邓跃都不熟，他便抓紧时间自行干活。

他正改动一处的通信线路设计，身后打开的房门传来一点动静，转过身，发现是那个和卫音希总在一起的女孩子，低头想了想，记起来她叫曾慧永，便站起来，笑了一笑："曾慧永，有事？"

曾慧永笑吟吟站在门口，说："邓老师，我可以请教你几个问题吗？"

邓跃微微一怔，点点头："当然。"

她自身后取出手提，大大方方地说："我在做一个小动画，有些程序上的问题想不通。"

邓跃接过来，把自己的手提挪到一边，笑着说："白天在制作部学习时怎么不问那些老师，他们肯定比我专业得多。"

曾慧永只抿了嘴，笑着低头移动鼠标，细细提问。

邓跃答着答着不禁抬头看了她一眼，这个女生的水平已经好得超出他的想象，而这样浓睫白肤的美女竟肯这样用功也有点出乎他的意料。

脑子一恍，卫音希的执着和努力又浮现脑海。现在的女孩子……并非像众口悠悠那样的不靠谱啊。

解答完问题，邓跃想了一想，指着几处说："明天这几处你再去问问制作部的李老师，他可能会有更简单有效的处理方法。"

曾慧永点点头，合上手提，稍犹豫了一下，笑着问："邓老师，你真的对我一点印象也没有了？"

邓跃闻言一怔，颇为不解，抬头看着她。

她微微一笑，笑容如花绽放，在这静夜美得惊人，却带着一点泠然,轻声说:"可是我一直记得你。"

她转身翩然离去。

邓跃想了想,实在没有眉目,笑笑不再去想。

他在大学任教几年,因为年轻俊朗脾气又好,很有些女学生对他私怀恋慕,现在的女孩子大胆,也有人会向他表白,他只是微笑不理,加上他不坐班,也就很快没事。

这个曾慧永,在他班里选修了一年,却从来没有过异样举止,所以邓跃对她刚才突然的问题只觉得诧异而已。

坐了半天也倦了,他站起身走到走廊外边的阳台上,打算舒展下身子,却一眼看到卫音希。

她背对着他伏在阳台边,邓跃不想打扰她,转身要走,她却已听到动静转过身来,见到是他,脱口说:"邓老师,颜姐姐……"

邓跃不知为什么,心中微微一酸,看着她微笑,过一会儿才说:"她觉得内疚,心里很难过。"

卫音希微微抬着脸,城市灯光和霓彩淡淡打上她的脸,有一层朦胧的莹光,她抿着唇,露出一阵茫然。

邓跃叹口气,斟酌了一下语句,才说:"卫音希,据我所知,颜子真很欣赏你。她是个很单纯热心的人,是绝对不会想伤害你的。她是真的关心爱护你。"

卫音希认真地看着他,清晰但艰难地说:"邓老师,我知道。可是,我……"

可是,无法面对她,只想远远离开相关的人和事。

也许,是没法面对自己。是自己高高兴兴地把颜子真带到家里,是自己害死了奶奶。

奶奶的死状，以及那些异常，是怎么也骗不了自己的心。如果，她无数次无数次反复地想，如果不是自己寒假带颜子真回家，甚至，如果不是自己同意颜子真去探病，也许，奶奶不会死。那个"如果"，就在眼前，她一次次地试图伸出手去够它，幻想时光可以倒流，一切不曾发生。那个"如果"，只差一点点，只差一点点就是真的现实。为什么？！

与其说她伤心逃避，不如说她负疚自责到无法原谅自己。

卫音希回到宿舍，曾慧永正在翻看她画的漫画，怔怔地说："卫音希，这是你自己画的故事？你画得越来越好了。"

这次系里实习是分批到不同地方，她们寝室四个人就她们俩到了这边，住在一起。

卫音希摇摇头："我只是觉得闷，胡乱画的，好什么。你的问题解决了？"

曾慧永淡淡一笑："有的解决了有的没有。"笑容里有一点苦涩。

灯光很亮，曾慧永的表情太过明显，卫音希不禁仔细地看着她，慧永却一把推开她："谢天谢地，卫音希终于懂得关心我了。"扑哧一笑。

卫音希悻悻："狗咬吕洞宾。可是慧永你这几天真的很怪，动画问题没解决用不着这么愁眉苦脸吧？"

曾慧永却不再说话，过半晌，叹了口气。

卫音希也没精神追问，闷闷地坐在桌子边，随手拿起绘笔。

一个月很快过去，每个人都交出自己的实习作业，其中最出色的是曾慧永。她那一个小小短短的动画片虽然非常粗糙却慧黠可爱,最可喜的是加入了实习组里每个同学的特点,观看的时候大家都会心地哈哈大笑。

卫音希当然不可能交出动画片,人家曾慧永的那个动画,也是之前在宿舍里便做过一半的。不过也至少学会了粗浅地操作 Cinema 4D。

反而在这一个月之内,她把这段时间画的漫画修改补充,一点点地寄给温公子点评。仿佛是无处可诉的郁闷悲伤,找到一个宣泄的出处,而那个出处只是微笑接收,就画论画地与她讨论优劣好坏。

邓跃因了颜子真的委托,处处留意卫音希,着意提点帮助她,手把手教她软件,在实习制作部总看似不经意地站在她身旁,见她茫然,便低声指点。他为人处事一向聪明,表面上看对别的同学也一样细致,完全不落痕迹。

在回江城的前夜,温公子无意中说隔天会路过江城,他并不知道卫音希在实习,第二天也正好回江城,卫音希也没作声。反而是邓跃在吃晚饭时问她:"温公子明天会在江城,要不要去见他?"

卫音希本来就决定回江城休息一天才回家,但她一直不太习惯和人见面,特别是温公子,犹豫了一下。邓跃却说:"不如这样,我也要去找他,一起去吧,然后我直接送你回校,不耽误你第二天回家。"

看着邓跃关切的眼睛,卫音希知道他的关切是因为颜子真,便不忍心再拒绝,点了点头。

温公子仍然是随和俊逸的样子,笑着和邓跃胡调,因着有卫音希在,胡调得也有分寸,卫音希不像初次见他那样拘谨,却也不像在电脑视频里交流时那样自然，仍然是沉默时多，温公子问一句，才答一句，态度是极认真的。

温公子便有意和她谈论漫画，慢慢地，才算让她开始说得多了些，眉目灵动起来。说得兴起，温公子拿了笔和纸摊在桌上比比画画，卫音希指点着侧脸提问，一边讲着自己的观点。倒把邓跃撇在一旁，温公子和他多年老友，性子多少又有点艺术家气质，自然不加理会；卫音希少女心性本也不大懂人情世故，好不容易暂时忘掉家变，谈说的又是最爱的漫画，更加顾之不及。邓跃只在一旁微微笑着看着他们，只觉心情愉悦。这么久了，只有在倾心绘画的时候，卫音希才会露出孩子般的兴奋，雪白的脸颊透出微微的红晕，眸亮如星，神情专注毫无旁骛。

后来温公子说："卫音希，我想把你的画寄去参赛，愿不愿意？"

卫音希正蹙眉思索，闻言愕然："哪个？"

温公子笑："你最近画的这个。虽然仍旧稍嫌稚拙青涩，但胜在不加雕琢，情感真挚，最重要的是可塑性强。你要是放心的话，就交给我来办吧。"

卫音希想也不想地点点头："好。"

温公子和邓跃都温和地看着她，为她的心不在焉和这份痴迷，那样的热情和天真，似乎这个世界只属于她，她只属于这个世界，而其他的一切，你说是就是，不是就不是，无关信任，只不过全都不在她的思量之内而已。

这样的年少轻狂不管不顾，总有一天会慢慢消去。唯其尚在而不自知，才一再触动人心。

第六章　我是如此幸运

莫琮因为要做个医院义诊的专题，约了名医邓安吃晚饭，拉颜子真凑桌脚。自那日青乡回来之后，颜子真和邓安已经有近一个月没有见到，不过他们俩本来也是很少见面，颜子真只在心里有些微的不适，想想也便罢了。

走到一半颜子真接到邓跃电话，说晚上回家，不禁露出笑容。

莫琮问颜子真："听说邓跃六月跟你求了婚？"这一个月两人都忙，没怎么联系，颜子真心情也一直不好，也就这几天才跟莫琮讲，反正大家都知道他们是一定会结婚的。因为在一起时间已经太久，结婚好像就是顺其自然的事情，但是当时……当时，她当然觉得快乐。

是，颜子真再怎样也不能否认，在感情这条路上，自己是多么幸福的一个人。在自己的周围，她再也没见到比自己更幸运更幸福的人了。

莫琮又问："你理所当然地答应了吧？"

颜子真点点头，她微微地笑，有过犹豫么？没有。只是错愕之后浮起一阵心酸，然后便是充盈的幸福。这半个多月来，她独自反复思量，已经觉得不堪负荷，每夜做梦，总似乎见到妈妈满身的血,却看不清妈妈的表情,自己只会无能地哭泣:妈妈,妈妈,对不起。然而朦胧间妈妈看向她的眼睛,却总是温暖的。

她益发憎恨自己。也不是不想找人诉苦,但是,那是妈妈的事,是妈妈的屈辱,她有什么资格说给任何人听?妈妈选择了坚强快乐地生活下去,选择了百般呵护着她长大,给她最完整的爱,她反而找人倾诉自己对身世的困惑和憎厌?那样她只能更加地看不起自己。不,她要看护好那另一半的血,不让它露出丑恶的面目。

那一晚她回到家,看着父母,有一点生涩。后来在厨房门口看到妈妈低头炒菜,她很想走进去,想抱住妈妈的后背,想说些什么。可是多年来她一直和妈妈轻松愉快地斗智斗勇,她的妈妈一直训练她独立幽默,不是没有那样温暖的拥抱,可是现在,突然一个拥抱,那么她怕妈妈会惊异,怕自己会哭出来。

妈妈,对不起,我不知道生活曾经给过你这样的痛苦,我不知道外婆……

颜子真没想到自己能有这么大的掩饰能力,可是也许她习惯了家里的温暖,融入进去,不过是回到从前,也不是怎么难吧。妈妈一如既往地调侃自己,她也一如既往地无可奈何,爸爸照样宠爱自己,在一开始的犹豫之后,颜子真发现自己像从前一样接受宠爱也不是难事。这一切只能让她更加敬爱自己的爸爸妈妈。

只是心里到底有了些悲伤。

当她百感交集地抬起头的时候,就见卓嘉自从厨房端菜出来打量着她:"脸色这么白?也瘦了。"

颜子真只好笑:"我减肥呢。"

卓嘉自和颜海生闻言不禁相视愕然:"怎么你终于决定走美

女作家的路线?"

颜子真无奈,装作悻悻:"妈妈你女儿本来就是美女好不好。"

她很快学会抽离不良情绪,也很快习惯了这样的抽离,她咬着牙,振作着集中精神,是,她有那丑恶的人一半的血,但是,她一样有妈妈的血,她有爸爸二十多年的全心爱护和教导,她是妈妈的女儿,她是爸爸的女儿,他们给予她的一切,才是最重要的。

还有,一个月之前,在什么也没发生的时候,邓跃在星光下说:你愿意嫁给我吗?她伸出手时候的喜极而泣。只要一想起来,就会觉得自己就像会一下子醒过来似的,完完整整地跳回了躯壳里。

不要紧,她有妈妈,有爸爸,还有邓跃。

她独自一个人,慢慢地消化着这一切,借助着一切身边的力量,渐渐地恢复如初。邓安那句话一直响在耳侧:"那更不是你的错。我不觉得你从此就有什么不一样了。"是的,自己还是自己。她不会有什么不一样的。

莫琮打量她神情:"这么纯情健康的一对,终于圆满了。嗯,给我的人生添一抹亮色,让我有理由相信,这个世界还是存在美好爱情的。"

颜子真不禁莞尔:"什么叫这么纯情健康的一对?你这人。平白损害我爱情作家的金字招牌。"

莫琮不屑:"嘿,你还真认为你就该历尽沧桑、看透风尘?要这样,还不如……"她狡黠道:"虽然呢,你家邓跃一向温良优秀对你一往情深,不过好像你们都是初恋,这个,你要多注意点哦。"

颜子真的反应很快，笑："你的意思是，婚前色彩太少的人，婚后比较容易受诱惑吧？那我也是啊。哎，那不如嫁他大哥，那个花花公子，他可是历尽颜色，看尽风帆，经验丰富，婚后想来一定能恪尽夫责，从一而终了……"

说着，忍不住笑。莫琮哭笑不得地看着她："你就算对你夫婿纯良心满意足，也用不着这么说你未来大伯吧。"

说曹操，曹操就到，邓安从门口走进来。

颜子真微微一呆，莫琮却用手遮了遮前额，笑："好帅的大伯子。"

邓安也笑："劳美女们久候。"趁莫琮不备仔细看了颜子真一眼。却见颜子真对他扬眉一笑。他微微一怔，却忍不住扬了扬嘴角，笑道："弟妹，早上好。"补一句，"笑得太谄媚。"

莫琮扑哧一声笑，颜子真一下子回到从前对着邓安的气急败坏中，瞪着他。

邓安却不理她，从口袋里掏出一个U盘，对莫琮说："大记者，资料全在这里了，还有什么想问的？"

莫琮一谈到工作便兴奋："当然有当然有。"

颜子真恨恨地说："你们吃了饭再去蜜斟好不好？"

莫琮给她一个大白眼："你这个千金大小姐，不识民间疾苦。本小姐找个专题赚碗饭吃很艰苦的。"

她那一个白眼不分男女总是白得千娇百媚，邓安哈哈大笑，莫琮老实不客气加补一句："我对花花公子免疫，你别对我笑得这么风骚。"

这下子三个人都大笑。

饭后莫琮赶着回去做稿子,颜子真准备慢慢散步回家,走了几步,却发现邓安走在她身边。不禁问:"你没开车?"

邓安笑:"车子借给同事了。"

夜风很清爽,刚下过雨的地上有一层薄薄的水,几片落叶沾在水里,颜子真一脚一脚地挑着,邓安忽然认真地说:"颜子真,恭喜你。"

颜子真转过脸,笑:"谢谢。"

邓安看着前方,微微一笑:"邓跃从小到大都是很乖很好很优秀的男孩,你们会很幸福。"

颜子真点点头:"我知道。"

邓安侧头看了她一眼。

他以为颜子真会很难过那一关,他的印象中,颜子真是个一帆风顺的天之骄女,天真得来有点让人不耐烦。那天颜子真在他的车上,那样愤怒悲痛之外有着强烈的厌弃和自嘲。他清楚那个表情,他看过那样的表情,不止一次,当时他不知道这个表情意味着什么,或者是故意不肯知道,可是现在他完全明白。

可是颜子真……

两人并肩走了一会儿,颜子真忽然说:"其实,那一阵子,我很痛恨自己。我觉得我是一个耻辱的存在。"她低下头,"可是我看到妈妈,看到爸爸,我就知道,在他们眼里,我是瑰宝。"

邓安慢慢地说:"我一直想跟你说对不起。"

颜子真有些诧异。

他叹了口气:"其实那天早上在你家楼下,你和她对话时我应该阻止你。可是我当时只觉得有趣,因为你从来都没有那样严肃,给人一种很孩子气的感觉。很……有意思。"说出这句话时他几乎狼狈了。当时他只是觉得好奇和有趣，所以他无所谓地、玩世不恭地旁观着，他甚至有看笑话的意思，这个天真的女孩子，终于要面对一些什么了么？太过恶劣。虽然他并不知道事态会有这么严重。

颜子真却笑了："你一向看不起我，喜欢取笑我。"

邓安无言。原来她不笨。

她看着他，还是忍不住加补了一句："我不生气，因为我也挺看不起你的。"

邓安笑笑。

她却低下头，近乎自言自语："可是我只要想到邓跃对我说，你愿意嫁给我吗？我的心就会一下子平静下来，我觉得很幸福。"

她微笑："我虽然一直知道没有人可以幸福得理所当然，但直到那个时候我才真正明白这句话的意思。"

我是如此幸运，所以，我一定要好好地珍惜好好地继续幸福下去。

第七章　她看见他爱上了她

邓跃送卫音希返校，车滑出车道时，邓跃习惯性点开 CD 机，却不知为何 CD 竟卡住，邓跃笑了一下："满车碟片，颜子真就只爱这一张，看来终于听到寿终正寝。卫音希，你打开你前面的杂物箱换一张。"

卫音希遵嘱打开，果然有个 CD 包，拿出来，顺势却带出一本书来，却是一本再眼熟不过的、温公子的漫画书。她下意识翻开，扉页上有个大大的签名：致卫音希小姐，希望你喜欢我的签名。温公子。

卫音希惊讶地抬头看着邓跃，这本名叫"那些，这些"的漫画是温公子所有漫画书中她最喜欢的，幽默而且温暖，带着些微调侃。她不在意别人的签名什么的，但看签名的日子，是她第一次见温公子。她记得那时候除了颜姐姐，和其他人都不熟，而颜姐姐，鼓励地说：和我去见温公子去，我要让他收你为徒。

邓跃一眼瞥到，一边打方向盘，一边不经意地笑了笑："那时候看你这么喜欢温公子，又挺害羞的，觉得你可能会不好意思要签名书。谁知道你后来却很不屑要，弄得我不好意思给你了，就一直放在这。"

卫音希只觉得心里一暖，喃喃地解释："不是的，我不是不屑要,我是……"

邓跃见她涨红了脸解释,笑:"我知道,喜欢偶像有不同方式。"

卫音希低头,翻着书,轻声说:"谢谢你。"

邓跃微笑。

卫音希随手挑了一张CD,换下卡住的那张,悠扬的音乐声中,在温公子那里的情绪慢慢平复,一路无言直到校门口,卫音希说:"邓老师,你停这里吧,我自己走进去就是。"

邓跃想了一下,停下车子。卫音希因为是直接从车站坐邓跃的车去见的温公子,装着行李的背包还在车上,便打开后车门取背包,然后冲邓跃招了招手,背上包往校内走。

邓跃跟着下车,叫住卫音希,把她忘在前座的漫画书递给她,笑了笑,道:"快回去吧。卫音希,暑假快乐!"

卫音希点点头,犹疑了一下,低声说:"邓老师,你跟颜姐姐说,叫她别难过了。"

邓跃轻轻地叹了口气,低头温和地说:"你管好自己,事情已经过去了,你奶奶也会希望你快点开心起来。你这个样子,叫你奶奶怎么放心呢?你爸妈也会担心,是不是?而且,"他顿了一顿,说,"我们大家都很希望你能像以前一样,卫音希,快乐起来,就算暂时不能,也别再责怪自己了。"

卫音希怔怔地看着他,他知道自己在责怪自己么?过半晌,才极低地说:"我知道。我只是,想念奶奶。我很想念奶奶。"

声音那样细而脆弱,如崩溃一般的信赖是听到有人这样温和的安慰下才露出来。倔强地咬着牙不愿意说,周围的人明白却都沉默着关怀,只是有时候,当事人多么想多么愿意听到有人用温和的声音说出他的安慰。切切实实的。

那是一个出口,而每个人都需要出口。沉默,有时不是金,不是银。

卫音希一直是个沉默的孩子,可是巨大的悲痛自责和无望的思念,让她渴望有人真真切切地用语言劝慰她:别伤心,别难过,别自责,一切都过去了,不是你的错。

十一点钟的仲夏夜,风拂浓荫,带着一些些的热气,圆月如银盘挂在当空,因已放了假,通往校门的长长通道上只得几个学生零散笑闹着走过。只有校门口的灯仍然明亮。

可是在邓跃的心里,听着那样细弱的声音,猝不及防间,忽然如狂潮纷涌,从来没有过的涌动和酸楚汹涌地冲上心头,冲得太高太快,硬生生哽住了喉头,一刹那间悲喜难分,心潮起伏,竟至手足僵滞。

他看着卫音希转身进去校门,他靠在车头,呆呆地望着她走远。忽然间心一节节地灰下来,凉下来,空下来,像死了一般。像荒漠一般。

那是欢喜到了尽头的悲凉。

他知道,再也骗不过自己了。再也。

初见时洁白青涩的笑,说"我从来没想象过他是怎么样的人"的自然淡漠,五月舞台上如秋月临空刀光如雪的容颜,凝神质问自己为什么放弃的天真清澈……有些原本是不记得的,却原来在不经意间全记在心底,一页页翻出来,触目惊心。不知道什么时候是动心之初,然而执着的欺骗已然成废。

颜子真是后来去学校给卓谦送东西出来时看到邓跃的。假期还剩下一半，卓谦约了同学去青海驴游，提前一天住在学校里，却又忘了一些装备，让颜子真帮忙送过来。

她先看到邓跃的车迎面停下来，便歉意地对已经拦下的出租车挥了挥手，打算搭邓跃的车回家。甫一抬头却看到卫音希从车上下来，校门口停着几辆车，她为了给出租车让道刚好站到了一辆车后面，见到卫音希下意识地退了一步，转而犹豫要不要过去跟她打招呼，又想可能她心情还未平复，还没决定好，却猛然看到了邓跃的表情和眼神。

邓跃看着卫音希说话的表情和眼神，看着卫音希背影的表情和眼神。

惆怅，欢喜，悲凉，爱慕，执着，痴迷。他看了那么久，那么久，卫音希已经走得看不见了，他仍然怔怔地看着，似乎要看到天荒地老，也不肯回头。

她站在他的对面不远处，可是他竟一直没有看到她。

车头边，雪亮路灯下，清晰得让颜子真回避不了。

颜子真呆住。

过了许久，邓跃上了车，她看到他把头慢慢埋在方向盘上，再过了许久，车子启动，开走。

颜子真木立在那里，一时间不知今夕何夕，只觉整个人似飘移了地面，眼前一切混沌不清，她想这是个噩梦，恶俗的噩梦，可是又想恐怕不是，又奇怪怎么好像一点伤心的感觉都没有，只是空茫茫的没个着落处。她想这可真奇怪，这可真奇怪。

她站了很久，久到她不知道有多久，一点也没觉得累，因为也想不起来有什么事要做，于是想，好累，回家吧。

她也没有忘掉回家的路，便慢慢地往回家的方向走，一直走一直走,不知道走了多久,只觉得两条腿累得像灌了铅,最后终于到了家,迷迷瞪瞪地上了楼躺在床上,很快就睡着了。

颜子真睡了很长很长时间。

她自小是个爱睡觉的孩子,每天早起上学都要赖到晚无可晚才飞速起身,然后踩着铃声冲进教室。她高中时的班主任在忍了一年之后终于惊叹:"颜子真同学,我一直等着看你迟到,你还真够争气呵,连续一年每天踩着铃声进教室啊!"

她在全班同学的哄笑声中,讪讪地笑,却始终没有改掉。

高考结束后她足足睡了三天,把头脸睡得跟个猪头似的,同学来叫了很多回,才憨憨地醒了,好脾气地听他们指责她错过那么多场好戏。

她一直没有改掉爱睡觉的习惯,碰到床,就像遇到最缠绵的恋人,抱住枕头心满意足不肯离开。

这一次,颜子真足足睡了四天。隐隐约约中,她也知道家里有人进出,她也不理,只是埋头苦睡,不肯抬头,睡睡睡,似乎要睡到天荒地老,再不醒来。

第六天,颜子真起床,在床上坐了半天,想很久,转头在床头柜看到纸条,是邓跃留的,说找过她,见她在睡就没吵她,然后说因为离开电视台一个月,很多事堆积着要在开学前处理好,忙到脚朝天,最后说,睡好了记得给他电话。

颜子真看着手中的纸条,看了很久,忽然间,似乎终于明白,尖锐的酸楚和剧痛袭上胸口,让她不由自主躬起身体。她闭上眼,想起在梦里,自己总是站在那里,不敢相信地一直站着。

她模模糊糊地想,她是写小说的,怎么过日子也过成了小说呢?

很久很久，疼痛慢慢缓解，肚子很空，却不觉得饿，她起身倒了杯水喝着，手机响起来，大概因为没电了，只响了几下就呜咽着歇了声。她坐在沙发上慢慢地换了电池，查了下未接来电，有莫琮的，爸妈的，邓安的，有卫音希的，还有邓跃的。她挑着回了几个电话后，又坐了很久。

第七天，颜子真先是跑到电信营业厅换了电话号码，再换了手机号码，最后，换了门匙。

她不想听不想见不想问。

那样的眼神那样的爱慕欢喜钟情叹息眼神，她见过，只不过，不是在邓跃的眼里。原来，邓跃也是可以有这样的眼神的。他们那平和静好的爱情，只是她的自以为是。

一切都已经看到知道，所有的解释说明不过只是注脚，终极目标直指结局，既然结局已知，这些都不必再听。

第八章　分手

直至暑假结束，颜子真没有再见邓跃。

邓跃还是问了新号码打过电话来，颜子真在第一个未接之后设了屏蔽。QQ上也拉黑了他。

不是不知道这是逃避，但是她不知道怎么办。起先她只觉得疼痛，后来她觉得茫然，而这茫然，要到很多天以后，才抵达内心，反复地告诉她，你失去了你爱的人，永远。那意味着什么？她不能再触摸他，不能再对他撒娇耍横，不能再和他依偎着讨主意，不能再被他安慰和爱护。所有的，一切的理所当然，都不再是她的权利。她的身边，空了一块，她的心里，空了一块。她不敢细想。

她常常坐在沙发上一坐就是半天，然后漫漫地想：我在干什么？我要干什么？

最先发现不对劲的是莫琮，起先是邓跃找她要颜子真的新号码，她不假思索给了他，然后两个人就像一起蒸发了似的消失。她频频催颜子真的稿子，颜子真只不肯交稿，每次接她的电话说话时总没睡醒似的慢了半拍。最后她要稿子要得急了，颜子真突然大声说："我不写了，你不用再催了，我永远也不会再写了！"

那边的手机啪一声巨响，莫琮静了下来。

她打电话给邓跃，邓跃一直在想颜子真突如其来的变化，他去带队之前两人还是甜蜜恩爱，他回来那天中午还跟颜子真通过电话，可是忽然间，颜子真就像变了个人，他再也没能和颜子真说过话。

他不是不心虚，不是不愧疚，那晚卫音希在舞台上的光彩，打动的不止是卓谦，他再明白不过，当时望着舞台上那个女孩，好像是望着少年时的梦想，那样美，更加美。他的心被重重捶击，只得迅速离去，在场外平静心绪。然后，他想着颜子真的好，他是喜爱颜子真的，这些年真真切切的欢乐喜悦一遍遍回放，那时候他坐在车子里想了很久很久，只用力想着颜子真，颜子真，颜子真，他们的初识，他们的再见，他们的开始相恋。他可以放弃少年的梦想，何以不能放弃这忽然的心动？只不过是心动。而颜子真，颜子真是多年来的温暖和真实。

可是，当他知道再也无法欺骗自己时，他是准备和颜子真坦白的。他也想把伤害减至最低，也想过，是不是还可以回来握颜子真的手。如果不能了，他也不会瞒着颜子真去爱别人。

可是，颜子真怎么会突然知道？对，他并不傻，颜子真从来没有这么不讲理这么失常过，那么，不是她不讲理，是她知道了。

只是邓跃从未想过，颜子真是这么一个决绝的人，原来她做了决定，就绝不会再留任何余地，她连一句话都不再容他说。

她一向是那种带着一点任性的好脾气，她会追根究底地问个没完没了。

也许，那是她一直没有遇到过重大的事情。

他不知道是不是该松一口气，如果真要他面对颜子真提出分手,其实很难,因为子真,因为子真是那样一个天真又明理的女孩子。面对她明亮带笑的眼睛,太难了。

他拿着手机,莫琮冷静的问题响在耳侧:"邓跃,你和颜子真分手了?"

他们都太了解颜子真。

邓跃断下一口气,也冷静地答:"应该是。"

莫琮心凉如冰,淡淡地说:"因为卫音希。"她啪一声挂断电话。

旁观者清,莫琮心中早有隐隐约约的感觉,只是她总认为不至于。邓跃一向温良优秀,卫音希固然优秀美好,可是颜子真……

经济无须帮补家境的人在莫琮心里永远是最大的幸运儿。他们或许有其他的忧虑烦恼,但相信莫琮,再大的忧虑烦恼敌不过贫穷,那简直折磨自尊。

当然莫琮的家境并未到贫穷的地步,却也充分地限制了她很大的自由,令她很多愿望只能放在心里,也许永远不能再见天日。

好在她并不怨天尤人,只认真低头做好自己的事,在尽可能的自由范围内放纵一下,偶尔抬起头,会被她笑话几句的也就是颜子真。她一直谨记,只要自己努力,其他不在自己控制范围内的事情,不要构成自己的困惑。

当然有时肯定有羡慕,甚至有时看着颜子真这等人无关大雅的烦恼会有一点点幸灾乐祸。却很明白各人各运,心平气和。

但是,莫琮真心实意地认为,颜子真,真正配得起她拥有的一切。要不然,她不会从大学时便和颜子真要好至今,而至今,颜子真也不曾教她对"人"和"友情"这两样东西失望一丝一毫。

再不济,论及世俗眼光,颜子真家境优裕,妆奁丰厚,学历高等,哪点也不辱没了邓跃。她想起颜子真告诉她答应了邓跃求婚的时候,自己有意无意间的调笑,一时间,无比憎恶邓跃。

所以,当她强行敲开颜子真的门,看到颜子真瞠目结舌看着她又想起摔手机的行为时,面带的羞愧,不禁心中酸楚,恶狠狠地说:"你对着我用不着这样吧,你爸妈怎么说?"

颜子真瘦了很多,皎白的脸显出的是苍白,愈发显得眉眼乌黑,一身家居裙子宽宽落落,低声说:"他们去哈尔滨避暑了。"

莫琮看着颜子真,白问了一句:"你和邓跃,还能挽回吗?"

颜子真放在茶几上的手微微一抖,却笑了笑:"莫琮,我这么懒的人,哪肯费这个心。"

莫琮冷笑:"还好你肯这么说,那种人,早走早好。来了一个妹妹,就不要姐姐,要是再来一个,又怎么样?——得亏那不是你妹妹,不然吐血也有份。"

颜子真沉默了一下,说:"应该不关卫音希的事。"

莫琮静了静,说:"卫音希要是也看上他,那才真是折堕。"

颜子真见莫琮的语气狠到十分,倒忍不住笑了起来,只是那笑极淡,慢慢地说:"我一个人待在家里,也想了很久,你知道吗莫琮,我从来没看到他眼里有过那种、那种眼神,那么欢喜爱慕,好像只是看着她就心满意足。我想,也许我和他只是合适的时候遇到合适的人,却未必是真爱的人。"她的声音越来越低,心中的痛意再一次一点一点清晰起来,那样痛,那样痛。她不是他的真爱,可是,她是真爱着他。全心全意地,爱着他,也习惯了他。

也许是应该纠缠的,是应该装作不知道的,那么也许,还是可以像从前一样。能么?

潜意识里已经摇了头。她看见了,她的痛是因为她看见了这样的真实,推翻了这么多年的以为。全心全意放下去的,不过是一个以为。那样的痛,不可开交。

心灰意冷。

她抱着头,在莫琮面前,泪流满面。

之后的日子,莫琮每天都过来拉她出去玩各种匪夷所思的玩意,连游乐园的过山车也玩过了。颜子真骇笑,却不知为什么,在各种极度的刺激下,以前吐得一塌糊涂,现在玩起来却没什么异常。

她知道莫琮的意思,接受她的好意,疯一天,笑一天,然后睡成死猪。莫琮说:"别多废话,以后你要还给我的,钱和时间一样没得少,还加利息。"于是颜子真就不废话,专心致志地玩。

莫琮不用坐班,两人整日像孩子一样奔赴各种游乐场所,和放暑假的小孩子们玩得不亦乐乎。好多新玩意儿颜子真以前都没见过玩过,莫琮就更不用说了,到后来反而是莫琮玩得最起劲,她哈哈大笑:"这次算是一次补足了!"

两人玩得疯了,一本正经合计过几天开学了人少点去香港迪士尼,路过深圳欢乐谷也不能错过,还有还有,广州有什么出名的游乐场没有?那个著名的长隆水上乐园看来是一定要拐道去一趟的……十几天时间就这么飞也似的过去了。

等颜海生夫妇从哈尔滨回来,几乎不能相信自己的眼睛,那个白皙苗条的女儿哪里去了?面前这个又黑又瘦的女孩子是哪个?

颜子真见到父母,不知道为什么心里忽然涌上来一阵一阵的委屈,怎么也忍不住,遮遮掩掩地躲到卓嘉自背后,从背后环抱住母亲,低低地把头埋在母亲后颈上。

卓嘉自僵住,她的后颈上有滚烫的眼泪一滴滴砸着,直砸到了她的心里去。颜子真可从来没有这样过。她的心都缩了起来。

待到得知是邓跃和颜子真分手,颜子真只说邓跃不再爱自己便再也不肯说什么。颜海生怔了半响,只是心疼颜子真,倒是没说什么,卓嘉自却极为气恼,把邓跃历年来孝敬的东西统统找出来打好包,叫了快递来马上寄回到邓跃家。颜海生在一旁又是好笑又是心酸,心下也很觉痛快,赶着付了加急快递的钱。

回过头,颜子真垂头站在他身后,一只手偷偷塞进他的掌心,轻轻握紧,一下一下地摇,就像小时候,那样依赖和信任,在他耳旁嗲嗲地不停地叫:"爸爸,爸爸,爸爸……"她的声音里,像是多了些什么,让人心酸。

颜海生紧了紧手掌,握住那只小小的手,眼眶发热,喉咙发紧,心中酸痛,女儿长大了,有些事情做父亲的也帮不了了。这些天她一个人熬得很辛苦吧,什么都不肯说,坚强骄傲有担当,这是他的女儿。

他的女儿轻声说:"爸,我没事。"

第九章　你是个健康美丽的中国女孩

颜子真遇到盖瑞真是个意外。

她最近经常失眠。原先在莫琮的陪伴下玩得天翻地覆后总是睡得很好，没有时间精力去想什么，日子一长颇有一种前事如云烟的感觉，笑也一样笑，虽然略微沉默了些，那也是正常的。

但是真正恢复了正常生活后，她却开始失眠。其实她是从来不失眠的，虽然写小说，可是她向来在白天工作，有时候赶起来或者兴致起来会日夜兼程，可是写到累了要睡也就睡着了。

她也不知道是怎么回事，只是躺在床上，脑子里像穿梭机一样各种思绪来来去去，什么都有，具体要讲是什么却又讲不清楚，心烦气躁，平静不下来。好不容易睡着了，梦又多，又易醒。

应该只是一个阶段吧，颜子真用转移注意力的办法来处理，她五月初接的那个剧本已经按约定在七月底交出初稿，影视公司却一直没有回音，这两个月她又在颓废玩乐中度过，颜子真便准备重新捡起网络课程，拿了《二月初一》的小说当练手，认认真真地写起平生第二个剧本来。

可是失眠并没有太大改善。好不容易睡着，却在一个和邓跃在水上乐园玩组合滑道快乐大笑的梦中醒来，颜子真怔怔地落下泪来。在梦里,他们并没有分手,仍然明朗的心情那样清楚,直至醒来的此刻,还残留在心里,叫颜子真再难回避。

她咬了咬牙,打起精神去网上搜索办法。然后,她开始锻炼。

她在夜跑的路上遇到盖瑞。

他背了个大炮筒在拍照。颜子真原来只是埋头跑步根本没有注意,只感觉到面前有个人,便往旁边让几步,那人却也往旁边走,她再让,那人又过来,她皱着眉头抬起头,看到盖瑞笑得像个坏蛋一样的脸。

颜子真已经跑得很累,可是看着这张笑得眼弯弯、偏又坏兮兮的英俊面孔,忍不住笑出来,她抹一把汗,正要说话,盖瑞把大炮筒的LCD给她看,全是她埋头跑步的样子,衬着远处天边一截清晰弯月,虚化的路灯和安静随风而舞的树影,有一种说不出的感觉,直击颜子真心底。颜子真错愕地看着照片,几乎说不出话来。

盖瑞却收回相机,笑眯眯地说:"看到没有,你的跑步姿势不对。"

颜子真的思维还留在照片上,再次错愕地看着他。盖瑞把相机递给她,讲解起慢跑的正确姿势来:身体不要往前倾斜,要挺直腰背垂直于地面,全身放松,抬脚抬手的幅度以自然小幅为要,手的摆动方向是往前的,另外,抬头直视前方……

颜子真的脑子几乎转不过弯来,听着他喋喋不休地讲完,然后条件反射地听他吩咐试跑了一段,感觉到果然轻松许多,这才后知后觉地跑回到他身前,不知道说什么好。只觉得,好荒谬。

他却还得意扬扬地看着她,她便神差鬼使地点点头:"是轻松很多，跑起来不太累。"

他冲她挤挤眼，眼中有什么一闪而过，笑嘻嘻地说："作为谢礼，带我找个好地方吃饭吧，我还没吃晚饭呢。"

看着他那张笑脸，颜子真真心觉得挺开心的，遂二话不说带他去了常去的大排档。

大排档正是热闹的时候，盖瑞看到新鲜的菜就点，点了一堆，因为颜子真已经吃过晚饭，就一个人据案大嚼。颜子真好奇地问："邓安没带你来过大排档？"盖瑞百忙之中做出个苦脸："来是来过，可是邓安不许我常来，说不卫生，而且我割了胆囊，晚上不给我吃油的。"

那口气活像受了大委屈，表情和样子更像被踢了一脚的大狗狗，颜子真忍不住扑哧笑出声。

她一本正经说："邓安是对的，贵国人民无肉不欢，牛排鸡排猪排羊排……排排是肉……肉食者鄙。"

盖瑞瞪着她，她装模作样："我打个电话给邓安问下你能吃什么不能吃什么吧。"

盖瑞眼里闪过一丝笑意，欢乐地说："我都快吃完了。"

颜子真装模作样："告个状也好呀。"盖瑞啊呀一声，表情立马变得谄媚："等下先，我跟你商量件事。"

颜子真便忍笑停手，盖瑞说："是这样，我在美国的时候，帮一个小杂志拍一些照片。这次回来，我想拍十位男性十位女性，做一个小小专题，我想请你做其中的一位模特儿。"

颜子真瞪着他，一时也不知是真是假："我？为什么是我？"

盖瑞理所当然地说："要选十个有特色的人啊。你，热情大方，聪明美丽，笑容明亮，心地善良，豁达俏皮，随和开朗，天真可爱……"

颜子真确定了他在捉弄自己,觉得浑身鸡皮疙瘩此起彼落,偏偏盖瑞一本正经继续数下去:"家境优裕,学历高等,心理健康坚强……"终于忍不住低喝一声:"闭嘴!"

盖瑞看她一眼,眼睛里全是笑意,最后来了句总结:"是一个生理和心理都十分健康美丽的中国都市女性。很值得拍上一拍。"

颜子真慢慢敛起笑意。她原以为自己掩饰得很好,原来这么明显,一个连熟悉都谈不上的人都能看出来,她的疲惫,她的难过,她的哀伤。

老板娘过来,迎着他们身后笑:"那边有空位子。"

两人一起回头,却是邓跃和邓安兄弟俩。

这家大排档是颜子真常来的,当然也是邓跃熟悉的。

盖瑞见到邓安,笑着站起来:"这么巧?"

邓安先看到颜子真,怔了一怔,大排档的灯光很明亮,很明显地看出颜子真黑了很多,瘦了很多,一双黑白分明的大眼睛显得越发的大,不像从前那样活泼,多了些沉静和徘徊。

他下意识地转头看了看身旁的邓跃。

邓跃也正看着颜子真。

颜子真却只抬头看了看他们,就垂下眼。

邓跃唤了一声:"子真……"他望着她消瘦的脸、她眼里不自觉的那点深深的哀伤,心里隐隐的痛楚,颜子真的眼睛里,从来没有过这样的东西。他一时有些恍惚,有种冲动,想握住她的手,想说子真我错了,子真我们还可以回得去吗?可是,有东西阻住他。

他是爱过她的,只不过,只不过……他对自己说:我要的太多,太贪婪。

颜子真只觉得心底掠过一阵锐痛,脸色便有些发白,站起来平静地说:"你们坐这里吧,我们已经吃好了。盖瑞,我去结账。"清冷动听的声音有不易察觉的微微的颤抖,却毫不犹豫地转身。

邓跃看着她的背影,心里掠过一丝怅然。

结完账的颜子真站在外面,向盖瑞招了招手,且还微笑着同他们点点头。夜风吹拂她的头发,一身浅紫色运动服衬得她腰背挺拔。

邓安也对着她遥遥地点了点头,和盖瑞道了别,轻轻地叹了口气,他从前虽然一直不大喜欢颜子真,但是他喜欢邓跃和颜子真在一起,像童话里的爱情,很干净,很悦目。

只是童话总是童话,总会破灭。

第十章　我看到了真正的玫瑰，闻到了真正的香

邓安并不想管这闲事，便笑着同邓跃点菜。他已经复职，今天做了一天手术，正饿着，刚巧邓跃也在电视台忙了一天才得空，两兄弟便约了来这里，叫了酒吃喝得大汗淋漓。

男人的话题永远离不了女人，他们聊了半天工作，酒半醺，终于还是不可避免地聊到了感情。

此时他们已经转移到邓安家里。邓跃喝得有点多，邓安怕邓跃母亲担心，便留了他在自己家里住。

不知为什么，邓安忽然想起几年前，他整夜混迹于酒吧时，总是邓跃找到他，一再地跟他说：你会后悔的，我不同情你，不会站在你这边，可是你是我哥，邓安，起来，跟我回去。他醉得厉害，他便背着他回去。一晚又一晚，一次又一次。在那些心灰意冷不堪回首的白天黑夜里，他的兄弟，不满他的行为，却仍视他是最亲的人，守着他，护着他。

他叹了口气，看着邓跃半醉后有些茫然的表情，问："你们分手快两个月了，你喜欢的那个女孩子呢？她不睬你？"

邓跃笑了笑："她什么也不知道。"

邓跃也不是不憔悴的，但憔悴里有隐隐的亢奋。在邓跃和颜子真的几年里，邓安没有见过这样的邓跃。

他沉默了一会儿，问："那个小女孩，叫卫音希的，她不像是个没主见的女孩子。"问到这里已经是他的极限，感情事，他从来认为只是当事人自己的事。他已经插手太多，不明所以。

邓跃简短地说："我知道。我努力而已。"

邓安盯着他："邓跃，你知道你在做什么吗？你保证你以后不会后悔？"

邓跃苦涩地笑了一下："不，邓安，我不会后悔。"

邓安握着茶杯的手一紧，隐隐有悲哀在心底浮起。

邓跃沉默很久，开口："我从小就觉得我和你一点也不一样。不知道为什么，我总是很理智很明智，能很容易判断选择有利于自己的事情，包括兴趣，前途。知道自己的责任，选择最合理舒服的一切。克制欲望，克制超出常理范围的想法。做一个最平常最合乎人群规范的人。"

而邓安却从小就是性情放纵的人。小时候他不会考虑什么对自己有利，长大了是不去考虑，他自由而不羁。但是，也造成了无法弥补的悲剧。

邓跃望着脚下，慢慢地说："我寻求最安全稳妥的生活。从小如此。"

"邓安，你一直都说我是一个稳重有主见的人，我自己也一直以此自豪。可是忽然间，我发现不是。"

他抬头看着邓安，手微微发抖："我忽然间发现，不是的。"他喃喃地说，"我放弃的，才是我真正想要的。我十六岁放弃绘画，我一直在后悔，我放弃一切不够稳重不够干净的爱好，可是我老是梦见那些。我选择了最安全稳妥的方式来生活，可是我总是觉得不满足，心里经常会觉得空虚，我其实隐隐约约地明白是因为我放弃了自己真正喜爱的真正要的生活。邓安,我穿着我自己制作的壳,一直都隔着一层壳面对这个世界,我忽然觉得,我不能继续这样了。我后悔。"

他望着露台外遥远的星空,低声说:"我看到了真正的玫瑰,闻到了真正的香。我不后悔。"

邓安饮尽杯中的茶,低头不语。他本来想问他:那么感情呢,也是壳的一种?和颜子真多年的感情就这样也可以否定?那,也是选择吧?最安全稳妥的选择。颜子真在他心中在他眼里,何尝不是最安全最牢靠的选择?是最理想的那一类女友。他下意识里,习惯地替自己选择了颜子真,如果一直这样,那颜子真也的确是他最好的选择了。

其实大多数人都这样下意识地选择了自己的生活,哪种最舒服,怎样最安稳。你能说他们是错的吗?而之所以很多人能够不改变最初的选择,一则,是没有那个机会吧;二则,是自我催眠得太深,不敢改变?或者,已经不能改变?

可是如果是这样,颜子真算什么?邓安看一眼邓跃,没有爱吗?一点也没有吗?

人的本性究竟是什么,谁知道?

邓跃,这个弟弟,从小就被所有长辈用来当作典范教育自己和同辈,他至今记得姑姑笑:莫不是弄错了吧,邓跃才像哥哥啊,来邓安,叫哥哥。惩罚他打破她一套骨瓷餐具。

但是邓安没有问也没有说。他的生活更是一团糟,没有资格去说别人。

他只是说:"如果还有更完美的玫瑰呢?"

邓跃久久不语,拍了拍露台栏杆,忽然说:"我也曾经很用力地压制过，我觉得自己很可耻，我不能像……父亲那样，像……"他顿了一顿，没有看邓安，说，"像你以前那样，我这一生，最憎恨的就是那样，我憎恨那样的父亲，所以我要做和他完全不同的人。可是，你说我是借口也好，是事实也好，原来，原来完全按着本性，也会有解脱的感觉。我不知道怎么说，可是邓安，我不后悔。"他盯着兄长，"邓安，你不明白，我看到她，一次次看到她，就像一次次看到那些，那些我至爱的东西。你以为，我还会认为有更好的？"

邓安转开目光，问："你向颜子真求婚，是因为那个时候，你以为可以借此克制住这种感觉？"

邓跃看着他，邓安知道了那个答案。男未婚，女未嫁，在责任还没有背负上身的时候，每个人都有权利改变自己的选择。这个弟弟，从来对自己无话不谈，就算当年对自己痛斥也不肯虚与委蛇，他知道邓跃没有说谎，他努力过，就算努力的方法不对。

他忽然想到颜子真，仰着笑脸说"再世华佗哎哟哟"的促狭的她。他想对她说："颜子真，不用伤心，这是一件好事。"

是的，好过多年以后，有人对她说：我选错了。

和他众多女友比起来，颜子真很普通，但现在想起来，记忆里她的笑容很明亮，随遇而安，有点懒洋洋，很有那么一点天真和任性，小康幸福家庭出身的孩子惯有的天真，却并不讨厌。

邓安的脑海中清晰地浮现出刚才大排档外，颜子真挺直的背，微微的笑。他想起青乡的事情，想起她说因为有邓跃所以很幸福时，她说"我虽然一直知道没有人可以幸福得理所当然，但直到那个时候我才真正明白这句话的意思"时，脸上的难过终被快乐遮盖。然后，便是发现邓跃的心里另有所属。

可是,他仍然看到她还是有挺直的背,微微的笑容。

其实,也许他们两人,谁都不曾真正地了解对方。

可是至少,邓跃没有想过欺骗颜子真。如果有,那也是因为他当时骗过了自己。

他看一眼邓跃,邓跃永远都不会知道,他和颜子真的分手,和普通的分手并不一样,它给颜子真的打击是双重的、雪上加霜的。

第十一章 《二月初一》的真相

卫音希在暑假实习结束后回家,发现有一个寄给她的快件,是颜子真早在十天前寄给她的。她拆开,是一本书,一本名叫《二月初一》的装帧精雅的新书,因为太新,墨香犹重。

她记得这是颜子真在莫琮的杂志上连载的小说,是颜子真第一次写民国时期的故事,很好看。但是后面的部分,因为奶奶去世,她没有再看。

她有些错愕,她不大相信颜子真会因为自己没心情看完而特地寄一本单行本给她,便呆了好一会儿。直到妈妈过来看了一眼,拿过来翻了一翻,一张纸飘然落地。

卫音希捡起来看,脸色便变了。

是颜子真的笔迹,只是简单地写了几个名字和对应的箭头:

陆雁农→卫江峰亲生母亲、卫音希亲祖母

柳源→卫江峰亲生父亲、卫音希亲祖父

柳松→卫江峰

姚红英→现名姚灵莺,卫江峰现在的母亲、卫音希现在的祖母

康锦言→颜子真的外祖母庄慧行

最后写了一行字：

（也许我这样做很残忍。）

卫音希是看过大部分情节的，她当时便把书的后半部分飞快地看完了。书里的内容比连载更多，她看着看着，心里是既不相信又愤怒，可是看到后面，却带了很大的恐惧和茫然。

她把书递给了妈妈。

那一天晚上，一家人都没有入睡。

有很多疑点，但也有很多证据，他们翻出了那张老照片，卫江峰拿着它沉默了许久。

音希奶奶老了的确看不出年轻时的模样，音希妈妈嫁过来时音希奶奶也已经六十有多，可是卫江峰当然记得母亲年轻时模样，当时初见照片时谁也没留意，现在却分明记起，和卫音希一模一样的那张脸，并不是记忆中母亲的脸。

想起音希奶奶自见过颜子真之后的异常，她的一夜比一夜更厉害的噩梦，反复地翻看所有颜子真小说的仔细，临终时惊骇欲绝的脸孔面对的方向，除了颜子真，还有音希。

卫江峰不愿意再去想，想什么？怎么想？想突然之间至亲至爱的人，原来如此不堪？想原来自己原可以有手足融洽父母珍爱，却自襁褓就家毁人亡，几十年由仇人抚养却偏偏亲情已如山？母亲对自己自小呵护有加，从有记忆起，她就是最爱他的母亲，他从小没有父亲，没有其他亲人，为了养大自己，母亲当炉卖饼，为人洗衣，清扫大街……她担心他的冷热，忧心他的前程，他要什么便有什么，若是条件所限不能满足他，便是一脸的歉意。因此他从小发誓要努力奋斗,做一个堂堂的男子汉,撑门立户,让母亲享福。

这么多年来,他恪尽职责,孝敬母亲,爱护妻女,一家人生活得幸福安定。

他是个男人,不是女人,那些恩怨纠缠情情爱爱,动摇不了他多少心神。

何况一本小说,一家之言,也许和真实相距甚大。

他看着女儿恐惧惊怒不安的神情,有力地说:"音希,你不要管这件事。"

可是音希是个未经世事性格单纯的小女孩,她比同龄的女孩更敏感。她从父亲的沉默中看出来,面对那些异常,父亲也不是没有疑虑的。

她不该怀疑奶奶,那是父亲的妈妈、自己的奶奶,她那样疼爱他们,无微不至照顾他们。

可是颜子真为什么要编出这样一个故事来骗她?虽然两人相处时日不算很多,可是她有自己的感觉,颜子真很善良,很骄傲,不是一个轻率的人。

她打电话给颜子真,可是一直没有人接。

像隔着一条无形的河,她只能沉默而悲怆地站在这一侧。不是任何人的错。如果一定要说错,那就是人的感情,人的感情,日夜滋长,深入骨髓。

卫音希几次在半夜看到父亲伫立奶奶生前的小屋门前,一动不动,窗外微光折射在父亲脸上的,是一点一点的闪亮。

她不由得恨,恨庄慧行,老一辈都不在了,为什么还要把这些事说出来?可是她也心凉,如果这一切是真的,如果是自己亲眼看到这样的事发生，能不能置之不理？

卫音希在那个时候，觉得自己慢慢长大。

她渐渐平静下来，不再愤怒不再恐惧，可是不安，那不安像长着翅膀的鸟，在她心里飞来飞去，一忽而看不见，一忽而清晰可见。

他们家没有人再提起这件事。

开学以后她找过颜子真，但是她的手机号码和家里电话号码全都换了。

宿舍里曾慧永已经看了卫音希很久，终于问："卫音希，你在想什么？"

卫音希这阵子一直笔耕不辍，曾慧永看到她假期里带来的画稿，只觉她似打通了任督二脉，进步神速。

她的笔触开始往成熟沉思的方向走，带着原有的疏朗。曾慧永自知自己因从小有人指导，水准一向高出同侪，但她知道卫音希现在的画稿令人惊艳。

卫音希被打断了沉思，看着好朋友，说："我想找颜姐姐，电话打不通。"

曾慧永怔了一怔，说："会不会是因为她和邓老师分手的原因？"

卫音希闻言抬起头，似乎有点不解，皱眉想了一下，忽然明白过来，猛然从桌旁站起来："你说什么？"

曾慧永也吃惊："你不知道？"

卫音希摇头。

曾慧永说："他们分手很久了，大概有两个月了。"

卫音希呆呆地看着她。

曾慧永叹了口气:"我本来还想问你他们为什么分手呢。"

卫音希闷闷地说:"我一直都没有和他们联系过。"

过了很久她才想起今晚是向温公子交功课的时间,开了QQ,趁温公子没有上线,她给卓谦的QQ留了言,要他告诉自己颜子真的新手机号码。

她的QQ上也有邓跃的号码,但和邓跃的交集只是偶尔会和温公子一起多方会话,邓跃在动画处理方面会给她一些意见,可是在讨论绘画技巧的时候,邓跃很少插嘴,有次温公子叫他说,他勉强说了几句,然后说:我多年不画了,何况你们画的是漫画。

这个学期开学半个多月了,她偶尔会在教学楼看到邓跃,点头而过时邓跃总会对她露出温和的笑容,并看不出分手的样子。

和温公子讨论完后她实在忍不住,说:"为什么邓老师可以当作什么都没有发生?"

为了方便教学,他们采取视频聊天方式,但卫音希这边为了不打扰同学就只戴了耳机打字。

温公子沉默了一会儿,说:"你怎么知道他当作什么都没发生?卫音希,这段日子你身边也发生了很多事情,可是你也没有告诉所有人。"

卫音希说:"可是他和颜姐姐这么多年了,难道感情可以说没有就没有吗?"

温公子温和地说:"也不见得就是没有了,有可能是淡了,有可能是倦了。但那是他们两人之间的事情。卫音希,再亲近的人彼此都会留有距离。"

卫音希沮丧:"一定是邓老师对颜姐姐不好。"

温公子微微一笑:"嗯,帮亲不帮理是好习惯。可是我们都不知道究竟是什么样的内情,听我说,男女之间的相处,还有别的问题存在。他们都当你是妹妹,都对你很好,也许颜子真也不希望你这样看邓跃,至少,邓跃还是你的老师对不对?"

卫音希赌气:"他又不教我,学校那么多老师,我都不可能认全。"

温公子哄她:"那就不用理他,反正你也是因为颜子真才认识他的嘛。"

卫音希倒不大好意思了,说:"对不起,邓老师是你朋友,我不该在你面前讲你朋友的坏话。"

温公子笑着不以为意:"你也没有说什么坏话呀。颜子真,"他沉吟了一会,"我只但愿邓跃以后不要后悔。"

第十二章　曾慧永的故事

卫音希关上电脑时已经十一点多,因为是周末,寝室里只有她和曾慧永。

两人各自躺在床上聊了几句这学期的动画课程,这学期临时加了动画课程,卫音希因为完全没有基础,加上心情不好,罕有的在全班落后。

曾慧永说:"你的计算机基础太差,回头让卓谦教你呗。卓谦的计算机在他们系都数得着的。卫音希你别傻,我知道你对动画没有什么兴趣,可是你也知道我们以后工作,多一门本事总要好得多。"

曾慧永外表美丽不羁,做尽了艺术生的噱头,但内心极有计划,头脑聪明,目标明确。这一点,卫音希远远不及。慧永曾经笑谑:"我只是艺术生的躯壳,音希才有艺术生的灵魂。但是,who cares?"她自知自己只有小小的才华,画画便是她那小小的才华,是她快乐的源泉,这便足够。她从未想过自己是天才,庸才要摆出天才的架势,必定沦落。

所以她的话,卫音希很听得进去,她"嗯"了一声:"知道,我会用心学。"

曾慧永说完就望着床顶发呆。卫音希正等着她继续教训,半天不见动静，从上铺探身下去看，却看见曾慧永的脸上露出一丝怅惘，说："卫音希，我讲个故事给你听好不好？"

国庆将至，很多学生都已经离校旅游或回家，晚上的宿舍楼很安静，曾慧永的声音既轻又浅："我有个比我大八岁的表姐，长得很美，她三年前死了，死得很惨。"

卫音希怔了怔，翻身下床，坐到曾慧永床上，曾慧永也坐起来，用膝盖支着下巴，大眼睛里有愤怒哀伤："我姑姑姑丈只有这么一个女儿，表姐的死，让他们完全崩溃了，所以表姐的葬礼是全家亲戚一起办的。那时候我高二，我很伤心。我和表姐年龄相差很大，从小表姐就把我当亲妹妹，非常疼我。葬礼上很多人，我站在一边看着骨灰盒，第一次知道死亡是什么。"

卫音希黯下目光，死亡，在鲜活的青春面前，死亡的力量是最强大最令人心惊的。

曾慧永轻声说："表姐是被一个男人害死的，我从来也没见过那个人，我只知道，表姐很爱很爱那个人，爱到愿意为他去死。"

她仰起头，努力让泪水退回眼里，卫音希握住她的手，过了良久，她才闭了闭眼，望向窗外，目光中有哀伤："后来，葬礼上来了一个年轻英俊的男人，大家一下子全停下来看着他。他来给表姐鞠躬上香，姑姑姑丈像是疯了一样扑上去骂他、打他、抓他，他的脖子和手臂都抓破了，灵堂里乱成一团，他一直努力地低声说着什么，我只看到他的眼神，那样悲伤和哀痛，和无力。他站在那里，有点不知怎样是好的样子，我竟然忽然觉得，他好像，没有这么可恨。"

她自嘲地笑，说："他当然没有这么可恨，他被姑丈赶出去的时候我已经知道,他只是那个男人的弟弟,之前有些事也是他偷偷来善后的。他的哥哥,自始至终都没有出现,在我姐姐为他而死的葬礼上,他自始至终不肯出现!所以我跟着他站在灵堂外面,我从包里拿出几个创可贴给他。他很意外,我对他说:'你应该知道你做什么也没有用的,我表姐死得这样惨,你哥哥不会有好结果的。'"

"他很久没有说话,后来就只是温和歉疚地说:'我哥对于我,就像你姐姐对于你一样。对不起。'他转过头不再看我,可是我看得到他湿了的眼睛。我后来,一直一直都没有忘记那一天,和那一天的他。"

卫音希望着曾慧永怅惘的表情,轻声说:"慧永,你有点喜欢上他了?"

曾慧永定了定神,点头笑:"三年前,我是十七岁少女哎。在那种情况下,他为他的兄弟做那么多难堪的事,认认真真的,你不知道我有多……不过我后来再也没见过他,本来大概也就是记忆里的一个喜欢罢了,直到去年来这个学校报到。"

曾慧永放平腿架到床上,忽然说:"卫音希,其实我挺高兴邓老师分手的,你不会生气吧?"

她一双宝光灿烂的眼睛闪闪地盯着卫音希:"他就是邓跃。我在报到的时候看到他就站在计算机系那边和新同学说话,笑容还是一样温和好看。我当时就呆住了,心里就一直跳一直跳,爸爸妈妈已经不认得他了,他也不认得我们了,可是我再看到他的那时候我才发现原来我一点也没有忘掉。再后来他竟然教我们的选修课。卫音希,我可有多高兴啊,你不知道,我可有多高兴。可是很快我也知道他有女朋友,所以我只是在旁边看着他,到处留心着他的事他的消息，可是我没有做过什么。"

她问："卫音希，他们还会在一起吗？如果我追求他，你介意吗？"

卫音希呆呆地看着她，错愕地、不可置信地。想到慧永这一年来，拒绝所有追求她的男孩子，认认真真地上课，做动画，选修邓跃的课程，参加有邓跃的活动，有时候露出的怅然，心下终于恍然，可是，她却不知道怎么回答。

她望着慧永，轻声说："慧永，如果他们真的不会再在一起……"

曾慧永呆了呆，却爽落地笑一笑："那好，我会再等一等。爱情很重要，可是朋友也很重要。"

卫音希有些歉疚，说："其实你根本不用问我的，而且我也没有资格介意这个。"曾慧永笑起来，坐到她身边抱了抱她，亲昵地说："我们是好朋友呀。"

卫音希在心底轻轻地说：其实我怕我不值得，我不知道我有什么好，我什么也不能为你们做。

她忽然说："你不介意他们是为什么分手的吗？你不怕他根本就不是你心里想象的那个人？"

曾慧永笑了："那我不试过怎么知道？而且，"她狡黠地看着面前的音希，"你和他们相处这么长时间了。"

卫音希也不得不承认，除了分手这件事，无论在课堂、学校活动、颜子真家、工作上，邓跃的表现都很好，而颜姐姐每次和邓跃的相处都轻松明朗、笑容喜悦，可见得邓跃是个优质的男朋友。

曾慧永望着窗外黑漆漆的天空，忽然笑了："卫音希你知不知道为什么你现在的画画得这样好？你呀简直就是一个孩子，在自己的世界里自得其乐。挺可爱的。可是要画好画，你还得学会去仔细用心观察，去体会别人的心思，这样才会有生气有真实有细节。你这阵子一定发生了很多事情，有了切身体会，所以看你现在的画，和从前完全不一样了，现在的画情绪激烈，连线条都有感情了。简单地说，你把强烈的情绪和感情宣泄在画画上面了。"

卫音希低下头细细想着，曾慧永哈哈大笑："这话是我以前一个私教说的。不过我觉得很对。对了，卫音希，你有没有喜欢过什么人？或者，恋爱过？"

曾慧永的话题转得太快，卫音希正想着关于画画的话，一时没转过来，曾慧永又拍拍手："还有你知道咱们学校有多少男孩子喜欢你吗？他们偷偷瞄你的时候你有没有注意过？"

卫音希白了她一眼："我没有看到你们也会指给我看。曾慧永你想说什么？"

曾慧永做了个鬼脸："我想说，每个少女都怀春，你有没有为谁心动过？你已经二十岁啦。"

已经二十岁了。可是为什么卫音希觉得，自己还很小呢？她喜欢过什么人吗？她喜欢过的，在高中二年级，有个男生一直对她很好，她那会儿也总是偷偷注意他，他看着她笑的时候她也会脸红，但是很开心，像怀揣着一个了不起的秘密。可是他很快就转学了，她也很快就回到了漫画的世界，她觉得那个世界更璀璨亮丽，她在自己的世界里有自己的乐趣。

那么现在呢？

有一个人的脸在她脑海中一闪而过。

第十三章　遇见你是件美丽的事情

"嗨，卫音希！"一个人影带着球从篮球场跑出来，卫音希下意识里一闪，抬头看到卓谦扬起的笑脸："好久不见。"

卓谦黑了很多，卫音希听曾慧永说，他和周英华一帮人在大西北整整待了大半个暑假，之后几个人一起出现就很具喜剧效果。她往球场一看，果然看到周英华和另外几人向她笑嘻嘻招手，中午的阳光下，就是几个黑炭咧着雪白的牙，和其他人对比岂止是鲜明。

她对着他们笑了一下，慢慢走上台阶的阴影处，坐下来。

卓谦把球扔给同学，也跑上来坐下，一边和场上的同学比手势一边问她："卫音希，你还画画吗？"

卫音希转头看了眼卓谦，卓谦侧着头关心地看她，见她转过脸来，就弯着眼笑了。

卫音希也忍不住笑了一下："画啊。"想了一下说，"我今天去找颜姐姐了。"

卓谦"啊"了一声，就不说话了。

卫音希把脸埋在臂间，轻声说："一直都是她关心照顾我，可是她有事的时候，我什么也没做，甚至什么也不知道。就算见到她，也什么都说不出来。"

卓谦看着她手臂间露出的半张脸，摸了摸头，说："颜子真是这样的，她有事都不肯跟人讲的。我也是回来以后钥匙打不开她门的时候，才知道的。我都不知道他们究竟发生了什么事儿，不过，颜子真从来不是无理取闹的人。"

他叹了口气："我都不知道怎么和邓跃说话了现在，怪尴尬的。"他苦恼地又叹了口气。

想了想又安慰卫音希："不要紧的，她肯定知道你的心意。"他并不知道发生过什么事情，导致卫音希再也没去过颜子真的小屋，很困惑，很不解，但他是个礼貌的孩子，颜子真卫音希都不说，他就不问。

只是忍不住还是说了一句："如果你有什么想说的，可以跟我说，我帮你跟颜子真说。"到底说不出来其他的话。

卫音希侧着头看着球场台阶边的树上有一片落叶慢慢飘落，时间过得可真快，认识颜子真的时候还下着雪，转眼间春来春去，夏来夏往，又到了秋天了。

她对着卓谦关切的脸，笑了一下。

卓谦看到她的QQ留言就把颜子真的新手机号码发到她手机上了。她第二天就去了颜子真家，敲了门没有人应，下楼后打了颜子真的电话。她听到颜子真好听的声音响在耳侧："啊，音希，是你。"

那声音一如既往，她却不知道要怎么说，正张口结舌间，手机却挂了，卫音希抬头，看见颜子真从拐角迎面走过来，有些意外地微微笑着："音希，你来了。"

卫音希站在颜子真面前，看着颜子真瘦了许多的脸，原先的皎白变得有些黑，她呆呆地看着颜子真的笑容，那个笑容，浅浅的，不再明亮。眼前的颜姐姐，既熟悉，又陌生。

颜子真说："我刚刚去小超市买了点东西，一会儿要出去，就不上去了。你要上楼吗？忘了跟你说，钥匙换了，这把给你。"

卫音希说："不是，我没有要上楼，颜姐姐……"

颜子真收回手，仔细地看了看她，问："有什么事吗？音希？"

卫音希咬住唇："我听说，你和邓老师……"她迟疑，她不知道该怎么说，可是，她想关心她，她只是想有一点菲薄的关心，本能地。可是她这么笨拙。

她听到颜子真轻轻地说："啊是，我和邓跃分开了。"

卫音希喃喃："可是你们……"

颜子真温和地说："卫音希，我和邓跃之间，有问题存在，我和他有不能互相了解的地方，所以分开。"

卫音希难过："颜姐姐……"他们那么好，那么般配，她那么喜欢颜姐姐和邓老师在一起时明亮狡黠的笑容。

她不知道说什么好，黑白分明的眼睛里有难过和关心，颜子真微微别过目光，转开话题："我听温公子说，你的画现在画得非常出色，他在帮你投稿参赛？"

卫音希正要说话，一辆车停在她们面前，一张俊朗的脸笑嘻嘻探出来："颜子真，你有准时的好习惯。"然后轻快下车，拿过颜子真手里的东西放进车厢，颜子真微笑："其实我正打算上楼休息一会儿。"

那人大笑，活泼地朝卫音希眨眨眼："看样子是这位美丽的小姑娘留住了你。"

颜子真不理他，介绍："这是盖瑞，这是卫音希。"然后对卫音希说,"我和盖瑞约了有事,你是回校还是去哪?我们送你。"

那个叫盖瑞的俊朗年轻人侧身站在颜子真身旁,笑意盎然。

她忽然就觉得,自己很傻。他们已经分开不短时间了,也许一切都已经慢慢淡却,她却巴巴地跑过来提起来,平白让人再难过一次,她是有多么傻。

只是,她只是,一直都不知道怎么表达自己。

她退后一步,低声说:"不用了,颜姐姐,我要逛逛才回去。"

颜子真没有坚持。

这次见到卫音希,颜子真觉得有点茫然,仿佛一时间回到了遥远的过去,有点时间错乱的感觉,啊,原来卫音希奶奶去世对她来说,已经恍如隔世。这期间,发生了这么多的事情。而刚才见到卫音希时她眼中那一点犹豫、一点伤痛、一点亲近,却告诉颜子真,对卫音希来说,并非如此。

而且邓跃的事让她对卫音希下意识地疏远。她仍然喜爱这个女孩子,但没办法再像从前那样。或者,没有办法完全像从前那样。

卫音希是无辜的,然而就像一个人总会下意识里避开受伤的往事,颜子真退出了主动。

七月的时候,《二月初一》的连载结束,她全稿交得早,莫琮的办事效率也高,几乎是与此同时,《二月初一》的样本已经出来,她拿了一本快递给卫音希家里。她想过,姚红英是六月中旬去世的,卫音希实习要七月底八月初才回家,时隔一个半月了,应该会好些。

无论他们信或是不信,她已尽到全力,伤害是一定的,所以卫音希没提，她也就没有多问。也许日后会有一天，他们会来求证整件事情。可是事到如今，颜子真不再茫然，陆雁农不应该被遗忘，她的子孙后人不能够不知道真相，就算她已逝去多年，那也不是理由。

可是所有的一切，都需要时间。

颜子真需要，卫音希需要，卫音希的父母也需要。

至于邓跃，颜子真只是想，请时间让她淡忘。

看着卫音希纤瘦高挑的背影在人群中消失，盖瑞说："这个女孩子很关心你。"

颜子真转头看他一眼。这个 ABC 很聪明，这个聪明不在于他在那晚大排档之后明白了她的现状，还在于他什么也不提。颜子真明白，这大概就是外国人的做派，尊重他人的隐私。而且尊重得很自然，于是颜子真也觉得很自在。

很神奇的是，自那晚偶遇之后，她经常遇到他。夜跑时遇到他不稀奇，可是在超市里遇到他，菜场里也遇到他，实在是……那天在电影院里遇到他，颜子真就真有点无语了，盖瑞是眉开眼笑地捧着一大筒爆米花坐到她身边："真巧！"

她瞪着他，慢吞吞地说："为什么我们总是遇到啊？"盖瑞闻言，立刻也一脸困惑，然后埋头吃爆米花，过了很久才"啊"了一声，脸上眼里全是笑意："我知道了，我知道为什么我和你总是遇见了。"他满脸的得意扬扬。

颜子真郁闷地看着他，他笑嘻嘻地说："因为我们之间有……"他顿了一顿，有些不好意思。颜子真几乎料到了下面一个词是"缘分"，心想，古今中外男人吊膀子能不能换个新鲜点的法子啊。

盖瑞说："因为我们之间有……，你有没有这样的经验，就是，一个认识的人，很久没见面了，但是一次偶然碰到后，接下去就总是碰到他，这叫什么定律来着，我怎么想不起来了？——不过你放心，过完这一阵子就行了。"他看着她郁悒的样子，安慰她。

然后哈哈大笑。

颜子真又好气又好笑，盖瑞笑眯眯地说："可是我觉得总是遇见你是很美丽的事情。"

颜子真看到他眼里温暖欣赏的笑意，心里不由也一暖，笑着说："谢谢。"

看完电影出来，十月的天空很美丽，都市霓虹下仍可见到黑蓝天幕缀着无数细小的星子闪闪烁烁，子真雪白的短袖纱衫在夜风中衣袂轻扬，盖瑞陪着她走在回家的林荫路上，有落叶缓缓转着圈儿掉下来，被子真的鞋尖无意踢到，轻轻一扬，再慢慢落在地面上。

她没有转头，所以没有看到盖瑞温柔微笑的眼睛。

第十四章 你的感觉，我的感觉

电脑店合伙老板给颜子真打电话，说电脑装好了，问颜子真要不要来看一下。语气十分兴奋。颜子真知道他为什么这么兴奋，此人在用别人的钱完成自己的梦想上总是乐不可支的。

他给盖瑞配了一台游戏专用电脑，号称顶级配置。起因不过是因为盖瑞本着肥水不流外人田的朴素思想，专程去了颜子真的那家电脑店为自己DIY一台高配游戏电脑，因为颜子真当时不在，于是盖瑞便成功地被子真的合伙人忽悠了。

据说当时他对盖瑞的建议是另一台顶级手提，那台手提上可以去到八千米山巅力抗零下四十度低温，下可以潜入两百米海底防水防巨大水压。也就是说，可以上天入地在任何地方没有任何障碍地打游戏。盛惠六万余元。

盖瑞被他说得懵圈，好容易灵台尚有一线清明，挣扎着说："我估计我这辈子都不会去那些地方。"那位仁兄诚挚劝说："可是也许你会在浴室里泡澡的时候打游戏啊，所以你看这就用上了防水功能！"

在那台无敌手提的对比下，三万元的游戏专用电脑就显得比较正常了，盖瑞很爽快地说了好，过一会儿头脑清醒了，对老板说："你的意思是想告诉我，我game over了，它还兴奋地活着对吧?"

老板兴奋地说:"对啊!强大吧?!想要吧?!来来来!可以便宜一点点的。"

颜子真事后听说,肚子都笑疼了。

一般配台电脑当场就可以完成,如果客户指名要的配件没有,那最多再隔一天,不过盖瑞被忽悠得有点惨,几样配件本地电脑城都缺,所以过了几天才把电脑配好。

作为一个开了多年的电脑店,顶配电脑不是没有过,但近年来的确比较少了,而且三万多的超强悍组装机,颜子真也的确很想亲自试一试机,立马就起身赶到电脑城。

开机启动的时间短得让人惊叹,硬盘转动的声音、风扇的声音低不可闻,超大屏的广角液晶显示器十分舒服,试机的游戏是当仁不让的魔兽世界,画面反应非常迅捷,没有任何拖曳阴影。雅马哈的功放加天朗的主音箱和卫星环绕音箱,一共五个,声音非常逼真。

果然强悍。

颜子真一边赞叹一边摇头:"败家。"

因为实在试得酣畅淋漓,又很久没有玩过游戏,颜子真索性登录自己的账号,下了副本,好好地玩了一局。

直到电脑城即将关门,她起身吩咐伙计:"帮我把电脑搬到门口,再帮我叫辆出租车。"

合伙人颇心虚:"你亲自送货上门?"

颜子真打盖瑞电话要了地址,冲合伙人摆摆手。

这台电脑配得太过豪华,虽知盖瑞不缺钱,本着"小生意人的良心",颜子真觉得还是送货上门比较有诚意一些。

到了盖瑞家,下楼来搬电脑的却是两个人,盖瑞、邓安。

从颜子真的角度看过去,漂亮的奶白色公寓楼前后有几棵槭树,金秋时分正是红艳艳的一片片浓妆,夕阳透过重重树叶射进光来,这两人脚踩落叶,边闲聊边走,一般的高大英俊,一般的衣履风流,实在是,非常的赏心悦目。于是颜子真下了出租车,也不动,只倚着车门,侧着头看着他们俩齐步走过来。

盖瑞好奇地问她:"看什么?"

颜子真笑眯眯回答:"男色。"秀色可观,秀色可餐。

盖瑞哈哈大笑,邓安脚下略顿了一顿,鄙夷地看了她一眼。

颜子真也不理会,跟着他们上了楼,只问盖瑞:"为什么你和邓安总是焦不离孟,孟不离焦?"盖瑞不解:"什么叫焦不离孟孟不离焦?"颜子真噎住:"回头你 google 去。"

顺利安装好电脑,颜子真忍不住手痒,又玩了一局,因为盖瑞家的网络带宽更大,玩起来更加顺畅,盖瑞便坐在一边观战,看得兴致勃勃:"可惜你这个账号等级不高。"颜子真问:"你几级了?"盖瑞得意扬扬地说:"七十级。"颜子真嗐了一声:"国内官服最高只有六十级。"盖瑞又得意扬扬:"我在国内也有账号,五十五级了。"颜子真暴走:"你回来才多久?"

盖瑞得意地笑:"高手自有绝招。"接手电脑,登录,颜子真笑:"你果然是战士!"想了想说,"回头我也弄个战士玩玩。"盖瑞说:"回头我带你玩。"颜子真鄙视:"一个队里两个战士?"

盖瑞兴冲冲地说:"也不是不可以,我跟你说,上次我组了一个队……"

两人正说得热闹,客厅里有人懒洋洋地说:"盖瑞,你是准备饿死我吗?"

盖瑞笑:"你先看一会儿电视吧,这局快完了。"

颜子真低声说:"他不玩吧?嘿,你说他要是玩的话会挑哪种职业?"

盖瑞也压低了声音:"我觉得……"

两人异口同声:"潜行者!""盗贼!"

心有灵犀地相视而笑。

恋恋不舍地关机,两人热烈讨论着刚才的战局,颜子真叹气:"刚才那个盗贼等级还是低了点,战斗力不够。"不由自主看了一眼邓安,盖瑞顺着她的目光,伸手指着邓安,和颜子真一起笑起来。

邓安半躺在沙发上斜睨着他们:"你们不觉得你们俩在一起就是一对活宝吗?"

颜子真马上白了他一眼:"邓安,你很闲吗?我不喜欢你总在我面前晃来晃去。"

邓安冷笑:"你以为我愿意。"架起的脚晃啊晃,一副"怎么样你能怎么样"的调调。

盖瑞笑呵呵:"颜子真我真不知道你今天有空给我送电脑过来。"

气得邓安。

颜子真说:"盖瑞,以后我和邓安王不见王,你最好把我和他错开来见面。"

邓安笑:"盖瑞你原来是个BI?"

颜子真抓起茶几上的书扔过去,一边忍不住笑:"邓安你去死!"

吃饭时,盖瑞意犹未尽地和颜子真继续聊魔兽,颜子真闲时也很爱玩游戏,得遇高手,两人聊得热火朝天,只剩下邓安啼笑皆非又若有所思地看着他们。

吃到一半,盖瑞才忽然想起邓安似的,对颜子真说:"邓安大学时候也玩过游戏。"

颜子真好奇:"那会儿有什么游戏?"

盖瑞耸耸肩看向邓安,邓安撩一筷菜,慢吞吞地吃干净,说:"仙剑。"

颜子真大奇:"你在美国也玩仙剑?"

邓安十分嫌弃地看她一眼:"哦,我那时候认识一个台湾美女,陪她一起玩。"

颜子真兴致勃勃追问:"然后呢?"这么浪漫?

邓安饶有兴味地再看她一眼:"然后……,"他作势想了一想,"然后我认识一个泰国美女,开始学泰拳。"

颜子真气结,盖瑞笑眯眯地说:"我怎么记得你学的是跆拳道?"

邓安略一思索,马上承认错误,从善如流地答他:"啊,是认识韩国美女在先,后来才认识的泰国美女。我记混了。"

他笑吟吟地看着颜子真,好心地解释:"我小时候练的是咏春,所以底子好,学别的都很快的,不会筋脉错乱走火入魔什么的。"

如能读心般,把颜子真刚要脱口而出的话活生生堵在当地。

盖瑞虽然没有全部听懂其中含义,但也明白邓安在捉弄颜子真,伸手揽住子真肩膀,轻轻拍了几下:"别理邓安,他那狗嘴里一向吐不出象牙。"

邓安张嘴想说什么,看看他们,摇摇头,低头吃菜。

吃完之后盖瑞去付账，只剩下邓安和颜子真两个人，邓安一边喝水一边看了看颜子真，颜子真自从青乡回来之后本来对邓安有点感激，但是和邓跃的分手却令她面对邓家任何人都无法自在，遂没好气地也看了他一眼。

"你接受得也很快。"邓安忽然说。

颜子真微微一愣，随即明白了他的意思，立即说："是，我总是忘了，你是邓跃的好哥哥。"

"你并不一定像你以为的深爱邓跃，所以那些发生的一切，对你来说，伤害和震惊的感觉应该更占上风。"邓安淡淡地说。

颜子真只觉得一股恶血直冲脑顶，她看着面前这个人，这个慢条斯理懒洋洋地靠在椅背评判她的感情的人，整个人微微发抖，这个人，超出她预料的恶劣。

是，她一向不喜欢他，因为他所做过的事，可是她从不曾像现在这样憎恶他。就因为邓跃是他的弟弟，就因为邓跃与他兄弟情谊一向深厚，于是无论事实真相如何，他始终站在邓跃那边，千方百计用尽方法为他开脱。

甚至是，否决她的感情。

她不想再和他说话，只觉得和他多说一句话都是浪费。

邓安看见她马上变成冷淡的表情，以及眼中露出的憎厌和不屑，笑了笑，说："你当然可以否认，毕竟你才是当事人，我只是……"他低下头想了想，说，"说出自己的感觉。"

颜子真轻声说："你繁花采尽、情海来去自如，当然能保证自己的感觉无往而不利。"

邓安笑了笑，不再说话。

第十五章　谁对谁动了心

卫音希这阵子都很勤奋，她开始认真学习计算机。

在动画软件上，她选了曾慧永擅长的 Cinema 4D，这样在遇到困难的时候，总有曾慧永随时可以请教。

可是一个人的天分真是有限的，卫音希很不擅长电脑操作。因为她实在太笨拙，作为计算机系高才生的卓谦常常自动现身帮忙，这样，他们的关系倒比以前常在颜子真家玩的时候更加接近了。

其实 Cinema 4D 这类动画用的软件和操作卓谦也没接触过，因此他颇用了些时间专门去学，自己私下学着做了不少动画，有了实践应用，才去教卫音希。

因此卓谦的室友都知道了他的心思，在机房里看到他们坐在一起，知道革命尚未成功，虽有和卫音希一起操场吃榴梿的交情，却也不捣乱，只是彼此间会挤眉弄眼一番。

作为计算机系的老师，巡视机房是邓跃时常要做的事情，便会常常看到卓谦坐在卫音希身旁，低声专注地给她讲解。显示屏的荧光反射在两张年轻漂亮的脸上，赏心悦目，叫人看了忍不住驻足。

看在邓跃眼里，是一件并不愉快的事。更何况卓谦室友们的挤眉弄眼会心笑容,简直再明显不过。他有时要按压好一会儿心绪才能显得气定神闲。

不过卓谦面对邓跃,除了刚开始的尴尬,之后虽然少了些亲近,还是挺尊重他这个老师的,见了面叫一声邓老师。其他同学围着邓跃起哄笑闹时,卓谦也笑,却往往站在外围,目光偶尔碰撞,也是笑容自然,眼神坦荡。

邓跃知道卓谦和颜子真的姐弟感情极好,能这样已经很不错了。却也不由自主地想,他们家的孩子真是……教得特别好。

可是现在他忍不住阴暗地想,要是卓谦是个差生就好了。想想又自嘲,太没有容人之量了。

隔天晚上,温公子告诉邓跃,卫音希的漫画获了奖。

"二等奖。奖金没多少,但有杂志感兴趣,可以连载,所以她必须充实内容,把整个故事变得更丰满更有张力。"温公子笑着说,指点了卫音希这么久,心下颇有一种师心甚慰的感觉。

邓跃却有些沉默。

温公子隔着屏幕看他一眼:"她是一个很有天分的孩子。"

邓跃叹了口气:"我爱上卫音希。谢昱文,我爱上卫音希。"

温公子抬眼看他一眼,毫不犹豫地说:"几乎没有希望。"

邓跃不服气:"何以见得?"

温公子一针见血:"自己姐姐的男朋友和姐姐分手,然后和自己交往,你以为卫音希会接受?"

邓跃笑了笑:"她们并非亲姐妹,不过是世交而已。"想了想,也不得不承认,"但是卫音希和子真感情很好,你说得对,很困难。"

温公子仔细看了看他,邓跃摸了摸自己的脸,自嘲:"对,我的脸没这么大，我至今想不出法子接近她。可是谢昱文，你知不知道，这是我第二次很想很想要一样东西。"上一次，他自己放弃了，这一次，他不想再放弃。

温公子沉默了一会儿："你不应该爱上她。"

邓跃笑出来："不应该？我但愿我能决定我的感情，谢昱文，我努力过，我真的努力过，可是我不由自主。"他看着温公子，补一句，"你比我更清楚，什么叫不由自主。谢昱文，你比我更清楚。"

温公子看着他，并不回答，只是慢吞吞地问："你究竟爱卫音希什么？"

邓跃怔住，过了一会儿才反应过来："你早就知道？"

温公子叹了口气："卫音希告诉我你和颜子真分手的时候，我就有些猜到了。"因为卫音希坚持着他的不能坚持，因为卫音希可以不需要温饱以外的所有东西、纯粹地坚持她的梦想和理想，因为卫音希的青春无畏、大步向前绝不回头。

多少人向往这样的性情这样的人生，多少人折腰于自己的欲求自己的胆怯，所以总要在别人的身上寄托了自己的渴求。

温公子看着邓跃，他太清楚邓跃的心情，因为他也曾经退缩过胆怯过，之所以没有像邓跃一样，是因为他比邓跃幸运，有个人温柔地对他说："一个人对于世间的要求并不需要很多，你只需要负担得起自己，其余的都不过是流言浮尘。"那双清亮而总带着一点倦意的眼睛告诉他：世人的赞美羡慕鄙夷诋毁，家人的过多期待要求都不过是流言浮尘，去做自己喜欢做的事，无论成功失败，真正爱你的人最终都只会尊重爱护你。

她是对的。他曾面对父母兄长的雷霆震怒闭门不纳，现在就算他成功了，也不过是父母兄长眼中的雕虫小技，他明白他们根本看不起他那点成就，就像少林武当不会看得上星宿灵鹫，总认为那是歪门邪道，可是到最后他们终究开了门欢欢喜喜地迎他回家，虽然总有那么一点点无奈，眼中的温暖却是真切实在。

他做到了自己真正喜欢做的事情，而且成功，同时得到了家人的接纳和宽容。

还有她，眼中的笑意和狡黠。

温公子眼中的惆怅一扫而过。邓跃并没有注意，问他："她怎么说的？"

温公子说："她很维护颜子真。你应该知道的。"

对，他应该知道的。

卫音希叫"颜姐姐"时，眼里的喜爱和信任是他一再亲眼看到过的。

颜子真的生活最近也变得异常充实。

早上起床写五千字小说，吃中饭，午睡，下午上网络编剧课程后练习写一小时剧本，吃晚饭，看一集美剧，出去锻炼一小时，或者回家陪父母吃晚饭，到九点，准时上线，和盖瑞组队打魔兽。

用颜子真的话来说，和盖瑞组队之后，才知道什么叫真正的高手。她笑嘻嘻地说："我以前常常说，论起吃喝玩乐来，邓安如果认了第二，他身边的人，怕就没有人敢认第一。现在我要更正，在玩乐上头，盖瑞你才是第一。"邓安嘛，不过是个吃喝货色罢了。

盖瑞哈哈大笑，马上得意扬扬地打电话转述给邓安听。邓安正好做完一个大手术回家酣睡正浓,被无良电话吵醒听到的是这么没营养的话,气得冷冷地说:"盖瑞你应该知道玩乐包括酒吧和419的吧?"

盖瑞噎住,马上有礼貌地说:"你第一,你永远是第一。"

邓安"啪"一声挂了电话,睡意全无。

明明精神还是很疲惫,肉体也很疲惫,可是睡意像打着呼哨旋转而去的风,再也不肯回来。他烦躁地起身坐在床头,点了一根烟慢慢地抽着,脑子里却一片空白。

这阵子他的手术排得特别多,有慕名而来的,有托人情的,大大小小都指定了要他做,院长说他年富力强,再加上前阵子和医患打架的事情被停职了两个月,所以要多做一些。邓安也懒得多说,只一台接一台地做手术,维持着他零失误的优秀纪录。

累,可是能坚持。邓安很有分寸,如果到了自己觉得吃不消的时候,他是不肯拿自己身体、尤其是病人的生命开玩笑的。在工作上,邓安一直头脑清醒、态度严谨一丝不苟。

所以现在的状态,邓安很清楚,不是因为手术,不是因为工作,他就是觉得疲倦、烦躁。

为什么?不知道。他想起在学校时因为学医,顺道修了一半的心理学,那上面说,人的心理,是世界上最复杂最难分析的东西,因为很多时间连自己都完全没有头绪。当时邓安想:我靠,这么无理。

抽完一根烟,邓安起身打开音响,选了一张舒缓的音乐CD来培养睡意。

肖邦的降E大调夜曲悠扬动听地在卧室里流淌,邓安闭上眼睛,让整个人放松下来,脑子不由自主地滑过一幅又一幅画面。

小时候和邓跃初次见面，他六岁，邓跃才两岁，清澈的眼睛看着他叫哥哥，有些胆怯，父亲拉着自己的手和邓跃的手牵在一起，让自己唤他弟弟。他起先很尴尬，可是邓跃很乖，总是高兴地跟在他身后，高兴地叫"哥哥，哥哥"。也许自己真是遗传了父亲的天性，很快不再责怪父亲，很快便和邓跃母子相处得极好，四个人在一起，就像真正的一家人，没有任何违和。

所以邓跃的妈妈格外地喜欢他，因为他那时已经六岁，已经颇懂事，普通的小男孩都已懂得要维护自己的妈妈，排斥别人的入侵，可是邓安却从不曾给她难堪，而且礼让邓跃。

当然这也是因为他有一个好妈妈，一个有着洒脱自由天性的妈妈。在他六岁时便会教他：爱情是一件很自由的事情。

爱情是一件很自由的事情。邓安笑笑，也就是遇上自己父母这样的两个人才行得通。

实在睡不着，反正明天也是休息，起身开了电脑打算打一局牌。一边打开界面，一边却看到手边一个移动硬盘。香槟色的小巧的一个，有2T的容量，这是盖瑞今年送给他的生日礼物。

邓安常常嘲笑盖瑞是一个骗子，因为他拍的风光照有一大部分都在误导人民群众，有些实地根本没有那般美。盖瑞只是大笑，然后每年都会恶作剧地挑一堆照片拷在移动硬盘里作为生日礼物送给他，他拍的照片像素都很高，2T其实也放不下多少。邓安偶尔会看，盖瑞的某些非风光照拍得的确十分好。

他新装修的客厅墙上便挂了好几幅作为装饰。

深夜无聊，打完一局桥牌后，邓安第一次打开今年的生日礼物。

设置了幻灯片模式自动翻页，他靠在舒适的椅子上看着。

有邓安妈妈在法国的婚纱照，在盖瑞的镜头下拍得只有比影棚好。

有邓安和新娘装扮的妈妈在教堂前并肩而立相视而笑。

有邓安和新郎合力抱起新娘的大笑。

有晚宴时新娘跳弗朗哥的自由自在纵情欢乐。

有邓安拿着酒杯看向舞池中的新娘子妈妈，而恰在此时妈妈心有灵犀般转过头来，两人相视嘴角眼底不约而同那一抹温柔喜悦的笑意，被盖瑞的镜头捕捉。

当然还有漂亮的伴娘抛向邓安的脉脉眼波婉转流离；甚至有英俊男子专注凝视邓安的爱慕眼神欲语还休。

看到这里邓安忍不住笑骂一声，照片翻到下一个主题"忧民居"。

忧民居邓安去过几次，可是熟悉的风景在盖瑞镜头里格外的韵味流长。

残破老旧的房子偏偏要拍屋顶瓦片上雕刻的花草，拍得欣欣向荣；翘起的屋檐上雕刻的精致人物花草衬着的是初升的朝阳和底下隐隐的热闹人群影子；一只崭新的风筝挂在屋里的檐角下，木刻的檐角讲述的是红拂夜奔，照片里却仿佛能听到小孩子的笑声。

接着，他顿了一顿。

忧民居古老破损的斑驳白墙，因其高大，显得门小且黑，窗却很高，但门和窗上方都有挑出的黑色雨檐，虽陈旧却精巧，门窗上统统贴着春节喜庆的红字对联及福字。

在鞭炮细碎的红屑翻飞中，一身墨绿色长风衣的莫琮斜倚在门旁窗底低头点烟，百无聊赖的一点表情因不甚清楚便显出丝丝空洞，因着角度只拍到她一只眼睛，淡淡的露出一点点寂意。

颜子真则蹲在离她不远的前方，兴致盎然地和一个红袄小孩子讨鞭炮，因她离镜头近，眉目异常清晰，笑容明亮，侧着的脸上神情天真。

红袄小孩却是一副爱答不理的表情，然而眼眸中露出得意骄傲，偷偷抿起的嘴角明明带着笑。

这是一张很美的照片。

那个明亮天真的颜子真，是邓安一向不耐烦的人。

第十六章　最后的遗嘱 1

颜子真接到父亲颜海生的电话时，正一边在电脑里查哈尔滨的攻略，一边和卓谦斗嘴。

盖瑞一月份要去哈尔滨谈一笔生意，邓安是每年冬天都要去滑雪的，国外或是国内，这次就定了在哈尔滨。莫琮的杂志社平时忙，到了过年过节倒是假期给得很豪爽，一月初就开始放假了，遂约了颜子真一起去哈尔滨，这样比较热闹好玩一点。

恰好卓谦在一旁听说，他说一月他也放假了，也要去。

颜子真是无时无地都不会忘了欺负一下小堂弟，就说："这次是哈尔滨豪华滑雪旅，盛惠旅费每人八千元整。"

卓谦拿了杯果汁坐下来，一边喝一边笑嘻嘻讨价还价："我明年帮你打扫整年公寓，你替我出一半。"

颜子真也一样笑嘻嘻："咱们不是早就分好工，我做菜你做打扫么？更何况钟点工一周两次，每次四十，一年也就四千，专业干净可比你强多了。"

卓谦词穷，只好说："那要不就算你借我，我明年还给你。"他其实一直都在打工，身为计算机系的高才生，收入并不算低。

可是颜子真听说他把所有的钱借给了一个同学，于是终于穷困潦倒。

颜子真实在忍不住好奇心，终于沦落，殷殷问道："你那个同学，是男还是女？说出来听听就借给你。"

卓谦白她一眼："非礼勿视非礼勿问，女孩子别这么多好奇心。啊还有明天我要吃你上次做过的双菇培根蔬菜卷，还有红豆椰汁糕。"

颜子真啧啧有声："做人呢做到你这个境界也真是稀罕，一边拒绝别人的问题一边有种继续敲竹杠。"

卓谦得意扬扬："这就是我做人的成功之处，学着点儿。"

颜子真哈哈大笑。

颜海生的电话正在这个时候打进来，听到她清脆的笑声，略顿了一顿，才温和地说："子真，你晚上有空吗？有空的话回来吃晚饭。"

颜子真笑嘻嘻："爸爸你又做了什么好菜给我吃？"最近她除了家庭日也常常回家吃饭，因为颜海生和卓嘉自夫妇俩怕她一个人想太多，要求她常回家，颜子真不想父母担心，每次都高高兴兴回家。

这天颜子真回到父母家的时候尚早，颜海生和卓嘉自正坐在沙发上沉默。见到颜子真，颜海生招她到身旁坐下，摸摸她的头发，犹豫了一下，卓嘉自却把手边的一本书放到子真面前。

《二月初一》。

卓嘉自说："你爸爸昨晚连夜看完了这本书。"

颜子真愕然。她的书是女性言情，颜海生和卓嘉自只在她出第一本书时感觉好奇看过，之后就不再看了，她也从来不要求他们看。这本《二月初一》是因为特别，所以卓嘉自才拿了一本过去。但是爸爸为什么要看？他还在担心自己么？

她有些恍然，便赖在爸爸怀里："爸，我没事呢。"仰头冲着他爱娇地笑。

颜海生宠爱地拢拢她的肩，叹了口气："我和你妈妈终于知道为什么你外婆要让你做这些事了。"

她睁大眼睛，卓嘉自冲她点点头，把茶几上的东西推到她面前。

那是一个精致高贵的紫檀盒子，打开盒盖，里面放着一张小小的光碟，一个录音笔，几张叠得整整齐齐的纸。

卓嘉自告诉她："这是昨天傍晚快递公司送来的，寄件人是刘律师。"

颜子真霍然抬头，她记得清楚，刘律师就是外婆的遗嘱执行人。那天刘律师对着所有亲属宣读完遗嘱之后，让她签字的时候，给了她那个白色的大信封，里面是卫音希的照片和外婆的遗信。

其实前阵子颜子真去找过刘律师。她想把外婆的遗产捐赠出去。

因为她觉得，那是外婆对妈妈的补偿，因为知道妈妈不会要，所以补偿给自己。但是颜子真只觉既然自己知道了真相，就不能再代妈妈接受。她并不是不再爱外婆了，也许爱中还带着替妈妈的那点恨，但那是另一回事，妈妈不要，她也不能要。

但是刘律师不在，他去美国处理一单案子，已经去了几个月了。因为也不急，颜子真便准备等他回来再说。

卓嘉自起身把光碟放进影碟机，对女儿说："你在这里看吧，我去做晚饭。"她的声音有些沉，颜海生叹了口气："嘉自，陪子真一起看吧。"卓嘉自看了一眼丈夫，到底还是坐了下来。

影碟机在读碟，电视屏幕上出现了外婆庄慧行。颜子真事隔两年再看到如此生动鲜活的外婆,禁不住直起身子,红了眼眶。

她的外婆,无论别人如何评价,在自己所有的记忆里,对自己都是宠溺疼爱,无一字不依,无一事不从,看着外婆慢慢眨动的眼睛,颜子真再一次无比真切地知道,她爱外婆,她想念外婆。她贪婪地盯着电视,一眨不眨地看着里面的外婆。

电视上的庄慧行已经出现了好一会儿,只是一直在沉默。墨绿色柳叶花纹暗嵌银丝的旗装丝袄,一头白发在脑后团着髻,脸带病容,安然坐在窗前的老藤椅上,一般的优雅、尊严。

她对着镜头,神情温和,慢慢地说:"颜海生、卓嘉自、颜子真,你们看到这个光碟的时候,我已经不在这个世上,姚灵莺也应该已经死了。"

颜子真浑身一震。

电视上的庄慧行闭了闭眼睛,沉默了一会儿,才继续说:"我不知道具体发生了什么事,但是我所知道的,我会在这里全部告诉你们,以及你们的兄弟、侄女。"

她望着镜头,眼神渐渐变得柔软慈爱,仿佛她凝望着的人正在面前,她正面对面地与他们说话。

她说:"海生,我从来没有同你说过,我少年时和你亲生的母亲相识,你的母亲,她对我有救命之恩和教养知音之情,我们情同姐妹。我极其尊敬她,极其……爱她,在我心中,她就像我的母亲、我的姐姐、我的知己。可惜你永远不能知道,你拥有一个怎样出色优秀完美的母亲。"

颜子真呆住,慢慢地坐直了身子,这一刻,她有一种脱力的感觉,这么久以来,她的心里其实早就有一种奇怪的感觉,只是她自己也不清楚它究竟是什么。现在,它正微笑着看着她。

庄慧行也在微笑:"当初我离开的时候,你才四岁,不知你记不记得,你除了姐姐湖雪之外,原来还有一个手抱的小弟弟?"

庄慧行慢慢出了神,脸上笑容十分温柔,那一瞬,卓嘉自就算是看了第二遍,都不由心中一动,仿佛回到了很久很久以前。很久很久以前,她还是庄慧行心爱的小女儿,虽然家境困难,被外人欺凌,可是她还是可以淘气,贫寒窄仄的小房子里,她每次被年长的哥哥姐姐捉弄,委屈地找母亲,母亲的脸上就是这样的表情这样的笑容。她记得,庄慧行从来不曾被那些年的苦难打倒。

她轻轻地说:"虽然你那手抱的小弟弟早就不见了,可是我想你的印象里还是有他的。海生,我替你、替你母亲找到了他,他现在的名字,叫卫江峰。"

"卫江峰,他应该叫颜江潮。你们三姐弟的名字,都来自于著名五绝,因为你们的母亲生平最爱五绝。'更添一诗老,载雪过重湖。''海上生明月,天涯共此时。''府中连骑出,江上待潮观。'"

她一句一句吟完,轻轻一笑,笑容里,那样温软孺慕,依恋思念,宛如少女面对长姐、幼儿面对母亲:"你们的母亲,她叫沈雁如。你们的父亲,叫颜年。"

颜子真的心里有什么东西轻脆地碎了,却碎得又酸又软,啊,那个顽皮淘气又聪明的柳杨,整个故事里就是他失落了消息,外婆说她一直在找柳松,却从不曾提起柳源和柳杨现在在哪里。

这缺了的一环原来在这里,外婆不止一直在找柳松,而且早就找到了柳杨——颜海生。

为什么她从不提起?

过了很久,庄慧行面对镜头,流露出的却是歉疚:"小子真,关于他们的故事,外婆只告诉过你一个人,你还答应过外婆会把它写出来,可是外婆一直都瞒着你,没有告诉你,沈雁如不仅是卫音希的奶奶,也是你的奶奶。"

接下去,她简单地叙述了当年发生的事情。庄慧行用词客观,她用一个七十多岁历尽沧桑不幸的老人的毒辣,描述了那三年她的亲眼所见。

电视屏幕一闪,庄慧行已换了衣服,窗外的天色是清雾薄起的早晨,这应该是第二天了。

她说到她的离开。

"临离开前我去了雁如姐的墓地,我在雁如姐的墓前立了血誓:我一定会找回江潮,我决不会让他认仇人为母;而我,庄慧行这一生所有,我的儿女将与雁如姐的儿女共享。"

庄慧行抬起头,一时间目光凌厉,神情坚决而冷漠。

"可是,我没有能够找回江潮。我结婚后,大江南北,但凡有一点点消息都不曾放过,十几年来却始终没有找到他。后来,嘉在出世不久,国内运动风起云涌,我和我丈夫卓非双方至亲都在国外,因此卓非感觉不妙,找了机会离国,我当时想,在国内已经找遍,毫无音信,那么姚灵莺会不会已经去了台湾香港或是国外?我带着四个孩子正要赶过去和卓非会合,却偶然遇到燕子,她告诉我说曾经遇到过姚灵莺,她带着儿子在苏州生活,我就在燕子陪伴下先去了苏州,可是她竟然无意中看见了我,带了孩子藏了起来,我找了几天不得要领,便决定暂时不去和卓非会合。当时我和卓非都以为还会有船,就让他先走了。"

"从此我留在了国内,也不再有能力四处寻找。甚至,和颜年也失去了联系。"

三个人都心知肚明，那之后发生了什么。作为一个富裕资本家的后人，一个潜逃国外者的妻子，她的处境可想而知。

"等到我再有了能力，我继续寻找，可是我心里明白，这么多年了，姚灵莺容貌已老，江潮已成中年，他们一定也改了名，找到他们的希望已经非常渺茫，可是我怎么能够放弃，我一定要找到我死为止，否则，我无颜面对雁如姐。所幸，不用我寻找，另一个失去联系的海生忽然出现。他带回了我的女儿嘉自。"

庄慧行怔怔地看着摄像镜头的方向，目光中充满了复杂的情绪："我看着他的眉眼，他的眉眼和颜年那样像，他说他叫颜海生，父亲就叫颜年，我心中狂喜，当年雁农姐在深谷山河里救活了我，几十年后，她的儿子又救了我的嘉自！"

"可是我没有和他相认，我知道嘉自受苦极深，这一生，我唯一对不起的就是她。那么，就让海生完完全全地站在嘉自身边，不要因我的缘故而做任何的劝解努力。"

颜海生看着妻子，目光中充满了怜惜和爱护，卓嘉自低着头。昨天听到的时候，她怔了很久，那是她第一次听母亲提及此事。她自从回来后，再也不曾和母亲说过一句话，也从不曾自兄弟姐妹嘴里听到母亲提起过此事。庄慧行和卓嘉自，果然是一对最相像的母女，她们都一样决绝而干脆。

颜子真也呆呆地听着。

庄慧行又换了一件衣服，她坐在老藤椅上，晨光下，脸色苍白憔悴，她叹了口气，才说："直到今年六月，我收到一封信，是从本城寄来的，说，如果我愿意永远不提起一切，她会告诉我颜江潮的下落。我答应的话，在江城晚报上登一则寻姚灵莺的启事即可。署名是姚灵莺。"

第十七章　最后的遗嘱 2

"我原以为有生之年再也找不到江潮了,当即不管三七二十一,先去登了启事。三天后我接到姚灵莺的电话,她很镇定地说要我亲口答应永远不说出所有事情,包括江潮不是她亲生的,才会告诉我江潮在哪里。"

"我很愤怒。"庄慧行的脸色露出鄙夷,"我那时已经想得清楚,她必定有解决不了的事要找我帮忙,否则她不可能现身,只是不知道那是她的事情还是江潮的事情,我追问江潮在哪里,可是她只是反复地说她是在公用电话亭打的电话。于是我决定妥协。"

"但是我不甘心,雁如姐只有两个孩子了,难道让他们永不相认?可是她说她找我是因为江潮遇到极大麻烦,她知道我绝不会对江潮的事情袖手旁观。那一刻我既是担心又是无比地憎恨她,这个人,能利用别人利用到这样尽的地步。我实在忍不住,问她'你肯来找我,到底为的是江潮,还是你自己?是不是江潮遇到麻烦你怕自己老来无靠?'她沉默了一会儿,才说'我最多答应你,在我活着时你不能说。'我没有任何讨价还价的余地,既然她终于退了一步,既然等她死后,两个孩子终能相认,我就答应了她。"

颜子真记得听卫音希说过原本计划留学的事情，因为家里的经济出了问题负债累累而取消，也记得卫音希说过是她奶奶的老朋友出面解决了负债的事情。这个"老朋友"当然就是外婆庄慧行了，毫无疑问，这也就是姚灵莺迫不得已出现求助的原因了。

"我去了梅州，在她家里见到了她，可是江潮我只是看到了他的照片。他长得和颜年几乎一样，当年他出生，就长得最像颜年。江潮的女儿我也没有见到，她在江城读大学。他们果然全部已经改了名。我回到江城，卫音希去了外地写生，直到九月，我跟卓谦去江城大学，这才见到她。"

她的脸上露出欢喜与悲伤："她和雁如姐长得这么像！还有湖雪、小湖雪，她们长得那么像……"她喃喃地说，"她们那么像！那么像！那么像……"

她转过头，久久望着窗外，苍老而长满皱纹的脸上有泪水肆意纵横。

颜子真想起在卫音希家看到的那张照片，她在当时便知道哪个人是姚灵莺，看着年老的姚灵莺指鹿为马，也只笑笑。因为她也答应过外婆，在姚灵莺生前，不能说。这是外婆的诺言，而外婆这一生，一诺千金。

许久，庄慧行才接着说："我以为我可以等到她死，可是原来我等不到，我等不到看见他们兄弟相认。我怎么办？我不能说，那我能怎么办？好在这么多年来，我已经给子真讲过很多当年的事情，子真从小爱听古，我也愿意把这些往事讲给她听，那是她的祖辈父辈，她见不到了，便听听也是好的。可是小孩子不能背负太沉重的往事，所以我就想等姚灵莺死了的时候告诉她那些不只是我的故事，让她认识她的叔叔和妹妹。"

"可是不能够了。那么,在我死之前,我更要清楚明白地把全部的、包括后来的故事告诉子真。我告诉子真,这个故事是真的,但是她一样要信守我的诺言,在姚灵莺生前不得向江潮一家人吐露。"

庄慧行低声说:"但是我要求子真在我死后把这个故事写出来,所有的细节子真听我说过多年,我希望雁如姐的后人都能知道这些事,我想让子真用她的笔纪念她。"她笑一笑,"我也希望姚灵莺会看到这个故事。我也知道,有百分之九十九的机会,她会看到。"她的笑容里带着深深的讥讽。对于敌人的了解,庄慧行一向不吝投入时间。

她转过脸看着窗外,接着说:"然后我让子真照顾卫音希。一是她们本来就是亲姐妹,是雁如姐留下来的血脉,我希望她们姐妹能相亲相爱,二是……姚灵莺。姚灵莺肯定会知道这件事,肯定会疑心重重,她会怀疑子真的身份,因为子真姓颜。最好她能够见到子真,听到子真的声音,她不会想到,音希遗传了雁如姐的相貌,子真就遗传了雁如姐的声音。"

庄慧行畅快地笑了出来:"那么相像的声音,她做了这么多亏心事,我不相信她听到了一点都不心虚不害怕。她不是让我承诺在她生前不得向江潮吐露真相吗?行,我不说。可是我便是不说,也要教她心惊胆战!我不能容忍不能接受天理不昭,让害人者得享天年,我不想让这个卑鄙自私无情的女人安度晚年。我要她余下的日子日日夜夜分分秒秒不得安生!"

她太激动,以致呼吸急促、脸色变得潮红,她只有停下述说,抚着胸口平复呼吸、平复情绪,过了许久,才再次开口。

"我始终相信,这苍天,这冥冥中自有定数,人再有法子,也没法子安排失散的人结为夫妻,要怎样巧合的缘分才能让海生和嘉自结为夫妻?这是苍天要给她的报应,让雁如姐的孙女亲自去报了这个血海深仇。"她用力拍了拍扶手,目光凌厉。

颜子真想起来她第一次去梅州,在饭桌上老太太知道她姓颜,便问她:你爸爸妈妈叫什么名字?颜子真答:"我妈叫卓嘉自,我爸叫颜海生。"然后,是老太太猛烈地咳嗽。

是因为一个"颜"字,是因为一个叫"颜海生"的名字。

那是悬在她头顶的一把刀。

这才是外婆的撒手锏。她不动声色地告诉姚灵莺,颜海生的女儿来了,沈雁如的孙女来了。

而姚灵莺见了颜子真,果然起了疑心,不是疑心她是不是沈雁如的孙女,而是疑心庄慧行交代了什么给颜子真。从此姚灵莺日日夜夜担惊受怕恐惧不安,就如庄慧行了解她,她也颇了解庄慧行,庄慧行是已经死了,但庄慧行怎么可能放过她?沈雁如死的那天,庄慧行的眼神,姚灵莺这一生一世都不可能会忘记。

她当初逃走当然不是因为害怕庄慧行,但是逃亡的路上庄慧行的眼神一直如芒在背、如影随形。她是年老了时日久了才忘了一些,但是唤回当年的恐惧也不是那么难。

她害怕颜子真告知家人自己的所作所为,害怕家人仇视她冷待她。尤其是她搜罗颜子真的文章时,看到了《二月初一》,颜子真的一支笔下所有的往事历历在目,竟八九不离十,于是她终于吓倒了。

颜子真脑海中不由自主地浮现起姚灵莺发狂去世前嘴里不断念叨的声音,此时竟如水晶般清晰,那重复的音节,明明是"雁如"。

其实颜子真当时便很清楚，姚灵莺临终惊骇欲绝时看着的是卫音希，那时候她的神志已经不清，把卫音希当成了沈雁如，她们太相像了。也许，还有自己的声音，外婆说，跟沈雁如很像的自己的声音？

生平不做亏心事，半夜不怕鬼敲门。

她怕的，也许年轻时不怕，但越老越是怕。

害人命、杀人女、夺人子，那是再大也没有的血海深仇。

这一切，都在庄慧行的后算当中。

庄慧行疲惫地看着镜头，低低地笑了一笑，"我当然不会知道我死之后发生的事情，我只知道当你们看到这份录像，姚灵莺一定已经死了。"

她的脸变得温暖慈爱："子真，你有一副和你祖母一模一样好听的声音。对不起，外婆瞒了你，因为外婆不想你秉着报仇的心去伤了和你叔叔家的感情，外婆也不想你太善良反而放过了她，我想你抱着局外人的心态会比较客观比较不那么为难。"

"也许外婆是错的，那么你要原谅外婆年老昏聩。子真，你一定要知道，你是外婆的心肝宝贝，在外婆心里，没有人比你更珍贵。"

"海生，谢谢你救了我的嘉自，谢谢你视嘉自如珠如宝，我一生承你母子恩德，实在无话可说。"

"江潮，你出生时是我第一个抱的你。我也知道你由姚灵莺抚育长大，生恩不知，养恩深重，可是你应该知道，你的母亲是谁，父亲是谁，你的姐姐是谁，你的兄长是谁。而且，你的父亲颜年，至死都在寻找你。你原来，有一个最最幸福完美的家庭。你根本就不需要那份养恩。"

"音希,你和你的奶奶长得一模一样。我希望你能够接受我给你的东西。"

庄慧行疲倦的脸从电视屏幕上消失。

沉默。卓嘉自站起身,找到录音笔的播放目录。录音笔里是两段录音,一段是姚灵莺第一次打电话给庄慧行的录音,那个苍老的声音说:"只要我活着,你什么都不能对江峰他们说。我知道你以前在你母亲临终前答应过她人无信则不立,你会誓死遵守你的诺言。"十分镇定,十分冷血凉薄,她竟以庄慧行母亲来禁止她。

可是姚灵莺还是太老了,过得太平民了,她不知道有一种东西叫录音电话,而庄慧行为着方便,一直使用录音电话,她在接到姚灵莺电话时马上就录了音。

还有一段是庄慧行到梅州和姚灵莺见面时的交谈内容。在交谈之中,庄慧行不动声色,一一提起往事,所有真相在两人交谈下尽数核实。

庄慧行做事,一向严丝合缝、坚忍决断、雷厉风行。

光碟也看完了,录音也听完了。

颜子真拿起那几张叠在一起的白纸,是一份DNA鉴定书,她爸爸和卫江峰的。外婆竟连这个也做到了。

如果不是姚灵莺抱着颜江潮跑得无影无踪,而庄慧行言出必行要找到颜江潮,卓家早已举家离国,也免去了这么多年惨伤巨变,那么,也就没有了颜子真。

颜子真真心敬佩外婆,她铁骨贞心,她言必行,行必果,重然诺,决不肯轻易负了誓言。

她一念坚持,与丈夫分开数十载,与子女艰苦数十载,却始终没忘了半句当日誓言。——实行。她信守了对姚灵莺的诺言，却仍然用她的法子报了仇雪了恨。

颜子真又想起那张照片，心中微微一叹，也许只是不经意地留存了一些旧物，姚灵莺心中到底有没有过不安？见到卫音希酷似祖母的容貌，不知她是否也曾憎恶过？

外婆的声音轻轻响在耳侧："我永远都会记得雁如姐姐那张关切的脸，我永远都记得雁如姐姐教我学习照顾我的时光。她总是淡淡地笑着，好像万事都不萦怀，却真心真意记着爱着每个人。"

颜子真终于明白的是，为什么她会是外婆最最疼爱的心肝宝贝了，为什么从小到大外婆对她百依百顺，甚至于童言稚语只说了一句牡丹花好看，外婆便拔了院子里的花全改了种牡丹，还有，为什么外婆会把一半的财产留给自己了。

可是，她苦涩地想，外婆，你精明如此，竟不知道我并非颜家后代？

她只觉心中沉甸甸不能负荷，因为一切都不能说，因为她不能再伤父母的心。

但是，颜子真想，我会想办法把它还给应得的那个人。

她转过身，紧紧地抱住了妈妈。这几十年外婆留在国内的几十年，她唯一对不起的人的确只有她的女儿、颜子真的妈妈。

卓嘉自和女儿心灵相通，她完全明白女儿此刻的心意，不由万分感慨，低头轻轻抚摸着颜子真的发顶，这是她的女儿，再大的磨难艰辛，看着她也是心满意足。

颜海生欣慰地看了看她们，轻轻地收拾茶几上的东西，把它们全放入紫檀盒子里，盖上盖子，锁好。

颜子真抬起头："妈妈，你还记得外婆留给我的那封信吗？就是宣布外婆遗嘱的时候，刘律师给我的那封信。"

卓嘉自点点头："让你照顾卫音希，把你所得的遗产中的一部分在卫音希需要时赠予卫音希。按道理你和卫音希是堂姐妹，为什么不是一半？"她马上醒悟过来，"因为姚灵莺所说的，卫江峰遇到的大麻烦已经花去了一部分钱。"卓嘉自自嘲地笑了一声，"她还真是分得清清楚楚。"

是，庄慧行的誓言：我庄慧行这一生所有，将由我的儿女和沈雁如的儿女共享。她所有的财产，一分为二。

当初颜子真接受遗产看到那封信的时候，并不知道庄慧行曾有这个誓言，所以她以为外婆的意思是，一部分赠卫音希以全当年恩义，一部分是为了弥补母亲而留给自己。可是谁知道竟是这样。

暮色四合，卓嘉自开了灯，大家也没心思吃饭，卓嘉自去厨房简单煮了三碗面，草草吃毕。颜海生说："我明天去一趟梅州。"

颜子真忽然说："我已经把《二月初一》寄给卫音希，我想他们家都应该看过了，至于相不相信，很难说。"

三人静默，颜海生轻轻叹息："最为难最难受的是江潮了。真正情何以堪。"卓嘉自想到颜江潮被杀母仇人养大，心中也颇为感慨，说："我想我明白为什么我家和你家失去联系了，你说过你父亲在五九年生重病去世的。"父亲叹息："当时缺医少药，又是自然灾害时期。"

只有颜子真略有些疏离，她似乎是作为旁观者静静思索沈雁如和庄慧行，这种抽离感很是奇特，她想，也许是因为她知道自己的身世,也许是近日来她已不像从前的心境。

大概因为颜子真沉默着,卓嘉自把话题转过来:"子真,在梅州,究竟发生了什么事?"

颜子真看到妈妈担忧的眼神,知道外婆在影碟里说的话还是令父母不安,便老老实实把两次去梅州的经过讲给父母听。

讲到那张照片上沈雁如的模样和他们对卫音希相貌的误会,颜子真终于忍不住问:"爸爸,我的声音真的和……奶奶很像?"

颜海生正从唏嘘中恢复过来,听到女儿这么问,想到女儿这阵子所经受的一切,不由心痛,低声说:"爸爸妈妈说过什么你忘了?什么事都要跟我们讲,你这孩子……你这孩子……"

颜子真却固执地追问:"我的声音,爸爸,真的和奶奶很像?"

颜海生摇头:"我记得不是太清楚,应该没有她们说的这么像。但是颜子真,老人的记忆,但凡有三分像,那就是很像了。何况……"

他叹了口气,何况一个感恩重情到如此地步,一个心惊胆战到如此地步,风吹草动都足以疑心生暗影。

颜子真的心凉了下来,她喃喃道:"可是卫音希和奶奶真的很像。"

颜海生和卓嘉自一心只想安慰女儿,说:"傻孩子,遗传上来说,人的相貌千差万别,所以相像是遗传学上很重要的特征,可是声音,并不一定是。陌生人之间声音相似的也多得很。"

颜子真想到大学同学总是认错莫琮和另一个同学的声音,知道妈妈说的是对的。

第十八章　少年和少女

卓谦一边看着教程,一边做动画,眼神专注,手势熟练。身旁的卫音希本来也全神贯注在自己的电脑上,因为有一个问题要问,转头朝向卓谦时却看得呆住了。

很奇怪,卓谦似乎对动画很有天分,而他学电脑绘画也非常快,且构思阔朗。

在卫音希的注目中,卓谦键鼠不断地挪动中,过了一会儿,卓谦电脑中的白色云朵活了过来,活泼泼地在屏幕上飘游,做出各种趣致表情,然后七色晚霞面目狰狞地迅速洇染了云朵,于是云朵就一声惨叫,扭了几下消失在晚霞中。整个过程短暂,但是异常活泼滑稽,颇有点卓谦本人的风采。卫音希看着忍不住笑出声来。

卓谦笑嘻嘻地举了举拳头:"胜利!"转头就看见卫音希朝着他的雪白笑脸澄澈双眸,不禁一呆。他呆得有些明显,时间也有点儿长,卫音希微微有些不自在,又笑起来:"卓谦你可真厉害。"

卓谦就有些不好意思:"哪里,我画画太烂,只好弄得滑稽一点,旁门左道嘛。"

卫音希真诚地说:"画画有时候不用讲技巧的。你画的画就总让人看着觉得很开心。"

卓谦快活地笑："啊，那就好。"

低头看卫音希的问题，看着不禁嘟囔了一声："卫音希你可真有点儿笨。"马上又找补一句，"不过天才都会在某些方面特别笨的。"卫音希哭笑不得地看着他："卓谦你快讲题！"

卓谦做个鬼脸："遵命！越来越像颜子真了，唉。"

卫音希瞪着他，又忍不住笑。

出了机房后，卓谦陪着卫音希往宿舍楼走，一边走一边说："今天运气不错，占到两台不错的电脑。"

机房的电脑当然不会是同一批买的，会得陆续更新，所以有些会很新很好用，有些有点旧那就会卡，所以去机房用电脑要看运气。其实几乎所有学生都有自己的电脑，但是对做动画来说，无论是卫音希的电脑还是机房里的旧电脑都太慢了些。

卫音希没有说话，只是脑海中忽然响起一个笑吟吟的声音："好，如果需要新配置，我给你批发价。"

她问卓谦："颜姐姐最近好吗？"

卓谦低头看了看她有点担心的表情，点点头："挺好的。最近她到处玩，写小说、写剧本，忙得要命呢，看上去跟从前没什么两样了。"

卫音希已经很久没有见到过颜子真，上次见面的时候，颜子真那浅浅的笑容、若有若无的一点点疏离，让她不知如何是好。

当她不知道怎么办的时候，便只有默默地避开。她也不知如何整理自己的感情。祖母去世已经五个多月了，她有时还是会梦到祖母，微笑着宠爱地看着自己，面目却渐渐模糊。

她内心里其实早已相信，随着时间的流逝，她其实早已相信。

她的不解是：为什么颜子真不能直接地告诉他们，为什么用了这么迂回的方式。如果不是那样，祖母也许不会死得这么……惨。

那始终是宠爱她、一手带大她的祖母。想到她去世前的惨状，要说卫音希对颜子真一点不抱怨，那是在说谎，奶奶毕竟是个老人了啊。可是她又不能不想，那个遥远的、在父亲尚在襁褓时就身死的女子，自己的亲奶奶，她呢？她怎么办？

这样的报仇似乎也是合情合理。这样的庄慧行似乎也是可敬可佩。

卓谦见她沉默，有些不知所措，小心翼翼地走在她身旁，不断地悄悄转头注视她，没注意到路边积雪水洼，一脚踩进雪洼里，拔出脚时，球鞋已经进了冰冷的雪水。

卫音希并没有注意，卓谦便忍住脚上寒意，一直陪她走到宿舍楼前，才挥挥手笑着离开。

那天晚上，卫音希想了很久，给颜子真发了短信："颜姐姐，我想和你谈谈。"颜子真的回复很快："好。"

然后，她上了QQ，学生向来睡得晚，虽已到熄灯时间，QQ头像们还都神采奕奕地闪亮着，打招呼的闪动此起彼伏，卫音希打开了其中一条："喂喂喂，卫音希同学，记得明天交连载了。"她给杂志的漫画连载一周一期，这次是第三期了。卫音希知道机会难得，早就把连载准备好，见温公子在线，便先发过去给他看。

温公子看完，打开视频，卫音希戴上耳机，看着温公子指着漫画细细指点了一会儿，然后竖起大拇指含笑夸奖："很好。记住,保持风格,你的风格是最与众不同的,不要丢了。继续努力。"

卫音希笑起来,手指在键盘上飞舞:"我一定会的。"想了想,说,"温大哥,我记得你说过,人和人之间最要紧是坦诚相待,特别是对那些自己很珍惜的人,一定要开诚布公,就算是会有伤害,也要让人明明白白,不能自以为是。我想我现在明白你的意思了。"

温公子抬头看向卫音希,电脑屏幕里,卫音希年轻净美的脸上带着微笑,寒星般的眸子里不再是一直的茫然犹豫,变得轻松坚定。

他不禁笑了,温和地说:"对,这世上百分之九十九的误会和误解,都是因为当事人自以为是:自以为坚强,自以为自尊,自以为明白,自以为聪明,自以为不用说别人也会明白。他们总是不明白,嘴巴不只是用来吃饭的,耳朵也并不是摆设。"

卫音希由衷地说:"谢谢你,温大哥。"她无意识地侧了侧头,嘴角露出一朵美丽的笑。

温公子微微一怔。卫音希性子清冷,更不大爱说话,这种无意识流露出来的少女爱娇极其少见。他突然想起邓跃说的话:卫音希当然很美,但是最美的是她的美丽总是突如其来,让人猝不及防直击心底。

他问卫音希:"如果你现在有机会去法国留学,你会不会去?"

卫音希呆了一呆。

这个问题已经一年多没有想过。虽然几个月前温公子跟她也提过,她也是过耳未过心。

她摇了摇头,绽开笑容,在键盘上慢慢地打着字:"太昂贵,家里没法负担,以后,以后再说。"

温公子看着她,敛了笑意,若有所思。

卫音希心里一跳,脱口问:"怎么了?"

温公子却笑了笑,不再说这个话题:"没什么,始终觉得你应该走出去看看、学学。对了,我一月到二月都会在哈尔滨,可能没什么时间,你记得别忘了好好练习。"

卫音希点头,温公子关了视频,她却看着屏幕好一会儿,嘴角无意识地一直弯着。

卓谦这一晚也很迟才睡。

他在回男生宿舍的路上看到岳敏,岳敏站得远远地看着他,表情有些奇怪,那奇怪里带着一点让人心里觉得不太好受的东西。

卓谦不知为什么有点心虚,慢慢地走近她,对着她像往常一样笑了一笑,问她:"岳敏,这么晚了你怎么没回寝室?"可是灌了雪水的鞋子实在是冷透了,忍不住缩了缩脖子。

岳敏低头看了看他的脚,再抬起头来时表情就变得有点戏谑,说:"陪我走走呗。"

卓谦啊哟一声:"我可不可以先回去换双鞋子?"

岳敏就笑了:"卓谦,你陪卫音希走了这么久哪。"脸上的笑意,怎么看都有点意味深长,又有点……其他的东西。

卓谦一怔,脸就有些红,他们俩站在宿舍楼前的灯柱下,灯光很明亮,卓谦的脸红得很明显。

岳敏说:"卓谦,你喜欢卫音希对吧。"

卓谦想了一想,脸上神情有些迷惘,却不自禁流露出微笑,答她:"嗯。"

岳敏倒呆了一呆,微微低下头,心中终于泛起酸楚,他们做了这么多年同学,从初中到大学,一群同学中,她活泼爽朗,他幽默阳光,所有人都认为他们是一对,只有她自己知道,卓谦的心里是没有人的。

他对她是特别好,虽然他习惯了关心照顾女同学们,但对她是特别好的,是因为特别合得来,因为她性格爽朗没有别的女孩子的矫情作态。但这种好,非常的坦坦荡荡,就像面对所有人的玩笑,他就只是笑着知道是玩笑,做个鬼脸就算。而她?她后知后觉地想,她是不是也接受得太坦荡大方?

这么多年来,她原以为自己可以敲开了门进去,她也知道只要自己敲开了门进到里面,就再也不会有别人进得来。卓谦的性格她再知道不过。

可是,她没来得及。也许,她永远也是来不及的,因为那个地方,本来就不属于她。

岳敏叹了口气,还是和从前一样吧,不能连朋友也失去。从小到大这么多年的好朋友,岳敏想,要是也失去了,那就太失败了。

她用力眨了眨眼,眨回那点湿意,爽朗地点了点头:"那果然就不能同样对待了。回去换鞋吧,不过不用陪我走了。"她转过身,挥挥手,往女生宿舍走。

卓谦也没多想,飞快跑回宿舍脱了鞋子,又在室友的哄闹取笑中胡乱抢了瓶热水泡脚,才缓过来。

一边泡卓谦就一边回过神来,想到岳敏,有点不安。

卓谦从小到大都受女孩子欢迎，而岳敏是个特别大方的女孩，他从小就觉得和她一起玩特别舒服，不会无理取闹也不会动不动就娇滴滴地哭闹，总是笑眯眯地特别可爱，和她就一直亲近，一亲近就这么多年，勾肩搭背，嬉笑玩闹。

然而他也不是傻瓜，也许是因为自己也终于开始喜欢了人，刚才的岳敏让他忽然明白，岳敏喜欢自己。也许从早前，她就喜欢自己了。

那天晚上，卓谦没有睡着。

第十九章　信赖、喜欢、爱

坐在那个熟悉的小客厅兼工作间里，卫音希不由自主有些放松下来。特别是当她看到颜子真的笑容恢复如初，那点曾有过的若有若无的疏离已经消失。

卫音希有个错觉，仿佛她们仍然是半年前的她们，在这里亲昵无间地说话、画画、写作，然后有人伸个懒腰，去厨房做一杯奶茶或咖啡。

然后忽然间，会有人嗒嗒嗒地敲门，卓谦笑嘻嘻地闯进来要吃要喝。

卫音希后来想自己不知为什么总是自然而然地把颜子真当成了可以无限亲近的人。是因为颜子真一直待她特别的好吗？其实是自己一直没有遇到过除了家人之外能对自己这么好的人吧？

颜子真是个完美的姐姐，宽容，温和，热情，爱护，纵容，护短，总是小心翼翼地护卫着别人脆弱的自尊。最可爱的是她总是得意扬扬自自然然地以自己喜爱的人为荣。所以在感情上羞涩内向的卫音希的感觉慢慢就变成，她是可以在颜子真的面前自由自在的。

她是自己一直想要有的那种姐姐。

卫音希原本不是轻易与人亲近的人，是颜子真，把她纵容成这样。

可是她的生活环境她的教育，让她没有机会学会如何表达自己的感情，她生活在自己的世界里的时间太久，加上天生性格的清冷和无所谓，让她对人际世情有点笨拙，更让她和别人保持着距离的同时，只会让人觉得她倔强冷淡。而全然不知，这其中，其实只是茫然懵懂、不知所措。

此刻，卫音希想着前几天晚上和温公子的对话，咬了咬唇，抬起头看着颜子真。

"颜姐姐，为什么？为什么你不能直接地告诉我们，为什么要用了……那样的方式？"

她认真地问。

颜子真抬头看着她，她终于勇敢地走到她面前，问出来了。

颜子真一直认为卫音希倔强，但过于倔强的人，不会采取主动，他们最容易自以为是，在自己的世界里臆想，并信以为真。

她很高兴卫音希能够来问她。

她静静地看着这个美丽而倔强的女孩子，那些曾有过的伤感和避让已经变得很淡，时间是最好的医生，此刻对于颜子真来说，她是爸爸的侄女，也是……自己的亲人。如果说当初她觉得自己没有办法对卫音希完全像从前一样，那么现在，正好有了另一种身份，更加的妥帖自然。

颜子真也一样认真地回答她："因为我外婆答应过你的……"她停顿了一下，"姚灵莺老人，在她生前不能对你们说出真相。而我答应过我外婆要好好照顾你，另外我并不知道姚灵莺老人会看我的小说。"

她看着卫音希疑惑的眼神，说："我想你父母还没来得及跟你说一些事情。等你这次回家,应该就什么都清楚了。"

卫音希垂下眼,不再问下去。她只是低头想了许久,抬起头专注地看着颜子真:"颜姐姐,"卫音希问,"当时,你要来我们家的时候,是很矛盾的吧?"

颜子真笑了一下:"是的,矛盾但是没有犹豫。可能是因为我的生活一直一帆风顺,所以认定人一定要为自己的所作所为付出代价,无论他是年老还是年幼,无论他现在看上去可怜还是可悲,因为有些事情根本无法弥补,所以代价是必需的。"

她的目光坚定,看着卫音希:"我曾经问过你,如果有一件事,你知道了会对你有很大伤害,不知道却会有很大遗憾,你会怎样选择?你说你要知道,但前提是对你关心的人没有伤害。"

姚红英,也就是姚灵莺,是卫音希关心的人。

"可是卫音希,你却没有想到那些关心你的人,你并不知道那些关心你的人一直在被伤害。我是那个知道的人,所以我不会犹豫。因为你我都清楚,无论她做了什么,如果她真正还有一点忏悔和良心,她就应该亲自告诉你们真相。她应该把原谅的权利交给你们,和其他一些人。这么些年来,她已经享受到太多不属于她的、用别人的血和家破人亡换来的幸福,她如果还有良心,就应该在你父亲遇到困难我外婆去解决时,告诉你们全家一切。"

颜子真看着卫音希的难受和难堪,有些抱歉,"但是她没有,她选择继续欺骗。我不喜欢她。我非常不喜欢她。"

六十年前的仇恨,颜子真不能感同身受,但是,作为一个人,她不会喜欢,而且憎恨这个老人。

对,她是老人,可是颜子真从来也不认为一个人因为年老了就应该被怜悯被原谅,法律不是这样的,情理也不应该是这样的，不然的话，那些被害人的生命和伤害就是被轻贱至地底，这世界就没有公平可言。在这一点上她和她的外婆一脉相承。

卫音希坐得笔直，她咬着唇，眼睛里有蒙眬的泪光，但是看向颜子真的目光却清澈而信赖。她信赖她没有恶意，信赖她每句话的真心真意，信赖她没有欺瞒自己从不曾有心利用自己。

她知道那是颜子真的心里话，每一句都是，因为自己问了，所以就坦然相告，就算有些话会让自己刺痛难堪。

颜子真动了动身子，她有一种想去拥抱住她的冲动，但是她没有。她的眼前鬼使神差地掠过邓跃的目光，邓跃看着卫音希的目光。

她的心里到底还是有点不舒服。

在这一刻，颜子真明白了一件事。

当卫音希走出来的时候，她发现，自己却没有。

在卫音希祖母死亡的事件中自己并非完全无辜，可是现在，卫音希其实没有完全知道真相时，卫音希选择坦诚和信赖；同样的卫音希在邓跃和自己分手的事件中完全无辜，可是自己却选择了退避。

在那一刻，颜子真不知如何面对自己。在那一刻，她甚至想到邓跃选择喜欢卫音希并不是没有道理的。

卫音希却并不明白颜子真为什么忽然之间变得情绪低落，还以为是自己的原因，连忙解释："颜姐姐，我并不是，我并不是怪你来的，我只是想问一问。我不想，和你有误会。"

颜子真抬头，温和地说："我知道。音希，我知道。"

卫音希就有些无措。她们以前相处也是沉默的时间多，但那是平静安谧的，现在是尴尬的、不知如何是好的。

卫音希忽然就说:"颜姐姐你帮我配一台电脑吧,我在学动画,现在的电脑很不好用了。"

颜子真从自己的思绪中出来,笑起来:"好呀,给你配一台好的。"

她当然看得出来卫音希在努力地想找话来说,一直以来都是自己在努力地走近她,可是现在的卫音希在笨拙地、努力地走近自己,对她来说,大约是从来没有做过的事情,所以说完这句话后,又垂着眼在费力地思索着下一句话。

竟有几分可爱。

颜子真笑眯眯地看着她,很想等着看看卫音希能接着说些什么、再说些什么,这应该是件挺有趣的事情。可是当女孩子想了一会儿才吭吭哧哧说:"卓谦现在在教我计算机。"

颜子真终于忍不住笑了:"教得还行么?卓谦很聪明,他的成绩一向都非常好,而且会很有耐心呢。"

卫音希悄悄地松了口气,点点头:"嗯,教得很好,我全部都能听懂。他原来没接触过动画,就自己先去学了,然后一边学一边教我,可是还是比我强很多。我对电脑操作很笨的。"她一口气说下来,微微有些气喘,由自己努力地打破尴尬沉默,是她从没有做过的事,在这一瞬间,她忽然明白,一直做这种事的人是应该多么地让人感激。

颜子真微笑着看着她,就像看着自己的妹妹在努力地开始学习做一件以前从来不会做的事情。

因为她信赖自己、喜欢自己,所以很努力。

她惆怅地想,要是自己真有这么一个亲妹妹是有多好。可是她又想,难道爸爸不是一直当自己是亲女儿吗?

颜子真想，到底还是，到底还是自己太过小气。

温公子同颜子真打电话："卫音希应该挺想去欧洲留学的，但是还是那个原因——经济，你也知道的，学艺术的就是烧钱，学费生活费昂贵得不像话，她说她家里负担不起。"

颜子真干脆利落地说："她既然想去，这些问题就由我来解决。温公子，还是得麻烦你继续帮她看看，学校、专业、导师、风格之类，这些我不懂，你是专业人士，我就厚着脸皮拜托你了。"

温公子不以为意："这个倒不是麻烦，原先也有一直在留意，卫音希到底叫我一声大哥，又的确很有才华。但是她一向有主见，学校专业导师这些还是得和她商量，由她自己决定。我最多只能提供参考意见。所以等我把选择题出好之后，就应该通知她了。——或者，她还会推翻呢。"

颜子真说："没有问题。"在那个时候，一切问题都应该已经解决好了。颜子真并没有把握卫音希能够坦然接受，但是她希望卫音希能够成熟到接受这些。

如果不能……那没有办法，想尽办法也要让她接受向自己借钱的主意，这是她的备用目标。

正要挂电话，温公子说："冒昧请问一个问题，颜子真，是否你打算为卫音希出费用？"

温公子十分地懂社交礼仪，按理他不会提出这种问题，但到底是搞艺术出身，本性跳脱，又因为虽非知交好友，却也很喜欢颜子真的性格，所以好奇心还是大过了礼仪。

颜子真一怔，笑眯眯地说："哎哟，温大画家也八卦。"

温公子也笑眯眯:"你们作家不是总说这一句话吗?好奇心杀死猫呀。"

颜子真哈哈大笑:"不,我不打算告诉你,反正猫有九条命。"她手上所有的外婆的遗产都应该交给卫音希的,那是外婆说的,外婆所有的一切,将由外婆的子女和沈雁如的子女共享。而她不是沈雁如的后人。

温公子不再八卦这个问题,笑着说:"其实卫音希这样的女孩子,去了国外学习,应该是会很快乐。"

颜子真很赞同,这也是她一心想要送卫音希出国留学进修的原因。

卫音希喜欢画画,但从来不曾想过画画带来的名利,她只是享受画画的快乐,而当她能学到更多的时候,就是她更快乐的时候。这就是年轻的价值之一。

就如当年的温公子,颜子真也有过这样的时候,她甚至现在还停留在这样的时候,天真、纯粹,因为生活平顺拥有充足的爱和金钱,所以可以快乐愉悦地只做自己喜欢做的事情。只是毕竟年龄渐长,见识渐广,很多事情会停一停、想一想了。

颜子真无限感激父母亲人给了自己完整无缺几近完美的生活。她不是没见过同学朋友家种种困境,或因经济、或因家庭矛盾、或因家变,叫人烦扰忧心。她一概皆无。虽说并非富有,但她父母恩爱,奶奶幽默和蔼,大姨舅舅们家境都不错且彼此友爱,家人亦从不勉强她的功课,考得好了赞一声,考得不好顶多只有妈妈嘲弄几句。

她的成长过程健康快乐。这样的经历,让她就算遇到了挫折,她也能很快恢复过来。

这是家人给予她的最大的礼物,一生受用无穷。

所以,她想,无论遇到什么事,她都会、都应该站得笔直、勇敢地、坚强地去面对去解决。

第二十章　哈尔滨行

隔了几天，颜子真给卫音希DIY了一台手提电脑，厂家私人定制的。

颜子真对卫音希说："本来不想收你的钱，就当是礼物。可是想来你也不肯，所以就做了定制，不过你放心，因为是专门针对你的需要来定的，会更加好用，而且价格便宜。"

卫音希点头，却微微低了下头，颜子真，还是同以前一样，连她的自尊心都小心照顾。

其实如果由颜子真赠送的话，她会送Mac Book。

卓谦拿着手提操作了一回，假装羡慕嫉妒恨："颜子真，你可真偏心。"

颜子真白他一眼，卓谦有四台电脑，三台是他自己DIY的，一台就是最高配的iMac。他振振有词：工欲善其事，必先利其器。颜子真嘲弄他：也不知什么时候长了四只手四只脚。

卓谦哈哈地笑，教卫音希安装软件，两人头并头嘀嘀咕咕问的问学的学，颜子真看一眼，继续研究哈尔滨太阳岛的团购门票以及美食店，一边想："不知道秋林红肠是不是真这么好吃，还有那个著名的格瓦斯汽水。"

卓谦应她："反正好不好吃你肯定是要去吃的。"

颜子真才发觉自己念叨出来了,笑:"卓谦你可真不专心啊。"

卓谦鄙视她:"安装软件可用不着聚精会神哈。"然后他看一眼卫音希,踌躇了一会儿,正要说话,就听到颜子真漫不经心地问:"音希,你和我们一起去哈尔滨玩吧?"

卫音希一怔。

于是出发去哈尔滨的时候,一共是六个人:邓安、盖瑞、莫琼、颜子真、卫音希、卓谦。

莫琼笑嘻嘻地朝卓谦和卫音希努努嘴,悄声同颜子真说:"干得好。"在莫琼私心里这两人最好快点成一对,让邓跃偷鸡不成蚀把米,吐血至死。

颜子真白了她一眼:"我可没那想法。"不过想想,要是卫音希真让邓跃追上了,这可真是——太狗血了。

卓谦是个小绅士,上下飞机的整个过程,颜子真只需要背着自己的小包,所有的行李包括拿杯咖啡都由卓谦鞍前马后服务周全。最夸张的时候卓谦一手推着行李车,一手端着颜大小姐的咖啡杯,还要顾着肩上的背包和手里的机票身份证,而颜子真只是慢慢地翻包找身份证,找完了转头和莫琼说话。

结果连盖瑞都看不过去,说她:"喂喂,颜子真,那是你自己的行李箱,你看小卓谦……"

颜子真冷笑:"我赞助他全程费用,就算现在他有女朋友在一起,也得先当我的劳力。"

邓安一个人跟在后面,看着颜子真久违的娇纵,微笑。

莫琼早就见识过颜子真从小训练卓谦礼让女生的好习惯,不以为意。

卫音希则抿着嘴笑,这是另一面的颜子真,她觉得这样的颜姐姐很有趣很可爱。

对于来哈尔滨,她虽然听到提议有一点心动,可是突然间的也根本没有思想准备。后来和家里通电话的时候,父母忽然问起她和颜子真还有没有来往,她有些诧异,如实回答,并说了自己的想法,虽然有些胆怯,说着说着就提到了颜子真的这个建议。

结果第二天父母就对她说如果想去就一起去玩吧,费用马上汇过来。

她对父亲的态度有点奇怪,之前父亲是和颜子真很谈得来很和睦,但后来发生的事情是谁也回避不了的,就算看了那本书,她也看得出来,父亲只是淡淡。她便悄悄问妈妈,结果妈妈鼓励她说爸爸妈妈都希望她去玩,说因为家里之前出事她都没有再出去旅游过。

她不知道她父母的想法。

然而她妈妈却很清楚明白。卫氏夫妇都是独生,所以卫音希从小就没有年龄相近的兄弟姐妹,现在他们知道了原来还有个嫡亲的兄长,而且兄长这边亲戚众多,特别是侄女颜子真,热情聪明,虽然有些小心计,但卫母认为就算那心计也是堂堂正正存着善良正义。她和卫江峰都见过她,当然知道她是真心爱护卫音希,所以作为一个母亲,她就倾向于认亲,自然希望女儿和颜子真更加亲近。

对于仅有的女儿,她希望她有亲近的兄弟姐妹,这样除了他们夫妇就能有其他扶持照顾的人。

卫音希只略微犹豫了下,在颜子真问她考虑好没有时,点了点头。还是少年，谁不愿意和一群有趣又谈得来的朋友一起出去玩？

何况……她微微出神，眼角露出无意识的笑意，略带甜意。

这次旅途一开始便十分顺利开心。下飞机打车到酒店，放好行李就去吃晚饭。

第一餐晚饭颜子真安排在酒店附近的一家东北菜馆。六个人当中，只有盖瑞和邓安来过东北，也隔了好几年了，就全由号称提前准备了攻略的颜子真做主。

颜子真点了四菜一汤。

此时已经晚上七点，一月正严寒，菜馆虽然开着，吃饭的人却只有他们一桌。盖瑞还在酒店和客户谈电话要迟一些才过来，邓安看着颜子真点招牌菜，不动声色。

卓谦眼睁睁看着服务员收了菜单走开，就说："颜子真，这也太少了点吧。"

四菜一汤，三个大男人三个女人，其中两个女人还都是大吃货——他当然不会把卫音希算成吃货，这会儿又饿这么久了，真不够填牙缝的。

颜子真和气温柔地看着自己亲爱的表弟，眯眯笑："小兄弟，来来来，跟姐姐我算一下这一程你出了多少钱？"

卓谦做愤愤状，须臾又泄了气，低着头煞有其事地叹了口气："果然有钱是大佬，有钱了不起，有钱欺负人。"

莫琮则赠她一个大白眼："你也是，明知道你弟弟性子好，还天天欺负他。话说回来，你不会觉得真是少了点？"

颜子真得意扬扬，过了一会儿，看见不远处端菜过来的服务员，立马吹了个响亮的口哨，口哨声还带拐弯儿的，那就真是说不出的得意了。

然后莫琮、卓谦、卫音希就集体石化了。

那是一个巨大的、巨大的盘子。怎么说呢,盘子的直径足有一个脸盆那么大,当然是大脸盆,然后盘子里的菜还堆得满满冒尖儿,目测足足不止一斤的酸菜炖粉条了。

颜子真扫视了一眼三位目瞪口呆的土包子,很体贴地说:"小鸡炖蘑菇且得费点儿时间呢,咱慢慢先吃这个。"

那股子计策得逞的嘚瑟样,连卫音希都忍不住扑哧笑出声来,莫琮傻眼过后就笑道:"我是听说过东北的菜分量足,真没想到竟有这么足。缺点是咱们不能多吃几种菜了。"

卓谦看向邓安:"邓大哥,你是知道的吧?"

邓安笑道:"我来过哈尔滨。"

卓谦埋怨他:"你也不提醒我们。"让这个促狭姐姐把自己当活宝耍。卓谦自觉年长之后已经甚少被颜子真耍得这么傻样了,虽然小时候那是一耍一个准,每个个案都被家里众亲友长久流传,简直罄竹难书,可那真是小时候啊。

邓安举了筷子戏谑地笑:"那怎么行,有人这么勤快地做了详细攻略,咱们又没有物质上的奖励给人,精神上总得给点报酬啊。"

颜子真自从上次在盖瑞家和邓安不愉快后,再次见面就是早上在机场候机,但是一路邓安都比较沉默,没有同颜子真说过话,颜子真自然不会主动去搭理他。然而这会儿,他看着颜子真的笑容,虽然是戏谑的,眼神却带了点歉疚。

那点歉疚,颜子真是看得出来,但她也不认为他是为那天说的话感到歉意,反而似乎是因为别的。但她不知道是因为什么。

她本也不是小气的人，虽然邓安说的话很令她生气，可是她也一直知道邓安和邓跃是感情极好的亲兄弟，邓安会那么想那么说，似乎也并不是那么不可原谅的，帮亲不帮理嘛。反而是自己的反应有点过了，为什么自己会认为他就应该公正地站在自己一边呢？因为他知道自己的秘密并加以维护吗？这岂止不合情，根本就不合理。

感情的事，哪里来的公正公平。

那么，现在不管他是为什么歉疚，总归是他主动释放善意。她马上反唇相讥："现在好像是你得到的精神愉悦更多一些。"看戏看得这么快乐愉悦。

邓安弯起嘴角，笑："那也不能怪我，有人自动献身表演娱众，多么喜闻乐见。"

卓谦哈哈大笑，颜子真斜着眼看他："啧啧啧，卓谦小同学，你真是太擅长配合了。"胳膊肘往外拐得这么嗨皮。

卓谦活泼地抱拳敬礼："有大哥大姐在上，小弟一定甘当绿叶，大力配合，绝无二话。"

莫琼拍拍卓谦的肩："说得好！这两人见面就斗法，这次得一起度假七八天呢，且有得斗，咱们只管看热闹就行。献身表演娱众的岂止一个人呢，"她侧了侧头，想一想，"嗯，余兴节目都有了，真不错。"

卓谦和卫音希都乐起来，莫琼吃一口酸菜炖粉条，"唔"一声："不知道是饿了还是怎么着，很开胃很好吃啊。颜子真贡献不小。"

这么自然地转换话题，颜子真悻悻："莫琼，你这打一掌给一甜枣的功夫最好多耍在别人身上，欺负我算什么好汉。"

莫琼眯眯笑,偷偷跟卓谦说:"我们以前在寝室里时,你姐姐有个外号叫'白雪公主',我叫'黑桃皇后'。"

卓谦乐得几乎从餐桌上摔下去。

次日为休整,三个女生去逛街。盖瑞谈生意,邓安带了卓谦不知道去了哪里。

哈尔滨的冬天真的非常冷,非常冷,他们去的这一年算是暖冬了,白天也低到了零下十几度,在室外待几分钟露在外面的脸像刀割一样,而且割了几刀就没感觉了。

她们全用围巾包紧了脸,还是有寒风无孔不入地透进来,便走几步就钻进路边店铺取暖,每家店老板都不介意,应该是习惯了,反笑呵呵地招呼她们:"进来暖和一下再走。"

真是温暖啊,颜子真说。莫琼一个趔趄,抱怨她:"大家都感觉到的东西就放在心里好了,你这么偶尔忽然的总要爆发一下小文青感慨真让人受不了。"

颜子真气得追打她,结果灌一口冷风,咳了半天。

莫琼拖着她进了店铺,叹了口气:"晚上去冰雪大世界,那得有多冷啊。"

颜子真就算咳着也憋不住要出声:"零下四十度!"

莫琼温柔地说:"我知道你想吓我,现在你可以好好地咳嗽了。"

卫音希笑得都不行了。

女人的购买能力是惊人的,就连卫音希都忍不住买了好些东西:音乐盒、套娃、皮靴、帽子。好漂亮、好便宜、好可爱、好好玩。

还有望远镜。

很多年后,颜子真还用着那副望远镜,俄罗斯的产品,虽然小,清晰、明亮、对焦和倍数都特别准,好过后来买的其他牌子几百倍。

第二十一章　这才是颜子真啊

第三日是去滑雪。

一月份是滑雪旺季，人很多，颜子真穿了大红的羽绒服，坐在更衣室里一边望着窗外的雪地一边三心二意地穿滑雪靴，她长到二十七，从未滑过雪，所以一双滑雪靴穿了好久没穿好，盖瑞三下五除二自己穿好，看着她心不在焉地研究着穿穿脱脱，不禁失笑，顺势便蹲下来帮她穿。

他行动间十分自然，拉了拉鞋带试试松紧，然后流利地绑好，打结，完了站起来笑："走走看，会不会绑得太紧。"伸出一只手捉住她的手肘。颜子真顺势站起来，走了几步，不松不紧，竖了个大拇指给他："绑得好。"

卓谦看了一眼卫音希，见她早穿好鞋，利落地走着试松紧。

邓安和莫琮一边穿鞋一边无意中对视了一眼，都笑了一笑。

莫琮便闲闲地说："我们得请滑雪教练吧。"

盖瑞笑："我会一点，邓安就不得了了，他是有教练证的。所以……"

邓安嫌弃地看了看颜子真，颜子真瞪了他一眼："盖瑞你去教音希。"她直接走到服务台前，请了两个教练，一个示意给莫琮，一个示意给自己，然后笑嘻嘻地对邓安说："我家卓谦是运动健将,会学得很快,决不会耽误你的玩乐。"

邓安拉了颜子真便走,颜子真大惊失色:"喂喂喂!"邓安狰狞地凑近她的脸:"我让你试试什么叫吃喝玩乐号称第一。"

一地雪白,明亮微蓝的天空一望无际,有淡淡的日光,空气却似乎不是那么冷了,可能是因为大家的注意力全在控制脚下的滑雪板上。

每个人都跌跌撞撞说不出的狼狈,莫琮在教练再三示范帮助下仍然不断地摔跤,最后竟然在地上连滚两个圈,也不知她怎么做到的,所有人都哈哈大笑,笑声中卫音希又一头栽倒在雪坡上,索性就坐在那儿笑,这下子连教练们都站住了直乐。

卓谦到底运动细胞强,学了十几分钟就能稳稳地滑了,又学了会儿教练传授的技巧后,便兴致勃勃地准备去坡上滑,一旁跌得面青鼻肿的颜子真大惊:"卓谦,你要是敢现在就上去滑,我打断你的腿!"

一言未毕,又翻倒在雪地上,挣扎了两下站不起来,邓安长叹一口气,伸手去拉她。颜子真瞪着他,欲待争口气不理他,奈何脚下两块长长的滑雪板让她又实在爬不起身,想想好汉不吃眼前亏,叹了口气抓住他的手颤巍巍地站起身。

邓安见她努力地把稳身体,身子却仍然往后坠,道:"第三十次提示,请把重心往前移,尊臀务必提起前倾。"

颜子真怒视:"哪有第三十次!"

邓安好整以暇地示意她:"三十一次,颜子真,身子前倾,你想想你前三十次都是屁股向后平沙落雁式,试一次五体投地怎么样?"

颜子真瞪着他,邓安笑眯眯: "来,别总是显示你的负智商。"

颜子真心想，她怎么会这么傻跟了他来学滑雪，简直自取其辱。

然而她抬眼，卫音希和莫琮都能够慢慢地滑上一些距离了，又羞又怒："那是你教得不好！"

旁边教卓谦的教练笑嘻嘻地说："他教得很好啊。"

颜子真气得，瞪着那教练，叉起腰，这一下倒站稳了，邓安扶住她的腰，略用力往前按，懒洋洋地说："第三十二次，别怕摔倒，忘掉平地上的习惯，这是正常重心位置，不会摔的。"轻轻往前一送，颜子真还在悻悻中走神呢，不由自主就按着前面邓安教的向前滑去。

也许是因为没有太专心地"要学会"，误打误撞的，一种微妙的感觉终于被她抓住，在几米后再次摔倒赶紧起身，连话也不敢再说，牢牢掌握住那个感觉，这一次，她顺利地滑了起来。

只不过一个关口，这个关口过了，一切便顺理成章了。

她笑起来，那飞一样的感觉真是太棒了！惊喜变成十分的快活，她在微微倾斜的雪地里张开双臂平稳身体，一米一米地往前滑，大红的羽绒服衬着她皎白的笑脸明亮的双眼，那笑脸双颊因为兴奋微微泛红，乌黑的眼睛更加明亮晶莹，只显得她无忧无虑，快活无限。

邓安微微失神，她从前也总是这么快活明亮。这才是颜子真啊。

滑了好一会儿，颜子真在他身边横起一脚滑雪板，慢慢停下来，这会儿她连停下来都十分顺利了，半仰着头笑眯眯地说："我学会啦，你可以自己去玩了。"居然还敢带了点得意。

邓安失笑，回过神，点了点头，一语不发地往边上的缆车走去，顺势拉了卓谦，头也不回，声音仍是懒懒地："放心吧，我知道在哪里让他下车。"

颜子真看着缆车往上移，又快活地滑了一会儿，到底不放心，不停地注意缆车，到了四分之一处，果见卓谦下了缆车，那处离颜子真所在的底部坡度很缓很宽，人也不是很多，便看见卓谦稳稳地滑了下来，只是才滑了一半，也不知怎么搞的，他就成了滚地葫芦，滚得收不了势，他努力地自行起了一次身，再滑了一点，又滚在地上，又起身，又滚，最后怎么也起不了身了，索性就坐在地上脱掉滑雪板，跑了下来。

这边坡底看着他这一连串表演的众人早就笑得发昏了。颜子真撑着腰哈哈大笑："卓谦你怎么不干脆就这么滚下来算了呢？又快又省力，帅死你。"

卓谦瞪着她，伸过手来一拉颜子真，颜子真"啊啊啊啊"手舞足蹈了一会儿，一个屁股蹲儿坐倒。

然后卓谦见卫音希笑得满脸发红地看着自己，咳了一声："还是挺好玩的。"

盖瑞也在一旁笑，他已经教会了卫音希，挥了挥手也正要往缆车走，抬眼一看，忍不住响亮地打了一个呼哨，大家闻声，不禁都抬起头来。

只见在遥远的雪坡顶上，辽阔的蓝天背景中，一个人影如鹰隼飞滑而下，他自然地张开两臂，脚上的滑雪板仿佛是他身体的一部分，灵活至极地左穿右插，顺畅自如。那般的身姿潇洒、刚健迅猛，可是很神奇的却仍带着点儿悠闲懒散的味道，愈发显得游刃有余。

仿佛整个雪道上只有他一个人。

那样自由自在地翱翔。辽阔的蓝天雪坡上，仿佛只有他一个人，自如飞翔，纵横天地之间。

是邓安。

颜子真喃喃地说："果然吃喝玩乐他认了第二没有人敢认第一。"

在邓安的刺激下，也在教练的允许下，所有人都开始坐缆车准备去滑短坡。然后所有人都摔了无数跤，很奇怪，滑雪的坡地并不软，可是摔上去一点都不痛，摔得开心无比，笑得喉咙都哑了。连卫音希都不断地哈哈大笑，不断绽开的笑容如冰雪乍裂，清泠泠洁白秀美，说不出的好看。

莫琮忍不住对颜子真说："卫音希真是美人。"

到最后累成一团，出滑雪场时都过了下午三点。

这一天只是早上吃了一点，到现在大家都饿得不行了，颜子真从包里取出一盒饼干："先垫一下，我们去……"她拿出攻略看了几页，指着其中一页，"我们去这里吃。"

莫琮夺过她手里的攻略看了看地点，没好气地说："你就歇会儿吧，这会儿还管哪里好不好吃，看到最近哪家看着像样就去哪家吃嘛。"

颜子真趴在她身上，有气无力地说："要吃，好吃的。"指着饼干盒，"饼干，都很好吃。"

卫音希笑倒在椅背上，盖瑞和卓谦也忍不住笑，可不是，饼干都是代购来的，颜子真宁肯饿死都不愿意吃不好吃的。

连玩了两天滑雪场，隔日再去了牡丹江，然后，终于去了太阳岛看冰雪大世界。

零下三十几度的冬夜,几人面对太阳岛上无数璀璨夺目美不胜收的冰灯看得呆住。

冰做的城墙城楼,冰做的滑梯,冰做的各种动物,冰做的迷宫……到处是灯光在晶莹剔透的冰块中散射出的无数光芒,点点线线面面,光华四射,璀璨夺目。

盖瑞和邓安因早就来过,表示只在冰宫中走走看看就行。

于是卫音希被卓谦拉了去玩冰梯,颜子真和莫琮走迷宫。

结果走了四五次都困在当中,两人都是路痴,走来走去一个小小的迷宫竟然就是走不出来,因不觉得冷,便闲庭信步般乱走,时时停下来抬头看四周冰楼冰塔冰亭子上的七色冰灯,只觉入目美轮美奂,两人也不拍照,莫琮笑:这一晚上就待这里也不赖了。

盖瑞和邓安看完一圈发现这两人还在迷宫里发傻,实在看不下去,盖瑞三下五除二进来把她们拉出来,提醒她们:"老待在迷宫里干吗呢,还有别的好玩呢。"

于是去滑冰梯,冰梯很高,底端是雪白的一堆厚雪,北方的雪不若南方的雪,是干燥蓬松的,等闲不化。从冰梯飞速滑到底时,半个人便会被埋在雪堆里,很是刺激。

颜子真一见大喜,立马撒腿飞奔去排队,莫琮反应十分敏捷,飞身插在她前面,叉着腰得意地笑,颜子真拍着她的肩笑嘻嘻地说:"多好,有个试验品。"

盖瑞骇笑,他知道颜子真活泼有趣,却没想到一向淑女风的莫琮也会如孩子般嬉笑活跃。

邓安自始至终微笑旁观。

那边卓谦和卫音希转战迷宫,意见相左正在辩论,卫音希坚持往左，卓谦觉得往右是正确的，卫音希仰了仰头："那咱们各走各的。"卓谦毫不犹豫地说："那不行。"卫音希瞪着他，忍不住鼓了鼓嘴，卓谦笑嘻嘻地看着她。

卫音希哼一声，上身不动，脚跟左转，开步走。走了几步听到身后有脚步很重的一下一下，卫音希回过头，卓谦冲她做了个鬼脸，也不说话，只笑着走在她身旁。卫音希说："说不定你是对的呢。"卓谦说："肯定我是对的啊。"卫音希白了他一眼，加快脚步，绕得几圈，却到底碰了壁，果然是错的。卓谦就拉了她退到原地，往他选定的方向走，绕了几绕，过了几分钟，眼前一亮，出了迷宫。卫音希颇沮丧："你刚才自己走就好了。"卓谦看着她笑："那怎么行，我可不会把你一个人扔在里面。"

颜子真和莫琮去玩了其他的游戏之后，又绕了回来滑冰梯，孩提时的游戏总是最吸引人的，连盖瑞都哈哈大笑着排队滑了一次又一次。

邓安本来没这个兴致，颜子真玩得 high 了，跑过来拉着他说："大家都玩，你一个人这么站着装酷，多傻啊，来吧来吧，多好玩啊。"因为羽绒服太厚，她只能抓着他的袖子，抬了头，七彩冰灯是背景，她雪白脸上笑弯了的双眼亮晶晶的，让人不忍拂了她的要求。他便依了她，排在她身后。

在她的身后只能看到她的连衣羽绒帽，因为玩得高兴，侧侧地歪着，露出一缕头发，邓安不知怎的就想起她白天是戴着红色厚毛线帽的，帽子上有两只小翅膀，十分趣致好看。

玩到差不多时，卫音希蹲了下来，卓谦问她怎么了，她仰起脸皱着眉："走不动，脚很痛很冷，好像进了雪了。"卓谦大惊，失声叫："进雪水了？多久了？"卫音希皱紧眉头："不知道。"

卓谦的声音大，邓安盖瑞都听得清楚，脸色微变，颜子真因为看过攻略，更是大惊，疾步跑到卫音希身边："哪只脚？快脱下鞋子！"话音未落，卓谦已经一把捉住卫音希的右脚，几下脱了她的鞋子袜子，扯下脖子上的厚围巾绕几圈裹住扎紧，背起她就往园门跑。

幸而门口的出租车多，卫音希一坐上副驾驶座，盖瑞就马上把她的脚凑近暖气风口，司机一见就知道发生了什么事，扭大了暖气，卫音希的脚本来已冻得青紫，没什么知觉，这会儿加大马力的暖风吹过来，刺痛感开始强烈，又是麻麻的，过了一会儿，终于完全恢复了知觉，虽然仍是冷。

见她较为自如地动了动脚趾，颜子真和卓谦都松了口气，盖瑞关上车门，邓安想了想，说："车反正坐不下了，我去找莫琮，你们先回去吧。"莫琮刚才去上洗手间，应该是会回到冰梯那儿。

盖瑞说好，和颜子真卓谦上了出租车回酒店。

第二十二章 她一直是这样的人

车行到一半,颜子真不放心,还是让司机开车去了医院,哈尔滨冬天的游客多,各种冻伤事件也多,医生也是见多了这类事情,轻车熟路地仔细检查了一遍,说没什么大碍,给了红花油,吩咐实在不放心可以按摩推拿活血一下。因为医院晚上推拿医生早就下班,回了酒店颜子真就让叫了推拿师来替卫音希推了半个小时。卫音希想说不用了,见颜子真沉了脸,只好乖乖地一声不吭。

到一切搞定,卓谦和盖瑞都回了房,颜子真才责备她:"卫音希你知不知道这有多危险?零下四十度,可以冻掉你脚指头!我知道你是因为看着我们玩得开心不想扫兴,可是事有轻重缓急你不知道?你以后一辈子都要记得,什么事什么人都没有你自己的身体健康安全重要。"

卫音希从未见过颜子真这么认真生气的样子,更从未听过她用这种近乎斥责的语气对自己说话,可是她丝毫没有委屈的感觉,她低头不语,心中只觉得暖。颜子真看了看她,叹了口气:"晚上要是有什么感觉不好,千万不要瞒着。"

卫音希点了点头,轻声说:"我知道了,颜姐姐。"

在冰雪大世界玩的时间本来就不短,再加这一通折腾后,已经半夜一点，因为很累，颜子真和卫音希就先睡了。

直到她们睡着，莫琮也还没有回来，那天晚上，她回来得很晚。她站在颜子真的床前，站了好一会儿，替她掖了掖被子，笑了一笑。

隔壁房间的邓安则看着精力充沛正在打游戏的卓谦笑，卓谦也笑："约了朋友下副本。酒店网络还不错。"想了一下说，"颜子真今天好凶，除了和医生和司机说话，理都不理我们，不过也是，太危险了，吓得我。"

邓安说："你姐姐真是操不完的心。"

卓谦叹了口气："谁说不是，虽然她也从小娇生惯养，可是邓大哥你不知道，她可会照顾人了，待人特别好特别真心，还有趣好玩。不过呢，"他又叹了口气，"她老这样，我又担心她会被人欺负会吃亏。"

就像邓跃的事，虽然他不知道到底发生了什么事，模模糊糊的也知道感情的事别人没什么权利置喙，可是他就是认为，一定是邓跃方面的原因。

邓安微微一笑，去卫生间洗漱准备睡觉，对着镜子时脑子里忽然就想起莫琮说的话："颜子真就是这样的人。"

冰雪大世界人很多，莫琮不知去了哪里，他一边找一边给盖瑞打了电话，得知卫音希的脚已经活动自如了，也便放了心。

然后他看到莫琮站在迷宫边上，看着七彩晶莹的冰灯发怔，灯光透过冰层折射出来的光特别的清泠美丽，却映得她的脸有点忧伤茫然。邓安慢慢走近她，看了看她，她转过目光也看着他，然后他说："你喜欢盖瑞。"他用的是肯定句。

莫琮淡淡一笑，过半响，低下头自嘲："你倒是眼利。"

不是，是他一直都把自己放在局外，一直。所以，虽然他无心也无意观察什么，但反而更容易看出些什么。多么讽刺。

莫琮双手插进羽绒服口袋里，一边看着远远近近美丽的冰灯往外走，一边说："我大一的时候，生了一场病，医生说可能会传染。可是我不想休学，就住到学校角落一个很旧的准备翻建的小宿舍楼里。我在那里住了三个月才养好病。那三个月里，颜子真就住到那里陪我，她住在隔壁，天天戴着口罩和手套来照顾我，买营养饭菜，打开水，帮我绞热毛巾擦脸，扶我上厕所，洗衣服。还买了电炉来炖各种汤给我补身。你是不知道她是多懒的人，不想上的课就逃课，临考了突击一下，这么得过且过的人，知道我不肯休学，又总想考高分，就坚持了三个月天天上课，正课上完又替我上选修课，抄了她生平最好最整齐的笔记给我自习，重要的课用小录音机给我录下来，还给我上课。然后天天抱怨：累死了，你以后一定要报答我。"

"而我很自私，我刚开始叫她别理我，别回头传染了，我一个人能行的。她说，戴着口罩手套呢，再说我颜子真这么好这么善良，老天爷可爱我啦，怎么忍心让我传染上？我知道如果没有她我不是不能自己生活，但是会很累很吃力，我当时连走路都只能慢慢地走，所以劝了一次就没有再劝。后来我病好了，她轻了十斤，高兴得不得了，说不要我报答了。"

她轻轻笑："颜子真就是这样的人，她一直都是这样的人。你明白吗？"

邓安顿了顿脚步，忽然笑一下："但是，她却很粗心。"

莫琮温和地说："不，是我的性格问题，在不到八分把握时，我总要顾全自尊。"

邓安沉思着说:"你觉得是盖瑞喜欢颜子真。"

莫琮一笑:"所以,我怎么做得到去怨恨颜子真呢?那岂不是太不要脸?"

邓安忍不住笑起来:"莫琮,你一定会得到你的幸福。"

莫琮撇了撇嘴:"承你吉言。"

莫琮想了一下,忽然又笑了:"这说的好像我真的很大方似的。其实,邓安你可能不了解吧,一个在家境贫寒、家庭不是很和睦的环境里长大的人,处事总会比较小心,那点自尊也会来得格外强。这是我没有办法很快改变的,也许要花很长很长时间也做不到。盖瑞……他第一眼看到的是颜子真,就算没有颜子真,也不见得是我。所以,我没有理由标榜自己的大方。我只是认为,颜子真值得一切好的。"

邓安笑笑,双手插进裤袋,慢慢地走着。

莫琮忽然笑了:"还好颜子真选了盖瑞而不是你。"

邓安闻言呛了一下,惊诧地看着莫琮:"莫小姐你真是想象力丰富。"

莫琮转头注视他,过了好一会儿,才慢吞吞地说:"我只不过是做个比较。邓先生,你的历史太丰富了。"

邓安微笑:"我现在相信女子间的友谊了。"

莫琮笑了一下:"我倒是相信人与人之间总会有真的情谊,这跟男女无关。"

第二十三章　狰狞世界

回到江城,送卫音希坐上回梅州的直达车,另外几人就分别回家洗漱休息。

其时已经一月中,正是江城一年中天气最冷的时候,颜子真接到影视公司的电话,她写的剧本已经通过审核,资金和演员将开始筹备,如果顺利的话大约到年中会开拍。因为从写剧本到改剧本到现在已经近一年过去,颜子真的兴奋劲也不再那么足,当然开心还是开心,也不过就是和家人中午到外面吃了一顿好的,还有许诺了送卓谦一件礼物。

卓嘉自说:"卓谦敲竹杠的功夫真是越来越厉害。"

颜子真故作沧桑:"有钱总是好的。被人敲竹杠,总好过去敲人竹杠。"

卓谦用看白痴的目光看着颜子真:"小姑姑,颜子真越来越傻了。"

颜子真幽幽地说:"卓小谦,我理解你不懂得脸皮这种东西——因为你没有。"

卓谦瞪着她,颜子真对着他挤眉弄眼。

过了几天,莫琮给颜子真打电话,说影视公司有人过来,想见见她。

影视公司那边过来的是策划总监,和上海另一家大公司的副总一起,为的是另一个项目,刚巧颜子真在当地,就一起见见面联络一下感情而已。

策划总监叫赵意,人很爽朗,和颜子真三言两语便觉谈得来,同她开玩笑:"子真你长得真好,绝对是美女编剧的噱头。怎么你们出版社没有把你当'美女作家'的活招牌?可惜了的。美女编剧倒是没什么宣传作用。"

颜子真笑眯眯:"可见得你们娱乐圈的人把我们作者看得有多丑,太欺负人了。"

赵意大笑,两人坐在酒店咖啡厅,窗外下着雨,寒意透过玻璃窗仿佛触摸得到,赵意说:"我看了你去年出的单行本,那个小故事也挺有意思的,说真的,我还挺有点意向。你怎么看?"

颜子真想了一下:"那当中你喜欢谁?"

赵意毫不犹豫:"康锦言。这个人物非常少见,塑造得好很吸引人,而且她有两面性,容易引起争论,是个点。"

颜子真正要说话,却看到有两个女人走进边上的卡座。其中一个身影异常熟悉,正是邓跃的母亲,而另一个的侧面……颜子真皱了皱眉,周玉音?她怎么会和邓跃的母亲在一起?

不过,那也不关她的事。她抬起头正要接着说,赵意的手机响了,她便转头看着窗外的雨水自得其乐。

赵意的电话似乎是个重要的电话,她向颜子真示意了一下,起身走开去接听。

咖啡厅此时人极少,隔壁卡座的声音这时就很是清晰。

只听得邓跃母亲冷淡地说:"你找我到底还有什么事?我说过,请你不要再来打扰我们。"

周玉音的声音也很淡:"我倒是真没想到,原来你后来嫁的那个人是邓丛恩。你知道邓丛恩现在的妻子是谁吗?我的堂姐。"声音中颇有讥讽。

邓跃母亲平心静气:"邓丛恩祖籍江城,虽然全家都早就迁走,有些远亲还在这里,我娘就是他父亲的表妹。而他当年娶我,只不过想救我于水火,你不用这么阴阳怪气。"

周玉音沉默,过了一会儿才说:"你当年,就,那么难?"

邓跃母亲倒笑了,反问她:"你难道是想着我为你哥哥守节?"这回换到她讥讽,"我好好一个黄花大闺女,无缘无故被你哥看上强娶了回家,那也就算了,你家有权有势啊,不认也没法子。可是后来你哥又看中别的姑娘,不顾我已经怀了孩子,马上赶我回家,多一天都不给留。我家只有寡母,家徒四壁,你哥当年连证都没有和我领,我却大着肚子……我不难?我们被人指指点点险些拉去批斗不说,连口饭都吃不饱了大小姐。"

周玉音低了低头,叹了口气:"我哥已经死了。"

邓跃母亲冷淡地说:"我不知道,更不关心。"

周玉音却说:"可是邓跃,到底是我哥的孩子,我们周家只剩下我一个人,邓跃……"

邓跃母亲打断她:"你祖父母有两个儿子,你叔叔有两子一女,你们周家没有绝后。就算绝后了,也不关邓跃的事情。我和邓跃是邓丛恩救下的,周玉音,你们周家没有任何权利说话。"

周玉音摇头:"无论如何,邓跃是我们周家的孩子,他血管里流的血,是周家的血,他有权利知道真相。"

邓跃母亲冷冷地说:"我不会让他知道真相,邓跃姓邓,他是邓丛恩的儿子,他这一生都不会姓周,他这一生都不需要知道他和姓周的有什么关系。周玉音,我最后再跟你说一次,我不会让他知道他有一个畜生一样的父亲!"

她霍然起身,低头俯视着周玉音:"如果你还有一点点良心,如果你还有一点点亲情,我希望你能够让邓跃安安生生地生活,不要知道这些乌七八糟的事情。你,也不要再来找我们。"说完,她不容周玉音再开口,迅速离去。

这一场对话异常短暂,短得就像窗外的雨水从云层落到地上的时间,眨眼间雨水已不见,话音也落尽。

而赵意的电话也已接完。她走过来,却没有走向颜子真,而是停在周玉音面前,周玉音低头坐在座位上,赵意有些担心,叫她:"周总,你没事罢?"

周玉音慢慢抬头,嘴角带一丝笑:"没事,我早知道不会有这么容易,慢慢来吧。"她的目光隔着座位落在颜子真身上,微微地笑着,诡异又快活:"颜子真,又见面了。"

赵意正欲给两人介绍,闻言笑道:"咦,原来你们认识。"她的目光落到颜子真脸上,呆住。

颜子真坐在椅子上,浑身僵直,不能动弹,她的脸色完全地褪去了血色,本来雪白的脸,变成死白。

周玉音走过来,俯下身子轻声说:"颜子真你怎么了?发生什么事情了?你别吓到我。"

颜子真慢慢抬头,她浑身冰凉,如坠冰窟,看着近在咫尺的周玉音,努力地发出声音:"你们,你们说的是谎话,对不对?"

周玉音微笑:"我们说了什么话?邓跃吗?周玉容不是跟你说过我哥娶你母亲之前,赶走了我前一个嫂子?我们也是赶走了她之后才知道她怀了我哥的孩子。你也听到了,就是邓跃,你的男朋友。"

颜子真不再说话,她低下头,浑身颤抖。慢慢地,她缩起身子,越缩越紧,越缩越紧,她不知道周玉音站在身边在冷冷地笑,不知道赵意着急地问周玉音怎么了,她不知道自己在哪里,该往哪里去,不知道是在现实里还是梦里,不知道这混沌一片的是什么世界。

"邓跃姓邓,他是邓丛恩的儿子,他这一生都不会姓周。他这一生都不需要知道他和姓周的有什么关系。周玉音,我最后再跟你说一次,我不会让他知道他有一个畜生一样的父亲!"

她觉得好冷,冷到了骨头缝里去,用力地抱紧自己也没有办法暖上一丝一毫。她的生命怎么会这么荒唐?她到底遇到了什么人什么事?她的眼睛再也看不到,她的耳朵什么也听不到。

摧肝裂胆,颜子真的世界轰然坍塌。

第二十四章　没人知道我喜欢你，包括我自己

从医院大楼出来的邓安，看到的就是这样的颜子真。

她一身白色长棉袄被雨淋得透湿，略长的头发粘在额角颈部，这是冬天，这是一月份，雨水冰冷，寒风萧瑟，她好像也知道很冷，整个人蹲在医院大门边的角落里，紧紧地缩起身子，埋着头。已经有好几个人对着她指指点点，她却不语不动。

邓安本来是看着门口围着人习惯性地停下车看一眼，这一眼就认出是颜子真，一怔，飞快地下车走过去，抓住她的手臂拎起她："颜子真？你怎么了？"

颜子真的眼珠转了一转，仿佛认出了他，忽然振作起来，仓促地笑了一下，慌乱地伸出手紧紧抓住他的胳膊，急急地问："邓安邓安邓安你告诉我，邓跃是你的亲弟弟是不是？你们，你们同父异母的对不对？"

邓安一呆，一时不知道怎样回答，然而他看到颜子真的眼睛，那双明亮的眼睛黯淡如将溺水灭顶的灯火，嘴里问着问题，却早已自己给出了答案——只是不甘心。

邓安说："颜子真，发生了什么事？"他将颜子真拉到一旁屋檐下。

颜子真跟跟跄跄地跟着他走，她没有回答邓安的问题，只是

茫然地站在那里，仿佛不知道自己身在何处。她喃喃地说："他和你长得一点也不一样。其实他和他妈妈长得也不大像，原来，原来，他是周玉音哥哥的儿子。"

邓安拉着颜子真的手僵住，整个人都僵住，那一瞬只觉毛骨悚然。却见颜子真看着他，目光却不知落在哪里。

邓安不假思索地给同事打电话说："替我请几天假。"拉了颜子真往车里走去。

颜子真配合地跟他走，配合地坐进车子里。

邓安看着她湿淋淋的衣服，冻得苍白的脸，没有血色的嘴唇颤抖着，他把暖气开到最大，侧过身去，帮颜子真把湿重的棉袄脱掉，她很配合，抬手、转身，里面的衣服也半湿了，邓安没有办法，只有让暖风口对着她。然后他尽可能快地开车回家。

邓安从小就知道，他和邓跃并非亲兄弟。那年他六岁，和父亲邓丛恩回国暂居，邓丛恩对他说，他会有一个弟弟。六岁的他冷静地问父亲：是你的孩子吗？邓丛恩微笑回答他：不，邓安，你父亲是有操守的，不会同时和两个女人在一起，但是你不可以告诉任何人他不是我的孩子，因为我们要帮助一个可怜的母亲。

他并不明白，可是邓安记得自己母亲跟自己说的话：你的父亲是个好人，只是时间证明我们不适合在一起，而爱情，是一件自由的事情。

所以他接受了父亲的说法。也接受了邓跃和他的母亲。

后来他长大了，当然明白了当时的情况。

邓跃的母亲是邓跃的生父强娶的女人，在那个混乱的年代里，他们甚至没有结婚证，所以后来邓跃的生父始乱终弃后，邓跃连个身份都没有，而且由于家境十分贫苦，母子俩几乎无法维生。邓丛恩是邓跃母亲的隔房表兄,和邓安母亲婚姻失败初次回国,不知为什么娶了邓跃母亲,并带他们到了江城生活。

他六岁及以后的记忆里有邓跃母亲沉默倔强的双眼,只有当邓丛恩转过身的时候,才会流露出感激。后来过了几年邓丛恩带着他离开,听邓跃说她就极少提起邓丛恩,邓安隐约有猜到一点,可能邓跃母亲对邓丛恩生了感情,但一则有恩,二则有言在先,无可奈何之下只得沉默以对。

由于家中三个人的缄默,邓跃始终不知道自己的身世,他一直以为邓丛恩是他的父亲,邓安记得邓跃小时候比他更黏邓丛恩,而邓丛恩也很宠着他,也许是因为曾经太亲近而邓丛恩离去太随意,邓跃一半为着母亲的心意一半为着自己,一直都不肯原谅邓丛恩,到后来见到邓丛恩都是淡淡的。

邓安从未关心过邓跃的生父到底是谁,他和邓跃从小相处,后来回国又在一处,感情上和真正的兄弟并不差什么。在这一点上邓安和父亲很像,他们都洒脱。

可是这个世界说有多荒谬就有多荒谬,邓跃的生父竟然是颜子真的生父。

邓安分分秒秒用着眼睛的余光看着颜子真,这个女孩子,这个一帆风顺的总带着点天真的女孩子,这个总是笑得明朗又慧黠的女孩子,这个好不容易恢复明亮双眸的女孩子,怎么办?

颜子真的眼睛是空白的。

邓安带她回到自己家,把她推进卫生间,要她洗个热水澡。

颜子真恍若未闻。

他打电话给莫琮,莫琮在外地出差。

他叹口气,放满浴缸的热水,麻利地替颜子真脱了衣服,让她躺进去,等热水泡得她暖和过来,用了大浴巾把她抱起来,帮她穿上浴袍,让她坐到床上。

他叫她:"颜子真?"颜子真没有反应。

邓安坐在床边,理了理她的头发,手指触到她的脸,温软光滑,又摸了摸她的手,也开始温暖起来,略略放了心,仍然冲了温开水,拿了感冒药喂她,颜子真配合地吞下去。

他低声说:"颜子真,睡一觉,睡一觉就没事了。"他扶她躺下,给她盖好被子,拉上了窗帘。回头看到她大睁的双眼,轻轻用手掌抚下,她顺从地合上了眼睛。

邓安半掩上卧房的门,坐在客厅沙发上,静静思索。

过了一会儿,他给周玉容打通了电话,直接便问:"周姐,邓跃和周玉音是什么关系?"

周玉容呆了呆,声音僵滞,慢慢地说:"你,为什么,问这个?"

从邓安坐的角度,可以看到卧房里床上的颜子真。邓安看着她紧紧缩着身子一动不动地躺在那里,仿佛连呼吸都没有,心里忽有说不出的焦躁,遂提高了声量:"你能把你知道的跟我说说吗?"

周玉容苦笑了一下,低声说:"邓安,不要问了,不关你的事。"

邓安转身走进书房,关上门,重重地吐了一口气,低声说:"周姐,现在颜子真在我这里,她告诉我有人对她说,邓跃是周玉音哥哥的儿子。我想知道实际情况,颜子真的状态很不好。"

周玉容低低地惊呼,过了好一会儿,她才涩声道:"玉音……她……太过分了!我跟她说过什么都不能说的。邓安,上次你也去过青乡,我曾经说过,我堂哥在强娶卓嘉自之前,是有妻子的,他妻子在被他抛弃后才发现自己怀了孕,后来卓嘉自逃走以后,我大伯一家曾经想把那孩子要回来。"

邓安沉默地听着。

周玉容的声音在越洋长途中有着暂时的滞后,却无比清晰和伤感:"可是母子两个都不见了,说是孩子母亲带着孩子改嫁到了江城。孩子的外婆死活不肯说出他们的下落,我大伯他们原本也不在乎,闹了一场也就算了。只是我奶奶心疼,偷偷地去求孩子外婆,说只要自己知道就可以,不会告诉其他人。我奶奶在四邻八村还是有好名声的,最后孩子外婆还是告诉了我奶奶。我奶奶直到临终才对玉音说了实话。玉音一直都想认回侄子,只是邓跃母亲坚决不肯,就一直僵持着。玉音和我谈起来的时候,只说周跃,说已经交了女朋友,其实直到上次见面,我们都不知道的。后来玉音去看邓跃,看到他们俩在一起……"

"而我是前阵子才知道的,那时候他们已经分手,虽然……可是心里松了一口气,我同玉音说这事千万不能说。"周玉容十分的歉疚,"子真她……怎么样?"

邓安只说了一声:"非常不好。"他挂了电话,重重地坐到书桌前。

这简直……这简直是天大的笑话。邓跃和颜子真是兄妹?是兄妹?

如果这是真的,要什么样的人才经得起这样的残酷?他们曾是男女朋友,他们曾经论及婚嫁,邓安心想,要落到自己身上……他打了个寒战,汗毛一根一根地竖起。

两天两夜,颜子真一直缩着身子躺在床上。邓安守着她,进出许多次探看,她全无动静,实在忍不住轻轻拍她的手和脸唤她,一唤便睁开眼,看着他,目光却穿过他落在别处。

他端了东西让她吃,她也吃一点点,然后继续躺下来,缩成一团,仿若一个木偶,没有了灵魂。

邓安坐在她身边看着她,很久。

他打电话给出差回来的莫琮:"你把稿子带到我家来写吧,颜子真出了事,在我家。"

莫琮赶到的时候,已经在电话里听邓安简洁地讲了整件事情,她直冲进卧房,见到颜子真,泪水就流了下来。

大床上的颜子真,缩成一个婴儿似的,团团抱住自己的头,安静地无声无息。

她触摸颜子真,颜子真没有反应,拉颜子真的手,她就顺她的手势动弹,叫颜子真,张开眼看她,却目无定焦。

她似乎放弃了一切。

一次、两次、三次,一次比一次重的打击,她拗起腰身挺着,可是这一次,实在太过恐怖,她终于崩溃。

莫琮俯身抱住颜子真,失声痛哭。

她不相信,这样可怕的事情,竟然发生在颜子真身上,她的好友,那样骄傲善良、干净明亮的一个人,从来不曾伤害过别人,命运何以这样待她?

邓安沉默地看着莫琮怀里的颜子真,等莫琮平息下来,他说:"有些事我没有想通,所以也没有通知颜子真父母。莫琮,我出去一天,你在这里照看她。一步也不要离开她。"

莫琮抬头看他,清晨的阳光从薄薄的窗帘外透进来,邓安英俊的脸上神情十分沉着,她不假思索地点头。

邓安低头再看了一会儿颜子真，伸手把颜子真散在额前的头发抚到耳后，轻声说："颜子真，没事的。没事的。"

门开了，又关上了。

莫琮低头对颜子真说："是，颜子真，没事的，真的，没事的，会有很多很多人爱你，真的，没事的……"

她的泪，一滴滴掉在颜子真的脸上。

第二十五章　爱有天堂

卓嘉自和颜海生看到女儿的样子，那一瞬间，心脏都已停止跳动。

他们活泼大方、明亮狡黠的女儿，他们用全部心思去呵护养育的女儿，他们宁可自己死也不愿意让她受到一丝伤害的女儿，此刻像一具没有生气的躯壳，抱着自己缩在床上。

卓嘉自的心痛得像有千万把刀在绞动，那样的疼痛让她几乎直不起腰来，那么坚强的人，被母亲出卖受尽非人的苦楚侮辱尚且毫无泪痕的人，在这一刻，泪奔如瀑。

她再也没有平日的洒脱自如，她流着满脸的眼泪颤抖着手去分开颜子真紧抱的双臂，用尽了力气，终于分开，手臂下的颜子真，双目茫然，像一个外表完好内里破碎的布娃娃，失去了所有光华。

卓嘉自用尽全身力气才镇定着声音说："颜子真，你听到妈妈声音没有？看到妈妈没有？"

床上的人没有动静。卓嘉自两只手紧紧抓住颜子真的双臂，那一霎不知哪里来的力气，她把颜子真整个人从床上拖起来，强迫她坐起。

卓嘉自抓着她的双手，两眼牢牢盯着她："颜子真，颜子真，你别逃避,你看着我们,爸爸妈妈有话要跟你说。"

颜海生走上前,眼中的疼惜和难过化成湿意,用力眨了眨眼睛,握住女儿的肩膀:"颜子真,乖,别叫妈妈担心,你从小就是个乖孩子,你不会让爸爸妈妈担心。"可是怎么眨也眨不去他眼中含着的泪,他的声音顿了一顿,温和的声音满是安抚,教人心定,他慢慢轻轻把颜子真抱在怀里,说,"乖女儿,子真乖宝宝,你听得见的是不是?不要吓爸爸妈妈,事情没有那么坏,你听我们说话好不好?乖女儿,乖子真,爸爸妈妈有事瞒着你,你听我们说好不好?"

他宽大的手掌一下一下拍着颜子真的后背,仿佛安抚幼年颜子真,慈爱而纵容。那时候的颜子真总是快活的,可是也会有伤心的时候,比如被老师留堂,比如总是做不好题。那时候颜海生就会抱着她拍着她哄着她。

那样温暖的怀抱,那样熟悉的感觉,那样宠爱的声音,颜子真慢慢地转动眼珠,轻而含糊地叫:"爸爸,爸爸。"

颜海生答应着她,温柔地慢慢地说:"是的,是爸爸。子真,爸爸妈妈有话跟你说,你好好地听着,好吗?"

颜子真呆呆地看着他,四散的意识飘忽着,有一丝游荡在她眼里,却挣扎着想逃。她不想听,她不想听。这样的噩梦她宁愿快点结束,再也不要醒来。

卓嘉自看到了她的眼神,那样灰烬一般毫无光亮的眼睛,不是她的女儿所有的,她的女儿,颜子真的眼睛,是比星辰还明亮的。她心痛得无以复加,这是她亲亲爱爱的小女儿啊,骨里血里的亲,那样的好,却一再地受到这样的伤。可是她就那样咬牙忍着,因为怕伤害到父母。

她咬了咬牙,她看进颜子真的眼里去,在颜子真要回避的一刹那,她清清楚楚地说:"颜子真,你不是我的女儿。"

那是一柄最利最狠的刀,刺向最软最伤的地方,卓嘉自不顾自己遍体全心的血,再一次清清楚楚地重复:"你不是我生的,所以,你和周家没有任何关系。"

颜子真浑身震动了一下,她睁大眼,神志茫然,却下意识地看着卓嘉自。

卓嘉自伸手,轻轻抚摸着颜子真的脸颊,如同呵护至宝,声音平板中隐隐带着说不出的痛:"一九七八年五月十二日,我生下我的女儿,她叫周子真。周家不喜欢女孩,他更是厌憎,孩子一哭,他就骂人摔东西,有次把孩子吓得大哭不止,他居然拿了把菜刀说再哭就剁了她,虽然被全家人喝骂,他的眼神戾气却始终没改。"

卓嘉自没有表情,只淡淡地叙述:"我后来很后悔,我知道他没有人性,我竟不知道他会真的完全没有人性。孩子三个月的时候,有一天晚上他喝多了回来,孩子不舒服,一直在哭,他睡不着,就起身骂我,我没理他,只哄着孩子,可是怎么哄也哄不好……"卓嘉自的眼微微有些失神,"他……他从我怀里夺过孩子,从窗口扔……扔了出去。"

颜子真的意识终于聚拢,慢慢抬起头,她不可置信地看着妈妈。

卓嘉自径自说:"窗户有窗棂,孩子……穿过窗棂扔出去的时候,把窗棂都撞断了……"

卓嘉自的声音带着再也抑制不住的颤抖,那作为一个母亲刻在心头恒久的哀痛和悲苦一点点渗出来:"我吓呆了,跑出去,从地上抱起我的孩子,她……她……她的哭声变得很细很细,我疯了一样跑去找赤脚医生,没等我到医生家,她就不再哭了。她的嘴边、她的鼻子、耳朵全是血。我一直跑到医生家门前,医生说,孩子已经死了。医生是周家亲戚,我不相信,我说他骗人,我要去县里找医生,我就一直跑,我不知道跑了多久,孩子的身体变得很冷,然后,我晕倒了。我那个时候,已经有了一个月身孕,就这样流产了。从此以后,我再也不能生育。"

室内一片死寂,那样惨烈的事,卓嘉自讲完它仿佛耗尽了一生的力气,垂下了头,仍然抓着颜子真的双手,变得无力。

颜海生轻轻地抚摸着妻子的肩膀。

过了许久,卓嘉自抬起头看着颜子真,温和地说:"所以,颜子真,你不是我生的孩子。你和周家,半点关系也没有,你明白吗?"

颜子真张大眼睛,她下意识地摇着头,可是她的眼泪已经流满了脸,这样的故事,这样的往事,这样的妈妈她要受了多大的苦难啊。

她不相信,她怎么能不是妈妈的女儿呢?她明明就是妈妈的亲生女儿啊。她转头看向爸爸。

颜海生轻声说:"子真,你妈妈说的,是真的。你姓颜。"他看着眼前的母女,这两个女人,一个坚强善良有原则,一个活泼明亮可爱,他一生中的瑰宝。

他握住女儿的一只手,和她讲以前的事情:"我当时在青乡指导生产,需要每年去一次。那年已经是第三次过去,知道你妈妈的遭遇。你妈妈有文化而且聪明,我指导生产时她是作为骨干参加的,我们慢慢有点熟悉。"

"那一年的培训你妈妈因为生孩子没有参加，到了八月，我听说她刚出生的女儿病死了，她被关在柴房里，说受不了刺激疯了。我在青乡的关系还好，听人私底下说她其实没有疯，但这样关下去可能真的就疯了。我多少也知道周家的品性，很同情她的遭遇，就找了机会去到柴房，她急促地跟我说了事情经过。我回去细想了想，看周家的意思怕是会对她不利，至少可能会一直把她当疯子关着。我知道不能硬来，就想了个法子，趁生产队卡车日夜赶着运粮，半夜把她从柴房放出来，给了她钱，把她装在粮袋里和其他的粮袋一起放在车上，让她等卡车开到城郊时下车，然后坐火车去邻省我家暂避。"

卓嘉自接下去说："我辗转很久才找到你爸的家。我见到你奶奶，给她看了你爸爸的信，你奶奶很慈爱地接纳了我，然后，我就看见了你。"她的声音哽住，她怜爱地看着颜子真，"你才四个月，躺在摇篮里，安静地笑着，朝我伸出手要抱。我像被雷轰了一样不能动弹，我想，我知道，我知道，我的女儿，我的女儿，回来了。"她转过脸，泪水奔涌而出。

颜海生轻轻拍着妻子的肩，对颜子真说："你的亲生母亲，身体不好，始终怀不上孩子，到了三十多，终于有了你，去检查的时候医生说有危险，可是她一心要孩子，最后在生你的时候难产去世。"颜海生的脸上带着久远的悲伤，"嘉自自从见到你，便视若己出，我们后来决定在一起时，就和你奶奶一起决定，永远不让你知道这些。现在想来，也不知道是对是错。"

颜子真看着他们，二十多年来，妈妈的言笑呵护一一闪过，她从来也不曾感觉到过她对自己有哪里不像亲生母亲，她的嘲弄，笑语，捉弄，疼爱，甚至责骂，和别人家的妈妈一模一样。

颜子真的眼泪再一次奔涌而出,她伸出双臂紧紧抱住妈妈,她哽咽着叫:"妈妈,妈妈,妈妈……"

卓嘉自轻轻地抚摸着她的头发、她的背,低低地应着。

过了很久很久,母女俩都平静下来,卓嘉自替女儿把头发顺到耳后,低声说:"子真,跟爸爸妈妈回家吧。"

颜子真点头,抬头看到客厅的茶几上一叠眼熟的衣服,颜海生说:"我们来的时候,邓安和莫琮就离开了。"

颜子真在这里待的几天其实是有记忆的,不过就是茫茫一片,现在想起来,邓安的身影竟无处不在似的,她微微有些失神。

第二十六章　她怎么能这么对我

这个时候的邓安和莫琮坐在车里，在莫琮家的楼下。邓安刚刚挂了手机。

手机那头是周玉音，正气得浑身发抖。

邓安在得知一切真相缘由之后，沉默了很长时间，然后问周玉容要到周玉音的手机号码，打了两个才打通，他没有介绍自己，开口便说："如果我把你前两天跟颜子真说的话原样讲给邓跃听，你觉得好不好？"

周玉音问："你是谁？"

邓安无视她的问题，继续说："你猜邓跃听说了会怎么样？跳楼还是疯了？"

周玉音冷笑："颜子真都没有跳楼，邓跃会跳楼？"

邓安一派平静："看来你希望颜子真跳楼，并且觉得她差不多疯了。"

周玉音不出声。

邓安慢条斯理："请允许我自我介绍一下，我叫邓安，我们见过面，所以你应该知道，我对邓跃的了解远远胜过你，甚至胜过他的母亲。很不幸，由于家庭的关系，在精神上，邓跃是很不如颜子真强大的。而且在这种事上，男人比女人并没有优势。所以你很可以猜一猜,邓跃会有什么反应。附赠一条,他应该还要加上突然得知身世的双重刺激。"

周玉音的呼吸重了起来,厉声说:"你不会这么做!"

邓安冷静地说:"对,我不会。但是颜子真的朋友会,她就在我身边,我不会阻止她,也不能阻止她。"

他干净利落地挂了电话。

然后,他的手机不断地有周玉音的电话打入,邓安平静地听着铃声,点火,启动,开车送莫琮回家。

铃声响了一阵后,当中停了几分钟,然后接着又响起来,这次一直响了一路,在莫琮家楼下,邓安停下车子,接起电话,周玉音的声音已经有点气急败坏:"邓跃在哪里!"

邓安淡淡地说:"你刚才是打了邓跃妈妈的电话吧?可惜她永远都不会告诉你邓跃在哪里的。"

周玉音咬着牙说:"颜子真不是我哥哥的女儿!"

邓安说:"她当然不是。否则你就跟你父亲和你哥哥一样不是人了。"

周玉音怒道:"不许你侮辱……"

邓安理都没理,继续说:"你想报仇,所以希望颜子真一时精神崩溃或者受不了刺激而自残。当然,崩溃和自残的速度要快,要发生在事情真相大白之前。你这几天一直在江城,就是为了到时候你能及时告诉邓跃真相。你到底对邓跃尚存人性,不过很可惜,他永远只会姓邓。"

"其实你对颜子真所说的话也只是试探吧,因为你毕竟不知道青乡回来之后颜子真有没有问过她父母关于身世的事情。这绝对是因为你从来不知道替别人考虑的善良是一种什么东西。"

周玉音咬着牙："邓安，你知道什么！"

邓安淡淡地说："该知道的我都知道。你想报仇嘛，结果努力了这么多年辛辛苦苦当到公司副总，一样奈何不了一个老太太，只好去欺负一个小女孩，你说你活着有什么用？应该去跳楼的是你才对。"

"另外我听说你一直生不出孩子，看来就是因为你们姓周的太不是人了，老天爷都看不下去要让你们断子绝孙。这真叫人痛快，当浮一大白。"

他再次干净利落地挂了电话，拉黑周玉音。

莫琮看着他，过了好一会儿，才慢慢地说："你和她讲了很多废话。"

邓安斜睨着她："我和她比较有共同语言，行不行？"

莫琮没有笑，她叹了口气："我也很想像你一样恶毒地痛骂她，我还很想揍得她不知道自己姓什么。"

邓安沉默。

颜子真并没有回自己家，一直住在父母家里。颜海生和卓嘉自倒是同平常一样，到底在卓嘉自心里是从来就把颜子真当亲生女儿一样。过了几天，颜子真心里有的一点点异样慢慢消失，脸上开始有了笑容，时常窝在沙发上爸爸身边，吃着妈妈切好的水果看电视闲聊。

三人也会聊起旧事。

颜子真跟父母说起了那次去青乡的事情，其实邓安已经简略跟他们夫妇提到过，可是听颜子真详细说来，两人还是听得目瞪口呆。

卓嘉自第一次说起周玉音，叹了口气："周玉音虽然是女儿，可是在家里很受宠，她爸爸很喜欢她，乡里村里根本没有人敢欺负她，她自小就相当跋扈。"

　　"后来，我知道他们家一夜之间几乎灭门，只剩下她一个人，那时候她也才二十岁不到，当时我就知道这是我妈想办法设计的，我妈这个人……"她其实也不知道如何形容自己的母亲，那家父子在那些年所做的事其实真的死有余辜，反而对自己的所作所为倒只是小事了，"我曾经想过她会怎么办。不过我也没想过去帮她一把，两家这样的仇恨，我没必要多此一举。她也不是没有亲戚。"

　　"没想到她终于还是来寻机报复，偏偏事情会这么巧。"

　　颜子真想了想："她应该只是因缘际会，顺势来坑一把，要是存心报复的话，我们在明她在暗，这么多年来也不是没有机会。"

　　卓嘉自不置可否："她未必能找到机会。"强行报复不是不可以，只是一来费时失事，二来很容易违法犯罪。周玉音少年时从天堂到地狱，应该是吃了不少苦头，后来能取得不小的成就，自然是极有脑子的人。父兄之仇她不是不想报，只是搭上自己就未必肯了。

　　颜子真想起周玉音眼中的恨毒，不禁叹了口气："妈妈，我真蠢。"

　　卓嘉自点点头："随便在外面认爹认妈的，的确不像我教出来的孩子，蠢得让人心都冷了。还有那周玉容，真是不怕神对手就怕猪队友，一对蠢货。"

　　颜子真扁了扁嘴，甚是悻悻。

颜海生笑着打圆场:"我们子真年纪小,怎么能怪她呢。"

颜子真抱着爸爸的肩膀:"还是爸爸好。"

卓嘉自斜睨着她,颜子真讨好地冲她笑,卓嘉自嫌弃地挥挥手。三人都笑起来。

颜子真说:"其实妈妈,我还是觉得,外婆给我的那份遗产,有一部分原因就是她觉得对不起你。"

卓嘉自叹了口气:"也许是吧。你外婆去世后,我突然觉得有些理解她的想法:只要人能活着就行。我不认同她的做法,虽然如果她告诉我真相让我选,结果可能也是一样,可是至少我还会觉得我有她的爱和尊重,而不是单纯的背叛和放弃。你外婆就是这样一个人,她觉得结果一样,过程就不重要,她觉得无奈的事情就不必多说。但是,她最疼爱你。"

颜子真默然,是的,外婆真的非常非常地爱她,在知道整个故事之后,那份爱几乎沉重到让人负荷不起。她拉着母亲的手,轻声问:"妈妈,你恨外婆吗?"

卓嘉自目光幽然地望着窗外,轻声说:"恨啊,怎么不恨。她是我的妈妈,她怎么能这么对我?"她低下头,抚摸颜子真露在被窝外的黑发,所以,在她的能力范围内,她的女儿一定要在一个健康完整的环境中长大。

她微笑着看着女儿:"我很高兴你是在什么都不知道的环境下理直气壮地快活长大的,这也是我最大的愿望。是我要一个心理健康强大的女儿,就算要让你知道真相,也要先让你长成一个成熟的大人,有足够的心智和智慧去接受。只是没想到⋯⋯"

她叹了口气,她原本已经不想让女儿知道自己的身世了,一则不忍再提往事,二则世事变迁已经根本没有这个必要,唯一会让她歉疚的是对颜子真的亲生母亲,可是颜海生说,颜子真的亲生母亲曾经说过,如果她有不幸,如果他以后的妻子能视颜子真若亲生,请他让颜子真快快乐乐地长大,不用提起自己。是的,颜子真是个不幸的女孩,她甫出生就失去母亲,可是她也是个顶顶幸运幸福的女孩,她所有的亲人都给了她最最丰盛的爱。

颜子真侧过身去,抱住了妈妈。

她是多么多么的幸运幸福。

一直在边上沉默的颜海生忽然说:"颜子真,你外婆知道这一切。"

卓嘉自和颜子真一起抬头。

他微笑:"在你外婆去世之前,她曾经找过我,她说,她对遗产所做的任何安排,都没有任何问题,让我不要有任何疑虑。她说她终生视颜子真为她生命中最宝贵的珍宝,她感激颜子真为她带回了更好的女儿。我之前想的是她想让我对遗产分配不要有疑惑,可是我想我现在终于完全明白她的意思了。"

是啊,庄慧行做事一向严丝合缝,她怎么可能会不知道女儿在青乡发生的事情,怎么可能会不知道颜子真是谁的孩子?

她早就知道颜子真不是卓嘉自所生,可是如果卓嘉自当年没有婴儿颜子真安慰她重重受创的心,也许已不是现在的卓嘉自。

所以,卓嘉自、颜海生、颜子真相视默然,所以庄慧行报复周家,报复得这么彻底。她要他们家破人亡,才能解她心头之恨,才能为她的小女儿讨得半分公平。不,她永远无法为她的小女儿讨到公平,所以,她把所有的爱给了颜子真。

更何况,颜子真也是沈雁如的孙女……她那时以为颜子真是唯一的那个了。

第二十七章　姐姐

颜家这一年的除夕，前所未有的热闹。

颜家的除夕夜，向来只有四个人，颜祖母、颜氏夫妇、颜子真。不过等晚点儿卓嘉在一家都会过来再聚一聚。

而今年，颜家多了另外一家三口一起过除夕：卫江峰全家。

卫江峰夫妇和卫音希到达的时候，已经是年三十的中午，因为卫江峰夫妇都要上班到年廿九。本来颜海生要开车去梅州接他们，被卫江峰坚拒，说过年期间高速拥堵，他们会提早买好火车票，自己过来。

颜子真心想，真是什么样的父母有什么样的孩子，就算挤火车也不愿意给人带来麻烦，就算那人是自己的亲哥哥。

去年十二月份听完庄慧行最后的遗嘱，颜海生第二日便去了梅州，然而从梅州回来后，他并没有再去打扰卫江峰，直到卫江峰一个月前来了趟江城。

颜海生和卓嘉自就像招待好友一样，卓嘉自在家里做了几个拿手菜，一起吃了顿饭，两人都很平静，彼此聊了些各自的情况，卫江峰就回去了。但从此就常常通个电话，男人打电话并不多话，就问候一声，谈谈工作和近况而已，有时也聊聊儿女。

直到快要过年，颜海生思之再三，打了电话邀请卫江峰一家到江城一起过年。他知道他们在梅州都没有其他亲戚。卫江峰犹豫了几秒钟后，爽快地答应了。

颜子真对父亲说："爸，你一看就让人有孺慕之思。"

她没有说错，颜海生有一种极温和宽厚的气质，和他在一起，如沐春风，极是舒适自在，让人忍不住会想亲近他信任他，而他也从未让人失望过。所以当卫江峰确定自己的身份后，对颜海生是没有任何的抗拒的。他是自己的嫡亲兄长，同样在不知事的时候失去母亲，跌跌撞撞地长大，却对自己温和而体谅。那一句"养育之恩大过天"，那样宽容理解的神情和身为兄长自然而然的关爱，叫卫江峰想起来，就心生敬意。

不管其他，其他事和他们兄弟无关，他承认并尊敬亲近这个兄长。

事实上当他知道全部真相之后，他对庄慧行的感觉也是很复杂的。男人通常没有女人那么细腻的想法，但是这个老人、这个女人对于承诺做出的牺牲和永不放弃，不能不令他动容。男人总是说一诺千金，为承诺不惜刀山火海，可是真正能做到的又有几个？

颜海生是非常的高兴，高兴到卓嘉自都不忍心笑他，又替他心酸，颜海生的经历如此传奇不幸，可是再不幸，他几十年来仍然一贯的温和宽厚待人至诚，他的笑容和安慰一直是自己安心幸福的源泉，这个男人，是瑰宝，她何其有幸遇到他，为他所救与他相爱，为了他，为了子真，她愿意退到最后的底线，守护和深爱着他们。

第二天，卓嘉自动手把书房收拾出来，因为书房本来有一张单人床，便对颜子真说："你和奶奶的房间都是大床，所以让叔叔婶婶睡你房间,你和你奶奶睡,音希睡书房。"

颜子真调皮地笑:"才不,我要和你挤单人床。"

卓嘉自凉凉地说:"这就是说你情愿和我挤单人床也不肯和奶奶睡一床?"

颜子真大叫:"妈妈!你又欺负我!"

卓嘉自看着子真犹带憔悴的脸,想起这大半年来女儿受到的一连串打击,心下一软,这阵子颜子真特别的依恋自己和颜海生,动不动就轮流抱着两人的肩膀,也不说话,只是傻傻地笑。便忍不住伸手摸了摸她的鬓发,温声说:"好,你和我睡书房。"

她从不担心颜子真知道真相会和自己生疏不同,那是她养大的女儿,在她心中,本来就是她的亲生女儿。

颜海生去接卫江峰一家时,母女俩并肩在厨房做除夕大餐的准备工作,菜单是两人提前几天定的,颜子真凭着去年的记忆,列出卫家三个人的喜好,一张菜单足有二十个菜。

奶奶则在客厅淡定地看电视。

颜海生在去梅州之前,先去把这件事告诉了颜祖母,颜年去世的时候他已经近二十岁,他知道父亲生前一直在寻找这个弟弟,继母和父亲婚后也一直和父亲一起寻找。这么多年后终于找到弟弟,他第一时间就去告诉了她,那也是她一直没放下的心事。

她和他们一起在等待卫江峰的到来。

颜子真见准备得差不多了,就过去陪奶奶,笑哈哈地故意大力坐到奶奶身边沙发上,奶奶的身子被她坐得一颠一歪,转头瞋了她一眼:"啧啧啧,这到底是大姑娘呢还是大小子呢?"

颜子真笑倒在奶奶肩上,故意嗲声嗲气地说:"哪里哪里,明明是奶奶的小子真嘛。"

奶奶呵呵地笑:"这里这里,奶奶的小子真长成大姑娘啰。"

祖孙俩腻在一块看电视,电视上正在播奶奶最爱看的戏曲节目,一个旦角百转千回地唱:"袅晴丝吹来闲庭院,摇漾春如线。停半晌整花钿,没揣菱花偷人半面,迤逗的彩云偏。"颜子真嗓子好,自来便爱唱歌唱戏,尤其喜爱牡丹亭的词,颇会两句,便随着电视上轻轻地唱起来,她的声音婉丽清致,又带一点点泠泠的凉,虽不比电视上的旦角唱得好,那声音却只有更好听。

直听到连一旁的卓嘉自都出了神。

待得她把这一段唱完,卓嘉自才看见玄关处站着四个人,颜海生、卫江峰夫妇、卫音希。

颜子真跳起来,和卓嘉自迎过去,这是自姚灵莺去世后颜子真第一次见到卫江峰,她略略有点尴尬,笑着唤:"叔叔,婶婶。"

这一声叔叔婶婶,令大家都短短地静了一瞬。卫江峰竟一时答不上来,卫音希妈妈则马上亲近地说:"嗳,子真的声音真真好听。"卫音希走过来拉住颜子真的手,抿着嘴看着她那没有及时应声的爸爸。

她是这次放寒假回家才知道所有的真相,看了录像,看了录音,看了DNA证明,虽然事隔已久,她仍然很难过,养她爱她的奶奶,这么的……可恨,又这么的……可怜。可是她对自己的爱,半分不假啊。最后,是爸爸找她谈话,爸爸从来没有跟她说过这么久这么多的话,她一句一句地记在了心中。不要恨奶奶,只要记得,从此多了很好的伯伯伯母姐姐,还有,另一个奶奶。我们只要记得,我们多了至亲的亲人。

卫江峰看到女儿的动作和眼神，眼角弯了一弯，点了点头："子真好久不见。"这个侄女，这个侄女……

奶奶微笑着站在那里，看看大家，又看着孙女，说："是吧，我们家小子真的声音很好听吧。她这把声音啊，听过的人都夸，叫她去当歌星呢。"

颜子真回身抱住奶奶的胳膊，笑眯眯娇嗲地说："哎呀，也就只有这把声音可以见见人啦。"她伏在奶奶肩上，露出一双眼睛调皮地眨几眨，卫音希妈妈和卫音希都忍俊不禁，卫江峰眉眼缓缓笑开。

奶奶看到卫音希的笑颜，怔了一会儿，又仔细看卫江峰眉眼，然后伸手拉过卫音希的手，上下打量，此时的卫音希头发略长，红色外套里穿了白色条纹T恤，益发衬得皮肤雪白，脸容净美。她转头看了看颜子真，叹了口气："子真啊，你果然只有这把声音可以见见人罢了。"

颜子真大笑，奶奶也笑逐颜开。卫音希也听懂了，脸就红了。

卫音希本来和人相处很是慢热，这时手被老人拽着，却忽然生起一种极自然可亲的感觉，她低头看着老人慈祥温和地看着自己，她不是自己的奶奶，但是，她怎么不是自己的奶奶呢？便红着脸笑着叫："奶奶。"

奶奶眉开眼笑，长长"嗳"了一声，拍拍卫音希的手，伸手便掏出个大红包来，塞在卫音希手里："乖。奶奶给的。"

颜子真诧异："奶奶你怎么这么早就把红包放在口袋里？"

奶奶笑眯眯："奶奶口袋里一年三百六十五天都备着红包你不晓得吧？"

颜子真立刻说:"那我也要,不许只给一个。"

奶奶哈哈大笑:"有有有,少了谁也不能少了我们家乖子真。"

颜海生和卓嘉自都笑着摇头。

卫江峰夫妇只觉融融一堂,卫音希见颜子真笑吟吟看着她,忍不住也笑,伸出手,握住颜子真的手,只觉颜子真的手紧了一紧,她轻声叫:"姐姐。"这一声姐姐,真正出自肺腑,货真价实。这个姐姐,原来,是她的亲姐姐,嫡亲的姐姐啊。她做梦也没有想到过,原来这会是真的,她有姐姐,这么好的姐姐。她从来没有这么开心过。

颜子真笑,忽然冲她眨眨眼,拉住奶奶:"奶奶,借个红包使使。有人叫我姐姐。啊妈妈,这叫改口费对不对?"

卓嘉自实在忍不住,笑骂一声:"颜子真,你给我闭嘴!"

第二十八章　除夕欢宴

吃完中饭后颜海生卫江峰兄弟两人坐到一旁聊天,卫音希的妈妈和卓嘉自是初次见面,也没什么别的好说的,相视一笑,就一起进了厨房准备晚上的大餐,两人都是家庭主妇,也都是厨房好手,搭起手来熟稔无比。

颜子真就拉了卫音希坐在奶奶身边陪奶奶看电视。奶奶见她们坐过来,眉开眼笑,电视也不看了,拉了卫音希问东问西,卫音希乖乖地回答,多大了呀,在哪读书呀,学什么呀,喜欢吃什么呀……颜子真笑嘻嘻地在一旁听着,拿了一堆水果削削削,时不时递一块给这两人,削好一盘,狗腿地送过去给颜海生兄弟俩:"爸,叔叔,润润嗓子。"

颜海生瞋她一眼,颜子真冲他挤挤眼。

卫江峰笑看着大侄女同兄长的眉眼官司,颜子真直接赔笑:"您多吃点。我爸话多,特唠叨,您别介意。"

颜海生忍俊不禁,转头对兄弟说:"你别看她这么大了,整天淘气得很。"

卫江峰笑:"子真一直很可爱。"

卫江峰是很喜欢颜子真的,在不知道她的身份时便和她很合得来。只是后来疑惑母亲之死,又看了那本书之后,未免心里有点芥蒂，觉得她应该坦白说明而不是故弄玄虚。但到底自觉年长，不能和小辈计较。再到后来竟知道她是自己的亲侄女，那点芥蒂不由自主地就烟消云散了，却不是因为知道了她是奉遗命而行的缘故才消的。所以说，到底是血浓于水。

现在他看着颜子真，越看越是喜欢。想起她说："我爸也爱喝五加皮。"想起她和自己讨论酒、气功、历史、新闻联播，头头是道。他想，这个孩子有什么错呢？少年人，谁不是一腔热血黑白分明？何况，她又不知道事情会发展成那样。

颜子真看着卫江峰的眼神，想了一下，说："叔叔，你可能猜到了，我当初去梅州的时候，是知道除了录像里的所有事情的。"她坦白地看着卫江峰，"我没有觉得自己有错。"

卫江峰倒怔了一怔，笑了，温和地说："子真，叔叔没有怪过你。只是你知道，一开始心里会有点别扭。觉得你应该直接说出真相。"他说得很坦白。

颜子真心想，爷爷奶奶真是好竹生好笋，不禁笑得甜甜地，微微弯一下腰："谢谢您。"她很认真。

无论如何，真正的感情，是应该被尊重的。很多事情，有是非可辨，可是也有很多事情，并非单单一个是非就可以分得清清楚楚。她到底是对他们产生了伤害的。

卫江峰叹了口气，暗暗点头，温声说："你是个好孩子。"

他转过头跟颜海生说："子真真是个可爱的孩子。"

颜海生虽颇有老派人的作风，面对弟弟一再的赞扬，也不禁笑得开心："音希也很乖啊。"

这下子轮到颜子真鄙视这两人，偷偷扬眉瞥一眼颜海生，颜海生心有灵犀，伸手轻轻一拍她的头，稍作警示：不得无礼。

颜子真便继续埋头削水果,待得她边吃边削,终于削好切好两大盘水果,除夕晚宴已经备好陆续上桌。颜海生和卫江峰下楼去放鞭炮,颜子真和卫音希也跟着去凑热闹。

颜子真胆子大,二踢脚冲天炮放在地上丝毫不怵,一点一个着,卫音希竟也毫不逊色,拎起二踢脚竖在地上抬手就点,眉毛都不皱一下,点完之后往回撤,炮仗冲天响起,颜子真马上拎一个上前,错身而过时两人上下击掌,节奏掌握得那叫一个好。

两姐妹和父亲们你来我往,错落有致,十分热闹开心。倒叫一旁也在放鞭炮的邻居们看着眼馋:"老颜,你这闺女胆大心细像个小子我们都知道,怎么又来一闺女放起炮仗像个小子啊?"颜海生得意地哈哈大笑:"咱们老颜家的闺女个顶个赛小子行不行啊?"

放完鞭炮回楼上开席,奶奶坐了上座,颜子真和卫音希相视一笑,坐在一起。席间自是其乐融融,推杯换盏,敬酒祝福,吉祥话说个不停。尤其颜子真,一向是在长辈跟前彩衣娱亲惯了的,带着卫音希说说笑笑,颜海生和卓嘉自也向来很肯捧自家女儿的场,到后来卫江峰和颜海生喝酒喝得高兴,也笑呵呵说起逗趣的话,一桌子人又笑又闹,把个年夜饭吃得热闹无比。

一顿年夜饭吃了两个小时,卓嘉在一家三口过来时还没结束,卓嘉在和姐姐姐夫的感情在众兄弟姐妹中是最好的,又因为喝了酒,见了卫江峰就格外热情,他的热情使得三个男人又继续取了酒来轻酌。

卓谦见到卫音希那当然就是意外之喜了。

他并不知道这两家的渊源,颜子真三下五除二简单告诉他卫江峰是她失散多年的叔叔卫音希是她的堂妹,小卓谦也没有追问什么，只默默地看着颜子真说："居然还有失散多年的亲人这种戏码发生在咱们家，人生真是充满了狗血，一盆接一盆。"

颜子真直接就把水果盘扣到他头上去了，水果盘里还没吃完的两块苹果咚咚两声一左一右掉到卓谦肩膀上再掉到地上，看上去不知有多蠢。

颜子真的舅妈笑得打跌："该，就该你姐姐来收拾你。"她转头向卓嘉自诉苦，"二姐你都不知道卓谦在家有多贫。谁都说不过他！一说吧，就振振有词：我不这么着，就该被颜子真欺负死了。"

颜子真怪叫："舅妈你是来投诉卓谦还是来跟我妈告我状的啊？"

卓谦头顶水果盘都快笑昏过去了，卓嘉自点点头中肯地说："颜子真是挺爱欺负她表弟的。"

气得颜子真顿时变成三岁，拿了坚果盘里的山核桃一个接一个地就扔卓谦，卓谦敏捷地从头上取下水果盘"当当当"左挡右挡，落了一地的山核桃。

卓嘉自和卓谦妈妈都掩着眼睛不忍心看下去了："真是时光倒流二十年。"

卫音希和她妈妈笑得嘴角都酸了，奶奶颇淡定，安慰地拍拍她们俩："这两猴子一直都这样。"

等到颜子真命令卓谦捡完地上所有的山核桃之后，卓谦忽然醒悟过来，惊喜地说："那卫音希也算我妹妹了对吧？"

颜子真看着傻弟弟真是无语凝噎："你很喜欢多个妹妹吗？我妹妹跟你有个毛的关系啊？"

卓谦恍然大悟，傻乎乎地摸着头笑。颜子真自觉看着眼睛疼，遂挥挥手让他们自己去交流，自己反身窝在奶奶怀里吃东西。

一屋子都是人，都是亲人。颜子真心满意足地对奶奶说："太好了。"

太好了。一切都有了美满的结局。

最后是拜年讨红包。从上到下，奶奶给全家发红包，父母辈给孩子发红包，颜子真、卓谦和卫音希则只管收红包收到手软。

最后是颜海生卓嘉自给卓嘉在夫妻发红包，这是卓嘉自从小就有的习惯，她小时候会从母亲给自己的菲薄的红包里拿出一半煞有其事地包给弟弟，因为弟弟最小最馋，而小时候家境艰难。

然后颜海生和卓嘉自也给卫江峰夫妻发了红包。在这一刻，卫江峰的眼眶红了。

这个除夕对于这个家里所有人来说，都是一个特别热闹特别快乐的除夕，有生以来。

第二十九章　你的容颜，我的声音

正月初一不出门，两家凑起来搓了一天麻将，卫音希并不会，却也兴致勃勃地坐在一角学。待得她上场，新手手气最旺是个铁律，第一副牌就是清一色，大杀四方，身为老师的颜子真乐不可支。到最后却是颜子真是大赢家。颜子真数着手中赢来的钱得意扬扬："果然是情场失意赌场得意，古人诚不我欺也。"

卫音希看着这位姐姐骇笑，却也高兴她早走出阴影。

奶奶笑眯眯对着卫江峰一家人说："你们不知道，我们家数子真最会赚钱了，又开店，又写小说，又拍电影，可会赚钱了。"

颜子真把脑袋靠在奶奶肩头，爱娇地说："那是。"

奶奶继续说："连自己家里人的钱都赚，心黑。"

颜子真赶紧把脑袋抬起来，理直气壮地说："愿赌服输啊奶奶，你不能这样。"

卫音希忽然笑嘻嘻地说："奶奶，刚我坐姐姐上首时，姐姐让我给她喂牌了，她说赢了钱平分。"

颜子真站起来扯着卫音希的头发笑骂："哎呀，反了你了！"卫音希侧着头就着她拉头发的手，笑着叫："姐姐痛痛痛痛痛……"

大家都笑着看这两姐妹耍花枪，奶奶看着看着，不禁叹了口气:"这两姐妹,一个长得跟她们奶奶一模一样,一个就声音跟她们奶奶一模一样,唉。"

颜子真一怔,她转头看了一眼爸爸妈妈,爸爸妈妈也怔住了。

沈雁如在颜海生幼年时就已去世,现在的奶奶才是抚养爸爸长大的奶奶,因为奶奶性格豪爽直率,是以颜子真很小就知道她不是亲奶奶。但是在全家人的心中,她和嫡亲的奶奶并无区别。

但是奶奶虽然经常给颜子真讲古,却也从来没有提过原来她竟认识沈雁如、认识她的亲奶奶。

奶奶见大家发怔,意识到自己说漏了嘴,爽朗一笑:"这整件事跟我并没有关系,本来想等以后再跟你们说呢,大正月的就不提了。老了老了,嘴都没把门了。"她看着颜海生,"两个月前你去梅州之前跑来告诉我的那些事,我听了之后真的是很吃惊。"

她握住颜子真的手,又示意卫音希坐过来,拉住卫音希一只手,微微地笑:"我其实呢,是认识你们奶奶,还有子真外婆的。"所有人都震惊而意外地看着她,所有人都认为当事人都已不在,可是居然还有人在!这个人就在他们身边!

而这个人,几十年什么都放在心里,什么都没有说过。

奶奶仍然微笑:"但是我和她们都不熟,大家都是逃日本鬼子到一个山村的,好多人呢,也没法儿大家都熟,而且你们奶奶大我很多。"她悠悠地陷入了回忆,"不过她啊,可真是个好人,念过学堂又学过医,十里八乡生病的人都来找她治病,连城里的药堂大夫治不好的病她都能治。而且啊,她长得真是漂亮,说起话来声音好听得不得了,跟子真的声音一模一样,喏,你们也听过子真唱歌了,真真儿的就像她在唱,闭上眼睛根本就分不出来。"

"他们是先到那个村子里的,我和我娘是后来到的,我见到他们那会儿他们已经有两个孩子了,大孩子是个女儿,名字我都还记得,很好听,叫颜湖雪,长得跟你们奶奶还有跟音希一模一样,又漂亮又聪明,说话有趣得不得了,最爱满村子疯玩,可还是最讨人喜欢。那就是你们的大姑姑啊。"

她眼神变得黯然:"只不过后来……她死啦,被日本鬼子打死啦。和你们奶奶一起,娘俩就隔着几米远。那样漂漂亮亮活活泼泼的小姑娘啊。"

奶奶的眼泪盈了满眶,她慢慢地回忆那段往事,几十年前的往事再提起来,依然沉重悲哀。庄慧行在病床前对颜子真讲述的故事已经原原本本写在《二月初一》里,——和奶奶的述说吻合。

屋里一片静寂。

奶奶感慨地一下一下拍着颜子真的手:"你奶奶呀,不单单救了全村人,因为她,'文革'里你爸和我都少吃了很多苦呐。要不然,凭你爷爷的成分,咳!"

奶奶笑了一笑:"日本鬼子投降以后不多时,你们爷爷就带了海生回家去了,但是小儿子就被那个害死你们奶奶的女人抱走了,他就好几次回山村来打听消息,我们家因为家乡又穷又远,就没有离开村子,他来打听消息时就会把海生放在我们家里,我年纪渐渐大了,也喜欢海生,海生打小也喜欢亲近我,后来,你们爷爷的店铺关了门,要做工养家,我就嫁了你们爷爷好照顾海生。如果不是这样,我估摸着你们爷爷也不打算续弦的。"

过了一会儿,奶奶才说:"子真的外婆呢,我记得是后来来的，总跟在你们奶奶身边，年纪跟我差不多，很不爱说话，只和你们奶奶说些我们都听不懂的东西，大家都说她是豪门千金，我早不记得她的名字了。她就肯定更不记得我这个人了。后来听了海生跟我讲的，我想，那就是子真你的外婆了。真是没有想到啊……"

奶奶转头看着卫音希，摩挲着卫音希的脸，叹息："真像，真像。本来我都有点忘掉你奶奶的样子了，一见你，哎呀，真是马上又活灵活现了。"

卫江峰坐在老人对面的沙发上，凝视着老人苍老的面容、花白的头发，他看得出这是一个豁达豪爽的人。她朴素地说着当年的事情，说着他遥远的亲生父亲、亲生母亲，还有曾有过的亲姐姐，他无缘见到的他们，不知道为什么，原本并不怎么为之所动的心，在这个时候，竟有些酸涩。

卫音希也低下了头。

正月初二，他们去了庄慧行的小院。

小院里一如庄慧行生前，清静幽雅。金丝楠树亭亭如盖，树下的藤椅十分干净，草坪虽松黄却平整，梅树的香自后院幽幽飘来。

所有的陈设都未加改变，在庄慧行最常待的书房里，颜子真为他们找出了一本沈雁如所写的医案和生活小记，这是庄慧行当年留下的唯一一本留作纪念的原件。几十年来，无论如何颠沛流离，无论如何艰难困苦，庄慧行不曾遗失。

秀挺的字迹记录着当年的点滴。

窗外的春风吹拂着窗帘，仿佛有人轻轻走过。

第三十章　辅导员邓跃

这一年的开学，卫音希明显地有了不同。她很开心。

曾慧永是第一个知道这件事的人，一开始有一点小小的嫉妒，那种觉得最要好的朋友原来心中有更重要的人的感觉，一开始总是让人心里有点不舒服的，但那一刹那过去后，她也真心为好友高兴。

"那么邓跃……"曾慧永问她。

卫音希笑："都过去啦。"她冲着好友眨眼，一挥手，"放马过去吧。"

曾慧永笑，大眼睛亮得惊人。

这个学期有两个变动，一是多了一个电脑制作课程，学分不多，只是一个基础，提供以后的选择方向；二是邓跃成了她们班的辅导员。

邓跃一直是一个很忙的人，事实上计算机专业的老师都很忙，他们都有自己的私人工作，所以知道邓跃做了辅导员的时候，他的同人都有些诧异，后来想想他一直担任艺术系的电脑选修课老师，因此这次艺术系新增加的电脑制作必修课程也落到了他头上，那么顺便当个无足轻重的辅导员也就可以理解了。相熟的几个老师同他开玩笑："邓跃，你这是要弃教从政的节奏啊？"

邓跃笑:"让给你们?"

开什么玩笑。大家都笑着散开。

邓跃自嘲:这也算是费尽心思了。以前追求颜子真时其实并没有怎么费神,颜子真性格明朗大方,不是说好追,而是,她不矫揉造作,接收讯息和释放讯息十分坦荡,两人在一起很顺利很顺其自然。邓跃只需要偶尔创造个小惊喜就足以让颜子真开心好几天。

但是卫音希是不同的,邓跃甚至不敢告诉卫音希自己的爱慕,只能一点一点地来,目前能做到的,是自然地接近她。邓跃苦笑,之前其实已经够接近,只是……从头再来吧。也许像温公子说的,几乎没有希望,可是,他不想再放弃,那是他这辈子最想要的,他不想再放弃,再没有希望,他也要试一试。

卫音希对这个变动倒是没有什么反应。她很清楚地知道在颜子真心里邓跃已经成为过去,也许仍有伤害,可是她看得出来颜子真已恢复到从前一样,那么,就算伤害,也已经不值得提起。

而且卫音希对邓跃本人没有什么太大观感,她对邓跃的喜恶完全植根于颜子真的情感,现在一切过去,连卓谦都能纯粹把邓跃当老师一样,她本人又是那样淡漠的性子,当然也就是普通师生的关系了。

何况她也要考虑到曾慧永的感情。

所以当新辅导员组织全班各种活动时,卫音希都乖乖地跟着曾慧永积极参加。在各种过程中,她也不得不继续承认,邓跃做事成熟大方幽默得体,总能让人感到如沐春风,自然自在。而且他的形象和定位,更像是朋友,他也明确在辅导员就任的时候讲,因为年轻,希望的是和大家成为朋友,以朋友的身份担任辅导员的工作。虽然有很多辅导员都会这样说上一说,不过邓跃说到做到的风格当然就更加受欢迎。

只是她有点奇怪的是,为什么这个新的辅导员会组织这么多的活动,这好像和别的班级不太一样啊。不过明显大部分班上同学都很喜欢,学艺术的人比较不羁是真的,但学漫画动画的却并没有这么特立独行,反而思想比较纯真比较爱玩的多些。邓跃……的确是一个很不错的老师以及朋友,他很玩得起来,也很懂得各种玩法。

曾慧永是最开心喜悦的。作为一个学生,说是说要追求老师,可他要是像其他老师一样上完课就走人,大学老师又不坐班,这么神龙见首不见尾的,怎么追?难道追到他家里去?曾慧永可还没这么直接,她有想法,也有计划,可总也没脱了少女的矜持。她真是再也没有想到邓跃会把一个辅导员做得这么风生水起。

一会儿观看迪士尼动画,分解其中片段进行讲解,生动活泼有趣;一会儿进行绘图程序小游戏竞赛,由全班同学评比名次,第一二名有奖励,由邓跃私人赞助;一会儿组织烧烤组织登山;一会儿又去电视台参观讲解……加上上课时间和坐班时间,几乎天天能见上面。

反之郁闷的就是卓谦了,活动太多,他几乎见不到卫音希。

而且邓跃多专业啊,操作课上他站在卫音希身后一分钟就能看出问题,寥寥数语,卫音希茅塞顿开。最妙的是邓跃总是一眼关七,并非只教卫音希,可他整个教室走过来,这边指点几句那边多说几点,不动声色间卫音希身边总是站最多时间的。讲解动画和绘图程序时,几个例子里也总有卫音希的疑惑题。

这一切颜子真都不知道。

她的性格中其实还是有一部分是和卫音希有点像的，不关心的人和事，就完全无视。

她现在就是见到邓安时挺不自在的。

在邓安家的那段时间她一直很茫然，只觉得世上一切都是噩梦，只想着逃避甚至是放弃，什么都不理不管就这样算了。但是要说一点记忆都没有也不会，她甚至记得在浴室里温暖的水浸泡着自己，有力的臂弯抱起她放到床上，虽然知道邓安是医生根本不会在乎这些，但想起来就是不自在。

她也不明白当她听到周玉音说的那些话，还有看到她诡异的笑容之后，脑子里轰轰然一片空白的自己，怎么就去了医院。后来想想应该是因为知道一切的只有邓安，又或者她是想去问问邓安，邓跃怎么就变成不是他的弟弟了？

事实是证明邓安有一个冷静的大脑，他从看似严丝合缝的事件中看出了问题，虽然她不知道他是怎么看出来的。她似乎还能听得到邓安轻声对她说："颜子真，没事的。""颜子真，没事的。""颜子真，睡一觉就没事了。"

那样温柔呵护的邓安，颜子真从未见过，就算她当时放弃了一切，也依然感觉得到他的忧心他的温柔。而她所认识的邓安，对着她不是嘲讽就是捉弄，或者无视。

现在颜子真正和几个同学在医院里，前面不远的手术室门口走出来的就是邓安。

她和莫琮的一个大学同班同学在途经江城时遇到重大车祸，正在手术室急救，莫琮人脉广，在打电话给认识的医生打听情况。颜子真一转眼，便看到另一间手术室门打开，两个穿着手术服的医生一边摘下口罩一边走了出来，其中一个医生正是邓安。

邓安对着家属认真地说着话，眉间微微皱着，眼神专注，那么难看的手术服穿在他身上都英俊，举手投足充满了专业威严。他说完了话，敏锐地一抬眼，便看到了颜子真，皱了皱眉头，往她身后看了看，返回手术室。

过了十几分钟，邓安从另一个门进来，已经换成了白大褂，走到颜子真和莫琮面前问："是你们朋友？"

颜子真不知道为什么下意识后退了一步，莫琮回答："是我们的大学同学。"她轻轻跌足，哎呀竟然没有想到邓安大国手就在这里工作啊，还拐弯抹角地找到十万八千里的人去拉关系，马上便问："你能不能帮我们问问情况怎么样，会不会有生命危险？又或者需要什么我们马上去办。"

邓安看了一眼刚刚往后退了一步站稳的颜子真："放心，我刚才进去看了一下，没有生命危险，脾脏破裂出血已经止住了，手术医生正在做缝合，最大的问题是可能要截肢，只是可能。"大家刚松了口气，又提起来，怔忡不安地互视。邓安看了看他们，补充说，"手术大概还需要三四个小时，你们可以先去吃个饭。"

一个手术室护士走出来："邓医生，下一台手术还有一个小时，你还不快去吃点东西休息一下？"

邓安挥了挥手："马上就去了。"有些疲惫地揉了揉额头，莫琮问他："你还有手术啊？刚你那个手术的病人家属说已经做了七八个小时了。"

邓安笑了笑没回答，转身离开。

第三十一章 成年人的恋爱

车祸同学的父母在第二天早上赶到,几天后病人出了 ICU,在邓安的出面要求下,医院破格允许两人陪房,病人的照料便不成问题。因为颜子真工作弹性大,日常便多由她出面处理琐事,其他同学轮着替换送饭或办事。

颜子真按了医嘱,隔天就煲些汤、带些新鲜菜过去,她的手艺也确实不错,同学幸而不必截肢,便也渐渐有了胃口,身体一日好似一日。

就是她在医院经常会遇到邓安。按道理说同学所属病区与邓安并不在一处,外科和脑外科还是很有区别的,但就是总很凑巧。颜子真刚开始还是不自在、尴尬,邓安倒是自自然然同往常一样,见着了有时会问一问颜子真老同学的情况,有时则只是点点头就走过去。

慢慢地颜子真也就习惯了,有一日憋不住同莫琮说:"真见了鬼了,怎么老遇到邓安,明明病区都不在一起。"

莫琮那日来看老同学,正削着一个苹果,闻言闲闲地抬眼看她:"最好这地球围着你转,你想见谁就见谁,不想见谁就不见。"

颜子真白了她一眼:"我可真不想见你。"

莫琮眉毛都不动一下:"那可真对不住,我身由我不由人。"

老同学躺在病床上只觉得像是回到大学,笑得伤口都痛。

还是来给病人换吊瓶的小护士听到,替颜子真解了惑:"邓安医生和这边外科的秦医生是好朋友,外科和脑外科有时经常要会诊,秦医生年纪比邓医生大,所以就总是邓医生过来。还有呢,以前秦医生也是脑外科的,他们会经常在一起交流。"

颜子真问:"就是我们同学的主治医生秦医生吗?"

小护士连连点头。

莫琮和颜子真相视,怪不得秦医生格外仔细,耐心非常,有什么事也是马上就赶过来。

莫琮笑眯眯:"邓安医生是不是你们医院最帅的医生啊?"

小护士有一双大眼睛,笑起来弯弯的,坦率地说:"他是我们医院的院草啊。连最严肃的内科张医生见到他都会一直笑呢。"

莫琮马上说:"我赌张医生是个女医生。"

小护士被逗得直笑。

两人一起离开医院时好巧不巧又遇到邓安。彼时邓安正站在大堂,脱了一身白大褂,闲闲地站在导医台边同小护士聊天,莫琮便上前打个招呼:"大国手今天这么空?"

颜子真大方地说:"我们要去吃中饭,要不要一起?"

莫琮便笑眯眯:"子真正说呢,怎么她来看病人,老是会碰到你。"

颜子真瞪了她一眼,邓安不动声色:"我在等盖瑞一起吃饭。"

颜子真一呆:"盖瑞回来了?"

盖瑞在农历年前回了美国述职,刚好碰到总部有个培训计划,他便报名参加了。他走的时候颜子真并不知道,那个时候……她正在邓安家里。因为情况特殊,邓安当然不可能告诉盖瑞颜子真出了什么事。

盖瑞就一直没有能联系上颜子真,直到回到美国有了空闲才和颜子真联系上。两人都忙,联系也就有一搭没一搭。

要颜子真描述两人之前的关系,大概是友达以上,恋人未满。两人算很合得来的好朋友,都比较脱略形迹,大方洒脱,都爱玩,所以来往多些,当然肯定是互有好感的,但也仅到这个阶段。

可是两个人如要交往,总要有人先进一步,另一个人再进一步,他们两人,盖瑞是略略进了一步的,但因为种种意外,颜子真反退了几步。那么,如果盖瑞没有那种非君不可的执念,大家也就会不动声色地都退回到朋友的角色。

成年人的恋爱,多是如此。

只是周围人都只看到了表面,颜子真懒得解释而已。

因为这样,她注意到莫琮发呆的时间长了一些,笑容也滞了一下,可是眼睛却比平常要亮一些。

不是好朋友,注意不到这些。

颜子真心里"咚"一下跳。

而医院大门口,盖瑞已经快活地扬手招呼。

四个人,像往常一样去吃了中饭、聊天,颜子真这次不动声色地坐到了邓安身边,不动声色地观察莫琮神色,越观察越肯定,心下叹气。而和盖瑞则一如既往。

盖瑞先是抱怨邓安:"大忙人真是大忙人,每次约了吃饭都要我到医院来会合他,唉,谁叫我友谊第一呢。"

邓安说："也许你别有所图呢。医院的美貌护士这么多。"

盖瑞瞪他一眼，接着就抱怨颜子真过年不理人，颜子真笑："平常没事跟你们混混，过年了一大帮亲戚不知多热闹，哪有空理会你。"

盖瑞于是控诉颜子真势利，邓安眉眼不动："我听说你们公司培训部有个安娜，年轻貌美身材火辣，整个培训期间都跟着你转，两人就像连体婴，一点也不寂寞。"

盖瑞倒也不否认，哈哈大笑："所以培训班一结束我就落荒而逃，飞快跑回来了。不过邓安你怎么手眼通天到我公司里去了？什么时候安插的人手？这也太关心我了，你不觉得……嗯……人家会想多的。"他笑嘻嘻地做个鬼脸。

邓安懒得理他。

盖瑞挑挑眉看一眼颜子真，颜子真这点配合是有的，马上起身挪一挪，坐得离邓安远了些。

莫琮扑哧笑出声。

邓安也笑出来："喂，颜子真，你好歹也一碗水端平一点。再怎么说我认识你的时间比盖瑞要长得多。"

盖瑞得意扬扬："有句话叫作'白头如新，倾盖如故'。"

莫琮笑，颜子真扶额，邓安笑骂："你个没文化的鬼佬！"

分开的时候，因为邓安和盖瑞都开了车，颜子真便上了邓安的车，说有事跟邓安说，赶莫琮坐盖瑞的车回去。

第三十二章　温柔的邓安

邓安有些意外。她这一向避自己避得这么厉害，怎么一下子又不介意了。

可是颜子真上了车，只剩两个人时，那种不自在的感觉又开始出现了，她扣好安全带，坐在那里，略有些僵，不知道说什么好。

说来她每次坐邓安的车子，好像都是在不太自在的情况下。

邓安也没有说话，熟极而流地开着车，不知道在想什么，完全没有和颜子真找话题的想法，车倒是开得很慢。颜子真僵了一会儿，稍动了动脚，微微松一口气。

然后就听见车子一震，一声爆响，幸而因为中饭吃得晚，此时已经下午两点，路上车子少，邓安也开得慢，很容易就控制好车子停在绿化带边上。颜子真惊魂甫定下了车，邓安早熟练地打完了4S店的电话，拍了拍她的肩："对不住，吓到了吧？车胎忽然爆了。"

她摇摇头，又点点头，邓安忽然笑了，那笑容，颜子真形容不出，但她从未在邓安脸上看到过，是……有点温暖，又有点其他的什么。

两人站在一旁等拖车，邓安问："有什么事跟我说？"

那原本是颜子真随口说的,他这么一问,颜子真倒想起一件事来:"那个……你怎么会知道……周玉音说谎的?"

这个问题颜子真一直不明白,明明没有任何破绽,所有的事严丝合缝,如果没有邓安看穿,她真不知道自己会怎么样。

阳光有点晒,邓安示意颜子真和他一起走到对面的树荫下。

"其实我当时就觉得周玉音的态度有点问题,"邓安慢慢地走着,身旁颜子真安静地跟着,轻轻的脚步声响在耳侧,"在周姐说出你是那个婴儿之前,我只看得出来周玉音对你的仇恨。后来当周姐误认为你就是那个女婴,并庆幸你妈妈把你带走时,周玉音的表情很古怪。当时我只是觉得她有点奇怪。最重要的问题在于,无论在那之前还是之后,周玉音对你其实只有憎恨……我没有看出来她有一点点复杂的情绪。"

颜子真怔了怔:"你的意思是……"

邓安笑了笑:"你是作家,最擅长写感情了。你觉得呢?"

颜子真想了一会儿:"她家破人亡,痛恨仇人无可厚非,但是她哥哥那么疼她,如果我是她的亲侄女,她再恨我,也会有一点亲情,至少感情会有点复杂。"

邓安说:"所以,当我听你说邓跃是她侄子之后,我想了很久,我从来没有听邓跃提过她,也没有发现他有什么异常。那么很明显,周玉音很爱护这个侄子,爱护到……她宁可不认他。虽然是邓跃母亲不肯,但是周玉音这样的女人,如果不是心存爱护,不可能顾及邓跃母亲的意愿。所以她把这样的事情告诉你,就非常不合常理。于是我就等莫琮回来后,去了青乡。"

到了青乡,只要寻到年纪大些的人一打听,当年的事情就打听出来了。虽然当年大家都以为孩子是病死的,但是时过境迁,周家已经家破人亡，那赤脚医生也不是没有良心的人，在年长一辈人当中，周家儿子摔死女儿的事几乎都知道。农村里为了生儿子，溺死和抛弃女婴的事所在皆有，但活活摔死，到底也骇人听闻了些。

邓安是个经验丰富的医生，于生死也是见惯了的，可是听到这样的事情也觉惊心愤怒。可是他不能不说他是松了一口气的。在此之前他其实也不知道真相会是什么，只是看着颜子真，深知这样的悲剧如果是真，实在太残忍，所以尽可能地就着疑点找可能性。

事实上那几天看着她，无可否认他的心情也无比低落，无比失措。如果是真，颜子真这一辈子都将生活在阴影下，而他在那时，是多么希望能用自己的力量让她恢复从前那样明亮皎洁的笑容。

当他看到这样的明亮皎洁渐渐失去，才知道这是多么可贵的存在，而自己曾经的轻视和嘲弄是多么浑蛋的自以为是。

现在所有的事情一串通，他就什么都明白了。周玉容离开之后，青乡的事她不会再知道，特别是周玉音兄长摔死女儿的事情更加不会告诉她。而周玉音则早就知道女婴已死，压根儿没有把她和颜子真联系起来，直到看到周玉容误会，而颜子真失态，于是她模糊焦点，将错就错，所以她当时的表情是有点错愕和来不及转换的。

为什么要将错就错，恐怕连周玉音自己当时也是不清楚的。大概只本能地觉得会是一个好机会。

于是他去找颜子真的父母，把颜子真的境况告诉他们，他十分肯定颜子真身世的内情在他们手中。

其实如果他不去青乡求证直接就去找颜子真父母，结果也是一样，但是如果没有澄清这些疑点，他会没有勇气。

他竟会没有勇气。

在那一刻，他的心里清清楚楚，明明白白。

一个他不愿意的情况，发生了。

或者说，在不知不觉之中，在他完全没有察觉的情况下，发生了。

他低头看了看身边的颜子真，树荫下有阳光穿过树叶，细细碎碎地跳跃在她的头发和脸上，这个坚强的女孩子，已经如他所愿，绽放的笑容明亮皎洁，不见一丝阴影。她很奇异地在一帆风顺的生命中，保持着坚强纯粹的心性，或许是天性吧。有的人，天生就是明亮的纯粹的，就算有风雨，也总有支点。

而他心里，只有苦涩。

这种情况，这种心绪，简直荒谬。

颜子真的心思也有些微妙。

这么些年，虽然没什么太多的机会接触了解邓安，可是大致也是知道的，邓安曾经是名副其实的花花公子，但几年前那场大变，他除了保留了活泼的口角，让人觉得他还是往日的他，其他的一切早就不同。她知道，邓安是冷漠的，除了对邓跃母子，他对旁人表现出的关心，都流露出一种旁观者的淡漠和冷情。

这是一种医生职业者的自我保护。但邓安成功地把这种自我保护也延伸到生活中。

所以她才会对邓安对自己的不同寻常的关心心生异样。是因为邓跃的行为而令他对自己有愧疚么？是吧？是吧？

她蓦然抬头，却撞见邓安正低头看她的眼，那深黑的眼睛衬着松弛的脸部表情，有着怜惜和……温柔。

他见她忽然抬头，怔了一怔，马上若无其事地转过了头。

颜子真的心蓦地一沉，又缓缓地浮上来，不知道哪里来的温水，暖暖的一大湾，浸着自己那颗心。这种感觉，从未有过。她低下头，忽然觉得十分茫然。

第三十三章　不能爱

　　颜子真并不傻，她只是天生对不在意的人和事会当作无视。说白了邓安在她心里一直都是没有分量的存在，他只是她男朋友邓跃的哥哥，而已。她对他没有什么好感，反而颇有点恶感，只碍于邓跃和他的兄弟情谊，在人前从不多说什么，见了面也只是面子上呵呵哈哈。

　　当然她也很明白自己在邓安心里一样没有分量，对邓安来说，她也不过只是他弟弟邓跃的女朋友，而已。甚至如果自己不是邓跃的女朋友的话，邓安对于自己简直毫无好感。

　　为什么？不知道，可能自己在他的心里也有相当不好的印象。

　　所以只能说，人和人之间是有气场的。喜欢一个人不需要理由，而不喜欢一个人也一样根本不需要理由。

　　两个人的生活又基本没有什么交集，颜子真简直都没空想到这个人。

　　但是从什么时候起，他对她的嘲弄、她对他的反击都渐渐有了温度，会微微有些发笑，也会不经意地记在心里。两人的交锋中，因为他一贯太恶劣，因此她对他从无期待，反而轻松自在，随意笑骂，反正他也不会让着她，一点都不必歉疚，完全没有心理负担。

这是从什么时候开始的呢？不知道。

她不是未经情事的女子，她知道自己心里有了什么感觉，而这感觉比之当年对邓跃，更为强烈，更为……奇妙。

和邓跃，一切是光明的向上的欢快的，说笑玩闹仿似大学恋情无忧无虑，又因为彼此认识时前途都已启程，只需要各自努力，因此毫无忧虑，两人简直是在人生的康庄大道上快乐无忧地携手奔跑着，一帆风顺得让人眼红。就算莫琮这种深觉颜子真应当拥有这种幸福的挚交，有时都忍不住会嫉妒一下。

而现在，一切尚未开始，就已经知道是犹疑的晦涩的茫然的甚至是黑暗的荒唐的，可是，颜子真却承认，她的心底里是喜悦的，那种喜悦像埋藏了很久很久的美酒，熏人却……罪恶。大约在似是而非的时候感觉都特别奇妙吧？患得患失，忽冷忽热，一时怔忡一时自嘲，回忆起来，和邓跃因为摊牌太快，直接就奔向快乐去了，几乎没有这个阶段。

当然，颜子真目前也没有到达这个阶段，她只是觉得隐隐的喜悦，不安荒唐的喜悦。

邓安是邓跃的哥哥，他们的感情就像是亲兄弟，就算没有血缘。

这是一种不好的关系。颜子真心想。这很糟糕。这是不对的。

她忽然想起几年前她不解地问邓跃："为什么邓安这样的人，会有这么多女孩子，这么多优秀美丽的女孩子飞蛾扑火一样的喜欢他？因为他英俊？太不可思议了，我都一点看不出他有什么好的。花花公子一个而已嘛。"她那时甚至都没觉得他有多少英俊。

不，她其实知道他很英俊，但他的英俊在她心里根本没有价值。

那么是因为他没有对她好？不是的，颜子真向来喜欢明朗欢快的关系，他那花花公子交际花一样的风格，以前、现在、将来她也只会无视。

颜子真想了半天，想不明白自己的心理，她只是知道，她和邓安，不一样了。是的，是她和邓安，不是她一个人，她无比清楚这一点。

莫琮曾经对她说："颜子真，你知道吗，我真喜欢你这一股自信，你天生自然自信，却并非盲目，你的自信像土地里生出的庄稼一样，自然可亲。"

可是颜子真并不知道拿心里的这种感觉怎么办才好，这种……这种感觉，既奇妙又不安，既舒服又烦恼，问题是这还根本不是她想要的。

所以说，她只有沉默，只能沉默。

过了几天，莫琮得空和她约了去医院探望老同学，老同学的情况已经大为好转，到底年轻，恢复得快，心情也很好——保险公司和肇事司机的赔偿很顺利地在进行中。这有点得益于莫琮的人脉，颜子真也去找了她大舅舅帮忙。

同学的父母对颜子真和莫琮千恩万谢，老同学比父母潇洒得多，一抱拳："大恩不言谢，两位以后如果有事，只要一句话，我水里水里去，火里火里去。"

颜子真摸摸脸叹了口气："我每天在家其实也没什么事，做几个菜而已，就有人闹着要来报恩，你这身价是不是太便宜了一点啊？"

莫琮说："主要还是你的菜做得好吃，堪比什么琼浆玉液，那倒是不便宜，蛮贵的。"

颜子真做恍然状，逗得病房里来挂吊瓶的大眼睛小护士掩着嘴笑。颜子真笑嘻嘻对她说："你得帮我澄清一下，这人真不是我男朋友，随便吃别人的菜就要报恩，下回有人给他满汉全席他得以身相许。太叫人不安了。"

小护士已和他们混熟，直笑得打跌。

两人从医院出来，忽然觉得彼此都有些沉默，互相看看，异口同声："有什么心事？"

莫琮默然，颜子真有些纠结。一时俱又沉默。

两人便在初春的街头慢慢并肩走。午后时分街上行人稀少，有风微微吹过来，树枝轻曳，淡淡的新生树叶清香绕在鼻侧，偶尔有不怕冷的少女绿衣黄裳带着轻淡脂香嬉笑而过。车声三三两两。

悠闲而安静。

颜子真和莫琮真正要好起来是莫琮那一场病后。莫琮交朋友很谨慎，但一旦认定是她的朋友，那就是两肋插刀型的。颜子真则比较随意，谁对她好，她就对谁好。也许家境好家教好生活顺利的人都有这样的性格：他们不吝于付出，就算付出后得不到回报也完全不以为意，因为他们的拥有非常丰盛。

不过颜子真大学时其实挺遭人恨的：她经济异常优裕，读书做事却皆散漫无度，考试嘛只在临考前抱抱佛脚，别人拼命争取的在乎的事情她从来一笑置之，虽然性格明朗大方，但中文系的学生大多都有一股清高傲气，有这么一个人在身旁，心气总有点不平，开始就总对她侧目。

直至相处一年以后，大家渐渐成熟，也开始接触社会，慢慢心平气和，颜子真的朋友便越来越多，但届时和莫琮早已经成为好友。莫琮的好处在于，她清楚明白自己的性格缺点，努力修正，力不能逮时便能认真正视它，承认它，所以一开始她就不是侧目颜子真的那些人之一，而当颜子真付出真诚，她便毫不犹豫地认定了这个好朋友。

一对家境、经历、工作都大相径庭的好朋友，能经历这么多年仍然要好如初，两个人的性格都要非常包容和友爱才行。当然，既已走到现在，早已心有灵犀，为对方考虑根本是下意识的行为。

春风吹得人微醉，走了好久，颜子真也想了好久，才说："莫琮，我好像，对邓安的感觉有点不对劲。"

第三十四章　我想我喜欢盖瑞

莫琼大吃一惊，停住脚步，转头看她："什么？你不是跟盖瑞……你怎么会……邓安……什么？！"她再也没想到颜子真的沉默是为了这个，那岂止是吃惊，直接就是惊吓，一时张大了嘴合不拢来。

颜子真极少见到莫琼这么失措的表情和零乱的言语，一时也不知说什么好，两人面面相觑好一会儿，莫琼才组织起正常语言："你对邓安什么什么感觉不对劲？发生了什么事？"

邓安？邓安？！

虽然她在冰雪大世界那天晚上对着邓安说过：幸亏颜子真选择的是盖瑞而不是你。那也是因为她敏感地感觉到邓安对颜子真的某些不同，但是她很明白颜子真对邓安是无感的，说那句话其实有点警示邓安的意思：别撩拨颜子真。

为什么她确信颜子真对邓安无感？因为颜子真几年来偶尔提到邓安一直表现出来的是对邓安的嘲弄和些微的厌恶，又不是那种频频提起，而是的的确确生活中没有邓安的空间——她连提都很少提到他。

可是颜子真给了她一个这么大的惊吓，这是什么时候的事？颜子真对邓安的感觉不同？

她皱了皱眉,突然想起在邓安家里时的颜子真,心中"咯噔"一声。

颜子真看到她的神情便明白了,赶紧摇头:"不是你想的那样。虽然……也有点关系,但,不是因为那个。哎呀,你听我说。"

莫琮吸一口气,摊摊手,便听她说。颜子真又呆了一会儿,才低下头轻声说:"我也说不清楚,这种感觉也不是突然有的,就渐渐地一点一点地也是隐隐约约地,之前偶尔会有些别扭和不自在,不过一会儿就消失了,前阵子就一直都不自在,然后……唉,然后……我看到他的眼神,就……觉得有些什么东西不一样了。"

莫琮静静地听着,问她:"很久了吗?"

颜子真有些茫然:"不知道,仔细想想,好像从青乡回来,觉得他和我印象中的有点不一样,后来……"因为有了一个只有他和自己知道的秘密,而他一反常态温和安慰劝解她,于是就好像对他不再那么反感。再后来,又闹翻……又和好……颜子真突然想,怎么想起来觉得挺幼稚的啊?而从前她向来对他的言行举止无视到彻底,一时气到马上就会想:这有什么好气的?

颜子真没有再说下去,莫琮也没再追问,青乡的事之前莫琮并不知道,是直到颜子真出了事,之后她才知道前因后果。

两个人静静地走了很久,都没吃中饭,都不觉得饿,然后莫琮问她:"那盖瑞呢?"

颜子真微微松了一口气,答她:"莫琮,你了解我的,我没有这么快。"

我没有这么快就能收拾心情重整河山,我就算对邓跃的爱没有山高海深,也是一心一意了那么多年,要真正地把那些年的痕迹淡忘,我没有这么快。

莫琼飞快地说:"对不起。"

颜子真笑:"为什么要说对不起?"

莫琼叹了口气:"我还是有点小人之心。子真,我想我喜欢盖瑞。"

颜子真倒真的吃了一惊,不由停住脚步。她刚才其实是想问莫琼是不是喜欢盖瑞,只是此际关系实在复杂,一旦问出口,莫琼难免会觉得她是为她而放弃盖瑞,所以颜子真其实挺后悔当所有人都有所误会时,她没有跟莫琼解释。可是当时也没有办法解释啊。

这是她刚才纠结的原因。

莫琼却误会了,她以为颜子真现在才知道自己的心事,所以吃惊成这样,笑了一笑,却接着说:"可是瞎子也看得出来,盖瑞喜欢你。子真,盖瑞比邓安适合你,他比较简单,大大咧咧得来又很体贴,又有才华又随和聪明,和你是最适合的。邓安的历史,太丰富了。"

"最重要的是,你们在一起很快乐很开心,盖瑞让你笑。"

莫琼认真地说。

她看着颜子真,接着说:"还有,你能说,你之前,完全没有过和盖瑞发展下去的想法?"

颜子真仔细地想了一会儿,坦白说:"老实说,那时候我根本没有想过这些。虽然总是说忘掉前一段感情的最好的办法是接受一段新感情,可是我觉得这样对后一段恋情未免太不公平。"

"但是你说得对,我和盖瑞在一起时很开心,我想如果,我是说如果什么事都没发生，我和他这么相处下去或许会有可能在一起，谁知道呢？但到现在为止，我和他真还只是好朋友的阶段。"

莫琮怔了一会儿，叹了一口气："可是我想，盖瑞未必如你所想。"

颜子真笑了一笑："你知道上次我见到盖瑞之前，已经有多久没有联系了吗？一个月。我和盖瑞的联系没有你想象中的那么紧密，日常见面也并不频繁。事实上，他认识邓安兄弟俩，他知道发生过什么事，所以一开始偶遇，他见到我低沉，他想让我振作起来，因为他的友善和热情，所以他逗我笑，赞美我，鼓励我，像个热情善良的大男孩一样。当然，他应该是有一点对我的好感，但我想更多的是他作为一个朋友的关心。如果他真的爱上我，你觉得到现在我们的相处模式还会是这样的吗？"

颜子真诚恳地看着莫琮："如果盖瑞真的未必如我所想，那么依他直率坦白的性格，我怎么可能会连他什么时候回的中国都不知道？他是不是应该一回国就来找我？"

莫琮无言以对，过了一会儿，低声说："子真，我还是觉得盖瑞对你是不一样的。"

颜子真索性清心直说："你错了，我们一起在忧民居认识，他的摄像机就是他的眼睛，你不是也看到他拍的照片，哪里有分你我？不，其实那张照片，他拍出的你，是连你的内心都拍出来了，我不相信你看到的时候不吃惊。而我虽然在镜头前面，却只是寻常欢喜。莫琮，一开始是你烦他，后来是你心动，所以你反而矜持收敛。对不对？你总是这样。就算后来我和他近了一些，也是因为你自己走远了去。"

莫琮不语。

颜子真自言自语:"因为全世界都以为,盖瑞和我在一起了。因为我是个蠢货,我竟然没发现你的心事,居然没有第一时间跟你解释那不是真的。"

莫琮再次无言以对,过了一会儿说:"你不应该……"

颜子真打断她:"感情有什么应不应该?只要不伤害其他人,就没有不应该。"

她想了想,补充了一句:"我其实,也没有想过要怎么样。"

邓安和邓跃的友爱,莫琮是很清楚的,她叹了口气:"其实邓安人真挺不错。"她也不是没眼睛,颜子真崩溃的那几天,邓安的焦急难过,他望向颜子真的眼神,几乎可以用痛惜不甘来形容。

那不像是对一个普通朋友的神情。为什么会不甘?她不明白。但是她清楚地看到邓安的温柔关心,真是不一样。她和邓安颇有几次交集,她也敏锐地看出,邓安对人的热情、玩笑,都是表面,很容易让人误会,用以掩饰他骨子里的淡漠和疏离,他仿佛不愿意与人真正接近。

她心里模模糊糊地想,她从未见过邓安当年作为花花公子花红柳绿的时候,想必那个时候应是盛况空前吧。

颜子真笑了笑:"你放心,我也就只是说说罢了,就算我想过,他也未必肯。"

莫琮却又怒:"他凭什么不肯?"

颜子真开玩笑:"凭他是邓安呀。"

如果说一开始颜子真没注意,现在回忆起来却又历历在目,邓安一直在尽量疏远她,或者说,维持常态。在哈尔滨,除了滑雪那次，几乎全程都微笑旁观；几次偶遇，他也跟从前毫无异样；他从未主动出现过在她面前，似乎也从未注意到她最近对他的回避。如果不是她在他家的经历，如果不是那天他的眼神，如果不是这些那些异样的丝丝积累，颜子真完全不会想到他们两人会出现这一天。

但这也说明了，邓安并不想和她有这一天。

这倒是好，异曲同工，心有灵犀。

第三十五章　音希的困惑

颜子真是个成年女子，又谈过一次恋爱，控制情愫并不像初恋的少女那样艰难纠结、无法自拔，她很快收敛好私人情绪，专心忙碌于自己的工作。除了网店的生意，她还要为正在写作的新书查看各种书籍资料，另外上次赵意提的建议也已经定了策划发过来，她开始写《二月初一》的剧本。当然一边也要同时阅读国外的一些优秀剧本进行学习，赵意也为她介绍了一位圈内资深的编剧带她。

每天傍晚还要坚持进行两个小时的锻炼，跑步或者瑜伽，最近正在考虑拳击。

总而言之一句话，她过得非常的忙碌和充实，而因为忙碌的都是她喜欢的事情，反而更加显得她容光焕发，行走带风。照卓谦的说法是：谁说女人只能靠爱情滋润，各位请来观看我家表姐。

卫音希也在有条不紊地进行着她的大学生活：上课、学习、创作、玩耍。她现在很少去颜子真的小家，反而经常去颜子真的父母家里。

因为除夕之后，颜子真开始无所顾忌地摆起姐姐身份来，给卫音希选了一台小巧好用的扫描仪，这样卫音希扫描漫画就不需要总跑她家。

卫音希除了给杂志交的漫画稿之外,又开始画一些有趣的小漫画故事。

这是因为有一次她在图书馆看到一本别人随手放错位置的儿童版《世说新语》,她好奇看了几页,觉得挺有意思,就在图书馆挑了一个小故事开始随手画,画完之后觉得有趣好玩,索性就借了出去,天天有空了就画几张。因为只是随手画着玩当练手,画得随意又轻松,有几个故事因为并没有看懂,就随意画,反倒有一种故意曲解的意趣。

有次温公子问她除了画杂志还有没有画别的,卫音希正画得高兴,就传过去给温公子看。

温公子看了当然知道她是真没看懂,忍不住笑,揶揄她:"卫音希,你真是给我丢脸。"

卫音希现在和温公子相处很融洽自然,还多了一份亲昵,闻言就做个鬼脸:"教不严,师之惰。"补一句,"你可没说过收我为徒,所以虽然我心里当你是师,那也不作数的。"意思是这个"师之惰"说的可不是你,委婉得来又狡黠。

温公子大笑,心里倒是觉得轻松欢喜,卫音希有灵气,但是之前太过内向拘谨,以至于温公子对她说话都要斟酌一会儿,生怕伤了少女的自尊心,这心情与当初的颜子真颇异曲同工。

因觉得这几份漫画活泼有趣,有次在QQ上碰到颜子真,就传了一份给颜子真,赞:"从外行角度看,是不是很有趣?出乎意料得很。"

颜子真便仔细地看过去,看到结尾不禁失笑,心想这个小小文盲当真叫人好笑,可是又觉得异趣横生,马上传给莫琮,问她:"你觉得好不好看有不有趣?有没有市场?"

莫琮知道她一向是爱弟成狂,如今更是爱妹成痴,深觉这真是独生子女的不知天高地厚,连嘲笑都懒得嘲笑,翻一个白眼,收下不提。

到了空闲才打开看起来。莫琮并不是很懂漫画,她能看的也就是有没有新意、是不是有趣,然后判断有没有市场。看了两个小故事,倒一样的生起兴趣来,想着兴许还真能做一做,就去找了行内人再看看有没有出版可能。

这却不是温公子的初衷了,对于温公子来说,只是觉得意趣到位,但技巧和画技有些粗糙随意,不过转念一想,这样反而更显灵气。很多时候当一个人的技巧圆熟了,某些可贵的东西也就慢慢消失了。

卫音希虽然不再常去颜子真的小家,但颜家的家庭日,卓嘉自总要打个电话邀请她,卫音希知道这是大伯大伯母关心自己,同时也带了一份对爸爸的爱惜,便高高兴兴地每次都应了去。

她很喜欢颜家,大伯和爸爸完全不一样,总是很慈爱宽和地笑着和她说话,而且大伯母和大伯、姐姐对话时总是非常有趣,逗得她一直笑。

慢慢地,她对他们有了家人的感觉,虽然仍然礼貌,说话做事随意很多。

有一天晚上吃完饭,颜子真当着爸爸妈妈的面,对卫音希说:"音希,你还记得我外婆说的,关于遗产一半由你我继承的话吗?"

"我,庄慧行这一生所有,我的儿女将与雁如姐的儿女共享。"

"音希,你和你的奶奶长得一模一样。我希望你能够接受我给你的东西。"

光碟里,庄慧行的声音缓慢苍老,脸上神情真切、眼神殷殷,就算只是看只是听,敏锐易感的卫音希也深切地感受到那个老人对少女时代视之为姐姐的女子的经年长久的孺慕爱戴和半分不曾减少的思念。这份感情这样的深厚、这样的坚定,她深深为之动容。

可是关于遗产……

颜子真温和地说:"其实这件事,过年的时候我已经跟叔叔婶婶商量过,他们说一切由你决定。"

卫音希有些不知所措,低着头,嗯了一声。

过了一会儿,她抬起头问:"难道不应该是给爸爸的吗?"

这也是颜子真的困惑,她坦白说:"我不知道。爸爸你知道为什么吗?"她问颜海生。

颜海生却似乎早有答案:"我想,应该是她喜欢给年轻人更多的自由。我们这一辈都已经有了自己的积累,财产于我们只是锦上添花,对你们就是可以用来自由发展从容选择的雪中送炭。"

他们都看过那本《二月初一》,都不由自主地想起了庄慧行的少女时代,如果不是有充分的金钱和权势的支持,她不能有自由从容选择的能力,甚至可能不能保住性命,她的受苦落难只是意外,之后她仍然凭着母亲的遗产和男朋友家的权势自由行事。

她当然不是认为颜子真和卫音希的父母会像她的父亲一样,但是,自由只有交予当事人的手里才是真正的自由。她想让这两个女孩子像自己像沈雁如,自由飞翔,从容自如。

就像颜子真所认为的：多喜欢也不过是仍然放在它们原来在的地方，她自己赚的足够自己衣食住行吃喝玩乐。但有钱傍身当然是件最优裕的事，这份底气才是最大馈赠。

而对于卫音希，意义又有所不同。

可是卫音希十分为难。她不认为那是她应得的。何况，若是接受了，仿佛是彻底背弃了去世的奶奶；若是不接受，更像是仍旧别扭着不肯承认新的身份，不肯承认冤死的亲奶奶、不肯承认大伯大伯母和姐姐。这无疑是不对的，更不是她真实的想法。

她始终还是年纪小，完全不懂得可以说："我不要这些钱，不代表我不承认你们不喜欢你们。"这种堂堂正正的话，其实也是她的心里话，可是她不懂得表述，也从来没有这么直接地表达过自己的想法。

然而她也知道，爸爸妈妈说让自己决定，就是不会参与意见。

爸爸妈妈说，自己只要记得从此多了很好的伯伯伯母姐姐还有另一个奶奶，只要记得多了至亲的亲人。

可是，卫音希想，这和遗产，没有关系啊。

颜子真看了看父母，他们都知道卫音希的留学计划流产之事，现在她可以堂堂正正地接受这笔钱去实现自己一直向往的理想，这件事，必须提到日程上来。

颜海生轻轻地叹了口气，卫音希就坐在他的身边，他伸手轻轻地摸了摸女孩子的头顶，温和地说："音希，这件事不急，不过你自己要好好想一想。"

卫音希只觉得头顶有一只温暖厚实的大手轻轻抚摸，那种感觉让她不由自主地生起孺慕，爸爸为人严肃，她长大了就很少这么做，而大伯……大伯是爸爸的哥哥呢。

她抬起眼，看到大伯母微笑着看着她，目光中带着理解和怜惜。她点点头，说："好的，大伯、大伯母、姐姐，我会考虑的。"

颜子真原也没指望她立刻下决定，虽然她希望卫音希能够成熟到接受，她轻声说："那么有些该准备的事情你也要准备起来，音希，无论你要不要接受，那都不用现在决定，可是很多准备先做好总是有用的，机会总是会在不同的时候到你身边。"

卫音希点点头。

大二下半学期的学生，很多都已经开始为前途做准备，有的甚至从大一就开始准备了。比如她的室友习诺，习诺是江城本地人，她家就早早地为她计划了，从大一开始习诺就努力学习，各种选修课她是修得最多的，因为她的方向是电影特技动画，所以大二就通过了雅思和托福，准备去美国留学。

还有曾慧永。曾慧永想先在国内工作一段时间再决定方向，但是她的工作时间控制在两年之内，所以也会在明年去考雅思去美国，或是去法国。曾慧永也这么说：先准备起来只有更好。

没有办法，她们的专业最先进的地方不在国内。而她们寝室四个人，没有一个想放弃专业。

卫音希回到寝室时还在想着这件事，直到换上睡衣要上床时才发现曾慧永在桌子前面盯着手提保持着同一个姿势没有动过。

她走过去问："怎么了？"

曾慧永幽幽地说："你才看到我呀。"

卫音希笑："做什么啊，我以为你在做动画嘛。"

曾慧永看她一眼，欲言又止。

卫音希推了推她："干吗？有什么事要说么？"寝室里只有她们两人，她坐到曾慧永身边，张大眼睛看着好友。

曾慧永犹豫了一下，叹了口气："好吧，其实我只是好奇，那个……"她咬了咬唇，"你知不知道你姐姐和邓跃是为什么分手的？那个……不是，我原来说过我不关心的对不对？"

她自嘲地笑起来："你不用回答我。"

卫音希摇摇头："我真的不知道，也许以后我可以问颜姐姐，但现在我不好问。对不起，慧永。"

曾慧永转脸看着她，笑："才不用说对不起。我就是觉得，也许是你姐姐先提出的分手？"

卫音希愕然地看着曾慧永。曾慧永说："邓跃，我发现邓跃好像挺不快乐的。我好几次看到他不说话的时候会发呆，眼神很惆怅的样子，带我们一起活动的时候，经常一个人站在外围，看着我们热热闹闹，虽然笑着，可是看上去的感觉很落寞啊。以前他都不是这样的。"太像失恋了啊。

卫音希当然没有发现这些，她曾经还质问温公子"为什么邓老师可以当作什么都没有发生？"原来并不是啊。不过她也明白，当一个人喜欢另一个人，当然会时时刻刻关注那个人，然后，会发现他的不同，同时，放大他的不同。因为她会不断地琢磨、不断地猜测。

就像，她自己。

她不由地握住曾慧永的手："慧永，不管是什么原因，他们都分手了，慢慢地就会好的，一切都会忘掉的。"

加油，慧永。

她澄清的双眼中传递真诚的祝福。

曾慧永想了一想,释然笑了,自己真是糊涂了,她不好意思,悄悄地对卫音希说:"我以前不是这样的对不对?我好傻。"

卫音希见好友想通,狡黠地说:"哎呀,我懂的,爱情使人变傻嘛。"

曾慧永白她一眼,伸手大力把她推倒在床上:"小样,不修理你不知道谁是你姐!"

清脆的笑声从416传出去,很远很远。

第三十六章 邓安想糟了

颜子真拎了保温壶向老同学告辞,因为孙阿姨回乡下拿过来几只土鸡送给卓嘉自,她就拿了一只过来加了党参枸杞用砂锅炖足六七小时,送过来给老同学补一补。

转过一个拐角,颜子真听到一阵喧哗,是从其中一个病房传出来的,病房的门开着,颜子真好奇地冲里面看一眼,看到一个小护士被家属推搡,那家属是个衣着光鲜的中年女人,一边推搡一边骂人,小护士手里的东西落了一地,低声委屈地说了句什么,结果似乎触怒了中年女人,穿着高跟鞋的脚往护士小腿狠狠踢去。

小护士痛呼一声,弯腰去揉小腿,颜子真看到那小护士就是那个经常在同学病房看到的大眼睛小姑娘,态度和笑脸都特别好的那个,不由呆了一呆,却见中年女人扬起胳膊,朝护士的头脸打下去。因护士正弯了腰,那一巴掌便是正对着她的侧脸往下打的。

颜子真见那一巴掌就要打下去,不假思索便高声喝止:"喂!"她声音脆亮,语调肃然,那中年女人却仿佛没有听见,仍然打了下去,更清脆的一声"啪"。

然后才转头狠狠瞪了颜子真一眼,才一眼,就回过头继续朝护士身上打。

颜子真都呆住了，热血上脑，大步走进去推那中年女人："喂，你凭什么打人？就算……"还没说完，中年女人就顺势在她去推的手上抓了一把，长长的指甲划过去，颜子真没来得及闪开，手背也被划破两道，火辣辣地疼，再看小护士下巴都被划破了。

此时那中年女人嘴上不干不净地喝骂，手上也不停地抓打，颜子真简直傻了眼，她从未见过这等泼妇，见那双涂满蔻丹的手又伸到她脸上来，怒从心头起，恶向胆边生，以迅雷不及掩耳之势瞅准了去抓，到底日日锻炼了半年有多，平时不见功，这时候用起力来，竟不费什么劲就抓住了女人的双手，加上小护士的帮忙，终于制住了她。

只是制住了她也不知怎么办好，倒是病床上的男孩见母亲被制住马上又哭又叫："放开我妈妈，不然我爸爸找人来打死你们！"

颜子真瞪着病床上才八九岁的孩子，不假思索脱口而出："欠家教的熊孩子！"

这时候几乎半层楼的医生护士们都拥了进来，有别的护士接手，颜子真飞快地松开手，飞快地闪出病房，里面还听见女人的大骂："你别走！臭女人你别走！你管什么闲事？我打死你！"

颜子真气得又探进头去："你不知道自己多影响市容？再不走看着你我会吐！"

医生护士们统统微怔，然而气氛恶劣，大家都无暇发笑。

颜子真正要走，里面跟出一个眼尖的护士，拉着她要去护士台给她包扎手，颜子真摇摇头，示意她先管着里面，笑："不用了，我知道门口药房有消炎药水和创可贴。"

不等护士再说，转身便快步走去电梯下楼，去门口药房买了消炎药水和创可贴，站在柜台边清理伤口。

吸着气龇牙咧嘴涂完药水，刚拿起创可贴，就有一只手过来托起她的手看了看，另一只手拿走创可贴，撕开帮她贴上，边贴边说："明天要是肿了就马上到医院来，"停了一下，"找我。"

颜子真抬起头想要说什么，邓安头也不抬地说："真勇猛。保温瓶也不要了。"

刚才颜子真进去时顺手扔了保温瓶，走的时候也忘了拿走。颜子真哼了一声："留给她们用呀，希望她们从今往后每年从年头用到年尾，长长远远用下去，永远都离不开它。"

邓安忍不住笑："这祝词好，很合我心意。"

颜子真犹自恨恨："可怜的小护士。"

邓安笑了笑："谢谢你见义勇为。"看她一眼，希望她下次审时度势，什么身手也没有就敢冲进去挡架，幸亏只有一个中年女人，要是里面再有一个男家属也动起手来，颜子真吃的亏就不止是这么一点了。

颜子真看了看他，诚恳地说："你下次说这种完全没有诚意的话时千万不要笑。"当她是瞎的。

邓安叹一口气："我是真心的。"

颜子真上下打量他，一双明亮晶莹的大眼睛清楚分明地说：你从头到脚都看不出有什么"真心"这种东西。

邓安再低落的心情也忍不住笑出来。

他穿着白大褂，身形高大修长，面容干净英俊，笑起来七分灿烂三分玩世不恭，那身白大褂额外更添十分分数，使得他像磁石一样吸引周边目光，再愁苦的病属都觉得眼前一亮，要停一停胭步再看一眼。

颜子真以前对此无半分触动，现在心里却泛起涟漪，忙低下头掩饰，皮相好真是致命，一分动心也变成五分。这一走神无意识一挥手，不小心把伤手碰到柜台，痛得几乎跳起来，捧着手长吸一口气。

邓安的目光紧跟着颜子真的手，自己手也不由微微握紧，仿佛瞬间也有刺痛，半点不由己，心下微微懊恼，见颜子真龇牙咧嘴无暇旁顾，才收回目光，松了口气。

两人离开药房，邓安还要上班，转身往大门里走，颜子真忽然回过神来，问他："你今天又是过来和秦医生会诊？"

这种小小的病人家属闹事并不罕见，这么大的医院，如果邓安不在这层楼，根本不会知道这层楼有闹事，更不可能会知道颜子真受伤。可是如果是会诊，哪里会有空去关注这种小医闹，还巴巴地跑下来帮她贴创可贴。

可是偏偏他就知道，还这么及时地在药房里拦到了她。

邓安有一点点语塞，随即说："不是，刚好有点事去找个人。"也知道牵强，却一时实在想不出其他借口。可是他说有事就是有事，谁能证明他撒谎不成？他气定神闲地微笑看着颜子真。

两人对视，颜子真蓦地展开笑容，皎白面庞上明亮双眼微微弯起，嘴角上扬："哦，真巧。谢谢你啦。"

转身就走。

这个转身来得太干脆利落，邓安正预备她继续发难，有点措手不及，怔了一怔，就见她已经走出十几步，当真是步若流星，潇洒至极，根本不带回头的。

邓安看着她走远，才慢慢回头往医院里走，不知为什么，其实也没有什么，可是他的心里就有了那么一点异样，那异样令他不舒服。这样干脆，这样干脆……

他摇摇头，把这点感觉甩出脑海，聚精会神地想着两小时后的手术，转眼间他就心无旁骛起来。

但是他没有想到的是，八个小时后，在天幕已黑，他开车回家经过医院门口时，白天颜子真干脆利落转身的样子又浮了上来，那个感觉也如影随形地回来了，它如鲠在喉，吞不下吐不出。

他隐隐地想，其实她就会这么干脆地从自己的生命中转身就走吧？

可是那不是自己希望的吗？

邓安第一次想：糟了。

第三十七章 谦谦少年

卓谦给卫音希上课结束之后，两人一起走出机房。

初春的夜晚有青草的气息和鲜花的幽香，三三两两的学生或是嬉笑追逐或是闲闲走过。这一夜恰好是个月圆的日子，碧清的夜空里一轮金黄的月亮洒下明亮的光芒，虽然被大地上的灯光霓虹稀释，清静的校园里看上去却仍然清晰美丽。

两人讲了几句刚才动画的技巧，卫音希正低头回溯当时的操作，卓谦拿出两张电影票："你知道我们学校的电影周要开始了吧？有几部经典老片很不错，我问人要了一些票，这两张给你和曾慧永。"

临近五月，江城大学搞了个电影周，每天不同主题，播放一些好片子，挑片子的人当中有两个是经常在各大报纸杂志写影评的，各种类型的片子都有所涉猎，好就好在他们也并不孤芳自赏曲高和寡什么的，对商业片也评价中肯，非常地贴近民心，前两年的电影周就被他们搞得非常精彩。

江城大学自己有一个标准的电影院，两个放映厅，平时开放，所有周边的学校和居民都可以买票看，电影周就只对外卖二分之一的票，余下来半卖半送给学生。卓谦的人缘好，有好几个哥们在学生会里任职，拿几个好位子的票不在话下。

卫音希拿过票,本来挺高兴的,看到日期就犹豫了一下:"12号晚上啊?那天我们班有活动,请了一个电影动画的技术总监给我们讲课。"

卓谦呆了一下,说:"为什么你们班的活动你每次都要参加啊?"正经必修课还有逃课的呢,这还是不是大学生了?这还是不是艺术系的大学生了?

卫音希不能够说是因为曾慧永喜欢邓跃啊,她要陪曾慧永啊,只好抱歉地说:"可是我觉得这个活动挺有帮助的。"

卓谦劝她:"你又不想走电影动画这条路,我记得我们学校这种达人讲课都会有录像,你回头看录像不就行了?"

卫音希说:"可是姐姐说,不管我是不是要走那条路,很多准备先做好总是有用的。"

卓谦不知从何反驳起,简直要恨起颜子真来,心里愤愤地说,好好的说什么人生鸡汤,真是越来越讨厌的颜子真啊。

卫音希见他闷声不响,又有些歉疚起来,就说:"那我回去问下慧永,要是她不用我陪,我就和你去看电影好了。"

卓谦这才笑了起来。

结果曾慧永若有所思地看了卫音希很长时间,也没说话,习诺在一旁也笑,卫音希莫名其妙地看着她们俩,还没等她问出声,曾慧永就说:"我和习诺去就行了,你反正也不是很感兴趣,习诺是肯定要去的。"习诺的方向是电影动画。

习诺点头:"嗯,音希你去看电影吧。"

卫音希狐疑地看了看她们俩,习诺笑起来,推她:"这小表情,生怕我们把你给卖了。这几部片子很不错的,你肯定没看过《生死时速》,超级好看,去看吧去看吧。"

曾慧永说:"她的确很容易被卖掉,也很容易帮人数自己的卖身钱。"

卫音希亮起爪子就上前挠,两人先是躲,然后相视,齐齐逼向卫音希,三人笑成一团。

结果就是邓跃第一次在活动上发现卫音希缺席。

事实上每次活动都会有人请假,毕竟一个班三十个人总会有人有事有人不感兴趣,但基本都有一大半人参加。而卫音希每次都参加这件事其实是让邓跃心里十分欣喜的,他毕竟和卫音希相处过不短时间,也从颜子真口中了解她不少,知道她对什么感兴趣对什么不感兴趣。他组织各种活动时,当然不可能只组织那些卫音希感兴趣的活动,作为一个老师,他也有其他欣赏的学生,不至于发昏到那种"一切只为了见她多见她"的程度。虽然他目的的确是希望多见到她。

所以当他发现某些她原来不感兴趣的活动她也一次不落地参加时,很难会不产生"也许……或者……可能……"的那种心情和希冀。

然而,终于有了第一次。

那种失望失落竟然这么强烈,邓跃是没有想到的。他的表面仍然是镇定自如的、不动声色的,然而目光却几次不受控制地看向曾慧永和习诺边上的那个空座位,心想,可能是有事迟到了吧。

可是直到讲课结束卫音希也没有来,邓跃克制住自己少往那边看,可是眼角余光中有几次竟然恍惚到觉得曾慧永身边的空位上已经坐着卫音希了。

讲这堂课的是国内水平相当高的电影动画制作人。这位制作人曾经在好莱坞参与过电影动画制作,讲起课来实战和理论结合,又颇幽默,一堂课讲得高潮迭起精彩纷呈,同学们也觉受益匪浅。

可见邓跃是真的很花了心思请人的。

他坐在一侧微笑,郁闷地想,卫音希真是……太不识好人心了,要不要以后活动都弄个报名啊?当然野餐烧烤什么的都是报名的,这种上课……也应该报名吧?

这样有个预知,就不会这么有期待有失望的患得患失了。

这边邓跃郁闷,电影院里的两个人却开心得不得了。

《生死时速》《加勒比海盗》《魔戒》三片连播,电影院里大部分都是本校或邻校的大学生,年轻人共鸣点多,一时欢声如潮,一时吸气声起,一时大叫痛快,如波浪一般,陌生的邻座都能相视一笑击掌示意,简直是一个欢乐的海洋。

卓谦甚至得到一个拉卫音希的手的机会,因为卫音希看《生死时速》时特别紧张,两手紧紧抓住椅子扶手不放,卓谦是看过这部老片的,无意中低头看到,就好笑,忍不住拍拍她的手示意她放松,卫音希根本没反应过来,当时正放到基努·里维斯在两辆并排的大巴之间移送人质,她反手便抓住了卓谦的手,目不转睛地盯着屏幕,几乎是屏着呼吸看。

卓谦就完全晕菜了。他简直看不清屏幕上到底是些什么。

直到人质移送完毕,卫音希松开手和众人一起兴奋鼓掌,他才恢复理智。那一颗少年心,已经不复昨日。

他偷偷看卫音希,见她恍若未觉,一径鼓掌欢笑,心里便明白她压根儿就是随便抓了个东西紧抓着,是椅子把手还是人的手根本就没察觉,不禁又好笑,心里却还是很高兴。

电影院出来后两人和一大拨校友一路兴奋地说笑着回宿舍楼。卓谦再接再厉，问卫音希："后天的电影主题是动画，我也拿了票，我们一起去看吧？"

后天是周六，排了一整天的动画电影，每三部清场。因为动画电影卫音希她们专业的人都看过很多，卓谦就把两个厅全天的票都各拿了几张，好让卫音希挑喜欢的或是没看过的，为此他几乎被学生会的同学骂死，不过天下熙熙，皆为利来，他很懂行情地请了他们吃大餐。

卫音希看了场次，决定看两场，无他，这次挑的是全世界各国的名动画片，她本来看得也没有同学多，颇看到几个没看过的。鉴于学校挑片子人员的靠谱性，她觉得应该可以看。

两场在不同放映厅，一场是下午一场是晚上，卓谦马上在心里决定要请卫音希吃晚饭。

卓谦送卫音希到了女生楼楼下，三场电影结束已经过了宿舍关门的时间，好在电影周的原因，学生凭电影票可以跟宿管通融。卓谦见她通过了宿管大妈的检查，转头对自己笑着招招手上楼，才转身回去。

路上忍不住大力跳起来，转个圈往空中击出双拳，脚下似安了个弹簧般轻快，脸上是努力藏也藏不住的笑。

第三十八章 医者父母心？

老同学出院那天，几个在江城的大学同学在附近饭店开了个包间庆祝一下。

大家也都没喝酒，只是喝点饮料聊聊天，回忆一下大学时光，展望一下未来。当然也聊了聊老同学这次住院的事情。

于是就聊到江城医院的几个名气较大的医生，老同学对颜子真说："你好像跟那个邓安医生很熟吧？"

颜子真点了点头："是啊，挺熟的。"

有同学就说："邓安算是咱们江城医院的名医了。我听说过他的师傅是全世界都有名的脑外科专家，原来在美国工作的。"

另一个女同学说："啊我也知道邓医生，我阿姨脑肿瘤开过刀，就是他主刀的，特别 nice 特别帅，他在江城和周边都很有名的，听说在省城都很有名，经常要去省医会诊。而且真人帅得不得了。"

转眼就被嘲笑："花痴啊。"

莫琮中肯地说："我见过邓安的制服装和日常装，邓安的确很英俊，制服装更加帅。"

众人皆笑倒。

老同学笑了一会儿，皱了皱眉，说："我昨天听到几个护士闲聊，好像说他出了点事，被停薪留职了。"

颜子真脱口而出："又？"

又停薪留职？为什么？

"为什么？"还是莫琮问出声来。

老同学摇摇头说："我也不是很清楚，就听人说了几句，听说是拒医，不肯给病人看病，也不肯给他动手术，那病人家里还蛮有能力的，那几个护士说就怕越闹越大。"

颜子真和莫琮面面相觑。

颜子真问莫琮："你也不知道？"莫琮是本地媒体从业人，一般来说这种消息她会是最早知道的那批人。

莫琮没好气："我要是知道我还会跟你一个傻样？邓安是怎么了，一年一件事这么不消停，他不想干了吗？"

邓安觉得最近很不顺。

特别是当他对院长说了那句："我绝对不会给他做手术。脑科专家不止我一个，让他另请高明吧。"

如果院长办公室里只是院长和他两人在场那也罢了，可惜当时还有外科三科主任和办公室秘书在场，前者和邓安颇有一点说不清道不明的心结，后者……追求过邓安，未遂。

所以就算院长愿意替他圆场，让他假装生病请假，而不是这么直通通地表示拒绝给某个病人做手术，显得这么没有职业道德。私底下的流言还是传了开来。

结果是病人的一堆家属气愤地冲进院长办公室要个说法。

手术的排班本来是由医院安排，但是有点关系的病人都会托人说好由某个医生来做手术。这个病人是从邻市转过来的，也是病人在邻市的主治医生直接推荐的邓安，病人家里也颇有几分权势，所以来之前就找过院长，院长已经答应了会由邓安主刀。

本来邓安一直是很好说话的医生，在不会影响手术质量的情况下他不会拒绝医院安排的手术。他和院长的关系也很好，之前院长的很多人情手术他都不闻不问就接下来。

可是这次谁也没想到邓安居然拒绝得这么斩钉截铁。而且还是当众拒绝。

邓安的恩师是全世界最有名的脑外科专家之一，因为年纪大了，想着落叶归根才回了中国，在家乡的省城医院奉献最后的余热。邓安是他极为推崇喜爱并认为最有天赋的弟子，从美国著名医学院硕士毕业后随着恩师回到中国，先是在省医院工作了三年，然后一个人来到了江城医院。

邓安自上大学起便跟随恩师见识最高端的医术和科技，参加世界最高水平的医学讲座观摩，他天赋又高，十年的师徒相随所学所得真非普通脑外科医生可以企及的。

虽然没有人知道他为什么好好的省城医院不待，要跑到江城，但邓安的来历就让他在医院的地位有点超然。

医院并非天堂，医生之间更是向来暗潮纷涌。医院里某些医术出众的医生心中当然会有隐隐不服和嫉妒：有他那样的际遇，谁会比谁差呢？再说，他这么出名何尝不是名师带来的效应？

但是邓安一直遵循院规、尽心尽责，从来不推诿也不嫌累，手术几乎从不出错，口碑极佳，有时省医院也会过来要求他过去帮手，因为有些高难手术他的恩师会要求让他过去一同主刀，那真是盛况空前，观摩者众，不乏有很多私立医院或公立医院愿意高薪挖走他——简直是活招牌啊。所以在业务上还真没有人挑得出他的错处。

直到去年和病人打架出了事，又风传他私生活不佳，邓安的形象便似裂了一条缝，叫人颇想扒开那条缝看看内里到底有什么了不起的。

如今他拒医。

这本来其实也没什么大不了，但第一院长已经答应，第二明面是生病实际是拒医的借口被戳破，第三病人家里有能力，这就不是一件简单的事情了。

院长骑虎难下，软硬兼施，邓安就是咬定了不干。后来院长也有些恼怒，对邓安说："你总得说出个理由来，为什么？"

邓安沉默许久，才说："我不给伤害过无辜同行的人治病。"

院长一时没反应过来："什么叫伤害同行的人？"转眼一怔。

病人是邻市一家建筑公司老板的公子，因为他的情人宫外孕大出血，抢救虽及时却丧失了生育能力，他便质疑是医生失职手术出错造成的，带了人去医院闹事，闹得大了，竟持刀行凶，主治医生没伤着，伤到了一位来劝架的外科医生，那位外科医生除了皮肉伤外还被伤到了手的筋腱，至今不能执刀，二十年苦学一朝尽失，镇日以酒解愁。

那位外科医生在省医院进修时和邓安相识，两人关系不错，出事后邓安去看过他，可是邓安说不出安慰的话，一个外科医生不能再拿手术刀的那种难受绝望，就像一个舞者失去了腿，一个画家失去了眼睛，一个歌手失去了声音，不是不能再活下去，只是这几十年的辛苦和追求都成了空，必须要重建河山，而那河山并非自己所爱所想，那还有什么好安慰的？

院长得知这段恩怨，一时也出不得声，邓安说："他原来的主治医生是故意的。"

故意推荐邓安。因为那位主治医生也不想给那人动手术，脑外科手术何等精密，一个情人宫外孕导致不育都能闹成那样，如果他不慎，不，就算他尽善尽美地完成了手术，之后的情况谁也不能预料，谁知道他们家又会闹出什么事来！

邓安是最好的人选。他有名医恩师靠山，在国内没有家眷负累，而且最重要的是，那位主治医生也知道邓安曾经说过，他不会给任何伤害过同行的人医治。他也不是不同仇敌忾的，只是自己惹不起，就让邓安来教训教训这个狂徒。

邓安理解他，但是也不愿意背黑锅。

院长试图再次劝说他："你就看在我的面子上，我答应了人家，实在不好拒绝，就只这一次，一次，绝无下次。以后如果有人找来，我一定先问过你。"否则拒医这件事已经传了出去，对医院对邓安都没有什么好处。

邓安摇头："对不起。就算我不认识那位同行，只要我知道，我就不会收治。我这个人没什么原则，但这个底线是绝不会放弃的。"

院长恨道："可是你……"

邓安笑笑说："装病是不成了，停薪留职吧？没有关系。"

他又补充道："没有我，他一样可以找到其他好医生。"

省城有不少出色的脑外科专家，当然还可以去外省去首都，这些都不关邓安的事。只是时间不等人，越久，手术越难做，对主刀医生的要求越高。他可以肯定恩师绝不会出手，对于医德的观念师徒俩简直是一脉相承，想当年他们师徒这么合得来，可不单单是因为自己天赋高而已。

医者父母心？邓安和他师傅更相信：以德报怨，何以报德。你要向我的无辜同行行凶？行啊，有本事你就一辈子不要生病，你的家属也不要生病，否则，总有叫你后悔的时候。

"你有本事一家老小亲戚从现在起都别生病，不然的话，我告诉你，全院联名，整个市里没一家医院、一个医生会收治你们家任何一个人！"

这是去年邓安打人后说的话，他做不到让其他医生联名不收治，但是至少他自己可以做到。

这件事闹得很大，因为病人家属在一边派人去省城通关系找名医的同时，在医院门口拉了条幅，大字鲜红得煞是吓人，质疑江城医院的医生医德，公开讨伐为什么医生可以出尔反尔在没有特殊情况下拒医病人，不顾病人安危，医德何在，公道何在。

邓安对之只是付诸一声冷笑。

第三十九章　理智与情感

颜子真从聚会回来第二天便听说医院门口挂横幅了,她打了个电话给邓安:"你没事吧?"

邓安好笑地说:"我能有什么事?"

颜子真是想着,好歹邓安帮了她这么多,普通朋友也是需要关心一下的,听他的回答也不介意,好声好语地说:"就是医院的事啊,我知道你不怕,可是总归不算好事,你真的不会有事吧?"

邓安笑了笑:"真的没事。"

颜子真不大放心,可是邓安没有继续说下去的意思,只好收线。

看看时间也不早了,收拾了健身包,骑上自行车去健身房。

颜子真前几天在莫琮介绍下办了张优惠健身卡,说要练拳击,莫琮就算相当习惯她的天马行空,也不禁有些骇然。颜子真不去理她,直接找到健身房最好的拳击教练,那拳击教练是个三四十岁的退役拳师,不出名,可是教教普通人绰绰有余,看到颜子真这么一个年轻漂亮的女子要来练拳击,还有钱收,简直喜出望外,马上收徒。

他先给她普及:"我想你也不是说要练出来去打拳,你的年纪也不适合再去打拳击了不是?"

颜子真笑出来,点头。他接着说:"那我们慢慢来,你首先要练的是身体核心力量、四肢力量,按我的要求慢慢来,你会发现首先你的腹部、手臂和大腿的肌肉出来之后,线条会很优美,"他笑得很慈祥,"而且会一直很优美,不会有蝴蝶袖哦。"

颜子真被他逗得大乐。

今天去已经是第二次练习了。第一次做了体测,结果让教练还挺满意。

拳击教练说话温和逗趣,教起课程来却并不客气,虽然其实已经很客气。作为一点基础都没有,仅仅只是跑了半年步的人,颜子真相当辛苦,简直是汗流成河。

先是让她做了一百个仰卧起坐,教练笑眯眯地说:"上次看你身体柔韧度很好,仰卧起坐练的是髂腰肌和股四头肌发力。这是热身。练拳击对身体初步要求就是需要身体核心力量比较强,身体核心力量就是指躯干的力量,主要是练习腹部,练习内容之一是各种卷腹和两头起。现在我们开始练卷腹,卷腹你在家也可以随时练。"

于是,颜子真做了三组平地卷腹、抬腿卷腹、低抬腿卷腹,每组各四十个,教练说:"卷腹练的是腹直肌,会让你腹部非常紧致有力量,另外两头起也是锻炼腹肌的最好办法之一。"

接着又让她做了三组两头起,每组四十个。

稍微放松之后,重复再做,再放松,再重复。

健身房里其实美景甚多,就别说教练们了,一些常客往往也都是肩宽腰窄、肌肉结实的,女子则好些纤细苗条却线条异常好看,这就是已经练出肌肉的。

颜子真开始还有空余——欣赏,到后面就没有力气看了,练完腹部练习她已经累得傻了,结果又在教练的坚持下去练哑铃和杠铃。

挥汗如雨地练完力量,最后教练让她在跑步机上练快跑和慢跑交替五十分钟,教练是这样说的:"搏击需要非常强的心肺功能,有氧耐力和心肺,都需要很强,所以快跑和慢跑都需要练。"

她已经累得说不出话来,只凭着机械咬着牙坚持,等到终于跑完五十分钟,完全脱力,只能够用全身的力气趴在器械上望着教练。

教练笑眯眯地看着她,让她去练拉伸放松。颜子真终于松了一口气。

然后一抬头居然看到邓安,他也正汗流满面地边擦汗边走过来,熟稔地跟颜子真的教练打了个招呼,低头才看到全身湿透趴在地上做拉伸的颜子真。

两个人都呆了一呆。

过了一会儿邓安才伸手指指颜子真,再指指拳击教练,一脸好笑,颜子真不去理他,他就蹲下来看着她做拉伸,一边看一边摇头:"老杨你也不教着点,让她胡来。"

拳击教练老杨笑:"她这是瑜伽拉伸,你别不懂装懂。你练了多久瑜伽了?"他问颜子真。

颜子真说:"断断续续总有两三年了吧?"

他笑:"非常好,力量、跑步、瑜伽结合练下去,你会发现很多瑜伽动作会更容易更好看,整个人形体线条也会更提升,更漂亮。不过一定要坚持,今天的强度是最小的,我们慢慢来增加。"

颜子真一声哀号:"这是最小的!教练我先哭一场再说。"

教练还是笑眯眯,颜子真发现他完全就是个笑面虎:"边哭边练的女孩子在健身房不少见哦。也是一道风景线啊。"

好变态。颜子真哭笑不得。

两人一问一答,完全把邓安撂在一旁不去理会。

邓安却也不寂寞,有两个窈窕的女孩一直在跑步机上对他笑,还有一个略胖的女孩不住地在他身边练哑铃,越练越近越练越近。

邓安微笑着装不知道,却偏偏让人看着他这边你来我往好热闹。

颜子真真是服了他。

两个人差不多同时练完,一起离开。

颜子真是扶着墙壁蹒跚着挪下楼梯的,真的是挪,她其实更想用爬的。实在是走不动。邓安忍笑,绅士地跟着她慢慢地走,在必要时扶一下她,到了门口看到她的自行车,才终于忍不住哈哈大笑。

颜子真瞪着自行车,又瞪着邓安,简直觉得幻灭。太丢人了,她怎么可能骑得上自行车,她怎么会想到要骑自行车来呢?可是她真的不知道会这么惨烈啊。

邓安见她瞪着自己的眼睛既大又圆,明亮清澈得来又流露出来懊恼丢脸,十分生动好玩,禁不住恶趣味,抱着臂笑眯眯地看着她怎样骑。

看着他看好戏的戏谑表情,颜子真说不出话来。平素她就斗不过他,此时身体疲累至极,脑子也停止转动,就这么呆呆地站了足足十分钟,迷茫得不得了,不晓得自己要干啥,不晓得该说什么,就觉得,好累好累好累,给我一张床吧。

邓安看着她迷茫失智的样子,和那次受打击时又完全不一样,一张皎白的脸上,仿如婴儿般纯稚无辜,天真可爱得不得了。

夜风习习,因为怕她忽然摔倒,站得有点近,鼻端便隐隐嗅到清爽的皂香,因为刚运动过洗的澡,体温高,皂香中便微微带了体香。

邓安转过头,后退一步,却听到颜子真恨恨地说:"有什么了不起!我去叫出租车!"

邓安笑眯眯地说:"最近在严查违规出租车,出租车都不敢开着后备厢行驶了。"自行车要放到后备厢,必然要开着后备厢才行。

颜子真傻了眼,看着他,表情有点无助,"那怎么办啊?"想了想,想不出办法来,叹了口气,"那我先放在这里好了。"她慢慢地挪下台阶,真的准备去路边叫出租。

邓安又好气又好笑,走上去拍拍她的肩:"我去停车场开车。"

颜子真慢慢转过头来,恍然大悟状,"噢,对,我忘了你有车。"眼睛瞪大了,眼珠子转一圈,笑眯眯。

邓安顿时知道自己被耍了,哭笑不得,见她累到连个笑容都维持不住,还没忘了要和他耍诈,简直……不再继续跟她贫嘴,去开了车送她回家。

到了车上,大概坐得舒服,颜子真又恢复了精神,问他:"要是那人没有你动手术活不了,你会不会救他?"

没头没脑的,邓安似笑非笑地看她一眼:"我是在医院工作的。"医院里多的是医生，这年头谁还真是神医。

颜子真的脑子的确是慢了半拍了，想了一下，点点头："也是。不过话说回来，"她慢吞吞地，"有些事也是不公平，比如你可以拒绝给这种病人看病，因为他伤害医生。可是很多病人被医生伤害，却大多数没有办法讨回公道。"

邓安沉默了一会儿，斜睨了她一眼："我以为你会安慰我。"

颜子真又想了一下："你说过你没事，你真的没事。"她睁着无辜的眼睛看着他。

邓安又被她气乐："颜子真你看起来不累啊。明天让老杨给你多加点码。"还想要她。

颜子真也笑了："我是在想，那人家里这么闹，结果会怎么样？"

说来说去，还是担心他的。

邓安笑了笑："放心，我有背景有靠山。"

颜子真叹了口气："这么说你会离开江城啦？"

邓安忍不住转头看了她一眼，见她垂下眼，并看不出表情，心中一动，想说什么又忍住，说："可能。"

颜子真再疲累心里也想，这是最好的，这是最好的，在最早最初的时候，在一切还没开始的时候，扼杀它。

可是为什么，心里那点不愿意怎么也去不掉呢？

太累了，她闭上眼睛，不想再说话。

车开得很稳，她渐渐有些困意，迷迷糊糊地听到有声音问："怎么想起来要学拳击？"

似真似幻，她想回答，却口舌倦滞，整个人在睡意里沉浮，无论如何睁不开眼来。

直到车慢慢停下来，车窗外熟悉的木兰花香吹进来，有人叫她："颜子真，颜子真！"手上有条筋被人捏住一麻，她才一个激灵醒过来，见邓安似笑非笑的脸看着自己："盛惠三十元整。"

颜子真本能地驳他："我骑自行车不过十五分钟的路，什么出租车要三十元路费。"

邓安指指她头侧的座椅，嫌弃地摇摇头。

颜子真转头看到一条亮痕，惨叫一声，推开车门便跑。也亏得她手软脚软，还能跑得几步。

身后是邓安的哈哈大笑声。

第四十章　消失的邓安

邓安一路笑着开车回家，直到去卫生间洗漱看到镜子里自己的笑容，一怔。

颜子真则是体力透支，累得几乎是爬到床上的，秒睡，哪里有这么多时间想东想西。

颜子真再次在健身房遇到邓安是隔了几天她第四次去练习。

她在练杠铃，汗从鬓角额头大颗大颗地滚下来，遮住了她的视线，可是很神奇的，她能感觉到刚刚对面杠铃上坐下来练习的人正一边练一边不怀好意地看着她。

练完十个，她抹一把汗，抬头，果然是邓安。

邓安的体形是属于修长形的，看不大出肌肉，但做杠铃的时候也可以看到双臂明显地隆起，颜子真白了他一眼，继续第二组。

然后等她做卷腹的时候邓安蹲在她面前说："女孩子练什么拳击啊，你照这么练下去都是肌肉，太丑了。"

拳击教练老杨在一旁赶他："嘿嘿嘿，走开，你懂什么啊瞎咧咧。拳击有什么不好？女孩子有点肌肉多好看。"

邓安不去理他，继续对颜子真说："你看看老杨，你再看看他那些学生，那肌肉又胀又鼓的，真的不好看。很丑。"

老杨都快气笑了："第一，我没想让她练成那样；第二，防身，防身你懂不懂？"

邓安继续不理他："防身可以练武术啊，练跆拳道啊，咏春也很好，拳击这么硬邦邦，这么粗鲁，一拳打过去，手会破皮手骨也痛。女孩子打拳要柔，柔既好看又克刚还不痛。"

老杨直接把他拖起来："邓安你个流氓，别妨碍人家练习！"

邓安不知用了个什么动作，漂亮地挣开老杨的爪子，转身左手一撑地迅速弹起，右手握拳一甩一伸，直取老杨面门，老杨急速退后，摆一个拳击姿势，锁住邓安右手，邓安的左手游龙般击在老杨右手脉门，老杨一震，咬牙撑住，邓安却没有再进击，往后退一步，回头笑眯眯地说："颜子真，看到没，你这师傅可一直都打不过我。"

颜子真本来又气又笑，卷腹动作做到一半差点岔了气，正坐在地上调整呼吸，却眼见这两人耍了这么一套花招。

老杨气急败坏："拳击是竞技，竞技懂不懂？"

邓安笑眯眯无赖地摇头："不好看，不好用。"

颜子真其实是知道邓安刚才在她身边是存心嘲弄戏弄她，可怜的老杨完全是池鱼之殃。

老杨却一下子福至心灵："邓安！说什么乱七八糟的好看不好看的，原来你是想追这个姑娘啊！你什么时候想通了要追姑娘了直说嘛，真是的。让给你！让她跟你学！反正我也结婚了。"

这下子邓安和颜子真全呆住了，两人你看看我我看看你，半晌说不出话来。

终于邓安起身，无趣地摇头："老杨你真是……你这拉郎配的毛病再不改掉，全馆都改叫你杨媒婆才行。"

杨教练嘿嘿笑着："那为啥这个姑娘一来你就要来逗她？你来这健身馆这么久了我可没见你逗过其他姑娘，都是别人来逗你。"

邓安一本正经回答："人家练美她练丑，这全馆姑娘哪有这个傻啊。不对，全馆姑娘加起来也没这个傻啊！"

颜子真喝到一半的水不假思索就朝他扔过去，因为坐在地上，正好扔到他腹部，水瓶盖子没关，自腹部到裆部一路水流下来，滴滴答答，偏偏今天他穿的是淡色运动装，此际场面简直不忍直视。

老杨见状，一怔之后顿时喷笑，几个在附近健身的人也忍不住哈哈大笑。

邓安少有的尴尬，狠狠地瞪了一眼颜子真，转身就走，颜子真见此巧合，一时有些不好意思，却也已经笑得全身抽动，完全没有办法领会他眼神中的威胁。

这一次的练习颜子真并没有被加量，结束之后状况好很多，不过她仍然没有骑自行车来，拎了包在路边靠着树等出租车。

还没等多久，邓安的车停到她面前，她犹豫了一下，邓安好整以暇地看着她："第二次了哈。"

这一语双关的，颜子真就忍俊不禁笑起来，一边上车一边说："我在想要不要买辆车。"

邓安闲闲地问："你学会开车了没？"

要说颜子真的最大的短板就是学开车，不是学不会，是学了五六年都还是很糟，这几年驾照不难考，她就是有本事在路考上五次不过关，后来就完全放弃了。当年邓跃对她也是毫无办法，这事情邓安当然听邓跃当笑话一样讲过。

颜子真叹了口气:"没有啊。"

邓安照样用那个口气说:"出租车挺好的。"

颜子真笑眯眯:"我买个车再包个司机不就行了?"

邓安不为所动:"好主意!"

颜子真点头:"你近来停薪留职,要不你先兼一下司机?"

邓安眉毛都不动一下:"连人带车月薪三万,包吃包油包修理。"

颜子真马上嫌弃地拒绝:"那你太老了,这个价格我完全可以包到年轻貌美的。"

邓安忍了忍,还是忍不住呛了一下。

颜子真哈哈大笑。

邓安微微侧了侧头,看到颜子真仰头大笑的样子,她刚吹干的鬓发飞扬,眉飞色舞,一双明眸和嘴角都快活地弯起来,笑声清丽犹胜银铃。

银铃是什么声音?邓安不知道,但是颜子真的声音是他听过最好听的声音。

他的眼角也不禁弯了起来。

但是从那天之后,颜子真再也没在健身房遇到过邓安。

医院的横幅挂了八天,随着病人去了省城动手术,这边的动静也慢慢小了,然而邓安那句"我不给伤害过无辜同行的人治病"也传得人尽皆知。

得到的并不尽是赞同,反弹更多。医生和病人各有自己的角度,很多人在医院都曾经受过不少恶气,也遇到过不少不良医生,中立点的说动手伤到医生肯定是病人不对,但摆明车马不医治是不是有点失当;更多的则是反问:既然医生可以这么做,那么谁给那些被医生医院欺负的人打抱不平行公道?

一时沸沸扬扬,邓安的风评很差。

对此莫琮表示不予评论。

颜子真了解莫琮。当年唯一疼爱莫琮的祖母几度住院,因为没有钱,年幼的莫琮在医院里受尽医生的冷遇,甚至是看着祖母彻夜无眠而医生只是不冷不淡不耐烦。虽说是一码归一码,但邓安去年为救护同事反击痛打家属时她可以表示赞同,而这次邓安的选择却不是莫琮能认同的。

在这样的风口浪尖,另有一种议论渐渐从私底下慢慢传开。

是关于邓安为什么好端端的省城医院恩师身边不待,却跑到江城医院来工作的原因。这是一个所有人都曾经非常好奇,但苦于没有消息来源而不得不若无其事的谜团。

内容很劲爆。

说是因为邓安借当医生之便,让一个姑娘未婚先孕,但因为同时邓安还和另外几个姑娘来往而拒绝对此负责,从而事情闹得很大,以至于邓安不得不躲到江城来的。

至于为什么事情闹得这么大省城那边一丝风声不闻呢,主要是因为那姑娘一家怕名誉有损没有闹开,还有邓安恩师一力压下的原因。

这个消息是不是真的不知道,然而它很好很合理地解释了邓安为什么会离开条件更好名声更好甚至环境更好的省城医院。

那个被拒医的病人家属再次在医院挂出横幅,内容改成:邓安人品败坏、诱奸病人,江城医院藏污纳垢,对病人完全不负责任。

一时之间,邓安名声尽数扫地。

江城医院传出的风声是,是不是请邓安自行离职。

莫琮简直惊诧莫名,她问颜子真:"这事儿不是真的吧?"

颜子真沉默了一会儿,反问她:"你以为我为什么从前这么厌恶他?"

但是,颜子真也并不相信传言的全部说法。虽然她所知道的也并非全部,邓跃颇不愿意说邓安的坏话,所以颜子真所知道的只是有个女孩非常非常爱邓安,可是邓安风流倜傥女友众多并不肯安定下来,那女孩接受不了,自杀死了。

莫琮接受不了:"你知道?你知道邓安是这样的人,你知道你还……"你知道你还喜欢上他?你知道你还说你跟他的感觉不一样了?

她想到邓安面对所有人游刃有余口角风趣的言语举止,想到邓安凡事妥帖大方潇洒的行为,想到邓安英俊眉目间惊鸿一现的风流轻佻魅惑迷人。

她又不禁想到颜子真崩溃那几天在邓安家里,邓安流露出的温柔和关心,当时在那样伤心难受的情况下她都不禁愣了一愣。

邓安若是全数施展出盛年华景时的风采,有人肯为他而死也并非不可能吧。

颜子真回答莫琮:"很奇怪,这个并不是我放弃的原因。"

一早就知道,一早就清楚,却仍然动心,知道不应该,却不是因为这个觉得不应该。

很多女人会觉得自己会是天使,会是那个让浪子回头花花公子从良的与众不同的女人。

可是颜子真从不觉得自己是那种愚蠢的女人。

颜子真想,她其实不了解自己。

第四十一章　你说 no，那就这样吧

颜子真也知道，邓安在事发后，整整有半年流连酒吧夜夜买醉，酒吧老板不得不夜夜打电话给邓跃，让邓跃把烂醉的邓安带回去。

她至今没有对人提过的是，当年她在海边抱着救生圈伸手去拉脚抽筋溺水的邓安时，清澈的海水里她看到的是邓安脸上的放弃的，所以她在慌乱中始终都不肯放手。

后来的邓安，就不再是以前的邓安了。这是邓跃说的。邓跃说，完全都不一样了，他宁肯他还是原来的他。

所以颜子真厌恶是真厌恶邓安，因为从前的邓安不值得原谅，就算改变了也不能抹去从前一切。可是私底下她也想过，一个事发后夜夜买醉不肯清醒，清醒后又意图自杀的人，心中的悔恨不是一星半点吧？五年来修身养性，整个人连心都隔绝于世人的人，这悔恨总是真心的吧？

可是一个人的改变，要用另一个人的生命作为代价，未免太惨烈太不值。

其实她想什么都没有用，因为邓安已经销声匿迹，谁都找不到他。邓跃因此还来问过她，因为邓安的电话关机，房子里没人，邓跃焦急万分。

颜子真也着急，可是她倒并不觉得邓安会做蠢事，要做，他早做了，再说，这些议论传言，她想，其实他早已不在乎。他自己对自己的惩罚远比这些议论更有力。

她只是想知道他怎么样了。

颜子真打了电话给盖瑞，盖瑞倒是很快就接了手机，只是信号不大好，颜子真只听到他那边风声很大，有人在盖瑞身旁断断续续地大声说着她听不懂的话，盖瑞也大声对着手机喊："颜子真吗？……有事吗？我在秘鲁！"

颜子真不得不大声喊着问："你知道邓安在哪里吗？邓安？"

盖瑞的声音被湮没在风声里，只听到："不……他……写……"然后就断了。

隔了几个小时，颜子真才收到盖瑞的短信，言简意赅地写了一个地址，但是没有电话。这是邻市一个避暑山庄，此际方才四月，那里应该没什么人。

颜子真只犹豫了一会儿，就叫了车过去了。

避暑山庄在邻市乡下的半山腰，并不全是那种宾馆式的，而是错落着盖了几十幢小平屋，造型各异，刚好是一家人居住的规模，吃的用的水全是山上接下来的泉水。山庄里还有接下来几大股泉水汇聚成几个清澈见底的水潭，水潭底有的铺着纯白石子有的铺着黑色石子，有的则全是五彩石子，一边还有两挂小小瀑布，或高大或矮小的众多树木环绕着小平屋，只略略修整了下，此际春意正浓，水雾轻扬，浓绿逼人。

到了夏天这里十分凉爽舒适，周末不提前预订根本没有房间。

不过现在并非旺季，虽有人打理，但落叶和繁花交织，漂亮

得来也有点荒寂的感觉。看门的人说大约只有三四个人住在这里，

颜子真记下邓安住的小屋号码，慢慢地往里走去。

此时已有晚霞，云蒸霞蔚，山下又有炊烟升起，青草香和野花香层层叠叠，空气清新如洗。只有鸟叫和清风吹拂的声音，与世隔绝之感油然而起。

走到邓安的小屋前，颜子真犹豫了一下，门却正好打开，邓安正伸着懒腰要走出来，一时间门里门外两人都怔了怔。

颜子真眼尖，看到他身后客厅里摆着一张大餐桌，上面堆满了几十本书、几沓纸，还有各色水笔，一台开着的手提。不禁又怔了一怔。

邓安倒笑了，看着她好奇的神情，干脆侧身让她进去看个仔细。颜子真虽有点讪讪，还是不客气地走到桌子前面翻了一翻，全是大部头的英文，看上去有参考书、资料、译纸，译纸上写着各种脑科医学资料，他是在做翻译？她抬起头诧异地问："你躲在这里是在做这个？"

邓安戏谑地看着她，拉长了声音："对，我躲——在这里就是在干这个。"

颜子真看着邓安的样子，忽然有点后悔，可是想到在自己遇到困难的时候他每次都尽力地安慰劝解帮助自己，那么，就算他没事，自己作为朋友，关心也是应有之义。

她就坦坦然地说："江城医院那边闹得很厉害，你又联系不上，我有点担心，就找了盖瑞，他告诉我你在这里，我就想来看看。"

邓安笑了笑，走到屋前不远的泉水潭边，潭边有几个石头

椅,他靠在那里看着颜子真:"谢谢。我没事。"

颜子真脱口而出:"你是真的不在意那些议论吗?"

邓安又笑了笑:"那你会在意吗?"

颜子真说:"我不会在意别人的议论,可是我会在意我的父母亲人因此被人议论。所以,我想,我在乎的是议论的背后真实的自己。"

她明亮的眼睛望着邓安,晚霞灿亮的光闪烁在她的明眸里,邓安看了好一会儿,轻声说了一句什么,因为两人距离有点远,颜子真没有听清。

这样安静美丽的环境里,颜子真问:"你说什么?"

邓安却笑了,问她:"那你知道我从前的事情吗?"

颜子真一怔,这真的是一个禁忌,邓跃母亲不提,邓跃也不提,她当然不会去问,只是从只言片语中猜测而已。

邓安说:"你也不知道,那你觉得真实的我会是什么样?这样?"

这口气仍然是嘲弄讽刺,一如既往的邓安。对着她永远都是冷嘲热讽,捉弄嘲笑。

颜子真早就习惯了,她镇定地回答:"我当然不清楚你从前的事情,可是我认识的是这五年里的你,每个人真实的样子也不是一成不变的,每个阶段有每个阶段的变化。能够五年都是这个样子,我想多半这也就是这五年里真实的你了。"

邓安微笑:"太有自信了。"

颜子真忽然笑起来,那一瞬映着绿树繁花竟半点也不逊色,她笑着说:"你是想说,这五年你见到我就冷嘲热讽,这不是真实的你?"

邓安一怔，禁不住哈哈大笑。

"换句话说，其实真实的你，是在暗恋我？"颜子真仍然笑着。

邓安收住笑声，那一瞬间下颌僵住。

颜子真却不再看着他，她低下头，看着脚边水潭底五彩石子。

正如颜子真所看到的，也是他从未告诉过任何人的是，他们在海边初遇、邓安当时抽筋的时候，他忽然间想，就这么算了吧。

可是他看到一个胆大包天的女孩子，自己不会游泳抱着个游泳圈，居然伸手来拉住他不放。

邓安温柔地看着颜子真，然后，事隔多年，他看着她在青乡、在邓跃情变、在周玉音恶毒陷阱里一次次被无形的刀子割锉，被暗中的潮流夹击，一次又一次，可是她一次次直起腰背，最后，她的笑容依旧明亮，眼神仍然清澈。

他没有资格批判邓跃，他曾经辜负的女子也很美好。只是看着颜子真，心里总有一点点沉沉的痛意，和悔意。这点痛意和悔意，使他想拨乱反正尽力相助，让她恢复昔日的光彩——那曾是他轻视和不耐烦的。

不知从什么时候起，他开始想、很想好好地保护这个女子。

他有点想伸手去摸摸她低着的头。却只是自失地笑了一下，轻声说："颜子真，你想太多了。"

颜子真抬起头，仍是微微地笑："我是开玩笑的。不过，我一直没有跟你说过，谢谢你，一直来帮助我。"所以我希望在你遇到烦难困扰时，也能在你身边宽慰你。

邓安站在一旁，神情浑不在意，语声温和："你忘了你曾经救我一命。"

他看了看不远处，说："开饭了，去吃饭吧。"

他在前面走，山风从他身前吹来，两行浓荫，邓安一款本白衬衫和麻质长裤随风拂动，分外飘洒。

颜子真其实在说了那句话后就后悔了。她根本不想揭穿什么，可是，是因为环境吗？还是因为唇枪舌剑说得太 high？她如受蛊惑，脱口而出。

又或者，她其实蠢蠢欲动，想试探些什么。

可是试探出来又怎样？颜子真想，蠢，真是蠢。

果然，邓安轻而易举就化解了这一场言语机锋。真是开玩笑，邓安是什么人？

颜子真心想，就这样吧，也省得总是隐隐有牵挂、有希冀，明知道是黑暗迷茫荒唐的、没有前途的，还是暗暗喜悦，偷偷陶醉。说穿了，明确了邓安的态度，也不能说不是一件好事。

虽然心底里似空了一块，隐隐难受。

被拒绝了呢。颜子真振作精神，什么事都要有一次经历。

第四十二章　两小无猜

最近卓谦找卫音希的时间很多。因为到了大三，室友们各有各忙，曾慧永近来也时常一个人不见踪影。卓谦来找时她便和卓谦结伴一起做功课或玩。

卓谦在学习时十分认真专注，玩闹时又妙趣横生，而且他天生善于和人相处，懂得适时沉默适时说笑，让人感觉和他在一起很舒服很自然，卫音希完全不用找话题也不用担心尴尬。

卓谦还和颜子真一样是个吃货，江城大街小巷就没有他和颜子真不知道的食店，他时时带着卫音希小巷探秘、大快朵颐。他还怂恿她把好吃的画成漫画，然后拷贝了馋一帮男生，到后来卓谦寝室楼里很多男生都带着卫音希的漫画按图索骥点菜，别有风格。

有个同学的叔叔是《江城日报》主编，马上找了来，要卫音希在日报上开漫画美食专栏，每周一漫，推荐江城大街小巷的秘密美食。因为画得可爱又趣致，胖头蒜、傲娇姜、泼辣葱、辣妹子作为主角，各种主菜客串，憨头憨脑，活泼生动，大人看了可爱，小孩看了喜爱，一时之间在江城大受欢迎。

卓谦理直气壮地吃了卫音希好几次请客，连颜子真也沾了光。吃货姐弟对卫音希这套漫画简直爱到极点，颜子真提出要洗劫原稿,振振有词:"等我年纪大了,可以拍卖原稿养老。"

卫音希知道她姐姐有时会幼稚耍宝,笑着倒在她怀里。卓谦看着她们俩,心里不知多么喜滋滋。

这是在颜家的家庭日,卓谦到小姑姑家自然是一向自由出入的,但最近只要是家庭日他一准会到,颜家三口人看出名堂,个个都揣着明白装糊涂。

卓嘉自私下同颜海生说:"要是真成了,可真是不错。"颜海生连连点头,一个是自小看到大的妻家乖侄儿,一个是亲弟弟的漂亮乖女儿,两个年轻漂亮的小人儿站一块儿,不知多赏心悦目。

这边卓谦兴致勃勃地同卫音希说:"我们几个人在计划暑假去藏南自驾游,算是半自驾游吧,一路上会跟旅行社租导游和司机,然后在拉萨和周边待几天,你也去吧?"他手一指颜子真,"叫她出费用。"

卓嘉自颜海生颜子真都在一旁听卓谦讲暑期计划,见他这么爽快利落的"计划",都忍俊不禁。

卫音希则涨红了脸,瞪着卓谦。

卓谦坦然摊手:"颜子真说过的,这个世界上最让人惆怅的是有时间的时候没有钱,有钱的时候没有时间。她还说过,一个人的大学时期是应该最快活最自由地玩耍的时期,她会不遗余力地支持援助小表弟幸福快乐地度过大学时光。"

他这一口气不嫌饶舌地说完,众人都笑倒。

颜子真笑骂:"你就记得我说过这些,其他的怎么都不记得!"

卓谦笑嘻嘻地看着她:"我是在努力表述我有个多么美丽善

良可爱大方优秀明理聪慧的表姐啊。"

又对卫音希说:"你是她的堂妹,理所当然要听她的话。你不知道我从小到大花了她多少钱,你得加把劲才能比得过我,这样才不会吃亏!"

卫音希简直不知道说什么话好,转头却看到大伯和大伯母对她点着头支持又鼓励的眼神,简直都快傻了,一时间不知为什么,也有了一点点像卓谦那样的理直气壮起来。

颜子真是她的姐姐啊,她的姐姐!

但是她说:"我有稿费的,应该够了。"

卓谦顿时喜形于色。

颜子真看着他禁不住笑出声来,这个小滑头,就这么把卫音希忽悠得不知不觉就答应了去旅行了。

但是颜子真还是决意帮卓谦一把,她斜睨了小表弟一眼,示意他少安毋躁,温和地对卫音希说:"你的稿费能有多少?第一次赚钱,给你父母买点礼物什么的吧。这次你们旅行的费用就让我来出好了。卓谦说得对,他中学大学的旅行费用几乎都是我出的,我总不能差别对待,所以以后你也是一样,别觉得有什么不好意思,记得我是你姐姐。还有你看卓谦敲竹杠敲得这么惊天动地理直气壮,要学着点,不然老吃亏了。"

卓谦嘿嘿地笑。

颜子真叹气:"谁让我没有一个有钱的姐姐呢。"

卓嘉自当即揭穿她:"你大学时每年出去玩,好像都是你大表哥和大表姐出的钱,然后外婆那里还要拿一笔,你爸这里还给一笔,人家吃双饷,你一向吃三饷。"

卓谦张大眼睛:"哇,这么狠?这么爽?"

颜子真得意地冲卓谦挤挤眼大笑:"你也就学了我一点零头而已!"

卓嘉自拍拍卫音希的背:"你看,别对着你姐不好意思,她自己收了上头哥哥姐姐的钱,自然要还给下头的你们。"

颜子真笑眯眯:"以后你们多赚点钱还给我的孩子就行了。"

去藏南其实并不需要很多钱,但是这帮学生计划在那里一路玩一个月,这就有点所费不菲了,但这种大学同学一起游览见识,同甘同乐无忧无虑的岁月,正如颜子真所言,此后一生,都很少会再有。

颜子真笑眯眯地听着卓谦跟卫音希颜海生卓嘉自讲他们的路线,慢慢出了神。

她从避暑山庄回来已经三天了,邓安告诉她他已经向医院正式提出停薪留职,期限未定,也许最后的结果是辞职。现在,他会在避暑山庄那里待上两三个月,专心翻译欧美的脑外科最新资料和新出版的书籍,他作为专业脑外科医生,又有恩师把关,出来的翻译成品无疑将是最专业的。然后他说为了专心翻译,这两三个月他将不使用手机,每天只定时接收邮件。

委婉而又温和地告诉她,不用再联系他了。

颜子真说不难受是假的,邓安的确并不在意那些议论,但是他在意的是自己曾经做过的事情。那是经不起挑拨的火苗,一旦复燃,只能让他再陷地狱。

最可惜的是,这样的惩罚,是他应得的。

颜子真甚至不能为他难过。因为她有她的是非观。

而医院的闹剧在继续,邓安的传言也在继续,越来越不堪,越来越夸张,当事人的沉默和失踪也不能让事情平息。

第四十三章　颜子真，你究竟想要做什么？

邓跃一边往教室走一边看着手中的活动报名单子，胸中一阵心塞。

又没有卫音希的名字。自从那次动画制作总监的讲课没来之后，卫音希就开始了三不五时的缺席。在她断续几次的消失之后，邓跃开始了报名参加活动的方式，由邓跃提前发群通知，有事请假的学生向班长报告，然后班长把名单传给邓跃。

这样，邓跃会比较心定。

可是他没想到卫音希会缺席这么多次，除了一周两次的上课，他能见到卫音希的时间也就是这些活动的时间，实在是少得可怜。

最主要的是他发现卫音希渐渐不再对他有隐隐的抗拒，有时也会和室友一起笑着和他说话。他心中窃喜。慢慢来，总会有希望的啊。

有时候他也觉得自己挺蠢，那么困难的一条路，偏偏走得这么开心，是的，只要见到卫音希那张专注美丽的脸，他就会心中涌上喜悦，如果那张脸上绽开笑颜，他也忍不住会笑起来。

恍若年少。可是他年少时并不曾有过这么美丽的爱情。

可是最近似乎一切都不顺利。

卫音希是一件，邓安是一件。

邓安是他哥哥，兄弟俩感情一向极好，他很担忧着急，医院的事闹得这样大，邓安销声匿迹——他是知道当年那件事对邓安的打击和震撼的，这些年慢慢地才好了，这样子翻出来，虽然不尽是事实，对于邓安的心理，真不是好事。

打遍了所有他知道的电话，找遍了他所知道的所有邓安的朋友，甚至包括莫琮和颜子真，都联系不上。QQ也一直没有回音。直到后来他才想起邓安有个用了很多年的邮箱，发了封信过去，第二天收到回音，才放下心来。问他在哪里，却没说。

他叹了口气，把手里的名单夹在课夹里，走进教室。

上课时间没到，学生已经到得七七八八，计算机专业的学生对本专业都是比较重视的。他给他们上了两年的课，和他们相当的熟悉，关系也很好，基于彼此尊重的立场，他们鲜少会不打招呼翘他的课。

他笑着朝教室里看了一圈，看到卓谦站在窗户边和几个同学笑闹，声音不小。他不经意地听了几句，是在讨论暑假旅行的事情，就笑了笑，才五月呢，就计划暑假了，就像前年去年一样，大概又要去上一个多月了。

然后就听到一个学生揽着卓谦的肩膀兴奋地说："哇，你可真行，居然把卫音希拐来了！"

他心里"咚"地一跳，整张脸都僵了僵，忙低下头。

另一个学生就说："有没有把曾慧永一起叫来？她们不是总在一起的吗？这样周英华就乐了。"

周英华叹了口气："我已经死心啦，我爸说，追一个女孩子，两年是期限，因为如果两年都没有用，二十年也都不会有用的，除非她是在别人身上失意,兴许会回头看到你。我才不要一心一意换个感情接盘侠的下场。"

被哄笑:"原来还以为你痴心情长剑呢。"

周英华不理他们,说卓谦:"你最好了,卫音希看上去这么不近人情,后来一起吃榴梿才发现其实很友善啊,看到你们现在老在一起,真是让人羡慕。"

卓谦笑:"也没有啦,就一起做功课嘛。"

有人揭穿他:"还一起看电影!一起吃饭!一起去游乐园玩!"

笑成一团。

邓跃控制住表情,抬头看了一眼卓谦,心想,为什么卓谦会变得这么讨厌呢?转而自嘲:真是疯了。

可是他无力地想,他竟无计可施。对于这件事,他是只能一步一步慢慢地来,他也想过会有别人追求卫音希怎么办,可是卫音希是个很慢热的性子,追求她首先要变得熟悉就得很长时间,有这样耐心的毛孩子还真不多。可是他再也没有想到会有卓谦横空出现。

怎么会是卓谦呢?他怎么完全没想到卓谦呢?

卓谦的性格之好,他也是再清楚不过,而且他天时、地利、人和俱全。

太糟糕了。不行。

颜子真又一次去了避暑山庄。

这次她真的……不是故意的。

好吧,也算是故意的。

莫琮的杂志社和本地知名网站以及出版公司合作搞了一个著名网文作者笔会，为期十五天，要找一个"既清静又优雅还别致有风味"的场所。

因为杂志社这边由莫琮牵头，问颜子真意见时，颜子真几乎是想都没想就提到避暑山庄。

莫琮还在犹豫：这不好吧，咱们市的活动，弄到邻市去？

颜子真振振有词："你也去过那里，你觉得有比那里更合适的吗？再说了，虽说是邻市，也是和我们市交界的地方。最要紧的是，那里东西好吃。"真的，东西好吃对于宅在家里写作的网络作者来说是非常重要的事情啊。写作已经是很寂寞的事情，美食几乎是大家最大的追求了。

结果网站和出版公司大概也觉得现在的避暑山庄非常适合作家聚会：并非旺季，价格也便宜。就决定了先在江城搞个开幕和聚餐、卡拉 OK 等，两天后就启程直奔避暑山庄。

所以颜子真很自然地再次去了避暑山庄，很自然地再次见到了邓安。

此时距上次见面已经过了半个月，颜子真眼尖地发现邓安消瘦了些。

她当时正和莫琮在安顿作者们，在小平屋间走来走去。

作者们果不其然非常喜欢这个地方，几个要好的住在一套小平屋里，要爬山的可以爬山，要玩水的可以玩水，鸟鸣蛙啼，山风通幽，风景极佳。正门处还有两幢宾馆式楼，一幢有打球健身房，一幢有棋牌游戏屋。餐厅里都是自己点菜，作者们吃过一顿便赞不绝口，土鸡土鸭新鲜泉水鱼，青菜果蔬都是后山随摘随有。

每间小平屋里也都有小厨房,原来是为了来避暑的人家可以方便自炊用的。可以自己去后山摘菜买肉自己下厨。山庄外还有一个小小的烧烤场。

颜子真安排得七七八八,坐在泉水潭边掬把水拍拍脸。然后看到邓安站在对面看着她。

她解释:"杂志社和出版社搞笔会。"

他笑了笑,有一点无奈:"莫琮也来了。"

颜子真说:"她不会打扰你。可是,你又不是来避世的。你只是像作者们一样,找个安静优美的地方静心翻译而已。"

邓安看了她一会儿,摊摊手:"你心里知道,我是来避人的。"所以,你并不受欢迎。可是,这不是我的地盘,我也没有办法。邓安的眼神如此说。

颜子真有些尴尬,她咬了咬唇:"我应该让你一个人待着吗?"

邓安深深地看着她:"颜子真,你究竟想要做什么?"

这么聪明的女子,这么伶俐的女子,怎么会不明白,他和她,就像是两条平行线,永远不可能相交,也不能相交,不然的话,怎么向世人解释科学定理?

她是邓跃曾经的女朋友,他是邓跃的兄长,她美丽善良大方,是很多人生活中的阳光,他臭名昭著欠人性命,是已经放弃行走的人。

他是不是不应该三番四次施出援手,是不是不应该不忍心看着她失去明亮而安慰她温柔待她?

他是不是应该明明确确地告诉她,她对于他或许已经有所不同,但更多的是自己从未改变的想法:他早已无意与人相处。那点不同如蚍蜉撼树根本不能改变什么。

颜子真呆了呆。

她究竟想要做什么？

才几天前她还在想：明确了邓安的态度，也不能说不是一件好事。才几天前她还决定了从此不再多想。可是不由自主之下，她又如受蛊惑，想……见到他，担忧他的心情。

颜子真从未见过邓安如此不客气，所以从未如此尴尬，也因此让她对莫琮的建议变得如此愚蠢，是不是在邓安的眼中，她的一举一动这样的清晰明了，可笑可叹。

她想，从前的邓安，看她永远是可笑的鄙视的轻视的，可是从前的自己，从来不屑于邓安的态度，他是否看得起自己，和自己有什么关系？

那么现在，她几乎是难堪的。

她慢慢地低下了头。

然而，颜子真骨子里的坚强和坦率在这个时候抬了头，她忽然抬起了头，直视着邓安。

"那么你究竟想让我说什么？"

第四十四章　这一次，是我的错

在这个时候，邓安是真心欣赏颜子真。

坚强、真挚、通透、冷静。

她想做什么？邓安看得出她真心并不想坚持，她有考虑现实并决定放弃，可是在不自觉中下意识地行动比心来得快。他似乎应该高兴他的魅力一如既往，可是他只觉得悲哀。

因为这也是他。

你想让我说什么？她问他。

说我只是来看看困境中的朋友？说这只是组织者的决定谁也不知道这么巧？然后再次若无其事擦身而过。

这就是你所希望的对吗？

邓安看着颜子真明亮清透的双眼，那里面有一点点的羞愤和茫然，那种察觉自己情不由己的茫然。

他的心忽然软了下来。

他垂下眼睛，无奈地说："颜子真，谢谢你。可是你我心里都很明白，少年人才会不顾一切。"

颜子真怔怔地看着他，那一瞬间他的眼神软化，然而态度依旧。

那件事改变了他，而他从来没有淡忘过。

她不由地轻声问他:"你曾经很爱她吗?"

邓安微微一震,整个人僵滞片刻,他没有看颜子真,也没有回答,却听颜子真又执着地问了一遍:"还是直到现在你依然很爱她?"

他心里不由得想,也就只有颜子真会这么问他了。他不由得抬眼看了看她。

颜子真望着他,眼神里有一丝怜惜和哀伤,夕阳晚霞铺陈,她的黑发隐隐反射光泽,眼眉漆黑,清晰如画。

邓安问她:"你想知道什么样的答案?"

颜子真毫不犹豫:"真实的答案。"

邓安忽然笑了,夕阳晚霞如瀑,半天瑰丽半天渐沉,他的脸一半光一半阴,夕阳霞光在他眼里闪动,妖丽非凡,下半张脸在阴影下如刀削,这笑容突如其来,英俊如天神,慑人如妖魔。

他说:"不,我从来没有爱过她。"

冷血冷酷,一语否决。就算她为我而死了,没有爱过就是没有爱过。

颜子真呆住。

邓安忽觉心中有针刺来,异常不适,他转过头,不去看颜子真的神情,断然走开。

他绕了一圈,去餐厅点了菜吃完,才慢慢走回自己的小平屋。

此际已近天黑,山上一到天黑就迅速降温,山风嗖嗖地穿林走壁,遍体如浇冷水。快走近小平屋时,驻足往刚才的地方望过去,颜子真站立的地方已经没有了人,他笑了笑,走进小平屋。

屋里有人。

是邓跃。

邓跃实在不放心,他是计算机专业的,认识几个黑客,让人通过邓安的 email 回信找到了发信的 IP 地址,锁定了邓安所在的地点。

然后,他过来确定一下邓安的情况。

然后,他看到了颜子真和邓安在泉水潭边的一幕。

他完全不能置信。

颜子真喜欢上邓安!她以前有多厌恶邓安没有人比邓跃更清楚,自己多说一句邓安都不耐烦听的人,竟然用那种怜惜哀伤的目光看着邓安。还有他们俩说的话……

而邓安。邓安自从那件事发生之后,五年间这个话题是个禁忌,有一次邓跃妈妈试图安慰他,一向那么尊重她那么好脾气的邓安,面无表情一语不发,直至邓跃妈妈实在尴尬地说不下去。之后邓安足足三个月不曾踏足他家。

他就是夜夜酒醉也不曾对那件事说过半句醉话。

但是面对颜子真,他的容忍和温柔,是邓跃从未见过的,他甚至提到了那个女孩。

是,从前邓安有许多女友,他也见过他对她们是很温柔很风趣的,但是这其中的不一样,是真的不一样。

邓跃几乎毛骨悚然。

邓安见到邓跃,也并不意外,只笑了笑:"我说过我没事,你还跑过来干什么?"

他这个弟弟,是真的一直把自己当亲哥哥看。可是今晚不是谈话的时机,他心情非常不好。

"邓安,我希望你不要招惹颜子真。"邓跃没有开灯,外面月色很好，邓安站在门口逆着光，他就没有看到邓安的脸色，第一句就挑明了直说。

邓安站住脚，扬了扬眉，不语。

邓跃也站起来说："我听到你和颜子真说的话，但我并不是故意的。邓安，我不明白你为什么要招惹颜子真。你知道她是个很好的女孩子。"

邓跃说："我知道我没有资格说这句话……"

邓安忽然笑了："不，没有人比你更有资格。"语气讽刺之极。

邓跃自然听出来，他扬起头："我至少敢作敢当！我对不起颜子真，可是那个对得起她的人也不会是你。"

邓安看着邓跃，已经是第二个人对他表示"你别招惹颜子真"了。

邓安慢慢地说："你想太多了。"

那一片海，冰冷的海水，又缓缓地漫上来，没过小腿、没过膝盖、没过腰，他想走开，转身走到高处，可是脚底有水流，巨大而暗蕴强力，坚定地阻住他的腿脚，不许他离去。他只有站在那里，无力地看着它一波一波地漫上来，冰冷地、窒息地。

这种感觉已经很久没有出现。他虽然知道它从未离去，在暗里一直窥视，可是他以为他已经能让它一直龟缩在一角了。

颜子真。

小平屋里一直没有开灯，月光便显得越来越亮。

邓跃忽然后悔了，他看到邓安脸上的神情，很多年没有再出现的神情。他为什么避到这里来，别人不清楚，他还不清楚吗？

他不是在意别人的议论，他只是不想一遍一遍地听着那些议论而让往事一次一次地在记忆里重演。所以他只是想要避一避。他也只是来看一看他怎么样了，可是为什么这么沉不住气，那简直等于赤裸裸地指责他：你别忘了你当年做的事情，那才是真实的你，你怎么能够再招惹颜子真招惹别人？是想再害人吗？

那是他的哥哥！从小照顾他维护他长大后一起打球一起玩耍的哥哥！就算他做错再多的事，他都应该维护他帮助他的啊。

邓跃马上说："对不起，邓安。"

邓安紧绷的脸没有放松，他冷淡地说："天还没有很晚，你回去吧，我没事。"

邓跃后退一步："我可以在这里住一宿。另外租一间。"

邓安有点不耐烦，但又忍住："随你。"

邓跃只得离开。

小平屋外面钉着半圆木头，里面是舒适的现代装潢，山里的月光完全没有杂质，如水般铺泻流淌了满屋，山风轻轻地拂动窗前屋旁的树叶花草，摇曳生姿。远处有隐隐的笑闹声，越发衬得这边幽静无比。

邓安从屋子里看着邓跃走远，慢慢坐下来。

"你是不是觉得我很可笑？颜子真？"他忽然看向窗外，笑了笑。

颜子真没说话，她从树影下走出来，站在窗台外仰头看着他，然后她清晰地说："每个人都有可笑的时候。"

他嘲弄："不觉得我矫情？"

颜子真说："是人就会矫情，也没什么了不起。"

邓安不再理她。

颜子真绕到门口，门已被邓安关上，她敲了敲门，邓安没去理她。颜子真想了一想,抽出一张卡片斜插进门隙,技巧很好地轻轻滑动,"嗒"一声轻响,门完好无损地被打开。

她推开门,邓安听到那声响也回过头来,心情再不好也不禁气得笑出来:"颜子真……"

颜子真关上门,拉上纱窗,打开灯,找到蚊香点起来。然后把桌上的书推了推,腾出个位子,坐下来。

邓安靠在椅子上有一眼没一眼地看她折腾,见她坐下来,见她抬头,轻声对自己说:"你应该比我更懂得怎样转移注意力。人活在这世上最大的烦恼就是想得太多,你可以不用去想的。"

灯光明亮,她把那堆书全推到他面前,笑容明亮:"你看,你有这么多的事情要做,那是胜造几千几万级浮屠的大事,儿女私情个人恩仇统统放在一边先。"

邓安忽然不知道说什么好。他一直不愿意颜子真说得太清楚,因为他从没想过要和任何人开始一段感情,可是拒绝这件事,对着颜子真,他又不忍出口。所以,那就彼此心照不宣是最好的。

于是他一次又一次地打断她,让她尴尬,让她知难而退。

于是她就站在这里,用明亮的笑容告诉他:没关系,我们还可以是朋友。

颜子真转身往门口走,顿了顿,开口:"其实我刚才这么做,也可以说是矫情,可是既然是死局,也不能总是儿女状幽幽怨怨。邓安,我知道你究竟想让我说什么,不想让我说什么,我不是没有自尊的人。这一次,是我的错。"

她关上门,头也不回地离开。

第四十五章　身份和才华可以解决的事

十五天很快就过去了,作者们一个一个陆陆续续地回去了,也有几位全职的作者喜欢这里清静舒服,便再住一段时间。颜子真则和大家告别下山,约了有机会再聚。

她没有去跟邓安告别,其实自从那天晚上之后,他们都没有再见面,并没有刻意不相见的意思,但就是没有再碰面。

只是在山庄的心情,颜子真觉得,特别玄妙,似喜非喜,又酸又甜,又有些心定,又有点盼望:那个人就在不远处。然而见不到,也不会失望。

这真是从未有过的感觉。

回家第三天,颜子真就自《江城日报》头条看到一则大新闻。

麦克吴,全世界最著名的脑外科专家之一,要来江城。

颜子真完全没想到,邓安的老师竟然会来。

她听盖瑞说过,麦克吴现在在省医院也不大露面,不是顶要紧的手术都不动刀了。

莫琮百忙中给她打了一个电话:"江城医院整个都乱了套了,包括院长。"她知道莫琮对自己不满,对她还是第一时间告诉自己邓安情况的进展,不禁又好笑又暖。

这件事的动静很大，几乎江城所有的头面人物都去欢迎麦克吴，所以江城的电视台花了三天的黄金时间介绍这位闻名遐迩的脑外科专家。

电视里的名医六十余年纪，中等身材，头发斑白，腰板挺直，看上去十分严肃，透过电视屏幕也看得出他眼神犀利，说起话来虽然温和却字字清晰果断。

他的行医历史实在非常彪悍，江城所有看过电视的人都肃然起敬。

虽然不是每个人都会生脑科疾病，可是对于普罗百姓来说，名医，特别是这种世界首屈一指的大牛名医，那是真正最了不起的。因为这种实打实的能力和成绩，实在做不得半分假。身在做假成习惯的时代，这样的人物往往最难得也最能得到人们的崇敬。

一时间，关于邓安的传言神奇地平息了许多。

江城的电视台里并没有出现邓安，事实上，这位大牛人来江城的整个过程，邓安都没有出现。可是作为大牛人的最钟爱的弟子和学生，很多人都在想，这么伟大的人都能收他当最心爱的弟子，很有可能那些传言并不是真的，至少并不会全是真的吧。而更有些人想，这么有能力的人，就算犯了错，那也并不算大事，你看那些天才哪个不是有瑕疵的，还有的并不只是瑕疵而是大黑斑呢。

邓安的医术可是江城人都公认的。这可跟他师傅一样，半点都掺不了假。

人心就是这么奇妙。就算邓安的恩师没有替邓安说过一句话，甚至提都没提到邓安，这么大的风波竟然就平息了。人们不再怎么提邓安的传言，而是津津乐道于他和他恩师的故事以及他们做过的手术。

尤其当他们知道邓安是地道的江城人——他父亲是江城人，自幼随家庭移民，而邓安年幼时也曾在江城居住过五六年。那种故土人的骄傲便涌上心头。

当然，这里也有时间的关系。

莫琮作为曾经访问过邓安的杂志社记者，也为此做了一个很长的专题。在那个专题里，她除了大篇幅地写了世界著名脑外科专家的事迹外，还提到了大牛名医十年来的得意弟子和助手邓安，提到他曾经经历过的大会诊、参与过的大手术，以及各种高水平的研究和译著。

她对颜子真说："我没有想到，邓安居然是这么优秀的外科医生，他们称他为小天才！简直太让人震撼了。"

一时间连她都忘了，邓安的私德。

颜子真也是第一次知道邓安的故事，仔细地看过之后，都不禁心向往之。纵然是天赋过人，这期间也必然是经过了相当艰苦的学习和磨炼才能如此笑傲江湖吧。毕竟在这领域里多的是天才多的是天赋。

她对莫琮说："文字的力量真是可怕。"

莫琮却说："如果你听到麦克吴的助手提到邓安的衷心赞扬，还有看到那些手术录像、讨论会诊还有那些高水平的医学讲座，你只会觉得这样的文字还是苍白。"

莫琮的专题是专门跑到省里去做的，麦克吴的资料室里放着有小部分的资料她都想办法借来看了，他现在的助手是邓安的学弟，虽然对邓安的私事并不清楚，可是对邓安的医术佩服得不得了，因此对莫琮的专题也热情相助。

莫琮说："如果单论这些，其实子真，你差他一大截呢。"

颜子真虽然知道莫琮一向十分尊敬强者能者，也不禁啼笑皆非，瞪了她一眼："你和盖瑞怎么样了？"

莫琮罕见地红了脸，虽然只是一会儿。

她坦白地说："就像你想到的一样，去省医是盖瑞带我去的。"

盖瑞和邓安是发小，所以邓安的老师和盖瑞也相当熟悉，颜子真当然一早就想到莫琮能这么顺利地做这个专题盖瑞起了不小的作用，她甚至在盖瑞的引见下见到了麦克昊。

然后，他们很快搞定了小助手，挖到不少私人资料。

做专题报告时，盖瑞还专程为此拍了邓安老师的照片，邓安老师在省城的资料室照片、工作室照片。还在自己的资料库里找到了经年久远的资料照，邓安年轻时和老师的合影啦，还有早年他以资深杰出摄影师身份拍到的手术照片。

这个专题其实是做得非常成功的，因为它的全面和深入是其他人不可能做得到的。所以在之后的几个月内，被各家报纸杂志疯狂转载，连医学内刊都全文刊登。因为资料翔实丰富、私家照片清晰专业、莫琮的文笔冷静而又充满感情。

莫琮说："说实话，这次合作，是我从来没有感觉过的天衣无缝，顺利默契。"

只要莫琮一个犹豫、一个沉思，盖瑞几乎就能知道她在想什么要什么，那种默契好像是合作了十几年，令莫琮感觉畅快无比。

真的，工作产生的愉悦感并不亚于感情。

那张照片，莫琮想到了在忧民居里盖瑞拍的那几张照片，她想，也许自己不了解盖瑞，可是盖瑞的确比自己所想的更了解自己。

她对颜子真说："子真，我会追求盖瑞。"

一个人的一生，能遇到一个了解自己而自己又喜欢的人，太不容易。莫琮自小便明白，如果爱，就要说，就要抓住。这世界行走太快，不会给太多时间来等你慢慢想。爱和喜欢，是一种美好的感情，如果对方因此轻视自己，那是对方的问题，当然，也要检讨自己眼光的问题。

很庆幸，盖瑞是外国出生长大的男人，他们最大的优点，大约就是在感情上的平等意识。

颜子真衷心地笑："你们一定会很幸福很快乐。"

莫琮看着她，半晌后说："盖瑞对我说，邓安的那件事，他也并不清楚，他问过他，但是邓安不愿意提，他尊重朋友，就没有再问。但是以他们多年交情，邓安不会。或者说，邓安不至于那样。"

颜子真也看着莫琮，忽然笑了，如果盖瑞是别人，如果别人这么对莫琮说，莫琮一定会淡淡地、然而犀利地说："男人之间的交情，再加上男人们看问题的角度，你说可信不可信？"

可是现在莫琮说："盖瑞说……"

这真好。

莫琮似乎也意识到什么，微微尴尬了一会儿，也笑了起来。

颜子真笑着，她想，莫琮不知道自己已经被拒绝了两次了吧？

第一次拒绝，是因为众所周知的兄弟关系；当她跨越了那个阻碍，她就迎来了第二次拒绝，那是她无法跨越的、他的无法救赎。

颜子真在心里叹了口气。是时候放下了，她试过了，他的救赎在于他自己，那么，就这么过去吧。

第四十六章　人生有七苦，非独你一人

日子就这么平淡地过去。

颜子真去了一趟上海，和策划总监赵意面对面沟通了新的剧本，赵意表示可能会需要颜子真根据导演和制片人的意思删改，颜子真在圈内的朋友也多，一早知道写剧本的问题和麻烦所在，既做好了思想准备，便没什么多余的情绪，只提出最好能够不用跟组。

赵意笑着说这问题还早着呢。颜子真想想也是，原来的那个剧本还没正式开拍呢。只是这到底是颜子真要独立完成的第一个剧本，责任和担子会更重。

会面当中，颜子真几次见赵意欲言又止，心中隐隐猜到她想问些什么，然而赵意到底是成熟理智的职场人，到最后也只笑笑，什么都没有说。

颜子真想了一想，对赵意说："那位周玉音女士，她和我的长辈有点恩怨。"

赵意一怔，便也坦白："原来是这样。我们本来想让她和他们公司沟通，看能不能继续投资你和别的编剧合作的那个剧，她拒绝了。大家有点尴尬。"

颜子真想也知道那点尴尬会是什么，周玉音恨她家入骨，连

那种杀敌三千自损三千的事情都会做，恐怕拒绝的态度相当强硬让人不舒服了。

她之前那个剧本是自己写好二稿交过去，然后那边找人做了修改的，颜子真能够署名，但是挂尾。难得的是赵意愿意再给她机会，所以《二月初一》会由颜子真独立完成。

颜子真适时地表示出担忧："那会不会对你们……"

赵意笑了："我们另外还有合作方，再说他们公司又不是不对其他项目投资了，不会有什么影响。"

颜子真也就笑了笑。

赵意却说："不过如果这个剧很受欢迎的话，周总就会受到点影响。"

她似是无意中说的，然而轻微的叹气却听在颜子真的耳里。颜子真想，自己真是运气，遇到的人一个一个都是在社会里摸爬滚打仍然保有善良和温存的人。

可是颜子真心想：我希望自己的剧很受欢迎，肯定是人之常情，但现在应该还要加成一个希望了。

一饮一啄，莫非天命。一个人所做的事，总会产生一些影响的。她不会同情周玉音，一个着力于毁灭一个无辜之人的人，颜子真不会做圣母。

颜子真再次遇到邓安的时候，暑假已快要过去一半。

其实当日颜子真并没有见到邓安，她正在和温公子谢昱文聊天。

这个暑假颜子真过得很是热闹繁忙。因为她在帮卫家找房子。

卫江峰打算把梅州的房子卖了，移居到江城去。原因是卫江峰夫妇这一年刚好都已退休,而卫江峰的公司在江城开了家分公司,想回聘卫江峰去分公司担任总技术顾问。本来江城分公司会有房子给他们住,几年后回梅州就是。

但卫江峰夫妇在梅州其实并没有其他亲人,反而在江城有嫡亲大哥一家,女儿又在江城大学,于是他们就动了索性全家移居的念头。

颜海生当然是喜出望外,激动地马上和卓嘉自一起去了梅州商量:"这可真是太好了。房子的事别担心,咱们慢慢找,先把东西整理好运过去,再把这边先处理好,房子啊什么的那边有哥嫂帮你们打理呢。"

卓嘉自也很欢喜,几次见面,已是觉得卫江峰夫妇十分好相处,亦想着颜海生后半生终能与兄弟重逢,以后可以时时见面该有多快活,笑着说:"对啊,江城我们家人多,什么事情都好办,交给我们就是,你们只安心整理东西搬家,这可是件大工程,慢慢来。"

颜子真和卫音希当然也十分开心。

于是卫音希就留在家里和父母整理东西,颜家在江城替他们粗挑房子。

这个时候颜子真接到了温公子谢昱文的电话,温公子是这么说的:"颜子真,我在江城,见个面?"

吓了颜子真一跳,想了一想才说:"好。"

见了面温公子才笑着解释:"太唐突了。"他们以前见面也只是和邓跃三个人一起,后来也聊得不多,其实并不算有多熟。温公子摊手,"开场白想不出来,就随便说了,想一想,有点像登徒子。"

颜子真忍俊不禁，也跟着活泼起来："是啊，吓我一跳，咱们没那么熟啊。"

两人默契地没提邓跃，温公子把包打开，拿出一个文件夹："这是我托朋友还有自己找来的一些资料，对卫音希应该会有帮助，你给她看看，也可以找其他人一起参谋一下。"

那文件夹里可见厚厚的一沓纸，颜子真略翻一翻，是国外好多的大学资料，包括了各专业的优劣和老师的资料，不禁感动："这么多这么详细，太麻烦你了。"

温公子促狭地笑："咦，不是你让我找的吗？"

颜子真大乐。

温公子笑："还是那句话，卫音希一向有主见，学校专业导师这些还是得和她商量，由她自己决定。我最多只能提供参考意见。"

颜子真点头，想了想问："卫音希会一直是你的弟子吧？"她的私心里自然是希望温公子能一直罩着她。

温公子看着她笑了："我并不是客气或者自谦，子真，我只是一个略有些名气的漫画师，连达者为先都称不上，只是有兴趣、喜欢画，然后运气很好，比旁人早些出了点名。卫音希的天赋和执着很好，以后的成就很难说。现在我和她是有一点师生之谊，但如果她愿意，我想会一直是朋友才是真的。"

这么会说话。颜子真叹了口气，这么谦虚。她诚心诚意地说："温公子，无论你做什么，一定都能走得很远。卫音希有你这个朋友，会是一生之幸。"

温公子笑起来，笑容里带了一点揶揄，很有趣的揶揄，颜子真明白那点揶揄是什么，就自嘲："我就像一只张着翅膀的老母鸡对不对？"

温公子大笑："不，是一只张着翅膀的小母鸡。"

颜子真笑。

两人有短暂的沉默，然而却是悠闲的、流转着淡淡的默契。

慢慢地，温公子似是想到了什么，温雅俊美的脸上微微有些惆怅和悠远之思，那是很难描述的形容，可是任谁一见便都明白这个潇洒优雅的男人，心有所爱，而不得之。

颜子真亦听邓跃提过一句，那一刻她禁不住也凝视着温公子，良久，待得温公子收回神思时，便轻轻地说："人生有七苦，人人不得免，生、老、病、死、怨憎会、爱别离、求不得。也不独独是你一个。"

温公子笑起来："是，比上不足，比下有余，这世上的人这么多，真的不独我一个人。子真，你说得对。"

他笑吟吟地说："如果我早遇上你，我会爱上你。"

两人相视而笑，这一瞬间，竟有心境相通的感觉。这世上所有的事都曾被很多人经历过，吾道不孤，不必想得太多。

笑容落在稍远处一角的人眼中，那人转头对另一个人说："这一对人真是好看。"

可不是，一个优雅英俊，一个皎白秀美，两人同时露出的笑容都那么洒脱明亮，带着说不出的默契会心，清爽好看，洗人眼睛。

另一个人便是邓安。他从避暑山庄回来已经有几天，这天是约了出版社的编辑谈翻译出版的事情。

他看过去，是颜子真和一个陌生的男人，编辑说得不错，他们笑得很好看，此时两人已收了笑容，只留下微笑，然而余韵更长。

那男人买了单,两人笑着起身,并肩往外走,走到旋转门前,他伸手护住颜子真的肩,笑着说了句什么,颜子真仰头笑,侧脸看过去,那笑容比外面的阳光更加灿烂、更加明亮。

邓安没有听到编辑在说的话,他忽然明白了。

他明白了为什么很久以前在盖瑞家里,颜子真给盖瑞送电脑那次,他为什么会对颜子真说那句伤人的话。

那是他几乎从未有过的感觉,嫉妒。

就像颜子真那次在医院被病人家属所伤,当她毫不回头地走出医院大门时一样,他会想到,其实她就会这么干脆地从自己的生命中转身就走毫不回头。

为什么不会呢?

邓安忽然觉得异常无力。在避暑山庄三个月静下来的心,一时间忍不住地烦躁起来。

第四十七章　给你一道选择题

那点烦躁其实不多，邓安也不是没有自制力的人，他只是明白了一件事情。

避暑山庄的三个月，他是真正全身心投入到翻译书籍上面。一则他本身热爱这份工作，二则他想借助这种繁忙和脑力劳动来避开某些记忆。

他的确成功了。三个月，翻译三十几篇专业文章和一本三百多页的专业书，这样的工作量是非同小可的，所以他每天早上七点起床，做一个小时运动后洗澡早饭，然后开始工作，有时太过全神贯注连中饭也会忘了吃，直到暮色降临才去餐厅吃晚饭，接着绕着山庄走两圈散步，就回去继续埋头工作直到零点以后。

大约是因为做的是自己最喜欢做的事情，虽然夜以继日地辛苦，他的精神却相当不错，最妙的是每天直到躺到床上脑子里也全是那些手术场景、新的高科技和众多繁杂混乱的资料，没有时间和空间去胡思乱想。

颜子真？

偶尔会想到。特别是每次散步走到前后两次和她相逢说话的地方，邓安心里会有一种微妙的感觉，说不出是什么，有时候他也会驻足片刻，却并非回忆，事实上他对此也照样不清楚是为什么。

然而散完步回到小平屋开始工作后,一切又抛诸脑后。

他是回到江城才听人说,他老师来过了,闹出好大一场声势。后来邓安去了一趟医院,很多人看到他比往常更亲切地叫他"邓医生",还收获了更多小护士的星星眼。

邓安心里失笑,老师的风格自己最清楚,搞一下声势,借一下宣传,很多事情就搞定了。他经常会严肃地对自己说:"有些事根本不用那么复杂,身份地位辛辛苦苦努力奋斗得来,用来解决一些麻烦事有什么不合理的?我有过伤害无辜吗?别想这么多。"

于是他就大张旗鼓地到江城走了一趟,搞定了邓安的麻烦事。到了一定的身份地位,的确很好用,他连提都没提到邓安一个字,所有负面都变成了正面。

所以邓安原打算辞职再作打算的,现在也完全没有必要了,院长对之前的事情还有了一点歉意,问他什么时候复职的时候,邓安就表示等书稿最终校对之后可以来上班。

邓安想,有势可仗真是……挺好的。他决定以后好好的仗一下他那特别乐意让他依仗的势。

暑假过去即将一半时,卓谦和卫音希他们的藏南之行终于开始了。

颜子真早把钱给了卓谦,让卓谦按照需要给卫音希配置装备,自己又问了几个驴友作者,为她准备了一些女孩子的必备品。

临走前,卫音希紧紧地抱住颜子真,也不说话。

从来没有人，照顾自己这样周全细致无微不至，就算是妈妈，因为工作忙碌，在她长大后也就不曾如此事无巨细。

颜子真心里有些感动，其实她自己觉得做这些事举手之劳，可是卫音希能这样知恩，她还是很欣慰的。虽然她更希望卫音希能像卓谦那样。

颜子真笑着对卓谦说："你检讨一下自己啊。"

卓谦笑嘻嘻："卫音希在我的带领下马上会青出于蓝而胜于蓝。你放心好了。"

卫音希禁不住笑起来，闷声闷气地说："姐姐你也和我们一起去多好。"

卓谦马上叹了口气："你可千万别叫她，她要是去的话得一个人一辆车，因为她得把所有家什都带上，你信不信她浴巾都能带三四条。还有茶叶呀、咖啡呀、酒呀、书呀、电脑呀、锅碗瓢盆呀……反正她什么都不能少。"

颜子真笑眯眯地十分得意："对。你有什么意见？"

送走卓谦卫音希之后，过了几天，颜海生夫妇也和卫江峰夫妇一起去了新疆玩，留给颜子真一个任务，继续帮叔叔婶婶多看几套房子准备着他们回来决定。他们之前看的房子都不是很满意。

卓嘉自说："子真特别擅长这些。"

颜子真笑眯眯挥一挥手："去吧去吧。"

夏天八月，热是真热，颜子真见天在外面看房子，一头汗，却也兴致勃勃。她很喜欢看房子，每看一套满意的，就会有一套方案出现在脑海里，跟过家家似的，特别有趣。

这样跑了十来天，便看中了三套房子，决定等他们回来挑。

然后,她第二次遇到了邓跃。

邓跃和邓安也在看房子,看的正是颜子真最喜欢的一套。

江景房,十六层,130平方,位置很好,最主要是楼下不远有一个大公园,还有一个大超市,离菜市场也就隔一条街。

卫江峰在梅州的房子有160平,位置也很不错,梅州房价比江城略低,一来一往,差不了多少就可以买下来了。

当然颜子真还帮她叔叔婶婶看了两套价格平一点的。但是颜子真最喜欢这一套,豁亮、通透、风景好、生活方便。她觉得卫江峰一定会很喜欢。

于是当她看到邓安跟着中介走进来时,心中咯噔一下,邓安也一怔。中介跟她解释说:"邓先生是第二次来看了。"第二次来看了,就是表示比较满意的意思了,颜子真不知为什么,一下子怒从心头起,恶向胆边生,恨不得马上就下定金定下来,可惜这到底不是她买房子,叔叔婶婶要十天后才能回来决定。

虽然自知没什么道理,也马上恶狠狠地送上两个白眼给邓安:"你不是有房子吗?"

邓安被她瞪得有点好笑,反问她:"你要换房子?"

颜子真说:"关你什么事?不打算告诉你。"

MD拒绝她两次,现在还想要抢她的房子。颜子真实在气不顺,又奉送两个白眼。

结果就看到邓跃随后也走了进来,一边走一边对邓安说:"我觉得还是这套好,客厅正对江景,特别通透,我妈肯定会觉得舒服。位置又这么方便。"

说完了看到颜子真,也怔了一怔。

颜子真马上气定神闲,淡定地对邓安说:"不,不是我要换房子，音希全家搬到江城来了，我在帮他们看房子，他们也很喜欢这套房子的。"

她对中介说："我们要过几天才能决定，如果可以的话，先帮我们留几天吧？"

然后才对邓跃淡淡地点了点头，转身离开。

你是要孝顺老妈呢，还是要讨好未来"岳家"呢？这可是一项好选择题。颜子真恶毒地想。

整个过程中邓安没来得及说第二句话，得到四个白眼，一句抢白。然而他几乎憋笑到肚痛。

第四十八章　网球场上的颜子真

江城前几年在近郊新建了一个大运动馆,设备比较新比较先进,场地宽敞漂亮,基本上什么类型的运动都有,连高尔夫球场都在附近山坡建了一个,所以江城很多有车人士喜欢跑过来运动。

室外网球场里,盖瑞对邓安说:"我的天,你总算有空和我去打球了!你想想,自从你回国以后,我们还有没有打过球了。"

邓安拿着网球拍一边走一边懒洋洋地说:"我回国已经多年,你才一年半,那些年我跟你跨洋打球吗?"刚刚他们已打完三局,两人一起往休息椅走去。

盖瑞抢白他:"一年半也不短了,每次都只能在医院里或者医院附近看到你,我跟你说,医生太拼命容易过劳死。你也三十出头啦,悠着点儿。"

邓安懒得理他,一口不伦不类的京片子加东北腔,不知从哪里学来,亏他说得乐不可支。却看到盖瑞往场外张望,终于发现了什么,扬手招呼。

看到往这边走过来的人,邓安的眼珠一缩,转头看了一眼盖瑞。

是莫琮。

邓安先于盖瑞大步迎上去，问她："你也来打球啊？"

莫琼不动声色："我还不大会，盖瑞说教我。"

邓安拦住盖瑞的视线："盖瑞的网球水平不行，还是我来教你吧。"他闲闲地回头对盖瑞说，"是吧盖瑞？"

盖瑞张口结舌，须臾无奈："莫琼，邓安说的是对的，我的网球打得没有邓安好。"他有些困惑，"可是邓安，你不是最不耐烦教人打球吗？"

邓安点了点头，咧了咧嘴："可是莫琼不一样。"

莫琼看着邓安，无奈地翻个白眼，转头对盖瑞说："下回你专门教我吧。"然后才对邓安说，"来，既然你这么有诚意，来教我。"

邓安看着莫琼背着网球拍睁大一双再清楚不过的眼睛看着自己，摸了摸鼻子，自知无聊，笑着说："不教了。"

莫琼也笑一笑，和他擦身而过时低声说："这么无聊去教颜子真吧。"

他一惊，抬头，真的看到颜子真小鹿一般轻盈地跑过来，这么热的天，她跑着过来竟然气定神闲，阳光下笑容明亮，眉目黑亮，洁白干净的网球衣裙教人看了说不出的耳目清凉。

盖瑞打了一声呼哨："哇，颜子真的身材越来越好了，听说你去练拳击了？臂形真是好看极了。"

邓安也发现了，颜子真的体形神态和几个月前有了很大变化，网球裙显得腰肢纤细却有劲，上臂隐隐有好看的小肌肉，线形流畅紧凑。看来这几个月她一直没有停止过那些自虐式的训练，不由得不佩服。

颜子真看到邓安也是一怔，看向盖瑞，盖瑞笑："本来想让小左教你的,他今天没空,待会儿我一起教你和莫琮吧。不过邓安打得比我好,就不知道他愿不愿意教你。"

邓安倒不知道盖瑞约他打球还要当教练,稍有些意外,随即便说:"行啊,反正也是闲着。"

颜子真却微微有点犹疑,她看了一眼邓安,邓安敏锐地发现她似乎有些不太愿意,心下一怔,表面却不动声色。

颜子真到底是个爽快的人,那点犹疑随即便收拾起来,笑着说:"也行。邓安你手下留情。"

邓安笑了笑。

颜子真在运动上并没有太大天赋,但她是秉承凡事过得去即可、想做的事却要做到尽可能好的原则的人,学拳击她其实是想增强身体力量顺便给防身加点系数,学网球就是兴趣了。她十几岁时学过网球,但那时她并无想法,只是随便看到好玩的都学一下的态度。

所以邓安发现她打得颇有章法进境很快的时候很是有点讶异,指点时未免更专心了些,相比较盖瑞和莫琮的说说笑笑,这边尤其安静,一个专心教,一个埋头打,只有网球击在板上"咚咚咚"不绝于耳。

过了一会儿莫琮累了,盖瑞和她就站在一旁休息,颜子真却体力仍好,奔跑来回不见疲态,邓安当然奉陪。盖瑞看了一会儿,对莫琮说:"这几个月颜子真的锻炼真是太有成效了,你看她对力量点的把握多准确,爆发力、持久性都相当可观。"

莫琮说:"子真是这样的,她要是想做好一件事,就会全力以赴。"她要是爱上一个人,也是全心全意。

莫琮看着邓安沉静的脸,他一丝不苟地纠正指点着颜子真的姿势和动作，颜子真专注地听、认真地照做，两个人的汗都成颗滴下来，却仿佛毫无影响。

盖瑞感叹说："咦，邓安相当认真啊。他最不耐烦当教练，以前我表妹缠着他教，被教得手足无措声泪俱下，这人不但身手毒，嘴也毒。"

莫琮看他一眼，这傻瓜。慢悠悠地说："这怎么一样。"

盖瑞叹息着说："是啊，以前那些女孩子醉翁之意不在酒嘛。哪像颜子真，真心在认真学习，这样的体力和敏捷度，教也教得顺心。"

莫琮先是简直被他蠢死，后是被他噎死，摇摇头，又好笑，又好气，笑着看他。盖瑞被她看得有点困惑，心里却不知道为什么很是愉悦，忽然想到一件事，遂说："这周末有几个朋友说去海边露营，你要是没事和我们一起去吧？"

有些人看别人糊里糊涂，对自己却很清楚，这种人不多，盖瑞却正是这种人。莫琮对他的态度改变并不曾遮遮掩掩，他本来就对莫琮的坦白直率很有好感，几次相处之下觉得很舒服很快乐，慢慢地就遇到什么事都会想着和莫琮一起去。

莫琮并不扭捏，点点头："我没事。"

之后邓安和盖瑞又打了一局网球，就散了。盖瑞载了莫琮一起走，邓安一边去拿车子，一边看了身后的颜子真一眼，见颜子真笑嘻嘻地朝莫琮挥手做鬼脸，莫琮也大大方方地笑，回她个鬼脸。邓安的嘴角也不禁微微弯起来。

等到他把车开出来却没有看到颜子真，再往前开一点，居然发现她正招手叫停了一辆出租车，不禁呆了一呆。

这完全不是颜子真的风格，她一向大方明朗，什么时候开始要避开他了?

是的,避开他。泾渭分明。

刚才说要教她网球时邓安就有这种感觉,上手开始教之后这种感觉越来越明显,因为颜子真没怎么接他的话,只是微笑,然后照做。客气而疏离。整个过程中两人就没什么对话,和以前完全不一样。

这是邓安从来没有见过的颜子真。他忽然想起颜子真对邓跃的态度。

他们相爱的时候邓安见惯了颜子真的样子,大方明朗爽利带一点小娇嗔,那种良好家庭出身未经世事的天真和成熟结合得很好,她会对邓跃耍小脾气,但从不会太过分,生气了也是哄一哄过夜就消,十分豁达,从不拿捏摆架子。

后来颜子真和邓跃分手,他亲眼看着颜子真变成完全漠视邓跃的样子,她是真的再也不把他放在眼里。当然他不知道她心里到底是怎么想的,可是态度的坚决和果断,非常明显。

而这些年,无论他怎么对她坏对她好,颜子真总是大大方方地对他。

可是现在,她很温和地断然地在避开他。

邓安忽然明白了,颜子真的性格,那是一旦决定一件事,就坚定果决。

他的手放在方向盘上,这一刻,是他平生从来没有过的踌躇。他应该就这样坐在这里看着她离去,这是他一直的希望。他不能接受她,不能爱她,那么这样是最好的。

可是,这真的是他的希望吗?为什么心里隐隐有焦灼烦躁,有不舍不甘?有那么一股冲动在蠢蠢欲动?

就好像，有一样很珍贵很心爱的东西，眼睁睁地看着它从桌子上掉下来，将要摔碎，而他其实伸一伸手，也许就能接住。

　　他看着她和出租车司机说话，看着她拉开车门，看着她将要坐进去。

　　他一脚踩下油门，车子流水般前行，停在出租车后面。

　　邓安打开车窗，看着闻声回头的颜子真，松了松发紧的喉咙，说："子真，请上车，我有话和你说。"

第四十九章　我说 yes 你还会留下来吗

颜子真听到邓安这个"请"字，不禁怔了一怔，再看他的神情十分平静，又怔了一怔。

出租车司机在催她，想了一想，终于还是抱歉地对司机说："对不起。"

她上了邓安的车，副驾驶座，老位子。然后她听到邓安说："我请你吃晚饭吧。"

天色其实尚早，颜子真却说："好。"

倒是邓安笑了："从这里沿山路往里开，有一个山坳，冬暖夏凉，因为这里开了大型运动馆，有人就在山坳里开了一家饭庄，地方很舒服，东西也很不错。"

颜子真眼睛一亮，这个饭庄她听说过，是新开的，还没来得及去。

邓安慢慢地说："我没有订座，所以早点去，兴许还可以挑到好点的位子。"

颜子真转头看着他，原不想多说什么，可是习惯真是可怕，她那句"真稀奇"就溜出了口，说出的话收不回来，她干脆就直接说下去："什么时候你请吃饭订过座啊？"

真的，从来没有，之前他没有正式请过邓跃和她吃过饭，之后也就是碰上了一伙人顺路随便找个地儿吃一顿。订座？

邓安被她这么一噎，反而轻松了一点，到底曾经在花丛中周旋，这点从容是有的，他笑了笑："好地方还是需要订座的。"

一路开车进去，转进山坳之后，继续开了五分钟，便看到路上渐渐浓荫匝地，竟有不少大树错落层叠，让人十分意外，车停在一棵树旁，人要往里再走几分钟才能到，但一路上都有树荫，树脚下还有一蓬蓬的矮牵牛、天竺葵、波斯菊，十分美丽。脚底下踩的是铺成一条条的水泥条石路，有点从前石板路的意思，迤逦往前。

走到尽头，眼前豁然开朗，入眼是一片不小的池塘，波光粼粼，池塘边建起回廊，隔几步便挂了陶质风铃，放一盆小小茉莉花，风过处，便是风铃轻响，茉莉清香。

看得出主人十分用心思。

他们来得早，恰好又不是周末，便要了最里面的包厢。包厢里最特别的是窗边有一架藤制美人榻和几张藤椅，高高的藤几上放一盆碗莲，正逢季节，袅袅开放。

北面窗是间疏过的树林，泉水从石壁流下来，还种了几丛兰花；南面窗即是池塘，窗户打开时，根本不必空调，花香凉风穿窗而过，心旷神怡。

颜子真坐在美人榻上完全不想动，太惊喜了。

她对邓安说："以前外婆跟我讲过，她小时候在乡下老家有一个别庄，听她的描述和这里很像。"

邓安说："你外婆？"

颜子真想起青乡的事情，周玉音曾对她外婆的描述，她说："我外婆……其实是个很坚强的人。"

邓安点点头:"我看过《二月初一》。"

颜子真呆住:"啊?"

邓安笑了笑,不说话。

莫琮以前有次闲聊中说,《二月初一》算得上是颜子真的家族史。他原没有放在心上,只是有次逛书店,也不知怎么逛的,神差鬼使地走到小说区,看到《二月初一》摆在挺显眼的地方,他便买了一本。

他当时想,颜子真这样的性格,一定和她的遗传有关吧。

他看着颜子真不可置信的样子,忽然补充了一句:"你家的人,都非常坚强。颜子真,你也是。"

颜子真却马上摇头:"我并不坚强,我并没有遇到什么大不了的事,那些真正遇到生死悲痛而拗腰挺立的人,才了不起。"

邓安看着她:"你的快乐肯定不会是世界上最大的快乐,难道你就因此认为那不是快乐?你的痛苦同样也并不会是世上最大的痛苦,可是也并不代表它不值一提。"

总是放大快乐笑容而不肯让别人知道悲伤痛苦的人,他们总是更让人欢喜和心疼。

邓安的心,早年是活泼的薄情的,他游戏世间,比之他的父亲多了浅薄少了珍惜;后来是冷淡的旁观的,虽因工作见多生死离别,可是自己手上失去的生命,到底是深为震骇。他就如一个轻薄却不失善良的春衫少年,忽然一下子受到当头重击,明白了沉重,害怕了自己,也害怕了别人。只是他的害怕,是索性站在了人群之外。

再加上,他去过的地方多,从事的职业严酷,因此见识得多,又自觉心如灰,看待别人便冷漠而挑剔,他将这些藏在心底，表面仍是那个挥洒自如英俊风流的邓安。

只是这么奇怪，他的心慢慢地、一再地开始从灰烬里挣扎，露出鲜活的一角。

而且，和以前不一样了。

他喜欢颜子真，这种感觉直抵心底，在心底抽搐，然后直达脑神经和视神经，指挥眼睛手脚做出违背意志的举动。

坚强的意志削成薄弱。

不由自主。

在很久很久很久以前，似乎有过这样的事情，邓安模糊地想，十几年前了吧，当初刚回美国，校园里短裙褐发的美丽小少女，侧着头教他做手工，她挨着他那样近，窗外的阳光晒进来，她的睫毛长得出奇，如罩了一层金光，大大的眼里浅褐色的瞳仁时时探询地转向他，笑容清纯甜蜜。他的心扑通扑通跳得那样急。

是那样的感觉。

这真是太奇怪的事情了。

他想。

颜子真心中感动，正想说什么，抬头看见他微微恍惚的神情，闭上嘴，安静地低下头喝水。

此际饭庄里十分静谧，只听得见外面清脆的鸟啼声，树荫遮住外面的阳光，室内光线十分自然柔和。邓安的目光无意识地转到颜子真的脸庞上，看到她垂下的眼睫铺在脸颊上，长长的阴影，秀朗的眉毛黑且浓，脸庞皎白。他忽然就有了一种确定感。

他喜欢她。他不想失去她。他想重新开始。

就算全世界反对又怎样，邓跃和自己并无血缘关系，何况是邓跃先放弃的颜子真。

自己和颜子真之间,不过只是世间普通男女之间。所以要解决的也只不过是普通男女之间的问题。颜子真需要知道自己的过去。

普通的过去,不要紧,可是自己的过去,并不单纯。

那是让他窒息到想放弃一切的过去,是让他无法回忆的过去。

可是也动摇不了根本的意愿。当他终于下定决心的时候。

他会为了她去回忆,亲自告诉她,然后,由她来做决定。

邓安见颜子真抬起头来,便问她:"时间还早,这里有上好的金骏眉,要不要喝?"

颜子真点头。

侍者是端着一架小藤桌过来的,上面精美的茶盘上摆着一套白色茶具,她正准备坐下泡茶,邓安示意自己来。

颜子真惊讶地看着邓安。

邓安笑了笑,净手,将开水倒在茶瓯里,然后,洗杯暖杯、落茶进盖碗、悬高冲茶入盖碗、须臾刮去泡沫、静置二十秒后盖碗中茶水倒入公道杯、分茶。

邓安这日穿了白色衬衫,挽起袖子,端坐泡茶,动作一气呵成利落漂亮,特别是他那双外科医生的手,稳定精准,十分好看。

颜子真看着面前那杯茶,心中忽然若有所悟,她喝一口茶,抬起眼睛看着邓安。

邓安正在看她。

他看着她,慢慢地说:"颜子真,有两件事我想对你说。第一件事，那天你说的是对的，真实的我，早在我自己都不知道的时候，开始暗恋你。第二件事，邓跃说的也是对的，我不能确定我是不是能够自始至终都对得起你。"

颜子真呆住。

她拿着那个茶杯忘了放下，就这么呆呆地看着邓安，邓安深深地看了她一眼，伸手从颜子真手里把那个很烫的茶杯拿下来。

他说："这是你一直想要追问的。对不起，子真，我不该让你难堪。"

我一直都嘲弄讽刺捉弄你，可是，我不该让你难堪。

第五十章　告白

时间仿佛过了很久，又仿佛只是一瞬间，颜子真才张得开口，她说："只要是拒绝，总是难堪的。"

邓安一时无语。

颜子真却微微笑："但是我不是小姑娘，我为我的行为感到不解，因为那些话那些事我其实并不想说想做。但我不会为我的心感到难堪，因为我心里喜欢一个人，这种事情没有理由要觉得难堪。"

喜欢一个人，永远都不必感到难堪。

也只有颜子真，自信坚强，才能理直气壮地说出这句话。

邓安看着她清亮的眼睛，慢慢地说："所以，我后悔了。颜子真，你是我平生遇到，最美好的女孩子。你让我觉得，也许，我还能回到正常人的生活。"

他说得慢，一个字一个字，也说得艰难。这话有些肉麻，然而却真真正正是他这么多年说得最正经的最认真的话。

颜子真看着他的眼睛，他的眼睛里，仍然有挣扎，他的问题，仍然在。颜子真忽然想，这惩罚真是惨烈，那个女孩子一定要让他一辈子都忘不了，就算不是忘不了人，也要叫他忘不了整件事。

为什么？因为实在是太爱太爱？

邓安似乎看出了她在想什么，微微苦笑。

颜子真却忽然笑了："为什么会忽然后悔，忽然改变主意？"

她的笑容轻松随意，低了头挑瓜子吃，轻轻脆脆的"咯"一声，咬开瓜子壳，吃瓜子。

邓安忽然也就坦白了："当一个人做出和平时不同的行为时，很有可能是她下定了某种决心。我对这个事实感觉到的是恐慌和必须做出选择。"

颜子真笑起来："你是说，我忽然之间和你很客气，忽然之间不肯搭你的车？"

邓安很坦然："对，你从来不是这么小家子气的人。"

颜子真把手中的瓜子壳朝他扔过去："我当然小家子气。我不难堪是一回事，可是没面子不想理你是另一回事。凭什么我事事都要大方得体让人舒服？我是女孩子，我有权随时发脾气不理人。"

邓安看着她，就笑了："可是，如果我再不做出选择，你的'不想理我'就会变成相忘于江湖。我就会真真正正成为你的普通朋友，看着你越走越远，再也不会回头。"

他的声音很镇定，很确定。

而颜子真的确是这么想的。

她不可能一直不变地这么对他，只要他一直拒绝，她迟早转身离开。事实上她既已两次坦明心迹，绝对不可能再做第三次这样多余的事情，那么，邓安甚至都不用再拒绝，只要一如既往，就够了。

颜子真笑起来："早知道的话……"

邓安也笑:"事实上,都有用。"

都有用。

邓安补充一句:"你不理我,我自然就眼巴巴地跟过来了。"他笑看着颜子真,幽静的房间里窗棂间有晚霞夕阳溅进他的眼里,闪亮生动。

颜子真不相信:"真的?"

邓安摊手:"我说过,因为我喜欢你,比你喜欢我要早得多。"

他比她更早喜欢上她,然而却并不明白这喜欢是什么。

邓安说不出的歉疚,然而看着颜子真的笑颜,心里却有说不出的安静和喜悦。

那是他从未有过的感觉。

颜子真盘腿坐在藤榻上,侧了侧头,笑:"哎呀,说说,什么时候?"

她那侧头的动作有种不经意的爱娇,邓安的心跳快了一拍,拿了公道杯再注两杯茶,慢慢地说:"我也不知道了。但我记得有一次你非常生气,因为我说你并不是真爱邓跃。"

他看着颜子真:"你知道为什么那时候我会对你说:你并不一定像你以为的深爱邓跃,所以那些发生的一切,对你来说,伤害和震惊的感觉应该更占上风。"

邓安慢慢地说:"因为嫉妒,我自己在那时候都没有意识到的嫉妒,我以为你那时和盖瑞在一起了,很嫉妒。后来终于意识到了,又因为知道就算不是盖瑞,也不可能是自己而对自己当时说的话感到抱歉。"

颜子真恍然大悟:"所以去哈尔滨那次,你嘲笑我时的眼神那么奇怪,带着抱歉。原来那时就是因为这个?"

她连他的眼神都记得。邓安温柔地想,原来,关于两人间的一点一滴,他们都记得清清楚楚。

情不知所起,而渐生。

房间里,一时寂静,两人都不再说话。窗外晚霞绚烂满天,而夕阳仍未落山,看出去瑰丽无比。

而房间里的他们,只静静地待着,已是喜悦。

这样的喜悦和快乐和从前不一样,从前和邓跃刚确认了心意,颜子真就打电话给莫琮,笑嘻嘻笑嘻嘻,莫琮骂她,她只是说:"他真的很好啊。"

可是现在,颜子真什么也不想说,她只是懒洋洋地想,原来也有这种快乐,是要安安静静地感受的,若是跳起来欢欢喜喜,会怕它满溢了出来,那就不好了啊。

事实上他们的问题一样也没有减少,但是当两个成年人清清楚楚地知道面对的是什么,而又曾经为此试过放弃,最终还是决定在一起的时候,似乎没有任何事情,有比这样更重要。

所以这一个晚上,直至吃完饭邓安送颜子真回家,两人都只是握着手,笑着,什么也没有说。

一日后,颜子真收到了邓安发来的邮件。

通常来说告白之后的第二天,应该共同出游才是,这么周周转转才决定在一起,总要腻一腻。

但是邓安说,他有事。

他在家里写了一天的邮件。

在邮件的开头,邓安说:"我最应该做的是,面对面和你说这件事。可是，我说不出口。"

所以他选择了用最老套的方式——写信。不过因为是 email，总算不是老套到底。

其实邓安的年少轻狂时期，颜子真大致是知道的，虽然她和邓跃在一起时邓安已经金盆洗手。可是那些照片那些故事，不经意间总能听到一二。

邓跃和邓安兄弟感情好，两人的照片有很多。年幼时两人就有很大区别，合照中小小的少年邓安才十岁就俊秀出众，一双眼睛总是含笑，十分好看。

邓跃在十几岁时，被邓丛恩接到美国去玩过几个假期，以前颜子真不知道，现在想起来她不由得不感慨，邓丛恩真的是一个非常宽厚善良的人，为了邓跃的健康成长，他彻彻底底地把他当作亲生的儿子，样样齐全，没有半点亏待。

在美国拍的照片和录像中的邓安已经是小小青年初长成，虽然镜头多对着邓跃，但飞扬跳脱惊人英俊的邓安总是会成为亮点。有一个在迈阿密海滩的录像中，镜头对着邓跃，可是他身后的邓安身边围了岂止两三个妙龄女郎，而邓安的神情那般从容自在，一点尴尬羞涩都没有。

颜子真看录像时就问邓跃："他那时几岁？"

邓跃说："十六岁，他那时刚考上医学院，才第一学期就被他老师麦克吴看中挑去当助手，然后一跟就跟了十几年。邓安样样都特别出色，长得又特别好，从小就被女孩子围着转，所以都习惯了。"

颜子真不置可否："幸亏没变得娘娘腔。"

邓跃笑："你总是不喜欢邓安。"

得来得太容易，邓安的心思又一半在医学上，对女孩子从来就没有"求之不得"的感觉。美丽的、聪明的、矜持的、活泼的、文静的，都敌不过他的笑容和殷勤，当然也有不理会他的，可是邓安被宠坏了，他对女孩子习惯了漫不经心，不理会么？有什么关系，我从来没想过要全世界的人都喜欢自己，喜欢自己的人已经够多。他笑笑而过，从不放在心上。

邓安在邮件里这么说。

小说里经常会有那种，花花公子周旋花丛，处处受到欢迎，可是他偏偏就对不理会自己的那一个上了心，从此一心一意追求她、喜欢她、非她不可，成为一个专一的好男人。

这是小说。真正的花花公子见多识广，怎会这样容易如人愿，天涯何处无芳草，就算那一个不理会自己的人会比较特别，就算一时真被打动，那也是一时，过后他还是他，而她已不是她。

直到他回国。

他跟随老师回国那年是二十六岁，已经在做实习医生。恩师名气太大声望太高，在医学界算得上泰山北斗，省城医院喜出望外，专门为他设了高级专家处和高级手术室，手笔之大令人震惊。

邓安从六岁到十二岁在江城生活过六年，他对回国没有任何障碍，他是真心热爱医术，只觉得如果能继续跟着老师学习才是最重要的，更何况国内提供的设备并不亚于美国，而且有更多的机会更多的病人，所以当师傅问他要不要一起回国时，他毫不犹豫就答应了。

第五十一章　曾经盛年华景

省城依然是个可以花天酒地的地方。这是邓安的第一印象，第二印象是，他似乎比在美国更受欢迎一百倍。

在本省最著名的医院里，他是世界最著名医生的得意弟子，美国回来的医学天才，他反应敏锐、举重若轻，一双手做起手术来既稳且准又快。他有着惊人的英俊，又这么的年轻。在所有人的眼里，他是天之骄子，是最佳配偶，是可以不惜一切代价追求喜欢的人。

女追男？只要是追求邓安，简直理所当然。

邓安虽年轻，但十年来处身在顶级医学圈中，又浸淫在医学中，见多了牛人高人，深知天外有天，名声不足以让他得意忘形，他只是顺从天性，在繁华世界里优哉游哉，说不出的逍遥自在。

而且他完全没有想到，离开中国十几年，中国的男女之间已经是如此的……丰富。

所以，繁忙的工作之余，除了一如既往的吃喝玩乐外，他和在美国一样，结识了很多美丽的女孩子，他的温柔风趣英俊风流结合得天衣无缝。

但其实邓安是有所收敛的，因为他的母亲告诉他东方的女孩子是不一样的,她们很多都对感情对身体很执着很认真。

邓安虽然在事实中发现并不尽然,但他也照样遵守了一个原则:和所有人都事先说清楚,大家在一起,只是玩而已,你情我愿到 game over,不得纠缠。

虽然其实在任何一个地方都有人表面上说好了私底下并非如此,也有人玩着玩着生出了感情不肯放手,但是邓安受女孩子欢迎太久,他能很敏锐地发现苗头,并马上抽身。

所以,初回中国的近两年,他一样轻松自在,玩得风生水起,同样也没有丢下事业,他主刀的几次大手术获得非常好的效果,在行内声名鹊起,他的师傅十分欣慰,曾公开表示后继有人。

那个时候的邓安的的确确是,春风得意马蹄疾,一日看尽长安花。他的人生,除了父母自小离异,其余的顺利得不可思议天人共愤。而事实上邓安的父母虽然离异,却也并没有对他造成什么伤害,因为他们是豁达的和平分手,且作为朋友时来时往。

直到邓安二十八岁的那一天生日。

他的女友之一,曾忆娜,高兴地告诉他,她怀孕了。

邓安每次的防护措施都做得很好,但身为医生他知道凡事都有意外,想了想说:"你有什么想法?"

曾忆娜长得很美,是那种娇艳的美,她笑吟吟说:"你不同我结婚吗?"

邓安冷静地回答她:"不。"

曾忆娜的脸僵住,邓安说:"我们是说好的,只是暂时在一起玩而已。我不相信你会忘记,那是三个月前的事情。"

曾忆娜是邓安在酒吧认识的,当然曾忆娜不是专门泡酒吧的,但是她经常会和朋友们一起去玩,当时她和一帮朋友在玩骰子,笑起来娇艳得像朵花,身边围了好些人,可是她看到邓安和朋友走进来,就朝着邓安笑,笑着笑着走过来请他喝酒,邓安当然不会要她请,两人喝了几杯。

后来又在那里碰到过几次,邓安就和她在一起了,当然,遵循他的原则,事先讲好了约法三章。曾忆娜当时答应得很爽快。

邓安说:"所以我希望你放弃这个孩子。"

曾忆娜不肯相信:"你们美国人,不是都不同意堕胎的吗?"

邓安说:"我是医生,我觉得堕胎除了伤害母体之外,并没有什么不妥的地方。这是一次很糟糕的意外,对不起,我会弥补你。"

他让曾忆娜去检查身体,曾忆娜不肯,她坚持要和他结婚。邓安那时仍然是风流倜傥的公子款,他在这一点上和他的父亲邓丛恩很像,对女人很好很温存,因为曾忆娜怀孕,就更绅士更温柔,曾忆娜就觉得这是有希望的。

她缠着他在一起,邓安坚持不肯,又因为几次劝说她去检查而无效,渐渐怀疑曾忆娜说谎。

于是他很明确地告诉她:"第一,你必须明白,我无论如何不会和你结婚,就算你生下孩子也不能。第二,你同样必须明白,如果再拖下去,做手术对你的伤害会越来越大。你必须相信我,我是医生。"他看着曾忆娜的眼睛,"你是真的怀孕了吗?如果是真的,现在已经快三个月,为什么你一点也不着急?请你告诉我,你在想什么?"

曾忆娜的眼睛惊慌地躲避着他,邓安便明白了,他没有理睬曾忆娜的眼泪和苦苦的哀求,转身就走了。

他也没有听曾忆娜在他身后的叫声:"我没有骗你,我真的是怀孕了!我只是……只是……"

后来曾忆娜又来找过他无数次,哭泣、哀求,一再地说她是真的怀孕,她没有骗他,她告诉他她很爱他,她第一次见他是跟中学的学长去医学院玩,那次邓安刚好来上课,她一见钟情。后来她就经常去医学院,打听好他的上课时间,坐在课堂上听他讲她完全听不懂的课,可是他有太多的女学生男学生围着,她找不到机会和他说话。再后来,她听说他常去酒吧玩,就跟着去了……

她说她不要结婚了,求他不要不理她。

邓安没有再理睬她。他有他的生活,有别的女伴,曾忆娜的一页早就已经翻了过去。

邓跃曾经问过他:"如果她真的怀孕了呢?"

邓安回答他:"我不会纠缠这个问题,因为在事先大家都说清楚了在一起的目的,那么发生了意外我有责任,但不是结婚的责任。何况,她根本没怀孕。"

他其实很厌烦。他的朋友说过有时候是会遇到这种麻烦的,可是这么多年,他的防护措施从来没有出过差池,为什么单单在曾忆娜这里出了问题?而偏偏曾忆娜又一心一意要和他结婚?

他没有想过自己以后的婚姻会是什么样,可是他也从来没觉得自己会和玩伴结婚,开什么玩笑,大家你情我愿玩玩而已,结婚?他跟恩师说:"就算和你一样终身不婚,也没有什么损失。"

麦克吴,邓安的恩师淡淡地看他一眼:"你这个年龄结婚就是浪费时间。"

邓安快活地哈哈大笑。在他师傅的面前,他仍然是那个十六岁的医学院新生，敏捷的身手，修长有力的手指，飞快的反应能力，加上卓越的天赋，对着医学书专注痴迷的惊叹喜爱。而性情则是飞扬跳脱，会对着医学泰斗满不在乎地笑，可是偏偏就被麦克吴看中，一个医学院一年级新生，被当时已是学院最有名的教授、最出色的脑外科专家收入门墙，不知多少人羡慕嫉妒恨。

可是十多年，他的出色证明了麦克吴的眼光，师徒俩携手，在手术台前是一道令人惊叹的风景线。

邓安说的也是真心话，他那么年轻，婚姻根本就不曾在他的脑海里出现过。那些女孩子，你来我往，也从来不曾在他的脑海里留过身影。

邓安的母亲说，邓安的天性像他父亲邓丛恩，但是邓丛恩至少是把自己的女孩们一个一个放在心里的，邓安却是完全的漫不经心。

她说：邓安，你需要改变。你只是表面上对女孩子好，你的心里一点都没有对她们好。

于是，让邓安改变的事情就突如其来地发生了。

曾忆娜在郊区自己家空无一人的老房子里纵火自焚。看到的人说，下午时分，突然就看到那个独栋老房子一下子从屋里四周蹿出好大的火舌，那天风又大，风助火势，火一下子就蹿得更高，噼里啪啦地烧，很快就起了冲天的大火。

大家都去救火，可是怎么可能救得下来这样大的火。

幸好曾忆娜家那个老房子单独建得远，没有对邻居家造成太大的损失。他们也以为屋子空了这么久，应当是没有人的。

可是半小时后火烧完了，屋里发现一具尸体。

法医鉴定，是曾忆娜，而且曾忆娜已经怀了四个月的身孕。

邓安协助调查，他亲眼看到了那堆废墟，还有曾忆娜烧成半焦的尸体，以及，那个很小很小的胎儿。

他想起来曾忆娜已经有几天没有来找他，他以为一切都结束了，好好地松了口气。可是是这样的结束。

他想起来曾忆娜最后的一句话，她看着他车上的女郎，愤怒悲伤地大叫："邓安，我恨你！我恨你！我恨你！你不会有好结果的！"

他想起来曾忆娜一再地哭着说："我没有骗你，我是真的怀孕了，我怕你拉我去堕胎，你是这么出名的医生，我怕你自己就能给我堕胎了。我真的没有骗你……"

他想起来曾忆娜求他："我不要结婚了，你不要不理我，我们还和以前一样，我保证我再也不会这样子了。邓安，你别不要我。"

他想起来曾忆娜对他说："我再也不说我爱你了，我记得我们的约定，只是大家一起玩，我会记得牢牢的，再也不会违反。"

他想起来曾忆娜在酒吧里和朋友扔骰子，人群中巧笑嫣然，娇艳的容颜笑起来像一朵花，笑着笑着向他走过来，要请他喝酒。

……

然后，他看着面前焦黑的、解剖过的面目全非的尸体，还有装在瓶子里的四个月的胎儿。

邓安只觉得有一片冰冷的海水，无声无息地、冷冷地从他的脚心、脚脖子漫上来，漫上来，没过小腿、没过膝盖、没过腰，他想走开，转身走到不远处的高处，可是脚底有水流，巨大而暗蕴强力，坚定地阻住他的腿脚，不许他离去。他只有站在那里，无力地看着它一波一波地漫上来，冰冷地、窒息地。

邓安想：我不会有好结果的。

第五十二章 这五年的邓安，那十年的邓安

事情发生后，第一个知道的是他的老师，麦克吴不愧是最了解邓安的人，他问邓安要不要回美国。

邓安说不。他想去一个安静的地方，他想到了江城，他生活过六年的江城，回国后的两年他去过两次江城看望邓跃和他的母亲，这个既陌生又熟悉的城市，又有着不错的医院，他想，就去那里吧。离省城也不算远，还是可以随时向师傅讨教学习。

不能再留在省城的原因不是因为曾忆娜。

邓安在私生活上有美国人的作风：公私分明，注重隐私。就算曾忆娜曾对着他哭求，也深知道他的忌讳，并不曾在大庭广众下闹过。所以曾忆娜的事情知道的人很少。事情发生后，曾家也想过要去省医闹，可是一来家丑不想外扬，二来也清楚明白就算去闹，最多也是舆论非议，可是舆论非议对邓安是没有用的，他随时可以回去美国。而且很快知道邓安从省城医院辞了职，决定离开。

所以事情也没有闹大。

到底，这是你情我愿的男欢女爱，麦克吴对邓安说，人性不一样，事情发展就不一样，以后专心医学吧，去了江城，千万别放松，我的弟子，别的事我都不讲究，专业只能精进不能后退。

邓安从此离开省城医院，此后只有在师傅召唤的时候才会回去，有时是做一台大手术，有时是试新的设备和器械，有时是去会诊或者参加全国专家会议，有时则只是去看望恩师，和恩师讨论世界最新医学科技和脑科手术。麦克吴在省城医院主要工作是带两个学生，也去附属医学院上课，邓安也会得和那两个师弟探讨或是指点他们。

所以，就算离开省城医院，邓安的医学水平仍然一如既往地提升着。

只是，再也不是年少春衫薄，再也没有了轻薄与风流。

一晃五年。

邓安在邮件里的陈述非常客观，基本没有主观想法。他把他所知道的都用冷静的口气写下来，那些他不知道的，他一点也没有臆测——曾忆娜可能会有的想法、父母兄弟的想法，都没有。只有对白、经过、自己当时的想法。

作为一个专业的外科医生，他翻译过很多医学杂志和书籍，他用惯了的就是这种冷静、客观、毫无主观诉求的笔法。

颜子真知道大致的事情，但是她不知道邓安在当时的想法，也不知道事情的具体细节，更不知道最后的发展是这样的惨烈。

这个邓安是陌生的，和这五年来颜子真所见完全不同。邓跃曾说：你知道飞蛾扑火吗？我一直觉得那些女孩子都是在飞蛾扑火，女孩子和男孩子是不一样的，女孩子总是容易发生感情，她们只会伤了自己。

颜子真想，邓安的花花公子时期真是典型，他最大的错处不是没有处理好曾忆娜的事情，而是，他钟爱的生活方式注定了会有不幸的结局，或者是这样，或者是那样。

她几乎可以想象得出来当年的邓安，是怎样的英俊不羁，温柔风流，口角风趣。她初识邓安时，邓安眉目间的风流痕迹尚未收敛干净，虽然颓唐，调笑时眉目之间轻佻随意、风流不羁还是时时流露的，那时候……虽然颜子真很不喜欢他，还是会被他逗得满脸通红，又羞又恼，可见其功力。

后来便没有了。后来的邓安还是会捉弄她嘲讽她，但整个人是懒洋洋的。

颜子真印象最深的是，足足有半年，邓跃要夜夜去酒吧找回烂醉的邓安。有时约会到一半，就会有酒吧老板的电话打进来，叫邓跃去领回邓安。

她看到过一次，因为邓跃从来不肯让她看见邓安的狼狈，而那次他们刚好在附近。

那时的邓安，醉得不省人事，却不打不闹，嘴里一串一串的说英语，还唱歌，吵闹无比。酒吧老板头疼无比，见邓跃如见救星。然后邓跃去扶了他走，他也不会抗拒，醉里也知道这是谁，笑着说："啊呀，my brother is here。"转眼看到颜子真，也笑，"真是一个干净的女孩子。"——这是颜子真近五年唯一听到过的从邓安嘴里说出来的好话。

他醉得走不了路，邓跃扶着他，他脚下拌蒜，把邓跃也带得跌倒，短短到停车位的路，邓跃都要背了他走，他就在他背上放声高歌，一路唱到家，放到床上他就睡熟了。

除了吵闹好笑，并没有别的。

但是邓跃说，那段时间他不喝酒不能睡觉。

可是酒喝多了是不行的，邓安是脑专科医生，需要非常精密的仪器操作和非常快稳准的双手。半年的酒精麻醉,已经令他需要微量镇静剂才能和从前一样做手术。而这,是不被允许的。再喝下去,他挚爱的医生生涯就要完结,但是不喝,他终夜无眠。

他最后戒掉了酒,没人看到过他怎么戒的。他只是把自己关在家里,关了半个月,走出来,就是颜子真认识至今的邓安。

颜子真想到她去避暑山庄找邓安时,当邓安嘲弄地问她:那你觉得真实的我会是什么样?

她冷静地回答了他:"我当然不知道你从前的事情,可是我认识的是这五年里的你,每个人真实的样子也不是一成不变的,每个阶段有每个阶段的变化。能够五年都是这个样子,我想多半这也就是这五年里真实的你了。"

颜子真想,五年和十年,哪个更长?

她认识这五年的邓安,她不认识那十年的邓安。

她,喜欢现在的邓安。可是邓安说:"邓跃说的也是对的,我不能确定我是不是能够自始至终都对得起你。"

一个人不能割裂开来对待。十年的邓安,五年的邓安,都是邓安。

暑假结束的前几天,卓谦和卫音希从拉萨回来。刚好碰上搬家。

卫江峰最终果然选择了那个颜子真最看中的房子。而邓跃竟真的没有下定。

颜子真没有空也没有心情去关心这件事,她们全家都去帮忙,整整搬了两天,才全部搞定。

期间有卓谦活泼无比地参与,卫音希妈妈简直喜欢极了这个男孩子。

颜子真再大的心事都忍不住看起热闹来。卓谦反而说她："颜子真你越来越老气横秋，你看你抱着手臂坐在沙发上看好戏的样子，像不像广场大妈啊？"

颜子真笑眯眯："你也知道我在看好戏啊？何况我要是广场大妈，你就是给广场大妈们相亲的对象了啊。小男生说话要当心点，总是把自己绕进去，你说这智商多叫人闹心。"

卓谦瞪着她，颜子真得意扬扬地说："你在我婶婶家跟我瞪眼睛吗？婶婶，以后别给他开门。"

卫音希笑倒在颜子真肩头，对颜子真说："姐姐你都不晓得卓谦在藏南的时候，一路上可有多损人。"

卓谦说："不是啊，卫音希，不是的。"

卫音希不理他，细细碎碎地给颜子真和卫江峰夫妇讲在藏南的故事，说到开心处，眉飞色舞，被藏南和拉萨的阳光晒得微微发黑的精致小脸上，光彩四射，眼睛亮得惊人。

她说得有些出入了，卓谦就纠正她，她说得有点忘了，卓谦就接上去说，两人你说一句我说一句，笑得十分开怀。

颜子真侧着头看看卓谦，又看看卫音希，卫家新家的大客厅面对着江，傍晚的阳光并不烈，如流金碎玉从落地大窗里铺陈进来，正好照着两张年轻好看的脸庞，美好得不像是真的。

她想，旅行真是一件美好的事情，它会让一些事情悄悄地发生改变。

颜子真把温公子谢昱文给她的资料交给卫音希。

卫音希看着一大沓打印归置得整整齐齐的留学资料，瞪大了眼睛，颜子真温和地说："音希，这些资料是温公子费心找来的，他问了很多内行和教授，也托了一些外国的朋友去当地找来的资料，网上是找不到的。我知道你曾经的梦想，我希望你能认认真真地看这些资料，然后做出对自己最负责任的选择。"

卫音希怔了好久。

卫江峰和妻子接过去翻看了一些，脸色变得有些复杂，默默地把资料夹递还给卫音希。

颜子真诚恳地对卫江峰夫妇说："我不敢说十分了解音希，但是我想大部分还是了解的。我也和音希的漫画老师探讨过，都认为，以音希的性情和资质以及国内漫画的现状，如果能去国外学习，应该会更好。国外更成熟更系统更纯粹的学习能让她学到更多。"

卫江峰夫妇把目光转向卫音希。

卫音希低下了头。

颜子真叹了口气："我知道你在想什么，如果你实在不想去，我也想让你看完了，再答复我和温公子。"

卓谦在一旁听了半天，他本来什么都不知道，但是在藏南，到底还是发生了一些事情，在藏南一家民宿的楼顶，看着世界上最明亮最清晰的星星，卫音希跟他讲了《二月初一》的故事。

所以他实在没忍住，对卫音希说："我也认为你不应该放弃好机会，有时候一个人一辈子只能有这么几个机会。如果你纠结钱的问题，你问颜子真借啊。分期还款，加利息，那也可以。她反正有钱也就是存银行，特别蠢特别败家。"

最后一句话整个毁了气氛，卫江峰都忍不住笑了一下。

颜子真只得无奈地笑。

第五十三章　音希想，不能让所有的一切都随风而逝吗？

卫音希接过了资料夹。

颜子真和卓谦走后，她回到卧房，低头看着这一沓厚厚的资料，慢慢地一张一张翻过去，翻了很久，目光散漫，并没有看进脑子里去。

说实话，她怎么会不想去。中学时，因为她一门心思画漫画学漫画，母亲就去问了老师和一些比较专业的人，大部分人都不大看好，觉得不务正业，没什么前途。只有年轻的班主任和一个美术馆的老师表示可以一试，但国内的不成体系，最好去国外学习。

母亲便同父亲去商议，她其实再也没想到，一向严肃固执的父亲，参考了母亲的意见，开始为她打听学校，国内的和国外的。

父亲对自己说的话卫音希一直都记得，父亲说："人这一生，最难得找到自己喜欢做的事情，爸爸只希望你能一直都记得你的理想，就算以后改变了想法，也要有另一个理想来坚持自己。"

卫音希当时点点头，没说什么，等父亲走出卧室，她的眼眶湿了很久。

她其实，是想过父亲会反对的。毕竟哪家的小孩都不能这么随心所欲。

为此，她除了开始认真的学习功课之外，也开始在课余认真地打听和琢磨学校，有时会和父母探讨，有时也去和美术馆的老师探讨，和他们一起积攒了一堆的学校和老师的资料，厚厚的一大沓，仔仔细细地分门别类整理好。

可是忽然之间，这一切都成了泡影。

她真的半点也没有怪过父亲。只是父亲愈加沉默，后来卫音希报了江城大学艺术系，父亲长长地叹了一口气。

其实卫音希调整得很快，少年心性骄傲飞扬，从不会因为客观环境而折腰而放弃，她骄傲地想，只要我有能力，在哪里都能学习，就算现在没有最好的环境最好的学校老师，可是我总有一天，可以去到那里，凭自己的能力。

所以她安安静静地在江城大学上学，从来没有过一丝不忿不甘，而在江城大学，她认识的校友和室友拥有的才华和能力，让她学到很多很多。是的，在哪里，都可以学到东西。

可是，总还是渴望更广阔的天地，更系统的学习，更专业的学校。特别是，当她感觉得到自己的局限和瓶颈时，那种得不到帮助的焦虑。所以如果有机会，谁不渴望呢？只是那需要昂贵的学费、生活费。

接受遗产？那遗产合法地属于她。庄慧行完全清楚她的身世，她说那是给她的东西。

可是那点纠结始终难去。虽然知道是非对错，虽然明白往事都已过去。

可是她还有着二十年的感情啊。

奶奶去世已经一年多，只有当事人全部都已经离世，那才能叫人死万事消，这是卫音希从这整件事上得出的教训。否则，颜子真说，因为人老了病了就可以原谅这人当年做的事，那么那些年纪轻轻就因着善良友爱被他（她）害了的人，从哪里去找公道？难道还要让害人者寿终正寝得享终年？难道真要去期待阎王爷断案？如果是这样，这世界简直荒唐之至。所以除非当事人亲口说出原谅，否则，害人者没有被原谅的理由。

卫音希全都明白，她也不得不认可这个道理。因为由人及己，如果自己的家人受到那样的伤害，自己也坚决不能接受原谅。

那么，庄慧行所作所为，完全正当，完全义薄云天。

随着时间的过去，卫音希原本在心里的一点点不适和怨意已经渐渐消散，她甚至开始敬佩起庄慧行。

可是，这和她的感情，还是两回事。

不知道为什么，她对接受遗产的不情愿，渐渐地变成了沉重。

她的感觉非常复杂，她一次次不由自主地想起奶奶生前对自己的疼爱和呵护、笑闹和宠爱。她想着庄慧行从沈雁如那里得到的应该也是许许多多的关爱和照顾。

她觉得她不应该接受。

那是庄慧行对沈雁如的情义，而她虽然有着沈雁如的血脉，却承受的是姚灵莺的深切爱护。她不能够仅仅因为那丝血脉，而接受庄慧行如此深厚的情义。

卫音希说不清楚自己的感觉。既然当事人俱已成灰，所有的恩怨随风而逝，那么，也应该包括遗产。

让一切都像现在一样，清清楚楚从头开始，才是最好的。她固执地这样想。

父母对遗产的事没有表示什么，他们之前说过了由她决定，那便是由她决定。当然，母亲是想表达一下自己的想法的，但被父亲阻止了。卫江峰在兄长身上学到的重要一点是怎样让女儿成长，因为颜子真在他眼里比卫音希强太多了。

卫音希看似独立，实则依赖心很强，她的脆弱来自于不得不独立——卫江峰夫妇是在儿子十岁那年不幸去世后才又生了卫音希，年纪已大，两人朋友的儿女年龄和卫音希相差太大，因此卫音希从小身边没有同龄的玩伴或者兄弟姐妹。

不像颜子真，就算也是父亲四十岁才生的孩子，可是她有好几个表兄弟姐妹，还有卓嘉自的教育方式，使得她明亮开朗独立有主意、坚强坚定，会坦然说出自己的想法，会冷静地判断该怎么做。

卫音希不能。

当然，那也是因为她尚年轻，所以，就让她一步一步慢慢来吧。

所以，卫江峰很高兴地看到颜子真、卓谦和卓谦的一帮朋友带着卫音希玩，很高兴地看到卫音希越来越开朗，笑容越来越多。

这其实也是他最终决定搬到江城来的原因。

卫音希并不知道这些。虽然颜子真说这件事并不急，可是到底时时会想起来，那本资料她已经仔仔细细全都看完，但她并没有去和温公子商量讨论。

资料太详尽了，比之她当年搜集的，好上不知多少倍，学校的历史、风格，老师的作品、喜好，还有环境、专业、学风，样样俱全。可见得做资料的人费了多少心机、找了多少人，卫音希捧着那本资料，心里那丝久违的感觉又浮上来，这个世界上，除了颜子真，还有一个人会不计得失帮助自己，而完全不要回报。

这个人，她是那么仰慕他。

她一大早一个人走在去上课的路上，心事重重。

今天这一堂课是大课，卫音希必须替寝室同学占三个位子。她这几天都睡得不大好，醒得早，就自告奋勇去占座。

清晨的校园人很少，晨读的人已经结束，上课的人尚早，九月的天气是相当舒服的，卫音希不快不慢地往教学楼走着。

离她们上大课的教学楼还有一段距离的另一个楼是教研楼，她微微抬头，看到邓跃从教研楼出来，往教学楼走。

然后他顿了顿，回头，看到她，笑了起来。等她走近，问她："这么早？"

卫音希点点头："是啊，邓老师也早。"

邓跃笑着问她："听说你全家搬到江城来了，住得习惯吗？"

卫音希就有点吃惊："邓老师怎么知道的？"卓谦告诉他的？不可能啊。

邓跃有些无奈地笑笑，想说什么，又摇摇头，说："子真帮你们家看房子的时候，我们遇到了。"

他的确是为了卫音希放弃了那套房子，另外找了一套更贵的买给了母亲。然而他也知道，卫音希不会知道，他也没打算告诉她。

他问她："什么时候从藏南回来的？好不好玩？"

卫音希认真地答他:"回来一个星期了,很好玩。邓老师你暑假也出去玩了吧?"

邓跃摇头笑:"没有,接了个项目,忙了一个暑假。哦,对了,你在这里等我一下。"

卫音希呆了呆,见他转身往教研楼走回去,看了看来路,倒也不急,她起得早,路上走来上课的学生还没几个,不耽误占座。

才几分钟邓跃就微喘着气出来,手里多了一个大文件封,笑着说:"你一定是来给同学占座的,我差点忘了,幸好还早。"把手里的大文件封递给她,"我记得以前你是打算出去留学的,刚好我认得几个朋友,假期里又和一帮人有交集,就整理了这些材料,你拿去看下吧,希望会有点帮助。"

卫音希十分意外,邓跃看着她愕然的神情,倒笑了:"举手之劳而已。"

卫音希想了想:"是给大家看的吗?"

这下轮到邓跃怔了怔,紧接着便笑了:"当然大家都可以看。"他拍了拍卫音希的肩,"别发呆了,快去教室占座吧,不然没座位了。"

他开步先走,卫音希不由自主地跟着他一起往教学楼走。一路走,邓跃一路跟她略略地讲了新学期的安排,卫音希认真地听着,偶尔问一下问题,到了大教室,才各自分开。

大教室里已经有了一些同学,卫音希占好位子,闲着没事,拿出绘图本开始画画。

过了会儿,刘英和习诺到了,习诺眼尖,一眼看到卫音希手边的大文件封,问她:"这是什么?"

卫音希"哦"了一声，把大文件封推过去："邓老师给的，说给大家参考的留学资料。"

刘英"咦"了一声，笑："还有这种好事？可惜我不打算留学。"习诺早打开来看，粗粗翻了一遍，笑了："全是欧洲一些国家的留学资料，对我没有用。"

刘英问："慧永有打算要留学吗？"

习诺说："她说暂时没有，先工作两年再看。喏，慧永来了，问问她。"

习诺朝门口的曾慧永招手，曾慧永也招招手，慢慢地走过来，坐到卫音希身边，习诺把文件封推给曾慧永："音希说是邓老师给的，我和刘英都用不到，你看看吧。"

曾慧永看看面前打开的大文件封，一大沓资料放在文件封里，虽然被翻过了仍然整整齐齐，她转头看卫音希，卫音希点点头："刚才遇见邓老师，他说是他暑假里整理的一些留学资料，说兴许会有用。"

曾慧永点了点头，手放在文件封上好一会儿，才低下头开始慢慢地翻看。

那堂大课，曾慧永一直低着头在翻看那沓资料，她看得很仔细、很认真，似乎每个字都细细地看过了，反反复复地翻来覆去翻看对照，全神贯注。

卫音希在听课间隙笑嘻嘻地侧头看看她，又和习诺刘英做做鬼脸，手下不停地做着笔记。

第五十四章　谢谢你听从你的心

九月授衣，白天虽然炎热，早晚已变得凉爽。

颜子真仍然坚持健身，一个夏天过去，她的体形让莫琮十分艳羡，在更衣室里对着她的马甲线流口水。

盖瑞就怂恿莫琮一起去健身房。

莫琮倒没有像颜子真一样练拳击，而是和盖瑞一起混练。盖瑞像很多国外长大的人一样热爱运动，此际见莫琮专注认真地听自己解释要领，那点开心挡也挡不住。

颜子真故意捣乱："请私教啦莫琮。"

盖瑞一本正经地说："莫琮不需要减肥，她只需要常规锻炼紧实肌肉就可以。"

颜子真说："可是她羡慕我的身材哎。"

盖瑞不服气："虽然吧，不能像你一样这么快练出小肌肉，但是吧……"

颜子真就笑。莫琮也笑。盖瑞并不是很知道她们笑什么，可是两个美女一起笑，总是令人无限愉悦的，就也笑。

笑着笑着，莫琮"咦"了一声，盖瑞扬手："邓安！"

颜子真转身，果然看到邓安，就忍不住笑了，也不知道为什么，心里有一种悄悄的愉悦，一缕缕的一丝丝的，在心脏周围游走,游走着游走着偶尔就会碰到心脏,心脏便被刺激得缩一缩,感觉十分——美妙。然后她看到邓安站在原处,并没有走过来的意思,看着她,似乎有点顾忌到她。

那一瞬间,颜子真什么也没有想,她眼底蕴笑,朝邓安走过去,走近了,看到邓安的眼神有点无奈,也有点喜悦,手却不由自主地微微抬起。颜子真一下子笑开来,伸手过去拉住他的手,站在他的面前。

邓安在颜子真的手触到他的手时,脸上便微微笑起来,当他的手心感觉到那只柔软的手握牢了自己,低下头看着那张脸皎白如月,笑意欢容,忍也忍不住地露出喜悦的笑容。

半个月,足足有半个多月,那封信发出去后,颜子真没有任何回音。

他其实也早就准备好颜子真不再回应。在那封信里,他坦白了所有的真相,包括自己的心理活动,纤毫毕露,没有半分隐瞒——他不想做任何隐瞒,他要让颜子真知道最真实的自己。然后,他也坦白了对自己的没有把握。

我不能为未来的我做出永不背弃的承诺,虽然我可以为现在的我做出这样的承诺。

这是一句很狡猾的话,但很悲哀,这是一句很实在的话。

邓安但愿自己可以做出更好的承诺,可是他不想有半分欺骗颜子真,也不愿欺骗自己。

她是那个令自己第一次觉得心痛的女子,是那个令自己第一次害怕她离开的女子。

颜子真坚强豁达,可是她仍有那点天真,她的祖辈、父辈都生活在天长地久的爱情中,他在想,当她面对这样的坦白时,放弃也是理所当然的。

虽然,他隐隐地觉得,颜子真似乎是不同的。

他等颜子真的决定,在此之前,他不愿意打扰她。

虽然这些日子、这点希望,让自己备受煎熬。

他对自己的母亲说:"我觉得,我的天使已经来了,可是妈妈,我但愿我能留住她。"

然后,他看到她走过来,拉住了他的手,笑容美丽之极。

然后,他看到她身后的盖瑞和莫琮,他们脸上惊诧的笑容,然而转眼便变成了开心和祝福。盖瑞是肯定祝福他,可是莫琮的笑容,让他眨了眨眼。

那天晚上接下去的练习颜子真请了假,两个人扔下盖瑞和莫琮,光明正大地走出了健身馆。

健身馆外车如流水,灯光灿亮,天际却依然有灰蓝的光线铺了半天,城市不分昼夜光华四射。

颜子真转头看向邓安,邓安也转头看她,两人都笑起来。

颜子真说:"我一直在想,我怎么回答你。"

邓安笑了,想一想,又笑,车灯路灯天光交织的流光溢彩中,他的英俊无比魅惑夺目,颜子真笑着问:"你笑什么?"

邓安笑着举了举两人拉着的手。

颜子真也笑了:"其实,我觉得我应该想清楚,我要的是什么。可是刚才看到你,我觉得,要什么固然很重要,可是听从自己的心也很重要,我相信我自己,我也应该相信你。就算以后会有改变,我也一定不会被击倒,人的一生当中,感情很重要,可是真不是重要到能超过百分之五十,最起码在我心里,有更重要的东西。"

她侧头看着邓安，笑意盈盈。

我现在看到你我就喜悦地笑心就怦怦地跳，就想牵着你的手和你一起快乐愉悦，这个，也是我要和你在一起的理由。

这就是颜子真。

这就是他的姑娘。

邓安在这一瞬间，觉得，他这一生，是被神祝福过的。他那样的人，也会遇到这样的女子。他握紧了颜子真的手，不够，他想紧紧地拥抱她。

于是，在健身馆门口，他拉过颜子真，紧紧地抱住了她，她柔韧而温软的身体在他的怀抱里温顺地不动，邓安清晰地在她耳边说："子真，谢谢你。"

谢谢你的喜欢，谢谢你的相信，谢谢你。

我必会尽我的全力，让你幸福，让你一直这么的明亮开朗，快乐地笑。

第五十五章　六岁的承诺

邓安在九月中开始恢复上班。翻译的稿子则利用业余时间继续仔细校对。

由于莫琮那篇报道被到处转载，后来有人在网上把邓安在美国的经历都扒了出来，那真是金光闪闪，加上邓安恩师的名声，邓安甫一恢复工作，全省乃至全国的病患都来排队求医。

乃至于有人求到麦克吴那里，请他让邓安做手术，因为麦克吴已不大动刀。有些人情不能推却，邓安便常常需要去省城医院。

忙得连和颜子真约会都实在抽不出时间。

颜子真也很忙，她写的第一个剧本已经正式开拍，她去了一趟拍摄地点，实地观摩了几天，对《二月初一》的剧本细节有了新的删改方向。

回家之后便把全本剧本重新写了一遍，发给赵意，赵意对这一稿剧本很是满意，基本敲定。

不过她与邓安再忙碌每天都有电话，一般都是邓安打给她，因为邓安的手术时间实在不能确定，她则是发短信较多。

在最初一个月的忙碌之后，邓安开始慢下节奏。久不摸手术刀，其实对邓安来说非常不习惯，所以虽然忙碌，每台手术却仿佛都是一种享受。又由于前几个月他一直在查看和翻译世界最新脑科书籍和杂志，积累不少，在手术中体验着积累的新知识点，每次都有不同收获和改进。

但正如盖瑞所说，他并不想过劳死。

病人很重要，自己更重要。

而且，邓安偶尔会想到颜子真，想：她比病人更重要。

是的，他从来不是一个无私的人。他努力地精进工作水平，努力地做到能做到的最好，因为那也是他钟爱的事业；他也会为病人动容，为病人会诊研究手术通宵达旦。但是，前提是，他有自己的生活，他不会为事业和病人奉献全部。

所以，他们开始正常地约会。当然，比之朝九晚五的人的约会，他们的时间是少了很多，好在两人都是成年人，都有自己的事情要忙，都并无怨言。

只是在一起的时候，格外珍惜。

这珍惜也并不是时时地你侬我侬，邓安懂得玩，有了假便带颜子真到处去，第一个假期，两人便跑到巴厘岛的武吉半岛去冲浪。颜子真只在电视里看人冲过浪，看着邓安在一波波大浪间穿梭自如，艳羡得不得了。邓安就手把手教了颜子真一些基础理论和切身体会，然后把她扔进了培训班——他并没有考教练资格。

坚持运动健身和拳击、瑜伽锻炼的颜子真，终于尝到了最直接的好处，在控制冲浪板的技巧和力量上，她掌握得特别快，再加上邓安每堂课后都给她复习练习，把自己的经验细细剖析给她听，所以颜子真很快就能够在温和的梦境海滩开始第一次独自冲浪。然后，她马上就爱上了这个运动。

这简直……太美好的感觉了啊。

日落后两人便在海滩上看各种民族表演、喝酒、尝试各种美食。

这是颜子真有生以来最完美的假期。

然后，骑马，滑草，跳伞，滑翔……每个月，邓安都会抽出时间，和颜子真一起去各地度短假。

日子如飞一样度过，到了冬季，邓安带着颜子真去了法国，Chamonix，欧洲最负盛名的滑雪场。这是邓安每年例行的滑雪长假。

在那里，邓安认真细致地教了颜子真两天，颜子真在哈尔滨学滑雪已有了一定基础，技艺一日千里，当她第一次自己从中等难度的滑雪坡上顺利地滑下来时，邓安站在山脚，抬头看着她在蔚蓝的天空下明亮快活的笑容，纵情大笑着向着他滑过来滑过来，禁不住扬起嘴角，笑意满眼，心里有说不出的满足和安定。

他接住颜子真的手，问："还要不要再滑一次？"

颜子真连连点头，他笑："小心一点，慢慢地。"他把她送到滑轨车上，亲亲她的脸，低声说，"晚上我妈妈会过来看我们。"

颜子真马上要从滑轨车上下来，邓安大笑，顺着滑轨车往上跑几步，把手忙脚乱的她抱下来，颜子真愤愤地看着他："你不能待会儿再跟我说？"

邓安笑："就是顺便想起来了。"他扬一扬眉，"我以为我带你来法国，你就有这个自觉了啊。"

颜子真语塞，她的确是想到了，可是……

邓安笑："别紧张，她就是好奇。"

于是，颜子真晚上在酒店里见到了邓安的母亲。

邓安的母亲是一个很美的妇人，五十多岁，看上去也就四十左右,和邓安站在一起像是两姐弟,她眼角有细密皱纹,并不做掩饰,越显得气质优雅豁达。

颜子真很喜欢她。

邓安母亲很快就走了,临走前她拥抱颜子真告别,笑着对颜子真说:"好好玩,邓安专精吃喝玩乐,这一带酒吧他都很熟悉。"

邓安无奈地笑,颜子真冲他挤了挤眼,大大方方地说:"我们每天晚上都去不同的酒吧,很好玩,邓安很受女孩子欢迎。"每个邓安带她去的酒吧都各有特色,环境一流,玩得特别开心。

邓安母亲看了一眼邓安,忍不住绽开一个笑容。

轮到邓安拥抱母亲告别,她低声在邓安耳边说:"她是你的天使,邓安,不要让她飞走了。"

邓安微笑。

颜子真对莫琮说:"特别特别开心。"

就连莫琮都有点眼红,实在是,玩得太过开心。她对颜子真说:"作为一个外科医生,一个有名的脑外科医生,这实在是……让人无语。"

颜子真叹气说:"他工作狂起来,也是很疯狂的。"

盖瑞帮她:"其实我一直觉得这些年邓安的状态不正常,除了每年去滑雪,几乎没有其他娱乐,也不放假,除了待在江城做手术,就是去省医找他老师一起做手术。现在的邓安,和以前也不大一样,不过感觉更好。"

他笑眯眯地看着颜子真。

颜子真扑哧一声笑出来。

莫琮私下对盖瑞说:"子真心里总有那么一点天真,她爱人,总是全心全意。她也会相信她爱的人，对她全心全意。"

盖瑞说："所以我们都爱她。"

与此同时，邓安打电话给他的父亲邓丛恩，讲了他和颜子真的前因后果，最后他诚恳地对他说："爸，我想请求你一件事情。"

邓丛恩沉默，他明白邓安的意思。

邓安从六岁起一直信守对他的承诺，不曾把邓跃的身世说出去。

可是现在这种情况，如果不说，在周围人的眼中，颜子真会陷入难堪的境地。

颜子真因为知道真相，所以可以不在乎，但是那是因为她豁达。事实上邓安邓跃的兄弟关系，就算不是亲兄弟，也曾经给她造成很大的压力。就算是邓安，也曾经为此而止步。

邓跃来阻止邓安，诚然有替颜子真着想的原因，内心里说不出口的，何尝不是因为这层关系。

那么不知道真相的人，就可想而知。

邓安不能让颜子真为此有一点难堪，更不能让她的家人难堪。

他已经够不好的了。

邓跃已经成人，如果没有其他情况，这个秘密可以保持下去，但现在情况不同。

邓安心里不是不歉疚的，他是真心视邓跃为亲弟弟，可是，在轻重程度上，他不觉得邓跃接受身世比颜子真将要面对的更难。

邓丛恩沉默过后，说："你的考虑是正确的。邓跃是个成年人,他应该知道自己的身世,也应该坦然接受。过几天我会抽空回国,当面和他讲清楚。"

邓安问他:"保密邓跃的身世,这个承诺你对阿姨做过吗?"

邓丛恩倒笑了笑:"她不是会提出这种要求的人,是我对她说,会视邓跃如亲子。邓安,我有没有对你说过,我一直很骄傲你是我的儿子。不是因为你的医术。"

是因为邓安的善良。

因为邓跃不知邓丛恩并非他父亲,所以小时候他非常黏邓丛恩,在国内的几年里,骄傲地快活地坐在他肩头玩耍的是邓跃,让邓丛恩陪着他做模型说故事的是邓跃,出去玩牵着他的手不放的是邓跃……邓跃以一个幼子幼弟的身份,理所当然地占有着邓丛恩的疼爱和注意。反而是邓安,才六岁就离开了亲生母亲来到陌生的祖国,那么小,却友爱地照顾邓跃,礼让邓跃,虽然也很想缠着父亲玩耍,却因为邓跃的"霸道"而笑着退让。

他才六岁,他明明可以说:他不是你的爸爸,是我的爸爸,你为什么总是霸着他。可是他从来没有。

从邓安的六岁到十二岁,他把自己的父亲让给邓跃。

后来他们回到美国,邓安仍然恪守着兄长的身份,劝慰邓跃,买礼物给邓跃。邓跃要什么,他就给什么。那些年邓跃在学油画,邓安就把打工赚来的钱买了最好的工具和颜料寄给邓跃做生日礼物。

兄弟俩一直宛若亲生。

他知道,邓跃也非常友爱邓安。

然而,他也觉得,邓跃是个成年人了,他应该知道自己的身世。

第五十六章　女友如手足，兄弟如衣服

邓安约邓跃喝咖啡。

邓跃鲜少见邓安这么一本正经地约他到咖啡厅谈事情，有些诧异，笑着问他："不如去喝酒？"

邓安摇头："我明天有手术。"

兄弟俩叙话不需要开场白，邓安就开门见山："邓跃，我现在和颜子真在一起。"

邓跃猝不及防，呆住。

咖啡厅里光线浅淡，有低柔的音乐回旋，因为设计的缘故，别处的语声极轻微，隔一扇窗，外面有阳光铺了一地，树叶摇曳。

邓安看着邓跃复杂的神情，平心静气地说："邓跃，我和颜子真是互相喜欢，所以才在一起。她相信我是认真的。我也知道自己是认真的。"

邓跃说不出话来。

邓安垂下眼："这是我对你的最后也是唯一的说明。因为我知道你对她的关心是真的。其实说实话，我们在一起的事情和你并没有关系，你也并没有权利对此发表意见。"

之前邓跃表示反对时，他并未觉得自己会和颜子真在一起，

所以什么也没有表示，可是邓安从来就是一个强势直接的人，当他决定了之后，就不会客气，他不会再让邓跃有反对的机会，杀敌于襁褓之中是他的作风。

邓跃叹了口气："邓安，我知道我没有立场。"

邓安倒笑了："尴尬也不必，你知道我总有些美国人作风，我们兄弟还是兄弟，一切照旧，只是节假日全家团聚这种事以后怕是不方便。"

邓安但凡在国内，年年节日，都是去到邓跃家里团聚，哄得邓跃母亲很是开怀，邓跃不会认为是邓安需要家庭温暖，他一直很承邓安的情。

邓安温和地说："邓跃，我们兄弟的情分几十年了，所以话还是说透一点好。你别介意。"

邓跃被他一说，倒也释然，坦白地说："我对不住她，我妈要是再见到她也会尴尬，我不能否认有这个因素所以才反对，但是这个因素真的只有一点点。我已经伤害了她，我不想你也去伤害她。可是这五年来你真的已经不同，我也应该相信你。"

邓安微笑："我明白。"

邓安不是一个憨厚的人，他抢在邓丛恩回国之前来说明立场，为的就是不愿意增加更多的说明解释。

他对于邓跃多年来所做的所想的，从来坦荡真诚，几十年兄弟之情和血缘无关，邓跃要是明白，自然明白，要是不明白……不，他相信，邓跃不会连这点智慧都没有，这个弟弟，向来聪慧明白。

所以邓丛恩、邓跃、邓跃母亲三个人的会谈，邓安没有参加。

事后他接到了邓跃母亲的电话。

语气中十分沧桑,她迫不得已告诉了邓跃他的身世,她说邓跃十分震惊,怕他想不开,想请邓安找时间去看看他。

邓安听得出她的声音里不是没有埋怨,可是她不敢埋怨,因为她知道她没有权利。

想必她也清楚明白,邓安对她、对邓跃仁至义尽。但是,他不是她的儿子,他一直是以晚辈身份尊重她。

一个自信强大坚持底线的人,总是会让别人情不自禁地尊重或者——有所忌惮。

邓安温和地说好的,并没有就这事发表意见,邓跃母亲嚅嚅一会儿,便挂了电话。

邓安并不觉得邓跃会想不开,但是那是他的兄弟,冲击肯定是大的,他打电话给邓跃,邓跃沉默了一会儿,约好了在邓安家里喝酒。

邓跃并没有表现出对邓安早知真相却没有告诉他的埋怨,他只是进门的时候问了一句:"你什么时候知道的?"

邓安说:"认识你之前。"

邓跃怔了一怔,那么遥远,他完全不记得,大部分婴儿的记忆从三岁开始,他并非早慧儿。在邓跃的记忆里,邓安和他仿佛从他生下来便在一起了。

邓安安抚地看着他:"你那时才两岁。"

邓跃不由说:"你一直待我如亲兄弟。"

邓安不以为然:"我向来不觉得血缘有什么举足轻重的地位。你当然是我的兄弟,在法律上,在感情上,这还不足够吗?"

邓跃身为一个大男人,没办法去泣血忧伤自己的身世,但是心里怎么可能没有别扭和失望,特别是,他隐隐约约也从母亲的叙述中知道生父之不堪——他终于知道为什么自己小时候从来不去外婆家,因为母亲是假婚逃离乡土。

邓安也知道邓跃母亲不可能把他生父的恶行一一说出来,他也不打算。可是想到颜子真当时误会之后的隐忍和难受,想到颜子真母亲因为此人遭受的极大痛苦,不禁叹了口气。

邓跃也长长地叹了口气,由衷地说:"邓安,谢谢你。"

邓安想了一想,提醒他:"你还有一个姑姑,在上海一家公司当副总裁,很想让你认祖归宗。这件事我不知道你妈妈跟你说过没有,不过我觉得你应该知道。"

邓跃毫不犹豫:"我永远姓邓。"

他想过为什么邓丛恩没有选择一直瞒着他的身世,可是他很快就找回理智,冷静地明白,自己已经是成年人,应该被告知真相。

但是,他永远会记得邓家对他的爱。邓丛恩、邓安、邓丛恩的妹妹……他们从来没有表示过他不是他们的家人,就像邓安记得的一样,他也记得当年去美国姑姑家,邓安把她的一套骨瓷餐具打破,姑姑懒洋洋地笑:莫不是弄错了吧,邓跃才像哥哥啊,来邓安,叫哥哥。牵着他的手追着窘迫的十一岁邓安:来来来,叫哥哥。全屋子的人都笑翻。

细细回忆,一点破绽也无,一点不同也无。

他想起这些年对邓丛恩的误会和怨恨,心中羞愧无比。

邓安倒了一杯酒给他:"你别想这么多,邓丛恩心里是真当你是他小儿子,他也是真疼你。"

邓跃笑:"我知道。"

邓丛恩还在江城,邓跃说:"邓安,我们一起陪爸爸吃个饭吧。"

邓安拍了拍他的肩膀:"好。"

颜子真当然也见了邓丛恩。刚开始她有点尴尬,邓丛恩却一直心满意足地看着她,还笑嘻嘻地说:"邓安,她现在还那样捉弄你吗?"

不等邓安回答,马上又跟她说:"别停止。"

邓安闲闲地说:"我乐意。"

邓丛恩大笑,然后一脸惆怅和向往:"能找到一个擅长捉弄人的活泼有趣美丽的女朋友,真是叫人羡慕呢。"

颜子真简直只能笑哭。

送走邓丛恩后,邓安才对颜子真说了邓丛恩回江城的目的。

颜子真几乎马上就明白了邓安的用意。她按捺住心中的汹涌,拉住邓安的手,一语不发。

半天,才说:"其实……"

邓安握紧她的手,笑:"有一句话呢,叫作女友如手足,兄弟如衣服。"

他满眼里都是戏谑,颜子真笑,她从不试练旁人,因知道人性经不起试练,但由此意外地知道邓安的用心,格外感动。

她看着他,笑:"现在男色时代,你这么说也没错。"

邓安敲敲她的额头:"想这么多。"

颜子真笑眯眯:"这种事嘛,我通常会想很多,很多,很多。"

邓安一手握住颜子真的手,懒懒地仰靠在沙发上,另一手托着后脑,轻描淡写地说:"这是身为一个作家必须具备的工作需求,还未必是天赋。"

见颜子真瞪着他,补充一句:"天赋的意思是,你会想得更多。"

颜子真低头看了看手上的茶杯,还有半杯红茶,心痒痒地想:泼上去吧泼上去吧泼上去吧。

邓安笑:"你家的位置很不错,楼下就是商业圈,待会儿陪我下去买几件衣服吧?"

颜子真知道不能接口,可是不由自主圆圆的眼睛出卖了好奇的心思。

邓安善解人意地解释:"红茶泼在身上的话茶渍不容易清理,我会需要换衣服,当然,不换也可以,我一点也不介意在这里过夜。"

这下子颜子真连茶杯都想扔过去了。

邓安哈哈大笑。

他站起来,把颜子真手上的茶杯拿过来放在茶几上,一手轻轻按住她的背,微微使力便把颜子真轻轻拥在怀里,颜子真的头抵在他的肩胛,那里有一个颈窝,她不由自主抬手按在那里,听到邓安说:"对不起啊。"

对不起啊,那时候对你说拒绝的话,其实说完了就后悔。

颜子真轻轻笑着,往前微倾靠在他身上,这一刻如此温柔缱绻,幸福得不忍出声,只怕打扰了时光。

她说:"道歉有用的话要警察干什么?"

邓安闭着眼,手掌处是女孩子纤秾合度的腰和薄薄的背,她纤长的身子微微放软了倚在自己身前,发丝在下巴和脖子处拂动，说话呼吸间气息暖暖地吹到颈窝里，偏偏她一支凉凉的手指又按在那里无意识地转动，十分暧昧，可是又十分舒服。

邓安想，原来这就是幸福。

第五十七章　决裂

卫音希这些天觉得有些奇怪，她是那种走在路上完全心无旁骛的人，就是这样也能感觉到仿佛有人对着她指指点点，茫然地回头时，能看到有人装作无事转过头，有人却毫不在乎地看着她笑，笑容暧昧不清——都是她不认识的校园里的同学，叫人看了心里很不舒服。

次数多了，她心生疑惑，后来连班上有些同学都会嬉笑着看着她小声说话，等她走近了便停止，那些同学都是和她不大熟的。

终于有一次和卓谦一起看书时，忍不住期期艾艾地问他："你有没有觉得，最近，有些怪？"

卓谦呆了一下，在这一点上卫音希是很敏感的，马上就明白卓谦知道些什么，追问："什么事？"

卓谦是听到一些传言，有些为难，卫音希盯着他，顶了一会儿，顶不住，卓谦叹了口气："是有些关于你的谣言。"

卫音希睁大眼睛："我的谣言？什么谣言？"她在学校里几乎没有太多的朋友，一向来与世无争地生活在自己的小圈子里，能有什么谣言？而这谣言竟然传得满校皆知，她几乎完全无法相信。

卓谦握住她的手,看着她的眼睛:"我知道那些都不是真的。"

卫音希第一次粗暴地打断他:"什么谣言?"

卓谦想了一想,坦然说:"我其实也想着告诉你比较好,只是比较难听。"他又停顿了一会儿,才说,"谣言说,你和你的姐夫在一起;还说,你……以前不交男朋友是因为你的性向问题。"

卫音希完全傻住了,过了一会儿,心中的怒火和屈辱腾然而起,她跳起来:"这是谁说的?这是谁说的?!"

卓谦从没见过这样的卫音希,愤怒和屈辱使得她雪白的小脸变得通红,一双眼中的怒火简直要蓬然烧将出来,她紧绷着身子,咬紧了牙关,瞪着自己,似一头受到攻击的小兽,竖起全身的毛。

卓谦用力按住她的肩膀:"你知道这是谣言,我知道这些都不是真的,我们、我们班上你认识的人都知道这是谣言!"

卫音希僵着身子,许久,她颤着声音说:"谣言总有个源头。"

卓谦犹豫了一下:"我和我的同学都在找,可是学校里人太多,也不是每个人都会同我们合作的,你又从来没得罪过人,就算是你拒绝过的男生,他们也都否认了。而且,学校里没有什么人知道颜子真是你姐姐。"

所以,就算有人以为卫音希和邓跃比较亲近,也不会说邓跃是她的姐夫,因为卫音希根本不会同任何人说邓跃是她姐夫——在卫音希和颜子真姐妹相认之前,他们就已经分手了。

卫音希就算在极度愤怒之中,脑子也异常清晰,她很快反应过来,看着卓谦:"你是说……"

卓谦没有说话，卫音希却摇头："不可能，不可能是她们。"

知道颜子真是她姐姐的，只有三个室友。

如果说这个谣言对卫音希是个太大的打击，那么，谣言由身边挚友传出，才是致命的。

卫音希转身就走。走了一半，回过身，说："谣言是胡说八道，也许只是胡乱说的，说和姐夫什么的……"

卓谦隔了几米的距离看着她，神情里带着十分的怜惜，卫音希说不下去，谣言其实并非无根，卫音希没有兄弟姐妹，连堂表兄弟姐妹都无，若不是知道颜子真和她的关系，要传，也不会传这样的谣言。

而且，为什么会有这样的谣言针对她？为什么室友统统瞒着她？比谣言更可怕的，是孤立。

卫音希站在原地，瘦长的身影看上去凄惶无依。卓谦忍不住拔脚跑过去，却见她抿了抿嘴，脸上现出倔强的表情，蓦地转身大步往宿舍楼走。

宿舍里只有曾慧永在电脑前绘图。

卫音希站在那里良久，曾慧永纹丝不动，以往她总会抬头瞪她一眼。

卫音希恍然觉得，好像已经有不少日子，曾慧永不再和她亲昵地一起玩耍了。是从什么时候开始的呢？她竟不记得。

许久之后，卫音希哑着声音说："慧永。"

曾慧永抬头，看见卫音希惨白的脸，默不作声地低头，小心地把电脑中的图画一笔一笔描完，保存。

才站起来，看着卫音希。

卫音希看着她做完这些动作，她的心慢慢地又冷又热，她张了张嘴,却出不了声。只是看着曾慧永。

曾慧永等着她说话,很耐心。

卫音希终于出了声,却说:"你……你这个系列,还没做完吗?"

曾慧永没有说话,只淡淡地看着她,卫音希的手紧抓住桌角,纤细的手指泛白。

曾慧永忽然笑了:"是,是我。"

卫音希的手指松下来,心中一片冰凉,像只无处逃避的小兽,呆呆地看着曾慧永,轻声问:"为什么?"

曾慧永沉默,然后关电脑,听到电脑轻轻一声"嗒"停止运转,她才说:"你真的想知道为什么?卫音希,你真的想知道?"语气里有说不出的讽刺。

卫音希咬了咬唇,为这陌生的语气难受,却依然扬着头,一瞬不瞬地盯着自己的好友。

曾慧永并不闪躲,说:"卫音希,因为我看错了你。我一直拿你当好朋友,你刚进校的时候,什么都不懂,我带你买绘画本,教你分辨品质最好的绘本,介绍各种流派给你,找到好的技法都和你一起分享,认识前几届优秀的同学和你一起去学习,发现有特点的老师从来和你一起去请教,邓跃的计算机绘图软件教得好,我央求你几百遍你也不肯选修,我就自己学会了再教你基础软件……"她打断卫音希想要的反驳,继续说,"不,我不是要你感恩,我说过我当你是好朋友,我愿意这样做,我觉得和好朋友分享一切是应该的。可是你呢?"

曾慧永淡淡地说:"你认识了温公子,这一年多来你一直跟温公子学习,让他送你的习作四处参赛,我是没想过要沾光,但是你从来没想过我也许也想要学习想要提高,我等了一年,你没有提过一句让我也认识温公子。好,我不沾光。但是邓跃呢?我问过你,邓跃和颜子真分手了,我可不可以去追求他,有没有其他问题,你说没有。好的,我去了,你知道我有多喜欢他,你知道我喜欢了他多长时间,但是你竟然不告诉我他喜欢的是你,是因为喜欢你才和颜子真分手的。我再次告诉自己你应该不知道这件事的,你应该不知道的……"她抬起头,冷冷地说,"可是你原来是知道的。卫音希,你竟然是这样的人。"我的自尊我的骄傲全被你踩在脚下,你从来也没把我当成朋友。

卫音希怔住,她张大嘴,想说话,却不知道怎么说。

曾慧永看着她,目光凌厉,神情倔强,仍有一丝愤恨。

卫音希找到自己的声音,哑声说:"不是,我不知道邓跃,你为什么会说邓跃喜欢我?"

曾慧永蓦地发出一声冷笑:"你不知道?我但愿我相信你不知道。你也是一个女孩,你要是真的什么都不知道,我得相信你真是蕾丝边了。"她讽刺地看着曾经的好友,"邓跃忽然当了我们班的辅导员,还一反常态搞这么多各种各样的活动,我还那么高兴,觉得有了机会接近他,是啊,我是接近了他,却是他用来了解你的工具,他和我说话,目光总是看向你,你后来不去参加活动,他的目光也总是流连在我们坐的这一角,我去迎他的目光,却总是落空,然后我发现他看的是你最常坐的位子,然后神情是那么失望。你知道我当时的心情吗?"

"你肯定还记得那次登山,你不小心从台阶上滑下去,那山并不陡,你也并没受伤,只是被一棵树挡住后面,我就看到邓跃飞一样地跑过来,焦急地叫你的名字,他的表情,他那时的表情,我一下子就全明白了。"

"还有,那份那么厚的留学资料。"曾慧永笑出声来,那笑声连卫音希都觉得难受,"那天上课,我在道路边,看着你们从教研楼往教学楼走,并肩笑谈,你笑得像朵花儿一样。然后你给我看那份资料,那全是你以前和我们说过的内容,全部是你想去的地方、你想要接受的风格、你想要的老师……我想,你和你姐姐、邓跃在一起时,谈起来的也是这些内容吧?"

曾慧永悲愤地看着卫音希:"你还想让我再说什么?卫音希,你还有没有一点点良知?"

她抹一把泪,看着呆呆的卫音希,挑衅地说:"我就是故意的,我故意告诉别人的,你抢了你姐姐的男朋友;我传出去你之前不交男朋友是因为你性向有问题,现在,从同性恋变成双性恋而已。卫音希,你知道你从前的形象,大家都很相信啊。不过你放心,习诺是帮着你辩解的。"

"卫音希,这是我做的唯一一件损人不利己的事,以后我再也不会这么做。我愿意在我大学时放肆这么一回,纪念我一厢情愿的友谊。"

"卫音希,你的性情,说得好听是天真不知世事,说得不好听就是自私。你坐在你自己的城堡里接受所有人的善意。而你只在自己心里想象着自己也有的善意却从来不曾付诸实施。"

"任何人的友谊付出,都是有限的,我不可能无止境地被你欺骗和索取,你也不可以无止境地从别人那里得到好处而只是流露出感恩的表情而已。我很厌倦你。卫音希。"

第五十八章 一切都只会让自己变得比以前好

卫音希一个人在图书馆坐了一天。

卓谦远远地看着她,并没有去打扰,他想,她需要一个人安静地待着。所以他只是拿了书远远地坐着,隔一段时间看看她。

卫音希其实什么也没想,她的脑子里空白一片,只是觉得难受,还有自责。然而自责什么难受什么是不清晰的,所以她坐在那里,面前放着一本书,就这么呆呆地皱着眉。

图书馆是通宵的,她可以一直这么坐下去。

所以她坐了很久很久,不饿,不渴,没有感觉。而思绪慢慢恢复。

如果说好友的突然决裂让她难受伤心,事实上,不如说是曾慧永说的话让她惊骇。

原来自己,是这么样的一个人。

原来自己,真的是这么样的一个人。

为什么自己都不知道呢?是真的不知道吗?

不是的,她在想,任何时候,她总是最在意最注重自己的感觉。自己感觉不好,自己感觉讨厌,自己感觉对不起,自己感觉不能接受……她不是没有想过别人的感觉,然而最终的决定,她总是不曾违背自己的感觉。

只是感觉和感受，而不是考虑和思索。

做决定不应该考虑自己的感觉吗？当然要，可是，凡事只考虑自己的感觉，那是什么？

是自我、自私。

怎么能不让人讨厌，怎么能不让人失望。

卫音希长长地叹了口气，把头伏在手臂上。

图书馆里人人都静悄悄。窗外只看得见几点路灯寥寥，而天上繁星隐隐，这是半夜才能见到的光景。

身边有衣襟带着轻风靠近，桌子上多了一杯酸奶一个袋装三明治，卫音希慢慢抬起头，看到卓谦轻悄走开的背影。

她怔怔地看着桌子上的酸奶和三明治，忽然，就泪盈于睫。

还是在那个篮球场边，高高的看台上，卓谦问卫音希："我问过法律系的同学，你可以告她，这是诽谤。"

卓谦想，这种谣言辩无可辩，连清者自清都没办法证实，太恶毒。

卓谦冷静地分析说："如果只是说你和'姐夫'什么的谈恋爱，爆炸性不是那么大，可是造谣性向问题就不一样了，大家问来问去说来说去都是这个。不过我不明白，如果曾慧永只传第二个谣言，那谁也猜不出来是她说的，而且效果一点也不差。她为什么要画蛇添足？"

卫音希没说话。过了许久，她轻声说："因为她想让我知道。"

是的，曾慧永就是想让她知道，她不想再和她维持友谊，所以，何必衣锦夜行？而且事实上，曾慧永并不认为第一个是谣言。

卫音希的难过已经不是那么厉害,她想,说她凉薄也不是没有道理,有人若要存心伤她,她就能很快地恢复。

可是如果曾慧永没有传谣,而是坦白地和她绝交,她想,她会难过很久很久。

卓谦也马上明白过来,他同情地看着卫音希:"如果姐姐知道,她会让你告她。"

过了一会儿,卫音希摇摇头:"她说的话都是对的,除了谣言。我和她做了两年多的好朋友,她真的是很了解我。她如果不传那些,如果当面说生我的气,哪怕从此和我绝交呢,我心里都当她是好朋友。她从前真的对我非常好,她是那种,一旦把人当作好朋友,就一心一意对人好的,所以,就这么算了吧。"

出来混,总是要还的。就当这是为了她的不懂事她的自私自我付出的代价吧。

卓谦并不知道她和曾慧永之间的争吵内容,但是他了解卫音希的性格,而且他相信女生之间的友谊和男生之间并没有太大不同,他点点头:"音希,一切都会很快就过去的。我想曾慧永也不会再有下次。"

卫音希也点了点头:"我知道。如果再有下次,我也不会算了的。"

她口齿轻而清晰,神情沉静。

谢谢曾慧永,谢谢她曾给自己的友谊,谢谢她所说所做。因为这一切会让自己变得比以前好。

卓谦看着卫音希,那一瞬间,他突然明白了她的想法,禁不住露出一丝笑容。恰在那时,卫音希抬起头,看到他清澈的目光、了解的笑容，微微一怔，心里流过奇异的感觉。

过了一个月，卫音希经过和温公子的研究讨论，以及专业老师的建议，开始申请法国的美术学院。

她仍然住在宿舍里，不过和习诺一样，经常回家——她请了法语老师，开始系统地学习法语，之前她有学过一些，算是有点基础。

在此之后，颜子真和她办理了遗产的转让手续。这一次，卫音希平静地接受。

两姐妹在几年后聊起来，颜子真问她如何想通。

卫音希低头笑，然后说："先前一直都觉得，接受了遗产，就是彻底背弃了去世的奶奶，因为给予馈赠的人对奶奶深恶痛绝，而且导致了奶奶的死亡。可是我也明白，这也是一个老人对亲如姐妹的好友的后人的关爱，她希望她所爱的人能够更顺利地达成理想，成就梦想，生活得更加富足安乐。"

"什么都明白，可是就是没有办法。因为感觉在那里。后来又觉得，既然当事人都已成逝去，所有的恩怨随风而逝，那么，也应该包括遗产。我不能够仅仅因为那丝血脉，而接受你外婆这么深厚的情义。那是庄慧行对沈雁如的情义。让一切从头开始不是更好？"

"后来……"卫音希拿过一边的咖啡喝一口，然后伸直了腿架在姐姐的腿上，侧头笑。

"后来，和曾慧永决裂。我一下子明白了。她说的是对的，我一直生活在自己的城堡里，一直接受着所有人的善意，我也想付出，可是却一直只是想想而已。"

卫音希沉默了一会儿："也许一直在城堡里能够保持更久的

所谓纯粹,可是有些事情不能自欺欺人。"

那点纠结变得这么的渺小,甚至可笑。她的父亲已经接受了最大的帮助,她已经接受了他们那么多的爱护,这些对于爱护她的他们来说远比那笔遗产更加珍贵,而她明明那么需要那笔遗产,坚持着那点纠结不仅幼稚,而且不知好歹。

这里所有的人,不论是爱护她的人还是不认识她的人,都从不曾把这笔遗产当一回事,他们全都靠自己的能力努力生活,且生活得悠然自在。她却固执地用小女孩的自我任性,把这件事当作天一样大,想得那么多那么复杂,纠结着不肯接受。

而大家也都宠着她,纵容着她像个小孩子一样任性着,等待着她长大。

她是那么的羞愧。

"我一直都在接受,而从来没有付出,姐姐,我希望我能够足够强大,能为我爱护的人付出我的能力。"

颜子真摇摇头:"你一直都在付出,付出不一定是实质性的,你还记得我第一次去梅州,我们排队的时候很挤么?那时候你一直努力地用身体抵挡别人的推挤,空出身前的空隙,让我站得舒服点。那就不是付出么?不过话说回来,你能够成熟地去考虑事情,当然更好。"

信任、依赖、喜爱……都是付出。

卫音希爽落地笑起来,倾身轻拥了颜子真的肩:"姐姐,你永远是这么好。"

第五十九章　梦想、坚持、纯粹和初心，
　　　　　　需要你自己去捡起来

卫音希是在翌年赴法国留学的。这一年多，她学得异常辛苦，要学法语，要准备考试课程，要写论文，要准备作品……法国的美术学院是一向极难考的，卫音希的目标实在高，所以她不得不在最后一年多头悬梁锥刺股。

然而一旦确立目标，她进境极快。温公子几次来江城，叹为观止。他对颜子真说："一个有天分、又这般有毅力的人，很难不成功。恭喜你我，将有一个极出色的妹妹和徒弟。"

颜子真在这一年多也取得了相当醒目的成绩，她编剧的电视剧正在播出，收视极佳，电影也在密集地筹备当中，几本小说全部卖出了版权改编影视。

于是温公子笑呵呵地说："当然，你本身就是她极出色的姐姐。"

颜子真不得不捧他一句："是啊，怎么能不提一提你这个最出色的师傅呢？"

两人已有多次相处，渐渐成为莫逆之交，互相捧个不亦乐乎之后相对大笑。

一年半后，卫音希终于收到了心仪的学院的通知书。她上网

上论坛查询一应事宜,按照手续有条不紊地逐件逐件办妥,竟没有再求助别人。

她开始飞速地成长。

拿到通知书的那天,她在校园里遇到了邓跃。

这一年多,她和邓跃的交集其实并不少,毕竟即将毕业,辅导员是需要经常出现的,他帮助着所有的学生,包括她。但是卫音希心无旁骛,一心攻读,并没有做出特别的反应,亦没有刻意避开他。

邓跃其时正拿了单反在拍校景,看到她,便对准了,笑着拍了几张,镜头里卫音希裙衫翩然,秀美清逸。

卫音希驻足,叫了一声:"邓老师。"

邓跃起先只是随意地说了几句话,随后他想到卫音希已经拿到的通知书,心中微微一沉,笑:"恭喜你,音希。"

经历一年多,卫音希已经觉得曾慧永的揣测似真实幻,直到此刻。

邓跃的眼神里有着明显的爱慕贪恋和不舍。

她的成长让她已经能看懂他人复杂的眼神。

邓跃看着她,也明白了,卫音希终于知道了他的情意。这一刻,他不禁攥紧了相机,十分紧张。两年,他等了她两年,掩藏、不安。

仿佛风都停止了,邓跃镇定了自己,温和地问她:"音希,我想知道你的心意。"

两年多过去了,邓跃终于问出了这句话,压抑得太多,问出来的时候,心都觉得有点痛意。

卫音希清澈的眼睛看着邓跃,清晰地说:"我喜欢你,因为你是姐姐喜欢的人，我信任你，因为你是姐姐信任的人。邓老师，如果这些基础都不存在了，你对于我，就是邓老师。"

邓跃站在那里，听着意料中又意料外的回答，心里仍然平静，他问她："是因为颜子真吗？"是因为颜子真，所以才会说一点喜欢都不曾有，不是这样的，他看到过她看见他时感激和清澈的笑容。

卫音希轻声说："不，不是为姐姐，我是真的，从来没有爱过你。就算是喜欢，我曾经喜欢过的，也是温公子。"从来不是你，从来没有你。她的眼神坦白。

是的，温公子。卫音希温柔地想。当她可以坦坦荡荡地说出温公子时，她的心里充满温柔感恩和敬爱。

那一年，卫音希去哈尔滨，小小少女的心里不是没有浪漫情思的，她在视频聊天里听到温公子说要去哈尔滨，她虽然知道哈尔滨很大未必能遇上，可是能在异地同处，和喜欢的人同一个时间在同一个地方，也是她的欢喜。

这是一个羞涩内向的女孩子，或者说无论哪个女孩子，在朦胧的暗恋里，总会有的那么一些些浪漫。

甜蜜、隐秘、欢喜。

可是回来之后，温公子仍是一如既往，而她的生活却发生了改变。一则卓谦开始陪着她到处玩闹，二则她当时已经听进去颜子真的话，有意无意地开始为留学做准备，实在太过忙碌太过充实，慢慢地淡了一些。

再到后来，卓谦在她的心中位置越来越重，他的调皮、他的陪伴、他的体贴、到后来他的了解和两人的默契，让她慢慢地觉得，前事恍然如梦。

她怎么会爱邓跃，她宁愿听着卓谦一遍一遍词不达意地讲解电脑制作也远远胜过听邓跃妙趣横生一语中的地讲解。

邓跃看着这个女孩子，她高挑的个子瘦而修长，小小雪白脸上眉黑眸清，湛然若画。

她专注望着他，微微皱着眉。

他那样爱她，爱得不敢多说一句话，只怕她恼了，他只是守在她身后，看着她欢喜，心里便高兴得像要胀开，看着她忧伤，胸口便闷得透不过气。

她便是他的安琪儿，她便是他的阿修罗，他心甘情愿沉沦。

就算辜负了颜子真那样好的女子，他也并不后悔。他没有这样爱过一个人，爱到心里面时时地痛。他怀疑他是否深爱过颜子真，因为尽是愉悦。

他顾不得了。他情愿飞蛾扑火。

学院里的流言他是很后来才知道，这毕竟是流传在学生之间，并非能引起轰动的大事，学院根本无暇理会。他知道的时候事情已经渐渐平息，他欲着手，却发现无从着手，心中十分愤怒，然而也明白就算在课堂上他也不宜再敲打，如今的大学生不比从前，重提只会再掀风波。

然而他看到卫音希一如既往，只是眉目间变得沉静，那沉静里有一点什么——青涩的豁达？

那一点点沉淀下来的静雅使整个人更加出众，他不由得想起颜子真说过的那八个字：湛若澄水，溶若冰雪。形容比从前更加贴切。

他想，就算赴汤蹈火，她也是如此值得他爱。

现在，卫音希说，她从未爱过他。

他忽然想起那天卫音希在他车上看到温公子签名给她的书时,一仰脸全是意外,然后,雪白的脸上漾起一丝一丝的感动欢喜。

那是他动心之初,只觉天地全是他的。

他握紧了拳,不是这样的。他哑声说:"这些年,我一直都在这里,看着你,等着你。你竟一点也不知道吗?"

卫音希沉下眉眼,淡淡地说:"原来曾慧永说的都是真的。邓老师,你是因为我,才和姐姐分手的吗?"

她希望他说不,可是邓跃一时间不知如何回答,他怔在当地。他是因为她才和颜子真分手,可是,他怎么才能说他并不单单是因为她才分的手?

卫音希几乎不能置信,她脸上出现的震惊和伤心令邓跃的心往下沉,他想解释,可是他犹如初恋的少年,无法将他的心事说出口。

卫音希的眼前闪过无数当初的画面,他们分手的时候她正沉浸在祖母意外去世的悲痛和疑惑中,她一直没有和颜子真见面,直到后来,她看到颜子真略带疏离却仍然温暖的神情,然而,很快地,颜子真恢复了从前的样子,一如既往地纵容和爱护自己。

她想,原来自己,真的应该被曾慧永痛骂。

可是她很不明白,为什么邓跃会认为他放弃了颜子真,自己会和他在一起?

她直接问出了口。

她看着邓跃,轻轻地说:"邓老师,其实你不明白你放弃的是什么,我连姐姐的一根手指头都比不上,她那么好,而你却有眼不识金镶玉。"

邓跃终于开了口:"音希,我当然知道她很好,可是……,"他低头苦涩地说,"你不知道你对我来说,意味着什么。"

不知为什么,这一刻卫音希豁然开朗,心境无比明晰透亮,她说:"我知道,你觉得我是你渴望却放弃掉的那些东西:理想、梦想、坚持、纯粹、初心。或者,还有我的容貌。可是邓老师,既然在你心中我是你渴望的那些东西的代替,那你就没有想到过,这些东西并不会自己回头,更不会再将你看在眼里?"

此刻卫音希的目光说不出的清湛明晰,她轻而凛然地说:"你所需要的,是自己去拣起它们,而不是从别人身上去寻找代替。"

她毫不犹豫地转身离去。

莫琮说:"邓跃被卫音希拒绝。"她幸灾乐祸。

颜子真心不在焉地说:"啊。"

莫琮先是定睛看着她,然后拍拍她的手:"好样的。这真是最好的反应。"

颜子真笑笑:"卫音希要去法国了。"

莫琮也笑:"她这次处理得真大方,我以为她仍然会拒绝那笔遗产。"

颜子真侧了侧头,低声说:"她长大了。"长大,总要付出一些代价,颜子真只庆幸,她和卫音希所付出的代价,都是有惊无险。

莫琮笑:"糟,卓谦要两地相思。"

颜子真白她一眼:"我们卓谦也是很忙的好不好?人家要去德国留学了。"

卓谦在大学里修的是双专业，本专业是计算机，副专业是机械工业，两者相辅相成，都学得相当不错，但是本专业当然学得更好，他且依赖着做程序赚外快呢，只是会选机械工业做副专业，自然也是很喜欢的。

然而在选择留学时，他选了机械工业，最后的一年里和卫音希一样突击强化学习，几乎很少回家。

这一年三家人就看着两个大学生疯了一样苦学。

颜子真过年的时候嘲笑卓谦："咦，为什么不选计算机专业？去美国硅谷呀，这不是你从前的梦想么？"

卓谦理直气壮地说："计算机专业吃的是青春饭你不知道？"

那一点点心意，任谁都看得清清楚楚。

颜子真也认真地同卓谦谈过："不要为任何人任何感情放弃自己所追求的梦想，因为到最后你会发现两样都将失去，或者，不再那么美好。只有你坚持自己，才会有更灿亮的明天。卫音希会是个坚定的人，你不需要为了她改变。"

卓谦也是头一次和姐姐认认真真说话："我知道。两个专业目前我更擅长的是计算机。可是我也慢慢发现那些复杂的尖端的机械制造流程让我觉得更兴奋，和编高难的程序一样，特别有兴趣。其实到最近我在机械制造方面花的时间更多，所以之前就犹豫过是不是研究生换一个专业。姐，你放心，我不会因为任何人任何事去改变自己的前程和兴趣，我知道音希也不会喜欢这样的我。"

他坦白："如果说最后的决定音希没有分量是不对的，但是，前提是我真的非常有兴趣。"

颜子真相信卓谦。他从小就是个有主见的孩子，决定的事情再多的诱惑都不能让他改变。

颜子真说:"你们要好好地互相照顾。"

卓谦笑,揶揄这个操心的姐姐:"是!不然怎么对得起隔了半个地球的姐姐从小的教育呢?"

从小她教他,男孩子一定要爱护女孩子,不能让她们伤心。所以卓谦从小到大都从不欺负女孩子,容忍和爱护她们。

无论将来会如何,卫音希也将会是卓谦一生爱护照顾的女孩子。

而颜子真,也是卓谦尽其一生都会爱护照顾的姐姐。

第六十章　并非结局的结局

颜子真下了车，邓安在车里笑着说："我看着你上楼。"

颜子真做了个鬼脸说："晚上别给我电话，我要跟我妈睡，别吵着她。"

邓安笑："知道。可是我觉得你妈妈不会反对。"

颜子真点点头："她就是一直挺担心的，我要她别担心。"她趴在他车窗前，看着他微笑，"邓安，我很高兴。"

邓安看着颜子真，不禁温柔地伸手拍拍她的脸，把她垂下的散发拢到耳后，说："我也很高兴。我们就一直这么高兴下去？"

颜子真侧头笑嘻嘻亲亲他的手掌，哈哈大笑起来，挥手："我上去了。"

邓安微笑着看她轻快地往楼道走，然后看到她回过头来眨眼笑一笑，叫："快去接邓跃吧！"

酒吧老板说："邓安，当年是你这弟弟天天来领你回家的吧。咳，真是亲兄弟，跟你当年还真像，从早喝到晚不带歇气儿的，喝困了睡一下接着喝，你看你看又醒了又要叫酒了，你快接了他走吧。"

邓安看着角落里站起来的邓跃，一脸青色的胡碴儿，便西装跟揉烂了的酸菜似的，似乎睡了一觉醒了些酒，站在那发怔。

邓安叹口气，走过去："邓跃，邓跃你怎么样？能走吧？"

邓跃抬头看着他半天，好像才反应过来："邓安？你也在？走？走什么！"

他扬手要叫酒，邓安拦住他："我们回去喝。"

邓跃推了他一下，推不动，自己倒坐倒下来，伸手抹了一把脸，说："别管我。"

邓安哄他："打烊了，别耽误人家。"

邓跃忽然低低笑了："邓安，风水轮流转呵，当年我隔天就跑这来拉你回家，现在轮到你拉我了。真有趣。真有趣。不过你强过我，你是甩女人甩出祸来，我是被人甩……不过都一样。邓安，你别烦我呵，你……"他指着邓安，"以后也要隔天就来拉我回家，这就叫……报应！"

邓安应他："好好好，可以可以。"

回身去付钱，一边回头看，邓跃已经自己走到门口，倒也不见太大醉态，走得快且平稳。

等邓安付完钱追过去，邓跃却已经上了自己的车，正在发动。

邓安叹一口气，跑过去："邓跃，让我来开。"

邓跃却抬头笑笑："我没醉，下回等我醉了再来拉我回家。"

车子已经笔直开了出去。

邓安咒骂了一声，连忙上了自己的车，尾随而去。

他看到眼前一片火红，仿佛像那摊浓浓的血无止境地流着，血的中央是曾忆娜悲苦愤恨的面庞，他听到她最后的话：我恨你！我恨你！我恨你！你不会有好结果的！

"颜子真,"邓安无声地呼唤,"颜子真。"

周围全是火,全是火苗四蹿,他却不再觉得灼热难当,一时间仿佛全身浸在那片蓝色的海水里,脚已经动弹不得,他想:就这么算了吧,邓安,就这么算了吧。他不想挣扎了。

但是那张皎白的小脸凑过来:喂,你怎样?那只小小的手伸过来,要来拉他。

颜子真。

颜子真。

邓安不禁伸出手。

颜子真。

火光外,邓跃被几个人拼命拉着抱着,他自己拼命挣着叫着要冲过去。

他的酒全都醒了,一身的汗,一脸的惊怕。

怎么会这样,怎么能这样,他只是,只是开得太快,他不知道邓安追着他想阻止他,结果他忽然看到了什么,昏头昏脑急刹了车,紧追其后的邓安避之不及,窜出了马路,翻车起火。

火越来越大,他却一时不知发生了什么事,直到有人纷纷跑来。他才意识到,那车里困住的,是邓安。

竟然,是邓安。

"邓安!邓安!大哥!"

一声巨响,火与光猛然直蹿向高空,那一瞬,亮彻了天和地。

邓安!

邓跃瘫倒在地上。

颜子真和妈妈头靠着头躺着,关了灯,月光和路灯在窗帘上印出方形的亮,颜子真看半天,低声说:"妈妈,邓安,邓安昨天,跟我说结婚的事情。"

卓嘉自听着女儿带着欢喜细细碎碎的声音,心中又是高兴又是酸楚,毫不犹豫地说:"邓安啊,那孩子成熟稳重,虽然说以前荒唐,但看他现在的样子,妈妈就挺相信你们了。妈妈只要你们快乐,一直快乐。"

颜子真翻个身,抱住妈妈的胳膊:"嗯!妈妈,他对我真的很好,你放心。"

卓嘉自嗯了一声,摸着女儿的头发:"爸爸妈妈无论如何都是站在你身边的。你和邓安,要好好的快快乐乐的。"

颜子真点着头,黑暗中也看得见皎白脸上的笑容,亮晶晶的眼睛。

卫音希坐在窗台上,法国五月的风很暖和,带着草香。天刚刚擦黑,星光已经迫不及待地冲到眼前。

卓谦的飞机今天到巴黎,这个温暖的假期,他来陪她一起玩。

她膝头的电脑上颜子真的 QQ 是离线状态,可是她仍然笑吟吟地对着 QQ 说:"姐姐,我现在去接卓谦。"

她按了发送键,然后抬起头,望着天上温柔的星光,想着那双如星子一样的明眸,她轻声说:"姐姐,我想你。"

番外 婚礼

初次见罗一一，是在邓安的好友江潮的洗尘宴上。

我从来没见到过这么美丽的女子。

从小到大，我见过最美的女孩子是音希，诚然不是没有莫琮说的私心的原因，但论胜过音希美貌的人也真是极少。

但是她。

美到剔透的面容，沉静淡漠的神情，难得的嘴角一扬，眼前便是繁花盛放，似有淡淡光晕围在周身，美得让人无法言表。

据说这已经不是她容貌最盛的时候了，当年她十七八岁时，没有人会不因为她的美貌而原谅她所做的一切。

那时候，她是阿修罗。

而这时候，她依然年轻如岁月停驻。

这场洗尘宴，是邓安和陆鹏为她和江潮而设。

她和江潮来接收此地分公司——对于江潮，是回来，对于罗一一，亦是衣锦荣归。

江潮原在此地公司任销售总监，五年前去了总公司的华中地区任副总，五年后此地分公司已经发展成一个巨大的工厂基地，分公司老总决定移民，总公司便回购了他手上的股份，把江潮派回来执掌。

罗——任副总回归。

啊,别误会,他们并非一对,只是世事恰恰太巧,江潮是邓安陆鹏的好友,罗——则是陆鹏的发小。

邓安、江潮、陆鹏三人是因为滑雪成为朋友的。陆鹏拥有全国各地多家户外用品店,江潮是他的老客户。有次两人约了去滑雪,认识了邓安,此后几年便都和邓安约了滑雪,直至邓安不能滑雪。

是的,邓安自三年前车祸重伤后,至今不能滑雪。他的左腿左臂左背左脸颊全部严重受伤,在ICU躺了半个月。所幸他医学界人脉广,三年来医治得当,恢复得七七八八,但剧烈运动还是需要很长很长时间的恢复。

他的复健极痛苦,却从不让我看到,坚拒我参与,他同我说:我的过去你也并没有参与,所以你也要让我自己了结。

他说:如果不是你,车子爆炸前我根本没有力气逃脱,你记不记得我们第一次见面,你扶着救生圈还拼命伸手要来拉我?那个时候我想,你真是个多事的人。可是在火里,我又看到了你伸出的手,那时候我想,我要再试一次,你一定会再救我一次。

他温柔地说:你已经救了我两次了,其余的,让我自己来吧。

我知道他一直为过去痛苦,但是我不知道他这么笃信于报应。

不过现在好了,他能够轻轻松松地站在我身边,除了左脸和右脸长得很不一样。

我常常一会儿看他左脸一会儿看他右脸,笑称他双面佳人——事实上他的左脸多次植皮后也不是太难看。

最庆幸的是他大约明年可以再次持手术刀,这大概是他最关心的事情。这几年他除了治疗之外专心翻译学习观摩,几乎把家搬到省城,天天跟着他师傅。莫琮同盖瑞说,行为和样貌都像科学怪人。

是,我们偶尔以他的外貌取乐,他冷笑:至少我曾经艳绝人寰。

那倒也是。

只不过见了罗一一之后,才知道什么叫真的艳绝人寰。

可是邓安指着罗一一:她那不叫艳绝人寰,艳,是要有风情的。

我们笑得打跌。

"别瞧她长得美,"江潮叹气,"罗一一做事果断干脆,公私分明,能力强到逆天,性格也强到逆天。如果她觉得我做得不对,瞥我一眼,我得从头冻到脚。"

罗一一看着他俩,也禁不住笑起来:"说成这样,我的威信也不见得多上一分。"

江潮微笑:"你的威信哪里用得着我替你添。话说回来,十年没有回来,也没见你会会老友。"

罗一一说:"明天会见一见老同事。"

江潮摇头笑:"这可真是……"

罗一一不以为意:"你就当我会友。"

我好奇,罗一一朝我眨眨眼:"我以前在市审计局工作。"

后来我们才知道,罗一一当年关系最好的同事,时任常务副市长。

我同罗一一相处得很好。

她性格爽脆果决,事即是事,人情归人情,决不肯牵扯不清,最常说的话是:习惯了就好。是要别人去习惯她。据说公司里很多人拿她没办法,也就只好习惯她的做法,结果办事效率特别高。

邓安说,江潮的能力极强,但人情味浓,不过有了罗一一这个公私分明的搭档,简直如刀切豆腐,所向无敌。也不知道派这两人执掌该公司是上头的意思还是江潮的意思。该公司的人事牵绊还挺多的。

我从未见过她那样性格的人,但是有这样的朋友真是特别爽。换句话说,她经常能让我看到什么叫"打脸啪啪的"。

有次我、罗一一、陆鹏的妻子何真知在一起喝茶,他们公司有一个财务找过来同罗一一讲理,认为她处事不公,他说话甚脏,话里话外讲罗一一没有能力靠的是美貌上位。

罗一一无动于衷,对他说:"现在的局面就是我管着你,所以你只有两个选择,要么接受,要么辞职。"她补充一句,"还有你如果再来骚扰我的私人时间,你就没有选择,我会辞退你。"她看着那人,目光冷得有如实质。

她说:"我长得美,又不是我的错。"她又说,"才华和美貌都是天生,人家恃才傲物就可以人人赞颂,我为什么不可以恃美行凶。"

真是好有道理。我和何真知异口同声:"我竟无言以对。"

我同邓安说:"啊哟我没想到竟能认识罗一一这等人物,人生真是充满乐趣。"这三年来,我发现邓安的交友广阔远不是我所知道的,我一直以为他只得盖瑞这一个耿直BOY做朋友。

邓安笑眯眯地看着我:"我是不是应该感谢还好你感叹的对

象不是江潮陆鹏。"

我一挥手:"他们也太老了。"

邓安笑倒。

真的,年纪越大越觉得罗——这等朋友的可贵,说话做事干净利落,省多少时间。谁还同你猜猜猜玩心机,简直谋财害命。

江潮感慨:罗——是那种活明白了的好例子。

我们笑着看他,他倒也光棍,伸长了腿叹气:"女人是比男人更高级的动物。"

我们笑倒。江潮的故事邓安早就告诉过我,我很喜欢他那种坦荡温和的心地:虽然爱,却看着对方的幸福而微笑。

也是另一种明白。

可是哪一种明白,都有心里的一抹暗伤。我和邓安相视,这世间人,都是宁可岁月悠长,相濡以沫。

我们终于要结婚。

邓安一直不肯办婚礼,莫琮曾经指着他说:没人嫌你丑!我笑得不行,同莫琮说:"我又不是非他不嫁,弄得逼婚这样子多难看。"莫琮斜眼看我:"你还想嫁谁?"

我笑眯眯:"事业啰。"

邓安再一次去做了磨皮,左脸光滑很多,他说:"新郎总不能不良于行还面目狰狞。"

但是我没想到婚礼如此盛大完美。

就连食物都叫所有客人一生铭记:龙虾刺身、虫草花鲍鱼盅、罗汉大虾、鸡丝豆苗、蟹粉狮子头、片皮乳猪、鲜蘑菜心、鸳鸯雪花卷……各种山珍海味,是特特去外地请了几位名厨来炮制。

是罗一一为我们主持筹办婚礼,若干年前她曾经为了办陆鹏何真知的婚礼特地进修了婚礼课程,如今她有了多年阅历后再次出手,连邓安和我身在局中都惊艳惊喜。

尤其是邓安,他是知道一切安排的。

我几乎落泪,虽则我对婚礼没有那些执念,可是这般完美隆重的婚礼奉送上来,教人心中感动至深。我同邓安说:"没想到罗一一肯主办婚礼,且这么出色。"

邓安对我说:"她很喜欢你。"又说,"没有人会不喜欢你。"

我惊叹于他的睁眼说瞎话:"好像我印象中一直不喜欢我的人是你好不好?"

他厚颜:"那是因为我对你因妒生恨。"

我禁不住,笑得东歪西倒。

彼时卓谦和音希正好学成归国,分别荣任伴郎伴娘之一,卓谦嫌弃我:"颜子真你真是越活越幼稚了。"音希白了他一眼:"明明是邓安花言巧语巧言令色。"

我抱着音希:"哎呀没白疼你,卓谦真是个白眼儿狼。"

卓谦气得:"你仔细想想邓安对你说的第一句话是什么!"

卫音希哎呀一声捂住嘴,笑得都站不稳了。

卓谦身后一个冷恻恻的声音:"啧啧啧啧,这出息的,连女朋友都欺负,走出去别说是我舒卡的徒弟。"

卓谦顿时噤声,声音的主人——美艳舒卡抱着手臂上下打量着他,卓谦忍不住后退一步。我哈哈大笑。舒卡是江潮的学妹,全国最知名的机械设计所高手,卓谦在国外就听说过她的名头,回国后江潮介绍他成为舒卡的徒弟,卓谦如此形容舒卡:你们不知道她做设计的时候多有型多帅!又美又帅又型!从此舒卡成为卓谦的偶像兼克星。

而我，在卓谦成长为毒舌表弟之后，简直对此喜闻乐见。

舒卡笑眯眯同我打招呼，我冲她竖大拇哥。

一个穿着小西装的小帅哥咚咚咚走过来，抬头问我："新娘子，我妈妈在哪里？"

我还没反应过来，舒卡哎呀一声蹲下身去："啊小朋友你好漂亮啊。"

小帅哥严肃脸看她一眼："谢谢。你也长得还行。"他继续望着我："新娘子，我妈妈在哪里？"

我的心都要化了，不顾婚纱也蹲下去："小朋友你妈妈是谁？"

他精致的眉目微微皱了一皱，说："我妈妈在帮你办婚礼呀，你竟然不知道她是谁？"挨得近了，听得到语声中还透着奶声奶气，配着他漂亮得不得了的小脸，我忍不住伸手摸了摸他的脸。

他倒是不嫌弃，还往前凑了凑，舒卡心痒也要去摸，他瞪大了眼："你又不是新娘子！"

舒卡笑得几乎坐到地上。他很是不满地看了看舒卡，转头对我说："新娘子还可以亲我。"

一堆人全部笑翻。

后面找来的陆鹏忍俊不禁："罗小二，只有新郎才能亲新娘子。"

小帅哥马上松了口气，拍拍手："那太好了。"

我立马捉住他，在他胖嘟嘟的小脸上亲了一记："可是现在是新娘子亲你啊。你好漂亮啊，我好喜欢你。"

他伸手摸了摸脸，忽然有些害羞，噔噔噔跑掉："我去找妈妈。"

我看着他跑远,一抬头,看到父母和叔叔婶婶他们站在不远处看着我们笑,环顾周围,莫琮、盖瑞、江潮、何真知……都盛装在旁。

邓安笑着低头看我:"行礼了。"

(完)

Jas

算不出流年

上卷

Jas 著

四川文艺出版社

图书在版编目（CIP）数据

算不出流年/Jas 著. —成都：四川文艺出版社，2016.7
ISBN 978-7-5411-4369-4

Ⅰ. ①算… Ⅱ. ①J… Ⅲ. ①言情小说—中国—当代 Ⅳ. ①I247.5

中国版本图书馆CIP数据核字（2016）第141492号

SUAN BU CHU LIU NIAN
算不出流年

Jas 著

责任编辑	李淑云
责任校对	汪　平
封面设计	苏　荼　樱　瑄
封面插画	叶媛媛
版式设计	史小燕
责任印制	唐　茵

出版发行	四川文艺出版社（成都市槐树街2号）
网　　址	www.scwys.com
电　　话	028-86259285（发行部）　028-86259303（编辑部）
传　　真	028-86259306
邮购地址	成都市槐树街2号四川文艺出版社邮购部　610031
排　　版	四川胜翔数码印务设计有限公司
印　　刷	四川华龙印务有限公司
成品尺寸	145 mm×210 mm　1/32
印　　张	21.25　　　　　　　字　数　480千
版　　次	2016年10月第一版　　印　次　2016年10月第一次印刷
书　　号	ISBN 978-7-5411-4369-4
定　　价	49.80元（全二册）

版权所有·侵权必究。如有质量问题，请与出版社联系更换。028-86259301

上卷

【上卷】
目录

001　楔　　子
002　第 一 章　梧桐路18号
010　第 二 章　大音希声
020　第 三 章　美人救英雄
031　第 四 章　梅小初开
038　第 五 章　问姓惊初见
045　第 六 章　老照片
052　第 七 章　母女
060　第 八 章　一记耳光
068　第 九 章　合作伊始
076　第 十 章　《二月初一》之三见
086　第十一章　三见盖瑞
095　第十二章　《二月初一》之拜寿
103　第十三章　火影忍者
112　第十四章　雾南山上
121　第十五章　《二月初一》之承诺

128	第 十 六 章	琉璃世界
134	第 十 七 章	少年意愿
140	第 十 八 章	《二月初一》之婚约
147	第 十 九 章	《二月初一》之成亲
154	第 二 十 章	《二月初一》之心恨
165	第二十一章	医闹
173	第二十二章	《二月初一》之十年讷言
181	第二十三章	《二月初一》之柳父之死
190	第二十四章	《二月初一》之决裂
196	第二十五章	《二月初一》之五年锦言
203	第二十六章	病重
209	第二十七章	《二月初一》之逃难
215	第二十八章	《二月初一》之初识
221	第二十九章	《二月初一》之避居
228	第 三 十 章	惊逝
235	第三十一章	悲疑
241	第三十二章	母女冲突
247	第三十三章	《二月初一》之伤逝
253	第三十四章	《二月初一》之柳松
260	第三十五章	《二月初一》之雁农之殇
267	第三十六章	残忍世界，温暖明亮
273	第三十七章	嫁给我吧
280	第三十八章	《二月初一》之寻找柳松
287	第三十九章	《二月初一》之以血偿血
293	第 四 十 章	《二月初一》之康家锦绣女

楔子

林子里静悄悄的，隐约听得到远处压抑下来的低低骚动，渐行渐远。

有斑驳的阳光透过树林浓荫落在脚边小径上，微微无声跳跃，往日总有的细小动物似乎不见了踪影，原来带着生气的静谧便透出不安，心在胸腔里莫名跳得剧烈，怦，怦，怦……有一种茫然却又明确的结局在脑海里似是而非。

于是不敢停下来，可是仿佛没有自己的意识般，陌生的情绪在胸口奔涌，慢慢地，终于还是停了下来。身后响起一阵轻而脆的"咔嗒"声，她慢慢转过头，一排黑洞洞的枪口冷冷地对准她的胸口。

这就是结局了。然而多么不甘，她瞪着乌黑的眼，望着一排枪口几乎同时喷出的火光。

第一章　梧桐路 18 号

颜子真翻身而起，与此同时床边地板响起重物坠地的声音。

灯亮起来，她一头汗地瞪着地板上的邓跃，邓跃正抬头无奈地看着自己。

颜子真过了好一会儿才醒过神来，邓跃已经抽出纸巾递到她手边，她接过来抹着额头的汗，仍然有些失神。

邓跃去厨房倒了杯水过来，说："怎么了，做噩梦？"

颜子真喝了几口水，才说："我也不知道，最近总做这个梦。"怔忡过去，她看着邓跃笑出来，"对不住，床太窄了，很容易踢你下去。"

邓跃瞪了她一眼："我又不能常在这住，你一个人总做噩梦不害怕么？"

颜子真嬉皮笑脸地说："你要常在这住，我天天踢你下床，更不好吧？"

邓跃绷不住，笑出声来。

然而到底，颜子真没有再入睡。

翌日起早，邓跃去加班，颜子真想了一会儿，也跟着出门。

梧桐路 18 号。

颜子真站在一个院落的铁门门口。除了从院门直通进去的平整石子路，整个院子都铺满草坪，院子左侧有一株金桂，金桂前是一个小小牡丹花圃；右侧则有矮矮的金丝楠树，下面放了藤椅藤桌，细细密密的金丝楠树叶无论春夏秋冬都遮在桌椅上方。

掩映在桂树和金丝楠树后面的，是一幢小小两层西式别墅，整幢别墅的窗户都大且亮，错落的落地窗里垂着浅色窗帘。

因保养得宜，这幢建于二十世纪八十年代的别墅于微微陈旧中透出淡淡典雅。

这是颜子真外婆生前住的院子，现在属于颜子真。

她默默站了一会儿，便闻到一股寒香细细绕鼻而来，掏出钥匙打开院门，绕到别墅后面，果然，小小荷池边上，一株白梅、一株红梅开得正好，那暗香正丝丝缕缕蔓延空中，夹着清冽冰冷的空气吸入胸中无比舒服。

这闻了二十来年的香，子真鼻子一酸。

很安静，只有偶尔听到树枝上昨夜积雪落下的簌簌声，天地间仿佛只剩了她一个人，在这个已经没了主人的院子里。

不知道过了多久，身后玻璃窗被"咚咚咚"敲响，子真回过头，差点脱口而出："外婆！"

是替外婆看房子的孙阿姨，因为孤身，二十多年来一直住在这里。此时她正在玻璃窗内的书房里关切地看着子真微笑。

颜子真抹了抹脸颊，走到窗前，孙阿姨笑着把大窗打开，子真于是右手撑住窗沿，轻盈一跃，从窗外跳进书房。

仿似儿时。

书房清冷，子真一眼看到书桌旁的大案几，上面摆着的大花瓶空着。如果外婆在，花店每天一大早都会送来应时的花卉，这个时节，一定是梅花，外婆的书房从不开暖气，这样如果从外面走进来，一室都是扑鼻的寒香，比之后院的露天梅香，又有不同味道。

她望着窗前空着的绣花棉垫靠椅，仿佛看到幽默风趣的外婆仍然坐在那里，全无异色的一头白发在脑后团成髻，掺着暗色锦线的烟灰色羊绒外套精致而漂亮。

颜子真一向认为她的人生目标之一就是年老后能像外婆一样，优雅、高贵、幽默而随和。颜子真是那样怀念外婆。

好像就在昨天，她贪看梅花不肯回屋，笑嘻嘻赖皮："这么冷的天，外婆你不是特意叫我来看梅花么？干吗非要把我叫进来。"外婆就靠着椅背悠悠笑着说："哪哪，我是看见你站在外头跟梅花两头里衬得这样好看，看得心里妒忌才把你叫进来的啊。"婆孙相视大乐。

颜子真微微闭上眼睛，喉头哽着硬块，酸而疼。她坐在书桌前，黑色大理石雕梅花的笔架上仍然插着那支古董钢笔，拿下来握在手中，抽出一张纸，一个字一个字写着，写完，轻轻地叹了口气。

半个月前就在这里，她得到了外婆一半的遗产馈赠，余下的一半由外婆的四个儿女均分。

颜子真记得当时她意外到不可置信，唯一记得的是转头看到身旁的妈妈脸上也是完完全全的震惊。

颜子真一直知道自己的生活完美无缺：父慈母爱不消说了，父亲那边的亲人只有奶奶，当然疼爱自己如珠如宝；母亲这边呢，两个舅舅一个大姨每次都给她大大拥抱以及笑容糖果，只要知道她缺什么就会送什么；而外婆，外婆亲她的脸叫乖宝宠爱她超过所有其他孙辈。小时候,她逗留这幢别墅时间最多,外婆时时抱了她坐在膝上讲故事给她听,淘气时打破外婆最心爱的宝贝外婆也不过一笑了之。金桂前的牡丹花圃也是因为听了子真说喜欢牡丹花才叫人找来名贵的品种好好地培养。爸爸笑话她,那才叫实打实的溺爱。

最小的表弟卓谦曾经假装抱怨:"太不公平了,六个表兄弟姐妹,奶奶只宠子真。"其他的孙辈,外婆也是爱的,但实实在在,所有人都知道,从小到大,颜子真才是外婆最爱的孩子。

外婆也从不掩饰这一点。

也许人和人之间,真有缘分。而子真和外婆,便是世间最投契的那对祖孙。

子真看着自己写在纸上的字:卫音希。

仿佛看到外婆温和地对她说:"子真,帮我关注她、照看她。"

她对着空空的书房,轻声说:"外婆,我会的。"

外婆这一生宠她爱她,从来没有对她提过任何一个要求,只在遗嘱里给了她一封信,信里最后一句是:"子真,你还记得我给你讲过的故事吗?卫音希是她的孙女。"

颜子真拨通表弟卓谦的手机:"卓谦,你认识艺术系的学生吗?"卓谦是颜子真小舅舅的独子,自小和她最亲近,现在江城大学当学生会副主席。

果不其然他笑嘻嘻:"不认识也可以打听的,你要找谁?不过艺术系的学生都挺特立独行的。"

二十六岁的颜子真也有过年少青春的时期,也自命不凡过,但她也深刻知道，若与学艺术的人比起来，一般少年人的自命不凡简直就是萤火之与日月，最要命的是，绝大多数艺术学生的"日月"不过也就是萤火，所以她这等平凡人深觉吃不消。

颜子真忽觉有点头痛，卫音希不会也是这种人吧？摇了摇头，说："卫音希，大二。我现在快到你学校门口了，你赶紧问下她在哪个宿舍。"

卓谦啊呀一声："我在分校区呢，颜子真你真是马大哈，也不先问一声就来，万一人家也不在呢？"

子真呸一声："乌鸦嘴。"

他哈哈大笑。

颜子真问了路，慢慢往女生宿舍走。今天是周日，她起得早，去了别墅过来，也不过九点，又刚下过雪，按照她大学的记忆，这个时候学生们多半还在宿舍。

等到差不多走到女生宿舍楼群的时候，卓谦的电话也来了："十八号楼四层，这个学期她们换过宿舍，412、414、416不记得是哪个了。"

隔着一个不小的校内湖便是十八号楼。横穿湖心的路做成水泥走廊，走廊顶上同样用水泥浇成一条条的藤架子，这个季节水泥藤架子上全是枯枝败叶，残雪微融，但到了春夏，牵牛花绿藤叶铺满整个藤架子，一定十二分美丽。天可真冷，颜子真跺着脚从湖心小路上穿过去，宿舍楼前是一片空旷的花草地，有错落的小假山和小小花圃。

408、410、412，颜子真拦住经过的一个女生，那女生只穿着短袖紧身黑毛衣，衬得胸脯十分美好，露出的胳膊雪白丰腴，一张银盘子似的小脸青春逼人，只是神色中有些傲然不屑。子真忽然有被打败的感觉,只得草草问:"同学,请问卫音希在哪个寝室?"

听到卫音希三个字,女生的傲气倒收了起来,看了子真几眼,才说:"在416,不过她不在,一大早就出去了。"

颜子真呆了一下,有点失望,说:"啊,谢谢。"女生想了想,说:"她要到晚上才回来,你要是有事可以留个条子给她,我和她同寝室。"

子真笑着摇摇头:"没什么要紧事。"那女生点点头,又看了她一眼,转身走开。

子真看着她背影,那两只露在外面的胳膊让她觉得更冷,她不记得自己十几岁的时候是不是也这么不怕冷,呼了口气,回家。

正想着回家是先煮一壶咖啡呢还是泡一杯昨天新买的大麦茶,然后坐在被窝里看书,手机响起来,是妈妈:"子真,明天你不用回来了,我和你爸爸要去参加老年大学的活动。"每周二和周五是家庭日,当初搬出来时规定了一定要回家吃晚饭的。

子真"哦"了一声,顺口问:"这么冷,什么活动啊?"司机在一旁问:"往高架开吧,不容易塞车。"子真点头应了一声,妈妈在那边问:"咦,这么冷这么早你倒在外面?"子真不经意地说:"哦,我吃了闭门羹,正准备往家走。"

妈妈说:"得了,没事我挂了。"

子真看着挂了的手机笑,这几乎已经成为和妈妈通话后的习惯。不过外婆也有这个习惯,干脆利落,永远在别人之前挂断电话。子真曾经跟爸爸抱怨:"她们都爱挂人电话,我有被人抛弃的感觉。"妈妈刚好一旁听到,闲闲地说:"好过被你抛弃呀。"

顿一顿又说,"我仙去的时候才是抛弃你呢,之前你还是少无病呻吟。"子真吐吐舌头,要噤声,却又忍不住挑衅:"那你跟外婆打电话谁先挂的?"妈妈淡淡地说:"我。"

爸爸在一边微笑:"你看,你还有什么不服气的?"子真腻在爸爸胳膊里,笑嘻嘻:"哎呀狗腿爸爸。"

说归说,子真也不太敢多嘴,她一直知道妈妈和外婆是心有芥蒂的,几十年来,她们都不亲近,不像大姨,会经常陪着外婆聊天逛街。但她们从来不在任何人面前表露出什么。

子真又想起那天宣布遗嘱之后、刘律师给自己那封信之前,妈妈叫了刘律师走到另一间屋子里说话。

然后那天回家,妈妈踌躇半天,才问她:"子真,你外婆有没有和你说过另外的话?"

颜子真的包里正有外婆的那封信,但她只微微犹豫了一下,就答:"妈妈你放心,没有。"

爸爸在一旁安慰妈妈:"你别想太多了,你什么时候见过你母亲像疼子真这样疼任何一个孩子。再说,我们都看得出来这些年母亲对你实在歉疚,因此弥补给子真也是有可能的。"

妈妈不语。颜子真离开的时候因为鞋带散了,在楼道里多待了一会儿,等系好鞋带直起腰身,便听到妈妈的声音从没合拢的门缝中传出来:"我没有认为她会害子真,可是我妈的为人怎样,做过些什么,你不是不知道,她做任何事都不会没有理由,我总觉得这些事情不是这么简单。子真这孩子太单纯,我担心她。"

她轻轻地走下楼梯,心中有些难过。

她不知道外婆和母亲的恩怨,只是到长到足够大的时候才恍然忆起她从来没听母亲唤过外婆一声"妈妈",但是,子真和外婆的往来却不受影响。妈妈从不曾阻止子真到外婆家玩,子真小时候去过外婆家回来还会问都玩了什么之类,虽然长大后才知道妈妈只是想小子真跟别的同伴一样有"我是外婆好宝宝"的感觉。但颜子真有很大的信心认为可以借由自己的头脑和双手修补。

但她没有来得及做什么。

第二章　大音希声

晚上颜子真做了辣子鸡、咸肉冬笋片、虾子冬瓜汤，叫了卓谦过来吃晚饭。

她和卓谦在同一层公寓楼里各住一套小公寓。几年前房价还没有大涨，子真大学毕业，爸妈就送了一套小公寓给她作为毕业礼物，小舅舅看到就也顺便在一起买了一套给儿子。这当然也是因为颜子真和卓谦在众表兄弟姐妹中最合得来，颜子真十分乐意照顾小自己八岁的小表弟。

子真至今仍然记得小小卓谦肉团团一样在自己臂弯里歪来倒去的模样。还有，就是颜子真答应八岁的卓谦春节礼物是买书给他，结果她忘了，大年初二吃完团年饭，慢悠悠从外婆家走回家时，卓谦就踩着她的脚后跟笑嘻嘻地一直跟着，她还一头雾水，直到快到家才哎呀一声记起来，小小男孩不生气也不埋怨，只是笑嘻嘻的露出一个"啊哦这个糊涂姐姐"的表情。

子真最喜欢卓谦这点可爱幽默。难得的是卓谦从小到大从未失去这一点。

他一直是每个人生活中的阳光。卓谦的母亲从小教育卓谦做一切力所能及的事，比如自己洗衣服做饭打扫等，但到了卓谦十八岁生日那天，卓谦母亲却认真地跟卓谦谈话：妈妈教你做所有的事情是为你好,但是,有些时候一定也要学会偷懒。目的?生怕儿子将来变成老婆奴,舅妈才不想儿子将来天天只为老婆服务。结果自那以后,卓谦母亲发现卓谦本来每天拖的地板变成隔天、隔两天拖,他理直气壮地说:妈妈你不是说有的时候一定要学会偷懒吗?我实习实习,你看我的实习成绩能过关吧?

颜子真听闻此事,笑得直不起腰来。

卓谦考上大学后这里就是他的歇脚处,时时有同班同学来聚会玩乐。

至于互相照顾的意思,子真提供吃喝,卓谦承担公寓打扫。

当然,卓谦很爱吃子真做的菜,偷偷说:别告诉我妈是我说的,你做的菜比她做的好吃多了。

子真故意说:"为什么不,我偏要。"

卓谦马上说:"其实我妈做的菜和你是两种风格,我还是比较习惯我妈做的。"

颜子真投降。

卓谦吃了几筷子冬笋片,满意地舔了舔嘴唇,忽然想起来问:"你找着那个卫音希没有?"

子真摇头:"运气不好,她出去了。"

卓谦想了一下,忽然说:"秋天的时候,奶奶也去过我们学校。那次可显摆了,奶奶就笑眯眯地坐在我自行车后座,同学都说奶奶太酷了。"

子真遥想外婆风采,不禁微笑,又问:"外婆去干什么?"

卓谦的声音有点低落:"奶奶说想看看我读书的地方。"

不,子真想,不,至少有一半原因不是。

晚上颜子真和邓跃谈起这件事,说:"卓谦说原来秋天的时候外婆去过江城大学。"

邓跃正在帮她修电脑,见子真低着头,眼圈又开始微微泛红,放下手上的工具,转回身来拥住她,子真把头靠在他肩头,低声说:"邓跃,我很想外婆。"

邓跃轻轻抚摸着她的一头黑发,轻声说:"子真,子真,我知道,你外婆也会知道。"

过了许久,子真坐直,叹口气:"你继续帮我修电脑吧,明天要交稿子,是死线了。"邓跃笑,在她头顶吻了一下,重新工作。

子真转到厨房冲两杯热茶,一边端出来,一边说:"对了,你今年好像在教卓谦他们班的计算机课,他功课怎么样?"

邓跃忍不住笑话她:"一个学期都快结束了吧颜子真,现在才关心?"

子真端着茶哦了一声,放下茶杯,一个飞踹,邓跃也不闪开,后背中了一记,对子真笑着举起双手表示投降,然后说:"对了,我这次出差要一个星期,这几天又要降温下雪,你多穿点衣服。"

颜子真咄一声:"你进化得跟我妈似的。"

邓跃一边装内存条一边笑道:"我听说你妈从来不管你穿多少啊。"

颜子真无精打采地说:"纠正一下,那是自从我十六周岁以后,我妈她老人家说我成年了,如果再连自己冷暖都不知,她还不如养只鸭子。"子真十六周岁后的第一次着凉感冒,母亲就闲闲站在一旁递给她药水,一边闲闲地说:"我好像记得有一句诗叫作春江水暖鸭先知。颜子真同学,你有没有觉得我养只鸭子比养你会更智慧点？"气得子真鼻涕横流之际捶床大叫，爸爸端着水在一旁拼命忍笑。

邓跃也想起这个故事，大笑，子真懊恼地说："害得我感冒了都不敢在家里打喷嚏咳嗽，我妈要是高兴起来，真能被她损得无地自容。"

邓跃安慰她："不要紧，以后在我面前流鼻涕都不要紧。"

子真呸一声："废话，不然要你来干什么用？"

邓跃摸摸她的头，温柔地说："修电脑。"

子真知道邓跃母亲不太喜欢儿子在外留宿，见电脑修好，夜也深了，便催着邓跃回家，邓跃亲了亲她，笑："有时候真希望自己是邓安。"子真倒笑了："邓安有什么好？我才不要你像你那个花花公子大哥。"

颜子真第二天醒来的时候已经是日上三竿，她慢吞吞洗脸刷牙，完了之后才打开手机，有几个未接来电，她趴在床上打回去："不是说过十一点前不要打电话给我么？"带着熟稔的埋怨。

对方脆亮的声音带着教训："你还真以为你是大作家了，文不成名未就，规矩倒一套套。这个月的稿费好了来拿。"子真咦一声，奇道："不是一直直接打在我账户上的？"对方："因为你的读者来信打不到你的账户里。"

颜子真半信半疑，读者来信子真不是没收到过，但如今网络时代，还有人手写到杂志社么？兴致一到，套上大衣便往杂志社去。

莫琮站在复印机前，看着颜子真从门外走进来，颜子真穿着杏色长大衣，棕色过膝马丁靴，衬着比一般人高的修长身段，分外精神。她一时没看到莫琮，也不管，笑嘻嘻和社里认识的人打招呼,一边脱掉大衣,里面黑色高领毛衣浑无花饰,更衬得一张脸皎白无瑕,目若朗星。莫琮微笑,颜子真并不算是美人,但就是有一种自在风华。

莫琮和颜子真是大学好友,都是中文系毕业,但颜子真的成绩可比莫琮差很多,一到期末考便急急来找她抄笔记画重点,就这样历年成绩也总是勉强过关而已。莫琮一直觉得子真好似读错了专业。

于是颜子真毕业后就像是回答莫琮的质疑一样,拿小公寓抵押给银行,贷款跟人合资开电脑店,对方在店里经营,她在家开一个网店,生意做得相当不错。

然后是三年前,也就是她们毕业后第三年,她忽然接连抛出几部小说,引起了小范围内的惊叹,几家杂志开始跟她约稿,出了两本书,卖得还不错,小小赚足一笔钱,更把一个寓婆做得风生水起。

莫琮身为一个编辑,当然近水楼台。颜子真贪省事,所有稿子全部交给她处理,莫琮也不客气,按市场行情该抽的佣金就抽。

颜子真常常故意气莫琮:"人生而不平等,奈何!"

莫琮毫不置疑地承认这一点,因为颜子真就是一个最好例子。莫琮看颜子真的稿子,常常会怀疑自己是不是真的曾经和她做过同学同过寝室,大学时期的颜子真完全没让任何人看出她在写作上的天分。但是,中文系出来的高才生似乎的确大多成不了好作者,都被那些书读坏了。颜子真的行云流水,分明跟大学教育毫不相干。

颜子真晃到莫琮面前:"干吗躲起来?吃午饭了吗,我请客。"

莫琮笑:"要请也是请晚饭,午饭谁叫你请,白让你捡便宜么。"转身抽出几封信递给她。

颜子真笑:"可见也不是真的红,才这几封。"

莫琮正要嘲笑她,忽然想起一件事:"正好你那个连载的插画送上来,要不要去看看?"

子真道:"好,反正也没事。小翁也没去吃午饭么?"

莫琮笑:"最近有个插画比赛,小翁有份做评委,忙得很,天天吃盒饭。"两人出了大房,转一个弯,进另一间小房间,那里坐着两个美编,只有一个人坐在那看电脑,正是小翁。

看到颜子真,小翁夸张地说:"哎呀,大作家来了,不好意思,请等一下。"颜子真早习惯了他们油嘴滑舌,做个鬼脸,说:"要真的是大作家来了,你那点小忙还不早放下,去,少寻我开心。"小翁呵呵地笑。

子真看着满天满地一摞摞的画稿,啧啧称奇:"原来有这么多人会画画啊。"她对绘画音乐一窍不通,只会说好看,好听,内行道道是半点也说不出来的,这会儿也就只是一张一张翻着看新奇好看,留意着不弄乱。

莫琮陪着子真一起翻,一边小声点评,子真说:"是给了几个样稿,然后让大家挑了来画么?"莫琮点头,子真笑,"这几张真美丽,连头发丝都画得清清楚楚,咦,这一沓风格很像啊。"小翁在那边嚷:"是啊,归好类的。"子真点点头:"跟以前看到的日本漫画很像。大眼睛小嘴巴大胸脯小腰身大头小胳膊电线杆腿。"

莫琮笑:"对,这世道妖怪都统一卖相。"

子真笑嘻嘻看着莫琮:"我真爱死你这张嘴。"

颜子真外行看热闹,草草翻过一批,又去看另几摞。抽出几张说:"咦,终于发现不太一样的,挺硬朗啊,就是人形不太好看。"

小翁远远看了一眼,说:"哦,这个就不是日漫风格了,有点欧洲漫画的意思。但细节上处理不好,改了两稿了,还是这样。"

子真奇道:"咦,怎么还可以改?不是画完了投过来就完了么?"

小翁解释:"因为这个作者的风格比较不一样,而且有一种不经雕琢的青涩,很有点意思。我们希望多些不同,就让她回去自己改改。"

子真看一眼署名,怔住:"音希"。

小翁笑着说:"名字有意思吧?大音希声,明明应该唱歌的,却爱画画,这女孩是江城大学艺术系的。"

子真忍不住再细细看了几眼,问:"你们有没有用过她的画啊?"

小翁:"用过,不多。"

子真临走前问莫琮:"你觉得那个音希会不会得奖?好像小翁还蛮欣赏她的。"

莫琮看她一眼,答:"第一,小翁这里也不过是一个投稿点而已,他喜欢多种风格,但评奖又不是他一个人做主;第二,就算得了奖也没什么,一炮而红是不存在于这种比赛里面的,届时行内是不是有动静都不知道。"

子真沉吟着问:"那国内什么比赛比较有影响呢。"

莫琮淡淡地也不禁有点好奇:"我不觉得有,不过我对这行真的不太了解。子真你向来都无视这些，怎么，这个女孩子你认识啊？"

子真摊摊手："我受人之托照顾这个女孩子，不过我连见也没见过她。"

莫琮笑起来："想必托付的人对你很重要。我跟小翁讲讲，以后多用点她的画稿，反正他也挺欣赏这个女孩子的。"

子真仰头，喃喃道："现实生活是多么的黑暗。"

莫琮冷笑，"你才知道？"相视笑出来。

然后子真想了想说："还是算了，小翁既然欣赏她，该用的时候还是会多用的。"都还不知道卫音希是个怎样的人呢，别轻举妄动的好。

其实刚看到卫音希的名字时，颜子真有个冲动，几乎马上要脱口而出：让这个人给我画插画吧。好在她很快清醒过来。

子真本人对插画毫不讲究。她是那种对不在行的东西十分宽容，宽容到无视的程度的人，莫琮这么说她的时候她倒也明白是什么意思，只好讪讪地笑。所以杂志社也好出版社也好给她配插图时只要告诉她是哪家画社，或是哪个插画家画的，她通常不会有什么意见，也不会有什么印象。因此对她来说，配精美插画工作社的插画也好，配卫音希这种她觉得不太好看的也好，真的没有差别。

子真深爱外婆，一直以来外婆从未对她有任何要求，这是她临终最后的请求，子真要好好完成，为外婆达成最后心愿。

这跟庞大的遗产没有关系。子真在考虑的时候连想都没想过钱的事。

虽然她开玩笑地跟妈妈说："哎呀妈妈，这么多的钱，我不晓得多喜欢。"

多喜欢也不过是仍然放在它们原来在的地方,颜子真自己赚的足够自己衣食住行吃喝玩乐。但有钱傍身当然是件最优裕的事,至少她可以更加的从容自在。如今世界,有钱万事易,这份底气才是最大馈赠。

她不知多感激外婆。

颜子真回家便打开电脑,在搜索栏上写下"音希"三个字,翻页几乎翻到最后了,才看到一个小小动漫网页,点进去,在一长串名字中看到有"音希"的名字,然后是几十页的插画和漫画。

一幅幅看下去。她虽然从不注意漫画动画插画,但眼角带过书上看过的也不少了,这会儿细细看去,不禁有些困惑。这个女孩子真的相当特别,画风里绝没有时下流行的一点点妩媚华丽和细致,她的画利落分明、简洁明快,笔折处带着丝不由分说的硬朗和冷漠,其中讲述一个故事的几十张漫画,言简意赅到甚至像是没交代清楚来龙去脉。子真看一遍,回头再看一遍,却不禁慢慢有些恍惚,上一张画和下一张画之间过渡的断链在看第二遍时让人"呼"的一下冒出很多想法,自动连上断链。这,算是给读者想象空间吗?

可是漫画,不是应该让人轻松无负担不用思考囫囵看的么?

子真关上电脑,靠在椅子上沉思。

卫音希的漫画里讲的故事很简单,她似乎很不擅长讲故事,但她貌似漫不经心的绘画方式却能让人想出更多的内容,这些内容未必是卫音希想描述的,更可能是卫音希想都没想过的,但这种诱发力真不简单。

她看了一眼电脑边的手机，忽然想不要先打个电话去吧。坐言起行，马上打电话给卓谦，才两分钟，卓谦就把十八号楼415的电话号码报过来了，笑嘻嘻说："你这个懒蛋！"

子真说："你给我看你的小女朋友我才肯再跑一次吃闭门羹。"卓谦哈哈大笑，唱歌似的："就不给你看，就不给你看就不给你看……"

子真拿着那个号码，看了看时间，下午四点半，正常学生应该在宿舍等着吃晚饭了吧？她拿不准，不过拨电话而已，三下五除二拨通。

铃声响了三下就有人接了，子真说："麻烦你，我找卫音希。"对方说好，然后叫："音希，找你的。"

话筒里传来扑通一声，然后是几个女孩子哈哈大笑，再然后，颜子真听到一个清冷的声线："你好，我是卫音希。"

子真马上说："你好，卫音希，我叫颜子真。"

电话那边的卫音希沉默了一会儿，再响起的声音有一点茫然和冷淡："对不起，我们不认识。"

子真说："是的，我们不认识，但是，我的外婆庄慧行，和你的奶奶是最要好的朋友，我外婆让我来找你，有些事要同你和你的家人说。呃，你能记下我的号码吗？"

子真念了自己的号码，那边女孩子的声音带着礼貌的冷淡："嗯，好的，记下了。"然后沉默着，在等子真还要说什么。

颜子真有些尴尬，于是也沉默了一会儿，说："那就先这样吧，我们有空再联系好吗？"

卫音希说："好。再见。"

电话咔嗒一声轻响挂上，子真突然有种松了口气的感觉。

第三章　美人救英雄

卫音希一从省图出来时就发现找不着自己那辆破自行车了，四处转了一圈证实它的确无影无踪了，心里不禁沮丧，这是上大学以来丢的第三辆了，故意买的一辆比一辆破，可是照丢不误。

恨恨地踢一脚台阶，手插进羽绒服口袋，去坐公交车。

早上从宿舍出来的时候曾慧永刚跑步回来，说太冷了还是坐公交去省图吧，她嗤之以鼻，现在好了，这辆车还是曾慧永陪她去相熟的旧车铺买的，回去了肯定被教育。

公交车里挤得要命。是周末，不比平时，除了上班时段会空很多。不过卫音希既瘦且高，动作敏捷得很，从人缝里钻到车后面，抓着吊环听天由命地随车子摇摇晃晃往前开。

卫音希因为要做一个期末习作，需要对应的参考书，可是本校图书馆找不着，便跑到省图来找，好在终于找到两本有用的，可惜借不出来，想着只好这两天都跑去做笔记好了，可是没了自行车……她烦恼地伸出空着的那只手抓抓头。

她喜欢骑着自行车在室外空气里神清气爽地穿梭，天气冷有什么要紧，伸胳膊蹬腿地骑着骑着便暖和了，而且寒冷的天气有助于清醒头脑，四肢灵活。她想起刘英怪里怪气地说：还四肢灵活呢，跟个大猩猩似的缩脖子缩手，僵尸现世。不禁咧开嘴笑起来。

车到了一个站,下的人比较多,空了一些。卫音希无意间低了下头,忽然看到身边有一只手趁人流涌动偷偷伸进一个男人的口袋,正夹着钱包要缩回去。

一瞬间她什么也没想,眼疾手快地一下抓住那人夹着钱包的手,叫:"有小偷!"话音未落,手背一阵剧痛,小偷的另一只手刀光一闪,却被又一只手连手带刀钳住,正是那口袋的主人。

周围的人早闪开一段距离,有人帮忙扭住小偷,钱包主人看了一眼她的手,喊:"师傅,请在附近药店停一下。"有人递过一包纸巾,拆开让音希捂住手背血口子,卫音希头也不抬地说:"去派出所吧,不用管我,我不要紧。"

公交车路过的地方正有一个派出所,几个人一起下车,有人帮忙把小偷送进派出所,音希和那人也下了车,扰攘间那人拉过她的手,卫音希下意识夺回手,他倒笑了,说:"我是医生,让我看下你的伤口。"

因为感觉到很痛,音希僵了一下,他不由分说掀开纸巾,仔细看了下伤口,说:"得消毒一下用纱布包扎,去医院吧。"血很快又涌了出来,他把纸巾压回去,便要拦出租车。

卫音希夺回手,瞪了他一眼:"不用。"决定走去公交车站坐回校的车。

那人笑:"哎哎,你帮我抓了小偷,我可不能就让你这么走了。"

不由分说抓住她的胳膊,想了一下,说:"要不这样,这附近我有一个朋友,她家有包扎用品……你真的不能这样流着血回去,我会过意不去的。"补充了一句,"你放心,她是个女的。"

音希看了一眼被他抓得牢牢的胳膊,虽然有点不耐烦,也知道不可能脱身,只好点了点头。

他笑了,带着她往前走,一边掏出手机打了个电话。果然没走多远便在一幢大楼前停了下来。

卫音希摆脱掉他的手,离得稍远一点站着,按住手背的纸巾已经被血渗透,不过感觉上血好像已经止住,她百无聊赖地抬眼看了看周围。

这是市中心附近的商住区,一些高楼通常是底下几层商业,上面住宅,他们站的便是其中一幢高楼的底下。

那人回头看了看她,说:"小姑娘谢谢你,你真勇敢。"

卫音希眉头一挑,这是哄小孩子呢,淡淡地看了他一眼,懒得说话。

他笑:"嗳,我说的是真心话,现在很少有人肯见义勇为的。"

话音刚落,一把清冷冷好听至极的声音笑嘻嘻响起来:"邓先生,出租车呢?"

卫音希回过头,一眼撞入眼帘的是一个清朗女子,皎白面孔,五官分明,带着调侃的笑看着那人。

那人一怔:"什么出租车?"

她哈哈大笑:"难道你不是忘了带钱找我救命的么?"

那人笑骂:"胡说八道!"回过头对音希说,"这是我小妹,你跟她上楼去包扎一下好吗?"

卫音希微微一怔,这声音太过好听,她确定在哪儿听过,没等她想起来,已经迎上一双明亮的眼睛,那眼睛看着她亮了一亮,却又乌溜溜一转,溜了一下那人,那人露出啼笑皆非的表情:"颜子真你想什么呢。刚才我在公交车上遇到扒手,这女孩子抓住他,结果被划伤了手。刚才想带她去医院包扎她不肯,想到你家就在这里,干脆找你帮忙算了。"

她的目光落在音希手上,一怔,忙说:"哎呀,快跟我来。"伸手轻轻带了一下音希的肩膀,音希不由得就跟在她身后进了楼。

一路走,卫音希一路低头想着这个声音到底在哪儿听过,全没注意身旁两人斗着嘴。

直到进了屋。

眼前是一个布置得干净简洁的一室一厅,客厅很大,分成两部分,一部分是几个书架和一张大桌子,大桌子上有电脑和摊得四散的资料纸张,看上去应该是书房兼工作间;另一部分摆放宽大舒适的三张沙发和一些美丽的柜子。转眼间颜子真已经从里屋出来,手里拿着一个不小的医药包,按着她坐在沙发上开始为她清理伤口。

她轻声说:"会有点疼哦。"笑吟吟看看卫音希,低下头娴熟地打开包,取出几个瓶子和一盒药粉,轻轻掀开她手上的纸巾,用棉签蘸了酒精细致柔和地涂在伤口上。

无人理睬的邓先生邓安自行进了厨房,过一会儿,端出两杯热奶茶放到她们面前,正看到卫音希吸着气扭过头,露出怕痛的神情来,把整张脸扭成一团,刚才一脸不在乎的酷劲消失得一干二净。邓安不禁失笑,想到在公交车上这个高瘦的小女孩一把抓住已收获自己钱包的那只手,提高了声音叫:"有小偷!"后来她的手被划伤,应该很痛,却仍然装作毫不在乎的样子,酷酷地说:"不要紧,不用管我。"

卫音希正巧看到他的表情，忍不住瞪他一眼，他笑，把茶杯放到茶几上，戏谑地说："勇敢的小姑娘不怕疼。"

颜子真抬头看到邓安的神情，也看一眼卫音希，撇了下嘴："邓先生，你流年很旺啊，总是让美女救你这个英雄。"

子真初识邓安，是在海边，邓安在游泳时腿忽然抽筋，要不是子真狗胆包天抱着救生圈不小心浮到边界线附近刚好看到，邓安遇溺的可能性据说是百分之九十。那个时候子真已经和邓跃交往，但尚不认识邓安。

后来还有一次，邓安酒半醉，丢了钱包坐出租车，半夜三更把出租车司机指到子真楼下，叫了子真下来救命。子真同邓跃说，听说你哥哥比你大四岁啊。言下之意也不必说了。邓跃只好诚恳地说，我比较少年老成。

邓安打开一罐啤酒，靠在沙发上轻笑："救人者，人恒救之。"

邓安是个外科医生，事实上，是个相当有名的外科医生。他家曾有病人送的一幅镀金横匾，上书"妙手回春"，子真和邓跃去他家玩时看到那幅宽大的横匾，不禁大乐，邓安在一边一本正经地说：不要取笑病人。子真连连点头：我们没想到你这么尊重病人，把个横匾挂得这般周正。邓安笑：对，这幅横匾其实应该是你的。子真想到在海边看到邓安时，自己居然继续狗胆包天伸手去拉邓安，邓安虽然遇溺，却也被她的举动吓了一大跳，拼命冒出海面叫了一声："叫人！"子真才尖厉地大叫起来。

结果过了几天，子真家的门铃响起，几个工人抬进一幅一模一样的"妙手回春"横匾，不过落款是："三拜泣谢救命恩人颜子真小姐，小的邓安敬赠。"

颜子真抓狂地问邓跃："你哥哥怎么这么有钱？他收不收红包的？"邓跃只好笑，警告颜子真："你别惹他，他要是疯起来你就只有哭的份。"颜子真想起邓医生家里那些挂在墙上做装饰的牛头骨羊头骨和人头骨，不禁打了寒战，从此她再也不批评邓安家中任何装饰，她可不敢某日忽然收到一个邮包，打开一看，是整副人头骨。颜子真虽然从小同妈妈斗智，但和邓安斗勇这回事无论如何能免则免。

邓安探身看了一眼音希伤口的处理情况，就一边喝啤酒，一边翻看沙发边上的杂志。

这边子真细致地包好卫音希的右手，轻轻按了按，探询地看她一眼，卫音希摇了摇头，示意不疼。子真便把几上邓安做的热奶茶递给卫音希。

卫音希有点好奇，眨眼工夫，怎么做的奶茶，这么香，她先啜了一口，然后马上喝了一大口，子真笑："这位邓安大国手，论起吃喝玩乐来，他如果认了第二，他身边的人，怕就没有人敢认第一。"

卫音希也忍不住笑起来，邓安顺手拿着手上正看的杂志打了一下子真的头："颜子真，你喝着我的茶，还编排我？"

还没等子真反击，音希终于想起来："颜子真？"子真转头看她，她犹豫着说，"我叫卫音希。"

颜子真的声音太好听，虽然是电话，卫音希也很难忘掉。

子真一呆，仔细看了看她："卫音希？你是卫音希？"

她的脸上露出欢喜的表情，指着她笑："你是卫音希！"

音希看着她，虽然不知道她为什么会这么欢喜，心中却也有了一丝亲近的感觉，然后有些不好意思："对不起，我丢了你的电话号码。"

子真不在意地笑："没关系，我们这不认识了么？再说，我本来也想过两天再打个电话给你，或者去你学校。"

她想了一下，问："你是梅州人？"

卫音希点点头。

子真侧了侧头，笑："我去过梅州，梅林的梅花真漂亮极了，可惜，看梅花的人也多极了，多得都闻不到梅香了。"

卫音希笑。

子真踌躇了一下，问："你奶奶，好吗？"

音希点头："她很好，她让我替她向你外婆问好。"

子真一怔，温和地笑："啊，我外婆两个月前已经去世了。"

音希脸上露出意外的表情，身子自然的微微倾向子真，眼里浮起关切。

子真说："外婆是年初才联系上你们家的，可是……她希望我能和你保持联系。"她微笑着看着音希，眼睛明亮。

卫音希不由自主就点了点头，然后看着子真展开的笑脸，也忍不住微笑。

邓安放下杂志，架着腿饶有兴味地看着她们，子真却想到一件事："你怎么会去坐公交车？"邓安自己有车，但这人比较随意，倒是不介意坐公交车的，但今天是周末，他没事去挤什么公交车呢。

邓安冲卫音希笑笑，咬着啤酒罐沿想了一想："体验生活，体验生活。"

子真笑起来："说得跟真的似的。你什么时候……"忽然住了嘴，脸上露出警惕的表情，音希正觉得奇怪，那人看到她这个样子，有趣地笑起来，也不说话。

颜子真有点讪讪，回头一边收拾医药包一边跟卫音希说："他叫邓安，是个医生。"顿了一顿，就介绍成这样够了，然后把一支药膏和方便纱布包好放入一个纸袋里放在一旁，说，"一会儿你走的时候把它带回去，记得每天更换，快的话三四天伤口就会愈合了。别碰水，小心发炎。"

邓安插嘴解释："这个颜子真性格马虎胆子又大，经常磕破皮划伤手脚而不自知，所以家里医药包设备齐全常识齐备。"

子真抿了抿嘴，脸上一副"我忍你"的表情，转头看着卫音希，讪讪说："呃，这位先生心眼小，自诩是医生，怪我越俎代庖。"

卫音希忍俊不禁，终于笑起来。这一笑，一张脸忽然异常生动，就像一朵青涩洁白的花，忽然间率性地绽放。令人看得呆了。

这时候子真的家门被钥匙打开，三人抬头，卓谦和邓跃走进来。

邓跃看到邓安架着腿坐在沙发上，笑了："哥，你怎么来了，不会是又闯祸了吧？"邓安扬眉，索性点点头，笑眯眯地看着弟弟无可奈何的表情。卓谦把手中的东西放到茶几上，看着邓安，说："啊，你一定是邓安大哥。"邓安马上又笑着欠欠身，活泼地点头。卓谦笑起来。

小小客厅里一下子站了五个大人，显得挤得慌，卫音希站起来，跟子真说："我走了，谢谢你。"

子真有点犹豫，正要留她，又觉得不知怎么留，卫音希抿嘴笑一下："你再给我一次电话号码吧。"子真笑起来，把自己的手机递给卫音希,卫音希在子真的手机上输入自己的号码,拨出。在手机冷冷的音乐声中,相视一笑。

正要走,邓安站起来,顺手拿过子真正要递给音希的药膏纸袋,说:"我送你回去吧。"

子真一怔,邓安站住,笑眯眯,英俊的脸故意贴近仔细看她要说什么,子真懊恼又无奈地退后,对卫音希说:"伤口小心一点,有事没事都可以打我电话。"卫音希认真地点了点头,打开门走出去,跟邓安说:"不用送我。"邓安笑:"用的,你救了我的钱包,它要感恩图报,我不想违背它的意思。"然后扬扬眉对子真说:"气死你。"扬长而去。

邓跃对他们俩的不对盘早就习惯,不以为意地说:"你又惹邓安啊?那小女孩是谁?"

颜子真想了想,说:"外婆好朋友的孙女,在江城大学读书。说起来这事儿也真巧。"把事情一五一十讲了一遍。

卓谦听得直笑,邓跃不解:"那邓安送她回去很应该啊。"

叫子真怎么说,邓安看到卫音希那一笑之后的表情,还有,一下子亮起来的眼睛?不不不,音希只是一个十九岁的小女孩,邓安,邓安,唉,这个没有道德标准的邓安,太危险。

邓跃看子真的表情,有些明白,笑起来:"你有点太紧张了。邓安现在,"他停了一下,"邓安现在不比从前了。颜子真,我真担心你以后当了妈会不会得心脏病。"

卓谦靠在沙发上张着嘴大乐,嘴里吃着的苹果喷了一茶几。子真瞪着眼睛看邓跃,想了想,也觉得自己反应过激,老实说,卫音希帮邓安抓小偷在前,要是邓安不送她到自己这里来包扎,势必也要送她回去。

只是邓跃太可恶。颜子真决定给他一点颜色看看，当下翻个白眼不理他。

卓谦幸灾乐祸地坐在那里看着邓跃怎么办。

邓跃倒也不忙，拿起卓谦放在茶几上的袋子，低头翻找。找半天，拎出一个小盒子递给子真，子真不接，仰着头走开，邓跃再递，子真把头仰更高一点，邓跃把盒子放到子真眼睛前面晃动，子真闭上眼睛，忽一个转头往卫生间走，邓跃紧着脚步跟，子真因为闭了眼，啪一声撞到门框上，幸亏邓跃及时拉住。子真恼怒地睁开眼，邓跃一张笑脸凑在近处，有点怪异地变形了。看见她睁眼，邓跃马上打开盒子，要给她看，结果子真侧步走进卫生间，咣一声关了门。邓跃的脚尖和额头同时碰在门上，甚为狼狈。

那边卓谦早笑得前仰后合。

邓跃走回沙发坐下，倒也不急。卓谦一眼看到他手中盒子里的东西，啊一声叫起来："邓跃，你哪里搞来的？姐姐不要就给我！"马上伸手取过来细看，然后佩服地看着邓跃，"完了，这回姐姐又完了。"

那是一款精致时尚的摩斯码 LED 手表。

邓跃温柔地微笑，当年，当年他是怎么记住这个顽皮聪明的颜子真的呢？是在考场上，那双精灵的眼睛亮晶晶地闪烁着，一双脚不安分地踢着前座的椅子，左脚一，右脚一；歇一歇，右脚一，左脚一、二；再歇一歇，右脚一，左脚一、二、三……

他走到子真桌前，故意站半晌，终于子真抬起头，很无辜地看着他，他对着她微笑，退后一步，忍住了没开口，但他实在忍不住笑了又笑，子真微微怔了怔，他从子真精灵的眼中看到她知道小秘密败露,却仍然装得一脸无辜。

邓跃的心在那双眼睛面前软下来,转身走开。那一年,子真二十一岁,大三,用了三年的摩斯密码作弊首次败露在别人面前。邓跃二十二岁,大学毕业留校,首次监考。

颜子真在大学里实在是个平凡的女孩,她从不出任何风头,但是,这一次的她给邓跃留下极深刻的印象。

不过邓跃再次见到她却是两年之后,他们不约而同回到自己的家乡。

第四章　梅小初开

卓谦大笑着回到自己的小公寓。卓谦的公寓和子真那边的格局是一样的,他东西少,整个客厅只放了一张巨大的桌子和几把椅子,桌子上除了三台电脑和一些书,就没什么其他东西了,因此显得格外宽敞。

他是图省事,颜子真却嘿嘿地笑:卓谦卓谦,你有亦舒男主角的气派。他知道这个姐姐什么杂书都看,编排起人来那叫一个伶俐,所以他从小的习惯就是好脾气地只当她是个淘气姐姐。

一开门,就听到电脑里的 QQ 有嘀嘀声一直响着,他到厨房拿了罐可乐,咬着吸管坐到电脑面前。

是岳敏。

卓谦忽然想起来明天和岳敏及几个同学一起去爬山的,搔一搔头,在 QQ 上打字:"我忘了买鸡翅膀了。"岳敏喜欢吃一种鸡翅膀,卖的地方挺远的,卓谦答应了给她带,看一看时间,这会儿去人家肯定关门了。卓谦有点懊恼,解释说:"今天和邓跃打了一天篮球,给忘了,对不起啊。"

岳敏送过来一个笑脸,满不在乎地说:"我刚才就是想问你来着,忘了就忘了呗。反正明天吃的东西也很多。"

卓谦:"噢,那你明天带多点吃的,我来背好了。"一起去的同学周英华家开了个小小旅行社,他们同学约好了出游就往往租他家的车子,不贵,且方便。

岳敏送一个小女孩暴锤小男孩的表情过来:"那当然,借机惩罚你。"

卓谦嘿嘿地笑:"喂,会给锤笨的。"

岳敏:"哦,你倒以为原来你很聪明啊?"

岳敏和卓谦的同学历史悠久,从小学到初中都同班,高中虽然不同班,考上了大学又是同班,着实有缘,两人性格一个活泼爽朗,一个幽默阳光,顶合得来,于是就经常在一起玩。

卓谦一向起得早,第二天他又提早了一个小时起床,飞快地打车去买了两包鸡翅膀。等到周英华的车子到了,卓谦得意地看着车上的岳敏,她开心地跳着脚叫:"还是热乎乎的呢。啊,啊,啊,卓谦,你真好。"叭地在卓谦脸上一亲,一帮同学起哄:"我也要我也要!"

卓谦摸着头说:"我买了两大包呢,都有啊。"

大家齐齐"切"一声:"谁要鸡翅啊,是那个……我也要我也要!我们也要我们也要!"号叫声中有女友的便挨一记,全车笑成一团。

岳敏大大方方地招呼卓谦:"坐这边吧。"

卓谦笑嘻嘻坐下来:"哎,我昨天想好期末设计了。"见岳敏探询,便开始讲解。

其实岳敏还算不得卓谦的女友,在卓谦看来两人的关系更接近哥们儿。自小卓谦是女孩儿爱围着的男生,不过他倒是从不骄矜,很能容忍和不在意小女生的各种小毛病,子真从小就同他说:你是男孩子,一定要爱护女孩子,不能让她们伤心。小卓谦觉得这话很对，于是身体力行。于是颜子真幸福狡猾地说：我同卓谦上街从来不用提包。就算那年卓谦才十岁。

前几天的大雪还没有融化，他们去的又是较远的山上，爬到山顶已经累得慌，所以人不算多，此时蔚蓝的天雪白的地，映着满山错落的红梅与白梅，十分美丽。

卓谦站在山巅拿了"大炮筒"专心致志拍照，岳敏说了句什么，没听清，转头询问，岳敏笑："周英华在讲曾慧永。"卓谦咦一声："她不是拒绝他了吗？"另一个同学在一旁笑："周英华这么喜欢她，一两次拒绝又算得了什么。"岳敏说："那倒是，曾慧永真的很漂亮。"

卓谦哦了一声，不以为意，继续取景。岳敏微笑着望着卓谦，耳旁听到同学们叽叽喳喳笑着说："周英华，再接再厉，像以前一样多送点花过去，明年春天送牡丹吧，牡丹是好花，衬曾慧永呢，夏天是茉莉花鸢尾花玫瑰花，秋天是菊花海棠花……"

卓谦忽然说："现在是冬天，我们拔棵梅树送给曾慧永吧。"

众人一怔，看着他装作煞有介事一本正经的样子，哄笑起来："周英华，好主意！"

因为知道艺术系的学生都比较特立独行，怕被人笑送花俗，周英华苦思冥想了很久才灵机一动，送的都是真正中上品的盆花，硕大的姹紫嫣红盛放在花盆里，果然比花束更美，不过价格也更美。但是从春天一直送到秋天，伊人芳心硬如铁。

周英华抱怨："她一天到晚就是和卫音希在一块儿，一点机会也找不到。那个卫音希又像一块石头，怎么贿赂她都没用。"

有人说："你就别乱埋怨人了，卫音希不受贿赂肯定是曾慧永的意思，说明人家真的不喜欢你啦。"周英华咬牙切齿："我就不相信。"大步走到山顶，一举手准备发誓，山顶的位置较小，他站在卓谦身边一举手，卓谦没留神，手中的大炮筒相机被他的手肘碰落，咚地撞到胸口，卓谦一边揉胸口一边莫名其妙地转头看着他，却听周英华发誓："老天在上，我周英华诚心发誓，我一定要追到曾慧永！"歇一歇，"打倒卫音希！"

卓谦条件反射地问："打倒卫音希？"

岳敏和大家一起笑得前仰后合。

不知道为什么，卓谦的脑中忽然清晰地浮上昨天在子真家的一幅画面：卫音希微微翘起嘴角，一朵生动的笑容乍然绽开在洁白的脸上，清澈异常、干净异常。

当时卓谦倒没特别注意卫音希，他的注意力全在邓安身上，传奇的邓安，倜傥的邓安，幽默滑稽的邓安，花花公子邓安，连颜子真都无可奈何。当然颜子真无可奈何的时候是挺多的，但看到邓安故意把脸贴近她捉弄她的样子，卓谦格外乐得不行。

卫音希打了两个喷嚏，曾慧永从下铺探出头一动不动地看着她，音希正从桌边站起来要上床拿点东西，看她保持那个动作良久，奇怪地问："怎么了？"

曾慧永笑嘻嘻："等第三个啊，一个喷嚏是千岁，两个是万岁，还剩一个万万岁没打出来。"

音希抓住上铺床栏杆，一脚踢到她的腿上："幸灾乐祸。"

话音未落，一个巨大的喷嚏突如其来，曾慧永和刘英都大笑起来，异口齐声："万万岁！"

音希轻盈地跃上床："爱卿们跪安罢。"

曾慧永和刘英相视一眼，齐齐扑向音希上铺，音希急忙伸出双脚急踢，曾慧永和刘英驾轻就熟各抓住一只，使力往下拉，挣扎笑叫声中，音希一只手使不上力，很快被她们拖到地上，三人又叫又笑混战成一团。

等到音希终于脱身，捧着手呼痛，曾慧永和刘英喝道："别装！我们都没碰你那只手！"音希苦着脸："我自己磕的……"

两人笑起来："活该！"上来检视，看到有一点血泱出来，曾慧永替她拆开，换了药膏又包好，一边闲闲地说："你昨天救的那个狗熊可真帅啊。"

本该是英雄救美女，不过昨天显然刚好颠倒，曾慧永戏称这是美女救了狗熊一头。

音希说："帅吗？我没注意。"

刘英递了绷带过来，说："我也觉得真帅。"

音希想一想，那个叫邓安的人，帅不帅她可真没注意，不过呢，他太流畅，太游刃有余，太驾轻就熟。

她从来没遇见过这样的人。

曾慧永问："他还会来找你吗？"

音希摇摇头："不知道，最好不会。"

刘英说："不会吧，最少应该请你吃大餐，流这么多血。"

习诺刚好推门进来，说："你们在说谁请吃大餐？"

刘英说："昨天送音希回来的那个帅哥，害音希受伤的那个帅哥，你昨天临走前也看见过的，他可不就应该请音希大餐。"

习诺是江城人，昨晚回家睡的。

她说："想让他请客还不容易，他是邓老师的哥哥啊。"

刘英和音希摸不着头脑："哪个邓老师？"

习诺笑了："你们不认识，是计算机系的邓跃老师，慧永和我上的那个选修课就是他教的。有次他来找邓老师,我刚巧迟到碰见过。"

慧永笑:"邓老师的课讲得很好很有趣,不过狗熊长得比他帅多了,不太像兄弟呢。"

习诺反对:"我觉得邓老师也挺帅的吧,气质不一样而已。"

慧永切了一声:"我还从来都没觉得金城武帅呢,也不妨碍别人觉得他帅得惊天动地啊。"

音希扑哧一声笑起来,大家都嘻嘻哈哈地乐。

吃完晚饭后曾慧永和音希说:"你明天还去省图吗?幸好你伤的是左手,要不然就做不了笔记了。"

习诺说:"还有一个月才考试呢,音希你也太急了。分点奖学金给我们吧,别这么勤奋。"她正在电脑上用 Maya 制作一个初级的动画作品,津津有味地搬运着工具在场景中绘画植物。曾慧永凑近看了一会儿,说:"Cinema 4D 的工具支持还真没有 Maya 的多。"习诺抬起头:"你后悔了吧?"

曾慧永一昂头:"我后悔什么?'Cinema 4D 是一个你从未听说过的最好的三维软件',我就喜欢这个。再说了,你从前一直都在用 Maya,你会舍易求难再用别的软件么?"

习诺停下手,回头白她一眼:"Maya 是目前最通用的。"

音希和刘英笑,曾慧永和习诺比较倾向动漫的电脑制作,一早便辅修了电脑动画软件,这也是系里很是支持的。

走廊上一阵喧哗,四个人抬头互视,正要去看看怎么回事,门就被敲响了,音希去开门,一阵寒香扑鼻而来。

门外站着一个微黑肤色大眼睛的少女,正吃力地把扛着的一枝梅枝慢慢移下肩膀,那枝梅枝上有很多分枝,上面缀满了红色的梅花，在暗淡灯光下像一个发光体映亮了整个走廊，美丽到无法形容。

音希怔了一下之后连忙帮她把梅枝卸下来，那少女笑着喘了一口气："我叫岳敏，是计算机工程系的。"

寝室里四个人包括走廊上几个人都无声地"哦"了一声，她笑盈盈望了望音希："谢谢你。"然后转向曾慧永，"周英华贿赂了传达室阿姨，阿姨答应可以把梅花送上来，可是人就不许了。"

曾慧永淡淡地笑了一下："谢谢你。"岳敏把梅花移交到她手上扶好，拍拍手："任务完成，我走了。"

音希和刘英习诺把梅枝移到窗边放好，齐齐吸着气："香极了，真好闻真好闻。"耸着鼻子纷纷凑近梅花。

曾慧永也觉得一股淡淡的、无可比拟的寒香在全身周围、在整个寝室里暗暗浮动，整个人似乎在雪地里被漫天漫地的梅花环绕，却又不觉得太冷，只觉得无比艳丽无比清雅。说不出的好闻，说不出的舒服。

那一夜，外面雪已渐融，月色正好，而室内，梅香盈鼻，沾染了每个少女的梦。

第五章　问姓惊初见

手机响起来的时候子真在网上出货，她拍档的电脑店因为开得早进货渠道十分稳定，价格低、货品全，几年下来开得相当好，网上的信誉级别也越来越高，良性循环的影响，她的网上商店就也越来越红火。现在她每天要抽出两小时处理货单，转交给拍档，拍档那边直接取货发货。

为此妈妈卓嘉自揶揄子真："我一直担心你做了作家会变得目无下尘兼不食人间烟火。幸好你还挺知道脚踏实地是对父母最大的孝顺。"开玩笑，颜子真网上商店的收入一直比稿酬来得可观，子真得意扬扬地反击妈妈："我向来不是文学青年。"

卓嘉自感激地说："谢谢。"

颜子真只好虚心回答："不客气。"

以前子真会去找爸爸诉苦："妈妈又欺负我！"然后十分委屈地接受爸爸的一脸同情。虽然爸爸从不曾给予实际行动上的帮助，但坚决会给予精神上的安慰，比如买多一支冰激凌给多一点零花钱，再或者做一顿美味夜宵。子真人大心也大，缺少实际行动的爸爸让子真最终明白靠人不如靠己，只有自己来奋勇反击才会取得胜利，虽然到目前为止屡战屡败，但颜子真深知前路漫漫，只得屡败屡战。

颜子真在键盘上打下最后一个字,发出最后一个单子,才一边关电脑一边取过桌子上的手机,看一眼来电,马上接听:"哎呀音希是你,什么事?"

自从那天巧遇之后,她们偶尔也一起吃个饭什么的,多是子真主动。音希的生活似乎颇为忙碌,常抱歉地说:"对不起,我有事。"子真本来还有一点点沮丧,后来见卓谦忙得首尾不见,才自嘲果然脱离学生生活太久,人家这不是要考试了么?

那边音希说:"颜姐姐,我考完了,刚刚订了火车票。"

子真一怔,她们早就约好了等音希放假就一起去梅州看望音希的奶奶,因为子真跟音希说自己时间非常自由,可以随时出发,完全看音希的时间安排,所以她原打算等音希考完自己再去买票的。

音希接着解释:"本来想去买快客的,因为一直买的都是火车票,就不知道汽车票该什么时间买,所以买不到了。"

子真这才哎呀了一声:"本来就应该我去买车票的,你考试这么紧张。都怪我,应该早点问你什么时候,居然忘了放假时候车票难买。"

音希只是笑,说:"火车票是后天的,可以吗?"

子真说:"我没有任何问题。"

邓跃又出差,子真一个人到火车站时,因为太久没有去过火车站,所以转了半天才看到音希背着背包就站在大门口。薄薄的冬日阳光下,地上扬起轻微尘土,车站里外汹涌的人群在她周围来来去去,音希沉静地站在那里,阳光飞尘下仿佛一股清泉,令人耳目清凉。

子真扬手,音希看到了她,扬脸一笑,大步走过来就要拎子真的行李，子真因为要住几天，带了一个颇大的拎包，一时间闪避不及，被音希劈手拎走，还晃了晃。

子真伸手要去夺回来，音希错步斜走几步，转脸歪歪头，调皮地挑着嘴角冲子真笑，子真不甘心，再往前，她挺着腰后仰着头灵巧地闪过几个人，隔着人群转回身胜利地看着子真。

子真撑不住笑出来，无奈地说："你一人拎两个大包，我就空着两手，别人都会认为我欺负你，多不像话。"

音希笑，径自朝排队进站的地方走去。

因为子真刚才转了半天，已经到了检票时间，音希排在子真后面，把车票递给子真检票。人很多很挤，队很长，子真想起自己上大学时，大部分时候也是坐火车回家，现在颇有几分熟悉感，但老实说，着实没有任何的亲切感。

检票的时候，子真前面的人进了通道，她松一口气，把票递进去，说："两个人。"回头。

音希抿着嘴，正努力地空出身前的空隙，以便让子真站得舒服些，然而白瓷般的小脸已经通红。

子真怔住，取回票，匆忙走前几步，音希大步跟在身后，人群向前疾行，裹挟着她们一路登上火车。

她们是坐票，放好行李坐下，两人才松了口气，卫音希不好意思地笑了一下："真挤。"

子真忍不住调侃："是呀，你家真应该派车子来接你。"

她一怔，子真也一怔，糟，是不是因为刚才的关系觉得两人亲密了很多，居然开起这样的玩笑？啊，还是完完全全的妈妈的口吻，懊恼得无以复加，直接反应就是一下子捂住嘴。

卫音希看到她的反应，扑哧一声笑出来。

到临下车前，两人已经愉快地交谈了好多。虽然音希仍然比较沉默，不过子真也多少有点清楚音希祖母和父母的性格了，到底是完全陌生的长辈，有了底才安心。

走出车站，仍然是音希拎着背着两个大包，大步走在前面，颜子真一贯走路懒散，只得再次落在后面徒呼荷荷。

两人一前一后验了票走到出口外面，音希眼睛一亮，朝一个正向她们走来的中年男人奔过去，颜子真见男人的眉目神韵和音希颇有相似，心头有数，只见音希高兴地叫："爸。"

颜子真站在她身旁，空着手，有些不好意思地说："卫叔叔，你好，我是颜子真。打扰了。"

卫江峰的脸上露出笑容："欢迎欢迎，千万别客气。"一边拎过音希手上的包放进身后的车子里，音希也解下背上的背包放进去，他看着女儿，目光中除了见到女儿的高兴之外颇有赞许。

卫音希的家和颜子真父母的家相差无几，一样的一百五十平方左右，四房两厅，卫音希占据一个十五平方朝南房间。迎出来的是卫音希的妈妈，并没有令子真吃惊。音希妈妈很美，和音希并不大相像，很温柔和气的样子。

颜子真叹口气："大家都这么美，我怎么办呢？"

一家三口都忍不住笑出来，然后颜子真便看到一个老太太坐在客厅的单人沙发上。

这个老太太很老很瘦小，小小的满是皱纹的脸就像风干的胡桃壳，很少的白头发整齐地梳成齐耳，衣着洁净，背微微驼着，却仍然能给人一种努力挺直的感觉。

颜子真看到她的时候，老太太是垂着眼皮的，过一会儿，才抬起眼，定定地看着她，轻声说："你就是慧行的外孙女？"

因为太老，子真无法分辨老太太的表情，她蹲在老人面前，有些百感交集地看着她，轻声答："是的，您叫我子真就好。"

也许是因为反应迟钝，老太太的身子僵了片刻，布满粗筋大络的手伸出来放到子真手上，颤抖着，仔细地看着她，看了又看，说："她，她这么年轻……"

颜子真心中难过，外婆是比音希奶奶年轻吧，子真记得清楚，外婆今年七十八岁，她连八十大寿也没过到。她只得安慰老人："外婆的生活一直过得很好。"

老太太点点头，继续看着子真，似乎贪恋着什么，紧紧盯着她，问："你说你叫什么？"

颜子真说："我叫子真。"

卫江峰在一旁说："妈，我们和子真一起吃饭吧。"

老太太嗯了一声，仍然抓住子真的手，看着她："子真，你多陪奶奶说说话好不？"

子真笑了："那当然，奶奶，我这次来，就专为来看你的。"

音希先扶奶奶坐到饭桌前，盛好饭，然后给子真倒了饮料，坐在她身边。子真很容易就看出音希和奶奶感情很好。

音希妈妈问子真："你喜欢吃什么菜，我明天做，今天就瞎做了几样，将就着吃。"子真看着满桌的菜，怪不好意思："我不挑嘴，阿姨做的菜肯定都好吃。"为了证明，夹了一口便吃，并没失望，果然好味。

音希带着小小得意笑："妈妈做菜很好吃的。"

音希妈妈嗔怪地看了女儿一眼，卫江峰喝着酒，客气地招呼颜子真吃菜。

颜子真看一眼卫江峰喝的酒,说:"我爸也爱喝五加皮。以前他还自己用鸣钟红五加皮再加些中草药浸制过,特别醇香。"卫江峰停住筷子,颇感兴趣地看着她说:"鸣钟红五加皮?很难得的,你爸很有雅兴啊。"

颜子真笑:"我爸兴致特别好,常会弄些好玩有趣的事物。以前还特意养了两箱蜂自己取蜂蜜吃呢。"

音希妈妈啊了一声,笑:"不会弄得蜜蜂满屋飞么?"

颜子真说:"那可不,他刚开始不会养,结果真有好多蜜蜂飞到屋子里,吓得我躲在厕所里不敢出来,我妈被蜇了好几口,用毛巾包了头拿着苍蝇拍到处打,叫:老颜,你跟你家蜂女皇说一声,本平民正宫决定爆发法国大革命,今天要血洗皇室子孙。"她学妈妈的口吻学得十足。

音希妈妈首先没忍住,低下头,一口饭喷回饭碗,咳个不停,卫江峰好容易咽下酒,也呛了几声,一边伸手拍音希妈妈的背,音希则捂着嘴笑。

老太太慢慢开口:"你妈妈,很有趣啊。"

颜子真摊摊手,笑着对老太太说:"我妈妈是那种,嗯,我十二岁的时候去大姨家住了两天,回家要求把棕垫床换成席梦思,我妈问我为什么,我说大姨家的席梦思软睡着舒服。她也没说啥,然后我第二天起床的时候,我妈慢条斯理从被褥下取出一颗黄豆,很诚恳很遗憾地对我说:颜子真,你知道,我多希望家里有个豌豆公主啊。"

卫氏夫妇莞尔,老太太似乎听得入神,子真温和地望着她,她低下头轻声说:"庄慧行,不是这样的。你原来姓颜啊?"

颜子真点头:"我叫颜子真,颜色的颜。"

老太太有点出神，说："这个姓，很好听。你爸爸妈妈，叫什么名字？"

颜子真答："我妈叫卓嘉自，我爸叫颜海生。"

老太太似乎呛到了什么，猛然咳嗽起来，卫音希和妈妈急忙快步跑过去拍背倒水，音希着急："奶奶别急奶奶别急。"子真也站起来，卫江峰百忙中招呼子真："你坐"。等到老太太歇下来，音希拿了热毛巾替她擦掉咳出来的泪水，老太太抓住音希的手，轻轻拍了拍，担心道："没事，吓着子真了吧？"

说实话颜子真的确是有点吓着了。刚才音希告诉她，奶奶已经九十岁了，九十岁！颜子真只见过七十八岁的外婆优雅幽默的样子，八十岁的奶奶豪爽健步的样子，这样的老人这样地咳着，仿佛一口气就将转不过来，令子真有点心惊。还有，就是凄凉。

第六章　老照片

颜子真在梅州待了三天，前两天一直在家陪着老太太聊天。因为子真的自在随和，两个女孩子倒很快便亲近起来，音希偶尔有小小的调皮和撒娇，颜子真便嘲笑她："你记不记得刚认识那会儿，你冷淡得跟个雪人似的。"

卫音希依偎着奶奶，理直气壮地说："你都说是刚认识了。"颜子真说："不是所有刚认识的都这样啊。"卫音希说："我干吗跟所有人都一样？"想一想，狡黠地说，"我要是跟所有你说的人一样，你就没这么喜欢我了。"

颜子真大笑："你臭美呢，我哪里有特别喜欢你。"音希侧头看她，只是笑，然后说："你有。"

老太太在一旁看着，帮音希："我也觉得你有。"音希胜利地看着子真。

子真只好投降："我一直想要个妹妹而已。"老太太问："你跟音希一样，是独生女？"

颜子真笑着说："是啊，我小时候不知闹了多少次要有弟弟妹妹，我妈妈说再闹我就真生一个，让她睡你的床，给你床底下拾掇拾掇你睡那去跟老鼠蟑螂做伴。"

卫音希笑："颜姐姐你妈妈真有趣。"

老太太唔了一声,说:"我听说慧行有四个孩子,你妈妈排行第几?"

颜子真说:"第三。大姨是最大的,然后是大舅、我妈、小舅,我有五个表兄弟姐妹,过年时我外婆家热闹得一塌糊涂。"想到又要过年了,可是外婆……她停了一下。

老太太低声叹气:"她真是好福气,儿孙满堂。"

卫音希轻轻摇着老太太的手臂:"可是奶奶,你有我啊,有我爸妈啊。"自自然然的、小小的爱娇。子真微笑。

之后,老太太专心地听子真说外婆的事,听着听着,有时候会出神地望着窗外,有时候她会抹一把泪,然后笑着回头说:"啊,我走神了,你刚才说什么?"

子真的眼里,外婆聪明、坚强、幽默、达观……有说不尽的好,的确,外婆对她非常的好。她上大学时,父母让她和同学坐火车回家,她虽然也觉得和同学一起比较好,但那种拥挤也真是受不了,于是外婆只有一次派车开几百里路去她学校接她,顺路还送她同路的同学回家。不过只送了一次。

颜子真是那种明知道会被责备也不会因贪图便利而欺瞒家人的孩子,她一回家便同爸妈讲是外婆派车来接的。妈妈没生气,但也不置一词,爸爸则私下批评了她,不是批评她接受外婆的帮助,而是认为不该享受不属于自己的奢华,虽然子真的同学们有的是坐家里私车乃至公车往返的。子真知道爸爸是对的,便老老实实地承认自己错了。

虽然,她是多么希望能坐外婆的专车接送啊。她理直气壮地认为,贪图安逸是人的本性和本能。但也同意最好是靠自己的能力。

卫江峰是个比较严肃沉默的人，大概是因为身为卫家独子，自小就必须坚强独立地处理一应事情，所以自然有一种一家之主严厉果断的气质。至于沉默，子真觉得这可能是遗传，音希和卫江峰一样不爱说话。

卫音希十分尊敬父亲，就算有小小的执拗，十分良好的家教和礼貌也让她从不顶嘴，这是音希妈妈闲聊时跟子真提及的。奇怪的是，颜子真和卫江峰却相当合得来，他们讨论的话题有酒、气功、历史、社会等，晚上看电视新闻时交流起来也头头是道。这让卫音希相当佩服，颜子真却笑："傻瓜，这就是自己女儿和别人女儿的区别。"

晚上他们在看照片。颜子真看音希小时候的照片，长头发花裙子，摆着各种 pose，十分可爱，到了渐渐长大后，便不大肯摆 pose，头发也剪短了，总是一副严肃的样子。子真笑，音希装作没看见，只告诉她这是在动物园的，这是在海边的。

颜子真从一大堆相册中不经意地拿到一本极简陋的老式相册，一打开就呆了一呆。

首页是一张合影，照片很旧了，泛着黄，有细微折痕，但仍然可以清晰地看到照片上的两个女子，梳着三四十年代的发型，穿着斜襟旗袍，一个圆圆小脸，一个容长小脸，亲昵地靠在一起，那个容长脸的，神色间略微淡淡，面目宛然同音希一模一样！虽隔着蒙蒙泛黄相纸，仍然有那湛若澄水的气韵扑面而来。

卫音希凑过来看，也一呆："咦，妈妈你来看，这是奶奶年轻时的照片吧，我和奶奶长得这么像呢。"子真好奇："你没看过？"音希摇头。

音希妈妈说："咦，这本相册我也没看过，哦对，前阵子妈妈房间里大扫除,不知从哪掉出来的,我就放到这些相册一起了。"

颜子真看着老太太,觉得岁月好像在手中相册上嗖嗖地过去,这苍老瘦薄的老太太,也曾有过这样青春容颜啊。

老太太伸手取过相册,低头看了一会儿,叹口气:"大家都死了,就留下我一个人了。"

音希打岔,好奇地问子真:"我奶奶边上的就是你外婆吗?"

颜子真摇头:"不是,我外婆比你奶奶小好多呢,你看她们一样大的样子。"接着翻了一会儿,相册中并没有外婆的照片。

老太太看到她的疑问,笑了笑:"我跟你外婆认识是抗日战争逃难的时候,哪里有机会有地方去拍照片。这是我小时候的姐妹,抗战之前拍的,也就这一张。"

颜子真笑:"我最喜欢看老照片,我外婆和我奶奶以前年轻时候的照片全部都被我翻拍了存着,奶奶这张照片也翻拍一张给我好不好?"

老太太一怔,微笑点头。

第二天一大早,卫音希一家和子真一起驾车到郊外的梅林看梅花。

梅州,顾名思义,因梅树众多而命名,几百年前便遍植梅树,到现在还很有几棵百年老梅树。

虽然没有下雪,梅花仍然绽放,疏落有致,一座山坡望过去满坡梅树梅花,枝上点红点白,衬着深青天色,三两人群,也颇有几分热闹。音希着了白色棉夹克,黄色长围巾里夹了一条黑,宽身黑牛仔裤,利落英气得来愈显唇红齿白;子真里面是红白条子的高领毛衣，外罩来时穿的栗子色短外套，亦颇生动。两人相携往上走，留下卫氏夫妇微笑着在后面一边交谈一边观赏两女风姿。

甫一走进梅林，迎面一阵冷风，子真不由得打了个哆嗦，却闻得一阵幽香，低头，满襟梅瓣轻轻扬起落下。抬头看到音希围巾上沾着的几片梅花瓣，再看枝头随风颤动散发幽香的梅花，心中浮起酸溜溜的句子：半落梅花婉娩香，轻云薄雾，总是少年行乐处。完了自我嘲笑：还说不是文青。又想起外婆院子里的那两株梅树，梅花雪地赏的一个静谧风流，这又是不同的景致了。

音希在前面招手："那边有几棵是老梅树，开得最盛。"子真笑着迈开脚步追上去，跑了一会儿，远远便看到山坳处正有几棵老梅伸展遒劲硬枝，从上到下，绽了满枝满树的花朵，粉红粉白，美不胜收。子真加快脚步，却一时不察踩到大石差点崴到，幸亏机灵，顺势斜冲，缓了去势，却直直撞到一个男人身上。

这势头着实不轻，那男人正仰头观梅，不提防有人用了全身劲道撞过来，立时臀部啪地着地，接着半个滚地葫芦，侧身翻倒过去几米。子真倒是站得稳当，张大眼看着那个男人，明知该立刻上前扶起人道歉，却忍也忍不住的仍然笑出声来，旁边那男人的一个同伴伸手去扶，另一个面色不豫地走过来，在子真反应过来之前，音希已抢先一步拦到子真身前，认真地道歉："对不起，我姐姐不小心的。"

子真抬头，然后感动，呆住，才一会儿，赶紧走过去道："对不起，有没有事？"

男人被扶起来，倒也爽快，忍住痛，还笑了笑："没什么，小姐很爱笑啊。"

子真整张脸腾的一下红起来,扶起那男人的人忽然嘿嘿一笑:"她在笑你这一招'屁股向后平沙落雁式'兼'滚地葫芦狗趴式'。"众人想一想,大笑,子真转过目光,啊呀一声,那人却不理她,朝音希伸过手去:"卫音希?真巧。"

音希正在忍笑,意外地也啊了一声,伸出手,握了一下,回头看子真,子真问:"喂你怎么会在这里?"

高大英俊的邓安穿一身黑色休闲长风衣,衣襟略开,仔裤球鞋,他调侃地看了眼子真,以一种"懒得理你"的神情继续跟音希搭讪:"你应该放寒假了吧,原来这是你家乡。"双手插袋,略低了头,嘴角含笑,说不出的倜傥。

音希的晶莹剔透的小脸,许是被冷风吹的,开始微微泛红,闭了嘴没答话,只点点头。音希父母惊讶的声音却从身后传来:"咦,邓医生?"

邓安马上就变成邓医生,笑着招呼:"这么巧。"

卫江峰同邓安握手,道:"我刚刚和朋友通过电话,她的状态非常稳定,邓医生真是国手。"

邓医生微笑:"哪里这么容易就是国手了,主要是病灶不深。你们梅州的梅林果然名不虚传,要是下了雪那就更是一等一的风光了,可惜我没来得及时。"他不太愿意工余谈论工作,马上转移话题。

音希妈妈看了看音希和子真,轻声说:"这位邓医生是周叔叔请来的名医,给你周婶动手术的,手术非常成功呢。音希,你认识他?"

音希说:"不是,是,"她停顿一下,才低声说,"颜姐姐认识。"

子真解释:"阿姨,邓安是我男朋友的哥哥。"

音希妈妈哦一声,道:"这可真巧。"

子真倒也明白过来,邓安经常在周末或轮休时间应外地病人的邀请去动手术,这样的手术收费相当不低,一般以红包的方式按行规给钱。两相情愿,皆大欢喜。

子真才不是伪道学,但抓着了机会当然不会放过嘲笑讽刺。邓安不止一次接收过她"鄙视"的目光,权当目光浴,同情地对邓跃说:"咦,颜子真不单一张小脸表情丰富,眼睛也妙用无穷啊,假以时日,一定胜过七彩镭射。啧啧,美不胜收,你好自为之。"做向往状。邓跃啼笑皆非。

此时邓安怡然自得地微微躬身,甘之如饴地接收子真的观礼。子真只好翻了个白眼,径自去看面前的梅树。

第七章　母女

子真回家的第二天是家庭日。她心情愉悦地上楼梯，轻声哼着歌，打开家门笑着探头进去："我回来啦。"客厅里静悄悄的，颜海生坐在沙发上正在看报纸，抬手招她，子真噌地冲过去大力坐在父亲身边："看什么哪？妈妈呢？"

颜海生笑："你呀，今天当心点，妈妈脸色不太好。"

子真侧过头看父亲："啧，一定是你惹妈生气，老实说，你做什么了？"笑嘻嘻从大包里掏出一瓶酒，小声说，"马爹利XO，藏好，别叫我妈瞧见。"

颜海生轻轻打一下女儿的头，也低声说："是旧包装的。"子真挤挤眼睛："就像您一样，旧瓶新酒。"

颜海生大乐，说："你个淘气鬼。"想起来，说，"对了子真，明天别忘了跟爸爸去接奶奶。"

子真奶奶住在郊区，因为她的一帮老姐妹都住在那里，所以一直不肯过来和儿子一起住，颜海生夫妇见她身体硬朗，城里也的确不适合老人居住，便只好由得她，只是每周去看望一下。她也不为难儿子，逢年过节，早早地便过来住一阵子。

子真欢呼："对啊，快过年了。"

颜海生摸摸她的头，笑着起身去藏酒，刚一进里屋，卓嘉自从厨房出来，淡淡对女儿说："端菜吃饭罢。"

吃到一半，子真正要接着夸冬笋清鸡，卓嘉自顿了顿，说："梅州的梅花开得很好吧，有没有去看？"

子真一怔，嗫嚅了一会儿，笑着问："卓谦告诉你们的？"

卓嘉自看了她两眼，夹一筷菜，却停在饭碗上方没有吃，颜海生说："怎么你去梅州也不先告诉爸妈？"

子真笑嘻嘻："那我以前去别的地方玩也没有都说啊。"一看卓嘉自的脸色，忙闭上嘴。

卓嘉自板着脸，慢慢吃完嘴里的菜，才说："子真，我不希望你和那个卫音希太接近，我也不希望你再去梅州。她已经成年，有父母有家人，还轮不到你去照顾她。你外婆的事，不用你去蹚浑水。"

子真呆住："妈妈。"

卓嘉自的语气十分平板："我昨天上午顺路去你家，卓谦说你去梅州了，和你外婆好朋友的孙女一起去的。你桌上正巧放着一封信，信封上是你外婆的字迹。"

颜子真一瞬间感到心虚，她一向同父母亲厚，不见得每件事都跟父母讲，但从来不撒谎。

但是，她还是忍不住说："妈妈，这是外婆对我的唯一要求，她从来没有对我提过要求。"

卓嘉自看着女儿，她从未在女儿面前吐露过对母亲的愤怒怨恨，她不想上辈的往事影响下辈，一直以来她控制得很好。她让子真知道不睦是一回事，因为她不想虚与委蛇，但真相吐露是另一回事。她也知道母亲对子真一直很好，母亲的去世也曾让她悲痛伤心，但是那一大笔遗产，还有那个卫音希，在她身为子真母亲的本能上,在她身为庄慧行女儿的本能上,她觉得不安,非常不安。

卓嘉自太知道自己的母亲了。

她低下头,说:"那妈妈的要求呢?你又听不听?子真,你这一辈子顺风顺水,从来没遇到过什么挫折磨难,在你眼里,什么人什么事都太简单,你外婆是个绝顶精明强干的人,我不想多说什么,子真,不要理你外婆的要求!你外婆……"卓嘉自想着该怎么接下去说。

可是这时候子真嘀咕了一句:"妈,你也知道外婆已经去世了!"

卓嘉自再也忍不住,厉声说:"她就算去世了,她留下来的也足够把你捏在手心里搓圆揉扁!"

子真从没有跟妈妈争辩过,她一直没法儿招架妈妈的调侃,从小到大练就一副豁达随和的脾气,但不知道为什么,也许是个性里的某些因素一直都蛰伏着,她倔强地反驳:"如果你说的是那一大笔遗产,我可以告诉你,就算没有一分钱,外婆叫我做的事,我都不会拒绝,都一定会替她办到,完成她的遗愿!"

颜海生大声呵斥:"子真闭嘴!"

子真话一出口就后悔了,她站起来,低声说:"妈,对不起。"

卓嘉自看着女儿,这是她的女儿,倔强又善良,不谙人世间悲凉丑恶。可是,这是她教的,是她希望子真永不必知道那些。

卓嘉自的心软了,她叹了口气,正要缓和几句,门铃却响了。

子真开门,呆了一呆,还是忍不住低声欢呼:"奶奶!"

门外正是子真的奶奶，精神矍铄，笑眼弯弯，右手拎一个小小皮袋子。

子真连忙接过袋子，颜海生和卓嘉自已经快步走到门前，子真奶奶笑眯眯道："啧啧啧，还不让开，就算我早到一天也不要把我堵到门外边是不是？"

大家都笑，她也不用搀扶，精精神神地健步走进客厅。

子真把奶奶的袋子放进准备好的房间，听到厅里颜海生在说："妈你真是，不是说好了我明天来接你？"

老人爽朗地笑："眼下这多方便，出了门就有出租车，一直开到你家电梯边，我一抬脚就来了。再说你年纪也不小了，别跑来跑去地折腾，累着了。"

子真跑出去说："奶奶胡说，我爸年轻着呢，不信走出去，人人都说我爸看上去五十都没到。"

子真奶奶上下打量儿子，点着头笑："这倒是。你爸像你爷爷，一点不显年纪。当年你爷爷也是六十几，外面人不晓得的哇，连说他五十出头都不信。就是后来生了要命的病，这才显出老来，唉。"

她叹了口气，大概想起往事，有点出神。

卓嘉自忙转话题，冲子真说："你看你招得奶奶。"

子真怪叫一声："妈！"卓嘉自摸摸她的头，子真借机靠在妈妈身上冲她撒娇地笑。

子真奶奶回过神来，笑眯眯："没啥没啥，一把老骨头了就喜欢想想陈谷子烂芝麻。嘉自啊，你也别老捉弄我们子真了。"

子真得意地笑起来，颜海生笑："这下子好了，有奶奶帮你。"

子真说:"奶奶最好都住在咱们家。"

奶奶嗳了一声:"这不得闷死我!"

父女俩都笑。

晚饭后,子真便缠着奶奶:"奶奶你答应过年来了要给我接着讲你和爷爷的故事。"子真奶奶和子真外婆一样,最喜欢给子真讲古,老人八十岁了,说有多少故事可讲,就有多少,小时候子真津津有味地当听故事,特别是听到爸爸儿时的事就乐得不行,直冲爸爸挤眉弄眼。渐渐长大,就有意识地记录一些,她的小说也有涉及三四十年代的,虽属瞎写瞎闹,却也认认真真去查了不少资料,可是当然最感性的莫过于当代人讲述,就算内容不同,那点气氛和细节却能十足。

子真的奶奶和外婆就是她最好的真人资料库。

奶奶狡猾地说:"那你要给我讲你和那个小邓的事来听。"

子真笑嘻嘻:"那哪有爷爷和奶奶的故事好听啊。"

奶奶一拍手:"难道我们子真竟然也知道害臊?"

子真跳起来:"奶奶!"

奶奶一径笑,端起卓嘉自沏的花茶来喝。

子真轻轻按摩奶奶的肩膀,轻轻地说:"奶奶乖啦,奶奶最听话啦,奶奶最疼惜子真啦……"

子真小时候不听话时,奶奶就会一边摇着哄她一边说:"子真乖啦,子真最听话啦,子真最疼惜奶奶啦,是不是?"

有一次子真实在淘气,奶奶假装不高兴不理她,小小子真忽然奶声奶气地说:"奶奶乖啦,奶奶最听话啦,奶奶最疼惜子真啦……"一边小心翼翼地观察奶奶表情。

奶奶当即便抱起小子真一边亲一边大笑。从此这便成为祖孙俩的小把戏。

奶奶果然眉开眼笑,说:"好啦好啦,乖啦乖啦,坐过来。"

子真笑嘻嘻靠在奶奶身边,奶奶侧过头看着她笑:"子真,你这把声音啊,是我这辈子听到过的最好听的声音,你知道它像谁?"

子真看看妈妈,卓嘉自也不禁凝眸,她的声音清脆但并不和子真相像。又看看爸爸,颜海生的神情微微有些恍惚,却不真切。

奶奶却没有再说下去,怔怔地出神,子真正要接着问,却见妈妈朝她摇了摇头:"子真,明天来了再叫奶奶讲,奶奶现在累了。"

子真吐吐舌头,点头说:"奶奶你休息吧,明天我再来看你。"

奶奶笑着点头。

子真走后,她并没有回房休息,只是看着儿媳妇,卓嘉自走过去握住她的手,低下头:"妈,你都听见了?"

老人抚摸她的手,轻声说:"我听到子真说你妈妈留了一大笔遗产给她。"

嘉自说:"是,她要子真做一些事。妈我知道,这些年,她对子真的确是真的好,子真虽然糊涂天真,却也不会笨到分不清真心假意。但是我总觉得不安,肯定不是这么简单的。我或者可以相信她不会害子真,但是……你也知道的,她是个怎样的人。"

老人凝视她,温和地说:"嘉自,妈还是那句话,天下父母,不是到了实在没有办法的地步,不会愿意亏待自己的儿孙。而且嘉自,子真二十六岁了,你还记得吗?"

卓嘉自呆呆地看着老人，子真二十六岁了，她不是小孩子了，她一直努力让女儿在宠溺的环境中培养独立自由的性格，她是不是，应该相信子真有自己的智慧去处理？大不了，做父母的多留点神，多用点心。

子真一路上都心中不安，她只在小时候同妈妈顶过嘴，妈妈只当小玩意好玩，假装生气而已。

回到家里，想到自己说的话，想到妈妈一向四两拨千斤微笑调侃的脸上从未出现过的伤心欲绝的表情，心里后悔难过得像要裂开，就算自己坚持，那也要慢慢说服妈妈才是，可是，妈妈这样激烈地反对，究竟是为什么？她头一次冒出想了解外婆和妈妈恩怨的念头。

但那念头很快被后悔湮没。她去拿电话，决意好好向妈妈道歉。电话却先响了。

子真听到话筒里妈妈温和的声音："子真，到家了？"一下子没忍住，大颗的眼泪掉到话筒上，啪嗒的一声，妈妈似乎听到了，有点笑意，"你手头钱够不够换房子啊，这公寓质量不成啊，才没几年就啪嗒啪嗒漏雨了？"

子真含着泪扑哧一声笑出来："妈！"

卓嘉自沉吟："子真，我今天脾气急了点，可能吓到你了。你长大了，有自己的主意，但是我和你爸还是希望你别太逞强，如果有什么麻烦事，要回来跟我们说。另外我也要向你说对不起，不应该私自看你的信，只是当时我实在有点不安。"

子真连连摇头："妈妈，我知道的。"

卓嘉自犹豫了一会儿，似乎要说什么，却说："那你早点睡，明天记得来陪奶奶,想吃什么?"

子真脱口而出:"荪角四宝汤,山药拨鱼!"

这两个菜是奶奶和子真都喜欢吃的。卓嘉自笑骂道:"你个小滑头!"仍然是率先挂了电话。子真笑,真正松了口气。

第八章　一记耳光

这个春节因为庄慧行的去世，卓家四姐弟的团聚从正月初二延迟到正月初五。

卓嘉自为了女儿，每年都出席，会得同姐弟说笑，掩饰过同母亲的一言不发。所以这一年，他们也同样在大姐卓嘉容家聚餐，十几二十个人热闹非凡。

卓嘉自一向和小弟嘉在亲厚，两家坐得较近正笑着说话。

子真则在接受大姨的盘问："为什么还不结婚？"子真笑："那人家不求婚也没办法啊。"

大姨父微笑："我们家子真会怕人家不求婚？"大姨立刻接上去："她马上自己跪下去献红玫瑰。"

表哥柳君伟是子真大姨的大儿子，同子真一起大笑，子真跟表嫂说："大姨真爱显摆自己儿子，就怕人家不知道柳君伟从小有美女向他求婚。"

大姨笑吟吟看着子真："子真小时候真是玉雪可爱，整日里缠着大表哥打弹子捉蟋蟀。"大表哥嫌小表妹小自己八岁不爱搭理，长辈开玩笑，表哥表妹可不可以结亲家？子真马上问，是不是结了亲家就可以整天跟大表哥玩？大家说对呀。四岁小子真不知从哪里学来，从外婆花瓶里摘了朵红玫瑰马上跪下来跟柳君伟求婚：哥哥，你嫁给我吧。

至今是全家笑柄。

颜子真全不以为意，去年初二在庄慧行家闲着看电视，恰好看到韩剧女主角哭着对情人说：哥哥……子真和柳君伟异口同声：哥哥，你嫁给我吧。

相对大笑。

听了大姨的话，子真即刻抢白："咦，大姨这话难道是在说我小时了了，大未必佳？我真的越长越丑了么？真讨厌。"

大家又笑。

卓嘉自远远看着女儿和大家言笑晏晏，心下却想，不，我不要告诉她所谓的真相，如果以后真有什么事，让我来一一提防和化解。

卓嘉在看着小姐姐，说："姐，关于遗产的事情……"她回头看到小弟有些担忧的神色，坦白地说："我是觉得很不妥。"卓嘉在叹了口气："你我都知道大姐大哥绝不可能有任何不满，但你担心妈会有什么过分的要求给子真吧？但是姐，妈一直以来最疼子真，你也别太担心了。"

卓嘉自轻声说："嗯。"

因为庄慧行的去世，卓嘉自和卓嘉在家里又有老人在，这次聚餐时间便定在了中午，不过说笑得开心，散席的时候也已经近天黑。

大家在院子里告别，子真和卓谦站在一起说了些什么，子真大笑闪开，卓谦装作生气去追打她，不小心撞到小表姐卓品，卓谦比卓品小五岁，年纪在众表兄妹中最接近，当下笑嘻嘻说："好狗不挡道！"自己先笑开了。

卓品忽然回道:"卓谦,是不是和颜子真亲近些,颜子真会分些钱给你?"

卓谦一怔,子真一向最爱护这个表弟,看到卓品讥笑的脸,立即冷笑:"你来拍拍我马屁看,我会不会分给你?"

卓品怪笑:"我才不稀罕。"

子真也笑:"是,你最稀罕侮辱自己弟弟,从中取得快感,觉得扬眉吐气。"

卓品气极,退后一步反唇相讥:"当然啦,谁也没有你有钱,是大佬,可以做好人。"

子真正想再说,一转眼看到父母不豫的脸色,只得闭嘴。却不料到大舅卓嘉从几步上前一个耳光劈面打在卓品脸上,对女儿喝道:"你还有没有大小?"

卓品一时呆住,正要哭,他怒道:"你还有脸哭?一个是姐姐一个是弟弟,你张嘴就骂,打你还有脸哭?"

卓品的哥哥卓信拉住她上车,低声埋怨:"你也太过分了,平白无故的,子真又没得罪你。"

卓嘉从喝道:"别说子真没得罪你,就算她打了骂了你,也是你姐姐,由不得你一张嘴没大没小!"

卓嘉自呆了一呆,知道大哥已经有了几分酒意,马上上前:"大哥,小孩子拌个嘴而已,你何必打孩子。"回过头说,"卓品,你爸喝多了,别跟你爸计较。回头我说子真。"

子真看着突如其来的这一切,呆住了,然后她看到一向沉默的大舅在怒气过后,看了一眼自己的妈妈,雪亮的路灯下眼眶发红,没再说什么,温和地对子真和卓谦说:"回家吧。"

子真看一眼那边车上不敢哭出声的卓品,嗫嚅着说:"大舅,我也不对，你干吗打卓品？"

大舅摇了摇头："子真，你是个好孩子，知道爱护弟妹。"

子真红了脸，刚才骂卓品，也算爱护弟妹？倒是卓谦，乖乖地上了自己家的车，一声不吭。

在车上，卓嘉自叹了口气，喃喃道："嘴利吴戟，目颖星明，雄姿逸世，逸气横生。"开着车的颜海生呵呵笑出来。子真听出妈妈的讽刺来，本来是不服，不过大舅那一个耳光却让她着实歉疚，遂讪讪低头。

第二天子真起了个大早，莫琮临时抓她当陪客。

在忧民居碰面时，子真看到一身墨绿色长风衣的莫琮身边站了一个高大俊朗的年轻男子，一脸金棕，浓眉大眼，嘴角微微上扬，不笑也带几分笑，尤其好看，可是莫琮陪着美男却一脸百无聊赖不太情愿的表情，见她来了一把拉过她低声说："烦死了，我被总编抓夫，陪这个什么广告客户参观忧民居。土老帽。正月初六哎。"

子真骇笑："我看他又英俊又洋派，不像土人哪。"

莫琮回头看一眼，笑："怎么不土，是 ABC，回来学洋人看中国古文化。编辑部就我是单身且在本地，想溜号都不能。你不来分担一下我就要气死了。"

"莫小姐……"那边却出声，带着笑意，"我们可以进去了吗？"

莫琮扬声应了，拉了子真过去介绍："这位是我们杂志的专栏作家颜子真，这位是盖瑞。"

子真见她懒洋洋的样子，不禁笑起来，这要是莫琮自己的广告客户她准定不会是这副鬼样子，杂志靠广告养活，谁拉来的广告多谁就是功臣，能拿更多的钱，升职也更有把握。可惜这是已经敲定的总编的客户，莫琮把礼貌给足已经满分了。

盖瑞眼里，却看到一个紫色短风衣黑色仔裤的年轻女子，皎白肤色，目若朗星，笑容明秀大方。

莫琮见她笑得促狭，也懒得理她，径自往里走。

倒是子真，见盖瑞一副不以为意的样子，仍然笑吟吟拿着票让他们走在前面，不禁对他笑了一笑。

他笑意更浓，忽然说："颜小姐我们见过，你还记得吗？"

子真一呆，她记人的本事向来不好，不过这么英俊的人，不会一点印象也没有吧？

是在吊膀子吗？那这假洋鬼子也太土了吧，用这招。

他笑了："屁股向后平沙落雁式。"侧头想一想，接着说，"滚地葫芦狗趴式。"他笑得越发开心。

颜子真张大嘴："你是……"

他得意扬扬："那个被你撞的人呀。小姐，你真爱笑。"

子真想起当日情景，不禁扑哧一声，又笑起来，边笑边问："你认识邓安？"

他看她又笑，英俊的脸上露出开心的表情，点点头说："噫吁嚱，三笑。"

子真大笑。他才回答她的问题："我们是在美国的朋友。"

忧民居是江城一处明清建筑群，因为和城区隔了一座山，坐落在山坳里，保存十分完整。自从江城文物局设立保护措施以来，便成为江城的一处景点。

这个保护措施，跟目前大多数旧民居一样，采取的是以住养屋,也就是说,民居里是由原有住户住着的。

此际正值春节,每间民居都喜气洋洋地在屋檐下挂着腊肉香肠熏鱼之类,有红纸对联贴在门上,小孩子们穿着新衣跑着玩小小鞭炮。

子真从没来过这里,倒觉得很有意思,陪着盖瑞惊喜地走来走去,啧啧赞叹和拍照。勾檐雕栏,残破的刻花窗棂,还有天井、天井上方细节生动的藻雕,边边角角,都是一个惊喜赞叹。

莫琼早就走到前头,坐在一家门外的石凳上,无聊地看着他们。她作为记者和编辑以及一个不得不四处奔波寻找题材的人,这边已经走了不止十次,一点新鲜感也没有。

子真走到她面前笑着说:"古人真闲,你看,天井边上角落,还有门槛都刻了花,还刻得这么精细,连花蕊都一根一根描得清清楚楚,都不怕踩没了,不过真是漂亮啊。"

莫琼仍是笑笑:"这些房子至多不过几百年历史,哪里就称得上古人。"

雕花烦琐的大床里壁和外壁,全是精细的花草鸟雀,有的椅子残破了,仍然在用,榫头处都有一朵花或一枝草,住着的人家笑着任他们参观,他们其实也有沙发和茶几等。

离开的时候,子真感慨:"真是美啊,要是能住在这里多好。外有院子天井,内有雕花床。"

莫琼扑哧笑出来。子真看着她:"笑什么?你不觉得很漂亮?很古朴,很清净?"

莫琼嗯了一声:"补充一下,还有红漆马桶。"

莫琼双手插进衣袋,侧侧头:"我当编辑这么久,最吃不消你们这些作家做这种感叹,江南周庄、湖南乡居、广东古居、云南村屋,事事做思古怀乡状,恨不能一生一世能住在这样的地方得享悠闲。小姐,感叹一下无妨,没有几个真离得了现代生活的。"

盖瑞好奇地看了她一眼,插嘴问:"你不喜欢?"

莫琮弯起嘴角笑了笑:"我从来向往的是住楼房,用现代卫生间。我个人非常喜爱千篇一律的现代化公寓房子。"

子真在莫琮毫不掩饰的调侃面前只是笑,盖瑞问:"这又是为什么?"

莫琮退后一步,一手挽住子真:"我呢,从小就是住这种屋子长大的。我跟你们说,春天潮湿时或梅季时候,它的角落里全是黏虫,有时会爬到你床上,你半夜一伸手,哇,一手黏虫,老鼠到处可以看到,偶尔也会到你床上桌上逛一逛。各种小虫子从来不缺。当然,好处也是有的,蛐蛐就在你窗下面叫,嗯,可能是窗里面。还有,我小时候是用红漆马桶的,是不是很有古风滋味?另外,屋瓦是每年要找工人翻拣过的,不然,屋外下雨,屋里也会下雨。嗯,有一年好工人找不着,我试过睡到半夜雨就漏到床上。还有……"

子真把手猛地抽出来,大笑:"好了好了,我再不学人酸了,你放过我吧。"

莫琮懒洋洋地说:"现代人要发思古之幽情,我一向是理解的。"不过赠之以冷眼。

子真终于反击:"过高人相妒,过洁人同嫌。莫琮你适当配合一下没有人当你是死人啊。"

盖瑞不禁哈哈笑出来。莫琮瞪了他一眼,低声说:"敌我不分。"

回程的车上子真问莫琼:"怎么样?那个开头?"莫琼这下子倒赞赏起来:"真是不错,回到你以前的最佳水准了。"子真简直气坏:"你是在说我一路下滑?"

莫琼笑:"有时候觉得写得有点油而已。喂喂喂,真的,这个很好,咱们就这样定了。"

子真年前交过一个大纲给莫琼,莫琼看完之后忽然说不如一边给杂志连载,一边走出版,子真就写了个开头给她看。

子真说:"你几时升任主编了?"

莫琼白她一眼:"你以为我没有那一天?"

子真笑:"瞧你这一眼白得千娇百媚的,真是由不得我不信。"

莫琼撑不住笑,两人笑成一团,便宜了同车的盖瑞,不声不响看得心旷神怡。

笑完了,子真对莫琼说:"跟你说件事,我另有个故事,想做一个小说和漫画同步进行的试验,两人先商量好大致大纲,然后分开一个人写,一个人画,一个段落后两人相互印证,再商量下面一个段落,然后又分开写和画。我觉得很能激发边缘想象力。"

莫琼看着她,一言直奔主题:"卫音希是你什么人?"前几天两人通电话时子真提到过去了梅州,对音希赞不绝口。

子真笑:"我想把她当妹妹呢,又觉得自己不配。"

第九章　合作伊始

大学开学的时候,杂志的评选出来了,音希的画得了优秀奖。

莫琮特意打电话来告诉她,加了一句:你不会不知道优秀奖的意思吧?子真笑:"不是最优秀,其实是最末位鼓励的意思。"

颜子真同邓跃说:"你认识的朋友多,介绍个行内的高手给卫音希如何。"

邓跃虽知女友热诚,但也晓得她并非那种热情洋溢到爆棚的人,有一点点惊讶,不过脑海里迅速掠过那一张干净脸上青涩而生动的笑容,心里微微一动,便说:"好,没问题。"

隔几日子真约了音希吃饭。

开门见山:"我在杂志社看到过你的画稿。"

卫音希的反应很快:"颜姐姐你经常发小说的杂志。"她抓抓头,"杂志社比赛,我得了一个最末位的奖。"不好意思,"我画得不好。"

颜子真安慰说:"风格不同。你不喜欢寻常的画法?我的意思是,现在流行的那些。"

卫音希说:"原本也是画那些的,上了大学以后有机会看了更多不同的东西,觉得还是喜欢现在我画的那种……就是感觉很好。我不懂怎么说。"她看了看子真不解的表情,补充道。

颜子真点点头:"我对音乐绘画一窍不通。不过,"她字斟句酌,"我上网看过你画的几个漫画故事,故事很简单,但我有个感觉,你的绘图方式会让人从中想出更多的内容,这些内容可能在你画的时候根本没有想过的。你知道吗,就像写小说,读者读的时候会理解出作者根本没有想过的东西,这些东西,有的时候好,有的时候不好,但会让人觉得,啊,它让我不由自主地思考。就像,拥有了自己的东西。"

卫音希听得很认真,听完了,有一点迷惘,有一点明白,慢慢想着。

颜子真继续解释:"就像《红楼梦》,我一向来认为,很多红学家认为从中看出来的东西,是曹雪芹当时写的时候想都没有想过的。当然《红楼梦》是真正巨著,我这就是个比方。"

卫音希笑了:"我明白了。虽然我没有看过《红楼梦》。"她有点不好意思地笑。

颜子真也笑:"那也不要紧。"她看着音希的表情,知道她是真的明白了,就接着说,"我有一个想法。"

卫音希停住筷子,认真地看着她,示意在听。

她把和莫琮说过的想法说了一遍,问:"我们在网上连载,不知道你有没有兴趣?"

卫音希听完,白瓷一样的脸上露出兴奋的红晕:"当然有!我总是编不好故事。可是,你的小说,不是要登在杂志上的吗?"

颜子真笑:"切,现在他们又没约我的稿。要是以后他们看中了,咱们就可以出一本有意思的书。"

颜子真看着面前的小女孩,想了想,还是说:"音希,我并不是一个出名的作者，并不能帮助你什么。而且，你也知道网友挑剔，如果你真的画得不好，肯定会有很多批评甚至谩骂，就算你画得很好，众口难调，仍然不见得会有很多赞扬。最重要的是，网上多高手，彼此都会有进步。你明白我的意思吧？"

卫音希看着她，并没有说话。颜子真心里一凉，心想，完了完了，还是伤了小女孩的自尊心。

卫音希却忽然看着子真有点调皮地笑了，那种小孩子式的看穿了子真的小心翼翼的得意扬扬，然后安慰地拍拍子真的手，做个鬼脸。

颜子真啼笑皆非。

两人结账离开，慢慢地在街上逛，已经有点初春的意思，虽然仍然冷，走出点暖意却颇为舒服。

走了一会儿颜子真接到邓跃的电话："吃了饭没有？没有的话来洲际酒店吃泰国菜吧，介绍个朋友给你认识。"子真因为在家工作，有时三餐不大定时，邓跃得闲就会打电话叫她出来一起吃饭。

颜子真懒洋洋地说："我在外面呢，刚和音希吃过饭了。"

邓跃在手机那头笑了："正好，你带她一起过来吧，那个朋友本来也是要介绍给卫音希认识的。"

曾慧永问音希说："你去不去？"

卫音希拉下耳塞，疑问地看着她。刘英笑："问都不用问，她当然不去。'这么挤……'"她学音希的口气。

曾慧永："再挤也挤不过演艺明星的阵容。"习诺又说："卫音希又不追明星。"

曾慧永怒目，两人嘻嘻哈哈地笑，卫音希问："你们在说什么？"

曾慧永爬上上铺，顺手推一把她的头，音希连头带身子一歪，顺势倒在床上，曾慧永赶紧爬下来，笑："不许下来！在说温公子明天签售，我们都要去，要是你不去，就你打扫卫生。"

卫音希一边摸头一边啊呀一声，曾慧永探头往上铺看："不会吧？碰着了？"音希迅速伸手在她头上拍了一下，得意地笑，忽然转回懊丧："我忘了帮你们要签名，今天我和温公子吃饭来着。"

其他三人一起大叫："什么？！"

卫音希连忙解释："颜姐姐的男朋友认识他。"

刘英大喝一声："卫音希！你重色轻友！"

音希赶紧缩在上铺说："我真的忘了我真的忘了。"

习诺手上的报纸看了一半，瞪了她一眼继续念："有奖问答三：温公子不姓温，请问为什么叫'温公子'？他的原名又叫什么？"还没念完就"切"了一声，"这什么问题呀，白痴。"

刘英背书似的流水价答："温公子原来叫'瘟公子'，一来是他高中时的绰号，二来当年画漫画时怕油画老师骂其不务正业随手署上绰号，编辑见漫画可堪大用，惜署名不堪，遂改为'温公子'，谁知一炮而红，沿用至今。温公子原名谢昱文。"

一阵鼓掌，她宫廷礼谢幕完毕，转过头问音希："签名的事就算了，说说看，他有没有报纸上说的那么不羁那么帅那么酷？"

音希笑。温公子是著名漫画家，十分受欢迎，不仅仅是画得好，故事也讲得时而幽默时而尖锐，十分好笑好看。据邓跃讲，他以前的签售场面一直十分火爆，而且要求合照的人异乎寻常的多。奇是奇在温公子本人和他的漫画风格全然不同，他性格随和，往往笑而应声。当然，他长得相当好。

她侧着头想了一会儿，摇摇头："他非常非常好。"

音希开始跟颜子真一起创作。子真先是同卫音希讲整个构思，讲着讲着，七零八落的思绪让卫音希十分迷惘，子真只好说："我只能给你讲个大概构思，因为这个故事我们会边写边改，人物性格也不一定就是开始设定的，我不会把整个故事讲得详详细细给你，这样没有意思，对你也没有帮助。我想，你需要的不是一板一眼按照我的故事画画，而是自己学会创作。换言之，你要按你的理解来画。"

卫音希有些茫然，说："可是这样我们这样很容易分道扬镳，珍重再见。"

子真微笑："你不觉得这样兴许更好？"

音希静下来想，渐渐明白子真的意思，睁大眼睛兴奋地说："你是说，我根据你的故事，照自己的理解来画，然后你的人物和故事会跟着写作的进行而变化，我也可以跟着自己的想法去变化，不一定跟着你……"

子真笑："对对，到最后也许就是不同的故事了。"同时进行的创作，激发音希自己来写故事，子真的义务其实就是帮助音希在其飞奔的道路上替她捋顺人物、主线和思路——她目前的创作能力实在太弱。

换言之，这一次，可以在子真故事的基础上，而掌握了方法，音希也许会很容易学会写自己的故事。

音希兴奋，整个人仰成"大"字躺在子真家地板上，子真笑，把手稿压在茶几上："随便你在哪里画，要不要用电脑？"

音希摇头，她习惯手画。

子真却问："现在很多人用电脑绘画，而且你是学动漫的，你……"

音希继续摇头，地板被她的头发磨得唰唰响。

子真不再问，笑吟吟："好，如果要用需要新配置，我给你批发价。"音希连连点头，这上下她早已知道这个颜姐姐文武双全，物质与精神双修，网店与网文齐飞。她只会仰望骇笑。

十九岁的女孩子，几乎十九年在漫画和学堂里度过，衣食无忧，目前的状态毫无疑问以精神生活为至大追求。

经济不是不重要，但既从不曾形成困扰，那也不必思之过早。她只想画画画画画画，一辈子做她喜欢的事，画画，一点点进步一点点拓展一点点新天地，都叫她兴奋莫名，快乐无比，心里胀鼓鼓的欢喜。利益不要紧吗？也不是，但十九岁少女盼望的利益是虚的，并没有落到实处，理想在空中，那才是最重要的。

接下去的日子里，卫音希认识了卓谦、莫琮、小翁，还有颜子真电脑店的朋友。对音希来说，这是一个新的天地，从前有点内向的她没有接触过的天地，她张大眼睛去接收和熟悉，以更大的热情投入到绘画当中。小翁一直对音希有好感，更兼了子真和莫琮的威逼利诱，指点传授自己博览群漫的心得，提供她众多的书籍学习；邓跃帮她拿了温公子的电邮，每次登在网上的漫画音希都鼓足勇气寄过去，温厚谦和的温公子每信必复，仔细讲解。卫音希的成绩突飞猛进。

就像两人事前的预感，两人讲述的故事很快江湖珍重再见。说再见有些言之过早，但卫音希自己的思想和亮点像触角一样四处延伸,有时火花四射,在音希自己没有意识到之前,所幸有颜子真及时捕捉下来,然后提示她,音希便细细思索,往往会做出令人惊喜的作品。子真有时也会利用这点火花放到自己的小说里,她汗颜地说:抄袭啊抄袭。

卫音希便乐得趴在地板上直笑:"啊,你在说我,我就是整个儿搬过来的抄。"

颜子真于是想一想,一本正经地回答:"咱们这是互相完善,创作借鉴。"

两人相对大乐。

卓谦正好开门进来,好奇:"你们笑什么?"

音希连忙从地上跳起来:"你干吗不敲门?"

卓谦怔了一怔,退让:"好吧,下次我一定敲门。"

音希脸红了红:"不是,我……"

颜子真有趣地看着他们俩,卓谦马上意识到表姐捉弄的表情,也不说话,就做个鬼脸,转身进厨房找吃的。

其实卓谦每次用钥匙开门之前都先敲门,刚才她们笑得太大声没有听见而已。

在吃了子真一顿美味之后,卓谦和卫音希一起骑车回校。

初春晚上的风虽然仍是寒峭,对年轻的卓谦和卫音希来说算不得什么。路上行人车辆不多,他们首先都沉默地骑着。卓谦有些诧异地看身边的卫音希灵活穿梭飞快骑行,忍不住较起劲来,加快骑到卫音希前头,卫音希马上意识到,立刻反超,两人一前一后,时而换位,时而并行,铆足了不服输的劲头。

在局外人看起来,是两个颀长好看的年轻身影,也是两张标致俊美的青春脸孔,在初春的夜晚九点钟,迎着夜空里的霓虹快乐飞驰。

快到学校了,两人都骑了一身微汗,几乎同时在冬青树下歇下来,互视,同时笑出来。卓谦竖起大拇指摇摇,卫音希得意地一仰头,路灯的灯光落在她雪白到几乎透明的脸上,微微有些汗意的脸庞上,双眸隐隐光华四射。

年轻的卓谦,心里微微一动。

第十章 《二月初一》之三见

三月,莫琮的杂志登出了子真新小说的第一期连载。子真给小说起了一个名字,叫《二月初一》。

《二月初一》连载第一期

姚红英从小就知道柳源是定了亲的。

柳家和姚家相距不远,在镇子里都是数得着的富户,加上父辈一向交好,两家孩子便常常在一起玩。

说是两家孩子,柳家只有柳源一个独苗,姚红英倒还有个哥哥,也就这么三个人,凑着机会便溜出来满镇子跑着淘气,想尽办法甩掉跟着的小厮,有时跑得远了,累了,往往是柳源和姚启德轮着背姚红英回来。一般淘气的男孩子总不耐烦有小丫头片子跟在后头,姚启德有时就很不搭理妹妹,只有耐心的柳源从来没有嫌过她。姚红英一向知道黏着柳源:"阿洛哥哥阿洛哥哥。"阿洛是柳源的小名。

那一年姚红英六岁,柳源和姚启德九岁。

他们那天很快便甩掉小厮,跑到了镇子边上的小河旁去采桑葚,那里斜斜的山坡长满了桑树,都挂了深紫色沉甸甸的果,随便摘一串塞进嘴里都甜滋滋好吃得要命,三个人兴高采烈地边奔边玩边摘着吃，满嘴满身紫色汁液，不知不觉间天色慢慢阴了下来，柳源说，我们回去吧。

他们沿着小河慢慢地往回走，时而笑闹着跳几步，姚红英捧着一兜桑葚小心翼翼地跟在后面，可能是上游下了雨，河水涨了好多，柳源回头说："英儿离河远点儿。"话音未落，姚红英被地上的树根绊了一跤，整个人往河里扑去。

若是往日，倒也不要紧，但现在的河水是往常的一倍深，且水流颇急。两个男孩子伴着姚红英同时惊叫一声，就眼见着她掉进了河里，顺着河水往下冲，幸亏河边有一棵树一条半粗的树枝平时只是横在河的低空，现在恰恰浮在河面，挡住了姚红英的身子，姚红英本能地伸出细嫩的胳膊死死抱住了树枝。

而河水还在继续涨。

小女孩抱着树枝在河中央惊慌地大叫起来，男孩们探出身子把着树枝伸手去够她，却根本够不着，想沿着树枝下河，树枝也明显支撑不住两个孩子的重量。柳源回顾四周，越来越暗的天色中眼睛看得到的地方，全无人影。姚启德跳着脚叫："怎么办怎么办柳源你说怎么办？"

柳源当机立断："启德你快去叫人。我在这看着红英。"

姚启德慌乱中全无主意，点头飞奔而去。柳源则一边安抚姚红英："英儿别怕，阿洛哥哥在这里呢。"一边往边上树丛里跑了过去，很快地，他钻出树丛，手里拿着指头粗细的一卷绳子，皱着眉算了一下距离，飞快地把绳子绕在上游一些的河边老柳树干上，紧紧地缠了两圈打了死结，绳子另一头则绕在自己腰间，也打了死结，多出来的一段则打了一个活套，然后小心翼翼地摸着树枝下河。

对于一个九岁的男孩，水流真的有些急，好在柳源水性极好，脚下踩水，慢慢扶着摇摇晃晃的树枝往姚红英那边移动，不时撞在树枝上。姚红英早已顾不上哭，紧张地望着他，柳源看着她微笑，到了能够到她的位置，稍稍歇了歇，示意她努力抬起一只手，姚红英本来一动不动怕得要命，不知为什么，看到柳源脸上一直的微笑，忽然生出力气，用力抬起一只手臂，柳源眼疾手快地把活套往姚红英手臂上一套，拉紧。

柳源松了口气，一手扶着树枝，面朝着小女孩说："等下人来了，我叫英儿过来，你就尽量扑到我怀里，阿洛哥哥会抱住你，然后咱们就没事了。"

六岁的姚红英凭着一直来对她的阿洛哥哥的信任，用尽力气也只能微微地点了点头。

河水还在涨，树枝却咯的一声，到底支撑不住两个人和水流一起的力量，几近断裂。

柳源伸出另一只手抱住姚红英的腰，轻喝一声："英儿抱紧我！"

姚红英下意识松手，扑进柳源怀里，柳源用两只手紧紧抱住她，水底下的流速越发的快，身子一轻，两个身子一起顺着河流被冲下去。

冲了一点距离，柳源腰上一紧，身子被重重撞了一下，姚红英已经在水下呛了好几口水，忽然露出了水面，却是被冲得贴紧了岸边。她昏头昏脑地抬起头，鼻腔被水呛得酸涩得厉害，正想哭，却看到眼前柳源带着一点点笑意的眼睛。

是那条绳子拉住了他们。

等到姚启德把人叫来时，那条树枝早已被湍急的河水冲得影踪全无。

这件事情过去之后,吓得半死的两家人除了重责小厮之外,三个人都被禁足。

姚红英病了一场,发烧时昏昏沉沉地像是回到了河边,却只有自己和哥哥站在岸上,柳源却一浮一沉地在水里被冲走了,不由得哭着叫:阿洛哥哥,阿洛哥哥……

姚老爷夫妇一边轻声安抚小女儿,不禁看了一眼边上的儿子。姚启德正缩在椅子上抱膝沉思,自从出了事后,他就一直沉息不已,吃饭的时候、喝水的时候、走路的时候、甚至上茅房的时候,都是这个样子。令得原来要严罚他好一阵子的姚老爷也不由松了口气:罢罢罢,不管他是做出这个样子来还是怎样,也算是得了教训。

姚红英好不容易睡过去了,姚老爷正要站起来,这个时候姚启德开口了,很严肃:"你们有没有觉得英儿一直都跟柳源很亲近?"

姚老爷呆了一下,饶有兴味地看着九岁的儿子:"嗯,这个我们都知道。这次全靠柳源救了你妹妹。"

姚启德点点头,仍然认真地说:"我觉得,我们可以把英儿嫁给柳源。"

姚老爷看了一眼儿子,又看了一眼坐在床边的太太,太太也看了他一眼,然后一起呆呆地看着儿子,都有点反应不过来。

姚启德仍然很严肃:"你们不觉得吗,柳源一直顶爱护英儿,这且不说……"他仔细想着字眼,"经过这件事,我又好好地回想了一下以前的好多事情,发现柳源是所有人当中能最好地保护和照顾英儿的。把英儿交给他,我很放心。你们也应该不会有不放心的。"

因为病中的小女儿一直心情有些不好的姚老爷夫妇，差点被强忍的笑意呛着，忍了半天，姚老爷才说："可是保护和照顾妹妹，应该是你这个当哥哥的责任啊。"

姚启德叹了口气："这个我当然知道，我也仔细想过。但是好多事实，特别是这件事都证明了一件事，柳源在关键时刻总是比我聪明机智，比我强。"他抬头看着父母，清秀的脸上神情颇有些黯然。

姚家老爷太太不由再次呆住。

姚启德站起来："虽然长兄如父，不过父母在堂，这件事还是要父母做主的，但我不觉得有比柳源更适合的妹夫了。但是你们放心，在英儿出嫁之前，我一定会尽我的力量好好照顾她的。"

他向父母点点头，转身走出了姚红英的房间。剩下两位三十出头的父母相对愕然，伸手捏腿，怀疑自己身在梦中。

但是姚启德的九岁如意算盘显然打不通。

姚红英病好之后，姚家老爷太太带了儿女、携了厚礼到柳家道谢，两家人本来也是见天就要聚了聊天吃饭的，便寒暄了一番，互道客气客气，就坐在柳家园子里闲聊赏花。

姚红英一如既往地跟在两个哥哥身后，因刚病好有些体虚，男孩们都小心地护着她。看着他们在膝下承欢，两家人都深觉此时光阴简直天赐。

于是想起姚启德突发的大人情结，姚老爷便笑着说起来，边说边笑，四个大人听完之后，哄然大笑，柳老爷指着姚启德说："哎呀，你可不要担心了，英儿会有个好哥哥，兄妹感情好，互相扶持，家业大兴哪。"

姚老爷笑:"是呀,以前启德总是推开妹妹不理,道是小孩子脾气,也不是不担心以后感情不好的,不过现在看来,虽然小小年纪,却也是一个懂得爱护妹妹的。柳兄你不知道,说的事不论,那些话说出来,夜里想想,真是宽慰呵。"

姚太太从丫头处接过茶递给丈夫,说:"不过呢,要不是柳源早就定了亲,启德说的话,倒也是真不错的。可惜。"

柳老爷看着姚老爷,大笑:"那都是你们谬赞,柳源才小小年纪,看得出什么来!而且,小时了了,大未必佳。不过呢,要是早知道姚老弟你会养这么个俊俏的小丫头,就不跟别人定亲了,凭咱哥俩儿的交情,总得柳源排第一个。"

园子虽然不小,这会儿正巧的三个孩子正绕过来,别人不论,姚启德却是有点留意的,这一下便急了,大声问:"柳伯伯,你说什么哪?柳源跟别人定了亲?什么时候啊?你骗人的吧!"

姚老爷看着儿子急得通红的小脸,看得有趣,想想又心情大好,笑起来:"没规没矩,大人说话插什么嘴。又有你小孩子什么事了?"他夫妇怎么会在意这种事,柳家定亲是柳源两岁时的事情,且不说那时候姚太太还没怀上英儿,就算已经有了英儿,那也各有各的缘法,他们家的女儿,娇俏可爱,家境又好,以后不怕寻上更好的人家?何况柳源长成后是什么样子那也难说得很。这在他们心中根本就不是一个事儿。

可是姚启德已经盘算了这么久,一时心下十分不忿,赶紧拉了妹妹过来:"英儿英儿,你可别跟柳源这么好了,人家是定了亲的!你可做不了他的新娘子了。"

姚红英蒙头蒙脑地看看哥哥和大人们,转过身对着柳源,细声细气地说:"阿洛哥哥,你不要我做你的新娘子么?为什么?"

柳源和姚启德于十四岁去了城里读中学,姚红英因尚年幼,留在镇中。

这几年之中,并未如姚启德当时气恼所言,三个孩子仍然玩得很好,柳源一如既往爱护照拂英儿。而传说中柳家所定的亲事仿佛只是一句话,消散在空气中,便没了影踪——至少在孩子们心中。

只到了去城里念书之前,柳家父母才对柳源说,他所定的亲家府里便在城里,这次既去了城里念书,是一定要去拜访的。柳源并不乐意,柳父便严肃地问:是否因为姚家英儿,如果你真有那个心也未免荒唐,你才多大,她才多大?

柳源赌气答,如果一定要和素不相识的女孩盲婚,他宁愿娶英儿。

望着儿子,柳父叹了口气,只说:"好男儿志在四方,你现在年纪这么小,为什么不等出去看看之后再作决定?我们也并没有让你们素不相识便在一起。现在新风气新作风,这让你登门只是认识长辈而已。"

柳源却始终没有去亲家门府,至今三年。

姚启德对此很是开心,柳源啼笑皆非,也不去理他。

开学没多久,他却跑过来告诉柳源,说喜欢上一个小姑娘。手舞足蹈地描述那个小姑娘怎么怎么好看,怎么怎么聪明,怎么怎么有才华。

说了半天才长叹一口气躺在床上,心满意足地说:"我要娶她!"

柳源骇了一跳:"你才十七岁!"

姚启德嬉皮笑脸:"我又没说现在,过两年嘛。再说我爹娘可不也就十七八就成亲了。倒是你，英儿还小，得多等两年。"

柳源皱着眉笑："你真能说。我要退亲是因为……"

姚启德打断他："因为你憎恶盲婚哑嫁，崇尚新时代自由恋爱，自由恋爱，那不正是你和英儿吗？"

柳源见他多年来孜孜不倦就是重复九岁时候的心愿，忍不住骇笑，虽说和父亲赌气说不如娶英儿，但英儿在自己心中就像妹妹一样，这人怎么就说不通？不过自己才十七岁，天天记挂这种事也未免可笑，如果不是姚启德总在提醒他，还真的很少想起。

直到那天。

他去看学校二十周年校庆展出的画栏，姚启德不耐烦这些，自行去打篮球。

柳源一幅幅看过来，目光停留在一幅临摹的《丹崖玉树图》上。

那幅画本身逸迈明净，画者并未画全，但手笔灵动，虽属临摹，却也云岚自在，运笔疏朗有致，随心飘逸之笔势掩去些许稚嫩。

柳源自幼跟一位擅书画的饱学儒士学习，书法学得好，于绘画上却殊无天分，但心中甚为喜爱，这幅画正是他极喜爱的。

他自然也看得出画的主人在画上很有天分，心中既赞叹又艳羡，仔细地看了一眼印鉴，只简单两字"啬色"，不禁一怔，正琢磨这两个字的意思，听到身后有声音细细传来，一个女孩子笑着说："你明明有自己画的粉墨山水，却偏偏要交临摹的，是跟周老师置气呢吧？"

一个声音清清泠泠地响起，极是好听："你错了，我是听周老师的话。周老师常说山水作画，必先师法古人，反复临摹习练,方能求其精髓,'潜心苦志,静以求之,每下笔落墨,辄思古人用心处。沉精之久,乃悟一点一拂,皆有风韵;一石一水,皆有位置。渲染有阴阳之辨,傅色有今古之殊,于是涵咏于心,练之于手,自喜不复为流派所惑,而稍稍可以自信矣。'——啊哟不对,这是《清晖画跋》里头说的。"声音里隐隐带了一点淘气,然而声朗气正,却不单是嬉笑。

柳源侧过头去,从展览画栏的间隙,一张雪白小脸一闪而过,见有人窥视,又回过脸来,柳源一呆,只看到一双碧清澄澈的眼睛微微流转自己面上,隐含一丝诧异。

当柳源知道这眼睛的主人便是姚启德立誓要娶的女孩时,却是自己跟同学争辩国家正统归属的问题时。他平时不大爱高谈阔论,那天也只是有一句说一句,却激得同学不肯罢休,柳源无奈之下只好闭目大诵夫子云。周围同学全都哈哈大笑,那同学也气得笑起来打他,他一边躲一边冷不丁说了一句:"空谈误国。"

一种熟悉的清凉目光从自己脸上扫过,他霍然抬头,又看到湛然双目。姚启德指着人群中的她说:"就是她,看到没?"

她安静地站在一旁,颀长身量,上身着中袖旗袍领白布衫,下穿刚过膝盖的黑布裙裤,很是简静沉稳,梳了长长的辫子,却没有梳刘海,露出光洁的额头,面容净美如初雪,清湛如秋月。只是神情颇为清淡疏离。

她似乎已经听了一段时间,正看着他若有所思,看到他的目光,微微一笑,柳源心中竟怦地一跳。

这年是一九二八年,各地都有学潮,中学虽然不比大学,却也有学生时常做些小动作。这些事情柳源也时有参与,他聪明冷静又素有智谋,有时连年长几级的同学也听他出主意。

那晚他们去偷校董办公室里的军阀画像来烧掉，柳源到底孩子气甚重，白天偷偷趁校工不注意开了窗，晚上伙同几个不同年级同学望风的望风，传递的传递，待得把画像偷出来之后，柳源留在后面清理现场。

最后一个翻出窗户的身形纤长轻巧，月光下扬起一张脸，柳源只见那双亮晶晶的澄清双目淡然望了自己一眼，忽然之间心慌意乱，她却哂然一笑，挣开他的手就要离去。

柳源一急，忍不住叫："喂，你叫什么？"

她足下不停，清冷冷的声音带着微微的笑意："我就是那个你要退亲的陆雁农。"

第十一章　三见盖瑞

颜子真隔阵子就会跑去电脑市场看一眼合伙的店铺，同那里的朋友和伙计交流一下最新货况，说笑一阵。

这是本城最大的电脑市场，颜子真合伙的铺位在二楼右拐的位子，不算冷清也不算热闹，却因为做了多年口碑好而生意一向不错，铺位也从一间扩到三间，加上颜子真的网上商店小有名气，很多本地人往往在网上看到介绍跑到实体店购买。

这天她还没进门就听到有女人的声音在尖声指责伙计。她略一驻足，便听清了是说给换了一台手提的内存收费宰人，伙计辩解的声音被完全压了下去。

颜子真悄没声地走进去，那是一个眉目艳丽的年轻女子，甫三月末便短衫热裤，右手按着一台手提，声音锐利："换一条内存不过几百，开机费倒要二百？这是什么规矩？我们看你这家店是老字号了才找你们修，没想到竟能黑成这样。"

被她挡在身后的年轻男子尴尬地想说什么却插不上嘴，只是歉意地看着伙计微笑。颜子真只觉此情此景有说不出的有趣，竟扑哧一声笑出声来。

那女子凌厉的目光扫过来，见是一个旁观的明秀女子，挑了挑眉不予理会，继续质问伙计。

伙计无奈地看了看颜子真,子真只好说:"退五十给她吧。"

女子正要张嘴,颜子真微笑:"手提的开机费所有店铺都是一样的,就算开了机没问题也是一样的收费。因为手提维修我们也是要找专业人士的,这个开机维修的钱都是付给别人,我们只赚更换损坏的硬件的钱。这位小姐事先应该问清行情,不过既然看得起我们老字号,把内存的赚头退还给你吧,就当交个朋友,不赚你的钱。"

她笑容可掬,字句诚恳,那艳丽女子眉毛一扬,还要继续理论,却终于被身后那年轻男子阻止:"算了算了,我看他们说得挺有道理的,也不能让人家不赚钱是吧?"他冲那女子温和地笑笑,挡回了伙计递出来的五十元钱,笑着对子真说:"颜小姐,这家店原来是你开的?"

颜子真一愕,看了看他,只觉有些面熟,却不记得是谁,他笑:"过年的时候,你和莫小姐陪我游了忧民居。"

颜子真这才隐隐约约记起来是那个莫琮嘴里的土 ABC,却仍不记得他的名字,正努力思索间,他眨眨眼笑:"盖瑞,我叫盖瑞。请顺便记得,我还是邓安的朋友。"

颜子真笑起来:"哦,记起来了。对不起我一向记性不大好。"

看一眼他的手提道:"是你的手提?怎么没有保修?可以送保修点啊。"

盖瑞微笑:"我是在美国买的,这个品牌在国内的保修点很少,我懒得去省城。"

他递过一张名片:"颜小姐,我在江城找了工作,会在这里长住,请一定要多联系。"

颜子真见那艳丽女子脸上露出不屑及警惕的表情，不禁一乐，接过名片，故意笑眯眯地说："好啊，你最近见了莫琼吗？我们一起聚聚，回头我请你到一个好地方喝茶。"

盖瑞十分高兴："太好了太好了，我一定随传随到。"

颜子真继续笑眯眯："再叫上邓安吧，我们刚好四个人，可以一边喝茶一边玩纸牌。"

盖瑞连连点头："对对，我这次回来还没来得及跟邓安联系呢。请别忘了叫我。"

伙计把手提装好，那女子迫不及待地说："盖瑞我们走吧。"瞥了子真一眼，昂首率先行出。子真正偷笑，盖瑞在女子身后忽然转过脸，冲她笑嘻嘻眨眨眼，一副了然的表情。

颜子真一怔，哎呀这假洋鬼子不笨。

伙计笑："颜姐你真把那女的气着了。"

颜子真一本正经说："有吗？没有啊，我多老实啊。做生意要诚信。"

那小伙计低头闷笑。

开玩笑，颜子真敢与之合伙开这店，还不就贪合伙人是个电脑高手？连开机都要另找别人还算得上什么电脑高手。

当然是兵不厌诈。

不过她说的倒也是实情。这年头开电脑店的人不像颜子真那会儿，现在未必需要精通电脑，只要是会做生意的就行，二手手提的装机开机的确是要另外找专业人士的，行情也的确如此。只不过在子真店里，那个专业人士是本店老板而已。

可是才过了两天，莫琼就打电话来问："子真你讹了那假洋鬼子一把？"

颜子真理直气壮:"你不要含血喷人,我正经小生意人……"

莫琮笑:"得得得,你一会儿是大作家一会儿是小生意人,我可应付不了你。你说了要请人家喝茶,这不人家惦记上了,找了我约你喝茶。"

颜子真大笑,把那天的事儿讲了一遍。

莫琮听完也笑,说:"对了我替你约了他在三月茶室,你说的好地方是那里吧?他说有上次在忧民居替咱们拍的照片要给我们。你记得他给我们拍照了?"

颜子真说:"鬼才记得,我连他人都差点不认得。"

莫琮笑骂:"不认得你就坏人好事!下午三点半,你自己过来,我们接茬儿吃晚饭。"

颜子真挂了电话问刚到的音希:"和我们一起去喝茶吃饭?"

这天是周日,卫音希照例来子真家画画。

她一边看着颜子真收拾桌子空出来给她画画,一边摇头:"颜姐姐你自己去玩吧,我还有好多画要赶出来。"

颜子真也不勉强,她们俩的性格颇有点相似,都是那种独立自由的个性,相熟了说话就直截了当,并不需要三催四请。她笑着看卫音希不断地从大背包里取东西出来,眼尖看到一本杂志,正是莫琮家那本三月期,登着她小说连载第一期的。

颜子真微微一怔:"你也看我的小说?"

卫音希笑:"我们宿舍大家都看的,习诺有你全部书呢。"

颜子真笑了:"以后要看你问我要吧,跟你说别便宜莫琮家杂志,买什么买。"

卫音希笑着低头画画。

她们俩的合作已经正式进行一个多月,颜子真每周在网上更新两次，卫音希则在每周日晚上更新一次。颜子真有固定的拥趸，所以点击高而稳定，而卫音希的漫画点击则慢慢地越来越多，评论以倍数增加。

卫音希十分认真仔细看过每一条评论，觉得有建设性的就复制下来，和颜子真或温公子研究，有时卓谦也参与，慢慢地，邓跃因着好奇，也开始看开始发表意见。邓跃并不懂漫画，让他看温公子的四格漫画毫无问题，可是看音希的，就非常一头雾水，往往不知道从哪张画看起。卓谦笑得肚子疼，卫音希倒是教他，一边教，一边也忍不住笑。温公子在视频那边看到邓跃的茫然状，十分同情。莫琼有时也会来轧一脚，她的毒舌一向令人又爱又恨。

这样热闹的氛围，充斥着子真的家。

卫音希又参加了一个动漫比赛，是子真的一个小小说，音希只利用了一条线索，然后用自己的想象画成另外一个故事。颜子真看着她的作品，同温公子只说了一句：我觉得她是天才。

触类旁通，一点即通，举一反三，都可以用来形容卫音希，她总是在不自觉不经意间带动别人的思维跟着她游走。卫音希的灵感一旦被激发，就如同火花一样，噼里啪啦四处溅射，子真几乎都能听到溅射的声音。

温公子说，画技需要提高。而且，他沉默了一下，欧美式的画法，到底不是咱们现在的主流。

那样硬朗疏阔的画法，不驯而放纵。却也不仅仅是欧美式的吧。她有自己的主张。

正如颜子真之前所说，网络是个开放的社会，向来多的是不同的声音，音希的漫画连载引来了赞赏，也引来了很多批评和不屑。但这样的争议有时候并非坏事，漫画的点击率慢慢地逼近了子真小说的点击。

卫音希不认为这是好事，颜子真却笑："有争议才会有更多的人来看，你才更有可能遇到良师益友。除非你听不得无理批评。"

卫音希睁大眼睛："我为什么要去听无理批评？"

颜子真摊手："对呀，为什么要听？但是你听不听他们都会在。"

卫音希倒笑了："颜姐姐我明白你的意思，我不可能让所有人都喜欢我的画。"

卫音希那张脸上，坦然和无畏清清楚楚。年轻真是好。颜子真拎起包去赴约。

三月出新茶，最嫩最香的那一拨雨前茶。三月茶室，典出于比，茶极香极好，环境幽静，推窗就是环城大江，黄昏时分，烟波浩渺，水雾四起，烟青色天宇洗过一般。

这是颜子真和莫琮最爱的地方。

身穿汉服的服务员轻悄走近，颜子真和莫琮要了一壶碧螺春，盖瑞要了黄山毛尖，说："邓安说要晚点来。"他拿出一个大信封递给她们俩，笑道："刚好有机会亲手交给你们。"

莫琮接过信封，因百无聊赖，便打开信封，看了几张，本来漫不经心的表情渐渐被惊讶取代，抬眼看了看盖瑞，重又垂下目光看手上照片。

颜子真不禁好奇，凑过头去看。

莫琮手上那张正好是两女合影。

忧民居古老破损的斑驳白墙，因其高大，显得门小且黑，窗却很高，但门和窗上方都有挑出的黑色雨檐，虽陈旧却精巧，门窗上统统贴着春节喜庆的红字对联及福字。

在鞭炮细碎的红屑翻飞中，一身墨绿色长风衣的莫琮斜倚在门旁窗底低头点烟，百无聊赖的一点表情因不甚清楚便显出丝丝空洞，因着角度只拍到她一只眼睛，淡淡的露出一点点寂意。

颜子真则蹲在离她不远的前方，兴致盎然地和一个红袄小孩子讨鞭炮，因她离镜头近，眉目异常清晰，笑容明亮，神情天真。

红袄小孩却是一副爱答不理的表情，然而眼眸中露出得意骄傲，偷偷抿起的嘴角明明带着笑。

妙是妙在镜头把每个人的神情都抓得恰恰好，那种稍纵即逝的神情流动扑面而来，却又因了背景的破旧白墙高窗远处黑瓦晴空流露出一丝时空犹疑。

韵味流长。

颜子真惊叹，一张张从莫琮手里接过来看，有她的独影，有莫琮的独影，或近或远，或笑或谈，都被镜头抓住最灵动美妙的刹那。

颜子真从来不知道自己能有这么好看。

而莫琮，从来不知道自己在一个人眼中竟如此充满灵魂。她心下震动，一颗心说不出滋味，只好低着头，装作细细研究。

颜子真在一旁笑说："盖瑞，你是摄影师么？"

盖瑞笑："No，No，这只是业余爱好。"

颜子真也笑："下回要是再有人问我要照片登，我可不愁了。这些张张都能上摄影杂志啦，拍得可真是美。"

盖瑞眉开眼笑地看着她，也不说话。莫琮抬眼看了看他，把大信封一倒，果不其然倒出两张小光碟。原来他一早也刻好了碟。

颜子真乐："我正打算跟你讨光盘呢，像素肯定很高，正好我可以用来做桌面。"

莫琼撑不住笑起来。

颜子真不理他们，顾自抽出自己的照片。盖瑞很细致，但凡是两人的合照，便印了两张。她把照片理了理，再重新看过一遍，拿过一张小光碟，一起心满意足地宝贝地放进包里。

盖瑞笑眯眯地看着她动作完，然后就看着毫无动作的莫琼，似乎在说：咦，难道你不满意么不喜欢么。一双眼调皮地睃着她。

莫琼有些尴尬，她有心想表示出珍重来，又做不到像子真那样自然；若是像以前那样做出不屑一顾毫不在乎的样子，自己先就瞧不上这份做作，何况她也不想他误会。

她的刮辣爽脆，一下子不知跑到哪里去了。

亏得这时邓安风一样卷进来，拉开盖瑞身边的椅子坐下，使劲揉了揉脸，伸长了腿长叹一口气："累死。"嫌弃地看一眼桌上的茶点，抓了一小块蛋糕扔进嘴里，咕哝，"饿死。"

莫琼和颜子真目瞪口呆看着他饿死鬼投胎一样把两小碟茶点倒进嘴里吃光，又头也不回地跑到点心柜那边去拿吃的，边走边嘴里还大声吩咐盖瑞："帮我要壶普洱！"

盖瑞叫服务员过来点了茶后，笑着解释："这两天医院搞义诊，他昨晚开始一直在给接受义诊的人做手术。"

医生忙起来完全没时间吃饭，这种事她们俩倒也知道，不过换位到邓安身上，子真还是觉得怪怪的。

盖瑞看到颜子真的表情，对她做了个鬼脸："邓安是花花公子没错，不过在国外学医的时候，邓安也经常去做义诊的。"

话音未落，邓安已经捧着一大盘包子煎饺之类的回来，坐下就大快朵颐，一边摇头："我还以为会有大餐吃，都四点了不直接去隔壁三月鲜偏偏在茶室装风雅。"

三月鲜是三月茶室的双胞店，两家店相邻，不过做的是饮食，在本地是一家不错的私房菜馆，这也是子真和莫琮最爱三月茶室的原因之一，因为在茶室聊完天后随时可以去菜馆吃美食。

颜子真气结，他也不理她，转头对盖瑞说："你的检查做好了？回头我去问一下给你安排手术。"

两女转头看盖瑞，盖瑞笑着做了个鬼脸："吃太好了，胆结石。"

颜子真扑哧笑出来，顺口便问："邓安给你做手术么？收多少钱？"

盖瑞一怔，闷笑，邓安停下手，抬头似笑非笑地看着颜子真，子真示威地朝他仰仰头。邓安正要开口，颜子真连忙转过头去问盖瑞："对了盖瑞，那天你女朋友没生气吧？"

盖瑞郑重地想了一下，才说："她还是很生气，认为我有一个开黑店的朋友是一件很不体面的事情，所以回去之后就和我分手了。"

颜子真做出一副很可惜的样子："她很美丽。"

盖瑞大义凛然："妻子如衣裳，朋友如手足。"

邓安一手握拳支住下巴，一手转动手上茶杯，看着这两个幼稚的小朋友，只摇摇头。莫琮也觉得实在看不下去，提点颜子真同学："你贵庚？"

第十二章 《二月初一》之拜寿

《二月初一》连载第二期

  柳源有个娃娃亲这件事,在学校里也只是有次玩闹时被姚启德无意中说出。虽然这个时候像他这样的情况并不罕见,但姚启德其实很是懊恼——他巴不得柳源都不记得这件事,更何况一传很多人都知道了。虽然大家也不过一笑了之,他却又巴巴地说柳源可讨厌这门亲事了,可想退亲了。

  柳源毕竟年轻气盛,又身处这个热血时代,一想到大好男儿明明应当破四旧革新,却又有个盲婚哑嫁的腐朽亲事算是怎么一回事?所以也由得姚启德去胡闹。

  然而现在,他却说不出的懊恼。

  他幼时隐隐约约听说过,这桩婚事是祖父在他两岁时定下的,女方的祖父和自己的祖父是同年,相交极笃,因两家家境相当,父母也很是满意。

  据说他幼时也是见过那个小女娃的,只是他已不记得了。不过按道理,他们既是自幼定亲,又是通家之好,这些年怎么都很少来往呢?的确,因祖父在自己七岁时去世,而自从自己懂事读书以来,因着新思潮影响,对这种盲婚十分不屑,可父母辈总会常来常往罢?他虽然是个男孩子,不大理会这些人情往来,可是亲家来往,父母定不会让他置之不理的。若是两家离得远也就算了,可是只不过百里来远……

他霍然坐起,第一次感到十分困惑。

因着他坐起得太猛,上铺的姚启德探头下来问:"你干吗呢?这两天都心神不定的,撞邪啦?"

柳源不理会他,皱着眉头,努力搜索记忆,脑子里浮现的却是那双碧清澄澈的眼睛,流转间带十分清淡。然而画栏后《丹崖玉树图》前却朗朗中带几分淘气。然后又是她翩然翻出窗户,哂然间噙着微微笑意。

柳源忽然清醒明白过来,她一直是知道他的,但不知为何,这阵子才开始留意他。

柳源的一颗心怦怦地跳,又惊又喜。

于是这次放假回家,他开始找话题想提起自己的娃娃亲。怎奈他从来对这亲事的态度是排斥反感,父母知他少年叛逆,近几年也极少提起了。他几次转话题都转不过去,也想过直接问就是,但到底少年人脸薄,三天假期快结束了还不知所以然。

正当他十分沮丧时,柳父在临行的饭桌上正经严肃地对他说:"我知道你对你的亲事不满,但这次无论如何不可以任性。你陆家叔父几日后三十五岁生辰,到时候我和你母亲上门拜贺,会到你学校里接你一起去。你也长大了,如果十分不愿意,就当作是走个寻常亲戚,不可失礼。"

柳源睁大了眼睛,这简直是喜从天降。柳父却以为他仍是不愿,叹了口气:"阿洛……"

柳源忙打断父亲:"我会去的。可是……爹,怎么我好像不记得两家有什么来往？"

柳父一怔，和柳母相视片刻，叹了口气："你祖父在的时候，两家来往是很密切的。可是自从老人家走了之后，陆家在城里行商，经常南来北往，如今世道乱，女眷又不便出行……"

他想了想，摇摇头，拍了拍儿子的肩膀："算了，咱们直说吧。你可能不记得了，你六岁的时候，陆家小姑娘的母亲去世了，她爷爷带着她来过咱们家，当时你爷爷还在，你陆家爷爷说因着儿子要马上续弦，他老夫妻决意带着孙女回乡暂住。你爷爷向他保证，日后一定善待陆家姑娘，亲事是不会有变的。后来你爷爷去世，你陆叔父另有妻子儿女，这来往就……不过但凡年节派人送些节礼罢了，近年来兵荒马乱，有时年节也混过去了。只是这次倒是正经送了帖子过来，请咱们去贺寿来着。"

柳源心中不由欢喜，又想问她是什么时候回来的，见父母似乎并不知道，便点了头不再言语。

和姚启德一起回校时，姚红英照例和父母一起送到路边，并拿了一大包吃的递给柳源接着，说是给哥哥和阿洛哥哥。

柳源笑着接过，这些吃食其实多半是姚启德和伙伴们吃掉。学校里穷苦学生不少，那些有点骨气的对富家子弟颇侧目，并不肯深交。不过姚启德和柳源一向随和，柳源功课好又愿意不厌其烦地给同学们讲解，姚启德更有些古代侠客风范，倒是和他们相处很好。

两人挥手让家人回去，柳源乍一回头，看到姚红英小小身影站在远处尚不肯走，忽然记忆像打开一扇窗，一点点模糊的印记慢慢变得有点清晰。

他的确是见过幼年的陆雁农的。

那时候他六岁，祖父的朋友带着一个小女孩来看望祖父，当时他被父亲叫回家，甫一进门，就看到一个小女孩站在院子里听母亲讲话，母亲指着院子里的几株牡丹花温声细语地告诉她是什么花。小女孩微微仰着净白小脸，认真听着，碧清的双眸亮晶晶的，一点笑容也无。

母亲见到他，告诉他这是雁儿妹妹，他便叫了声雁儿妹妹，那小女孩低了头，却没出声。他并没有放在心上，径直进了厅里，按了礼节见了爷爷的朋友，陆爷爷对他很是亲近，却也没有多说什么。他无意中看向院子里，那小女孩静静地站在那里，一个小小的身影。

柳源坐在车里，心里忽然一痛。如父亲所说，那个时候她刚刚丧母吧，而她父亲要马上续弦。

那个时候她才五岁。

柳源下了决心，他告诉自己，一定要对她好。

隔了几日，柳家父母果然到了学校来接了柳源去陆家。

柳源从来没想到过，陆家竟这样富有。

他们是坐了两辆黄包车去的，车子行了很久，到了城中心的一条街，那条街有大半条是商铺，招牌头两个字都是"陆记"，其中最大的一个店面是"陆记药堂"，三十二排的门扇一列打开，人来人往极是热闹。黄包车绕一个弯，转入侧街，红漆大门洞开，门口站着迎宾的管家，地上俱是鞭炮灰烬，不少人正往里走。

柳家三人走近大门，就见一个锦袍中年男人被簇拥着大步走出来，满面笑容地说："柳兄终于来了，快请快请。"

这便是陆老爷了吧？柳源抬头打量，说是中年男人，却极是英俊，眉目间宛然和陆雁农有三四分相似，只是他的眼神不若陆雁农的清淡，而是始终带着一点冷意。

柳源在父母的示意下弯身行礼，陆老爷极快地扶起他，笑道："世侄不用客气。柳兄和嫂子世侄快随我进来。"

陆府占据了半条街，府内极大，柳源也没细看，长辈自在一起寒暄，他陪了片刻便被陆家子侄拉了去一旁院子。

那院子里都是年纪较小的子侄辈，有男有女，或喝茶或聊天，见他进来，有人看一眼，有人过来说话。柳源本身性格落落大方，笑着与人交谈，倒也并没半分不自在，反而认识了几位在同一所中学念书的校友，谈笑间发现原来都有相熟朋友。

陆雁农命人捧了各式点心进来时，就看到柳源自如地和众人谈笑，不经意间他已经微笑着看着自己。在那一瞬间她就知道他明白自己在留意他。

今天是父亲三十五生辰，名义上她和十岁的异母弟弟负责招待同辈亲友，事实上也只得她罢了。好在堂兄也替她招呼着，才不致过于忙乱。

不过她的性格并不爱抱怨，只是淡淡一笑，有条不紊地一样一样做起来。

柳源则不动声色地带着新认识的校友成了聊天中心，几个话题兜来转去，说得活泼有趣，吸引大多数人侧耳倾听，偶尔插进去发表些什么，时时发出笑声。气氛十分好。

陆雁农和堂兄就只需招呼新来的客人，轻松很多。

入席时因分男女，陆雁农不由转头看了一眼柳源，柳源却没有看她，低着头思忖。

两人得着机会说话的时候，是午后，有些客人走了，有些去休息,陆雁农命人送完茶水,在走廊里遇到逗弄鹦鹉的柳源。柳源有些不好意思,半晌才问:"你什么时候回来的?"

陆雁农扬一条眉疑惑地看着他。柳源说:"我忽然记得你跟着你祖父从前来过我们家,我爹说后来你们就回乡去住了。"

她才明白过来,答他:"两年前回来的。爷爷说得回来上中学。"

柳源犹豫了一会:"我没有看到你祖父祖母。"

陆雁农却一笑:"他们在乡下住得快活着呢。"

她这一笑,脸上的清淡之意就少了些,柳源深觉好看,忍不住说:"你要多笑才好。"

她又一笑,这笑里却带了点戏谑。柳源不大好意思,想了一下,才说:"你的画画得很好。"

陆雁农静静地看着他,柳源渐渐有点心慌。她忽然认真地说:"柳源,你要取消婚约的事情,只由我来向我祖父说明是不够的,你明白吗?"

柳源呆住,不知道说什么好。

她又静静地看了他一会儿,才说:"如果我有喜欢的人,也会要求退亲,"她扬一扬眉,淡淡的神色间露出笑意,"所以我会帮你跟我祖父说,如果你想解除婚约的话,没有人会怪你。"

柳源脱口而出:"我会怪自己。"

陆雁农愕然,柳源接下去说:"我见到你,才知道,才知道……"

柳源的脸涨得通红,陆雁农站在一旁,午后轻风微微扬起她的鬓发,不知为什么,她的脸也渐渐泛起红晕。

临走的时候,柳源认真地说:"我没有其他喜欢的人。"

陆雁农低头一笑,微微露出少女的腼腆。

当晚他们留宿在陆府,柳源十分开心,起先没有留意到母亲脸上淡淡的不悦,直至他听到母亲对父亲说:"反正阿洛也一直不满这桩亲事,如果陆家真的要退亲,退了也就退了。"又对他说,"我看英儿不错,和阿洛青梅竹马,姚家也门当户对。"

他一呆,柳父却说:"陆太太的意思未必是亲家老爷的意思。"柳母叹了口气:"我瞧他也有这个意思,不过碍着陆老太爷罢了。你没见他对阿洛虽然面儿上亲热,却也只当寻常世侄一样招待。陆家的确比我们富有太多,瞧不上咱们家了也不稀奇。"

柳父看了柳源一眼,也不避他,问:"陆太太今天到底和你说了些什么?"

柳母没好气:"旁敲侧击,有人打边鼓,有人唱红脸,总而言之就是说太早定亲没好处,孩子品性不定,谁知道长成什么样,又说这时代也不是父母之命就行了,还是得孩子自己喜欢才行。真是笑话,他们这等人家谁家长辈真会由着孩子自己喜欢来嫁娶?就差直接说老人糊涂定了个门不当户不对的亲事了。"

柳父沉默了一会儿,说:"陆太太不是那孩子生母,她说的话咱们先不必理会,我明天跟亲家提一下,如果他也是那个意思,那由他提出退亲好了,反正阿洛也不喜欢这桩亲事。"

柳源听得呆住,又见父亲终于要遂了他多年心愿,不由大急,忍不住插嘴:"爹,爷爷可是答应过人家的。"

柳父柳母齐齐一愣,柳源讪讪地说:"我不想退亲。"

柳母眉头一皱,柳父便说:"你是刚才在边院见过那姑娘了?"他也忍不住皱紧眉头,似是没想到儿子这样轻浮,仅凭一面就改了主意,柳母更是不悦,轻斥:"阿洛!"

柳源明白父母误会,忙说:"她的确很漂亮,但是我之前在学校就见过她几次,只是不知道就是她。爹、妈,你们不知道,她画得一手好画,极是聪明,性格大方磊落,我,我……"他想起陆雁农叫自己去提退亲的时候脸上安静的神情,心里忽然明白过来,这门亲事,真正能拿主意的恐怕是陆雁农自己。这么一想,心便定了,同父母说,"我不想退亲。陆家祖父也定不肯退的,陆叔父和陆太太就算心里想,也做不了主。"想了想,又补充一句,"爹,你别忘了爷爷答应过人家,会好好照顾陆雁农的。咱们什么都先不提好不好?反正我还小。"

他央求地看着父母,柳父事父至孝,如有可能当然极其不愿违了父亲意愿,只想了片刻,就点了点头。

第十三章　火影忍者

　　五月里，江城大学照例有个文化节，最后一天是个晚会，每个系都要出节目，动漫社团要做一个 cosplay，社团干事之一曾慧永要求音希参加。

　　音希并不是那个社团的，她正在为文化节的漫画展画一辑漫画，是她和子真合作的故事的一个番外，很短，完全是她的原创，正苦思冥想，当然一口拒绝。

　　曾慧永却并不灰心，拿了尺子量她身材头围，说："反正不劳你操心，服饰我们帮你弄好；反正漫画故事你也知道的，到时候上台就是；反正你也没几句台词，只不过你形象合适。"

　　几个反正一说，大家都乐了。

　　音希看过那个漫画，加上曾慧永不懈地威逼利诱，只得投降。倒也没什么都不管，熄灯后和大家津津有味地商讨各种细节，兴起时下床偷偷点了蜡烛描画。只是去店里她的确是没时间了。子真家也不去了，子真知道她很忙，也没打扰她。

　　音希和子真共同创作的漫画和小说因在网络上已经有了相当高的点击量，学校里竟也有了拥趸，有一年级新生甚至来找她签名。音希很是不好意思，便更加努力，走路吃饭都在思考，又要不落俗套又要合乎情理，直到文化节前一天，画展就要布置了才不情不愿地完了稿交上去。

交稿之前去了子真家扫描寄给温公子。邓跃和卓谦也在,她颇为好奇:"卓谦你怎么不在学校?"

卓谦笑嘻嘻:"你不是也不在?"

音希便不说话,子真坐一边看她扫描好、打成包、发给温公子,然后取过手稿来看。

那边邓跃笑道:"对了卓谦,我听说你也要上台?"

卓谦摸摸头,有一点不好意思:"是啊。"

邓跃回头看着子真笑:"有什么不好意思的?子真说你在幼儿园总是上台都习惯了。"

卓谦笑嘻嘻:"我也看过你小时候光屁股照片。"

邓跃失笑,作势瞪着子真,子真懒洋洋抬起头:"我做人一向公平。"意即你既然看了卓谦幼儿园一脸花红柳绿的样子,那么对不住,阁下的裸体造型也不妨众乐乐一下。

卓谦大乐,音希看着邓跃的样子也不禁抿嘴。

子真却问了一声:"音希你除了漫画还上台表演吗?"她是随意问的,感觉中音希不是那种会上台表演的人。

谁知道音希啊了一声,露出和卓谦一样不好意思的表情来:"……要的。"

此言一出,三人都呆了呆,卓谦好奇极了:"你表演什么?唱歌?跳舞?"

音希老老实实回答:"是 cosplay。"

子真托着头看着她,有心想问是哪个漫画,却想反正自己也没看过多少,便仍低头看手中画稿。

第二天的漫画展栏上有二十几个作品,拜网络所赐,音希的番外受到极大关注。这算是音希的第一个原创作品。

然后,她才参加了简单的几次走位。她们的cosplay并非简单的展示,还是要进行表演的。

因为文化节基本全部由学生自己主办,整个晚会风格便显得十分自由年轻,时间还没到,同学们便嘻嘻哈哈拥进大礼堂。

卓谦的节目是开场秀。

他和同学们一出场便看到前排本应协助秩序的邓跃拿了个小小摄影机对着他,他便板着脸不笑,背着手,一排十人齐齐发出口哨声,齐齐踢脚,竟然表演的是口哨伴街舞。

十个人都吹得好口哨,十个人都跳得好街舞,十个人都穿着颜色鲜艳肥大夸张的衣裤,十个人轮次在地上踩出复杂变化的脚步动作,旋转、倒立、翻身。

眼花缭乱,欢呼四起。

果然是要作为开场秀的,一下子气氛便被炒起来,学生们一起欢呼,手掌都拍得红了,直到卓谦退场时回过头才松了脸色得意扬扬冲邓跃一抬下巴,偏偏那时邓跃已放下摄影机,只得冲他做了个抹脖子的动作,笑。

卓谦进了后台,抹了抹汗,四下望了望便跑出来,周英华他们早给他留了位子。他坐下来,周英华便笑:"跳到后面,口哨就不是你们吹的了吧?看你们都快断气了。"卓谦乐:"不然你试试看?"

周英华又问:"那什么,曾慧永什么时候出场啊?"卓谦好脾气地答:"再过四个节目。"

台上正在对唱"无尽的爱",那女生的嗓子有点弱,台下的噪声便显得响了,邓跃走过来,手上卷起的节目单敲了敲卓谦等的脑袋。卓谦等便挤了挤让邓跃坐下，笑："邓老师你干吗这么尽责？这次秩序不全由学生负责的吗？"

邓跃无奈地笑了笑。说是说全由学生负责，校方哪里肯完全放心。

看完几个节目，有精彩有普通，正觉没劲间，后排学生忽然又轰然爆发出欢呼，他们抬头，看到一队奇怪服饰的人正慢吞吞走上台来。

这一队人个个长得如同漫画中人漂亮精致，挺当得起那些兴奋的欢呼。而服饰之趣致、表演之可爱、令人啧啧惊叹，最醒目的是两个人，一个是曾慧永，她身着红色嵌白边旗袍式裙装，粉红色错落短发，黑白相间的发箍正中嵌着一颗闪闪发光的水钻，愈发衬得一张雪白的银盘小脸晶莹发光，眉目浓丽之至，顾盼之间只让人觉得她美得令人无法呼吸。

另一个引人注目的人则在衬衫外穿着高领多兜厚马甲，格外挺拔修长，一抹护额下始终蒙着脸，表演一个被捉弄却总是成功反捉弄的角色，姿态从容，进退舒展。从她嘴里说出的台词虽然不多，却幽默风趣，引起台下一阵阵哄笑。

不断的鼓掌和会心的笑声很明显，这是一个几乎人尽皆知的漫画故事，但又分明改编过，台词更加有趣。

曾慧永是全校闻名的美女，但另一个人，却让大家颇费猜疑，只有邓跃和卓谦猜到，想必就是音希了。

谢幕的时候，台下气氛热烈，足足谢了三次，最后一次的时候，其中一个调皮的矮个儿女孩跳起脚，把那个蒙着脸的演员脸上的布扯脱。

四周的灯光已经暗下来，只有一束光正打在那个人脸上，帷幕正慢慢拉拢。因为一下子的惊愕，她睁大眼，呆了呆。

在那一刹那，全场竟也都静了一下。

衬着趣致暗色的服装，修长瘦削的身材，音希雪白的俊美面孔清冷如初雪，双眸亮如寒星。

尘世繁华在这张面孔后退至极远。

帷幕匆匆拉下，幕后的台上其实已笑成一团，而台下的人们心头还残留着那一点清冷的雪意，泠泠不散。

卓谦呆了好一会儿，才被同学拍醒过来，那人一边拍一边抟了口气："原来卫音希这样漂亮，不比曾慧永差啊，怎么咱们以前都没发现？"

周英华早窜到后台去送花表衷情了，卓谦回过神来，只是笑："你当心周英华。"

抬头看台上，台上早换了舞蹈。

音希匆匆在后台换回平时穿的衣服，拎着表演装问："曾慧永这个给谁？"

慧永正被周英华送的一大捧牡丹弄得手忙脚乱，又有人找她说事，就叫："先自己收着吧。"社团里另外几个人早已放下服饰出了后台，音希看到后台人来人往，想了想，找来一个纸箱子，把零碎装饰头饰找齐了放进去，几件放在那里的衣服则收起摺在自己手臂上，弯下腰拖着纸箱往外走。

拖到门口估摸了下到社团办公室的距离，不禁有点泄气，就坐在门后台阶上等有人出来一起抬。

正等着，一个人走过来，大礼堂后台门口的灯坏了，只十米外的路灯亮着，那人逆着光，音希也没留意，直到他走到面前说："卫音希？你怎么一个人坐这里？"

音希抬头才发现是邓跃，就笑了："邓老师，我等同学一起把道具搬回去。"

邓跃微笑："是你们系活动室是吧？"俯身抬起纸箱，"走吧。"

音希忙说："不用不用，我同学一会儿就出来了。"

邓跃笑："我正要回去，车停在那边呢。"

音希回头看一眼后台，曾慧永还在忙，想一想，便跳下台阶，跟在邓跃身后往系活动室走。

邓跃问："你们演的是什么？怪有趣的。"

音希笑："火影忍者。"

邓跃点头："学生们好像都看过，很火的吧？没想到今晚节目都挺有意思的，早知道把子真叫来看，她一定喜欢。"

音希睁大眼睛不胜懊恼："我原来也想过的，可是你们都不提，我以为颜姐姐不会喜欢这样的晚会。"

邓跃安慰她："不要紧，我已经录了比较精彩的部分。"

音希犹豫了一下，说："邓老师，我觉得颜姐姐好像有什么心事。"

邓跃一怔，音希却不知道该怎么说。颜子真一切都正常，音希只是从她的小说里隐隐约约感受到一种无奈。

那个好像不能说明什么吧，她不免又有些动摇。

邓跃想一想，说："她写小说的时候，情绪会有些波动。"心里却知道这不是真的。子真是那种现实和创作分开得很快的人，常常是白天玩闹得很开心，晚上坐到电脑前马上就能沉郁下来进入角色，他曾见她才两个小时就从智斗母亲转换成边写边泪盈满眶。

她是瘦了些,不过每到春夏子真总会瘦一圈,细想想却实在想不出子真有什么心事的样子。他看一眼音希,心里不免怀疑自己是不是疏忽了什么,暗自自责,他最近业余在为电视台做一个监控通信设施,是可以作为今年大论文的论题的,而在子真家时又总是四个人都在,十分热闹,他显然有点忽略了子真。

邓跃和子真的感情三年来一帆风顺。子真大方,就算耍脾气闹别扭只要哄一哄便马上眉开眼笑,有时还会自我检讨,性格十分大方可爱。时间长了,邓跃自觉幸运之余难免不再细细观察处处小心。

这么想着,便有些神思不属地慢下脚步,音希也没再说话,踢着长腿一步挨一步地走着。

放下东西,邓跃的车正停在艺术系活动室一侧,便同音希告别,看着她连蹦带跳地往回走,眼前一晃,仿佛看到那天考完的颜子真迅速跑出教室,在门外远处和同学嘀咕,他微笑着一边收试卷,一边转头看阳光下的她,她那样伶俐,一下子发现,白了他一眼拉了同学便走。

邓跃坐进车里,嘴角浮起温柔的笑意,呵,子真。

电话里的子真有些惺忪:"怎么了?"

邓跃说:"你睡了?我还想过来。"

子真说:"你忘了明天你妈妈在酒店订了餐?快回家吧你。我早些睡,明天早点过去和你们一起去酒店。"

邓跃不禁笑:"你最近老睡不醒似的,好吧小猪,睡你的吧。"

子真学一声猪叫,才挂了电话。

邓跃嘴角笑意不散,拿着手机坐在车子里。

那是他的女朋友，热诚热心的一个女孩子，虽然她懒散她漫不经心她不肯循一般人正途，她也不是那么漂亮，可是看到她就会觉得心里温柔舒服，想到她就会忍不住微笑。就像邓安说的，他真是幸运。

邓跃留校三年后，刚好有个机会调回家乡江城大学，刚回来时到电大过渡几个月，那天监考计算机等级考，甫进机房考场便又见到那张五官分明的面孔。

几乎立刻在他的脑子里便浮起她的名字，也就在那时候他明白了她在他心中的印象。

于是他笑起来，那女孩触到他的笑容反应有点迟钝，过了好一会儿，电脑里发下试卷了才一惊。她认出了他。

邓跃心情愉快地看着她，呵，她认出了他。她犹豫了一下，似乎想通了什么，放下心的样子，却又给了他一个跟两年前一模一样的白眼，狠狠地低下头开始做题。如果不是在考场上，邓跃恐怕就哈哈大笑起来。

她在大学里早已通过等级考试，她在这，无非是替人代考。邓跃心里笑着想，真好玩，每次作弊都被我抓现行，不过这一次，我可不能再放过你。

出了考场，邓跃托同场监考的同事收卷，几步追上要迅速跑走的女孩，笑道："颜子真，真巧！"

女孩子扬起头，阳光下双眸亮晶晶精灵如昔日："我朋友跟电大老师早说好了，我才不怕。"理直气壮下有一点点心虚。

邓跃笑："可是我没接到通知。"

在考场上没被抓，子真自然知道已经过关，遂目光狡黠："那是你们交接的问题。"

邓跃终于哈哈大笑,承认:"好吧。不过两年前呢?至少为了两年前,你该请我吃饭吧?"

他笑容明朗,他当然不是为了一顿饭。那顿饭最后是他买的单。

已经近十点钟,衬着远处晚会内外人来人往的笑闹,校园这一角分外安静,车外树荫蔽地,明月静悬半空,楼前的花圃里有盛开的花传来细微的花香。

邓跃微笑着坐了很久很久。

第十四章　雾南山上

卫音希正坐在桌前看书，刘英撞撞她胳膊："喂，你和卓谦认识，知不知道为什么周英华最近都没来找慧永了？"声音不大不小，明明是想让曾慧永听到。

曾慧永连眉毛都不抬一下，径自用凉开水兑了蜂蜜一口一口抿着喝。

习诺便在一边唱："一阵晚风吹来有点讽刺，缓缓地，好忧郁；黄昏几只鸽子飞过河边，头低低，没人理……。"

刘英接着唱："我是一颗糖，无聊地待在玻璃橱窗，花的衣裳，捉住你善变眼光，你的视线纠缠着我的伪装……"

习诺继续："我是你的一颗糖，害怕氧气躲入真空包装，内心彷徨，无力摆脱被爱奢望，留下我的一生让你来尝……"

两人相视一眼，大声合唱："忘了心里的苦，想剥掉伪装，其实都一样，我只是一颗糖，需要有人来捧场！需要有人来捧场！！！"

两人拍手大笑。卫音希听着听着也实在忍不住，看着曾慧永笑出声来。

曾慧永也忍俊不禁，笑着扑上来拧那两个尖叫大笑的人，说："敢这么败坏我的名誉！"

卫音希看她们闹成一团，慢吞吞在边上说："什么都好，不过我只希望他们别再送那些整盆花花草草来了，去年夏天养的那蚊子，我都快被咬死了。"

刘英习诺一边反攻一边马上举手赞同："养那么长时间才开朵可怜兮兮的丑花儿，蚊子倒养得一丛一丛的。坚决反对！"

曾慧永冷笑，一转眼见卫音希已经飞快爬上上铺，放下那两人眼疾手快抓住她来不及收回挂在床边的脚就往下拉，卫音希抓住上铺床栏，笑着拼命挣住身子，到底下面的人力气大，渐渐的就被拉了下来。音希叫救命，一边辩解："我没说完我没说完，去年冬天的梅花是很好很好的。"

曾慧永哼了一声，并不放手，刘英等要冲上来，曾慧永威胁："谁要我明天带早餐的？"

刘英便笑着退后："对不住啊卫音希，友情和早餐比起来，太脆弱了！"

卫音希人仍挂在上铺，埋怨："总来这一招，烦不烦啊。"曾慧永冷笑一声："有效的才是永恒的。"

正闹着，就有人推门进来："416的卫音希，楼下有人找你。"

四人一呆，曾慧永笑："谁？谁找你？老实交代！"

刘英笑："自从咱们音希在晚会上扮了那个卡卡西，找她的人可多了。"

卫音希好不容易挣脱开，理了理衣服，吸溜溜吸干瓶里余下的酸奶，咬一口面包，做个恶狠狠的表情："我回来再收拾你！"双手插在口袋里晃着身子跑了出去。

身后寝室里传来嚣张的喊声："Who怕who！"

是卓谦。

卫音希好奇地问："你找我要找人叫?"她们那一层的寝室电话坏了，不过他有她的手机号码。

卓谦摸了摸头，叹口气："我手机又丢了。"

卫音希同情："啊，颜姐姐该揍你了。"

卓谦这学期已经丢了三个手机，其中两个是颜子真赞助的。

卓谦看到卫音希眼睛里闪烁的笑意，抱怨："你也用不着幸灾乐祸嘛。"

卫音希索性笑起来："为什么不啊。我刚被人欺负，正要找补一下。"

卓谦做了个"我认了"的表情，笑："是这样，我们周末去雾南山野营，你也去吧。"

卫音希下意识抬头看一下楼上："要让我叫曾慧永吧?"

卓谦嘻嘻一笑："正有这个意思，不过是野营，周英华给曾慧永买了设备，其他人要去就只能租了。不过你要带的东西子真那里有全套的，你去拿了就是。"

卫音希一怔："颜姐姐不去?"

卓谦笑嘻嘻："是我们系登山组的活动，让多叫几个会洗会烧的女生，我觉得你挺合适的。"

好脾气的卓谦笑嘻嘻："给个面子哈，别拒绝我。"

卫音希只是小时候参加过儿童露营，那时候的记忆像水晶一样美好，她几乎马上就心动了，爽快地点头："好啊我去。"

卓谦很高兴，高高大大的他笑得一脸孩子气，转身便走："我和子真说好了，她会把装备收拾好，后天我会帮你拿过来的，你什么也不用准备。"

卫音希看他说风就是雨一溜烟走得快，不禁好笑，看了看夜空，五月的天，十分晴朗清爽，既然下来了，她百无聊赖地想一想，便插着手往篮球场溜达过去。

天色已经黑了，篮球场离宿舍远，场中只亮了几个暗暗的灯，看台台阶黑黑的，三三两两有人坐着聊天儿。

卫音希沿着台阶走到最边上，一级一级跳着走到最高一级，然后躺下来，安静地看天上的星星。

除了不远处有听不清的极低的说话声，一片静谧，江城大学在郊区，天空中的灯光污染略轻，可以看到比较清晰的星星在夜幕上一闪一闪。

初夏的夜风吹在脸上手臂上，温柔舒服，音希深深地吸了口气，真好。

她默默辨认着天空的星星，一颗一颗，数着星座。音希小时候没什么玩伴，最喜欢的是和爸爸妈妈吃完了晚饭到江边玩。妈妈是教地理的，会教她看星星，她和妈妈一起躺在草地上，把头靠在爸爸腿上，睁大了眼睛，看妈妈指着天上一颗颗明亮的星星轻声说："看，音希，那几颗星星连起来的，叫小熊星座，每年夏天看得最清楚，像不像一只小熊？"

爸爸轻轻地抚摸着她软软的头发，偶尔转过眼珠，看得到爸爸柔和含笑的脸，满是宠爱，是平时严肃的脸上看不到的。

爸爸的腿总是一动不动，躺着好舒服，只是等她们跳起身时，妈妈总要叫住迫不及待往家跑的她："音希等等爸爸一起走。"她便不解地睁大眼睛："为什么呀？"

卫音希现在想起来，不禁顾自嘿嘿地笑起来，自己真傻，爸爸的腿早麻得没知觉了吧。

后来长大了，妈妈爸爸不再像小时候那样，她也早认清了天上好多星星。他们还是常常去江边散步,她开始住校,开始努力读书,去江边的三个人变成两个人。

再后来,家里出了事,本来打算送她出国的事只好取消。爸爸仍然严肃冷峻,妈妈也仍然慈和唠叨,但他们看向她的目光多了点歉疚。

其实卫音希并不介意。只是她不懂得怎样表示。

她叹了口气。

"卫音希?"

卓谦惊奇的声音。

卫音希翻身坐起,才发现卓谦和几个同学正捧着一个圆圆大大的东西往上走,看到音希,他们都笑起来:"哗,不晓得她识不识货。"

音希早闻到一股异味,臭如茅坑,这时轻盈地跳起来:"榴梿!"

卓谦笑:"我们要吃这个,被宿舍里集体哄出来了。你会吃么?"

卫音希转一转眼珠,得意地笑:"可以吃大半个。"

一个同学夸张地惊呼:"啊呀那可不成,六个人分着吃哪。"

说话间利落地剖开,那股异味更加浓郁,老饕们使劲吸着鼻子,仿佛闻着稀世珍馐的香。卓谦用纸巾托了一块最大的笑嘻嘻递给音希,卫音希先是凑近深深地吸了一口气,陶醉地唔了一声,张嘴就吃。

一群人就这么错错落落地坐在台阶上低头大快朵颐,时而哄抢壳里没掏净的一点肉碎,笑骂:"你刚才拿的那块大过我这么多我都没争!小气鬼!"

吃完了擦擦手,便半靠在台阶上闲聊,卓谦问卫音希:"你一个人在这里干什么?"

卫音希摇头晃脑:"我掐指一算,知道篮球场某角落将有大餐……"

大家都哄笑,便讲起后天的野营,这几个人都是野营成员,知道卫音希也参加之后,常去的便介绍经验给她,穿什么鞋,带一些什么,要注意什么。

卫音希静静地听,在心里记下来。偶一抬头,看到卓谦和其他同学在讲笑话,笑得躺倒地上。

卓谦的一个同学看过来,忽然说:"卫音希,原来你也蛮好相处的嘛。"

卫音希睁大了眼睛,笑。

周末的时候决定去的是曾慧永和卫音希,曾慧永也没有要周英华买的装备,自己跑去租了背囊和睡袋,两人都专门去买了双登山鞋。

卫音希上了车才发现邓跃也在,正和学生们在讲一些什么,百忙中对她一笑。曾慧永大大方方唤了一声:"邓老师。"邓跃便停下来,想一下,才笑:"啊,你是艺术系选修电脑课的同学。"

卓谦则对卫音希说:"邓老师是我们登山组的组长,很厉害。"卫音希才"哦"了一声。

还有几个同学没来,卓谦便让卫音希先试试背囊。子真的装备都很新,卓谦咧开嘴嘲笑表姐:"颜子真什么装备都有,不过都只用过一次。"

两人身高差不多,背囊背起来就很合适,卫音希把自己带来的一些东西装进去,重量刚刚好。男生们的背囊则大得多,还有帐篷，很像那么回事。

雾南山是江城整个地区最高的一座山，山顶上有一片极平的地，据说踩上去软软的，略往下则有一个小小的湖，风光甚美，但山势有点险，上山的路有很多条，是本地登山爱好者喜欢去的山。卓谦说他们会在山顶露营，邓跃说了今天天气会很好，山顶空气清新干净一如水晶，可以看到很多明亮的星星。他手舞足蹈地说着。

周英华则在侍候曾慧永，小心地说："我还是带了给你买的睡袋，我怕你会嫌租来的脏……"

曾慧永则淡淡地，只认真听着邓跃对大家的叮嘱。

车子在中途停下来，上来的是岳敏和另一个计算机系的女孩子，整辆车上十几个人，便只有这四个女生。

等到车子到了雾南山脚不远的村子，已经快十点钟，大家随便吃了点东西，整理好背包，就开始进山。先是一段缓坡，走到一个岔口改沿小路上山。上山的路有点难走，陡坡直拔上去，刚开始所有人都算是轻松的，登山组的人自是不用说了，本来都存心慢着点等曾慧永和卫音希，却见她们也不见得十分艰难，周英华原本准备替曾慧永背背囊，也无从下手。

卫音希抿着嘴笑，她和慧永是基本天天早上跑步的。

卓谦冲她们竖大拇指，笑嘻嘻说："真了不起。"曾慧永头一昂，做一副"小意思"的样子。卫音希调皮上来，也学慧永把头一昂，却没留意脚下，差点滑倒，幸得卓谦和曾慧永眼疾手快一边一个拉住她。可是曾慧永被她一带，往旁边栽去，被一眼关七的邓跃大步跨过来一把托住，旁边是一道水渠，约有十几米深。慧永惊得脸色发白，邓跃安慰她："好了，没事了。走山路的时候记得要低头看路,看风景要先停住脚。"

曾慧永抬头看了他一眼,邓跃微笑着拍拍她的肩。

越走越容易觉得累,隔一个小时就歇一阵,饿了吃点巧克力补充体力,刚开始的笑语喧天慢慢低沉了下去。

到了三点钟左右,他们停在竹林边上休息,邓跃和卓谦几个男生过去砍了几根很粗的竹子,绑在背包上,然后进军最后一段路。

到了山顶湖边,已经爬了六个小时,虽然也歇了不少时间,卫音希和曾慧永早已显出差距来,两人扔了背包大汗淋漓地坐在地上不愿意起来。那边男生们休息了一下已经在搭帐篷,她们俩还是连笑的力气都没有,岳敏和周英华拿了水给她们,曾慧永抢先一步拿了岳敏手中的水壶,卫音希只好接过周英华的,岳敏挤眉弄眼地看周英华,他只好翻着白眼看她。

男生们却已经开始做晚饭,只见他们把两截粗粗的竹子从中间的竹节横劈,留下一截完整中空,另一截则劈去一半,然后洗净中空,放进糯米、红枣、腊肉、水蚕豆和辣椒,再灌进泉水,用洗净的竹叶封住口,另外几个男生已经在几块大山石间起了火,竹筒便竖着放在火边烤。

岳敏从背包中取出在山脚摘的丝瓜,削了皮洗净了削成一片一片放在盛了水的锅里,居然还有人带来新鲜鸡蛋,竟没被压破,磕了进去,加了盐花和一点油,吊在火上煮。

卫音希和曾慧永看得目瞪口呆。

竹筒糯米饭很香很香,丝瓜蛋汤很香很香,卫音希和曾慧永觉得这一辈子也没吃过这么好吃的饭菜。

天气果然很好,月亮已经升起来,星星明亮得不得了,一颗一颗清晰地缀在丝绒般的夜空中,山顶的空气清新中带着一丝丝寒意,仰躺在软软的山顶草地上有一句没一句闲聊,只觉得真是美透了,舒服透了。

渐渐地,大家都不再出声,仰望夜空,心头一片空静,仿佛洗去了所有浮躁。

一缕歌声不知从哪里传来,"long long journey"。虽没有恩雅那般纯美轻灵,却因了斯时斯境,令人心随意动,随歌声飞翔山间天际。

卫音希微微侧过脸笑着看曾慧永,慧永抱着膝坐着一动不动,身后的星光月色那样亮,衬得她惊心动魄的美,却看不清她脸上的表情。

第十五章 《二月初一》之承诺

《二月初一》连载第三期

柳源打完球回到宿舍，正准备去洗澡，看到姚启德筋疲力尽地走进来，直接倒在床上一动不动。

他把脸盆放到一边，好奇地走到床前看他，姚启德神出鬼没已经颇有一段时间，好几次问他去哪里了也不回答，一径嬉皮笑脸地说：你管好自己吧，还有哦，有空管管英儿。他也就懒得理会了，姚启德其实是个很聪明的人，做事做人都头头是道的，除了缺少点儿急智，还有，时常有些出人意表的行为。

他刚走近床前，就被吓了一跳，姚启德衣裳的下摆一溜儿红黑色，像是血迹，伸手捻了下，果然是还未干透的血。柳源便用力推他："喂，喂，你干什么去了？"

许是听出柳源声音严肃紧张，姚启德很给面子地睁开眼睛看着他，柳源低声问："你说你干什么去了？怎么衣服上都是血？"姚启德坐起来看了看衣摆，皱着眉头："我都没注意到。"三下五除二脱下来扔到一边，照旧躺下来咳了一声，"累死了。"

柳源一脚踹过去。

姚启德倒嘿嘿笑起来："没事啦，街上一群流氓打群架，警察来了就扔下一地受伤的跑了,我和几个人搬着把他们抬到医院去,不小心沾上了。"

柳源这才松了口气,拿了脸盆去洗澡。

晚上的时候姚启德倒讲起在医院里看到医生处理伤者的情形,眉飞色舞的,说:"那些人,刀子砍身上都不叫痛的,医生往伤口一倒药水,吱哇乱叫,真是……爽!"

柳源笑着摇头:"要不你试试?"

姚启德鄙视地说:"国难当头,有本事去前线,好好地打群架,害得平民百姓鸡飞狗跳,我还嫌医生手轻了呢。"忽然兴致勃勃地说,"柳源,不如我们去学医吧。"

柳源已经习惯了姚启德想一出是一出的脾性,笑而不语。

姚启德说:"我觉得学医真挺好的,治病救人,在哪儿都需要,特别是现在这个世道。"

姚启德和柳源的功课都在中上偏上,柳源更好一些,姚启德人更懒散,如果肯勤奋用心,考医学院并非难事。

柳源本来以为姚启德只是一时兴起,哪知道从那天晚上开始,姚启德跟换了个人似的,真心用功起来,并跟好几个老师打听哪里的医学院好,甚至有到国外医学院留学的念头。下了课也不像从前总是神出鬼没了,拿了书在教室里看。晚上时不时游说柳源一起去学医。

柳源开始有点不大习惯这样的姚启德,不过习惯这种事情,慢慢地也就习惯了。

他和陆雁农现在偶尔见面,大多在学校展览栏,那里人不多,大家都是一边看展览一边小声聊天,他们这样也就不引人瞩目了;有时在画室,学校里的周老师据说是个相当有名的画家,陆雁农现在跟他学画，柳源因为书法很好，周老师也挺喜欢他，两人偶尔会一人作画一人挥毫待上一两小时。

小小少年，这样已经都很满足。

一年以后，姚启德当真考上了北平的医学院，而柳源也考上了上海的商科学院。

再一年以后，陆雁农中学毕业，出乎意料地放弃了继续进学。

柳源其实一早已经知道陆雁农的决定。陆雁农告诉他，她的祖父母都是中医世家出身，她自幼跟随他们生活，也自幼承习家传，未能行走便学中草药辨别，回家乡后更常随着祖父母各地行医，因祖父母体健，竟几乎走遍南方各省。后来她一边上小学，一边继续在他们身边学习，因她自幼聪颖过人，小小年纪，已经能独立看诊，当然，都是一些不重的病症。

陆雁农祖父母只有她父亲一个儿子，却在学医上完全没有天分，也没有兴趣，倒是对经商很有天分，十几年来把陆雁农祖父母开设的大药堂发扬光大，买下大半条街的商铺，或自营其他行当，或出租。而家传的中医只得陆雁农在学。

"我也看过各个大学的学科。"陆雁农安静地说，"我想，我还是回家乡去跟爷爷奶奶学习。而且，我还可以继续跟许先生习画。"陆雁农习画，便是许先生给启蒙的，周老师曾经为此专门去拜访过他，据周老师说，许先生是隐居乡隅的大师。

但是柳源还是觉得可惜。他已经在大学学习生活一年，深深觉得那种环境不可多得。但是也知道陆雁农放弃的一部分原因。

陆雁农的祖母身体已经极为不好，她要回去帮助祖母做一些事。

柳源说:"朝闻道夕死可矣,上学念书本就没有年纪分别,你还小呢,以后我供你读大学罢。"

陆雁农闻言,忽地粲然一笑,如净雪初融,澄清双目带了淘气,落落大方地点头:"好!"

这便是一个许诺与应诺了,虽然两家早有婚约,但这是陆雁农头一次明确地表示。柳源心中欢喜无限,笑着看着她,陆雁农本不以为意,可过了许久,她转头去看他时,仍见他笑吟吟地看她,似乎看不够的样子,怔怔地对看了一会儿,终于忍不住红了脸,定了定神,才道:"你快点把这幅字写完吧。"

他们仍在画室里见面,但陆雁农既已毕业,以后再来这里也不大容易,更何况她已决定回乡。

柳源也红了脸,静下心来把那幅字写完,大约是心情特别好的缘故,这幅字写得龙飞凤舞,似乎也看得出欢喜来。他左看右看,抬头见陆雁农忍俊不禁的神情中带了促狭带了一丝羞涩,脱口而出:"你要不要去我家玩?"

陆雁农闻言敛了笑,静默了一会儿,摇了摇头:"家里不会同意。"

柳源忙说:"也是,是我想得不周,你一个女孩,怎么能好端端跟着去我家。对不住。"

陆雁农侧头笑了笑:"其实,我记得你家有牡丹花。还有,你娘待我很好。"她的笑容柔和,微微带了一点茫然,很快便又明亮起来。

对于柳源来说,陆雁农的清淡疏离早已变成舒朗明亮,并不涉亲昵,却渐渐亲近,时而还带一点淘气促狭,谈笑间颇可爱。也是因为相处时间渐长,虽然陆雁农从不曾抱怨,自她的态度变化中他也明白她在家中处境并不算很好,继母幼弟不用说了,看来她父亲对她也是陌生居多。那点对外人的淡淡疏落估计一半天生一半是环境造成。

但她的性格十分大方明亮。

柳源送陆雁农回家,陆雁农在药堂停下,对他说:"我在药堂里再待阵子。"陆雁农自从回城,休息时间大部分都待在药堂跟着坐堂大夫看诊,一边学习一边给一些病症不重的人诊病。起初人人不肯信她,但时日久了,她手上治愈的病人渐多,肯找她看病的人也慢慢多起来,她又经常用自己的钱给一些真正贫苦的人买药,很让陆记药堂赚了些名声。她父亲一半因着陆雁农祖父的叮嘱,一半也因着这个,便不大管她在药堂出没。

柳源回家的时候同父母说了陆雁农不再继续进学的打算,柳父柳母倒是没什么异议。不过柳源已经十九,在镇里这个年龄多已成亲,柳母对陆家的毫无动静颇有不满。本来按道理应该男方主动,只是此时陆家富裕岂止柳家百倍,且自从陆老爷生辰之后,两年来陆家再不曾派人走动,虽知柳源和陆雁农有来往,柳母也慢慢地灰了心。

柳源知道母亲心思,也有些无奈,只是自己学业未成,陆雁农又打算回乡,总要再等一两年再说,便去找姚启德。

姚启德在北平念医科,寒暑假都回来,两人身处的都是敏锐动荡的大城市,时常讨论局势,很有些忧国忧民。

只是这日姚启德心情很不好,柳源一进门就见他在院子里暴躁地走来走去,看到他,脸色更差,没等姚红英欢欢喜喜的一声"阿洛哥哥"叫完,便一把扯了他往外走。

柳源愕然,一边走一边问:"喂,怎么了?"

姚启德没有理他，拉着他的胳膊往河边方向走，姚启德的身量本来就比柳源要高大，去了北平一年后因吃的多是面食，更加壮实，柳源见他很是生气的样子也没有很用力挣扎，就这么一路被他拉扯着到了河边那片斜坡。

两人站定了，姚启德才松开了手，柳源松了松胳膊，正抬头问："到底怎么了阿德……"

话音未落，脸上便中了一拳。

柳源猝不及防往边上踉跄几步，姚启德扑过来往他肩膀又打了一拳，这一拳力道大，柳源又没站稳，便往后一跤坐倒在地上，他实在错愕，抬头看向姚启德，只见姚启德抿着嘴，脸上神情极为愤怒，眼睛赤红着直瞪着自己，又顺势扑过来。

柳源见他不由分说握拳又扑过来，连忙在地上侧身打一个滚，避开这一击，姚启德一招扑空，立马回身站稳，看着柳源爬起来，又是当胸一拳打过去。

连续三拳，拳拳到肉，柳源只觉得极痛，也顾不上纳闷了，连连闪避，姚启德却追得紧，几瞬间柳源的背上、腰上又中了两拳。他不由也有些火了，不管三七二十一，拼着白挨几拳，蒙头凑到便打。两人打成一团后又一起滚倒在坡上互揍。

柳源到底力不能敌，且没有姚启德那股子愤恨和犟劲，终是被打的多，还手的少。

两人不知道打了多久，最后柳源躺在地上无法动弹，姚启德也受了些伤，累倒在一旁。

此时晚霞满天，柳源怔怔地看着天上的色彩，轻声问："为什么？"

姚启德过了许久才回答他，声音冷淡："我今天上午去了陆记药堂，后来又去了学校画室。"

柳源不解，过了一会儿才反应过来，他心中有了不好的感觉，用力转过头去看着姚启德，只看到姚启德的侧脸，他紧紧地抿着嘴，脖子上有青筋暴起。柳源呆住。

姚启德摇摇晃晃地站起身，盯着他："我跟你说过，我喜欢陆雁农！我也知道我喜欢她不代表她也喜欢我，所以我一直在努力。"他怒斥柳源，"可是你现在和她在一起！你是我兄弟吗？退一万步，就算你也喜欢她了，公平竞争就是，但是你什么都没说，柳源，两年来你什么都没跟我说，你明明知道我喜欢陆雁农，可是你瞒着我什么也不说！"

这一场架并没有让姚启德消气，他站立不稳却依旧愤怒，脸上是被背叛的痛苦和怒火。说完这些，他没有再看柳源一眼，转身离开。

第十六章 琉璃世界

卓谦在给颜子真和莫琮放映那天晚会的录像。颜子真见他遮遮掩掩的早知他心中搅什么鬼，一把推开他："滚，你那小心眼儿里想什么当我不知道。"

卓谦笑着让开，他也不是真在乎，只不过大男孩总还是有点害羞，特别是在莫琮面前。莫琮的表情异常丰富，嘴里的内容也异常丰富。

果然莫琮看着他们的街舞，笑了半天，卓谦只好坐在边上一起好脾气地抓着头笑，然后莫琮却说："对了，说起街舞，前不久的全国街舞大赛，有一组给我的印象很深刻，他们全穿白色唐装，其中一个是女的，很瘦很高，梳马尾辫，不留刘海，气质很好，每个人开场有一段独舞，全是单一中国民乐伴奏，非常特殊，跳得很好，可惜没进三甲。"她转头看一眼卓谦，点点头，"当然，你们给她们提鞋是有点糟蹋，或者可以凑合帮忙拿下服装道具吧。"

卓谦跳起来，终于忍不住："你这个坏女人！"

莫琮和颜子真一起大笑，她眨眨眼，笑呵呵："小卓谦终于被激怒了。"

然后便是那个 cosplay，出于对漫画的无知，虽然知道有卫音希，两人仍边聊边看，却见卓谦看得极认真，不免停下嘴，仔细去看，却已到了终场。

录像录得很完整，卫音希被人扯脱面罩的一幕也录下来了，颜子真呆了一呆之后，并不以为意，她一直知道音希美。莫琮却沉默了一会儿，才说："不相上下。"

卓谦知道她在说什么，忽然说："你们没看现场，现场才真是……真是……美。"

他叹了口气，录像里，真是少了那份现场的震荡。那份震荡让那样的容颜气质，用美这个字，完全不足以形容。

他又叹口气，至今心中那份震荡记忆犹新。

仿佛那是一个不沾尘垢的精灵，冷冷俯瞰红尘，昂首骄傲而行。

又像是佩了绝世刀剑的隐世侠客，稍露峥嵘便一骑绝尘。

更像是云层中不食人间烟火的天使，不经意地低头看了一眼。

颜子真和莫琮对视一眼，笑了一笑，这回莫琮没有取笑，自行取了书坐在沙发上看，拍了拍卓谦的肩膀，说："小表弟，喜欢她，就去追她。"

卓谦的脸一下子红了，低声说："你怎么知道我没有。"

颜子真点头："野营是吧？从集体活动开始是没错的。"她促狭地笑。卓谦一向和颜子真无话不谈，有时也会跟她说哪个女孩子老给他买饭什么的，颇为困惑和无措。所以她知道卓谦还没有过真正心仪的女孩子，当然也就没有追女生的经验，免不了要取笑一下他。包括从前老要捉弄他说去看他的小女朋友。

卓谦睁大眼睛，不胜懊恼："没有！不是！颜子真，你别胡说八道啊。"

颜子真笑眯眯:"好啦好啦,你说不是就不是。不是还有近水楼台么?当姐姐的这点便宜还是会提供的。"

到底从小一块儿长大又被捉弄习惯,卓谦看穿了淘气表姐的心思,转了转眼珠,脸也不红了,忽然说:"谁要你教,我去找……邓跃?切,他也只追过你一个,你又是顶好追的。我找邓安大哥去。"

颜子真大惊:"你怎么认识他?你怎么跟他混得这样熟?喂喂,那种花花公子生人勿近你知道不?回来!"

卓谦早就在邓跃嘴里知道颜子真对邓安十分的不以为然,这一下反击奏效,笑得天翻地覆,得意扬扬回去自己公寓。

颜子真兀自在那喃喃自语:"学好难,学坏容易,卓谦你个臭小子,我从小辛辛苦苦当妈一样把你教成这么一个好孩子容易吗?敢跟着邓安混,别想问我再要一分钱!"

莫琮听不下去,在一旁凉凉地说:"颜子真,你的心理年龄很成问题啊,前阵子稀罕着当姐姐,才几天呢就直奔着当妈去了,邓跃也太不知趣了,就这样还不赶紧着求婚呢?"

颜子真随手抓一本书扔过去,莫琮一手接住,笑,过一会儿才说:"邓安到底怎么得罪你了?花花公子的名头倒是响,不过你真亲眼见到他的丰功伟绩?我倒觉得他人不错啊,盖瑞说他在国外时每次义诊都参加,累得像条狗似的,对病人的态度永远超级好。"她想了想,说,"我最恨医生对病人态度不好。是,医生每天面对病人可能真的麻木不耐了,可是对于他们来说司空见惯,对于病人就是生命中的大事,既然当了医生,医者父母心做不到吧,友善一点总可以吧?"

颜子真沉默了一会儿，莫琮由祖母带大，祖母时时生病，她也算看尽了医生的脸色。

她转开了话题："咦，我听你提到盖瑞，怎么你们现在联系不少吗？他不是你们总编的客户嘛？"

莫琮沉重地叹口气："总编的客户，就是我们所有人的客户。"

好吧，颜子真很配合地露出同情的表情。

莫琮忽然想起一件事，问颜子真："你有没有兴趣当编剧？"

颜子真惊讶地问："当编剧？"她因为一直在网络上写作，也认识了一些写作圈的人，但是编剧圈，或者说影视圈的倒是凤毛麟角，只隐隐约约听说，当编剧十分辛苦，不过收入是比写小说强不少。但是子真的收入并不仅仅是靠写作，甚至写作只占小部分而已。

莫琮说："你去年出版的那本书，有家影视公司好像有点意思想改编，我觉得以后网络小说应该会大行其道，很多方向都是从网络找资源，所以问了一下，这家公司还挺靠谱的，那么，改编这件事，不如咱们自己做。"

颜子真想了一下，倒有点不以为然："写小说和写剧本是两回事吧？而且，我藉藉无名……"她忽然想起作者群里有个作者说起过，她朋友就是当编剧的，那就是一个苦工，完全没有自己的意志，只是按照导演的要求、制作人的要求、演员的要求、场地的限制要求……一遍又一遍地改，夜以继日地改，一个剧本改了几十遍，最后早都面目全非。那朋友还不能算是新手编剧了。她打了个寒噤，要是对这一行没有很多的热爱，怎么才能做得到？

莫琮倒是知道她的个性,却怂恿她:"新鲜事,试一试啰。我们编辑部有个同学,是名校编剧专业毕业的,跟我关系不错,回头跟她请教请教就行了。你以前也从来没写过小说,还不是一开始就写得不错?"

颜子真气笑:"我从前没写过小说,可是我看过很多小说,我可没看过很多剧本……"

莫琮白了她一眼:"你看过很多电影电视剧吧?"

颜子真叹气:"为什么一定要逼我!"

莫琮恨铁不成钢:"你相信我,早点起步,早点成功,少吃多少苦头。而且改编自己的小说拍成电视剧或者电影,你不觉得很有意思吗?"

颜子真歪缠:"莫琮你知道我家底的,我已经很有钱了。"

莫琮简直懒得理她。

颜子真当时并不以为然,想了几天,倒真慢慢兴奋起来,改编自己的小说拍成电视剧电影!她当年在网上写小说,只不过是因为开网店的时候一天总有半天没什么顾客,守着电脑太过无聊,想想好歹也是中文系毕业,就学人家写起小说来,越写越有趣,直到今天。也许是因为太顺利,她从来没有认为是一件什么了不得的事,把它们拍成电视剧电影,那才算是一件值得骄傲的事情吧?

颜子真从来不是一个矫情的人,她当即打电话给莫琮:"好,我来写剧本。"

坐言起行,也不等影视公司那边有什么动静,颜子真已经报了网络课程学习,并去拜了莫琮的同事罗琮为师,买了各种名剧本来研究,包括尤金·奥尼尔的几个名剧本,甚至买了电影剪辑和电影镜头的书来看。

莫琮叹为观止。她终于知道颜子真为什么不做则已，要做则每件事都做得有声有色。虽然，在她和颜子真自大学交好至今，颜子真也只在毕业后做过两件正经事，一是投资电脑店和网店，二是写作，但无疑这两件事都是成功的。

这边颜子真兴兴头头开始新事业，那边邓跃也忙成一团。

邓跃给电视台做的监控通信设施正在中期阶段，要进行各种调试，又因为总还算是大学的年轻教师，课程排得不少，计算机系的必修课程和其他系别的选修课加起来每周也有十来节课，于是课余的时候包括晚上都用在了电视台里。

在他接到子真电话兴致勃勃地说了要写剧本的事情时，不禁很是替她高兴，也微微松了口气，他还记得前几天晚上艺术节晚会后卫音希说的话，说是子真好像有心事。回去后他问过子真，但她矢口否认，那么他想，无论怎样，当她为了新想法和新计划忙碌时，其他的事应该会变得不再重要。

他笑着在电话里说："子真，我为你骄傲。"

颜子真得意地说："准。"

第十七章　少年意愿

邓跃开门进子真家时,却见电脑前的卫音希转过身来:"邓老师?"

邓跃一呆,卫音希带着笑轻快地说:"刚刚颜姐姐的爸爸妈妈来了,他们一起回家去了,你要的光盘在这里。"她把身后桌上的两大筒空白光盘指给他看。

计算机专业有个设计作业,需要光盘,邓跃是个好老师,替学生准备妥当。

邓跃仍未反应过来,过一会儿,才"哦"了一声,笑道:"你没在画画啊?"卫音希画漫画一向用笔和纸,然后扫描进电脑,所有人都知道卫音希不大会用电脑画画。

房间里忽然响起一个男人的声音:"老邓,我在这里。"

邓跃微微一惊,正待寻找声音来处,那声音哈哈大笑起来,他才明白过来,笑骂:"谢昱文你这家伙!"

颜子真对电脑本没什么要求,不过好歹是做电脑生意的,合伙的朋友爱电脑成痴,帮她配的全是相对最好的设备,雅马哈的功放加天朗的主音箱和卫星环绕音箱共配了五个,听起来效果逼真清晰。颜子真笑着骂朋友:某人在用别人的钱完成自己的梦想上总是手笔大方乐不可支的。

这令邓跃疑为真人的声音正是温公子谢昱文，邓跃的老友。他正通过视频和卫音希讨论漫画稿子。

温公子在电脑上跟邓跃招手："邓跃，你看了音希同学的这套画没有？我打算让她改了去参加比赛。"

邓跃笑着看了一眼音希："早看过了，很不错。嗯，"他犹豫一下，"尤其在光影上面处理很好，简直要怀疑音希学过油画。"

音希一怔："我小时候学过两年。"

温公子通过屏幕和邓跃相视而笑，然后说："我就知道你看得出来，当年你初学画的时候，就是这个处理得最漂亮。"

"邓老师，你也会画画？"音希瞪大了眼睛，实在惊奇。

邓跃笑："哦，那个，小时候学过一些，那时候温公子和我是同学。"

温公子在视频里微笑："整整五年，音希，他是郝教授心中的得意弟子，常夸他天分出众，所以他后来放弃画画时，郝教授有四年不理他。"

邓跃有些狼狈，瞪了他一眼："你好意思说，从来也不帮我说句好话。"

温公子大笑："你倒是想。我被你压了整整五年，这一箭之仇岂可不报。"

卫音希越听越惊奇，忍不住问："可是邓老师你不会看漫画……"

邓跃笑着解释："我们以前学的是油画。谁知道温公子会忽然跑去画漫画？成名是成名了，郝教授只怕气他比气我更多更厉害。你就乐吧，郝教授多久没有搭理你？"最后一句冲着屏幕。

温公子呵呵地笑，也不否认。卫音希却好奇地问："邓老师，你后来不喜欢画油画了?"

邓跃不假思索:"当然不是。"

"那你为什么不再学画呢?"她不解。

邓跃看着卫音希澄澈明眸里的不解,呃了一声:"有时候,你热爱的东西并不一定能成为你一生追求的东西。"

卫音希看着他,想了想,有点明白,笑了一笑,脸上的神情明明是:是吗?为什么?你没试过,怎么知道?却没有说话,只是固执地摇摇头,这点固执仿佛是一个责问,直问到邓跃的心里面去。

邓跃知道自己迟早会遇到这个问题,却没想到是这个女孩子,早已准备好的答案,在这双冷静固执的眼睛前失去了力量。

邓跃一直被人赞赏自己在绘画上的天分,他也爱画画,真是爱极了画画,那五年学画的时光是他一生中最愉快的时光,看似随意挥洒的色彩,每一滴每一线都是快乐和思想的喷发,就像年少轻狂的岁月,美丽得不可思议。可是,他同时却也是一个知晓世事的人,一直都是。靠绘画生活,很难。更别提扬眉吐气生活优渥,那需要运气……或者说背景。他没有,而单有天赋?他苦笑。有多少绘画天才生活潦倒处境堪怜,别同他说现在时代不同有才华有准备的人定会出头,那是不可能的。

于是,在学画的后两年,他把自己分成两半,一半仍在自由和快乐的世界里飞驰;另一半,思索的却是现实的生活。

然后,别人都是被父母强制说服放弃,他却是自己做了明智的放弃。并从此不再摸画笔,杜绝心底魔鬼诱惑的最好办法就是不去碰触它。

那年他才十六岁,他做出选择放弃梦想的时候才十六岁。本该是霓彩丰饶的幻想飞扬年纪,他已懂得告诉自己:这是不切实际的选择,我不能要。好好地生活才最重要。

这些年来,他也没有成名,也没有大富,可是相对于那些坚持绘画的同学们,他无异于成功:大学里年轻的副教授,计算机杂志的编辑,电视台的技术顾问以及一些其他的名头。而他们,或者在中小学教画,或者是业余教课,或者在街头画广告纸,或者做小小的设计……就算温公子,家有背景,父母兄嫂皆是出名的画家,到底也不过走了旁支,靠漫画一举成名,当然比起他,还是强很多。

他是一个在少年时就知道扼杀自己少年梦想的人,可是面对卫音希无意中清澈地责问,成年的他无言以对。

心底里,还是有不甘吧。

温公子看出了他的困窘,理解地笑笑,对卫音希摊摊手:"坚持梦想很难,选择更难。音希,我试过,所以,我现在画漫画。"

卫音希这才意识到什么,有点不好意思,想了一想,低声笑:"还好我只想画漫画。"那口气里带一点点歉意,小心地看邓跃一眼,邓跃笑了。然而自她的眼里,他却清晰地看到那份倔强:可是我会坚持。

他脑中一晃,某一天晚上在咖啡吧里的情景浮上脑海。

那天晚上,是莫琮做完杂志主题策划后的闲聊,那个主题是关于大学生的理想与现实,懒洋洋的子真说:"这帮孩子真了不得,不像我,我呀,就是个胸无大志的人,只想一辈子好好地吃喝玩乐。愿为五陵轻薄儿,生在贞观开元时,斗鸡走犬过一生,天地安危两不知。"吃一大口提拉米苏,心满意足地"唔"一声。

卫音希忍不住笑出声来,莫琮白她一眼,问音希:"你呢?"

音希有些不好意思,子真笑:"音希啊,她就想画漫画,一辈子画,这是她热爱追求的,好坏不要紧,批评不要紧,不成名不要紧,再艰苦我估计她也不会轻言放弃。因为她喜欢。"

卫音希笑,神色间明明就是一个"是啊是啊"的意思。

莫琮问:"那如果别人认为你没有天分呢?觉得你就是瞎画呢?"

音希怔一下,想了一想,慢慢说:"那要全部的人都这样说才算数。"

子真和邓跃都笑起来,莫琮看着他们:"哎呀那可太难了。"

子真得意扬扬:"可不是。"

那时候的卫音希仰着头,那一瞬咖啡厅外的车灯灯光划过她黑亮眼睛,明亮烁人,而笑容如星辰。

而子真,笑吟吟看着自己,那一副"我有一个好妹妹"的得意可爱表情,令他心中温暖。

正出神间,电脑里的温公子微笑:"好了音希,咱们今天到此为止,刚才我说的几点,你改的时候留意一下,当然,如果你坚持己见,也是可以的。"他温和地眨眨眼,"那可是你的作品。"

卫音希点点头,邓跃却突然问电脑那边的温公子:"谢昱文,我一直没问过你,你怎么会突然改画漫画?我记得从前你很少看漫画书,一心扑在油画上……"后面还有一句邓跃没有说:誓要和父兄一比高下。

温公子一怔,他仔仔细细地看了看邓跃,想了好一会儿,不知想到了什么,脸上笑容变得温柔:"我侄女跟我说:小叔,你要不不做,要不就要做到:画家里数我小叔最帅,帅哥里数我小叔最会画画，要才有才，要貌有貌，万里挑一，百年不遇。然后我想了很久，觉得油画家好像没什么希望，漫画家也许可以试试。"说完他哈哈大笑，视频里眉目飞扬起来，和平时的温文尔雅不同，终于显出点艺术家的不羁来。

温公子其实也没回答那个问题，邓跃走了以后，他忽然问卫音希："你有没有想过去欧洲学漫画？"他慢慢地说，"你的画风偏欧美系，但是欧洲漫画更具有个性，表现手法也更多元细腻，如果你能够系统地了解一下各流派和先导人物的风格，我想会对你有更大的帮助。你看过雷勒·科勒西和画家阿尔贝·乌代尔佐创作的《阿斯泰里斯》吧？"

卫音希点头，这是欧洲漫画的里程碑，最受欢迎的漫画之一。

温公子想了想："如果你真想一辈子从事这个行业，多方向的学习还是必要的，多学多看多了解比较，才能思维开阔，眼界开阔，更能把握自己的方向。国内的学校在漫画方面实在……"他摇摇头，"留学的事你认真想一想，我这边也帮你留意一下。怎么样？"

卫音希摇了摇头："我家里，负担不起。"出国学画，不管是油画还是漫画，肯定是要自费，特别是到欧洲，并不是一个小数目。本来卫家是负担得起的，也是有这个打算的，但是自从家里出了事后，只得打消了。

温公子啊了一声，温和地笑："你还年轻呢，慢慢来，先自己学着，总有机会的。"

卫音希看着视频里温公子温和鼓励的笑眼，点了点头。

第十八章 《二月初一》之婚约

《二月初一》连载第四期

柳源回到家的时候已经夜深,要从河边一步一步挪回来并不容易,偏偏姚启德走了之后下了阵雨,又夜了,镇子上几乎没有人行走。

从小到大,姚启德和柳源从来没有打过架,当然,小小的矛盾是有的,小小的打闹也是有的,但这不妨碍柳源了解姚启德的犟劲。他也见过姚启德和别的伙伴打架,那是认定了道理就必须能说服他才行的,但若真是他错了,便爽快认错。

姚启德不可能不知道这场架打得柳源有多重,但是直到柳源回到家,也没见到姚启德的踪影。

柳源在床上躺了十天,肋骨骨裂,肩骨错裂,腹内瘀血,他想,没有骨折也算是手下留情了。

他也没有说,姚启德也没有说,但是两个人都受了伤,两家父母哪有看不出来的,不过怎么问也问不出个所以然。柳源伤得重,姚家老爷太太就连打带骂拎了姚启德来向柳家道歉。姚启德不肯来,但听说柳源躺在床上起不来,姚红英又在一旁不停地哭,追问他为什么,也烦躁得不行,将就着来了柳家。

说了一通话，柳父和姚父也是打年轻过来的，拉了女人走开，把姚启德硬留在柳源房间，说："哥俩好好谈谈，男人家，架打完了就好了。"

姚启德不耐烦，转身便要走，柳源吸一口气，说："我们俩早就定了亲的。"

一句话把姚启德钉在当地。

柳源又说："我知道你喜欢她，可是那是两年前你说过一遭，后来你就再也没提过她，也没见你和她一起，你以前，总会做一些一时兴起的事，完了就忘了，所以我也没放在心上。"

他喘了口气，肋骨处很疼，肩膀也很疼，肚子胀胀的不好受，可是他知道如果不说清楚，他和姚启德的友谊也许就这么完了，当然，说清楚了，也不见得就好了。只是男子汉大丈夫，该交代的总还是要交代。便接着说："我是两年前遇到她的，学校二十周年庆，画栏那里她有一幅画得极好的画展出，我不知道她是她，也不知道你喜欢的就是她。后来又遇到几次，她自己跟我说了。再后来，我去陆家拜寿，我就……"

柳源抬头看着姚启德："阿德，是我不对，那个时候我就应该跟你说这件事，虽然从那时到现在，陆家都不提这桩婚约，也不肯跟我家往来，他们家，不允许她和我私下来往。可是我们是兄弟，我不该瞒着你。你打我，是应该的。"

姚启德背对着柳源站在门口，柳源说完了很久，他都没有动。

最后他也没有说什么，抬脚走了。

柳源沉默地看着他的背影，那一瞬间，两人都不再是从前的两人。

这件事的结束是在一个月后，柳源去河里游泳，姚启德和一群伙伴正在扎猛子比赛，他一个猛子上来，抬头抹脸上的水，结果柳源正一个猛子下去，又溅了他一脸水，他也没看清是谁就扑上去，柳源一个翻身撞在一起，两人相视，倒都笑了起来。

也就像从前一样，你来我家，我去你家，谈天说地，愤世嫉俗。夏夜里陪了双方父亲四个人一起喝老酒，老人常常喝多，两个儿子便笑嘻嘻地扶了各自的父亲回家。

有什么不同么？也没什么不同。只除了柳源心里终归是有歉意，姚启德倒似乎全忘了。

柳源身体好后便每周去两次城里，两人见面仍在画室，他曾问陆雁农关于姚启德。陆雁农和柳源不同年级，她又生性疏落，并不会总留意柳源行踪，思索半天也不知道常和柳源在一起的几个同学中哪个是姚启德。柳源索性笑问："总有追求你的男同学。"陆雁农落落大方："药堂里倒总会有同学来帮忙，有男有女。"她慧黠地看着柳源。

柳源本想再问下去，又觉不好意思，只好笑。

过了不久，陆雁农便回了乡下祖居。之后开学，互相告别，姚启德返北平，柳源返上海。

柳源的不同在于，他开始和回乡的陆雁农通信。之前一年陆雁农住在父亲家里，学校里又有规定，女生的信件一律交由家里签收，两人约好了并不通信。但陆雁农回乡，祖父母自然不会管，虽然信件往来速度慢，并不妨碍两人通信，虽只聊些日常生活，当中情愫也若隐若现。

陆雁农回祖居后的生活安静而从容，祖母昔年体健，和祖父一起走遍南方各省行医，只是后来出了意外，虽经细心调养，到底年纪大了,时时病倒。陆雁农回去后一边侍奉祖母病前,一边细细记录祖母昔年医案,她从小跟随两老,看的记的其实也不少,只是并不系统,又要上学,到底精力有限。这回她完全闲居,而祖母生病不再看诊,只是细心教导她从前各种病例的处理,祖母休息时她便去许先生那里画画,或者跟祖父处理草药。

收到柳源的信时眉眼间便有欢喜透出,她在祖父母前总带着小小爱娇。两老偶尔会心取笑她,她会微红了脸把信递给他们看,于是他们忙笑着推辞,眼中全是戏谑,陆雁农无可奈何。

柳源每年放寒暑假都会顺路先去陆雁农祖居一趟,住上两三天才回家。与陆父不同,陆家祖父母颇喜柳源,相处融洽。

两年后的春天,陆雁农祖母病逝。

临终前几天她对陆雁农说:"当年你爷爷和柳源爷爷订下婚约,我其实有些犹豫,只是柳源祖父母和我们交往多年,知道对方品德,柳源父亲也是个忠厚的,孩子养在他们膝下应该会是个好的,所以就暂时答应。后来柳源爷爷去世,我和你爷爷实在放心不下,一直托人细细打听,后来因行医之便,也去过他们镇子里几次,见他的确很好,才跟你说了这件事,让你自己去决定。奶奶知道你是个聪明有主见的孩子,不会拘泥旧约误了自己,见你们现在这样,总算放心。囡囡,奶奶看不到你们成亲了,但是奶奶一定会成全你们这两个孩子。"

陆雁农懂得医术,虽不肯相信,但实在知道祖母已经油尽灯枯,红肿了眼圈,央求:"奶奶,你说过要看着囡囡儿女满堂的,你怎么连囡囡也不要了?"

祖母微笑着看着她:"怎么会不要,奶奶会一直看着囡囡。"

陆雁农父亲和继母带着两个儿子来见老人最后一面,老人当着陆雁农的面对他们说:"我知道你们嫌柳家现在门楣低,比不上你们家有钱有势,但你柳伯父两夫妻和我们自幼一起长大,情分深厚,雁农和柳源的亲事也是你父亲和我亲口许下,这些年也认真打听过,那孩子很好,我死了,雁农守一年孝后就和柳源成亲吧。"

她盯着陆父,陆雁农祖父在一旁说:"你放心,我还在呢,囡囡有我看着,他老子亲口许下的,他再不孝也不敢在我活着时候反悔。"

陆父皱了皱眉,撩袍跪在床前:"阿娘你放心,这件事自然由你们做主。"

陆父的长子、陆雁农的异母大弟已经十四岁,骨碌着一双灵动的眼睛看着姐姐。陆雁农的继母陆太太则垂下了头,抿了嘴角。

陆父夫妻前脚踏进休息的厢房,陆太太后脚便问:"你就这么应下了?"

陆父不耐烦地说:"我能有什么办法?"沉默了一会儿,"算了吧,我母亲对我也从来没什么要求,应了就应了。"

陆太太看着他:"那条路你真不想走?咱们一辈子就窝在这小城里?"

陆父眼睛闪了闪,陆太太说:"你是个志向远大的,可我们家在这城里也已经到了头了,再想往上往大了走,就得去省城、上海、北平,可这世道,光凭自己再财雄势大也要帮衬。再说,我们在这城里是财雄势大了,去外面恐怕也算不得什么,在省城我们家不也有铺子吗?还不是得缩手缩脚?森侄如果不是自家人,也不会为我们想出这条路子。"

陆父哼了一声："万森的想法我还不清楚，这条路子成了，他也就真正搭上秦家了。"

陆太太不以为意："那你想怎样？光放牛不给吃草？生意场上你最精明，双方都得利，合作才牢靠得紧。万森是我侄儿，他得了好处搭上秦家，于我们有什么坏处？"

陆父看了她一眼，陆太太叹口气："我知道你想什么，秦家少爷认识雁农还真是个意外，森侄不过是知道了秦少爷的心事，又带人去看了两回而已。这也两三年了，秦少爷虽然念念不忘，可也没做什么出格的事，可见人家也是讲规矩的人，你也见过人，比柳家那小子只怕强十倍不止。我是她继母，也没想过要当她亲娘，不过好坏都在你眼里，我总是为这个家好的。"

陆太太心知陆父想退亲也不是这两年的事，两家早不走动多年，陆父嫌弃柳家不思上进，只一心做着乡绅坐井观天。虽然他对陆雁农也不怎么看重，好歹也是他陆家长女，生得美貌聪慧，一手医术护家绰绰有余，配谁不好，配给一个乡绅之子。心底里还有一句话，陆父不说，陆太太可知道：对家里一点助力也没有。

陆太太不是个笨人，当年陆雁农生母去世不到半年，陆父便要娶自己，陆家祖父母马上提出带孙女返祖居生活，若是别个女子肯定气得不行，她却松了口气，反安慰自己母亲：一来自己不用一去就当后母，轻不得重不得，大家宅子里人多嘴多，稍有不慎就谣言四起；二来小女孩自幼离了家，和父亲的感情肯定越来越生疏，和养在跟前完全没法比；三来这也不关她的事，又不是她对小孩子不好赶小孩子出门，是她自己祖父母要带孙女走，自己和丈夫正好两个人亲亲密密，一点隔在当中的东西都没有，她何乐而不为？

事实也证明她是对的，陆雁农离家九年后回来，她膝下两子可以爬到陆父背上戏耍，陆雁农和陆父两人却只会淡淡问好。两父女都如此，她当然不会上赶着表亲热，也只淡淡地过了情面就好，至于底下用人怎么想怎么做，她当然更不会管，也得亏陆雁农生性疏落，神色间总有点让用人害怕，他们倒也不敢过分。

只是陆雁农生得这么出众，倒是出乎她的意料，她是知道陆雁农自幼定亲的，可是陆雁农没回来的时候两家便没有走动，回来之后也一样不通消息。她和陆父多年夫妻，怎么会不明白丈夫的心思。但是三年多前陆父生辰，她借机暗示暗讽，娘家妯娌姐妹也说得再明白不过。依着她了解的柳家品性，照理会气愤不过，不直接提出退亲，事后总会有表示，谁知道竟三四年没有动静。

偏偏生辰过后不久侄儿万森的同学、上海来的秦家少爷偶然间见到了陆雁农。

第十九章 《二月初一》之成亲

秦家在上海乃至全国商界都是鼎鼎有名,这种大企业家在政界铁定如鱼得水,能和秦家合作,对于雄心万丈的陆父来说,是求之不得的。

但是陆家祖父母皆在,他无缘无故也说不出口要退亲。

秦家少爷倒也彬彬有礼得很,半句话也没说就回了上海。后来万森回来说,因为年纪还小,秦家并不肯让少爷小姐太早成亲,只这两三年来,秦家少爷便偷偷来了好几次,来了也不纠缠,只是远远地看着陆雁农。

陆太太有时想,要是秦家索性强来,倒也是一件好事了。

说不得,只有她亲自出马。

陆雁农祖母去世当日,陆太太便派了亲信回城,备一堆礼物,让陆父的大掌柜去了柳家。

陆家开了一辆汽车去的柳家,彼时汽车虽已常见,那也是在大城市里,镇子里极少能见到,再加上车后的礼物,当真喧哗醒目。

大掌柜被柳家迎进去的时候,脸上的笑容十分的淡,只称:"柳太太。"

陆家来人,柳家本来还挺高兴的,柳父还想着应该正式提亲了，谁知道来的竟只是一个大掌柜，且一声"柳太太"让他着实怔了一怔，柳母的脸色也暗了下来。

大掌柜看在眼里，只吩咐用人把礼物捧进去，柳家父母看着一堂屋的礼物，互请坐下后，大掌柜笑道："老爷太太吩咐，两家原本是世交，多年来没怎么走动，生疏了许多，只是陆家的生意早已扩至省城等地，老爷太太成日里忙碌不堪，以致疏远了朋友家，这些礼物只是略表歉意。"

柳父一怔再怔，忙说："正如大掌柜所说，柳陆两家原是世交……"

大掌柜却打断了柳父的话，叹了口气："如今老太太去世，家里更是乱成一团，之后陆家怕是要搬到省城，这往来就更加不便，多少朋友就这么断了联系，老太太的意思是，咱们两家可千万别这么着，以后柳老爷柳太太到了省城，可一定要来家中做客。"他目视柳家父母，不尽殷殷之意，嘴角却微微下垂。

柳母一口气堵在胸口，柳父却失声道："陆老太太去世了？什么时候的事情？"

大掌柜弹弹衣袖，叹了口气："已过了头七啦，老爷太太全家都在祖居呢，都去了十几天了，亲送的老太太。"

已过了头七？也就是说老太太已经安葬？柳母霍然起身，震惊地看着他，大掌柜仿若未见，仍继续说："接下去事多繁杂，我们也要去省城安排，柳老爷，柳太太，就此告辞。"

他弯了弯腰，将手中碰都没碰的茶碗放在桌上，微微一笑。

柳父咬着牙送走大掌柜，回到堂屋就见那个茶碗碎在地上，柳母气得脸都青了，厉声说："他们既做了婊子，又要那牌坊，怕人说嫌贫爱富，使这种法子来轻贱咱们，这一次，你不肯退亲，我自己一个人上门去退掉这门亲！"

柳父的脸色也极不好看，说："这亲事，怕是不退也不成了，刚刚有个小厮偷偷说，陆大小姐认识了上海一个达官显贵的儿子，唉。"

他一个小小乡绅人家，人家一个手指头也摁死了他。

"只是要退亲，也要等人出了七七。你少安毋躁。"反正也没看出来柳源对那女孩子有什么情深义重，齐大非偶，退也就退了。

柳母气得转身回了里屋。

只过了几天，陆家却又来了人，那人腰系麻带，进门便磕头："亲家老爷，亲家太太，家老太太三月初二酉时三刻殁了。"

柳氏夫妻齐齐怔住，异口同声问："三月初二酉时三刻？"

那人站起身来，恭敬地答："是。"

今日是三月初六。其一，为什么陆家大掌柜初三便到了柳家，却要说陆老太太已过了头七？其二，陆家祖居离此地一百余里，报讯再慢一天也就到了，为什么要初六才来报讯？前一句话问报讯的人不合适，后一句更加问不出口。只是本地方圆几百里的习俗，老人过了头七便会安葬，吊唁必在七日内才行。

后天便是头七，柳父马上吩咐下去安排马车，明日去陆家祖居吊唁。无论是怎么一回事，总要到了才知道。

但是到了陆家祖居，也一样没有得到答案。

柳氏夫妇是下午二时到的陆家祖居，吊唁过后被安排去客院休息，这个日子已近头七，该来吊唁的人已经在早几日都来过，所以倒是没几个人。客院是陆祖父贴身的老仆安排的，陆祖父虽然世代行医对生死看得淡了，到底和老妻几十年恩爱，鹣鲽情深,老妻去了几日,已是病了,勉力起床招呼,倒是十分热情,称着"多谢亲家老爷太太远路赶来,辛苦了。"仔仔细细吩咐了老仆要好好招呼。柳氏夫妇虽然有困惑更有不满,对着自家父亲的多年好友,又是看着自己长大的长辈,便什么也问不出口。只柳母说了一句:"昨日接到府上报讯,才知老太太仙去,今天便赶了过来,这是做晚辈的应该的,伯父自己身体要紧,请千万节哀。"

陆父陆太太陆雁农及其两个异母弟弟仍在灵堂,陆太太刚刚见柳氏夫妇来了,心中很是吃惊,表面半点不露,只淡淡回礼而已。

吃了晚饭,陆父陆太太便被陆祖父叫了过去。陆祖父靠在床上,看着陆父慢慢地说:"我记得派去柳家报讯的人是初三去的,什么时候一百里路要走四天,初六才到?你把那个报讯的人叫过来,我问问。"

陆父语塞。陆太太正要开口,陆祖父盯了她一眼:"在我这里,你只需管好你的两个儿子。"

他继续看着陆父:"我一直相信你虽然在医术上没天分,在经商上却很有天分,今天我不禁要怀疑,你真的在经商上有天分吗?还是这天分是靠了什么得来的?"他讥讽地看着儿子,"我不知道你到底想要做什么,你既然在你母亲床边答应了她,就好好守着这个信诺吧,经商的人,诚信也是很重要的。别打着歪主意,以为逼得柳家主动提出退亲就不算违了你对你母亲的信诺,我说过,我还在呢。"

陆祖父为人温和,陆父从小便没有被父亲重斥过,更别提这样的讥讽,脸色不免一阵青一阵白,他咬了咬牙,说:"儿子不敢。"

陆祖父摇摇头:"我是管不了你啦,以后囡囡就同我住一起,明年囡囡出嫁也从我这里嫁,妆奁什么的也不用你来出,我和你阿娘的私房有多少你也知道,虽不多,囡囡也不会计较。"

陆父低下头:"雁农的妆奁自然是由我来出。"

陆祖父笑了笑:"你这些年一定是在想,我和你阿娘定是信不过你,或者怕新儿媳苛待囡囡,才赶着把囡囡带走。这固然有一点道理,但最重要的是,你是我们儿子,我们虽然觉得你丧妻不足半年就娶新妇有些不好,但也总想你青年丧妻,有了新妇能快快活活夫妻和顺,囡囡跟着我们总会让你们之间少了争拗的可能,且新儿媳少女新嫁就对着前头人的女儿未免不习惯。"他嘲讽地笑。

陆父慢慢地跪了下来:"阿爹,我……"

陆祖父忽然问:"你现在还记得起阿周吗?"

陆父一怔,陆祖父笑了笑:"阿周当年说,你一定会待囡囡很好,你会做一个很好的爹爹。这孩子,真是很相信你。"

他挥了挥手:"走吧,我也累了。记住,有再多的钱也要命来受,我这走南闯北的,也治了不少达官贵人,你们那些小手段就别耍了。"

陆父和陆太太沉默着退出去,回到前院自己房里,陆太太见陆父发黑的脸色,说:"真的算了?"

陆父忽然一个耳光扇过去:"成事不足,败事有余!"

陆太太被打得蒙了,过半天才反应过来:"你对我耍什么横?你老子对你耍狠,你去对你女儿狠呀。我替你盘算,替儿子盘算,盘算的时候你没说不好,这会儿打我?"

她恨得不行,打开房门便径直要去找陆雁农,陆雁农这几天都在灵堂,陆父追过去,却见陆雁农站在灵堂外看着他们,陆太太一把抓住她:"是你吧?你派人去的柳家?你就这么想嫁人,想得这么疯?"

陆雁农并不看她,只看了一眼父亲,陆父一把拉开陆太太的手,问女儿:"你和柳家小子很好?"

陆雁农点点头:"爷爷奶奶一直都在留意他,我和他是同学,他很好。"

陆父气道:"我说过不许你们私下往来!"

陆雁农却先回答了陆太太:"奶奶走了第二天初三,爷爷就派人去了柳家报讯,按道理初四柳伯父柳伯母应该会到,可是初五还没到,我就问了下,说是报讯的人脚伤了,所以我叫人初六再去了一趟。我想,陆家总不能一点礼节也没有。"

她的声音慢慢的,淡淡的,带着说不出的疏离,一双碧清澄澈的双眸在月光下明亮惊人,那双眼睛在陆父和陆太太脸上流转一圈,那么老辣的陆父都觉得脸上一凉。陆雁农却仍然用那种很安静的语气说:"我自小跟爷爷奶奶学医,爷爷奶奶说我跟父亲不同,很有天分,比如说,附子入药,多一分则是毒,少一分则无效,我总是能把握得刚刚好。所以,药能救人,药也能杀人,这个想必父亲也是懂的。父亲,太太,我小时候你们没管过我,长大了,也不必管我了。如果要管我,让我做不愿意做的事情,对家人,我当然不会做什么,对不相干的人,我不能担保。"

她说完,转身回去灵堂。

陆父和陆太太呆呆地站在那里,半天说不出话来。这样的威胁!

他们不知道，陆雁农转过身去，泪水便慢慢地流了下来。那个晚上，她在祖母的灵前，流了一夜的泪。

次日，柳氏夫妇和陆家人以及陆家亲眷送了陆老太太上山，送陆老太太的人有整个乡的人，还有不少是从外地赶来的受过陆老夫妻医治的人。

第三日，陆祖父同柳父柳母谈及陆祖母的遗嘱，陆父陆太太在场，两家议定婚期。

第二年五月，二十二岁的柳源和二十一岁的陆雁农成亲。

第二十章 《二月初一》之心恨

姚红英从来没有想过,自己不会是阿洛哥哥的新娘。

是,阿洛哥哥很小的时候就定过亲,这件事她模模糊糊有一点点印象,但后来从来没有人提起过。而哥哥姚启德从小到大一直在谆谆教诲和提醒阿洛哥哥的话却被她听到过很多次,阿洛哥哥对这桩婚事的不满,甚至为此和父母闹别扭,她也是看在眼里的。

更别说,他对自己那么好,比哥哥待自己还要好。哥哥老是会耍她,嫌她爱哭鼻子,嫌她走路慢,说她啰里啰唆,阿洛哥哥从来不会,他总是耐心地听她说话,给他什么都笑吟吟地接过去,她要是淘气了不听话了,他也从来不会说她。

后来长大了,亲事什么的也很少拿来说了,只有哥哥偶尔还会说:阿洛你得是我妹夫啊。阿洛哥哥便会捶他一拳:别胡说八道了。

她一直都觉得,她是会嫁给阿洛哥哥的。她那么那么喜欢阿洛哥哥,从小到大,从记事起就喜欢和他在一起,那么那么多年了。

在她十六岁那年,哥哥从北平读了一年医学院放暑假回来,和柳源打了一场大架,她吓坏了,哥哥怎么会和阿洛哥哥打架?

他们俩从小玩到大，哥哥会和别人打架，可从来不会和阿洛哥哥打架,他常说，阿洛是他一辈子的兄弟，怎么会把阿洛哥哥打得起不了床？她一直哭，可是哥哥怎么也不肯去看阿洛哥哥，也不许她去看。

她后来还是去看了，阿洛哥哥笑话她哭得跟个小花猫似的，说他没事，很快就好了，可是她看得出来，阿洛哥哥笑得很勉强。

后来哥哥被爹娘押着也去看了阿洛哥哥，回来之后变得很沉默。再后来他们俩又和好了，和往常一样嬉笑怒骂，一起聊天一起谈些国家大事，还和爹和伯伯一起喝酒。

她很快活。绕着他们来来回回转，阿洛哥哥还像从前一样温和地对她笑。只是哥哥在暑假结束去北平的时候，对她说了几句话，他说："英儿，你是大姑娘了，以后别整天跟着阿洛。"他犹豫了半天，才说，"以前哥哥说要让阿洛哥哥娶你都是开玩笑的，傻丫头你可别当真啊。"

她笑嘻嘻仰一仰头："谁告诉你我当真了啊？傻哥哥。"

哥哥松了口气，她心里忽然觉得有点怪怪的，就又问："你干吗忽然跟我说这个啊？"

哥哥摸了摸她的头，却转了话题："你迟了一年上学，得十九岁才能考大学了。"

她不以为然，这个时候女子上大学还是很少见的，特别在他们这个小地方，十九岁的姑娘都成亲生子了，她都算好了，她十九岁的时候，阿洛哥哥二十二岁，刚刚大学毕业，他要是回家来呢，她就不上大学；他要是不回家呢，她就试着考到他身边去。

由于陆家存着退亲的心思，一直不肯和柳家来往，而柳家因为自尊和恼怒,便不肯在友邻面前提起这桩亲事,姚红英始终不知道亲事的存在。直到她十八岁的时候,她从中学里回家过节,才从父母那听说,柳源和他自幼定亲的女孩子定下了婚期,明年就要成亲了。

她呆住了。她脱口而出:"胡说八道!你们骗人!"

一向顶宠她的姚老爷瞪了她一眼:"没规没矩,这种事有什么好骗人的。"然后对她阿娘说,"柳源要成亲了,你说咱们家这两孩子也得考虑起来了,阿德二十一,英儿也十八了。"

到底是当娘的心细,看到姚红英到现在都没缓过来的震惊,说:"你当着孩子的面说什么呢?"待姚老爷出去,她拉了女儿过来:"英儿?"

姚红英说:"你们就是胡说八道的啊,阿洛哥哥不是在上海吗?怎么可能定亲?"

姚太太便说:"那女孩子原本就是阿洛两岁时定下的,她祖母去世了,遗命两人成亲,两家便议定了。"

姚红英跳起来:"这不可能,阿洛哥哥多讨厌盲婚哑嫁啊,肯定是柳伯伯他们瞒着阿洛定下的,阿洛哥哥知道了肯定不肯的,柳伯伯他们怎么可以这样?"

姚太太说:"你柳伯伯说,阿洛是肯的。"

姚红英更加不相信了,叫:"阿洛哥哥怎么会肯?阿娘,阿洛哥哥才不会肯呢!"眼圈都急得红了,跺着脚跳来跳去,"太不讲理了!太过分了!阿洛哥哥太可怜了!现在都是新时代了,怎么还讲封建那一套呢?阿娘,你去劝劝柳伯母,阿洛哥哥会伤心的。"

姚太太看着女儿的眼神,脸色慢慢变了,一声不吭地站起来，过了一会儿才说："英儿，人家家里的事情，咱们家怎么能插手？凭什么插手？你越大越没规矩了。"

姚红英急得没办法，抓着姚太太的手臂软声央求："阿娘……"姚太太没理会她，转身便走。

过了一个晚上，姚红英便想通了，阿洛哥哥是个有主见的人，他不肯，就算定了亲又能怎样？等他回来了，就没事了。

然而终归是不安，但她又没有柳源的地址，想写信去问都不知写哪里去，等到柳源回来，已经是两个月后。

这一年暑假姚启德没有回来，因为医学院课程紧张，暑假里又需要去各个医院轮流实地学习。

柳源回来的时候是姚红英先看到了，她箭一样冲到柳源面前，紧张地说："阿洛哥哥，阿洛哥哥，你终于回来了！你爹娘给你定了亲了你知道不？"

柳源看着冲到自己面前一脸发红的姚红英，像从前一样和气地笑，说："英儿还这么孩子气。"

姚红英跺着脚："我说，你爹娘瞒着你给你定亲，就是你很讨厌的那个指腹为婚的！"

柳源笑起来，笑得一张脸神采飞扬，明亮的眼睛里充满了快乐幸福，嘴角止不住地往上弯，欢喜似是从全身毛孔里溢出来，这样的柳源，是姚红英从来没看见过的。她傻了一傻，便听到柳源温柔地说："那不叫指腹为婚，两家定亲的时候，我两岁，她一岁。"

那有什么不一样吗？姚红英结结巴巴地说："可是……"

柳源笑着拍了拍她的头："傻丫头，阿洛哥哥明年就给你娶个漂亮的嫂嫂回来，高兴吧？"

姚红英喃喃地说:"你不是,你不是不喜欢盲婚哑嫁的吗?"

柳源微笑:"那是从前,后来我认识她了啊。她是个很好很好的人,英儿你一定会喜欢她的。"

她是个很好很好的人,姚红英失魂落魄地回到家里,回到房间里。在她不知道的时候,发生了什么事情?为什么一下子,她的天地都翻转了过来?

阿洛哥哥,你不要我了吗?

那个假期,因为姚启德不在家里,柳源就不像以前那样经常来,她便去柳源家里,反正自小两家来往密切,柳母没有女儿,极喜爱姚红英,她本来就常常去。

她其实是矛盾的,每次见到柳源,见到他总是欢欢喜喜的样子,心里便像被剜了一刀一般,极难受。可是见不到他,又是空落落的,很想见他。又因为那女子从来没出现在她面前过,便总觉得这不像是真的,像往常一样说笑的时候,心里总还存了一丝希望,一丝幻想。这般来来去去,她反而觉得每次见到柳源时的难受像成了瘾,欲罢不能。

因为这样,她反而没有给哥哥去信,仿佛问了哥哥,哥哥回答了她,她便要从自己的幻想里梦境里醒过来了。

直到寒假里哥哥回来过年,她也装作什么事都没有,什么话都不问。柳源来家里,她高高兴兴地说:阿洛哥哥你来了。去柳源家里,见到柳源,也高高兴兴地说:阿洛哥哥我来了。

有时候晚上做梦,便梦见凤冠霞帔,阿洛哥哥来揭她的盖头,她便欢喜地想:果然那些不好的消息都不是真的。

可是过了新年,柳家开始慢慢着手婚礼的事情,一点一滴看在姚红英的眼里,她那个固执的梦已濒临破碎。

在哥哥快去上学的那个晚上,她终于忍不住,哭倒在哥哥面前:"哥哥,哥哥,我喜欢阿洛哥哥,你帮帮我,你帮帮我,让阿洛哥哥娶我呀,我喜欢了他那么多年,我从小到大都喜欢他。哥哥,他怎么能去娶别人呢?他不是一直都喜欢我的吗?他不是一直都待我很好很好的吗?为什么阿洛哥哥会不要我了?哥哥,你帮帮我啊……"

这半年多来的压抑,她全数哭了出来,她哭得声嘶气短,哭得伤心绝望。

只见得姚启德脸色苍白,心如刀绞。他半个字也说不出来。

姚红英一直哭一直哭,待到她终于哭得累了,红肿的眼睛什么也看不清楚,只听见哥哥低哑而温柔地说:"英儿,是哥哥对不起你,哥哥不应该从小就误导你……哥哥是个浑蛋。而且,哥哥帮不了你,阿洛,他不会娶你的,他,他很喜欢那个女子,三年前,他们就……"他一个字一个字说得艰难苦涩,她听得愤怒绝望:"她一定是个坏女人!阿洛哥哥原来不是这样的!"

哥哥的声音很低:"不是的,英儿,她是个很好很好的人。那时候,她比我们低一年级,我和阿洛,都认识她的。"

哥哥捧着她的脸,用手绢给她擦眼泪,轻声说:"英儿,忘了阿洛,他原本就一直把你当妹妹,是哥哥一厢情愿,是哥哥错了,以为他一直疼你,就想他会是个好妹夫。我真是做错了很多事情,我真……后悔。英儿,答应哥哥,别再想阿洛,别再伤了自己,知道吗?"

他擦着她的眼泪,自己却一颗一颗落下了眼泪。

姚红英不肯,可是不肯又能怎么办?她抱住哥哥,再次痛哭出声。

五月,柳源毕业回家,成亲。

姚启德还有一个月才毕业,没有回来,只寄了件礼物过来。

虽说是乱世,但此地温软江南,尚是平静安稳。因此陆柳两家的婚礼很大,新娘子从陆家祖居发嫁,嫁妆抬进柳家时,人人艳羡,陆父终究陪送了数目不菲的妆奁。柳家仅此一子,虽然家境同陆家没法比,仍倾尽所有,设七天流水席,见者有份。

姚红英陪同父母去参加婚礼,大红的喜色里,她终于真正地意识到,一切,已成定局。她的心麻木得不知道疼痛,只看着那个欢喜得不得了的新郎,那是她的春闺梦里人,十几年,从小到大,她都以为他会是她的新郎。

她陪母亲去新房,盖头揭开,她看到一个清湛净美的女子,看着所有的人微微一笑,眉目清隽秀朗,气质疏爽大方。那一刻,她的心又冷了一寸。

她看得见的是他们的恩爱。

一个月后,姚启德毕业放暑假没有回来,两个月后,他寄回了所有的东西和几封信,信里说,他参了军,要去河北。

姚家一下子乱了套。姚老爷愣了很长时间没回过神来,他不明白,好好地在北平学医的儿子,说是可能会出洋留学继续深造的儿子,怎么忽然去从了军,这种乱世从军,意味着什么?姚太太也想不通,她想不通就只有哭泣。姚红英也蒙了,外面的学生游行、各种军队混战、外国军队来来回回,她也不是一点不知道,只是总觉得还远着呢,江南的镇子里,还是挺安静的,哥哥的忧国忧民,也并没有到慷慨激昂的地步啊。

姚老爷想去河北找儿子,一九三三年的中国各地,已呈乱世之相,况且人海茫茫,儿子连个部队番号都没报,最后只得颓然而废。半个月后，姚家开始收拾姚启德寄回来的东西。

姚启德其实是有一封信给柳源的，只是当时柳源陪着陆雁农去了祖居陪陆祖父。姚家收拾的时候，又收拾出一个小纸箱，封得十分严实，也是给柳源的。姚红英怔怔地看了许久，同爹娘说了一声，把信和纸箱拿了去给柳源。

柳家自然也早知道姚启德从军的事，她红着眼圈送去信和纸箱时，柳源接过东西，一时间也不知说些什么，陆雁农端了茶给姚红英，低声说："是薄荷茶，坐下来喝一口舒舒气。"姚红英看她一眼，依言坐在一旁。

柳源知道姚家兄妹虽然吵吵闹闹，感情却向来极好，心知姚红英想知道纸箱里有什么，便当着姚红英的面拆了纸箱，却是一堆本子，还有几本书。再捡起来一翻，发现全是姚启德的医学笔记，无比详细详尽的记录和说明外，似乎是生怕谁看不明白，到处反复注释和标注。

一时间三个人都怔住了。

柳源看到那封信，才想起来拆开看，飞快看完，眼神变得说不出的复杂，他看向陆雁农，轻声说："雁农，这些笔记是阿德给你的。"

陆雁农不解地看着那些笔记。

姚红英更是困惑，她看着那两人，那两人却没再说什么。

姚红英在回家的路上，忽然想起柳伯母说过，柳源的妻子有一手好医术，脑海里便飞速闪过一个念头，然而那个念头飞走得太快，她完全抓不住。

可是，两天后，那个念头便安安全全地回到了脑海里。姚红英在整理归置哥哥寄回来的东西时，在姚启德的旧书柜的角落里，发现了一些东西，看着桌上摊开的东西，姚红英几乎无法克制自己的情绪。

那是姚启德大学一年级整年的医学笔记，还有一封表白的信件。也许是因为知道已经无望，这几样东西塞在角落里已是长了些蠹虫子。

原来，原来哥哥早就认识陆雁农，早就倾慕陆雁农，中学时，他便总是去陆雁农家的药堂。因为一次斗殴受伤的流氓送到药堂，因器官破裂，药堂不能急救，陆雁农便和他一起送人去了西医院，聊天时说起她一直觉得西医有西医的好处，若中西医能结合，对治疗病人定有更大的好处。因她目露向往，他便立志读了医科，自己用心读书不用说，更为她记下笔记。他憧憬地在信里写：我会努力成为一个极好的西医师，就如你是一个极好的中医师。

可是这封信，这些笔记，都没有送出去。

姚红英的脑海里忽然清晰地记起哥哥临走前那天晚上说的话："他，很喜欢那个女子，三年前，他们就……我真是做错了很多事情，我真……后悔。"她那个时候以为哥哥只是为了一直误导她让她有了不该有的心思而后悔，现在才明白，不是的，至少，不仅仅是。

三年前，她想起了三年前暑假，哥哥和柳源那一场凶狠的打架，从来没有过的打架。

她想到了从来没掉过眼泪的哥哥，那天晚上一颗一颗掉下来的眼泪。那也不仅仅是为了她啊。

她站在哥哥的书房里，浑身颤抖，喉咙里是一声一声低哑的、咬在齿缝里的低叫，泪水像瀑布一样不断地流下来流下来。

为什么？为什么！

事实上陆雁农在新婚不久看到柳源和姚启德的合照时，便记起了姚启德就是当年最常到药堂帮忙的同学。

柳源也想起了当年姚启德的神出鬼没，一时怔怔而叹息，他和陆雁农无话不谈，当时便告诉了陆雁农那年打的那场架。陆雁农看出柳源的歉疚，只轻轻握住他的手，久久没有放开。

然后便传来了姚启德从军的消息。柳源深知姚启德总有一股热血，从前冲动，想一出是一出，近年来两人书信往来，颇知对方其实已经稳重许多，但字里行间点评时世，不乏激昂。不过他再也没想到，姚启德会去从军，他从来没有流露过一分一毫。

他不曾想过别的什么，然而姚红英送来的这个小纸箱，却让他隐隐明白了。那封信里什么也没说，只像从前的信件一样谈了些时世，说学了些本事，总得找个有用的地方去人尽其用。只是在最后淡淡提了一句，记得你的妻子曾说过希望能中西医结合，这些笔记希望能有一点帮助。

陆雁农的记忆渐渐清晰，她告诉柳源多年前曾发生的一件事，姚启德曾帮助她送一名重伤者去医院的事情。因为当时触景生情，她只在那时对人提起过，她期望能有机会学习西医，来结合她自幼所学的中医，从而能最好、最快地治疗病人。

柳源忽然就想起来那天傍晚，姚启德染上血迹的衣裳。他的脑海里清清楚楚地想起来当时姚启德说的话："柳源，不如我们去学医吧。"从此后他便开始认真读书，到处打听好的医学院，最后终于考上了心仪的医学院。那个时候的姚启德，期望的定是：他是西医，她是中医，夫妇联手，一代佳话。

柳源的眼睛变得模糊起来,他最好的朋友,他竟没有好好地去了解他。那样的深情,就算明知道已无处交付,仍然一字一字记在笔记里,整整三年,不肯有丝毫疏忽。若不是他始终记得陆雁农的意愿,要把笔记给她,只怕他一点都不会再愿意提起。

那一夜,柳源辗转不能入眠。天明的时候,他看到妻子清亮的眼睛看着他,一只修长柔软的手握着他的手,她轻声说:"柳源,我想了一个晚上了,我很感激对我好的人,可是我的心里,从来没有看见过别人。"

次年七月,陆雁农产下长女柳荫。

九月,二十岁的姚红英嫁给邻镇富商之子孙章。

十月,陆雁农祖父病亡。

十一月,柳父在排解佃农纷争时,不小心摔下深坑,伤重亡故。

第二十一章　医闹

颜子真的编剧事业在那家影视公司终于递来橄榄枝的时候，正式开始。其实她是很心虚的，才学了半个月，不过对方给的期限蛮宽，说是年内还有几个项目在做，颜子真的这个项目总要等到明年。问她是不是真有信心自己写剧本，如果真有，希望能在三个月内交出初稿，到时候再看合不合适，不合适的话换人也来得及。

至于原著版权购买、剧本等合约，依旧是莫琮代为处理。按行规，颜子真让莫琮抽佣百分之二十。

莫琮笑说："这钱还蛮好赚的。"

颜子真正正经经地说："这钱真正难赚。"没有人脉，没有关系，没有多年积累下来的经验眼光判断能力，怎么赚？其实颜子真还是占了便宜的，她省了合同的律师咨询费。莫琮大学里的第二专业是法律，自从代理她的小说之后，便又去专门学知识产权方面的专业，笑吟吟说：以后做个法律顾问或者专做版权或者做个经纪人也不错。

颜子真笑：好啊好啊，专门给作者成立一个经纪人中心，为弱势群体维权。

莫琮便转头问一旁聚精会神画画到仿佛根本听不到她们说话

的卫音希:"莫姐姐做你的经纪人好不好?"

卫音希立即答她:"好。"

莫琮叹口气:"好什么好,给你颜姐姐当经纪人还好说是大家同学一场,给你当经纪人,平白给衬得跟个老妈子似的。"

卫音希抬头睁大眼睛:"你明明英姿飒爽,三言两语定乾坤。"说完了又不好意思,"我又不像颜姐姐这么厉害,还经纪人呢。"

莫琮扬了扬眉:"谁知道你以后会不会像温公子似的呢,先订下来总归不会吃亏。"

卫音希骇笑,颜子真却看着卫音希陷入沉思,她和温公子在网上也有往来,关于卫音希的画风和预期值,温公子和她聊过,对于她不能去欧洲留学不无遗憾。他说:"你不知道国内的漫画现状,这跟其他专业完全不一样,在国内,漫画从来不是作为真正的专业的,很多漫画作者都是自学成才。所以只有去国外,才能系统专业地进行学习和创作,对音希的帮助会很大。"

颜子真仿佛又听到外婆温和的声音:"子真,替我关注她,照看她。"

她的目光不由自主转向窗外,盯着远处出了神。

她不知道,在卫音希眼里,她的眉尖微微皱起,眼神里仿佛有说不清的情绪。

卫音希忍不住脱口而出:"颜姐姐,你有心事么?"

这一句话出口,卫音希和颜子真都怔了一怔。卫音希向来对人礼貌冷淡,很慢热,和颜子真算是熟悉得快了,那也是因为颜子真实在热情随和,这近半年的经常相处,两人也变得有些亲昵,但直接这么问,还真不是卫音希的风格,她有些局促。

颜子真则是吃惊于卫音希的敏锐，卫音希其实并不习惯于观察别人，那么她的敏锐纯粹出于本能的敏感。她有些发怔地看着卫音希，脑子里转得飞快："是啊音希，我在想我外婆的事情。"她说的是真话。

颜子真的声音很温和，她的声音很好听，这种好听加上她的态度，很容易抚慰别人的不安。卫音希的局促便消失了，只用了安慰的眼神看着她。

颜子真忍不住问她："音希，问你一个问题，如果有一件事，你知道了会对你有很大伤害，不知道却会有很大遗憾，你会怎样选择？"

卫音希只想了一瞬，问："会对我关心的人有伤害吗？"

颜子真静了一下，说："先忽略这个问题。"

她很快回答："我要知道。"她年轻无畏的脸上有澄澈晶莹的眼睛。

人如果没有了好奇心，不管他的年纪有多大，他的心就已经迟暮了，颜子真问自己，答案也是"要知道"。她小说中写的人物，也有经过伤害而更懂得悲悯的，这也是她私心里对人性的期许。

很多人，都是要自己活得明明白白的，就算跌打滚爬狼狈不堪，就算伤痕累累痛苦失望，要的，还是一个清楚明白。

颜子真长长地叹了一口气。

莫琮在一旁凉凉地说："颜子真你女文青气质越发严重，这么东一榔头西一棒子，中间没头没脑叹长气，结尾是不是到窗台45度角望天吟首诗？"

颜子真反应迅速，白莫琮一眼："要不你送我一盆白海棠，我可以吐口血给你看看。"

莫琮摆手："这么贵，别搞我。还是让邓跃送你一串红麝香珠串子，接下地气。"

颜子真笑眯眯："把我比薛宝钗倒也不辱没我。"

莫琮四两拨千斤："说起邓跃，忽然想起他哥哥邓安，我听说他下个月要去法国？"

颜子真摇摇头："我连邓跃下个月要去哪里都不知道，谁知道他。"

莫琮想了一下，惆怅地说："讲真，邓安比你那邓跃真是英俊太多了。"

颜子真不理她。卫音希却因莫琮的语气扑哧一声笑，莫琮白她一眼："饱汉不知饿汉饥，这年头长得平头整脸又像男人的男人已经太少，所谓的帅哥个个都娘们兮兮的，好容易遇着一个真货，吃不着能有机会多看看也是好的。"

那一个白眼照常白得千娇百媚，颜子真卫音希都忍俊不禁，莫琮自己也忍不住哈哈大笑。

邓跃把邓安拉进来的时候，颜子真莫琮卫音希正笑成一团，看到邓安的样子，笑声一下子被截断。

一向衣着洒脱神情懒洋洋似笑非笑的邓安，脸上的愤怒痕迹还没有消除干净，T恤领子下摆都被扯破，脸颊微肿，手臂多处擦伤。虽说颜子真见过他险些溺水、酒醉坐出租车没钱半夜求助，但像现在这样狼狈还真是头一次见到，不禁张大了嘴巴。倒是莫琮卫音希只见过他一两次，并没有太大冲击。

邓安此时也不像从前一见颜子真失态就冷嘲热讽，只看了邓跃一眼，叹口气："你带我来这里还不如去酒店开个房。"

颜子真反应过来，不等邓跃开口便跑进卧室找出一件邓跃的T恤和一块新毛巾，拎出小药箱，递给邓跃，邓跃冲邓安抬抬下巴："酒店？"

邓安劈手夺过邓跃手里的东西，径自进了卫生间。

颜子真先是偷笑一下："英明神武风流倜傥的邓医生忽然间被几大美女看到这副样子，总会不习惯的。"

邓跃拍拍她的脑袋："别胡说。"又警告她，"别再惹他，今天他可不能惹。"压低了声音说，"有病人家属到医院无理取闹，把一个主治医生打成重伤，邓安发怒，把那家属打了一顿。"

颜子真张大嘴巴。邓跃叹了口气："我刚好找邓安有点事，那家属真是不揍没天理了。"

他粗略地把事情说了一遍，那病人是个老人，送来的时候就生命垂危，抢救了几天还是不治了，病人儿子说医生救治失当，要求赔偿。主治医生要和他们讲理，结果被几个人按住打，其他医生来拉都拉不开，那几人还诬赖大叫医生打人。眼见得那主治医生被打得不能动，邓安从楼上闻声下来，冲上去踢开了那几个人，打了起来。

莫琮这时候才插上嘴："那邓安有没有受伤？"

邓跃摇摇头："邓安小时候练过武，三四个人近不了他身，只是不能下狠手，被打了几下。"

莫琮想了一会儿，说："现在的医患纠纷真是……要不我来写篇报道吧。"

颜子真看了她一眼："现在的医院收费医生态度收受红包这些问题早就天怒人怨，你这报道怎么写都是火上浇油，医生再有理，普罗大众也还是会给家属找理由去同情所谓的弱者。你就算写出来了，报纸杂志也不会登。除非你写邓安这不对那不对，违反医生守则。"

莫琮何尝不比颜子真更明白，这种敏感问题一向是能避则避，总要出现一个明确指向了，才会一股脑儿地出街。

众人沉默。

后来颜子真听说邓安打趴了那几人后撂下一句话："你有本事一家老小亲戚从现在起都别生病，不然的话，我告诉你，全院联名，整个市里没一家医院、一个医生会收治你们家任何一个人！"

殴打病人家属，无论在理不在理，邓安受处分简直是理所当然。

但是事情并非这么简单，邓安殴打病人家属这件事，在本地论坛上传得沸沸扬扬，不知是谁爆的料，邓安去外地动手术收取红包，邓安和女病人谈恋爱，邓安多年来始乱终弃的风流账，邓安曾经失误的手术……有根有据，地点人物齐全完备。

一时间，邓安成了本城互联网名人，医术虽高，医德败坏，名声跌入谷底。

连卓嘉自、颜海生都知道了这件事，问清了打人真相后叹息着说，总是持身不正才会有机会被人打落水狗。

好在爆料的人并未赶尽杀绝，邓安的家人并未牵涉其中。这一点让颜子真邓跃庆幸之余也颇感疑惑，他们不是没见过网上人肉搜索的可怕，那真是祖宗八代都给扒出来，何况于邓安这样有名有姓的人。

却没有人提那病人之所以病得这么重，是因为儿子们置之不理造成。

颜子真倒想为邓安写一个帖子澄清是非黑白,但一来她并非亲眼看见,二来她对邓安的事情还真是不了解,三来也知道网上言论向来唯恐天下不乱,只得沉默。

邓安终于被医院停职。

邓跃无奈地说:"医院说,邓安当时拉开病人家属就可以了,不应该在拉开后继续打人,病人儿子被邓安打得不轻。"

颜子真说:"干吗不打?不打白不打。医院的话在道理上是这样没错,但是问题是当时邓安不用武力能拉开他们吗?那拉开了人,就算不打也会被说成打,还不如打个痛快。凭什么他们可以无理取闹把人打成重伤,还可以要求赔偿?"

邓跃说:"你倒是和邓安的说法一样。"

颜子真板着脸:"我虽然讨厌邓安,但我一向先帮亲再帮理,何况这次道理也在他这边。"

邓跃笑起来,告诉颜子真,邓安支付了病人儿子的医疗费,至于那人提出的疗养费误工费损失费,邓安也一分不少地付给他,不过听当时病房里的人说,邓安闲闲地跟那人说:我向你担保,这些钱,你还得花在医院里。据说那人都傻了。

这句话颜子真当面问了邓安,邓安停职之后空闲了很多,时时被邓跃叫了回家吃饭,邓跃工作虽忙,这段时间也尽量抽空回家,颜子真偶尔便也跟着去。

邓安看她一眼,笑吟吟:"我可以理解成你为我担心吗?"

颜子真瞪着他:"你有需要我为你担心的地方吗?"

邓安咬着筷子装作思索,半晌后惆怅地摇摇头:"你不够美。"他的眼里全是笑意,十分狡狯。

颜子真见他全无人们想象中的潦倒失意,与出事之前根本一模一样,那些爆料那些传闻还有停职的事情对他真的一点影响也没有,心下对他倒也佩服。

第二十二章 《二月初一》之十年讷言

《二月初一》连载第五期。

一九三六年,省城康家大厅。

十岁的康锦言噔噔噔从楼上跑下来,瞪着正在大厅嘱咐女佣的管家说:"我昨天让你买的燕窝呢?"

管家停下嘱咐,说:"大小姐,昨天老爷有贵客,全家上下都各有手头活计,因此还没来得及去买。"

康锦言抿了抿嘴,问:"那今天有没有人有空?"

管家犹豫片刻,抬头正要说什么,却见康锦言眼中厉芒一闪,心下微凛,想起康家虽然当家的已换了人,可不知为何,家里上下用人对小小的康锦言始终不敢太过放肆。他身为管家,深得康老爷器重,少与康家小辈打交道,也知康老爷并不看重几个女儿,可这一道稍瞬即逝的眼中厉芒到底还是让他改了主意:"大小姐放心,今天有人有空。"

康锦言也不多言,转头便上了楼。

走廊才走了一半,便看到一个身着大红织锦团绣旗袍的女子缓缓走来,那旗袍上绣样繁复,艳丽无匹,却掩不去那女子丽质天生,她似笑非笑地看着康锦言。

康锦言只穿了淡蓝洋装，脸容也算秀气，在她面前却不值一提，只她小小身板挺得笔直，肩背极挺拔，神色间淡淡，微垂的眼角流露出一丝不屑，径自从女子身旁走过。

那女子却说："锦言以后要燕窝，直接吩咐厨房采买便是，小小事情不要再麻烦管家。"

康锦言并不作答，连身形微微一顿都不曾有，恍若未闻一般进了自己房间。

房间里五岁的康锦意端端正正地在描红，见得姐姐进来，露出一个很大的欢喜笑容："姐姐，我写了五十个字了！"

康锦言也露出笑容："锦意真乖。"

康锦意放下毛笔，跑去洗了手，见姐姐正在检查自己写的字，便乖乖地靠在姐姐身旁，抱住姐姐手臂。

康锦言见妹妹软软的小身体依偎着自己，心中也暖暖的，笑着说："锦意今天这五十个字写得真好，来，我们拿去给妈妈看。"

康锦意一声欢呼，先就冲出房门，跑到尽头母亲房间，也不敲门，横冲直撞地跑进去："姆妈姆妈，姐姐夸我今天字写得好呢。"

床上的中年女子似是一听脚步声便知道是小女儿，早笑容满面地转过头来，声音软糯柔和："我们锦意真了不起。"中年女子面容秀气，和康锦言有七八分相像，却满面病容。

康锦言随之进了来，把妹妹的描红给母亲看了看，两人夸了康锦意一阵子，康锦意便心满意足地跑到一旁玩玩具去了。

康锦言的母亲史氏低低地叹了口气："锦言，你待孙姨娘软和些。你总这样，你爸爸就更不喜欢你。"

康锦言抿了抿嘴:"我要再软和,他们母子更欺到咱们头上来了。妈你别管这些了。"

史氏怔怔地说:"可是锦言,你才十岁。"

康锦言握住母亲的手:"所以妈,你要快点好起来。"

其实康锦言心里也知道,就算母亲身体健康,也于事无补,孙姨娘容貌极美,又生了父亲唯一的儿子,很得父亲钟爱;而母亲只生了自己姐妹二人,性格又柔弱,在康家早不当家,自己母女三人每每被用人怠慢。

但她只是一个十岁的小女孩,她心中也彷徨无计,只愿母亲病好,自己带好妹妹,至于之后,她也想不了这么多。

这样的软弱无依她只在周默面前流露,对着其他任何人,她的小小肩膀比谁都挺得直,她的骄傲不容任何人看低。但是周默不同,周默很小时候便会逗她笑,会偷偷带她出去街上玩,会带她爬到城里最高的楼顶,陪她看天高地阔。他从来不安慰她,但是每次见了面,周默总有办法让她开怀,让她忘了不愉快,然后回到家里能够换个角度去解决问题。康锦言也从来不抱怨,她只是沉默,在他面前垮下小小肩膀,然后在周默的说笑陪伴下,慢慢绽开笑容,重新挺直肩膀。

康锦言的脾气其实并不好,她有点像她父亲,很有点大小姐脾气,只是自从孙姨娘进门,生了儿子,原本很得康老爷疼爱的康锦言渐渐变得无足轻重,她审时度势,不再骄纵,力所能及地保护自己关心的人,却也从来不曾放低自己的骄傲。

这一点,长大后的周默曾经说过:"锦言,我后来仔细地想,我真心爱你,大约就是从那个时候开始。"

康锦言其时骇笑:"周默,你只比我大一岁而已!"

周默悻悻:"我早慧。"

康锦言笑不可抑。

但在当时,康锦言的生活并不好过。

用人并不很敢欺负她们,但随着孙姨娘的儿子渐渐会说会笑会闹,孙姨娘的话越来越有权威,她早有了掌家的权,且隐隐然有当家的威。

这个世道,这个年头,同从前的乱世又尽不同,从前就算是乱世,明面上多少也守着规矩,世家大族名门贵胄就算失了势,也一样有傲骨,造反的人多少也敬着他们。现在连几千年亘古不变的皇帝都拉下了马,紫禁城早成空城,这便是抽去了他们的主心骨,惶惶然不知天日了,大部分的所谓傲骨拥有者都成了笑话,活着才是真正需要。而拥有真正傲骨、知晓真正傲的是什么的人自古以来就算在世家大族都是极少数。

姨娘当家做主出外交际早便自然而然。更何况康家虽经年富贵,却也着实算不上世家。

那晚康锦言放学回家,见妹妹康锦意嚅嚅地看着她,便笑着蹲下身抱住妹妹:"锦意怎么了?"

康锦意软软的小胳膊搂住她的脖子,小小声委屈地说:"姐姐,今天孙姨娘带我出门做客,她让我叫她太太。"康锦言身子一僵。

近段日子,孙姨娘出门做客,会带上康锦意,康锦意比锦言长得好,小粉团子似的,和孙姨娘那漂亮的小儿子在一起,真正金童玉女。大约孙姨娘想着锦意年幼,好调教。康锦言对此没有任何发言权,史氏倒是觉得让锦意和孙姨娘母子搞好关系也挺好的。

康锦言的声音有些硬:"你叫了没有?"

小锦意几乎哭出来:"姐姐……"

康锦言便知道了,轻轻叹了口气:"乖,姐姐不怪你。"

那一晚康锦意便总是缠着锦言,生怕锦言不高兴。康锦言见着她小可怜的样儿,便嘱咐她:"姐姐真不生气了,但是锦意你一定要记得,嘴上可以叫,心里绝对不可以叫。"

康锦意懵懂地点点头。

过了几日,康家请客,是前几日来过的贵客,这次贵客带来了家眷,家里越发热闹,史氏起不了床,仍然是孙姨娘出面待客。康锦言却仍是去上学。孙姨娘对康老爷说,这次的客人并没有小孩子,不需要康锦言在家招呼,学习要紧,晚上早些回家也就是了。

康锦言回家的时候离晚饭时辰还早,家里头开了两台牌桌,太太小姐们打牌,十分喧哗热闹;康老爷和客人则在书房高谈阔论。用人们穿梭来往,服侍勤谨。

康锦言回家,照例被太太小姐们夸了一通,孙姨娘面上带笑,眼里却寒冷似冰,康锦言并不放在眼里,规规矩矩招呼完了便上楼去。

上了楼,康锦意在史氏房里玩玩具,见了姐姐回家,扑上去抱住姐姐笑:"姐姐我写完五十个字了。还有姐姐,我今天没有叫太太。"她得意地看着康锦言,"下午客人来的时候,大厅里很多人呢,姨娘又让我叫她太太,我没有叫。赵妈妈在后面拧我,好痛,我就说,我妈是太太,你是姨娘。后来我就上楼到妈这里来了。"

史氏已听过一次,满脸忧虑。康锦言本来心里也无由地咯噔了一下，见母亲这样，却生出一股戾气："妈，别担心了，锦意年纪小，就算说了什么，谁会同她计较。更何况她又没说错，爸还会罚她不成？回头我跟爸说别叫锦意跟她出去做客了，省得给她没脸。"

她想了想，又说："要不干脆，让锦意上学吧。我也是五岁上学的。"

史氏叹了口气："那也行。"

这天的客宴结束得极晚，第二天清晨，康锦言起早去上学，才走到楼下准备去餐厅吃早餐，早就坐在沙发上的孙姨娘起身过来，康锦言向来不同孙姨娘说话，便转脸避过，却猝不及防听得"啪"一声响，脸上一痛。

这一记耳光让康锦言愣住。

然而没等她反应过来，孙姨娘反手一个耳光又打了过来，康锦言的头发被打散，耳朵嗡嗡直响，孙姨娘冷冷的声音响在耳侧："康锦言，你以为你是大小姐，我是姨娘就奈何不得你。你康家也不是什么世家大族，这年头各家各户认的也只是钱和势，只要你娘死了，我还当不了正房太太？就算你娘不死，康家一样也是我当家做主。你少在我面前摆大小姐的谱。"

她吩咐用人："把大小姐锁在她房里。"

康锦言望着孙姨娘冰冷的目光，忽然明白了一件事，自己太过弱小，无论是身体还是力量。

她在房间里饿了三天，粒米未沾，三天后被放出来。她养了两天才去上学。

当天傍晚康锦言放学回家，看到的是母亲空荡荡的房间，和康锦意，她妹妹小小的、冰冷的尸体。

那一瞬间，她以为自己在做梦，做一场噩梦。她看着康锦意，康锦意微微睁着眼，皱着眉，没有像以前每次看到她，总会露出一个很欢喜的笑容，叫着她："姐姐，姐姐……"然后扑到她身上，抱着她的脖子、抱着她的手臂，小小的身体软软的、暖暖的。

她的小妹妹，才五岁的小锦意，躺在床上，额头上有未曾擦干净的血，一动不动。

康锦言小心地抱起康锦意，那软软暖暖的小身体这么冷，这么冷。她轻轻地叫："锦意，锦意。"

然而康锦意再也不会应她。她呆呆地坐了很久，忽然想起母亲，便抱着妹妹出了房间，走到走廊上，走廊上一直有个用人守着，她问她："太太呢？"她本应有着巨大的恐惧，却因为这恐惧太过巨大，反而麻木，因而声音竟是静静的。

用人在一旁小心翼翼地说："大小姐，二小姐在楼梯上跑，不小心摔下去了，就……没了。太太，太太伤心得昏了过去，现在在医院里。"

康锦言抬起眼睛，看到楼下厅里，孙姨娘冷冷地看着她。

康锦意虽然只有五岁，但康锦言早就一再教过她，除了可以在母亲和姐姐面前横冲直撞没规没矩，不能在其他人面前没有规矩，包括用人。所以她绝对不会乱跑，更何况是在楼梯上。

康锦言怀抱妹妹冰冷的尸体，心想，我要杀了她。又想，只要锦意活着，我愿意原谅任何人，我愿意让锦意叫她太太，就算是跪着叫她太太都可以。她心中一时热一时冷，悔恨绝望地想：如果时光能倒流，我会懂得怎么做，锦意，对不起，姐姐没有好好教你，没有好好保护你。

妹妹死了,可是母亲还活着。康锦言不能去杀了孙姨娘,只能看着母亲一日一日饮泣,十岁的心一夜一夜煎熬。

她听着父亲痛惜却隐隐斥责地说着锦意没人管,淘气至此,吩咐孙姨娘要看好儿子,袖子里的拳头握了又松,松了又握。她心中伤心悲愤,却也只能安慰母亲:"妈,你还有我,我会把锦意那一份一起活着,你可别丢下我孤零零一个人,锦意在天上有外公外婆爷爷奶奶陪着,我可只有你一个人了。"

母亲抱着她哭了又哭,康锦言却觉得眼泪早已流光,她听着厅里孙姨娘的儿子跑来跑去的笑闹声,听着父亲呵护的笑骂,心里清楚明白,她从此只能忍气吞声。

她再也付不起任何代价。

第二十三章 《二月初一》之柳父之死

与此同时,柳源和陆雁农正慢慢走在回家的石板路上,柳源背上背着睡着了的小女儿,陆雁农手里拎着药箱,两人在月光下一句一句闲聊着,伴着鞋底在石板上轻轻的摩擦声,分外静谧。

陆雁农是去城西头的人家出诊,因为路远,且是夜里,柳源陪她一同去,小女儿闹着也要去,柳源便带了她同去。

聊着聊着,聊起姚太太前几日来城里,说姚启德来了信当了副团长了,一边儿愁一边儿喜的样子,柳源笑着说:"雁农,有时候想真委屈你,我只是一个平凡普通人。"陆雁农说:"我也是一个平凡普通人。"她一步一步数着脚下石板块,每一步都踩在石板块中间,有的石板块比较大一步跨不过去,她便跳过去,一跳,药箱便扑棱一声。二十四岁的人了,两岁孩子的妈妈了,可在柳源面前,有时候还是会突然冒出这般的孩子气来。柳源腾出一只手替她捋了捋耳旁碎发,她笑着侧了头说:"小时候,和后来的寒暑假,我一直跟着爷爷奶奶行医,走了很多地方,去过各种人家,富的贵的人家,贫的差的人家,更多的是普通人家,也就看到过很多。我没有什么大的志向,在我眼里,能像爷爷奶奶那样,相濡以沫,平平凡凡,若是岁月安好,就这么过一辈子,才是真正的好。"

她转过头看着柳源，清澈明亮的眼眸在月光下如水盈怀，让人心动："你知道吗柳源，爷爷奶奶一直都在打听你。有一次回来说的人告诉爷爷和奶奶，说你每年夏天春种秋收的时候都会跟着阿爹一起到自己的田庄里，在田庄就跟佃农一起耕作，和他们相处得很好，怜惜贫弱。也很好学，插秧、收割都会，阿爹教你，他自己也下地。奶奶当时就放心了，说，一个踏实务实的孩子，比什么都好。"

柳源倒是有些不好意思，笑着说："爹同我说，我也许用不着做这些，但是我必须要懂，要会，不是防着人欺骗你隐瞒你，而是因为，人必须要对自己的事明明白白，知道该知道的事情。"

雁农柔声说："是啊，爷爷曾说，有阿爹这样的父亲，儿子肯定差不了。"

柳源一时想起父亲，却有些难过，两人沉默着走了一段，柳源对陆雁农说："雁农，娘有时候……"

陆雁农笑了起来："柳源，我们不是说好了的吗？"

柳源轻轻叹了口气："委屈你了。"

陆雁农俏皮地侧了头："有人知道的委屈便不算委屈。"

柳源忍不住又腾出手，握住妻子的手。

陆雁农婚后，和柳母的感情其实一般。陆雁农感念幼时柳母对自己的照拂，但她生性慢热，与婆母的相处便显得有些淡淡。而柳母对陆雁农其实心有芥蒂，一是陆雁农父亲和继母一再的惹事轻慢；二是很多疑惑得不到解答，比如小厮说起陆雁农和上海达官之子的往来，比如婚事的反复，比如陆雁农祖母去世第二天大掌柜的谎言……这些，身为婆母没有办法问出口，而陆雁农又并不知道这些事，便由得它烂在两人中间。

好在婆媳两人相处时间也并不多。婚后不久，陆雁农便征得柳父与柳源的同意，把陆父赠予的嫁妆送回了陆家。陆父当时大怒，陆雁农平心静气地说，用嫁妆换一家小药堂，以及以后用进价获得陆记购进的中草药。并同父亲说明，她本想自购，但如果那样，同是陆家人，便多了口舌谣言。陆父沉吟片刻，也便同意了。

陆记的药堂并不止一家，陆雁农要的是城东比较偏僻的一间，那些嫁妆足可购得三间有余。

自此陆雁农便多在城里一边行医一边研读，柳源则另外同人合伙做棉布生意，一边帮柳父料理家中田庄。柳源在上海读商科时的同学朋友多在杭嘉湖江苏一带，这些地方纺织业发达，他于经商上又颇有天赋，三年间已经营得小有规模。

两夫妻甚是相得，回镇子里的时间便极少，就算怀孕的时候，也是柳母到了城里来照料。

直至柳父去世后，柳源将母亲接到城里一起居住，柳母是极传统的妇人，一直遵守的是男主外女主内，平日看不到也算了，现在天天见到的是陆雁农在药堂里坐诊或者去病人家出诊，医者眼中没有男女，可看在柳母眼里却极是不喜，只觉得家中富裕，媳妇何必这么作践自己，若要行医，只去一些小康富有人家替妇人小姐诊病也就是了，这些贩夫走卒平素见了她是怜悯的，来了药堂便是不乐意了。再加上她原对陆雁农有心病，丧夫之后性情也变得暴躁，生活中便常常有磕碰。

陆雁农从来不懂如何讨好长辈，有时颇为尴尬为难，但她敬重柳父柳母，又因了柳源的缘故，努力承欢。到底力有不逮，便常会面红耳赤，心中倒确实没有怨怼，一是正如她所说，有人知道的委屈并不算委屈，二是柳母也并没有苛刻她，小小刁难她并不放在心上。

这日药堂里匆匆抬进一个泥脚大汉，粗布衣裳扯得稀碎，肚腹间有一个可怖的洞，血是止住了，却是用了香灰埋进去的，手臂大腿都是血淋淋的，已是气息奄奄。陆雁农一见便知是被野猪所伤。此地乡村深处有几座山，颇高，常有野兽出没，农户有时也会上山打猎，只别遇到大野兽，也能收获些许打打牙祭。可要是遇上野猪，别说单枪匹马，就是三五成群，也极危险。

陆雁农处理这类伤口也算是有经验了，当即先着手清理手臂大腿的伤口，下针止血，敷药，然后看着肚腹的洞微微发呆，恍惚间姚启德那张英气的脸一掠而过，定了定神，仔细按照笔记本上的说明做了初步处理，然后对着那几位抬着病人来此、已经缓解了焦虑的村民说："如果要确保无恙，我得把他送到医院去。"

医院，就是西医院，在城东南，只有三名医生，因陆家药堂在此地发扬光大，西医院生意并不大好。村民们是不大信任的。

一个跟着来的老妇忽然跪了下来："东家少奶奶，你救救我家大林，求求你救救我家大林，你菩萨心肠，你救救我家大林……"

陆雁农微愕，另几位村民七嘴八舌地说："东家少奶奶，我们和大林母子都是柳家的佃农，刚才抬大林过来时，别的药堂都不收，我们也没钱，所以……"

陆雁农恍然，笑了笑，她虽是陆老爷子陆老太太的嫡传，但因年纪轻，要被已习惯了看年长医生的人们信任，并不那么容易。这些村民把病人送到这里来估计也是死马当活马医了。她温言道："你看，别的药堂不收，就说明伤势比较重，但是相信我，西医院的治法跟我们不一样，送过去治才能很快治好。我虽然也可以治，但风险就大了很多。"

她这些年一直在认真研读姚启德的那些笔记和书，同西医院的几个医生也频频交流，甚是交好，这种开膛破腹的伤势，的确需要西医技术。

陆雁农去后堂拿了些钱出来，指挥村民抬起病人。那些村民还想恳求，却慑于陆雁农疏离清淡敛目不语的神气，不敢再说。至于大林母亲，被陆雁农坚定地扶起来后，竟也不敢再说什么。

陆雁农陪他们一起去医院，门口却见婆母拉着女儿柳荫的手面色阴沉地看着他们，她不禁有些头疼，只得柔声说："阿娘，我陪他们去去就回来，麻烦您帮我看着药堂？"其实药堂里是有另一名大夫在的，那名大夫在陆记做的时候颇欣赏陆雁农，见她自立门户，便跟了过来。

柳母重重地"哼"了一声，拉了小柳荫转身进了里屋。

等陆雁农回到家里，已经过了晚饭时间，灶台冰冷，食柜里饭菜皆无。柳源去了上海采买棉布，要过几日才回来，自然不能为她偷偷留下些点心。她叹了口气，饥肠辘辘地上床歇了去。

那叫大林的病人却已经救了回来。半个月后，大林从医院回家，陆雁农早关照过他们，钱可以慢慢还，等大林身体好了再说。他们回家前一天，大林娘在药堂门前转了很久，陆雁农出诊，另一名大夫出来问了几次，她只是犹豫不答，最后什么也没说就走了。

过了一个月，药堂没有病人来，柳源和陆雁农正在商议事情，见大林娘从药堂外慢慢地走进来，柳源因常去田庄，大林娘又是老佃农，便停下话题，笑道："大林娘来了，大林已经大好了吧?"

大林娘抿着嘴,咚一声跪下来,砰砰地磕起头。

两人吓了好大一跳,陆雁农忙去搀扶,大林娘却硬犟着不肯起,柳源上去帮手,才扶起身来,却已是满面泪痕。

陆雁农叹了口气,柔声说:"我知道你家只有你和儿子两人,若是钱银上紧张,那些钱不还也不打紧的。您这么给我们磕头,叫我们怎么受得起呢?"

大林娘摇着头,花白的头发散了些许垂在额前,她羞愧地低声说:"少爷少奶奶心善,如果不是你们,大林早丧了命了。可是这孽障,这孽障……"

陆雁农正要说话,大林娘却直直看向柳源,大声地说:"少爷,当年柳老爷的死,是被人害的!"

如石破天惊,柳源和陆雁农都僵住。

过了好一会儿,药堂通往后院的门口传来颤抖的声音:"你说什么?"

柳母在门口扶着墙,几乎站立不稳。

柳源只觉得整个人都僵住了,还是陆雁农走过去扶着柳母过来坐下。

柳母紧紧盯着大林娘,问:"你说什么?你说,你说,有人害死我家老爷?"

大林娘有点被吓住,见每个人都失神,咬咬牙点头:"我是这么猜的。"

柳源回过神来,凝重地看着她:"大娘,你把详细经过讲来听,这不是可以用来猜的事情。"

大林娘点点头,说:"我记得那天是下午,有几个人来找大林，有一个应该是哪家的少爷，穿得很好，另外几个都是跟着少爷的底下人，当中一个底下人说是大林在城里认识的朋友，找大林有点事，我也没大在意。后来我去倒水的时候就听到那少爷说了一句，好像说是要出口气。"

"他们走了以后，我就问大林他们找他有什么事，大林说就帮少爷做件事，说少爷给了他好些钱。我儿子大林，做事粗糙，又贪好的，我就担心。他说不是大事，没什么。"

"后来大林就串门走户的，也不知道干了些啥，然后就出了两边佃户争水打架的事，凡是旱年，农户争水都会有，也不算什么大事。以往争水都在七八月，为啥忽然会在十一月闹起来有点奇怪，我也没多想。接着就是柳老爷来了，就出了那事。"

"柳老爷去了以后，大林好几个晚上做梦大叫，有一晚魇住了半天叫不醒，第二天就跟我说，他不知道会出这种事，不知道柳老爷会掉进坑里，说那少爷原来说的只是让他挑唆佃户闹事打架，引了柳少爷来，趁乱打他一顿出出气，可是没想到是柳老爷来，还掉进坑里死掉了。他很害怕。"

说到这里，大林娘顿了一顿："大林说他看到柳老爷不是自己掉进坑里的，是被人推下去的。当时那大坑离大家有点远，而且原来坑里也没有这么多大石头。那个推柳老爷的人，不是佃户，他从来没见过。"

柳源听到这里，又惊又怒，问："为什么当时……"为什么当时没有说出来？但是他马上反应过来，大林是必定不敢说的，他收了钱，做了事，到时候只得他一个人顶罪。

柳母却喝问了出来："为什么你们当时不说出来！"

大林娘低着头："大林收了人家的钱，又是他挑唆闹事的，那个推柳老爷的人他后来再没见过,他不敢说,我知道了以后也不敢说……"

柳源直抓重点:"那大林有没有说过那个少爷是谁?或者说,他认识的随从叫什么?"

大林娘低着的头摇了摇:"他们只叫少爷,连姓也没叫,大林认识的底下人叫于哥。"

柳源颓然坐下,只觉得浑身无力,愤懑和哀伤一阵一阵袭来,柳母失声哭道:"你……你们当时不说,现在来说又有什么用?我们柳家一向待你们宽厚,收的田租都比旁人家少一成,却原来全喂了狼!"

大林娘羞愧难当,跪下来说:"我知道对不住东家,大林差点没命,还是少奶奶出钱出力治好的,我……"她把手上的一个包袱递到陆雁农手上,"我回家后记得当时那少爷走的时候跌了一跤,衣裳沾上了牛粪,脱下来就扔了,当时我见衣裳料子好,捡回来洗了洗,但大林又穿不下,就放起来了,兴许,兴许你们能认出来?"

柳源和陆雁农看着那包袱,只有苦笑,见大林娘慌慌地抖开包袱,取出一件浅蓝色西装上衣,陆雁农不禁按住她的手:"大娘,这个……"

她顿住,她感到手底下触摸到小小的硬物。

大林娘估计从没见过西装,西装的内袋开口又比较隐蔽,而硬物体积又与纽扣差不多大小,她清洗的时候也就没注意了。陆雁农自内袋里取出一条极细的链子,是一个指甲盖大小的心形链坠,陆雁农心里怦怦地跳,找到细小的搭扣,轻轻一声"啪",搭扣打开,里面是一张极小的照片,陆雁农呆住。

柳源留意到陆雁农的异常，他凑过来看到链坠和坠子里的照片，也一呆。

那是一个女子。眉目婉秀的中年女子。

陆雁农虽不知到底是什么事情，然而女子天生的敏感让她意识到不祥，她看着柳源，柳源却并不知道她在想什么，皱着眉在思索。

她不忍丈夫眉间的困惑和忧愤，低声说："柳源，这女子我认识。"

此时柳母仍在哭泣，但也听到了大林娘说的话，知道这件西装是凶手所穿，虽然还没看到链坠里的照片，却也知事关重大，母子俩一齐抬头看着她。

陆雁农说："这是万森的娘，我继母的嫂嫂。"

陆雁农的继母只有一个哥哥，在邻城有偌大一片家业，嫂嫂于几年前去世，陆雁农回城读书时很是见过几次面，她过目不忘，自是记得清楚。而万森，则是继母的唯一侄子，据说十分上进，事母至孝。

柳母不知哪来的力气，霍然起身，一把夺过那条链子凑到眼前仔仔细细地看，然后抬头，紧紧盯着陆雁农，似从齿缝里迸出声音："她刚才说，本来是要引阿洛去田庄处理佃户闹事，他原来是要害阿洛的？要不是柳荫生病……他要出的是什么气？好媳妇，你能不能告诉我？"

第二十四章 《二月初一》之决裂

柳母脸上的神情全部是憎恨和悲伤。

陆雁农低下头摇了摇头:"阿娘,我不知道。"

柳母蓦地尖叫一声:"你别叫我阿娘!你不知道?你家大掌柜说你们家要搬到省城去了叫我们少去你家,你家小厮说你早认识了上海达官贵人的儿子,你父亲和你继母自打第一次见面就口口声声嘲讽阿洛不长进,配不上你陆大小姐,柳家老太太殁了到初六才派人来报丧……你不知道?你不知道你家一而再再而三想退亲想攀高枝?我早就跟老爷说过,咱们去退亲,咱们高攀不起你们陆家,省得你们家大的小的眼睛长到头顶上来瞧我们柳家。你又为什么非要嫁我们家阿洛?好了现在结亲了,这是结亲吗?有想要女婿的命的亲家吗?有想要不到女婿的命就要了亲家的命的亲家吗?你个破门星、灾星!"她顺手拿起药堂桌上的药秤朝陆雁农扔过去,那条链子也一并扔了出去。

陆雁农微微一闪,避开药秤,柳源急步上前安抚母亲:"娘,事情还没有全部弄清楚,你先去歇着好不好?你放心,我一定会想办法把整个事情弄清楚,给爹讨个公平。"

柳母大哭:"阿洛,阿洛,咱们家本来好好的呀,你爹死得好冤啊……"

这边陆雁农失神片刻，见柳源扶着柳母进了里屋，便低声问大林娘："大林在家吗？能不能请他来做个证明认认人？你放心，事情结束以后，我给你们足够的钱远走高飞。"

大林娘却呆呆地看着她："我说，我说要来这里跟你们说清楚这件事，大林本来不肯，后来经不住我劝，就答应了，可是今早起来，他已经趁夜走了，不知道去了哪里，只叫了隔村的伙伴来告诉我，他不想也被害死，说，几年以后再回来。"

陆雁农的心沉了下去。

她弯腰捡起链子握在手里，越握越紧，越握越紧，完全感觉不到手心硌得生疼，

她坐在椅子上，也不知道大林娘什么时候离开的，药堂的门什么时候关上的，大夫和伙计什么时候回去的，她觉得很疲惫。

柳源静悄悄地搬了张椅子坐在她对面，拿过她的手，低着头，掰开她的手指，取出链子和链坠，陆雁农抬头看着他，却只能看到他的头顶心，然后她觉得手心一暖，柳源两只手一上一下合着她的手掌，也抬头看她。他目光温润，脸上神情悲伤却带着安慰："雁农，别这样，不关你的事。"

陆雁农静静地看着他，心里涌起一阵一阵不知道是什么的潮水，她低声说："柳源，我要回家，回陆家去问清楚。"

柳源摇头："我们再仔细想想，用别的方法也能弄清楚的。"

陆雁农低低叹了口气："柳源，我还要知道的是，这事情我阿爹知不知道。"她固执地说，"我一定要弄清楚明白。"

柳源语声坚定："不行，雁农，有些事情不需要清楚明白。而且你阿爹再不喜欢我，也肯定不至于要我的命。"

陆雁农再也忍不住，一滴眼泪落了下来。

她没有同柳源争执，第二天带了那条链子和西装上衣，去了陆家。

陆父这阵子都没有出门，和掌柜盘点和查账，闲暇下来便和同人饮酒交际。陆雁农到陆家时，他正准备出门，因被拦下，有些不愉。

陆雁农却不管，她看向从后院赶来的陆太太，说："我正想问太太一件事。"

她身形笔直，表情冷淡，站在正堂中间，如青松翠柏，有一种内宅妇人所没有的气质。

不待陆太太反应过来，陆雁农将大林娘说的话简略复述一遍，一边仔细观察陆太太的表情，她跟随祖父母行医多年，中医讲究的是望闻问切，自然对人的观察细致入微，而陆太太多年养尊处优，少有烦心事，虽然有所控制，到底有恃无恐，脸上表情便颇有些变化。

陆雁农心中一片清明，最后，她把那件西装上衣和链子扔在地上："我可不记得万森对我如何的好。为什么？"

她语气中的不屑如此明显，陆太太实在忍不住冷笑一声："万森可还没瞧上你。"

陆雁农其实在陆记药堂多年，虽然性情冷清，但好学又勤勉，颇得几位大夫喜爱，那位跟着去了她小药堂的大夫便是因为如此，见陆雁农独力辛苦而愿意过来帮忙的。这些大夫因徒弟们的关系，对东家的有些事体颇有耳闻，万森当年的行为和目的，有几位大夫也是心知肚明。昨日柳家发生的事因是在药堂里，那位姓许的大夫看得清楚，次日便提点了陆雁农。

此际陆雁农见陆太太搭上口，冷冷地说："所以他牵线搭桥，想借着跟他八竿子打不着的我，攀上富贵荣华。这便是你那上进好学的侄子，原来是这样上进的。"

陆太太怒道："那可不也为了你的荣华富贵？进了秦家，谁能富贵得过你？人家但凡做女儿的，莫不是想着为娘家出力，为父母争气，也只有你心里只想着私情，全不顾家事，断了好好一条财路！陆家有你这种女儿，平白辱没了家声！"

陆雁农极快地回击："所以你气不过我敢威胁你，万森气不过自己断了路，就想害死柳源，要给我一个教训，对不对？"

陆太太冲口而出："对！你就是欠教训！叫你当个寡妇才好！"

陆雁农见她承认，便闭口不言，只看着她。

陆太太虽有些后悔，却实在有恃无恐，索性冷笑："那又怎样？万森早就出了国，就算他在国内，柳家不过一个乡绅，还能翻过天去？"

陆雁农不再与她多言，转头看着父亲。

陆父垂目，他刚才本想阻止妻子，却知道女儿聪慧，且这事承认与否实在无关大碍，索性旁观。结果旁观下来，倒是对妻子近些年竟变得这般蠢钝很是有些意外。这时见女儿望过来，面无表情地抬眼也看着女儿。

大林逃走不能做证，万森又已出国，仅凭一件衣裳一个链坠，谁都会说那是无意丢失的，且万家陆家势大，柳家的冤屈无法得申已成定局。

陆雁农沉默许久，碧清澄澈的双眼透出茫然，往昔的疏离摇摇欲坠，她长久地看着父亲，最后轻声问："阿爹，这件事，你知道吗？"

陆父的心几乎因这声"阿爹"软了下来,他微微叹了口气:"知道又怎样,不知道又怎样?"

陆雁农却固执地望着他,眼神中的倔强和哀愤清清楚楚:"那是我公爹的一条命。你总该有个说明,你怎能置之不理?"

陆父的心却又硬了:"那又怎样?事情已经发生,难道你要我亲自绑了你舅舅去抵命?倒不如大家都当不知道,糊涂些过日也就算了。"

陆雁农声音里终于带了凄然:"阿爹,我是你的女儿。"他原想害的是你的女婿我的丈夫。

陆父眉心微微一抖,见陆雁农不依不饶的样子,想到当年她的威胁,便冷哼一声:"你当过我是你父亲吗?"若是你当我是你父亲,怎么会不听我嘱咐私相授受,怎么会定要嫁个我不喜欢的人还来威胁我?

陆雁农垂下头,一室寂静。

陆太太实在忍不住,往前走了一步。

却见陆雁农抬起头,低着眼,轻声说:"陆老爷,陆太太,告辞。"

这八个字,斩钉截铁,冷冷如冰雪,说完,她转身便走,再无留恋。

她没有看到父亲在身后紧紧握起的拳头,和几乎脱口而出的呼唤,她不知道在那一瞬间她的父亲终于清清楚楚地记起了她生母的容颜和柔和的笑容,她更不曾想到此后她再也没有和父亲见过一面。

事情已经真相大白，然而这样的真相大白更是残忍，冤屈无法得申，活着的亲人备受煎熬。短短几日，柳家上下除了小柳荫，个个瘦了一大圈。柳母更是再也没有和陆雁农说过一个字。

最后柳母对柳源说，要回镇子去住。

柳源只得劝母亲："娘，你一个人住在镇里，叫我怎么放心？"

柳母说："家里有用人会照顾我。"

柳源叹气："用人怎么照顾得细心？娘，你只有我一个儿子，本就应该我和雁农照顾你。还有阿荫，自小就没有离开过你，你也不会放心啊。"

柳母咬紧牙关不肯应承，最终还是回了镇子。

自始至终，陆雁农不知道自己能说些什么做些什么。她什么也没有做，可是一切因她而起。她连那上海达官的儿子都不记得长什么样，却有人为了她害死了自己的公爹。

她头一次这么软弱地问柳源："你怪我么？"

柳源不假思索地说："雁农，这和你没有关系。娘只是心里一时受不住，我多回去陪陪她，慢慢地会好的。"

会好么？她只是说："柳源，你若是终于也怪了我，我只请你一定要告诉我。"

柳源紧紧地拥住她："雁农，你是我的妻，且别说你没做错过事，便是你做错了事，也有我承担的一半。"

第二十五章 《二月初一》之五年锦言

一九四一年。

才是初春的天气，梅花仍在枝头，杨柳枝也才刚吐出几点极嫩的绿芽，地上的草坪点点返绿，康家整个园子都张灯结彩，喜气盈盈。只是在这兵荒马乱的年景，还是显得有几分寥落。

这日是康家大小姐康锦言和周家大少爷周默的订婚之喜。

康家和周家同为省城大家，本来不分轩轾，只是周家二爷也就是周默的二叔如今已是少将军衔，统领一方军马，日寇侵华已有四年，波及全国各地，人人自危，特别是大富人家，若想保住家势，要不做汉奸，要不托庇军队能够第一时间逃离。做汉奸康家是不肯的，虽然国军节节败退，康老爷是宁可万里奔逃去西南，也决计不肯辱了祖宗。

这场联姻便适逢其会。

于康锦言和周默来说，也是一样。

订婚是周默向家人提起的。周默的祖母和康锦言的外祖母是姨表姐妹，两人自幼相识，很是合得来，周默一向护着康锦言。只是两家老人去世之后，周默的母亲见康母软弱，多次劝说无效后恨其不争，两人又实在没有血缘关系，见康家姨娘当家，便渐渐少了往来。只周默仍会常来康家。

康锦言十岁那年的家变，周默刚好去了外祖母家祝寿，回来后十分的歉疚，使尽了法子安慰开解康锦言，康锦言整个人也沉淀下来，两人渐渐生了情愫。

这一年康锦言十五岁，周默十六岁，周默便向父母陈述了自己的心意，一是自己爱慕康锦言，非她不娶；二是康锦言是父亲的姨外甥女，多年来被姨娘欺凌，如今周家有能力，总该护着她些。

周家父母钟爱长子，也对康锦言满意，当即答应，订婚一事顺风顺水。

康锦言母女一夜之间在用人眼中地位大变。

倒也不是康老爷势利，他对康母史氏一贯如是，对康锦言却是这些年都有所转变。

康锦言一直是个聪明的人，她是真正的韬光养晦。一边细心照料母亲，一边也肯对孙姨娘虚与委蛇，甚至会浅浅谈笑。在此之外，学业上非常精进，她天资聪颖，先生所教立即领会不说，且能马上举一反三，学校里年年第一，期期冠首。康老爷在外应酬遇到校长董事时，莫不赞一声：康家好一个女状元。当真是令他得尽艳羡，面上有光。

是以这些年他对康锦言也会笑语盈盈。

如今女儿订婚，他忽然意识到唯一的女儿已经长大，再过两年就该嫁出去，虽然儿子才是最重要的，可是女婿家有财有势，日后对儿子也多有助益，便更对女儿多纵容了几分。

何况……

他趁空上楼去看看女儿。

在经过八岁儿子的房门前，见门半开着，用人正在劝说：

"少爷，你今天的课业还没有做，还有两个多时辰才去订婚的饭店，你趁这时间先做一些。少爷，今天是大小姐订婚，不做完应该没事，但总要做一些。"

一阵噼里啪啦，康少爷大叫："我不做！烦死了！我妈说了，我是康家少爷，什么都不用做也能舒舒服服过一辈子，她说我才不用这么辛苦，不想学就不学好了！"

用人说："少爷，话是这样说不错，可是你学学大小姐……"

"啪"一记耳光："她能跟我比？我妈说了，她迟早不是康家人，我才是康家唯一的当家人！我要不要学我说了算！"

康老爷站在门前，脸色发黑。

他虽然极宠儿子，可是在学业上也是丝毫不肯放松的，康家也算书香门第，他祖父也是进士出身，他自幼在祖父教导下课业极其努力。这时听到儿子这番话，心中不由得恚怒。

他用力推开门，冷冷地说："康敬业，今日的课业不做完，你就不必去了！"

订婚晚会上，衣香鬓影，笑语喧哗，来客非富即贵，周默一身白色西装，尚未完全长成的身躯修长纤细，眉目带笑，俊秀温柔；康锦言一身雪白纱缎裙子，长眉秀目，乌发垂肩，发心处一顶小小钻石皇冠在灯光下晶莹璀璨，真真一对金童玉女。客人们个个称羡赞美者有之，奉承谄媚者有之。

今晚是女儿大喜，史氏也从床上挣扎起身待客，笑吟吟一瞬不瞬地看着康锦言。康老爷陪着她并肩而立，和周氏夫妇一起招待各方客人。

康敬业并没能来，孙姨娘站在一侧强颜欢笑。想到之前在家里听到的康敬业说的话，和刚才孙姨娘和父亲的争执，康锦言嘴角带起一弯讥讽的笑意。只是她马上把这件事甩在脑后,专心致志地为自己和周默欢喜。

订婚晚会结束之后,过了几天,康锦言在书房找到父亲,递给他一张成绩表,那是康敬业的期考成绩。康敬业六岁上学,如今二年级,成绩却惨不忍睹,康老爷脸色大变,他已经拿到过一张成绩表了,却完全不是这样。

康锦言静静地看着父亲,诚诚恳恳地说了一番话:"爸,你知道我和敬业读同一所小学,前日我遇见母校先生,她同我讲敬业极是顽劣,每请家长都是孙姨娘来告歉,却每况愈下。敬业是康家唯一的男丁,关乎康家前程,爸你再忙也得多放精力在他身上。孙姨娘疼爱儿子是为母之心,但她于学业上……"

康老爷知孙姨娘出身风尘,于学识上可谓半分皆无,这些年孙姨娘对康锦言母女是什么态度他也不是全然不知,他于枕边也听了不少抱怨。但女儿竟能为异母弟弟着想,费心费力,且不曾说孙姨娘半句坏话,心下不禁感慨:到底是多读书明见识,女儿心胸宽广,康家之幸。孙姨娘美则美矣,实在是无知妇人,不知教子也便罢了,竟换了假成绩表来蒙骗他,古人都说男子不宜长于妇人之手果不其然。

自此他便约束了儿子,顽劣不听教时藤条立下,若见孙姨娘过于亲近宠溺便厉声呵斥,孙姨娘极疼儿子,不免争执。康锦言若见了倒会劝说父亲,说些欲速则不达的话,拉了康敬业到身边温声安慰,讲些书上的故事给他听。康敬业虽总听母亲说康锦言坏话,但此时此际,康锦言既救了他,又实在讲得活灵活现好听,便不禁听出了神。

康锦言又常常于放学后绕道为康敬业买些好吃的零食糕点

回去。

在康老爷检查功课之前,康锦言也会柔声教他不会的功课,承诺不让父亲责备他。只不过几日,康敬业便与姐姐亲近起来,比之康老爷他倒更听康锦言些。

康老爷十分欣慰,与康锦言说,不如得暇由康锦言教导幼弟。

康锦言却笑着拒绝了:"爸,坦白讲,我和敬业同父不同母,我跟孙姨娘也合不大来,你这样安排,不大妥当。而且,男孩子总要跟父亲多近些才有男子气,所以如果爸你实在很忙,我代劳几次倒是可以。"

康老爷见女儿坚持不肯,也只好算了。却又因康锦言的话想起史氏来,康锦言自幼聪慧,他忆起当年只得康锦言一女时,虽喜爱,可手把手教女儿写字帖的却是史氏。这些年来他自知对康锦言失之照顾,可她却能长得如此,史氏居功不浅。若康敬业是史氏之子……

他不禁怅然叹了口气,世事古难全,孙姨娘之美,是男人都难舍。

只是正事大事,是不能指望孙氏了。

只是他自己也不知晓的,慢慢关怀起史氏来,以前偶尔去史氏房里探问一二,现在去的次数也多了些。

而康锦言不肯和康敬业多加亲近,孙姨娘松了口气之余不免又不忿起来,却自己也知道这不忿实在可笑,按捺了心绪继续做她当家的姨娘。

但在康敬业那里,康锦言越不与他亲近,他反倒越想与康锦言亲近。比起父亲教导课业的严肃,母亲处理家事之余便是与人打麻将，康锦言的妙语如珠见识广博让他又是新奇又是佩服，再加上学校里先生每每夸赞当年的姐姐何等聪慧，以前听来十分讨厌，现在听来却奇妙地有了与有荣焉的感觉。

而常来家里的准姐夫周默生性幽默风趣，那可是他一直喜欢的人，姐姐不大理他，他便常缠着周默，这倒让康老爷生了心思，隔三岔五地让康锦言和周默把康敬业一起带出去玩。

康锦言三次里只答应一次，孙姨娘便忍不住抱怨康锦言待弟弟冷淡了。

康锦言与孙姨娘周旋多年，对她的反应几乎是一猜一个准，厌烦的同时全是鄙夷。便只是三次里答应一次，也足以让康敬业对姐姐姐夫越来越钦佩越来越喜爱。假以时日……这个蠢妇。

春浓的时候周默带了三个风筝去郊区草坡，因都让着康敬业，小男孩便玩得极是开心，用人陪着他跑来跑去，周默与康锦言跑累了坐在一旁笑着看。

周默便说："你到底还是顾念着他是你弟弟。"

康锦言倒笑了："周默你高看我。这几年他在学校里怎么顽劣孙姨娘怎么换成绩表我都看在眼里，我可没管。孙姨娘不错是说过康家少爷什么都不用做也能舒舒服服过一辈子这些话，不过若不是我经常故意在康敬业路过或在他门口假装和旁人闲聊一再重复，他未必能在我爸的教诲下烂得这么彻底。"

她侧着头看着周默："你猜我怎么说的？有用人抱怨小少爷不用功，我会温声劝说：孙姨娘说过的，小少爷身体要紧，康家少爷读不读书有什么要紧，反正将来他是唯一的当家人，孙姨娘是少爷的亲娘，说的自然是对的，大家也多疼着少爷些。"她微笑，"这些话，只要我知道康敬业在一旁，就说过无数次。"

周默忍不住揽住她："锦言，你没有这么坏，你还不是趁早地把这些事同你父亲讲了？若是再迟几年，康敬业可就真的扭不回来了。"

康锦言冷笑："再迟几年？我可不想再等了。"

周默低头看着自己倔强的未婚妻，爱怜横溢。

康锦言却又笑起来："孙姨娘倒是好笑，我与康敬业亲近，她提防得像条狗似的，后来连我送的糕点都扔了，结果康敬业不依，闹到我爸面前；我懒得理康敬业，她却又愤愤不平，说我冷淡了自己亲弟弟。横竖左也不是右也不是，你可没见我爸脸色有多精彩。"

周默微笑："这些还不都在你预料之中么？"康锦言低头玩着他的手指，说："不过我也不想同康敬业多亲近，我觉得多和他亲近一分，就是对不起锦意一分。我是一定要为锦意报仇的。她一脚把锦意踢下楼梯，锦意那时候定是极痛，我要她一分不少全部还给锦意。"

她的眼里全是泪，手指抓得极紧，周默紧紧揽着她的肩，只觉心里满是怜惜和疼痛。

第二十六章 病重

五月底的天气已经很热，邓跃订了法国餐厅和颜子真吃晚饭，颜子真最爱那里的芝士虾包和小牛排，虽然白花花的太阳晒得地上飞尘，因为美食当前，还是兴致勃勃地出门，先去电脑市场里逛一逛店铺，和伙计调笑几句，等到电脑市场关了门，才施施然搭了合伙伙伴的车子往餐厅去。

邓跃最近都很忙，今天却难得早早坐在那里，含笑等着颜子真。

颜子真故意东张西望，然后坐在邓跃对面，托着腮抛个媚眼，低声做搭讪状："帅哥，一个人？"

邓跃忍不住笑："是啊。"

颜子真眯了眯眼，眉开眼笑："啊真巧，我也是一个人，那么不如我们一起坐好吗？"

邓跃配合她："不行，我有女朋友的。"

颜子真又抛个媚眼："可是你女朋友现在不是不在嘛，一起吃个饭，她不会生气的。"

邓跃假装想了一会儿："也对，我女朋友最最大方了，不如我们吃完饭去你那里？"

颜子真跳起来，作势把空杯子往他脸上一泼："没想到你是这种人!"

两人低声笑起来。

红酒、沙拉、牛排、芝士虾包、烟熏三文鱼、提拉米苏、布丁……两人边吃边聊,颜子真知道邓跃给电视台做的监控通信设施中期测试已经完毕,一切顺利,休息几天便要进行接下去的工作。邓跃歉意地说:"接下去应该不会忙得像以前一样,中期测试成功,后期就有路可循,会轻松些,我会多花时间陪你。"

颜子真倒不以为意,笑嘻嘻地说:"好啊,要是暑假有空就陪我去马尔代夫,要是寒假有空就陪我去哈尔滨漠河。"

邓跃笑:"要求真低。"

颜子真睁大眼睛:"邓老师,看来你这一票挣得不少哇,慢着,我收回刚才的要求,我要仔细想想……"

邓跃煞有其事地点点头:"那可不,你真得仔细想想,错过这一遭,没有下一趟啊。"

颜子真横他一眼:"你的人是我的,你的钱也是我的,你这辈子都是我的,哪来这一遭那一趟的,听不懂!给我再说一遍!"

邓跃憋住笑:"是,女王大人,小的上上下下前前后后左左右右,屋顶床底存款钱包,全都是您的,您说去哪就去哪。"

说完实在忍不住打了个寒战,颜子真傲娇地斜眼看他:"朕不稀得。"

两人笑。

邓跃忽然想起一件事,问颜子真:"邓安下个月要去法国,你有想要买的东西吗?"

颜子真一怔:"他去法国做什么?他不是,还停职呢吗?哦,不过好像停职对他没什么影响似的,或者其实,是去散心?"

邓跃笑着摇头："他妈妈大婚，他去观礼。"

邓安和邓跃是同父异母兄弟，据说他们的父亲禀性风流，娶妻四任，每任都离婚告终，邓安的母亲是第二任，邓跃的母亲则是第三任。邓安孩提时在邓跃家生活过几年，之后随父亲去了美国，他人活泼，和邓跃及其母亲相处和睦，很奇特的，邓跃和邓安的母亲据说也甚为友好。

颜子真淘气地问："没有邀请你吗？"

邓跃好气又好笑："有啊。不过我哪里抽得开身，不然倒是可以带你一起去法国玩一趟。"他看了一眼颜子真，"而且你肯定会很喜欢邓安的母亲。她很漂亮、很奔放、很自由自在，嗯，性格像法国女子。"

颜子真不禁有点向往，她不由自主地说："邓跃，拥有自由自在的性格，这完全得是天生的吧。"

邓跃说："是啊，当年我见到她，就想，老天多么厚爱她。"

颜子真叹了口气："可惜基因变异得一塌糊涂。"

邓跃忍俊不禁，可爱的颜子真，永远不原谅邓安曾经的所作所为。

翌日莫琼来找颜子真，颜子真一见她就说："对了莫琼，你上次不是说想买包吗？邓安下个月要去法国，你把你要买的所有东西列一张表，我也列一张表，让他统统给我们带来！"她意气风发地一挥手。

到底是个女人，莫琼一听立马把正事先扔一边，和颜子真讨论起要带的东西，LV的包、EL的化妆品……列了长长一张购物单。颜子真得意扬扬："扛死他！"

莫琮笑，想起正事，把购物单放在一旁，和颜子真商量："颜子真，《二月初一》的单行本我们打算在杂志连载完结的同时推出，杂志连载呢，按道理还有三期吧？也就是说还有一个半月，每期一万多字，你应该都已经写完了吧？"

按道理杂志是提前几期做的，比方说在第一期发行的时候，第二期第三期甚至第四期的稿子都已经定下并收到，在进行排版印刷了，不过颜子真一向交稿及时，又有莫琮在，她只需提前一期交稿即可。

莫琮继续说："那你现在应该扩充内容，加细节和情节，单行本不能低于十万字。鉴于你每天三千的速度……我靠，来不及呀！"

颜子真慢吞吞地说："我还在写剧本。"

莫琮白她一眼："我管你是不是还在写诗呢。剧本自己另外搞定，这个小说十天内写完，再给你十天修改，反正最迟最后一期连载结束半个月后一定要出单行本。"

不知道为什么，一提起《二月初一》，颜子真从刚才的兴奋变得有些沉默。莫琮问："怎么了？"

颜子真叹了口气："你别急，其实《二月初一》全稿已经写完了，一共十二万字，给杂志连载的是每期删减过的。你再给我几天时间就可以交单行本的稿了。"

莫琮松了口气，抱怨："早说嘛。"

颜子真看着她，忽然说："莫琮，其实，这个故事是个真实的故事。"

莫琮一怔，回忆了一下整个故事，灵光一闪："是你外婆的故事？陆雁农是你外婆？"

颜子真摇摇头："不，康锦言是我外婆。"

莫琮皱着眉："可是这个故事好像陆雁农是主要人物。"

颜子真轻声说："陆雁农是音希的奶奶。"

莫琮说："那么这个故事，虽然悲伤，却很动人。"

她已经看到下一期的内容，所以深觉那是一个奇妙动人的故事。

颜子真笑了笑，目光中有点犹豫。

第二天是周五，子真的家庭日。刚好卓嘉自和颜海生路过子真家，便接她一起回去。本来要叫音希一起过去，因为她和同学约了晚饭，便算了。

回到家里，卓嘉自一边进厨房一边说："这个卫家小女孩看上去清冷，感觉大部分倒是因为腼腆，又不卑不亢。我倒是对她挺喜欢的。"

因为卓嘉自在颜子真家多次见到卫音希，也一起在颜子真家吃过饭，慢慢地也就熟悉了。

颜海生看着子真点头："也难怪子真一片热心处处护着她。"

子真帮妈妈系围裙，一边笑："这孩子真的很好很出色。妈，你女儿终于有了个妹妹。"她从小闹着要妈妈再生个弟弟妹妹，长大了也时不时会出口埋怨，这当儿不假思索就溜出口，心下不由微微一惊。

卓嘉自却嘿了一声："颜子真，你的大姐姐情结还真浓厚，做卓谦的姐姐不过瘾？"

子真抛开思绪，和平常一样地笑："当姐姐多好，可以教之导之，喝之骂之，驱之使之，弟弟妹妹们无不肃立敬听。"她一边伸手蹬脚，一边得意扬扬。

卓嘉自冷眼看她自得其乐地表演，淡淡道："难道我记错了我女儿的出生日期？什么时候金牛座变成狮子座了？"

子真顿时一颓，望向父亲："爸爸！"

颜海生忙安慰说："冰激凌来了。"

狮子座：最具有权威感与支配能力的星座。

正又气又乐不亦乐乎，子真接到了音希的电话，半晌之后，她扣上手机，想了半天，才走到厨房门口，说："妈妈。"

卓嘉自坐上汤煲，回头，子真说："音希的奶奶病重，她明天回家。妈妈，我有点想去探望一下，会不会不合适？"

卓嘉自看着女儿犹豫的神色，心中叹了口气，不知道她最近怎么了，眼里经常会有一丝犹豫。她也不是不知道，孩子大了总有自己的事，不可能全部告诉自己，但子真，子真却还是非常亲近自己，基本可以说得上毫无隐瞒。

她对外婆的感情……她摇摇头，海生说得对，自小而大，母亲对子真的疼爱呵护是真的，虽然关于母亲遗嘱里委托子真做的这件事，她是十万分不解和疑惑，但是，她不想再伤害子真的感情。

卓嘉自沉吟了一下，才说："你过年前去了他们家，他们对你都很好，现在老人病重，又是……你外婆的好友，去探望也是应该的。不过，别再麻烦人家，住酒店比较好。"

颜子真点点头，也许是卓嘉自的错觉，她发现女儿眼中的犹豫并没有消失。

第二十七章 《二月初一》之逃难

《二月初一》连载第六期。

一九四一年年底。

炮火在远处隐隐响起的时候,整座城就已经乱成一团。灯光烛火摇晃下翻箱倒柜,杂乱纷呈,大街小巷到处是小孩子的哭叫声,大人的呼喝声,奔跑声,呼儿唤女声,叫爹唤娘声……

陆雁农六年前与父亲决裂后,更将原来用嫁妆换来的城东小药堂连同三年营利一并全数还给了父亲,自己在城南另开了四月药堂,取自于药王孙思邈的生日,全家居于药堂后面的宅子里。此际药堂和宅子里也是一片混乱。

日本人打过来了。

全国各地都已经是炮火连天,如今,战火终于延绵至此,没有人可以独善其身。覆巢之下,安有完卵。

柳源陆雁农虽有心理准备,也架不住事发突然,整座城如同煎沸了的汤药,渣滓搅浮,汤水半灰半白,喧哗滚烫,令人心惊。日本人破城的结果报刊上有、口耳相传有,凡有战火,平民百姓只有奔逃。

幸亏这些日子柳母因身体微恙,被接了来城里治病吃药,此时陆雁农一边叫起八岁的女儿,一边给才一岁的儿子穿衣,柳母与柳源一起慌乱收拾什物,拿去后院放在马车上,几床被子铺在车板上,每人的衣物收拾一些,糕点饼食胡乱包好扔在一旁,还未来得及再拿些东西,门外已经脚步忙乱奔走,炮火声枪声渐渐听得清晰,陆雁农匆忙在床头匣子里抓些钱放在怀里,抱着儿子,叫了女儿往后院奔去。

柳源已牵出马架上马车,柳家的马车是为了陆雁农去乡村出诊而改良过的,比普通马车窄短上许多,虽然这样稳当性缺了些,但只要马儿驯良,这种马车在村道上更加方便。此时马车上除了被子,还放了一只不大的浴桶,衣物和食物都放在桶里,女儿缩身坐在里面,柳母坐在车上,就只剩下少许空地。

陆雁农当机立断,说:"柳源,你牵着马,我也走路。"她抱着儿子,当先去开了院门。却听身后柳母大声说:"把孩子给我。"陆雁农犹豫一下,回身把怀中的儿子交给婆母,柳母接过来紧紧抱住,用力对她说,"你放心。"

柳源牵着马车,顺着大股人流往南奔逃。人群中也有不少驴车马车,柳家的马车同它们比起来,便显得轻便多了。

人群在黑暗中默不作声地南行,纷纷往偏僻山野里而去。有人奔跑,有人快步行走,有人疲惫落后,身旁人流穿梭不停,柳源一手牵马,一手拉住陆雁农的手,随着人群越过一座又一座小城,一个又一个小村庄,伴着身后时而的枪炮声,往深山里走去。

省城。
炮火渐渐逼近。

康家因早有了准备,金银细软全都收拾好,除了每个人身上带着一些,其余的由周家的军队一同运往西南。此时康家整个大堂和各个屋里全部扔满了杂物,用人们有的已经自行离去,空荡荡一片。

康老爷牵着康敬业的手,孙姨娘跟在身后,三人下了楼,康老爷仰头叫:"锦言,快下来!"

二楼史氏的房间里,康锦言已经哭得神志不清。就在昨天晚上,史氏吞金自尽,临终前强撑着对女儿说:"我和你们一起逃,怕是牵累了你,锦言,你一定要答应我,好好活下去。无论如何要活着。"康锦言再也不能相信,她用尽全力去爱护着的母亲,竟用这种方式表达了最后的爱。她跪在母亲床前,看着母亲极其痛苦却坚持的要求,哭着点了点头。史氏挤出一丝笑:"人无信则不立。"

送往医院的途中,史氏断了气。

而火车不等人,今天他们就要走了,连史氏的丧事都来不及亲自办理。只有连夜送去火葬场,如今一捧骨灰孤零零寄在火葬场。

昨日尚是柔声细语的母亲,只隔一夜便再也不得见。康锦言只觉得天地茫茫万念俱灰。

康老爷见康锦言没有回答,放下康敬业的手,飞快上楼,进房一把拉住康锦言:"火车不等人,锦言,快走。"

康锦言也不反抗,只昏昏沉沉地随着父亲下楼、上汽车,车如疾箭,往火车站飞驰。

火车站却是人海人山。

这趟火车往西南走,有达官贵人,也有贩夫走卒,拼尽了性命也要挤上去。逃难，只有逃到西南，才得以喘息，那边才有重军把守，否则，这里也迟早是荒城火炉，在日本人的脚下过着朝不保夕的日子，不知何时便送了性命。

虽然周家派了几个军人来，但也费了九牛二虎之力方把康家四人送上火车，康锦言坐在座位上，看着窗外哭喊震天的人们，他们不停地往还没来得及关上的车窗里爬，而车内也已经人叠人，觉得人命犹如蝼蚁，茫茫然如隔了世般。

火车终于艰难地开动，一片人海追着火车跑，跑着跑着终于再也跟不上，只看见车窗外飞速掠过的树。

康锦言转过眼，看到父亲、康敬业、孙姨娘都很是狼狈，知道自己也好不到哪里，这趟火车并没有包厢，走道上满满的都是人，父亲安慰他们："好了，没事了，我们到了西南就没事了。"又叹息，"早知道早点走，可是路上也不太平，总觉得留在家里兴许更好。唉。"

康锦言垂下眼。

路上的确极不太平，康老爷的话才说了没几个时辰，前面便是大乱，原来是前方火车轨道被炸断了，挤得人上叠人的火车车厢里顿时乱成一团，恰好另一条轨道上不知为何停了辆同样的火车，大家纷纷从窗口和车门连跳带蹦地下车，奔向停在另外轨道上的火车。

他们的车窗也被打开，一个接一个的人跳出去，康老爷无奈地抱紧儿子，紧紧盯着这些人，康锦言昨夜一夜未睡，又伤心过度，混混沌沌间只觉得被人用力一推，到了过道里，过道里的人群正疯狂地挤着踩着往车门拥，她身不由己走过几排座位，想抓住椅背，可是被人流裹挟着，人人在叫在吼，在冲在撞，混乱不堪,他们的座位离车门又近,她终于被人流带下了火车。

人群并没有能挤上那辆火车,当那辆火车扬长而去时,身后原来的火车汽笛长鸣,反向启动。

人群哭爹骂娘,散乱着两个方向奔跑叫喊,最后也只能呆呆地站在原地,看着两辆火车交错离开。

然后人群开始奔逃,康锦言只犹豫了一下便马上跟着人流走,她清楚,如果不顺着人群走而孤身走散了的话,后果不堪设想。

她沉默着跟上人群,在乌压压的人群中湮没自己,一步一步地走着。到了这步境地,唯一能做到的,就是活下去。只要活下去,她记得答应过母亲,无论如何要活下去。活下去,就能找到她笑起来眼弯弯的未婚夫。

周家比康家早两天走,周默曾要求她跟他一起走,她说不行,她得陪着母亲。周默忧愁担心地说:"锦言,你一定要紧紧跟着伯父,千万不要离开他半步。如果……如果万一,"他咬着唇,"如果万一失散,你记着,要跟着人群,实在没办法了,往失散的地方附近的山村里走,我一定会找到你。"

活下去。一定要活下去。

这已经是最难的事情。

仓促的逃难中本来各人都带了些干粮,她在挤得透不过气的人群中也死死地护住了放在胸口的干粮,却还是被挤掉了大部分,一路上,大家如蝗虫过境,康锦言只能十分节省地吃自己的干粮。

她数着天明天暗,数着过了几天,到最后也实在数不清了,而人群也越来越散了,他们有的自行离去,有的走了别的路,康锦言茫然地跟着最大股的人群走，干粮终于吃光了，她跟大伙儿一起爬到地里胡乱去刨残留的小地瓜、番茄藤等各种东西。

她却没有想到，最大股的人群目标也最大，当炮火再次袭来时，大家终于在残肢血腥中四散奔走。

康锦言不停地奔跑，她已经不记得多久没吃东西，不记得跑了多久，跌倒了又起来，累了就躲起来歇一阵。她要活下去，她一定要活下去，她不会死在日本鬼子的炮火下！她不要！她才十六岁！

连月亮都不见了，路黑得像鬼一样，周围纷乱的脚步声好像都听不见了，康锦言仍然在奔跑，其实已经是极慢地奔跑了，她已经看不见也听不见。最后，一脚踏空，自高高的桥梁上摔了下去，扑鼻而来的唯一的感觉是冰冷，冰冷刺骨，然后窒息，失去知觉。

第二十八章 《二月初一》之初识

康锦言醒过来的时候,看到一双眼睛,澄清分明,淡淡的,带着一丝关切。

再醒一醒神,眼睛的主人已经转过头去,低声跟身边的人说了一句什么,康锦言只看到她秀美的脸容带着说不出的疏爽清朗之气。

她看到自己躺在一间泥砖垒成的屋子里,屋子简陋得只有一张床一张桌一把椅子。

她知道,自己得救了。

她感觉到手腕上搭上几根手指,随后五脏六腑里透出来的疲倦袭上来,她又闭上眼,安心地睡了过去。

再醒过来的时候,天色明亮,那双澄清眼睛的主人仍在身侧,见她醒来,又替她搭了脉,随后去了外屋,端来一碗薄粥。

她扶她坐起,温声说:"一定要吃点东西。我喂你。"

她睁大眼,看着这女子,她看到她的目光,微微一笑,淡淡的眼神中露出安慰之意,一勺温温的薄米粥递到她的唇边。

康锦言张嘴吃下,一路上再艰难苦楚都昂然咬牙不流泪,不知为何,这女子眼神中淡淡的安慰竟让她觉得温暖无比,眼中浮上了泪花。

妈妈,她听到自己在心里喊。

那女子放下勺子,略低一低头,装作没看到她的泪花,温和地说:"这里是赣东山里的小山村,很偏僻。我叫陆雁农,也是在这里逃难避居的。"

她微笑着说:"小孩子淘气,半夜跑出去玩,我去找她,发现你掉到河里。你大约太累,河水太冰冷,烧了几日,现在已经没有大碍了,再吃几剂药就好。"

康锦言吃完一碗粥,又发了一身薄汗,只觉得身上脏腻,头发打结,十分难受,看着陆雁农清爽洁净的青布棉衣,清朗爽落的脸,竟有些自惭形秽。陆雁农仿若未见,慢慢扶起她,温言道:"我让人煮了药汤兑了水,你跟我来泡个澡。"顿了顿又说,"你身上有轻微擦伤,不大要紧,只手臂上的伤口不能浸水,我来帮你。"

康锦言怔住,随陆雁农到了后室,后室地上摆了一个乡下妇人洗澡用的大脚盆,还有一个不大却颇精致的浴桶,只是浴桶外磕碰破漆处甚多。大脚盆和浴桶里都装满了热水,浴桶里更有一股药香扑鼻而来。

因是日中,虽是初春却也不是很冷,陆雁农让康锦言先在大脚盆里粗粗洗净了身子,再扶她进了浴桶,一进浴桶泡进略烫的热水里,康锦言忍不住舒适地放松了身子,正闭着眼,便感觉陆雁农轻扶了自己的头靠在浴桶沿外,脖根处垫了毛巾,先是温热的毛巾细细擦洗了自己的脸,然后自己的头发被细心地拆了开来,温热的水浇在头皮上,又涂了皂角,轻轻揉搓,只觉得舒适无比。

康锦言紧闭着双眼,眼泪一缕缕从眼角渗出,流入发鬓,随同洗发的水一同落入盆里。

康锦言自母亲病后,虽也有佣仆伺候,但她们大多敷衍了事,她生性要强,自此一应事体都自己做,这样的温柔对待,只在记忆深处的幼年。

泡完了澡,擦干了身子,换上陆雁农干爽的棉袄,坐在屋外温暖的太阳下晒头发,那头发已经被陆雁农擦得半干,没多久便晒干了,松松地在脑后扎起,整个人便如隔了世,换了新。

陆雁农又端出一碗药,微微噙着笑,递给她。

康锦言在竹椅上抬起头接药,西斜的阳光半掩半映在陆雁农身上,一张明秀的脸,一双清湛的眼。亲切,温暖。

她低下头一口一口喝着药,身后有个小姑娘跑过来:"陆姑姑,还要烧开水吗?"

陆雁农笑说:"不用啦,谢谢燕子。"小姑娘燕子笑嘻嘻:"那成,我明天再来帮姑姑烧开水。"

陆雁农柔声说:"明天不用烧这许多,姑姑自己会烧了。"

燕子却嘟了嘴:"姑姑你说过有事儿找燕子帮忙的,现在又说话不算话了。"她轻轻拉了拉陆雁农的袖子,"你说这个姐姐现在洗头洗澡都要用晾凉了的开水才行的呀,要烧好多好多开水的。"

陆雁农很是耐心:"明天只需要泡药澡的开水就行了。"她见小姑娘还是嘟着嘴,便一笑,"那好,明天燕子还来帮我烧开水。"

燕子欢天喜地地笑着跑走了。康锦言也喝完了药,嘴边却递过来一个小浆果子,她抬头,却是一个八九岁的小姑娘,雪白的皮肤,亮晶晶碧清的大眼睛,仿佛一个小号的陆雁农,正淘气地笑:"浆果子很甜。"

康锦言接过浆果,小姑娘盯着她,她便把浆果子放进嘴里吃,小姑娘这才满意地笑。

果子很甜,冲淡了嘴里的苦涩药味。

小姑娘仰着头对陆雁农说:"阿娘,姐姐好了吗?"

陆雁农只微笑着看着她们,听得小姑娘问,说:"还没有呢,不许跟姐姐淘气。"一边同康锦言说,"刚才那个是山村里的一个邻居小姑娘,叫燕子,常来玩儿的。这个是我女儿,柳荫。"她停了一下,温言说,"外子现在田里,婆母带着我儿子在邻家玩。"

康锦言点点头,看着小柳荫,心里柔软,就像看见了自己的妹妹,忍不住便对着她笑。柳荫看着她笑,也笑,一边做鬼脸,十分活泼。

康锦言笑着伸手去摸小柳荫的头,小柳荫见她坐得矮,便很趣致地弯了腰把头凑到她手下,还自动自觉地顺着她的手转头。康锦言忍不住笑出声来。

陆雁农早见惯了小女儿顽皮淘气的小模样,只摇头笑。

柳荫却蹲在康锦言脚边问:"姐姐你怎么不说话?你病了三天三夜没说话,从醒过来到现在还是没说话。"

康锦言一怔,张了张嘴,柳荫侧头看她,她想说谢谢,可是又觉得不能说谢谢,只觉得说了谢谢便与她们隔了重山了,那是不可以的,于是她脱口而出:"你们家怎么会有浴桶?"

话一出口,便觉得傻,小柳荫却叽叽咯咯地笑了:"对啊对啊,很多小朋友都这么问我,不过他们都问:这个是什么呀?"

陆雁农笑着回答她:"我们来这里比你早了几个月,当时逃难的时候，赶了一辆车，零碎东西没法理，就搬了一个浴桶，全扔里面了。到了这里住下来，才发现还真有点用。"

小柳荫笑嘻嘻说："是啊是啊，我也是零碎东西，扔在里面过来的。"

陆雁农轻轻一拍她脑袋："皮猴儿！"

小柳荫一缩头，做个鬼脸："你自己说的，我可不就是坐浴桶里的么？阿爹赶车，奶奶抱着弟弟坐车上，我没有人抱也没有地方坐啊！"她装作小委屈，眼睛却亮得一闪一闪，满是淘气狡狯。

陆雁农不理她，拿了药碗回屋，小柳荫仰着头哈哈笑："姐姐，你知道吧，我阿娘说不过我就这样！"

康锦言忍俊不禁。

康锦言连泡了五天药澡，也吃了五天药，她身体底子不错，五天后，便觉得精神好了许多，手臂上的伤也收了口。

在醒来的第二天，康锦言便见到了姚红英和柳源。

在康锦言眼里的姚红英年纪略小于陆雁农，脸容十分俏丽，她一边走进来，一边冲身后的柳源叫："阿洛哥哥，我说过让柳杨晚上跟我，你为什么不肯？"

柳源一身旧黑布农民装束，卷了裤腿似乎正从田里上来，并没有进来，康锦言便没看清他的面容，只听到他带着笑答："柳杨才一岁，你又没带过小孩，回头尿你一床。再说，吵到你婆母更加不好。"

姚红英扁扁嘴："吵到她又怎样，要不是你们，我们俩跟家人失散了都不知会怎样，帮你带孩子也算是报答。"

柳源一家是在逃到一个小镇边沿遇上姚红英和她婆婆的。当时她们极是狼狈，驴车翻倒，驴也不知跑到哪里去了，姚红英崴了脚泪汪汪地坐在地上，她婆婆虽是阴沉着脸却也并没有自行离去，守着她一夜，见还不见好，正打算去镇子里找大夫。

陆雁农嫁于柳家之初，姚红英还没有出嫁，仍在城里上学，因和柳母感情很好，柳母进城照顾怀孕的陆雁农时便也常去药堂。陆雁农因为柳源和姚启德的关系，待姚红英极好，两人相处也算友好。见此情况，陆雁农马上替姚红英针灸正骨，扶她上马车，带了她们两婆媳一起走。路上方得知，半途中因有炮弹落下，人群乱窜，已经与姚红英丈夫失散了。从此她们便同行同止，在这山村一起住了下来。

陆雁农扶康锦言坐起身，笑看了她一眼："说话还这么夸张。你要是空着，帮忙洗下小孩的衣服。"

姚红英睁大眼，笑嘻嘻应："行！我只洗柳荫和柳杨的！"看了眼康锦言，不大感兴趣地跑了出去。

柳源笑："英儿真像个孩子。"

陆雁农微微一笑，笑容里带了一丝怜惜。

康锦言要到很后来，才知道陆雁农为什么一直对姚红英充满爱护和怜惜。

第二十九章 《二月初一》之避居

陆雁农医术甚好,山村虽贫穷,山里却可以采到一些草药,山下二十里处有个小镇,也能买些草药,她便时常医治村里及邻近农人,农人感恩,常会送来些米粮番薯和蔬菜,陆雁农忙碌时也会来帮手,比如上次来帮忙烧开水的燕子。柳源则自小跟着父亲在田庄学过耕作,略晓农务,虽有些手生,但跟着农人,很快也便上手,冬种小麦油菜,开了春便有了些收获,再加上逃出来时也带了些钱,食物便不大成问题。

至于衣物,冬天的棉袄拆了棉絮收起来,便是夹衫,待得天热,去山下镇子买些薄棉布,便也草草解决。

康锦言的伤和病很快便痊愈了,她知道自己独自去西南全不可行,回省城家里更是自寻死路,想起周默说过:"如果万一失散,你记着,要跟着人群,实在没办法了,往失散的地方附近的山村里走,我一定会找到你。"虽然她也不知道此地到底离当初火车断轨的失散之地有多远,但仍然决定在这里住了下来,以图后计。

她身体一好,便跟着下地,或者帮着陆雁农采草药医治病人。她心细,看着陆雁农施医理药,暗下心思记忆学习,遇到相同症候便能在陆雁农还没开口之前便递出需要的器具和草药。陆雁农颇为诧异，见她孜孜目光，便一笑，开始指点她。

康锦言很快便发现陆雁农才学过人，不论是医理上问题，诗词上的，算术上的，乃至天文地理都在她时时不经意间顺口说出。康锦言既惊且佩，她自幼好学，便总是拿各种问题问陆雁农。

陆雁农蜗居山村，本来只能和柳源谈吐和契，她一向只惯和人淡淡相处，山居以来虽与人和睦却难遇可以交谈之人，康锦言的出现令她有意外之喜，也便将平生所学着意指点教导。而康锦言小小年纪具有的决断坚忍也颇让陆雁农尊重，两人虽然年纪相差十多岁，却也从此亦师亦友，相处极洽。

除了学习外，康锦言最爱的，便是农活家务之余，帮陆雁农照顾一子一女。

柳荫已经八岁，十分精灵古怪；柳杨只得一岁多，虽小，却也很是顽皮，动辄号哭，闹得狠了，康锦言便狠狠地抱着小猴子去找妈妈。而陆雁农不拘在做什么，随手捡根树枝在泥地上随意画动，片刻之后一幅"白毛浮绿水"的写意图画或"人鱼公主"或其他的什么便跃然入目。小小柳杨总会收住眼泪，注目图画，才哽咽着就高兴地拍起手，奶声奶气地说："白……白毛扑绿水……"柳荫若在，就会笑嘻嘻纠正弟弟："是白毛浮绿水……"再叹一口气，"不过只得一岁多，这样也不错了。"

康锦言被逗得大笑，对陆雁农的画技佩服得五体投地，便又要跟着陆雁农学画。陆雁农不禁失笑，康锦言也吐舌，她幼时原也活泼娇纵过，只后来小小年纪便硬生生转了性子，如今短短几个月，便像是深埋的性情复苏了过来，活泼爱玩到飞起，却极自然。陆雁农当然不藏私，时日久了，也能画得三分神韵，因天天在地上画，两姐弟便指山指水指各种动物让康锦言画了来玩，康锦言也都努力照办逗他们开心，他们便天天跟着康锦言。

姚红英年纪渐长，却不知为何一直没有一儿半女，她一向极爱柳家这一对孩子，他们原本也爱跟着她，现在却更爱康锦言，这一点颇令她气恼。

陆雁农对孩子教导向来随意不羁，也不去理她这点孩子气。她虽然很是爱护姚红英，只是她性格疏朗，颇少小儿女情态，经久才略略适应姚红英的娇嗔。

时日如飞，这山村因在深山里，仿佛与世隔绝了般，外面的战火并未延绵过来，避居此地的人们虽提心吊胆，也认真地过着日子，贫苦，安然。

到了夏季便开始收割稻谷，柳源、陆雁农、康锦言都下了地，柳母在家带着小孩和做饭，收割完了稻谷，便开始碾稻、晒谷。

有日在场院里收晒了谷子，康锦言一边缝补衣裳一边高兴地看着他们夫妻言笑，一举一动之间默契自如，不禁好奇地问："雁农姐，你和柳大哥是自由恋爱的么？"

陆雁农闻言一笑，柳源见她问得有趣，笑："不是的，我们是定的娃娃亲，很大了才见的面。"

康锦言颇为讶异，"啊"了一声。

陆雁农见柳源兴致甚高，他一向不爱多话，便不想败他兴致，便轻声笑道："你别听他的，当年憎恨盲婚哑嫁死活要退亲的就是他。"

柳源微笑："我一直想了解的是难道你从没想过？"

陆雁农微微看了他一眼，淡淡笑道："没有。第一，我年纪小，没怎么想过这件事，第二，像我祖父母这样的人，怎么可能误我，如他们看不上你，哪里还会管什么一诺千金的娃娃亲。"

柳源摸摸鼻子，笑。

陆雁农悠然看着柳杨和同村孩子在沙土里玩得一脸一身脏泥，揶揄地看着他："我从不信那些传奇，少年人的见识能有多少，往往耽于一时爱恋之乐眼光错判自误终身，这一类的悲剧比之父母之命造成的只多不少。"

康锦言想了一想，接上去说："雁农姐说得对。而且传奇传的自然都是好的结果。其实有责任心爱护子女的家长，定然还会在定亲后观察对方成长后的品性。如相信父母，则应可相信他们的选择。再说那也是一个选择，何必为了顺应潮流，为了抗争而抗争。"

她意犹未尽，又接着说："我们这个时代，很多人很多事崇尚的就只是一个形式，为了形式而去做一切美其名曰的事儿。全不想其实大可不必。"

陆雁农凝目望她，嘴角露出笑意。柳源故作悻悻："雁农，你遇上知音了。"

陆雁农不知想到什么，扑哧一笑，揶揄地说："那会儿你也就是锦言的年纪罢。"

柳源一想，他十七岁方才第一次见陆雁农，康锦言今年十六岁，可不正是自己决意反封建退亲大义凛然的时候。他看着陆雁农笑吟吟的神情仿佛在说：你可承认你及不上康锦言的见识罢。久违的那点调皮在她眉间眼梢跳跃，想起那时她已偷偷留心自己，心中柔情无限，不禁笑意盎然。

陆雁农见他笑，脸上微微一红，收回目光过去一旁地上抱回柳杨:"洗澡澡啦。"

康锦言并无留意他们夫妻眉目官司,看着柳杨一惊:"雁农姐,他嘴里是什么?"

小小柳杨嘴里含着的正是半只蚯蚓,陆雁农一怔,笑道:"小胖子,你娘就把你饿成这样了?乖,吐出来。"伸出手去拉露在外面的半截。

却见柳杨吸溜一下,把整只都吸了进去,得意扬扬地看着大家。

康锦言这些日子来早不是当年的大小姐,下到稻田里蚂蟥吸在腿上都能等到镇定上岸再搓把盐摘掉的,见柳杨吞下蚯蚓却也忍不住又惊又呕,看着他一嘴泥,不知如何是好。

陆雁农也呆了一下,才笑骂:"真饿着了?"

转头安慰康锦言:"不要紧的,回头煎碗焦米汤灌下去,就全消了。"抱了孩子若无其事地进屋。

康锦言摸摸头,看一眼柳源,柳源笑吟吟看着妻子的背影,对她做个鬼脸,说:"我去找柳荫回来。"柳荫这个时候定是和村里的小伙伴漫山遍野玩得不亦乐乎。

她抿着嘴笑,一转头,又看见柳母从陆雁农手里接过柳杨,说了一句什么,陆雁农笑着应了一声,去了厨房。

康锦言一直是个细致的人,她早看出柳母对陆雁农颇为冷淡,只在孩子的事情上会和陆雁农有交流,只陆雁农并不以为意,十分尊重孝顺老人。

康锦言从放着衣裳的提篮里拿出一本笔记,趁着此时天色尚亮和难得的清闲,细细看了起来。这是陆雁农的医案笔记。陆雁农自幼学中医,随同祖父母的习惯,也养成了日日记录医案的习惯,医案记完了有时会在边上写些生活小记。这一本是陆雁农年初在山下小镇里买来的习字本,纸质很是粗糙,因康锦言认真学习,而山村农人的病例并不多,陆雁农便还记了些从前的一些简单医例,一并给康锦言看。

康锦言有时会忍不住看当中陆雁农记的生活小记,却又觉得很不礼貌,陆雁农似是知道,便笑话她:"不碍的,只是顺手,而且记的都是咱们一起的生活,你也有份。"

果然都是生活小记,比如柳杨的童言稚语,柳荫的精灵,柳母新做的菜式,还有自己学习的进度。坦坦荡荡,却简洁生动。

康锦言翻到自己来的那日,陆雁农这样写着:

"半夜外出寻淘气荫,见有人坠河,三月山水冰冷,寒邪侵体,又遍身污渍伤痕,触目惊心。只不过稚龄少女。"

坐上火车时是一月寒冬,坠河已是三月,康锦言并不曾忘记那近三个月逃亡流浪的日子,寒冷和饥饿、惊恐和死亡时时刻刻在身边,路上偶有残尸,炮火落下时血肉飞溅,人人也视若无睹,只埋头四散奔逃。她就算天性坚强,又怎么可能经历过最平常的人家都不曾经历的战争?她不知道父亲他们三人是不是平安到了西南,只知道,无论如何,她要好好地活下去,而要好好地活下去,就要牢牢地记住这三个月的生死苦难。

然而她贪恋这贫苦山居的温暖。虽然穿的是旧裳布衣,需顶着烈日下地劳作,初来时春寒,棉被不足,破旧床单下垫着的是稻草,每晚手足冰冷难以入眠,而夏日里又蚊子肆虐,但这里却有着如母如姐如师如友的陆雁农,有着宽厚大方的柳源,有活泼精灵的柳荫,有顽皮捣蛋的柳杨,还有虽常阴着脸却有时对着她面露怜惜慈祥的柳母。

她除了在母亲和周默面前，从未得到过这样的快乐无忧。这是她心中的世外桃源，她临时的伊甸园，因为知道它摇摇欲坠，朝不保夕，于是她视若珍宝、愈加珍惜。

第三十章　惊逝

音希原本在电话里是这样说的："颜姐姐，你能把那些翻印好的你外婆的老照片给我吗？我想带回去给奶奶看。"兴许能让奶奶高兴一点。

那是年前颜子真答应音希奶奶的，会把外婆的老照片翻印一份给老太太，颜子真是个极守信用的人，回来之后便已印好，打算等音希放暑假才带回去。这会儿音希奶奶病重，但颜子真犹疑再三，最后叹了口气，才给了卫音希带回去。

音希看过这些照片，遗憾地说，奶奶年轻时的照片她没看过，好像说年轻时在苏州的时候匆忙离家全丢了。

颜子真关了电话之后又想也许自己也应该前去探望，犹豫半晌去问了妈妈，得了允许，便打电话给音希，音希自是高兴。

翌日凌晨便出发，天色只微微泛着青色，两人在汽车站会合，音希一路沉默，偶尔说几句，尽是幼时奶奶的宠爱，眼中微泛泪光时便扭向窗外，倔强地不让颜子真看到。她和颜子真不一样，奶奶一直和唯一的儿子住一起，音希可以说从小由奶奶带大，而奶奶……从来没有生过重病。她心中说不出的担忧和害怕。

后来音希说："颜姐姐，其实，我原来还有个哥哥。"

颜子真一怔，音希低着头："我从来没见过我哥哥，他十岁的时候去河里游泳，淹死了，过了两年我才出世，所以奶奶特别疼我，小时候一刻都不肯离身地带着我。"颜子真拍拍她的肩，叹了一口气。

来开门的是音希妈妈，一见音希微皱的眉头略略松开，再看到身后的颜子真，便有些意外。

颜子真微笑："阿姨，我听说奶奶病了，来看望奶奶。"

音希妈妈忙说："唉唉你这孩子，真是有心。谢谢你啊，快进来。"

音希一进门马上跑去奶奶的房间，轻轻开了门看一眼又退回客厅，低声说："奶奶睡着了，妈，奶奶生什么病了？"她微微蹙着眉心，担忧地问。

音希妈妈叹了口气："其实你奶奶病了很长时间了，时好时坏，医生说是心悸症，又说是年纪大了身体机能衰退，还有说血压太低。每次说的都不太一样，最近……"她犹豫一下，"最近身体倒是好了些，才出了院，不过有时有点糊涂，本来是她一直不肯让我们告诉你她生病，前两天却很不高兴没见到你回来。想着你期末考还有一个月，就叫你先回来一次。"

音希的眼泪浮了眼眶，咬着唇说："可是我每次打电话回来你们都没说奶奶身体不好。"

音希妈妈说："你开学之后她就开始不舒服了。你也不用太担心，年前吕医生不是给你奶奶诊过脉？都说老人家身体非常好，器官都健康。"

她对颜子真说："我再去拿一床被子，你们起得早，先去休息一会儿。"

颜子真连忙说:"阿姨你别忙了,我已经订了边上的酒店。我来探望奶奶的,不是来添乱的阿姨。"

音希妈妈不答应,正扰攘间,音希爸爸卫江峰拿了一袋药回来,听了颜子真的意思,却点了点头:"这样也好。子真,音希奶奶有时候晚上会不舒服,怕住这里会吵到你。"

颜子真一笑,她当然不是为这个,这当儿不便解释,也不用解释。

一时音希和颜子真坐下来,音希闷头坐了一会儿,颜子真正要起身看能不能给音希妈妈帮忙,却听音希咦了一声,拿起边几上的杂志:"颜姐姐你看。"

颜子真看过去,见一整沓都是莫琮那家杂志,音希拿起的那本中间折起的正是自己写的小说,《二月初一》。

音希妈妈走过来,微微一笑:"子真写的小说真好看,我很喜欢看呢。"

颜子真有点发怔,不好意思:"音希最知道我是瞎写的,大家合着伙儿哄我我也是知道的。"

音希妈妈和音希都笑起来,音希妈妈笑着指着折起的页码:"这可真不是哄你,音希奶奶每期都催着我去买,每篇都要看好几遍,你看这几页都翻旧了。"

颜子真身子轻轻一震,问:"音希奶奶,也看?"她的声音里有微微的颤抖,音希妈妈含笑说:"是啊,真不知道你是吃什么长大的,写得都跟真的似的,看得人投入得不得了。"

颜子真伸手摸着那沓杂志,看一眼音希:"音希才是天才呢,阿姨你不知道,我一个画画的朋友,就这么赞音希。"

音希妈妈摇头:"子真你对音希真好。"

正说话间,在音希奶奶房间里的卫江峰大声叫:"妈,妈,怎么了?醒醒,醒醒!……"夹杂着"呵,呵,呵……"粗重混浊的喉音,客厅里音希和妈妈立刻起身,推开房门奔进去。颜子真想了一下,也跟着她们身后进了房间。

只见卫江峰高大身躯弯腰站在床前,焦急地大声呼唤,一只手握住音希奶奶的手,一只手轻轻拍着她的肩,音希奶奶苍老瘦弱的身体蜷成一个虾米般,满布皱纹的脸潮红,张着缺牙的嘴翕动着,闭着眼发出可怕的低叫。

音希跑到奶奶床前,和父亲一起呼唤,在不断的叫声中,老人慢慢张开眼睛,却似乎没有焦距,身体也慢慢伸直,嘴里的低叫换成含糊重复的声音,颜子真和音希在惊惶中隐约听出是两个字节,只是听不清楚。

卫江峰轻轻地安抚中,老人剧烈地喘息缓缓平复下来,再次闭上眼睛,紧抓着卫江峰的手松开,长长地出了一口气,重新入睡。

音希怔怔地看着奶奶,音希妈妈轻轻示意她出来,音希摇头,固执地坐在床前凳子上,伸手,轻轻握住奶奶的手。

颜子真一直站在他们身后,跟随卫江峰夫妇走回客厅。卫江峰紧皱眉头,低声打电话给医生。音希妈妈叹了口气,怔怔不语,一眼看到颜子真,强笑着说:"子真,你先坐一会儿,音希那孩子……"

颜子真连忙说:"阿姨,卫叔,我还是先回酒店整理一下,回头再过来。"见两人要阻拦,只好解释,"阿姨,卫叔,我本来是来探望奶奶的,要是给你们添乱添麻烦,那就不是我的本意了,你们就由着我吧,别管我。"

卫江峰深深地看了她一眼，道："那好吧，你过来吃晚饭，就随意烧的。"

颜子真点头离去。

回到酒店，颜子真给音希发了短信说不过去打扰吃晚饭了，一个人呆呆地坐了很久，到了七点左右，决定再去看看老太太，然后第二天返家。

走到音希家楼下，颜子真看到音希父母正和一个医生模样的人在商量什么，依稀听到卫江峰说："醒着的时候都好，总是在睡着之后发梦魇，几天里总有一次……要不还是住院？……"颜子真和他们点点头，上楼。

音希来开了门，神色好了很多，露出一点笑容，轻声说："奶奶醒着，好多了。"

她拉着颜子真："颜姐姐，我刚告诉奶奶你来了，你进来看看奶奶吧。"

颜子真点点头，随着音希向老人房间走去。

走到奶奶房门口，颜子真忍不住说："别担心，她会好起来的，你妈妈不是说她身上器官都很健康吗？只是小病，都出院了，很快会好的。"

音希低声说："谢谢你，颜姐姐。"

颜子真笑："傻瓜，谢什么。"

房间里传出"咚"一声，音希连忙打开房门轻悄而快速地走进去，颜子真从她身后看到奶奶睁大了眼睛看着她们。

那眼睛里……颜子真来不及看清，便跟着音希的招呼走到床前，弯下腰轻声说："奶奶，我来看您啦，您还记得我吗？我过年前来看过您的，我叫颜……"

话未说完，音希奶奶猛然一缩身，睁得大大的混浊的眼睛透出深深惧意。

颜子真一怔，没来由地觉得有些寒意，顿了一顿才接下去说："我叫颜子真……"

音希奶奶蓦地爆发出一声尖叫。

年逾古稀的老人发出的尖叫声十分可怕，任谁也没办法想象这样瘦弱生病的躯体里会发出这样的尖厉的叫声。

颜子真被这一声尖叫吓住，身旁的卫音希也一时间呆若木鸡，一时反应不过来。

床上，那张苍老的布满皱纹的脸上，不只是眼睛，连这张脸都在一瞬间充满了惊怖和恐惧，瘪塌的嘴飞快嚅动、念叨着。因为太快，加上两人慌乱之至，根本听不清她在念叨什么，只觉得当中有不断重复的字节，模糊不清。卫音希反应过来，带着哭声叫："奶奶，奶奶，你怎么了？"老太太那混浊深陷的小眼睛慢慢转过来，转到卫音希脸上，忽然间紧紧盯着卫音希的脸，里面全是惊恐，却像中了魔不离开卫音希的脸，缩成一团的人拼命往床里缩。

身后有脚步声加紧走进来，颜子真抓住卫音希往边上退："我们让开位置。"

夹杂着老太太第二声极为凄厉的哭叫，卫江峰在身后大声叫："妈！醒醒！"卫音希随着颜子真走到床尾，卫氏夫妇冲到床前，音希妈妈柔声叫："妈，妈，没事了，没事了。"

老太太却没觉得没事，她只是固执地看着卫音希的脸，看一眼颜子真所在的角落，又回过头继续盯着卫音希，开始不断地声嘶力竭地尖叫，缩成一团的身子竟然跪起来，向着卫音希和颜子真的方向磕头,嘴里喃喃地不知念着什么。忽然又跪坐床上,似有一点清醒,伸手指着两个女孩,含糊不清地叫:"走开,走开!庄,庄,庄慧……雁……走开……"才过了一瞬,狂乱又回到她身上,她继续拼命磕头。

卫江峰要去抱住她制止她,竟扭不过这苍老瘦弱的身子迸发的力气。

颜子真怔怔地看着这个恐怖的场景,想离开,可是脚似生了根,一丝也挪动不了。

卫音希哭着扑上去:"奶奶!"

老太太抬起头,卫音希正面对着她。

那一瞬间,仿佛有一群魔鬼从地狱里钻出来,她的嗓子在发出极其惊悚的嘶哑的狂叫声的一半时,像被什么掐断了,老太太整个人僵住,脸上,眼中,惊惧而恐怖,她直挺挺地倒了下去。

第三十一章　悲疑

没有人知道老太太看到了什么,她就这样在颜子真和卫音希面前断了气,脸上和睁开的眼睛里,残留着未消逝的深深的惊怖。

四个人,全部都不可置信地站在床前,太过突然,反应呆滞。

直到音希妈妈哑着声音说:"江峰,打电话给医生。"她慢慢爬上床,小心地一点点地抚直老人渐渐僵硬的身躯。卫音希伸手握住老人的手,尚有余温的手僵直地垂在她手里,她却似乎连眼泪都没有了,只呆呆地看着奶奶的脸。

卫江峰不能相信,电话颤抖着打完,他轻轻地唤着:"妈,妈,妈你怎么了?……"

那具苍老的身躯已完全静止。

卫家陷入了极度的悲伤中。

作为卫家的独子,卫江峰幼年丧父,与母亲感情极深,而卫音希从小由奶奶养大,舐犊之情更胜。更因为老人家竟不是平平静静地病故而是这样不平常地离世,全家人都伤心得不能自抑。

而颜子真,在这伤心的如行尸走肉的一家人中,心中如坠重石。

如果说老太太的异常由来已久,那么,这一天两次的病发都在颜子真来了之后,临死前那般的惊怖恐惧,就算卫氏夫妇不说,颜子真也可以从他们的脸上看出来,这是从未有过,在楼下,颜子真也听到老人只在睡着时才发梦魇,可是她临死前,明明是醒着的,明明是见了她之后才……

她说:"走开,走开,庄,庄,庄慧……雁……走开。"

颜子真看着卫音希无声无息地发着呆,看着卫江峰和音希妈妈沉默忙碌地处理后事,她静静地离去。

卫家人在伤心和人来人往中,没有人注意到她的去留。

颜子真慢慢地往酒店里走,嘴角慢慢弯起一个苦涩的弧度,外婆,她无声地说,你给了我这么多资料,你让我把这个故事写出来,所以,这个故事如此真实,真实到让人害怕。

《二月初一》这个故事,颜子真断断续续听外婆讲了很多年。她自幼爱听老人讲古,外婆给她讲得最多的便是少女时候在山村避难的故事,故事里那个可爱的柳荫,顽皮的柳杨,还有那个如同仙女一样的陆雁农,外婆讲述的时候总是嘴角含笑,眼睛里眉宇间全是温柔怀念,一枝一叶,一言一笑,都讲得宛若眼前。颜子真就故意生气:外婆原来你喜欢他们比喜欢我多得多啊——。那声"啊"拖得很长,小小的脸板着,却绷不住眼里的调皮,斜着眼睛一眼一眼地瞟着外婆,外婆抱着她大乐,笑着笑着眼里便带了泪:"小子真啊,你才是外婆的宝。"她便得意扬扬。

待得她长大了,外婆会跟她讲自己和外公的故事,外婆是个大方的女子,讲起两人两情相悦,眼里的幸福和遗憾亮晶晶的,颜子真爱听得不得了;听到外婆小时候的不幸,她看到的也是外婆不以为然的骄傲,这样的外婆,是多么让她自豪,多么让她钦佩。

　　直到外婆病重，因为她是自由职业，那段日子，她日夜陪在外婆身边，外婆便跟她讲了另一个故事。是陆雁农的故事。外婆说："子真，答应外婆，在外婆死后，把这个故事写出来，替外婆纪念她。我这一生，最温柔最安宁平静的日子，由她给予。"外婆的目光悠悠长长，仿佛穿越了时光，停留在了那段少女时光，那般怀念，那般眷恋。

　　她所有的小说，外婆都看过。外婆说，子真，替外婆纪念她，把这个故事写出来，这是外婆最后的心愿。她便写出来了。

　　颜子真低头看着自己微微颤抖的手，然后，音希奶奶死了。

　　卫音希静静站在奶奶门前，门洞开着，对着门的窗户关上了，却没拉上窗帘，看得见对面的楼房一扇一扇窗户里都是黑黑的，像镶嵌在白色墙上的黑洞。昏黄色的一勾月亮斜斜地悬在对面楼顶上空，发出微微的光。

　　她就这么站在漆黑的客厅里、在奶奶门前，呆呆地。

　　似乎奶奶还会从床上坐起来，悄没声儿地走过来，捏捏她的小手："音希，怕黑呢？可怜的宝宝，这么个小人儿就要自己一个人睡啦，怪可怜哪，哦哦音希乖宝不怕不哭。"然后把她抱到自己床上，笑吟吟悄悄说，"别怕，跟奶奶睡，天亮前奶奶把你抱到自己房里去！你爸爸妈妈就不会知道了。"

　　于是她就擦掉眼泪，抱着奶奶的胳膊，安心地躺在奶奶身边，闭上眼睛睡过去。第二天早上醒来，已经好好躺在自己的小房间里了。

　　后来，奶奶抱不动她了，就自己去音希房间陪她睡，等她睡着了才回自己房里。

长大后妈妈自豪地说:我们音希,过了三周岁就一个人睡一间房了,从来不哭不闹,一觉睡到天亮,不知道多乖。

祖孙俩就偷偷地笑。

这样的小秘密,她们有好多好多。

可是现在这间房,这张床,空无一人。那个温暖的、瘦小的奶奶,她亲爱的奶奶,已经没有了,变成了墓园地里那个盒子。再没有人叫她:音希乖宝。

她慢慢地坐到地上,喉咙里的硬块哽得她喘不过气来,她张大嘴,一声一声,无声地叫:奶奶,奶奶,奶奶……

奶奶,我还没有毕业,奶奶,我还没有赚钱给你花,奶奶,我还没有让你看到我要出的漫画书,奶奶,你说你还要看到小小音希……

泪水像决了堤的河水,怎么也流不完。

为什么会这样?

奶奶满布皱纹的脸就在眼前,骇然的神情、惊惧的双眼也凝固在她的眼前。那么近,近到她眨一眨眼睛,睫毛都能碰到那张惊惧到变了形的脸。

她不明白。她怎么也想不明白。她只不过是回来探望一下奶奶,怎么就变成了这样。奶奶不是已经好转了吗?

她的奶奶,疼她爱她一口一口喂她带大她的奶奶,这样恐怖地,悲惨地死在她面前。

谁能告诉她,这是为什么?这是怎么了?

她不知道坐了多久,明天她要回校了,还有功课还要考试,那仿佛是那么遥远的事了,她怔怔地想:怎么,生活还要继续?

那么奶奶,我再也看不见你了?

耳边听到父母房中一声长叹,是爸爸的声音。

妈妈轻声说:"很晚了,睡吧。睡不着也闭上眼歇歇。"

爸爸闷声说:"我一闭上眼,就是妈临终前的样子。"

妈妈叹了口气:"我也是。我真是不明白怎么会这样。"

沉默。

音希抱着膝埋着头茫然坐着。爸爸妈妈也不知道,也不明白。

爸爸忽然说:"你记不记得妈叫的那个名字?她看着颜家孩子叫的她外婆的名字。"

妈妈:"嗯,我记得。"

爸爸长叹一口气:"现在回想起来,妈开始发梦魇,刚好是她年前离开以后。不过那个时候很轻微,就是我半夜上厕所,会偶尔听到妈被魇住,轻轻一叫就醒了。可是以前妈从来没有过这样。"

妈妈喃喃道:"我记得妈那时候叫什么庄走开,她们不是好朋友吗……"

沉默了一会儿,爸爸低声说:"我一直都觉得奇怪,从小到大,妈就从来没提过她有这么一个好朋友。忽然之间,她就出现了,帮我解决了担保的事,妈也只对我说是好朋友。颜家孩子走了之后,她却再也不提起这个人。我总觉得这其中有什么古怪。"

他重重地叹了口气,声音哽咽:"妈竟然是这样离开……"

音希听着,眼泪又纷纷掉下来。

沉默了一会儿,爸爸又艰难地说:"那天的情景回忆起来,妈是头一次醒着时这样,再严重原来也只是睡着了梦魇,我现在还记得她盯着颜家孩子的样子,她的眼神……是醒着的。她磕头……她一看到颜家孩子就……"

卫江峰喃喃道:"颜家那孩子,颜家那孩子……她到底是不是知道一些什么?看上去也不像啊。她的外婆,究竟和妈是什么关系?为什么妈会这样……"他没有再说下去。

妈妈迟疑着说:"说到颜家那孩子,妈看完了音希给买的那些书,又坚持订杂志来看。可那孩子写的东西,虽然好,但全是儿女情长,妈怎么会有兴趣看了一遍又一遍呢?"

卫江峰茫然地说:"我也不明白。"

过了很久,卫音希以为他们都睡着了,爸爸却又出了声:"现在想起来,妈的情况,跟颜家那孩子有关系。"

隔了一会儿,他说:"虽然,那孩子可能自己也不知道。"语气犹豫而勉强。

卫音希坐在地上,睁大了眼睛,泪眼蒙眬间,只觉得地上的冰凉从脚底一直凉上来,凉上来,直到冰凉到心。

第三十二章　母女冲突

颜子真是葬礼后第二天回的江城。葬礼之前她一直待在酒店里，因为不知道自己能做什么。

因为天气热，音希奶奶在第三天便下葬了，卫家在梅州本地没有什么亲戚，来吊唁的也就是卫氏夫妇的几个朋友。颜子真依着礼数去吊唁，卫江峰和音希妈妈客气地回礼，卫音希默默地看着她，一贯清澈信任的眼里有说不出的挣扎，她说："颜姐姐，谢谢你。"声音低而哑，带着久违了的客气疏离，那是她们相识之初卫音希的态度。

颜子真苦涩地抿了抿唇，当然知道，这个聪明的女孩，她已有怀疑。

她沉默地回到江城，想了又想，想不出所以然。闭上眼，就看到老太太狰狞可怖的脸，凸出的眼珠，那种骇然欲绝的表情，在纵横的皱纹里肆意流淌。

太可怕，所以一再重现。

颜子真苦笑，这真是要做噩梦了。

她平静地坐在外婆书房里的大书桌前，望着窗前那张靠椅，靠椅上的绣花棉垫已经被孙阿姨收起来了，初夏的阳光下，藤制的靠椅因年月已久，泛着润黄的光泽。

她好像看到外婆微微含笑看着自己。

颜子真不由得轻声说:"外婆,音希奶奶死了。"

然而她仿佛看到外婆敛起的眉尖,她苦笑了一声:"卫音希和她感情很好,她自小由她带大,很受疼爱。"颜子真叹了口气,"外婆,我竟不知道,她竟然看我的小说,那么大年纪了还会看我的小说。你让我写的故事,她一直在看。"外婆仿似扬眉一笑,了然于心,颜子真怔怔地,揉一揉眼,藤椅上空空如也。

颜子真喃喃地说:"她死得很惨。外婆,她是被吓死的。"

过了许久许久,她叹了口气:"外婆,我不知道要不要告诉音希真相了。它实在太伤人。"

也许,再过些日子,再过些时间。

卓嘉自问颜子真:"卫家奶奶病好些了没有?"

颜子真张开嘴,低声答:"妈,她过世了。"

卓嘉自一怔,沙发上的颜海生也呆了呆,抬起头仔细看着颜子真:"病得这样严重?"

颜子真低下头说:"嗯,爸,她都九十岁了。"

卓嘉自若有所思地看了看女儿苍白憔悴的脸,心里知道一定发生了些什么事,可是她犹豫了一下,没有追问下去。

可是颜子真看到卓嘉自的神情,却不由自主地想起妈妈曾经在一个冷静的晚上对她说过的话:"你外婆交给你做的事,不是会伤害你自己,就一定会伤害到别人。你不会愿意知道那个后果。你不会愿意承担那个后果。"

那个夜晚,母女俩都很平静,当时颜子真心中并非没有触动,但是对外婆根深蒂固的感情和崇拜到底难以撼动。

那么现在呢？她想起卫音希在火车上提到祖母时深深的依恋，想起卫音希父亲抱着老人颤抖的手和痛苦的神情，是的，那是一定会有伤害的，一定会有人被重重地伤害。可是有些事情并不能两全其美的吧。

颜子真坐在电脑前飞快地打着字，门被打开，卓谦和邓跃拿着球拍走进来，卓谦笑："哈，我打赌赢了，姐在家！"颜子真停下键盘上的手，忽然有点烦躁，摁了"Delete"键，把刚写的整个文档都删掉了。

卓谦仔细，"呀"了一声："姐，你干吗？"

颜子真摇摇头，托着头忽然说："音希的奶奶过世了。"

两人一呆，卓谦马上记起音希每次提到奶奶时那一脸的孺慕，心中一紧，却听见颜子真对他说："卓谦，你去看看她，你跟她说，如果不想过这里来就不来，不过如果想来，这里总是欢迎她的。"

卓谦不解，看到颜子真有些无奈的神情，还有邓跃暗示的眼神，满腹疑惑地"哦"了一声先关上门回去。

这边邓跃轻声问："子真，发生什么事？来，告诉我。"

颜子真低下头，怔怔地看着半坐在面前地上的邓跃，那双专注和关切的眼，想了想，摇摇头："其实没事，不过音希的奶奶，"她纠正了自己，"音希和她奶奶感情很好，她从小是她奶奶带大的，我有点担心她。"

邓跃摇摇头："子真，这不能解释你脸上的表情，那不仅仅是担心。"

颜子真和邓跃恋爱三年多，起先自然是蜜里调油，时间久了，便有些老夫老妻的味道，加之颜子真个性明朗洒脱，并没有什么小性子，偶尔耍点小脾气略哄一哄便无事，邓跃一向就并不用太过着意她，但是这段日子来却又仿佛有些不同，邓跃相当地留意她的心情。颜子真又不大擅长掩饰，有什么官司一眼便看得出来。

她又实在有些难受，便脱口而出："音希奶奶的死和我有关。"

邓跃一惊，颜子真说："我从来没同你说过，她和外婆有……"她犹豫了很久，没有说下去。

门口却有冷冷的声音响起来："她和你外婆有什么？"

颜子真霍然站起身，呆呆地望着门口的卓嘉自。

卓嘉自显然已经来了不短时间，卓谦正手足无措地站在她身后，而她的脸上，冷若寒霜。

颜子真叫了一声："妈！"

卓嘉自看着她，眼中有隐隐的怒意，语声带着寒意："我之前就觉得你有些不对劲，现在你来告诉我，你的亲亲好外婆，到底让你去做了些什么事？"

颜子真下意识地辩解："妈，你别把外婆想得那样，她让我做的事其实没有什么的……"

卓嘉自只觉一阵心火冒上来，已是怒不可遏："颜子真，你到底有没有头脑？你现在才三岁吗？你还没长大吗？别人让你做什么就做什么？对，只要是她说的，让你水里水里去，火里火里去，你半点不会犹豫对不对？"

颜子真小时常躲在外婆家宽大书房里看武侠，看多了，同外婆说起话来就豪气干云："外婆有啥吩咐但讲无妨，小的水里水里去，火里火里去，绝无二话！"其实不过是外婆请她拿一杯白开水。

这是卓家常拿来取笑颜子真的玩笑话，此时被卓嘉自说出来，充满讥讽，异常诛心，颜子真心中又是委屈又是难过，大声说："妈，外婆没有做错事，她只是……"

卓嘉自打断她："那么为什么卫音希奶奶的死和你有关？一个九十岁的老人，她的死为什么和你有关？"

颜子真张了张嘴，卓嘉自盯着她。

邓跃忙走到卓嘉自面前，赔着笑说："阿姨，你别生气，先坐下来喝口水。"一边同颜子真说，"子真，你先让阿姨坐下来。"

卓嘉自忍了忍，看着邓跃："邓跃，我有话和子真讲，你先到卓谦那里坐一会儿。"邓跃看了一眼颜子真，只得点点头，拉了门外的卓谦，关上门离开。

屋里的两母女静了一会儿，卓嘉自开了口："颜子真，自从你第一次从梅州回来，你就偶尔好像有心事的样子，这次去梅州之前、从梅州回来之后，都一脸犹豫，心神不定，你自小到大，从来没有过这个样子。我本来想问你究竟出了什么事，可是我一直记得你奶奶对我说过，你已经长大了，我得相信你有自己的能力和智慧去处理事情。"

她看着女儿，十分愤怒："颜子真，你告诉我，为什么一个九十岁的老人，她的死会和你有关？你外婆到底让你去做了些什么事情？"

颜子真呆呆地看着母亲，轻声问："妈，外婆对你做了什么？"

卓嘉自还在愤怒的情绪里没有反应过来，以为颜子真在反问她，正要怒斥，抬头却看到女儿脸上的难过。

这难过的神情像一根针，令她的满腔怒意和愤恨被戳得泄了大半，残存的那点不足以支撑她，她无力地坐倒在沙发上。

女儿没有做错什么，她自幼与外婆感情深厚，自己也了解自己的母亲，优雅幽默、坚忍果断，若不是发生了那件事，自己还不是对她敬爱孺慕？

这是她捧在手心里养大的女儿，为了她，自己和母亲恢复往来，因为她决意要给女儿一个健康完整幸福的成长环境。因此她不介意女儿喜欢到外婆家玩，每次女儿从外婆家回来，她都会很耐心高兴地听着小小子真讲外婆说了什么、做了什么好吃的、同她玩了什么，甚至会殷殷询问，所以直至子真长大都不曾真正意识到外婆与母亲之间的异常。兄姐弟弟对子真异乎寻常地疼爱她也只当不曾看见。又恐怕女儿得所有人宠爱会变得太过骄纵无理，卓嘉自在子真幼时便充当了调侃、捉弄、恶作剧的角色，每每扑灭小子真刚刚滋生的坏脾气和小骄纵。丈夫颜海生对此十分赞同，与她配合默契，每当此时便抱了委屈又无可奈何的小子真小小哄上一哄。如她所愿，颜子真长成了她所希望的好孩子，笑容明亮、性格大方开朗随和，虽然不免失于天真懒散。

她有些后悔，在颜子真面前，她从来不提自己母亲，然而自从听到那份遗嘱，卓嘉自就一直不安，虽然也知道母亲十分疼爱子真，可是当年自己作为她的小女儿还不是一样被疼爱？于是她几次三番在子真面前失态。现在子真问她：外婆到底对你做了什么？

卓嘉自不能回答。

颜子真却慢慢挪过来，坐在她的脚旁，她抬头，看着女儿脸上的不安，伸手抚摸女儿的脸："子真，我只想你好好的。"

颜子真把手上一沓纸递给卓嘉自："妈，你看这个。"

《二月初一》。

第三十三章 《二月初一》之伤逝

《二月初一》连载第七期

日子，便在这样的苦乐相伴间慢慢过去。

他们在这个山村已经住得惯了，对于柳源陆雁农两人，只要吃得饱，就都没什么要求。特别是陆雁农，相濡以沫，平平凡凡，本就是她最向往的生活，虽然贫寒了些，她并不以为意，战乱之中得保全家，已是大幸。何况这些年全家相依为命，她最挂在心上的是与柳母的关系得以渐渐缓和，尤其是那场火灾之后。

那场火灾是在半夜，雷电交加中闪电劈中了厨房的茅草屋顶，火起连绵，那晚恰巧柳源去了山下采买草药遇上大雨不及回来，而待得陆雁农等人惊醒火势已是颇大，康锦言一直是和柳荫睡的，她拍醒柳荫让她冲出房间，大声同她说："快到隔壁叫醒邻居，我去看看你阿娘！"柳荫素来灵醒，一个磕嗑也不打地赤着脚就冲到雨地里。

康锦言转身跑到陆雁农屋里，陆雁农抱着柳杨正要去隔壁看柳母，见康锦言来，便把柳杨塞给她，示意她出去，转身疾跑到隔壁柳母房里。

因柳母住处离厨房最近，火势是最大的，康锦言本想挡住陆雁农，自己去探，但看到陆雁农已经毫不犹豫地踏进柳母房中，看着怀中柳杨，只好先跑了出去。

此时雨势已小，风却大了起来，火如长龙，很快烧到了隔壁，因都是木制房屋，火便烧得愈快，整个村子的人都出来救火。

而柳母房中却久久不见人出来。康锦言心急如焚，可是怀中柳杨尚懵懵懂懂，她又实在不放心把他一个人放在外面地上，正团团乱转，柳荫却跑了回来："姐姐，阿娘呢？奶奶呢？"柳母房间其实已经半塌，康锦言把柳杨放在地上，说："柳荫你看着弟弟，千万别乱跑。"柳荫紧紧拉住弟弟的手，用力点头。康锦言迅速往火场跑去。

恰恰跑到门前，陆雁农背着柳母吃力地踏出来，康锦言一把撑住摇摇欲坠的陆雁农，合力走了出来。

柳母的脚跌伤，半边头发已经烧没了，陆雁农身上也烧伤好几处，头发眉毛烧得零零落落。

天明后回到家中的柳源惊得魂飞魄散，紧紧搂住老母妻儿不敢松手。

火灾烧掉了好几户人家的房子，因是天火，没什么可说的，幸亏没什么伤亡，山村村民便一起新搭了房子。在这期间，陆雁农为大家配制烧伤药膏和内服药，因为自己也受了伤，又忙碌，便由姚红英每日为柳母敷药。姚红英自幼是柳母看着长大，两人一向亲厚，由她为柳母身上敷药，自无不妥。

柳母事后什么也没说，陆雁农也没有说，然而婆媳之间再也不似从前冷漠。

一年以后，柳母安然逝去，临终前对柳源陆雁农说："你爹曾经说过,这辈子有你俩佳儿佳媳,死也无憾。这句话今日可以轮到我来说了,膝下有佳儿佳媳,堂下有孙儿孙女,我很有福气。"停了一歇,对陆雁农说,"雁农,阿娘委屈你,你别怪阿娘。"

陆雁农紧紧握着婆母的手,泪下不能出声,只是摇头。

柳母逝后两个月,陆雁农怀孕。这个孩子的降临,对于战乱离家又痛失亲人的柳家来说,无疑是个极好的消息。

但对于姚红英来说,却是另一重滋味。她因久婚不育已寻遍名医,丈夫疼爱自己不说什么,公婆却极有嫌意,偏偏这次逃难失散的是丈夫,绑在一起的却是最嫌弃自己的婆婆,好消息一传出来,整日便听婆婆唉声叹气抱怨她害孙家绝后。她心中气苦,驳完嘴后便总是呆呆坐在院子里看柳荫和柳杨玩耍。

陆雁农虽性子淡,也多次去劝慰姚红英婆婆。私底下却对柳源说:"英儿在子嗣上怕是艰难。"她行中医多年,而祖母长于妇科儿科,她亦身为女子,自是更擅于此,这些年来频频为姚红英搭脉,虽口中一直不言,却心中有数。

柳源闻言惊住:"你不是说因为这里没有好药材才没有办法为英儿补身调养?只要回了家,孙章回来便能……"

陆雁农眼中怜惜,叹了口气:"虽然我也希望孙章能安全返家,可是,英儿……"她轻声说,"我看着英儿看柳荫和柳杨的眼神,心里很是难受,不告诉她她总还会觉得有希望,告诉她她定是绝望。"

夫妇俩默然无语。

康锦言对姚红英却完全无感。

姚红英是个十分俏丽的少妇,人也活泼,因婆母的斥责而垂泪的样子也很是可怜，因为柳姚两家的关系，房子挨得很近，来往也多，可是康锦言和姚红英几乎没有什么交集。

就像康锦言和陆雁农相处极洽，姚红英更喜欢和柳源说话。陆雁农告诉康锦言："他们从小一起长大。"她神情自然，并无半分不悦，康锦言自然不会多事，她只是觉得姚红英似未曾长大，近三十岁的女子，山村里多是几个孩子的母亲了，她却言笑娇憨，在柳家母子面前像个稚龄女孩。她不惯与这种性格的人交往，而姚红英也对她无甚兴趣。山居几年，两人只是彼此笑着问好的情分。

康锦言和陆雁农相处久了，交流便多，两个人，一个坚忍果敢，一个宁折不弯，却一样性情疏落，不大爱谈及私事，因此是靠了时间长久，才慢慢了解到彼此竟然自幼境遇相仿。相较之下，陆雁农得祖父母呵护扶持，而康锦言自幼便一力于懦弱母亲、冷情父亲、狠毒父妾之间斡旋，争得一席之地。陆雁农看着这个小小少女，表面虽不显异常，心中却更加怜惜喜爱，见她好学，倾尽平生所学细心教导，不动声色却冷暖相问，直把她当成了妹妹与女儿。

康锦言正是敏感聪慧的青春少女，本来就喜爱陆雁农，渐渐地更多了依赖。这种依赖与对周默的依赖又不同，康锦言对周默的依赖是有限的，大多时候是自己挺直了腰背自己承担，只在实在疲累时靠上一靠，赖上一赖，她始终明白自己的事自己担，自己的路自己走。但对陆雁农，却是想起来就温暖舒服，安心宁静，全身心都可以放着。

然而有一日，柳源面色凝重地带了一个人进村，是一个中年男子。姚红英见了他惊喜交加，连连询问父母情况，中年男子是姚家管家的儿子，与柳源也是相熟的，原本逃难到距此百里的小镇上，因听说日本鬼子要来，便举家继续南移，也是碰巧路经山下镇子，遇到柳源。

他告诉姚红英，姚老爷姚太太在一九四一年全城大逃难时已经去了老家山里，应该没有事。顿了一顿，他看了看柳源，见柳源示意，才说："我当时逃走之后，因为不舍得，又偷偷溜回家住了几个月，鬼子扫荡过一圈就会消停一阵子，我们也没什么家当，所以那几个月也算安生。后来有一天，有个人来找老爷太太，找到了我，他说……"他有些结巴，"他说，少爷，少爷战死了。"

如晴天霹雳炸在头顶，姚红英整个人木了，陆雁农正拿了个玉米要递给那男子，手一松，玉米掉在地上。只有柳源，沉着脸，转过头。

那中年男子结结巴巴地说："我原来不相信，我根本就不相信，可是，可是那人断了一个胳膊瞎了一只眼，一身破破烂烂的，拿了少爷的链子给我，说，他们是一个团的，上战场的时候发过誓，谁要是有命活着，就要去另一个人家里报信，他虽然打残了，可是还活着，也打不动了，那就绕道来报个信再回去。我认得少爷的链子，坠子是个寿桃的样子的。"他看着柳源。

柳源伸出手，掌心里正是那条链子，姚红英低头看，没有人能够认错，他们孩提时就在一起，姚启德的寿桃链子是姚老太爷特意为爱孙定制，那颗小小的寿桃是实心的金子，刻着一个"姚"字。

姚红英没有哭，她直接晕了过去。

战争从来就是最凶残的魔鬼，它吞噬人们的挚爱，绞杀人们生机与希望。

那几日，两家人都沉默如死。

康锦言带着两个小孩不去打扰柳源陆雁农，虽然她不知道什么，可是她知道柳源和姚红英自小一起长大，自然也知道柳源定与姚红英兄长情谊匪浅，而陆雁农虽是中医，却在别处山村或山下镇子慕名而来的求医者身上施展过西医小手术，只言片语间知道技艺来自从前家乡的西医院，还有，姚红英兄长处。

第三十四章 《二月初一》之柳松

这一年的腊月,陆雁农生下次子柳松。因为是腊月,相对来说比较空闲,但柳母的去世令得家中少了一个人手,而长子柳杨已经四岁,异常顽皮,十岁的柳荫根本管不住他,还好有康锦言管着这只猴子,因此陆雁农的月子便由柳源一手包办。

陆雁农自嘲:到底娇生惯养了,真正不如人。

是不如那些一贫如洗的妇人,乡间流传着一个说法,妇人生育当天便使用生冷水洗手洗脚,那么就无须坐月子,可一切如常劳作:洗衣做饭等全都不碍了。那些没有条件坐月子的妇人们便信奉着这个说法,也实在是因为家里操劳不过来。

陆雁农自嘲完后却也正式告诉康锦言,这是绝不可行的。辛劳的妇人们也许因为常年操劳维持身体机能不致短寿,但将会在年老后的长时间内受着说不出的痛苦,比如,全身经脉的痛不可触。

柳源很爱惜陆雁农,整个月子里,陆雁农也安心将养。有时候康锦言抱着玩累到睡着的柳杨回去,从门隙里会看到柳源微笑着一遍一遍细细梳着陆雁农的头发,手势温柔,轻声低语。康锦言并不是一个多愁善感的人,却也会看得呆一会儿,嘴角有不自觉地翘起,这就是幸福啊。

因为陆雁农的好人缘,来家里帮忙和探望的村人很多,而最常待着的就是姚红英。姚红英迷上了柳松。

她以前是很喜欢柳杨的,但是柳杨实在顽皮得太过,她又没康锦言这么多花样哄得了他,慢慢地泄了气,会常常带着嫉妒看康锦言和两姐弟玩。不过如今新添了柳松,小小软软的小柳松虽然太小还不够好玩,却因为一生下来便在姚红英眼前,成功地激起她的母性,陆雁农月子里不能多抱孩子,柳源又忙着照顾妻子,于是抱婴儿最多的反而是姚红英。

柳松的第一个模糊笑容,第一个无意识的触摸,第一泡屎,都给了姚红英。于是,就连陆雁农抱着柳松喂奶,她都会舍不得放手,巴不得整天抱着他。于是,柳松被抱得惯了,放下便哭,闹得陆雁农柳源十分头疼。

一个月过后,柳松的五官渐次长开,和兄长柳杨一半像柳源一半像陆雁农,不同的是,这小婴儿肖似柳源。柳荫笑嘻嘻:"真公平,我就长得像阿娘,柳杨上半张脸像阿爹,下半张脸像阿娘,柳松就全像阿爹。以后阿娘再生个弟弟妹妹,那就上半张脸像阿娘,下半张脸像阿爹……"她古灵精怪地念念叨叨,让大家都笑开,柳源逗女儿:"有两个弟弟了,下一个还是生妹妹吧?"

柳荫叹一口气:"这个就难讲得很啊,还是顺其自然吧。"

康锦言都忍不住被逗得笑捧了腹,伸手去抱小柳松,天气冷,小柳松被包得严严实实,小脸蛋红通通,眼睛骨碌碌转,康锦言点了点他的嘴角,他便顺势露出一个小小的笑容,微微眯了眼,果然很像柳源,趣致得不得了。

柳杨不甘寂寞,拼命拉着康锦言的衣角:"弟弟,弟弟,给我看弟弟。"

康锦言便坐在小凳子上,让柳杨看着弟弟,柳杨虽顽皮,却也友爱,把手焐热了才伸进小柳松的袖筒里,笑眯眯地说:"弟弟抓我的手指头,抓得很紧。"一边看着柳松,"弟弟,我是哥哥,我叫柳杨,以后我带你玩啊。"

柳荫靠在柳源怀里,也笑眯眯:"抓蚯蚓吃呀,抓蛐蛐儿吃呀,抓毛毛虫吃呀,柳杨哥哥只会吃哦。"

柳杨辩白:"我不吃毛毛虫的!"

柳荫马上说:"对,你吃菜青虫。"

柳杨又辩白:"我没吃过菜青虫!"

柳荫歪了歪头,接得很快:"哦,你吃除了毛毛虫和菜青虫以外的所有虫。"

柳杨张口结舌,柳荫朝他做个鬼脸,伸出舌头:"小笨蛋!"

柳杨倒也皮厚,浑不在意,凑过去亲柳松:"不理姐姐。"

陆雁农逗他:"为什么不理姐姐?姐姐欺负你呢。"

柳杨看一眼柳源,很是言简意赅:"阿爹帮姐姐。"

众人大笑。

这时柳源看到门外站着姚红英,笑道:"英儿怎么站在门外面,进来呀。"姚红英慢慢地走进来,康锦言瞥了她一眼,只觉得她的脸色有点奇怪,待得她坐下来,伸手来抱柳松,却又看不出什么了。

柳源笑着说:"英儿你总抱柳松,柳荫柳杨该眼红了啊。"

姚红英不假思索:"柳松最乖。"

柳荫马上说:"是啊,柳杨最不乖。"

陆雁农轻轻一拍柳荫:"你就尽欺负你弟弟。"

柳荫笑嘻嘻："阿爹说的，弟弟就是用来欺负的。"

柳源喊冤："喂，我没这么说过。"眼里全是笑。

柳荫抱着他的脖子故意娇声娇气地说："阿爹是在我做梦的时候说的。"一双眼里全是狡黠。

因为姚红英抱走柳松坐在床边，柳杨便靠在康锦言膝前，康锦言把他搂在怀里，轻轻地摇着，陆雁农虽出了月子，柳源怕她冻着，房间里仍烧了炭盆，暖融融的，柳杨把大头往后搁在康锦言肩膀上，慢慢就有点睡意蒙眬。

柳荫看得显着憨憨的大弟，心满意足地说："以后我就有两个弟弟可以玩了。"

既出了月子，陆雁农便很快开始了正常生活，今年本是个暖冬，开春早，正月里便有农人下农田，柳源也开始准备了起来，家里开始忙忙碌碌。

在康锦言看来，姚红英婆媳应该是逃难时带了不少银钱出来，日子相对比较轻松，不过她向来不管闲事，只尽力做自己能做的事，以换取温饱。也因此，陆雁农本意是学村妇把小柳松绑在后背，以便腾出手来干活的，姚红英坚持要帮忙带，陆雁农同柳源商量后答应，但决定以谷粮酬谢。

陆雁农笑："柳松也是有福气，英儿这么疼他。"自从得知姚红英兄长去世的消息，姚红英变得有些沉默，柳源夫妻对姚红英更多了几分怜惜和回护。

这一年过完年之后，山村外镇子外的消息陆续传进来，日本人开始溃败，也开始了更疯狂的扫荡，山村似乎仍然宁静，康锦言有些兴奋，又隐隐有些不安。陆雁农看出来，笑着说："这场仗也许就快打完了。"康锦言也看得出来陆雁农有着向往和期待，问："雁农姐，仗打完了，你会回家吧？"

她点头："是啊，和从前一样，开个小医馆，带着三个孩子，平平静静的。"

康锦言说："岁月安好。"

陆雁农温柔地看着她："锦言，你也要岁月安好。"

康锦言微微红了眼圈，她知自己心中不舍，可是也知道人生无不散宴席，她伏在陆雁农膝上，摇曳的油灯下，这一刻似乎可以天长地久。这是康锦言第一次放纵地流露自己的依恋，在可能即将来临的分别之前。

然而这分别之快，却出乎她的意料。

这一晚寒夜天冷，空气如冰，一弯半月清辉，星光却兀自璀璨了整个天幕。康锦言走出屋子，忽见这般美景，一时仰头看呆了过去，心里忽而一动，想到几年前，她与周默到街市中心看完花灯舞狮，一路携手返家，天已极晚，身后仍喧哗隐隐，一路行来却渐次安静，唯头顶明月当空，虽挡了大多星子光辉，于边角处却仍能见点点闪烁，寒夜空气冰冷了脸颊，心中却着实快活。她只顾仰着头看星看月，手上却有周默牵着引着，安心得很。

这几年来，她心里尽力不去想周默，康锦言自小便不曾多愁善感，一贯心性坚强，历经那半年惨烈的孤身逃难，更添了坚硬坚忍，没有希望，便不会有失望、绝望。她自己都不曾察觉，她那本该柔软温暖的少女心已经十分冷静甚或冷漠。

但是自小，周默是唯一自始至终护在她身前，支撑在她身后的人，在某些时候，记忆和怀恋总会突如其来，令她失神。

在这样一个寒冷却美丽的星夜，山村静寂无声，她仰头星空，嘴角露出温柔的笑意，不知不觉沿着村路慢慢走着，仿似周默仍在她身边，纵容地、可靠地牵着她的手，带着她的路。

康锦言不知道走了多久，直到她听到一个熟悉的声音。

姚红英。

已经很晚了，姚红英不是抱了小柳松去睡了吗？康锦言皱起眉头，却听姚红英说："阿洛哥哥。"

康锦言一怔，几乎是本能地悄声上前，闪在一旁屏息听着。

柳源今天是下山去卖药材，因耽搁得久了，上山就晚了，在路口遇到姚红英。他自小疼爱姚红英，真心把她当妹子看。后来，有了姚启德恋慕陆雁农，后又从军，姚红英夫婿失散，子嗣有碍，日前又知姚启德竟战死，柳源心中更添了歉疚和怜惜，对姚红英所言所求再无一个不字。

静寂的山村冬夜，康锦言心中忽有不安。

却听到姚红英轻声说："阿洛哥哥，我一直想问你一件事，你一定要认认真真回答我，好不好？"

柳源低头，见姚红英小小的俏丽的脸在月光下雪白瘦削，仿如小时候般般地充满信赖，心中怜惜，笑着点了点头："好。可是天冷，一边走一边说吧？"

姚红英摇摇头，吸了一口气，问："阿洛哥哥，如果没有陆雁农，你会娶我吗？"

那边柳源怔住，这边康锦言却没来由嘘了口气，她想，终于是这样。

三个人都静静地站着，柳源只停了一会儿，便答："我没有想过这个问题。英儿，我和你哥哥一样，只把你当妹子。"柳源的声音异常温和。

姚红英低下头，一时间看不清她的表情："是啊，我哥哥……我哥哥为什么会这么爱陆雁农呢？为了她去念医学，为了她去从军，为了她战死了。我很久很久没见我爹娘了，很久很久没见我哥哥了。我想爹娘要是知道哥哥已经战死了，肯定伤心得很。我现在到你家看着你们一家人，就会想起来以前我们家有四个人，那时候不知道多开心快乐。那时候我还以为我会嫁给你，阿洛哥哥，我一直以为我会嫁给你，我从小就喜欢你，喜欢了那么多年……"

柳源震惊地看着她，姚红英少女时对自己的爱慕，他隐隐是知道一些的，只是一来他向来端正传统，二来一向当她妹妹，再也没想到时隔这么多年，她竟仍然记着。

姚红英抬起头，脸上泪痕纵横："阿洛哥哥，我已经什么希望都没有了。"婆婆不喜，丈夫失踪，自己不育，兄长战死，爹娘年老山居。

"阿洛哥哥，你能把柳松送给我吗？他长得真像你。"

第三十五章　《二月初一》之雁农之殇

日本鬼子进村的时候，是大家正准备做午饭的时候。因为这一天游击队要来休整，陆雁农和康锦言说好了一早去山上采些新鲜敷用的草药给伤员用。这里山村偏僻，有时便成为游击队的休养之地，缺医少药的游击队到哪里都需要陆雁农这样的医生，陆雁农也竭力帮助他们。

康锦言和燕子从山上采药回来的时候遥遥看到隐约人影枪尖晃动，紧赶慢赶想回村报信，终于还是迟了一步。

她们俩看到鬼子们把惊慌失措的村民们集中在一处，喝问着什么，康锦言在斜山坡上往前爬，山坡离村民们集中的平地只有三十来米远，燕子紧紧观察掩护地势，在她将要露出视野之前死死拉住她。

她们都听到了鬼子的翻译，是说前几日有个日本军官在这附近失踪，要他们交出来。

这里并没有来过什么日本军官，康锦言清楚，集中在一处的村民也否认。日本人哪里肯信，近年来日本人频频打败仗，小股单人的鬼子常常就地失踪，中国人的仇恨他们再清楚没有，于是要挟：交出军官，放过大家，否则，全部格杀。

一时间静寂若死。

这队日本兵不多，可是虽属溃兵，服饰却仍然整齐，装备也没有丢弃多少，手无寸铁的村民对付个把鬼子没有问题，但面对他们，显然面对的是只有被屠杀的命运。

那个日本军官看来对他们很是重要，或者说那个日本军官身上有对他们很重要的东西，不然，溃逃的日本鬼子凶残之处不亚于魔鬼，早就逢村灭村，遇人杀人了……除非来不及。

可是鬼才知道那个日本军官已经埋尸何处。

游击队。现在他们唯一的指望就是来休整的游击队。

如死的沉寂中时间一点一点地过去，一个看起来像头目的日本人似乎终于不耐烦，大步向其中一个村民走过去，翻译大声喝问，那日本人却停住脚步，目光自仇恨却无奈的村民们脸上一个一个扫视过去。

最后，他朝姚红英走了过去。

康锦言永远都记得那一刻，姚红英面对日本人后退一步，霍然转身指着不远处的陆雁农，大声说："她知道！她是医生，她常常给游击队治伤，她知道！"

村民们都呆住了。柳源厉声喝道："英儿，你胡说什么！"他上前要抓住姚红英的手臂，那日本人抬手便是一枪，打在了柳源腹部。柳源倒地，姚红英哭道："雁农姐，你救救大家，你明明知道的！"

那日本人盯着陆雁农，陆雁农看了姚红英一眼，又低头看着柳源，然后她说："我知道，我带你们去，但是你要放了大家。"

日本人看着她，点了点头，转身叫人来押她，康锦言心中惊骇无比，她怎么会知道？不由自主要扑出去，燕子却狠狠地压住了她，燕子是土生土长的山村女孩，力道不知大康锦言多少。

柳源挣扎，却被姚红英压住双肩，腹部的血流出来，他用尽力气喊："雁农！"

陆雁农定住脚步，看了他一眼，日本人推搡着她，她对着他微微一笑，一如当年初见，他与同学辩论，她清淡神情的脸上，浮起的那抹淡淡笑容；仿佛刚从窗户里轻盈跃出，一开口就带笑说："我就是那个你要退亲的陆雁农！"那样清朗明净，清淡宜人。

然后她转身，被押走。直到日本人走了好一会儿之后，呆若木鸡的大家才醒过神来，山坡上的康锦言一直死命挣扎，燕子便一直压着她，直到再也看不见日本人，康锦言才终于冲出山坡草丛，头也不回地往日本人离开的方向追去。

然后，遥遥的有几声枪响，然后，枪声变成山谷回声，却夹了一声尖叫："阿娘！"然后，又是几声枪响。

所有人都定住了，康锦言只觉得浑身的血液一下子冻住。

有游击队追击过来，然后，他们跟着游击队狂奔到很远，看到了陆雁农。她躺在山腰路边的一个洞前，血从胸口和腹部流出来，满地都是，渗进了土里。她就这么死了，微微眯着眼，什么话都没来得及说，她的脸仍然那么洁白俊美，一如生前。

在距她十米远的山坡上，撒了一地的草药，柳荫躺在那里，睁着大大的眼睛，小小的酷似母亲的脸上带着悲痛和震惊，身下的血红得像欲开的映山红。

"阿娘，我明天和姐姐一起去采草药。"

"柳荫别添乱，你还没认全草药。"

"哼！阿娘你净摧毁我在柳杨面前的威严！"

一九四五年二月初一，陆雁农与女儿柳荫殇。

柳源伤重，被抬到山下医治。

姚红英失踪，在一片兵荒马乱中，没有人知道她往哪里走了，同时失踪的是柳源和陆雁农的幼子、尚在襁褓中的柳松。

陆雁农和柳荫落葬那一天，柳源挣扎着被抬上了山，看着一大一小两具薄棺在柳母身边入土，他已经不知道今夕何夕，似乎还在昨天，爱妻娇女憨儿都在面前笑语盈盈，一转身，他与她们天人永隔，身边只余一个儿子茫茫然不知世事。他紧紧攥住妻子的棺沿，心中剧痛如刀绞。这不是真的。

这不是真的。康锦言的眼角渗出一丝血。山居三年，她与雁农姐既像姐妹师徒，更是知音，她不会的，她教她，她曾失去的，她给她温暖，她从来没有说过她对陆雁农的依恋和依赖，一直以为就算以后分开，也能鸿雁往来，年年相聚，可是谁知道只不过一眨眼，竟然一世永别。

还有，小小的、古灵精怪的柳荫，喜欢黏着她，喜欢絮絮叨叨，明明昨天还在听她得意扬扬地说："阿爹说的，弟弟就是用来欺负的！"可是这一具小薄棺，却葬了她灿烂的未来。

康锦言跪在陆雁农和柳荫面前，她发誓，字字铿锵，斩钉截铁："雁农姐，你在天上看着，是谁造成这一切，天涯海角，我康锦言一定不会放过她！"

柳源浑身一震，他看向康锦言。

那天晚上，当姚红英说出那句话"阿洛哥哥，你能把柳松送给我吗？他长得真像你"之后，柳源过了许久才拒绝，他说：

"英儿，你需要的是忘掉以前的事情。你放心，你有什么难处，我和雁农都会帮你。"

姚红英呆了很久很久，才一声冷笑："帮我？我什么都不要你们帮，只要你们帮一件事，帮我哥哥活过来。"

姚红英瞪着他："你知不知道，你还没跟陆雁农在一起的时候，哥哥就喜欢她；哥哥上医学院是因为她学医，希望中西医结合；哥哥明知道你们在一起了，还给她做了这么多的笔记要达成她的心愿。你们要结婚了，哥哥是太伤心了吧，他就去从军了，他竟然不顾爹娘不顾我，去从军了！"

那些往事一下子全部涌进心头脑海，怎么能忘，怎么会忘，柳源艰涩地看着姚红英，那是他最好的朋友，一腔深情如许。

姚红英哀伤地说："你知不知道，那年寒假，哥哥临走抱着我流眼泪，哥哥的眼泪，一大颗一大颗地掉在我脸上，我以为他是为了我伤心，我后来才知道……从那时候到现在，哥哥就再也没有回来过。他不会再回来了。"

她抬起头，一个字一个字地说："你知不知道，我有多憎恨陆雁农。我恨她。从那个时候起，我就一直憎恨她。"

康锦言低头看着渐渐被泥土掩去的棺木，轻声说："柳大哥，她恨雁农姐，是因为她得不到你。"她不是为了她哥哥，她是为了她自己。

陆雁农从头至尾不知道姚启德的心意，但是陆雁农从头至尾占据了姚红英生命中最重要的两个男人的心。如果说因为姚启德生恨，那恨意也远远不及夺走柳源的恨。因为姚红英自始至终爱恋柳源。

那样的恨，在看着柳源陆雁农一家和乐融融时，达到了顶点。那原该是她的幸福，因为陆雁农的存在，成为泡影。她要陷害陆雁农，就算同归于尽，她也要陆雁农死。她得不到的，她也别想有。

姚红英看着陆雁农的眼神，从来没有半分笑意。康锦言在那个晚上才终于明白了为什么自己始终没有办法和姚红英接近。

柳源的枪伤在四个月后痊愈，但丧妻和失去子女的打击让他迟迟不能恢复精神，村民们感念陆雁农舍身的恩德，对柳源和柳杨照顾有加，田地耕种都帮手做了。康锦言默默地照顾父子两人起居，洗衣做饭，教柳杨识字。有时上山采些草药焙制了下山去卖，换些日常用品。

日本人已经撤走很久，山上山下很多难民都已经开始收拾返家。其实很多地方都是日本人扫荡时逃走暂避，日本人走了就回家，像柳源他们的情况并不多。

柳源却似乎并不想离开，山村的墓地离家并不远，他时时去陆雁农的墓前坐着，一坐就是半天。

那天康锦言带着柳杨去叫柳源回家吃饭，有村民大呼小叫地跑来说："康姑娘，有人找你。"

康锦言站在离墓前不远的半坡上转过身，正午的阳光迎面泼向坡底树林，站在树林前沐浴着阳光的那个人，那个衣着覆灰却一脸喜悦笑得两眼弯弯望向她的人，正是周默。

"如果万一失散，你记着，要跟着人群，实在没办法了，往失散的地方附近的山村里走，我一定会找到你。"

他找来了。

康锦言只觉得阳光一下子变得五彩缤纷，炫目夺神，她不知道这是因为她眼中瞬间充满了泪水。可是她下意识地回头,却仿佛看见墓地前站着一个女子,清湛秀美,噙着笑的眼里满是关切和喜悦。

她浑身颤抖,柳杨拉了拉她的手:"姐姐你冷吗?"

她摇头,肩头盖上一只温暖的手,柳源温声说:"去吧。"

三日后,康锦言和周默离开。她不放心柳源父子,柳源却淡淡地笑:"谢谢你锦言,耐心纵容我这么多日子。你放心,我会带着柳杨好好生活,我还要想办法把柳松找回来呢。"

康锦言最后去的仍然是陆雁农的墓地,墓草青青,她种在边上的小松树已扎下了根。

她站了许久,最后跪了下来,磕了三个头,转身离去。

第三十六章　残忍世界，温暖明亮

卓嘉自握着手中这一沓厚厚的纸，整整齐齐地打印着的是女儿写的故事。

颜子真轻声解释："柳源是卫音希的爷爷，陆雁农是卫音希的奶奶，姚红英是卫音希现在的奶奶，康锦言，是外婆庄慧行，外婆那个五岁就去世的亲妹妹，叫庄慧言，周默是外公卓非。"

卓嘉自问她："这些，是你外婆跟你讲的？"

颜子真点头："我从小时候起，就听外婆讲这些故事，那个时候外婆跟我讲的都是她在山村里的时候和陆雁农一家的故事，都是很快乐很有趣的故事，我记得小时候也跟你说过一些，那时候外婆总说，那是她一辈子最快乐温暖的时光。后来长大了，妈妈你也知道我喜欢听老人讲古，外婆就跟我讲她自己的故事，讲外公的故事。再后来外婆生病，她才给我讲了陆雁农和柳源他们的故事。"

卓嘉自坐在沙发上，发着呆，坐了很长时间，才说："这些，都是真的吧。"

她的语气是肯定的。卓嘉自是明白的，自己的母亲，虽然做了很多不可思议的事情，虽然……可是，她的母亲是个极其骄傲的人，从来不给自己找理由，从来不肯说一句谎，她的背，永远挺得笔直,让人既佩服又痛恨。

她苦涩地说:"于是她实践了诺言,她没有放过她。"

康锦言没有放过姚红英。

卓嘉自看着女儿:"你两次去梅州,前前后后都心神不定,心事重重,是因为你知道整个真相,知道姚红英是凶手,但是你仍然要把这个故事写出来,因为这是你外婆的吩咐,也因为你心里有自己的正义感,但是卫音希一家全然不知道真相,你怕伤害他们。是因为这样,对不对?"

颜子真咬住下唇:"我有时候也会想,时间已经过去这么久,音希奶奶对音希他们真心疼爱,过去的,也许就让它过去好了,因为过去的事伤害到现在的人,多么不值得。可是每当我这么想,就总会做那个噩梦,梦见我就是陆雁农,走在山间树林里,一排枪对着我开火。妈,是真的时间过去了就可以不再计较吗?就算那是两条命?那个害死了人又偷走别人的小孩,偷走别人的天伦之乐的人,真的可以让她心安理得地颐养天年吗?我从没想过我要替天行道,我只是要把当年的事情写出来,替外婆、替枉死的人告诉活着的人,包括,那个小孩子,那个小孩子的后人,就算会受到伤害,难道他们就不应该知道这些事实吗?"

卓嘉自看着颜子真,无言以对。

这个,是她的女儿,善良,正直,却受困于感情。

她站起身,说:"可是子真你想过没有,你外婆为什么要用你当工具?有什么事她不能自己出手?她不是一向自己出手的吗?这一切,和你有什么关系?"

颜子真沉默。

她也不知道。

可是她没有理由地、坚定地相信,外婆有她的理由。她一定有足够的理由。这个理由她们永远也不会知道了,但是颜子真选择相信外婆。

就像莫琮看完了整个文稿,对她说的话:"你外婆是个奇女子。"

颜子真认同,这个稿子像从前几本一样,并没有做什么大的改动,莫琮甚至于并没有提出要改动,她只是和颜子真商讨一些细节,比如姚红英从此销声匿迹,最后又是怎么被康锦言找到;比如康锦言找到姚红英之后,为什么不直接对卫氏父女说出真相;比如姚红英对陆雁农一直没有真心,陆雁农如此聪慧的女子为什么从没有发现过。她对于这个故事中的人物充满了兴趣。

可是这些问题都是无解的,颜子真也不明白。

颜子真对莫琮说:"上次你说,这是个动人的故事,但是实际上,这是个可怕的故事。"莫琮却说:"不,我还是认为这是个动人的故事。"

颜子真说:"你不觉得吗,无论是卫音希祖母家还是我外婆家,都充满了冷漠和算计,步步为营尔虞我诈,就算逃难相依为命,还是有人忍不住要借刀杀人,恩将仇报。"

莫琮却笑了:"可是你的笔下却是温暖。两个女子都获得最难得的男子真情,而且结成知己,终其一生为她寻找幼子,为她报仇雪恨。还有人不计回报,深爱到没有办法只好去投军报国。还有卫音希祖母的祖父母。子真,美好这种东西在丑恶的衬托下才更显美好啊。"

颜子真叹气:"你看莫琮,我们俩的着眼点真是不同,是因为你眼里最会抓住的是美好吧。"

不，不是的，是因为颜子真的家庭温暖生活顺利，才对丑恶特别憎恨，对美好觉得理所当然。莫琮微笑。

莫琮有个朋友，一直对莫琮和颜子真的友谊感到不解，因为她们俩的成长环境实在太不相同，因为颜子真的生活顺利导致她会有一点天真。然而莫琮却说："颜子真不是'何不食肉糜'的天真，她的天性是明亮和温暖。"

明亮和温暖。莫琮有太深的体会。

卫音希在七日后返回学校。

祖母已入土为安，她跪在墓前上香洒酒磕头，墓碑上的祖母端正地看着她，她的眼泪禁不住流下来。卫音希并不是一个多愁善感的人，虽然太突然也太意外，却也确确实实知道她的祖母已经不在这个世界。

她只是有些恍惚，有些无名的悲愤。她觉得心里极闷，因为不知道如何发泄，彻夜画画。一笔一笔，都是宣泄。

一日晚上因为做功课查找资料，卫音希开了电脑，收到了一个留言。

是温公子。

卫音希因为画画的关系常和温公子联系，通常是发出漫画之后，温公子会有意见反馈过来，而她也是把疑问平时攒一攒，到时一起提问。一个事多繁忙又是男人，一个礼貌安静又有功课，除了漫画毫无共通之处，也没什么可聊。

这次也是，温公子循例问一下关于漫画的事，问她是不是临近期末功课很忙，没有时间画画，因为有两周没有收到她寄出的漫画。

卫音希看着电脑,看着对话框中那个微笑的图标,脑子里慢慢浮现起那次见面时、还有几次视频时温公子温和了解的眼睛,她画得不好的时候,她很努力却表达不出自己的时候、她很烦恼的时候、她苦闷不解的时候……温公子静静听着她的问题、疑惑,不一定能给出妥善的解决方法,却始终是温和了解的,他说:在创作的过程中,这种烦恼和苦闷是寻常事,如果一直都没有这种烦恼苦闷,要不就是这个人对自己没有要求得过且过,要不就是绝顶天才。他温和地说:这个世界上天才非常非常少,我们得承认自己绝对不是天才。她当时天真地问:你现在也会烦恼苦闷吗?温公子笑吟吟地说:我怎么觉得我一直是对自己有要求的人啊,卫音希同学,你不能随便瞧不起人。她于是忍不住笑。

卫音希慢慢地敲着键盘:"我有在画画,不过画的是其他的东西,连载暂时停了,因为……"她犹豫了一下,"因为快要考试了。"

回复马上就来了:"把你现在画的传给我看看可以吗?"

卫音希本来想说没有扫描仪,想了一想用电脑摄像头认真地拍了下来,传过去。

正想要关电脑,温公子传过来一句话:"尽可能地,好好考试。"

她一怔,一种陌生的感觉涌进心底,慢慢地关上电脑,尽可能地好好考试,她似乎可以知道后面半句:考不好也没关系。

他知道了什么吗?作为一个画画的人,她有时候可以从别人画画的笔触和风格变化上感觉到一些什么不同,就像颜姐姐说的,作为一个写字的人,颜姐姐可以从别人写的文字中感觉到某些东西,这不一定是敏锐,只是经验。因为自己做的是一样的事,必定会有共通的经验。

那么她为什么会要把这阵子的画传过去给他看呢?她不知道,应该是不想让他失望吧。一个爱画画的人,长时间停下来不画,对于那个对自己有期待的人,是一种失望吧。

卫音希忽然想,温公子为什么会放弃油画选择了漫画呢?

第三十七章　嫁给我吧

　　这日是邓跃母亲生日，因为不是整寿，就一家人订了酒店吃一餐晚饭。

　　颜子真到邓跃家才三点钟，邓跃在前一天已经在酒店订好位子，时间很充裕，正坐着看电视新闻，邓跃母亲端出切好的水果微笑着说："子真坐下来先吃点水果。"

　　颜子真站起来把手中的礼物递给邓跃母亲，甜甜地说："阿姨，谢谢。"

　　邓跃的母亲是个五十多岁样貌十分秀丽的妇人，她接过礼物，邓跃说："妈，拆开看看。"冲颜子真挤挤眼。

　　是一副钻石耳钉，样子简单大方，邓跃母亲一见便欢喜，笑："子真你真是，这可太破费了。"一边见颜子真穿了一件短款红色外套，里面是米白红扣衬衫，配仿旧仔裤，不仅显得面孔皎白眼若流星，而且甚是喜庆，心下又高兴了几分。

　　邓跃笑着说："妈你把耳环摘下来换成这个，这个好看。"

　　邓跃母亲笑着瞪了他一眼，回房去换。

　　颜子真没看见邓安，便问："邓安自己先到酒店吗？"

　　邓跃一边关电视，一边笑说："咦，你这个糊涂蛋，不是早跟你说过邓安回法国去看他妈妈了？"

颜子真哦了一声，不经意地说："我忘了。以前每年你妈妈生日邓安不都在的吗？"

邓跃笑着说："也不是年年，就你来过的这两年他刚巧在。"

他想了一下，问颜子真："你和你妈妈没事了吧？"那天卓嘉自让他去卓谦那里之后，两母女一直关在房里直到夜深，他便自己先回家去了，接下去几天他继续忙碌，也没有细细询问。颜子真也没有诉苦，她是那种小事抱怨兼诉苦一下，被哄哄就眉开眼笑，正经事反而不会轻易说出口。邓跃问起，她便想了一下，想到卓嘉自看完《二月初一》之后的神情，叹口气："妈妈也不知道说什么好。"

邓跃只看过颜子真第一本书，并且不予置评，颜子真一向知道女性小说受众问题，认为一个大男人爱看倒不自然了，并不苛求。是以邓跃不解地看着她，颜子真嫣然一笑："就是说，我说服了她啰。"

邓跃点点头："以后别跟你妈妈闹脾气。"

颜子真斜睨他，邓跃笑出来："做什么？你妈妈生气的时候，我在一旁看着，她可不比你少难过。"

颜子真的心软了一下，低声说："知道啦。"

生日晚宴非常顺利快乐。颜子真善于承欢膝下，一向便是长辈心中的好孩子，一席饭吃下来，她笑语如珠，服侍周到，逗得邓母开心不已。

邓跃晚上送颜子真回家时一直腾出只手握着女友的手，车窗外灯光流丽，邓跃慢慢地温柔地说："子真，我妈一直怨恨父亲，我本人虽然没有怨恨，不过你也知道，我跟他没有感情，总觉得他是和我生活完全不相干的人。"

颜子真有些意外，邓跃极少和她提起他的父亲，她只知道在邓跃年纪很小的时候，他父亲就已经离开去了美国。想到今天是他母亲生日，有些明白，下意识紧了紧握着邓跃的手。

邓跃停下车子，转身看着颜子真的眼睛，诚恳地说："而且，子真，对不起，我们的婚礼，为着我妈妈，我也是不会请他的。不过，如果你觉得这样不好，那下次他来，我们一起去见他，好不好？"

颜子真一怔，呆住，再一回神："婚礼？喂邓跃，什么婚礼？"

邓跃笑起来，下了车从后备厢取出一束巨大的花束，衬着满天星，上百朵红玫瑰开得无比娇艳："戒指我们下回再去挑，颜子真小姐，你愿意嫁给我吗？"

这一晚朗月星空晴明如水晶，邓跃的笑脸在玫瑰花丛中温柔如水。

这一晚朗月星空晴明如水晶，卓谦远远地站在校园一角，远远地看着卫音希坐在双杠上撑着手垂着头，心头浮起不知名的情愫。

他不知道发生了什么，只知那天听了颜子真的话去找卫音希，卫音希听他说完了，却什么也没说，只是抬头看着远处的天空，看了很久。卓谦等着她，她却仿佛只沉浸在自己世界里，然后，才低声说："对不起，卓谦，请替我跟颜姐姐说对不起，我不知道……不知道怎么……"她说不下去，最后匆促地说，"我这段时间都不过去了。"

她掉转头匆匆回去，仿佛害怕什么，背却挺得笔直，所有的倔强全都写在那笔直的背上。而那匆匆一转身，却让卓谦看到她的眼中，脸庞上，全是茫然。

而自此之后，颜子真也没有问他卫音希的答案，仿佛什么事也没有发生过。

所以卓谦什么也没有问，他只是默默地关注着卫音希的身影，看着她在人群中以前所未有的频率出没，担忧，却关心，不曾离开他的目光。

校园里有很多人说笑来往，双杠上的卫音希身边也围上了她的室友，卓谦转头和同学说笑。

曾慧永跃上双杠，和卫音希并肩坐着。

"快考试了，"她说，"暑假我们要去外地实习，音希，你去吗？"

曾慧永发现卫音希不大对劲。

一向喜欢独来独往的卫音希，在室友全出去约会或有事时都能安之若素独自待在宿舍整日整夜的，现在变得很怕一个人待着。

特别是黄昏的时候。本来吃完了饭大家都会去散步，而卫音希通常是一个人在寝室里自得其乐的，散完步后大家去教室学习她就自己坐床上一个人看书……她不喜欢人多又要抢座的教室。但是现在，她要不跟她们去散步，要不就去灯火通明的大教室，要不就在人来人往的校园操场里待着。

曾慧永也不问，只是帮她占座，和她混在人群里，然后看着她松口气的表情，自己也就松一口气。

卫音希自己也不知道怎么了。再也不愿意一个人待着，特别是一到黄昏，看着暮色慢慢降临，天色渐渐暗下来，就格外心慌，一种空落落的、说不出的焦灼难受憋在胸口，需要急促地大喘气才能松动一点点，心慌意乱，坐立不安。

只有在人群中，听着大家说着话，才能略略放松下来。

自从回校，她就没有再哭了。她就是怕一个人待着。怕，怕得不得了。

她整日整夜想奶奶，想到这次放假回家，奶奶再也不会算好时间坐在楼前花园椅上，咧着缺牙的嘴笑眯眯等待她；想到家里永永远远少了一个须臾不可缺的温暖的人……她就不能想，可是不能想，那情景那往事和那再也见不着奶奶却不知奶奶去处的一切还是不断地往脑子里钻，逼得她不断地想，想得她绝望无比。

还有一种怕，她连想都不敢想。那天晚上父亲说的话一遍又一遍地在脑海中盘旋，是颜姐姐来了之后奶奶才出现异状，颜家和卫家到底有什么关系？奶奶为什么会这么害怕颜姐姐？这些，她想都不敢想。

她一直是个倔强又勇敢的女孩子，可是第一次失去最亲的人，悲伤和恐惧让她只想逃避。

又是临近考试，她的成绩虽不算顶好，却也是不肯敷衍的，就像温公子说的，要尽可能地考得好。日日夜夜的煎熬下，原本就瘦的她更是瘦了一圈，脸越发白得透明。

她看着曾慧永，曾慧永的目光里面是安慰，她便笑了一笑，轻声回答："去啊，当然要去。"

邓跃那天给艺术系上电脑课，完了后在系办查点东西，因为是上课时间，很安静，听到隔壁办公室艺术系管考勤的女老师说："卫音希啊？现在才来销假？你看都快要考试了，你还请这么长假才回来？祖母去世需要这么长时间？"声音非常不以为然。他连忙走过去，看到那女老师皱着眉看手上的请假单，卫音希站在她跟前，听到最后一句，她退后一步，冷漠地抬着头看窗外，并没有半句解释，女老师越发不高兴，拿了请假单要去找卫音希的辅导员。

邓跃走过去笑："赵老师，我正找你呢，你那台电脑不是有问题么？我现在有空，要不要帮你看看？"

赵老师马上绽开笑脸："哎，这怎么好意思，可太麻烦你了，我叫电脑中心的人叫了好久了，都说没空。"转身要带邓跃去，想一想，把手上的请假单放在桌面上草草签字盖章，递给卫音希，"好了，下次注意。"

卫音希拿过请假单，看也没看，紧紧抿住嘴角，转过身就走了。

在女老师打开缓慢的电脑过程中，邓跃看着她从楼下飞快地走远，树叶的影子斑驳地落在她瘦弱细长的身上。

他忽然想起温公子昨天晚上在网上闲聊时说："昨晚卫音希寄过来几张漫画，令人惊艳，忽然之间可以看到笔触带了强烈的感情，画面似乎会活过来。只不过是单独的画，跟原先的连载没关系。但是……比以前的出色太多了，就像她的灵感忽然活了过来。"

他轻轻地叹了口气，这个女孩子，在倔强冷淡的外表下，其实是羞怯，脆弱，和极重感情。也只有颜子真，用了那样一厢情愿的热情和爱护，才能在最短的时间内和她建立友谊。

可是现在，这友谊面临考验。

颜子真慢慢地恢复了原来的生活。

她明白音希的躲避,要是她,也会暂时以躲避安抚自己的心。

她对邓跃说:"邓跃,你要帮我照看着她。"

她知道这个学期结束后她们有一个月的实习,邓跃因为年轻,也因为教艺术系绘图软件,会成为其中一个领队。

第三十八章 《二月初一》之寻找柳松

《二月初一》连载之第八期结局

康锦言和周默从小镇搭火车离开，三天后回到省城。

父亲他们尚未回来，周默说应该已经启程。康锦言问他几时回来的，他笑："跟着军队。"

这一次重逢，他们俩已经默契地不用言语，他跟着军队率先回来，然后一路寻访，兵荒马乱，多少困难，幸亏她记得他当初说的话，在山村里待着，没有到处乱跑。

周默在西南接到康锦言父亲一家时，没见到康锦言，又知道康锦言母亲在临走前一晚去世，既悔恨又担心。但是炮火连天山长水远，他虽有两次冒险想要回来寻找，却无功而返，有一次还中了枪。直到日本鬼子开始败退，他跟着二叔的军队先行返回，才得以在较安全的情况下开始仔细寻找，五个月后，终于找到了康锦言。

在山下的时候，他终于忍不住紧紧抱住康锦言，喜极而泣。这女孩坚强骄傲，聪明可爱，自小他便认定了她，决定一生都要护着她的，可是一场战乱，一时疏忽，他险些失去她。这几年来心中无限后悔和害怕，幸而天可怜见，他终于找回了她。康锦言缓缓回抱着他，这个世界上她所爱的人和爱她的人，是这么的少，这么的珍贵。而所有看着他们的人，不管仆人农人还是路人，都带着笑容宽容地看着，战乱中失散的亲人爱人重逢，太多的人了解这种心情。

回省城的路上，周默详细地讲了他在西南的情况，以及康父三人的情况。康锦言沉默许久，也略略讲述了自己这几年发生的事情，至于为何与父亲失散，她缄口不言。

康家已经在周默的吩咐下基本修复，康锦言安置好便去了火化场，迎回了母亲的骨灰。她当年私下许了重金请求火化场的一个看上去老实憨厚的人好好保存母亲骨灰，那人十分守信，大约日本人也不会和火化场过不去的原因，史氏的骨灰盒外的包裹都只是略脏，那也是放了很久的原因。周默给了那人一条金条。

第二日她就去了柳源家所在的镇子。周默找到她的时候身边是带着几个人的，是周默的二叔怕他危险派给他的几个兵，当时在山下她便吩咐他们四下打听四个月前抱着婴儿的少妇，但是日本鬼子投降了，许多人返乡，人的流动太过频繁，到底也没打听出什么。

路上不太平，周默带了几个兵和仆人和她一起去了柳家。柳源家本是殷实人家，虽已有多年无人居住，尚有老仆看着房子，见康锦言说话和气，把柳家情况说得真确，又还带着兵，便让他们进了房子。康锦言四下看了一圈，也没看到什么，她想到陆雁农说过并不曾在此处住过多久，便转向老仆打听姚家，听得老仆说姚家老夫妇在早几年便回了老家养老，因有儿子在外参军，便不曾卖了房子，也派了老仆看守。康锦言便打听姚家女儿近日是否曾经返家，老仆点点头，说前阵子有见过姚小姐出没过。

到了姚家，康锦言便没这么客气，直接踹了门进去，待得姚家仆人慌慌张张地跑出来，她厉声问："你们家小姐呢？姚红英呢？"

那仆人张口结舌地看着她和她身后的兵，结结巴巴地说："早……早……就走了……。"

康锦言也不说话，只让人把整个房子封了四处搜寻一遍，屋里屋外各个角落的确干净无比，并没有妇人婴儿的生活痕迹，姚仆老老实实地说姚红英几个月前回来住过一阵子，不过两个月前就走了。

康锦言沉默不语，周默见状问了姚仆几个问题，交代手下："快马加鞭去邻镇孙家，若见到孙家年轻妇人带着婴儿的，绑了来——全镇都打听打听。"

然后他看着康锦言，想了一会儿，带她走到后院的小楼里，那应该是姚红英住的地方，在一个不起眼的角落里，周默撬起一块青砖，底下有一个瓮状的空洞，他低声说："刚才有个兵跟我说这里有蹊跷，你看，应该是埋财物的地方，乡下富绅家有藏埋金银的习惯。她回来应该是来拿钱的。所以……"康锦言抬起眼，双眸晶亮："所以她不见得会回孙家。"

其实她刚才就有预感，姚红英不会回孙家。

那么暂时是找不到她了。康锦言咬紧牙关，不急，康家有的是钱，周家有的是势，我不怕你逃到天涯海角。

让人在附近打听之后，康锦言下了悬赏，如果有人知道姚红英下落，随时到省城周家康家领赏金。

随即便去了陆雁农生前居住的地方。陆雁农的药堂已经破败不堪，有穷苦人家借住一隅，大约因为陆雁农生前从医颇获敬重，她生前的东西都被好好地收在一间屋子里。

康锦言在那间屋子里待了三天，那间屋子里，有陆雁农生前留下的所有医案和生活小记，这三天里，康锦言一边看一边收拾。周默则请了人来修缮整间药堂，战后人手好雇，周默工钱又给得极厚，三天后整间药堂和后进的屋子便焕然一新。他又给了借住的穷苦人家一小笔钱让他们另找地方住，临走前留下自家的仆人看铺子，直到柳源一家回家。

四天后，康锦言把所有的医案和生活小记都带走，留下一封信。

回程的路上，康锦言认真地对周默说："我一定要找到柳松。"周默揽她入怀："我们一起找。"

回到省城的日子里，因康家和周家都还没到达，周默照常在二叔军队帮忙，康锦言开始料理家事，整理整个房子。

与此同时，康锦言画了姚红英的画像，让复印社复印多份，周默拜托他的二叔让人在全国各地留意，暗中悬赏寻人。两人自己也找了同学朋友在各地悬红找人。

过了几日，有康家的旧仆回来，康锦言也留下来了。偌大一个家总还是缺人的，时至今日，她比当年的她更加决断威严，也许是她再不似从前，旧仆对她也变得敬畏有加。

有一日，康锦言在母亲卧室里祭拜母亲骨灰时，有旧仆在卧室门口等着她。

这日是康家和周家一起返回来的日子。

康锦言认得这个妇人，她以前专管打扫史氏和康锦言的卧室，憨厚但极怕事，因为康家有孙姨娘和自己分庭抗礼，孙姨娘又掌着家事脾气不容异己，康锦言对贴身用人都没什么要求，就更不会计较这些打扫的人了。

她安静地看着这个妇人，经过这几年，妇人老了很多，战乱年景人人日子难过，这也是她留下旧仆的原因。她问她："有什么事吗？如果在银钱上有困难的话，可以同我说。"

妇人怔怔地看着她，忽然跪了下来，喏嚅着说："大小姐，我心里一直藏着件事，本来不敢跟你说的，你别怪我。"

康锦言有点意外，因为和周默约好了去火车站接父亲，便边走边说："你别跪，有事下楼跟我说。"却忽然一顿，回过头来，"是以前的事？"

妇人正起身，狼狈地拼命点头："是……是的。"

康锦言似乎明白了什么，看了看周围，轻声说："你说罢，这周围没有人。"

妇人一怔，眼中露出感激和羞愧："大小姐，对不起你，我怕……"

康锦言点点头："我明白的，我一个人也保不住别人，更何况时时提防呢。你说吧，我不会说出去的。"

妇人低下头，飞快地说："几年前你们离开前那天晚上，孙姨娘到太太房间里，说，你们第二天就要逃难，一路上残兵败将兵火连天，健康正常人都不见得跑得过，何况是病得起不了床的人，到时候只可惜了大小姐，肯定是宁可跟着太太死也不会独自逃走的。"她不敢抬头，低声说，"后来我就听说太太吞金了。"

她低垂的目光看到大小姐的双手攥紧，指节发白，心中实在害怕，偷偷地抬头瞟了一眼。

康锦言已经转过身子，慢慢下楼。只是那脚步一步一步，走得异常慢。

她是知道小小姐的死因的,这个样子的康锦言仿佛踩着小小姐的血肉,她竟能看得出那每一步的恨意,不禁打了个寒噤。

康锦言还是和周默去了火车站,到达火车站的时候,脸色已经恢复如常,只一双眼睛分外冰冷。周默已听了康锦言转述的仆妇的话,心下恻然,紧紧握住康锦言的手道:"锦言,无论你要做什么,记住,你身后是我。"他坚定地看着康锦言。

虽然逃往西南路上为什么会失散康锦言什么也没同他说,可是只要略用一用脑就知道了,要不然,年幼的康敬业怎么须发无伤?娇柔的孙姨娘怎么顺利到达?偏偏却是年轻体健的康锦言莫名其妙地失散了?他在西南并没有给孙姨娘好脸色看,但是孙姨娘一个内宅妇人,两家又是世交,又没有真凭实据,怎么也没有道理去为难她。

可是现在康锦言回来了,那么,康锦言要做什么事,他不仅永远站在她身后,更乐于为她出手。

康锦言双眼的冷意散了一些,浮出暖意,她回握着周默的手,点了点头,想了一下,说:"周默,你记得,这是你说过的话,如果我做的事让你觉得不能接受,你也可以忘掉你说过的话。"

周默微笑着说:"我不会忘记,锦言,你是我的上帝。"

康锦言忍不住笑了一下,轻声说:"所以我做的事,都是对的。"

周默干脆利落地说:"当然。"

那三个月逃难的生死苦难,她不说,他怎么会不知道;她自幼需靠自己为懦母弱妹挣得一席之地,其中酸苦,他怎么会不知道;她弱妹无故被姨娘摔死却死得无凭无据,心中悲愤恨意,他怎么会不知道；她病弱的母亲被人一逼再逼，为了不拖累她吞金而死,她的愤怒仇恨，他怎么会不知道。

他如今有能力护着她，那便是天上地下，杀身成仁，无论她要做什么，他也要护着她。

只要是康锦言做的事，就全是对的，其他任何人不得置喙。

第三十九章 《二月初一》之以血偿血

有军人开道,周家和康家很平稳安全地在月台见到了周默康锦言。

因为周默找到康锦言的时候两家人已经在返程火车上,消息便没有传到。此际两家人乍一见到和周默携手并肩的康锦言,都呆住了。首先表示出惊喜的反而是周母,一把拉住康锦言的手,欢喜地落下泪来:"锦言,锦言你没事,太好了,太好了,太好了!"她语无伦次地转头看着丈夫,"你看,你看,我们锦言没事呢。"

周父看向康锦言的目光十分慈祥和怜惜,康锦言实在忍不住,上前一步抱住周母:"表舅妈!"康锦言的外祖母和周默的祖母是姨表姐妹,康锦言一直是唤周母为表舅妈的,只是订婚后改了口唤妈妈。这一声表舅妈令周母百感交集,不禁轻轻一拍康锦言的肩,笑着说:"不叫妈妈了?不过没关系,你爱叫什么就叫什么。"

见康父三人时,康锦言就冷静得多了,康老爷本以为再也见不到女儿,心中虽然伤感,但美妾爱儿在旁,又隔了这么些年,也淡了好些。此时见到女儿失而复得,一时间恍如隔世,心中却也十分激动,一路上紧紧握住女儿的手,频频低头看顾,康敬业拉着他的衣襟也唤不回半点注意。

康锦言此次已不打算再虚与委蛇,看着任凭儿子撒痴的孙姨娘,淡淡不语,只轻轻回答父亲的询问。当她回答当初失散之后独自流浪三个月时,孙姨娘夸张地倒抽了一口冷气,正不怀好意地打算说些什么,康锦言转头冷冷地看了她一眼,孙姨娘一怔,只觉得那目光如同冰锥,竟冷得她浑身一抖,那倒抽了半口的冷气便噎在半途,呛了起来。

月台上的人渐渐散尽,两家人分别坐上周二叔派来的两辆车,各自回家。

康锦言这些日子早把房子收拾得干净舒服,临走前吩咐了厨房做好饭菜等着,舟车劳顿的康父三人回到家便有热水洗浴、可口暖胃的饭菜,卧室里也早已备好高枕软被。虽说在西南也过得不差,但到底是在自家,本以为回来还得暂住宾馆修整房屋,这下子女儿失而复得,且如此孝顺能干,康老爷简直满意到了心坎里。从一回家到坐下来吃完饭,都只是笑吟吟地看着女儿,吃完了饭,坐下来便细细询问女儿这几年的遭遇。

他问得细,康锦言便也耐住性子细细回答。

过得几天,康锦言便接过了家里所有的权力。

孙姨娘要闹,康锦言也不看她,只同父亲说:"这些日子以来,城里各家各户都已经回来,战事过去,百废待兴,咱们家也不能再只由个姨娘出面交际应酬,爸你还年轻,要不再择良配,要不找机会把姨娘扶正。现下女儿已经长大,在这之前就先由女儿出面好了。再说,"她低下头,"女儿在这一两年内就要嫁到周家,在家的日子也不多了,就当作是女儿最后为父亲尽孝。爸你说好不好?"

在康老爷眼中，女儿理家的确比孙姨娘周到细致，无论从前在家或是后来在西南，孙姨娘虽也有手腕，但过于爱玩牌消遣，饭菜什么的未免失于精心。再看家中下人，对康锦言言听计从，事事井井有条。他虽然年纪不算大，这几年在西南也并没过苦日子，可长年离家难免觉得疲惫倦怠，能舒服就舒服吧，女儿理家又名正言顺，再说也理不了多长时间，想到女儿这几年吃的苦头，心里一软，便想着多多随她的意，劝孙姨娘别再闹了。

孙姨娘却是听得康锦言说了那句"找机会把姨娘扶正"，便心动了，略闹了闹也就歇了，只想着扶正的事。

康锦言冷冷地看了她一眼，随口一句话便哄得这蠢妇低头，扶正，做梦去吧。

因史氏的卧室里供着骨灰盒，康锦言早晚上香祭拜，隐隐约约的总有檀香的味道。孙姨娘本来胆大，只是一来史氏一死全家便立即去了西南，从未试过在这个家中没有史氏的生活，此际回到家里环境熟悉，恍惚间总仿佛史氏仍在那个房间里生着病；二来康锦言虽表面与以往一般，但她吩咐下人的口气、偶尔看向她的目光都让她如芒刺在背，极不舒服。

但苦却苦在她不知道怎么跟康老爷诉说，康锦言对她可没半分怠慢。从前她还可以拿着当家权辖制康锦言几分，现在她除了康敬业似乎什么也没有了，就连康老爷也多与女儿说话去了。

只是到底康锦言是待嫁女儿，家中只有康敬业一个儿子，孙姨娘虽然警惕，但也并不是十分在意。

过了不久，孙姨娘在牌桌上听说有人替康老爷保媒，对方是城北杭家二房的长女，本来定过亲，因为未婚夫在军校，烽火忽起时他直接上了战场，杭姑娘便一直在家等了好几年，却终于等来了死讯。城北杭家本也是个大户，因为长房在战争期间服软于日本人，做了些助纣为虐的事情，虽不算大，却也坏了名声，清算时破财不算，还被收了监。二房倒是无事，只是分不得多少财产，杭姑娘底下还有两个弟弟一个妹妹，父母又无主见，作为长女，大约在婚事上就不能只考虑自己了。

在众人眼中，康老爷虽称一声老爷，却也只三十七八，长相英挺年轻，家资丰厚，为人大方，虽有美妾庶子，却皆知庶子年幼且并不成器，和二十多近三十的杭姑娘未必不是良配。

孙姨娘见过杭姑娘，是个挺漂亮的女子，且行事利落，虽然比美貌自己完胜，但男人喜新厌旧是天生，且杭姑娘执掌家事多年，定不是个好相与的。她有些慌了神。

她竟想找康锦言商议，心想着应该也算同仇敌忾吧，却见康锦言气定神闲，对此不以为意，反而笑着说："爸爸有良家子为配，我是很高兴的。"她笑着看她，眼中的讥诮令孙姨娘如冰水灌顶。

孙姨娘的确是舒服日子过得太久了，去西南之前，康锦言一向不敢得罪她，发脾气也尽是些小事，就算因为史氏，也从不敢当面无礼；去西南之后，她在家里是唯我独尊的；就算从西南回来被夺了管家权，康锦言也从不曾为难苛刻她半分，她反而能够尽情地出去玩牌逛街玩耍，且还有一个"扶正"的美好未来。

她忘记了自己和康锦言是仇人。她害死了康锦意，逼死了史氏，康锦言真的全不知情吗？她忽然背后起了一层一层的毛毛汗。

细细想来，自西南回来之后，康锦言虽然不曾苛刻为难她，但不再像从前一样也会同她谈笑，而是尽可能地避免与她说话。

康锦言要管家,很忙;康锦言要出去和周默见面,很忙;康锦言私下的时间在学医,很忙。康锦言甚至都不再和康敬业多话,从前她对康敬业可是和颜悦色的。

她想起康锦言几次看向自己的目光,冰冷的。

孙姨娘大悔,她真的疏忽了,康锦言并不是表面上的康锦言,自己在这个家里的位置正在被她破坏。不要紧,不要紧,她还有康敬业,她会打起精神,这一仗谁输谁赢还很难说呢。以前康锦言藏得好,她才中了招,现在明白了,自己还会怕她?不过是斗心思斗算计嘛,她一个大姑娘哪有自己见识多,真是。难道她还能对自己动刀动枪?

孙姨娘再也没想到,康锦言还真是不耐烦和她斗心计。每年正月初十的凌晨,康家都要去城外的寺庙里求头炷香,就在下山的时候,走到山阶中途,康锦言走在她前面,往后看她一眼,顿了一顿,侧身上前轻声同前面的康老爷说话,孙姨娘因想听他们说些什么,加紧脚步,却忽然一滑,尖叫一声,整个人向前扑去。

却见康锦言疾转身,把康老爷拉在一侧,因康老爷走在最前,而孙姨娘慌乱之间没来得及抓住他们便往下滚去,滚过了康老爷前面便是望不见底的陡阶。只见她惨叫着如葫芦一般一路滚了下去,滚到几十阶下面被拐弯的山壁一挡,反向台阶一侧的坡下滚去,眼见得快要跌下山,却好险被几棵歪脖子树拦腰截住。

所有人都呆住了,只有康锦言立即往回走上几级台阶,护住康敬业。

孙姨娘是直接被抬进医院的,此时她已痛得全身抽搐,脸白如纸,血沫从嘴角不断涌出,一个字也说不出来了。医生只略略检查了就摊着双手遗憾地说，病人内脏多处破裂，全身骨折，没有办法施救，最多打打止痛针。

康敬业虽然已经十一岁，还是个孩童，听说姨娘无救，咧开嘴大哭，康老爷则一见孙姨娘的伤势就知道希望不大，到底恩爱多年，心下十分难过，落下泪来。康锦言去交了钱后，站在一侧看着他们。

孙姨娘痛得死去活来，内脏破裂却一时死不得，如同活地狱一般来来回回，康老爷已不敢再看，康敬业趴在孙姨娘面前，大叫："妈，妈。"

孙姨娘舍不得死，舍不得她的儿子，舍不得康家几十年的好日子，可是她痛得不行，止痛针却还没有来，她用尽全身的力气抬起头，却看见了康锦言笔直的身子，冷漠的脸。只不过一瞬，她又痛得几乎失去神志。

可是康锦言的声音像毒蛇一样钻进她的脑子："你现在知道锦意是怎么痛死的吧？"

第四十章 《二月初一》之康家锦绣女

剧痛之下她也忍不住唰一声抬起头来。

此时医生拿了止痛针过来,孙姨娘将她的话抛诸脑后,只渴望地盯着医生手里的针,含糊不清地叫:"医生,医生,针,针……"

电光石火之间,康锦言劈手夺过止痛针,医生一怔,康锦言扫了他一眼:"打与不打,她都是一个死,出钱的是我,我说打就打。"

康老爷正要说话,康锦言已凑近孙姨娘:"你说,锦意是怎么死的?止痛针在我手里。"

孙姨娘不想说,可是太痛太痛太痛,痛得太久,已经没有了克制力,见到康锦言手中的止痛针,人动不了,眼睛直勾勾地似乎要伸出手来去抢,见康锦言盯着她,她嘶声说:"我说,我说,我把她从楼梯上踢下去的,我踢下去的……"

康锦言咬着牙问:"为什么?"

孙姨娘深吸一口气:"她在……客人面前……落……我面子,她……说……我是姨娘……"

她一句话断断续续说完,康锦言已恨得满目是泪,继续问:"我妈是怎么死的?"

既然已经说出口,孙姨娘再顾不上其他,她的眼中只有康锦言手里的止痛针,她非常非常努力地说:"我……怕她在路上……拖累……我们逃,因为……老爷……老爷不会不……不管她,我……我就跟她说……说……她会拖累你,会害死……你,所以……她最好自己……死。啊……啊……痛啊……"

病房里除了她的痛呼嘶喊,再没有别的声音。

康锦言咬紧牙关,泪流满面,她紧紧握着拳头克制住浑身颤抖,她吞下哽咽,一个字一个字地说:"在火车上,是不是你把我推到难民群里?"

孙姨娘躺在床上疯狂地点头:"是……是……是我……"

康锦言伸手指着父亲:"你告诉我爸,为什么?"

孙姨娘:"康家……康家……是我和……敬业……的……"

康锦言再也忍不住,用力把手中的止痛针往墙上扔过去,随着孙姨娘一声绝望的狂呼,她笑了一声,字字如刀:"我要让锦意受过的苦,一分不少地还给你。我要你比我妈更痛苦地,一寸一寸地痛死。我要让你生也在痛,死也在痛,生生死死都在这活地狱里不得往生!"不再颤抖,不再流泪,她说得那般冷静,却让所有听着的人心生寒意。

她转向医生,满目通红:"不许给她止痛,如果你们敢给她止痛,我让人拆了这医院,拆了你家。"

康老爷早在孙姨娘回答第一个问题时就呆住了,听到后面,完全不可置信,震惊地看着孙姨娘,又看向康锦言,直到孙姨娘频频尖声痛呼,才让他醒过神来,见康敬业扑向康锦言尖声怒骂:"坏蛋,坏蛋,你欺负我妈!把止痛针给我妈!你个坏蛋!"他忙一把扯住康敬业。

康锦言犹带着满面泪水,却冷冷地看着康敬业,毫不留情地甩了他一记耳光,直打得他甩脱康老爷的手,整个人侧翻在地上。

孙姨娘一声尖叫："敬业！"

康老爷看着自己空空如也的手掌，再看着流着泪却眼神冷酷的女儿，竟出不得一声。

此际孙姨娘看着康锦言："是你……是你……"

康锦言面无表情声音冷酷："对，是我，我在石阶上扔了晒干的玉米粒。你以为我会容你安安生生地活着？没有人给我妈我妹公道，我自己来！"

孙姨娘剧痛了整整一夜，康锦言令人守着不许给她止痛，到后来孙姨娘痛得连声音也发不出来，只在床上一阵一阵地抽搐。康老爷虽然恼怒孙姨娘所作所为，却也实在看不下去，见康锦言一副完全不予通融的模样，只得强拉了康敬业避到另一间病房。

天明的时候，孙姨娘血浸五官，死在病床上。

康锦言命人将她的尸首扔到了乱葬岗。

过了一个月，史氏风光大葬，省城说得上名号的人家俱都来齐，场面非常隆重。

史氏无子，本应由康敬业披麻戴孝摔孝子盆，康锦言断然拒绝，周默自荐行孝子事，康锦言附行。

康老爷经孙姨娘之事后颇有些消沉，康锦言其实是恨父亲的，究其实际，若不是父亲的冷漠无视，孙姨娘怎么可能一手遮天，但这些年父亲对自己却又的确疼爱，便淡淡劝他："爸你娶了杭姑娘过门吧。"

康老爷问她："锦言，那些事，你为什么不告诉我？"

康锦言默默地看着他："告诉你，你会怎么做？你会相信吗？你相信了，会处置她吗？会让她以命抵命吗？"难道你没有责任吗?这句话到底没有说出口。

康老爷怔住,他不是没有问过自己会如何处置的,大约……也就从此冷落了她吧,到底是康敬业的生母。

想起康敬业,康老爷说:"孙姨娘的确该死,可是敬业到底是你弟弟,你不该……"不该不许他披麻戴孝,否了他的身份。

康锦言看了看父亲,冷淡地说:"康敬业要是有血性有出息的话,日后定会来找我报仇雪恨;他如果不敢来找我报仇的话,那就是一个胆小窝囊废。无论他是哪种人,都不会和我有什么关系,我更不想和他有什么关系。"我康锦言不认这个弟弟。

康老爷欲怒,康锦言忽然问:"爸,你还记得锦意吗?"

你还记得锦意吗?

康锦言低声说:"妈告诉我,锦意刚出生时,虽然又是个女儿你有些失望,但还是很欢喜的,你说锦心绣口锦心绣口,咱们家女儿都占全了,所以取名叫锦意,那会儿你像疼我一样疼爱她。只是那时间太短,锦意自她记事起,你就已经不再疼她,所以锦意虽然小,都知道爸爸不喜欢她,只喜欢弟弟。她死的时候,才五岁。爸,我永远永远都不会忘了锦意的。"

你还记得锦意吗?记忆仿佛有了偏差,康老爷怔怔地望着锦言,那个小小的美丽的婴儿,皱起红红的小鼻子对着他打了个小小的呵欠,闭上眼睛,幼细的小手搭在他的大手掌心,趣致可爱。锦意其实比锦言漂亮,总是笑得软软的乖乖的,比之锦言小时候的淘气任性,更是憨软可爱。如果锦意长大了,必然是个乖顺漂亮的女孩子吧。是年纪大了吗,他忽然再清晰不过地想起来,小时候的康锦言坐在一旁看着小小的锦意端正地描红,小姐妹俩在阳光下温暖相依。

他颓然地转过头。

五个月后，康老爷迎娶杭氏。

杭氏三日回门后，康锦言交出全盘家事。

杭氏是个聪明利落的人，康家的事情她并不是很清楚，但她懂得看人，知道康锦言虽然淡淡，可是对自己是欢迎的，知道康老爷和康锦言之间有些难言之隐，却也不去探问，只照顾好各人，料理好家事。康敬业对她抗拒无礼，她只用了对隔房侄儿的态度相待，客气周到，却绝不插手管他的事情。

康老爷也没有放弃康敬业，下了狠心教导儿子，康敬业起初自然是又闹又吵又哭，只是孙姨娘不在了，家里再也没有人哄他宠他，康老爷既下了狠心，便也不予理会。新来的杭氏不插手，康锦言更是当家里没有这个人。他闹过几次之后见没有用，也只好低头。

日子一天一天过去，杭氏和康锦言虽终未成为朋友，相处却也融洽，闲时聊天，都是吃过苦头食过烟火的，也颇有话题，家中气氛便十分轻松。

康老爷的第一个妻子史氏比较懦弱怕事，康老爷但凡有事皆不与她说；孙姨娘则出身风尘，两人多于床笫之间恩爱，其余便是儿子，而孙姨娘最爱是打牌，两人更无话题可聊；杭氏却不仅有史氏的家世，又洞明世事聪慧体贴，两人不仅床笫和谐，聊起天来竟能各有视角，语气平等有来有往，康老爷第一次有了红颜知己之感，不禁意外之喜。此后不仅内事商议，外面的事情也经常拿了回来两人交流，康老爷对杭氏越来越满意，两人感情也越来越好。

一九四六年八月，满城皆是桂花香，周、康两家联姻。是年,康锦言二十岁,周默二十一岁。

这是战后省城最盛大的一场婚礼,大手笔的聘礼,丰厚的陪嫁,倾城富豪贺喜而至,半个城都听得见震天的鞭炮声、喜乐声。

周家在周母再三的叮嘱安排下,康家在杭氏巨细靡遗的准备下,周默和康锦言的婚礼挑不出一丝不到处。

周默和康锦言婚后,启程去了柳源和陆雁农的家乡。两个月前周默留在药铺的仆人回来了,带了柳源的回信,柳源已经带着柳杨回了药铺,因陆雁农已逝,药铺改成了寻常铺子,柳源重新开始经营棉布绸缎生意,柳杨已经五岁,在城里小学就读。

康锦言已经把陆雁农的医案和生活小记全部看完,并作了部分摘录,原件就趁这次送了回去,这是柳源的念想,她在上次留下的信中便告诉柳源只是借读。

重逢的那天,兴奋了一天的柳杨早早困觉去了,三人秉烛夜饮,周默和柳源意外地投契,两人杯来盏往,最后都喝得酩酊大醉。

周默和康锦言在那里住了五天,去了镇子里,得知姚红英仍然没有踪迹。一年来,周默的二叔托人的找寻也好,周默和康锦言的亲友同学的找寻也好,柳源在山村附近村镇挖地三尺的细访也好,也许是姚红英太会躲藏,至今仍然毫无线索。

次年,周默和康锦言的长女出生。

再过一年,康老爷和杭氏生了一子,见战火又起,两人带了儿子和康敬业,以及杭氏家人举家移居国外。

隔了不久,周家也移居国外。

周默和康锦言并未离开,他们一直在寻找柳松和姚红英。

(上卷完)